第六八册　小乘律（二）

十誦律

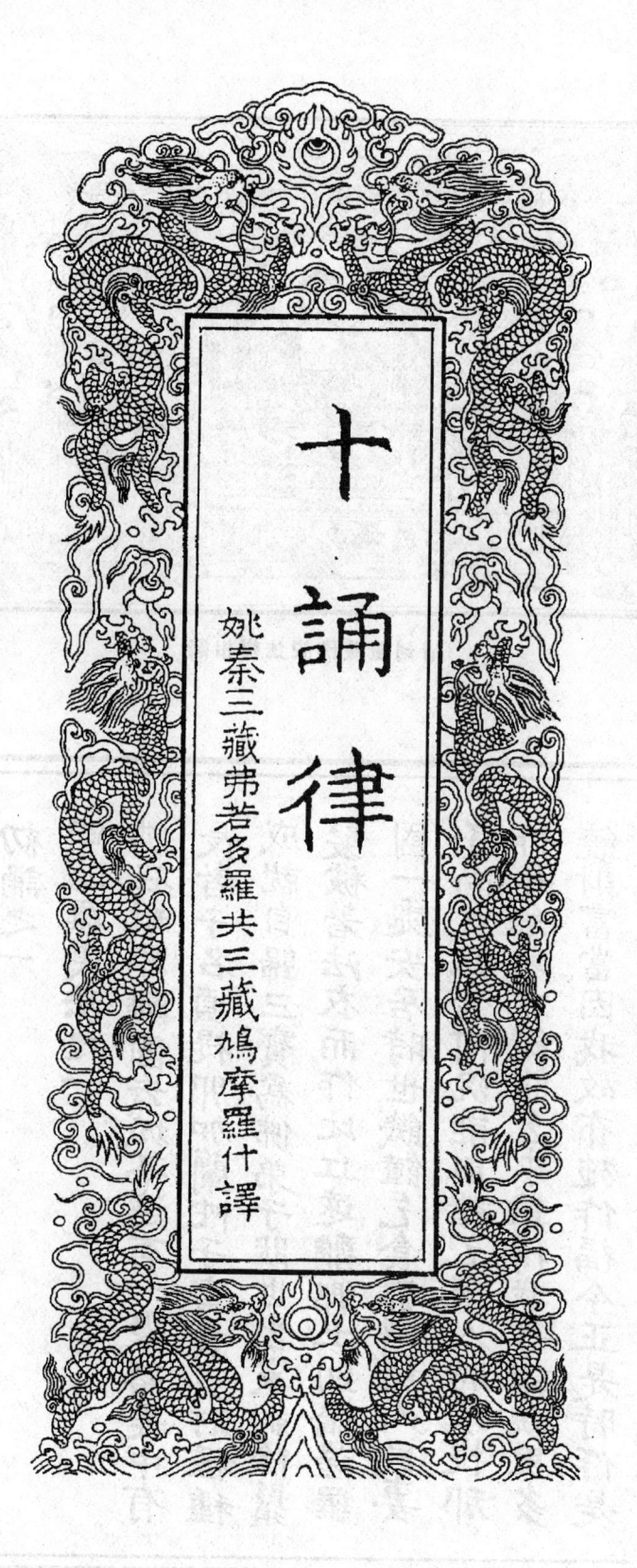

姚秦三藏弗若多羅共三藏鳩摩羅什譯

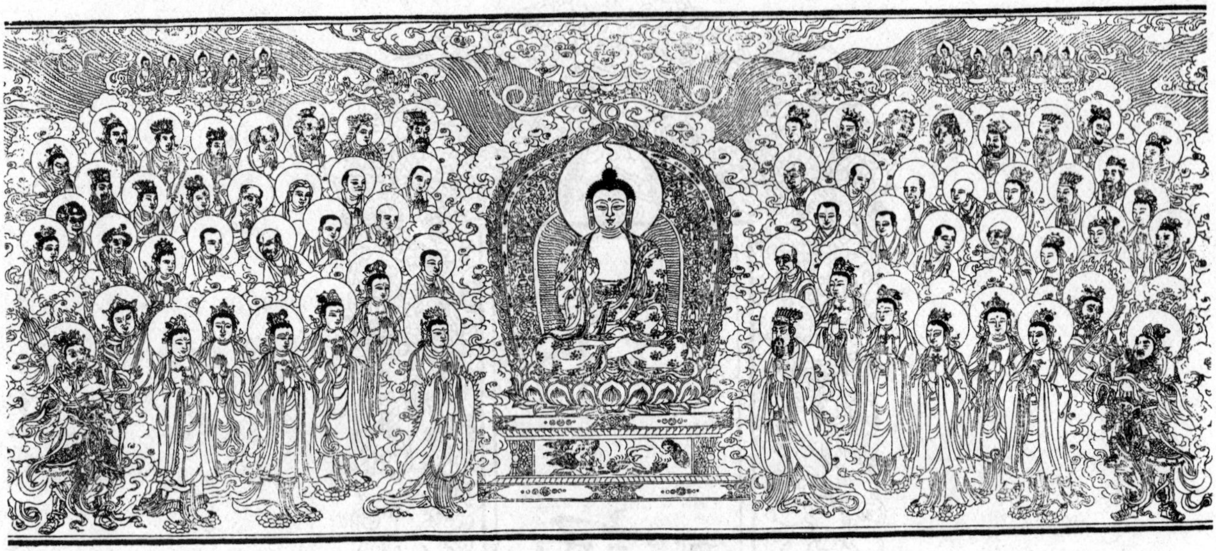

清刻龍藏佛說法變相圖

十誦律卷第一

姚秦三藏弗若多羅共三藏鳩摩羅什譯

初誦之一

四波羅夷法之一

佛在毗耶離國去城不遠有一聚落是中有長者子名須提那加蘭陀子富貴多財種種成就自歸三寶爲佛弟子猒世出家剃除鬚髮被著法衣而作比丘遠離鄉土到憍薩羅國一處安居時世饑饉乞食難得諸人民妻子尚乏飲食何況能與諸乞求人時須提那作是念此大饑饉乞求難得我等諸親里多饒財富當因我故布施作福今正是時作是念已夏安居過三月自恣竟作衣畢著衣持鉢還毗耶離經遊諸國至本聚落晨朝時到著衣持鉢入村乞食至親里舍爲諸比丘各

各勸與種種飲食自行頭陀受乞食法次乞食已還到自舍而作是言先許當還我今來歸作是語已便疾出去其家小婢見其疾去即馳往白須提那母向須提那入門便去其母念言須提那入門即去或能愁憂欲還捨戒不樂梵行我今當往教令還家自恣五欲布施作福作是念已往到其所語須提那汝若愁憂不樂梵行欲捨戒者便來還家受五欲樂布施作福即答母言我無愁憂不欲捨戒不猒梵行亦不欲捨沙門之法心樂梵行其母自念我雖口言不迴其心當語其婦言汝淨潔時到則來報我便往語之婦言如是受其母教淨潔時到往報母言今何所作時母教言本須提那所喜衣服嚴飾之具悉皆著來受教還房著其所喜衣服嚴具母即將

到須提那所便作是言汝若愁憂不樂梵行欲捨戒者當自還家受五欲樂布施作福佛法難成出家勤苦即答母言我不愁憂心不動轉自樂修梵行不樂五欲母言善哉須提那汝樂梵行不欲捨戒者今婦時到當留續種若家無嗣所有財物悉當入官爾時世尊未結此戒是須提那即便心動答母母言爾毋即避去便將其婦屏處行婬如是再三尋時懷妊有福德子月滿而生名曰續種至年長大信樂佛法出家學道勤行精進逮得漏盡成阿羅漢時須提那既行婬已心生疑悔愁憂色變無有威德默然低頭垂肩迷悶不樂言說時有知識比丘來相問訊在一面坐問須提那汝先有威德顏色和悅樂修梵行今何以故愁憂色變默然低頭迷悶不樂汝

身爲病爲於私屛作惡業耶須提那言我身無病私屛作惡業故心有愁憂時諸比丘漸漸急問便自廣說如上因緣諸比丘聞已種種因緣呵須提那言汝應天愁苦憂悔乃作如是私屛惡業汝所作事非沙門法不隨順道無欲樂心作不淨行出家之人所不應作汝不知佛世尊以種種因緣呵欲欲想欲欲欲覺欲熱以種種因緣稱讚斷欲捨欲想滅欲熱佛常說法教人離欲汝尚不應生心何況乃作起欲恚癡結縛根本不淨惡業時諸比丘種種呵已向佛廣說佛以是事集比丘僧諸佛常法知而故問或有知而不問有知時問有知時不問有益事問無益事不問有因緣問佛世尊知彼時以正念安慧問須提那汝實作是事不答言實作世尊佛以種種因緣呵責須提那言汝所作事非沙門法不隨順道無欲樂心作不淨行出家之人所不應作汝愚癡人不知我以種種因緣呵欲欲想欲欲覺欲熱種種因緣稱讚斷欲捨欲想滅欲熱我常說法教人離欲汝尚不應生心何況乃作起欲恚癡結縛根本不淨惡業語諸比丘是愚癡人開諸漏門寧以身分內毒蛇口中終不以此觸彼女身佛如是種種因緣呵已語諸比丘以十利故爲諸比丘結戒攝僧故極好攝故僧安樂住故折伏高心人故有慚愧者得安樂故不信者得淨信故已信者增長信故遮今世惱漏故斷後世惡故梵行久住故從今是戒應如是說若比丘同入比丘學法不捨戒行婬法是比丘得波羅夷不共住

佛在舍衛國有一比丘名跋耆子不捨戒戒羸不出還家作婬後欲出家自作是念我當先往問諸比丘得出家不不得則止作是念已問諸比丘諸比丘疑以此白佛佛言有人不捨戒戒羸不出還家作婬不得出家更作比丘從今是戒應如是說若比丘同入比丘戒法不捨戒戒羸不出行婬法是比丘得波羅夷不應共住

佛在舍衛國爾時憍薩羅國有一比丘獨住林中有雌獼猴常數來往此比丘所比丘即與飲食誘之獼猴心軟便共行婬是比丘多有知識來相問訊在一面坐時獼猴來欲行婬一一看諸比丘面次到所愛比丘前住諦視其面時此比丘心恥不視獼猴獼猴尋瞋攫其耳鼻傷破便去時諸比丘急問其故便自廣說如上因緣諸比丘以種種因緣呵責汝所作事非沙門法不隨順道無欲樂心作不淨行出家之人所不應作汝不知佛以種種因緣呵欲欲想欲欲覺欲熱以種種因緣稱讚斷欲捨欲想滅欲熱佛常說法教人離欲汝尚不應生心何況乃作起欲恚癡結縛根本不淨惡業時諸比丘種種因緣呵責已往詣佛所向佛廣說爾時世尊以是因緣集比丘僧知而故問是比丘汝實作是事不答言實作世尊佛以種種因緣呵責汝所作事非沙門法不隨順道無欲樂心作不淨行出家之人所不應作汝愚癡人不知我以種種因緣呵欲欲想欲欲覺欲熱種種因緣稱讚斷欲捨欲想滅欲熱我常說法教人離欲汝尚不應生心何況乃作起欲恚癡結縛

根本不淨惡業如是種種因緣呵已語諸比丘我先已結此戒今復隨結從今是戒應如是說若比丘同入比丘學法不捨戒戒羸不出行婬法乃至共畜生者是比丘得波羅夷不應共住

若比丘者有四種一者名字比丘二者自言比丘三者爲乞比丘四者破煩惱比丘名字比丘者以名爲稱自言比丘者用白四羯磨受具足戒又復賊住比丘剃除鬚髮被著袈裟自言我是比丘是名自言比丘爲乞比丘者從他乞食故如婆羅門從他乞時亦言我是比丘是名爲乞比丘破煩惱比丘者諸漏結縛煩惱衆生能受後身生熱苦報生死往來相續因緣若能知見斷如是漏拔盡根本如斷多羅樹頭畢竟不生是名破煩惱比丘

云何比丘具足戒云何具足戒比丘若僧和合說白四羯磨是人信受隨行不違不逆不破是名比丘具足戒是名具足戒比丘學者有三學善戒學善心學善慧學復有三學善學威儀善學毗尼善學波羅提木叉同入學法者如百歲受戒比丘所學初受戒入亦如是學如初受戒人所學百歲比丘亦如是學是中一心一戒一說一波羅提木叉同心同戒同說同波羅提木叉故名同入比丘學法不捨戒者若比丘狂時捨戒不名捨戒若心亂時病壞心時若向狂人向亂心人向病壞心人若獨捨戒若獨不獨想不獨獨想若中國語向邊地人不相解者若邊地語向中國人不相解者若向瘂人若向聾人向瘂聾人向無所知人若向非人向睡眠人向入定人

若隔障若自瞋若向瞋人若夢中若自不定心若向不定心人如是捨戒皆不名捨戒或有捨戒非戒羸或有戒羸非捨戒或有戒羸亦捨戒捨戒非戒羸者若比丘言我捨佛即名捨戒若言捨法捨僧捨戒捨和尚捨阿闍黎捨同和尚捨同阿闍黎捨比丘比丘尼捨式叉摩尼捨沙彌沙彌尼捨優婆塞捨優婆夷皆名捨戒若言汝等當知我是白衣若是沙彌非比丘非沙門非釋子乃至不復與汝等共作同學是名捨戒非戒羸戒羸非捨戒者若比丘愁憂不樂欲捨戒猒比丘法欲棄聖服取白衣服須白衣法不須比丘法求在家事復作是言我念父母兄弟姊妹我念兒女當疾教我生活技術安我好處囑我以善知識說如是語是名戒羸非捨戒戒羸亦捨戒者若比丘愁憂不樂欲捨戒猒比丘法欲棄聖服取白衣服須白衣法不須比丘法求在家事復作是言我念父母兄弟姊妹我念兒女當疾教我生活技術安我好處囑我以善知識說如是語已復作是言我捨佛捨法乃至捨優婆塞優婆夷是名戒羸亦捨戒行婬法者婬名非梵行非梵行者二身交會波羅夷者名墮不如是罪極惡深重作是罪者即墮不如不名比丘非沙門非釋子失比丘法不共住者不得共作比丘法所謂白羯磨白二羯磨白四羯磨布薩自恣不得入十四人數是名波羅夷不共住是中犯者有四種男女黃門二根女者人女非人女畜生女男者人男非人男畜生男黃門二根者亦人非人畜生比丘與人女行婬三處犯波羅夷大

便處小便處口中非人女畜生女二根亦如是共人男行婬二處犯波羅夷大便處口中非人男畜生男黃門亦如是復有共畜生女行婬二處犯波羅夷謂雞若似雞是

佛在舍衛國有一乞食比丘名曰難提晨朝時到著衣持鉢入城乞食食已持尼師壇著左肩上入安桓林在一樹下敷尼師壇端身正坐有魔天神欲破是比丘三昧故化作端正女身在其前立比丘從三昧起見此女身即生著心世俗禪定不能堅固尋時退失欲摩女身女人即却漸漸遠去便起隨逐欲捉女身時彼林中有一死馬女到馬所則隱身不現是比丘婬欲燒身故便共死馬行婬旣行婬已欲熱小止即生悔言我已退墮非是比丘非釋種子今諸比丘必捨遠我不復共住我不應以不清淨身著此法衣即脫袈裟襵著囊中以置肩上往詣佛所爾時佛與百千萬衆恭敬圍繞而為說法佛遥見來即作是念若我不以輭語勞問者其心必破沸血當從面孔出是比丘來到佛所佛言善哉難提汝更欲學比丘所學耶聞佛所言善哉難提心大歡喜便作是念我當得共諸比丘住必不擯我如是思惟已答言世尊我更欲學比丘學法

爾時佛語諸比丘汝等還與難提比丘學法若有如難提比丘者亦與學法應一心和合僧難提比丘偏袒右肩脫革屣胡跪合掌作如是言大德僧聽我難提比丘不捨戒戒不羸不出作婬法我今從僧還乞學法僧憐愍我故還與我學法第二第三亦如是說是中

一比丘於僧中唱大德僧聽難提比丘不還戒戒不羸作婬法是難提比丘從僧乞還學法今僧憐愍故還與學法若僧時到僧忍聽還與難提比丘學法白如是如是用白四羯磨還與難提比丘學法竟僧忍黙然故是事如是持與學沙彌行法者佛所結一切戒法盡應受行在諸比丘下坐應授與大比丘飲食湯藥自從沙彌白衣受飲食不得與大比丘同室過二宿自不得與白衣沙彌過二宿得與具戒比丘作布薩自恣二羯磨與學沙彌不得足數作布薩自恣羯磨一切羯磨不得作婬事竟

佛在王舍城爾時衆多比丘共一處安居少於房舍時諸比丘隨所知識乞索草木各各自作菴舍止住是諸比丘入城乞食有取薪人壞其菴舍持材木去乞食還見即生憂愁作如是言我等辛苦暫行乞食諸年少輩便壞我舍將材木去當復更從知識乞索草木作菴舍住是時衆中有一比丘名達尼迦是陶家子自以巧便即作泥舍泥戸泥向梁椽牛頭象牙衣架皆用泥作集諸草木以火燒成色赤嚴好作是舍已囑諸比丘二月遊行乞索欲作入舍飲食爾時佛與阿難案行諸房遥見其舍色赤嚴好佛知而故問阿難是何等物色赤嚴好阿難答言今王舍城衆多比丘一處安居其房舍少是諸比丘隨所知識乞索草木作菴舍住入城乞食時取薪人便壞菴舍持材木去乞食還見生愁憂言我等辛苦暫行乞食諸年少輩便壞我舍將材木去是中有比丘名達尼迦陶家子自以巧

便作是泥舍集諸草木以火燒成嚴好如是佛告阿難汝破是達尼迦比丘赤色泥舍莫使外道譏嫌呵責佛現在世出如是漏結因緣法阿難受教即徃破之達尼迦比丘二月遊行還見舍破壞問所囑比丘誰壞我舍比丘答言是佛大師教令破之達尼迦心念法王教破不得有言今王舍城諸材木師是我知識可作材木舍過夜時到著衣持鉢入城乞食乞食已到木師所汝今知不摩竭國主韋提希子阿闍世王與我材木木師答言若王與者隨意取之是中有大重材中守護城難持出入不應乞人者即取斬截藏著一處時知城統見大重材中守護城斬截覆藏見已驚怖毛竪生念得無怨賊將欲來耶若已得入徃問木師是大材木用守護城誰取斬截藏著一處答言有達尼迦比丘來作是言阿闍世王與我材木我時答言若王與者隨意取之即便自取大材木斬截藏著一處城統心念王今云何乃以大材與此比丘即到王所言大王更有餘材云何乃以守城大材時與比丘王言不與城統言王今已與誰言我與答言木師言與王曰將木師來即受教去將木師來時木師中道見達尼迦比丘語言以汝因緣故我今有事比丘言且去我隨後徃時城統即將木師到王所言大王此是木師時達尼迦比丘隨後來王遥見之便言放木師去將比丘來城統即放木師將達尼迦比丘前到王所王言汝比丘法云何不與而取答言大王我非不與取王先與我王言我不憶與比丘答言今令王憶王言云何答

言王當自念初登位時作如是言若我國内草木及水隨諸持戒沙門婆羅門取用王言我謂無主草木故作是説王言汝今隨大罪中比丘答言我出家人寄住王國云何殺我王言比丘去勿復更取如是大材時衆人唱言希有此比丘決定應死呵責便放是比丘從大罪中得出到衆僧中食後語諸比丘我今日垂爲王所殺廣説上事諸比丘以種種因緣呵責汝所作事非沙門法不隨順道無欲樂心作不清淨行出家之人所不應作汝不知佛世尊以種種因緣呵責偷奪法種種因緣稱讚不偷奪法汝尚不應生心亦不應説何況能取以種種因緣呵已向佛廣説佛以是事集比丘僧知而故問汝達尼迦比丘汝實作是事不答言實作世尊佛以種種因緣呵責汝所作事非沙門法不隨順道無欲樂心作不清淨行出家之人所不應作佛言汝癡人不知我以種種因緣呵責偷奪法種種因緣稱讚不偷奪法汝尚不應生心口亦不應説何況乃取種種因緣呵責已語阿難將一下坐比丘入王舍城街巷市里多人衆處以問衆人若信不信者若賢者非賢者若大臣大官將帥官屬盜至幾許摩竭國主阿闍世王與其大罪阿難受教將一下坐比丘入王舍城街巷市里多人衆處以問衆人盜至幾許摩竭國主阿闍世王便與大罪衆人答言大德阿難盜至五錢若五錢直便與大罪阿難聞已還詣佛所作禮却住向佛具説盜至五錢若五錢直阿闍世王便與大罪佛即語諸比丘以十利故與諸比丘結戒從今

是戒應如是說
若比丘若聚落中若空地物不與偷取以所偷物若王王臣若捉繫縛若殺若擯若輸金罪若作是言汝小兒汝癡汝賊比丘如是不與取者得波羅夷不應共住
不與取者他人不與是物若男若女若黃門若二根人不與盜取是名不與取
王者剎利種身受王職吉水灌頂是名爲王亦名國主亦名灌頂若婆羅門居士若女人身受王職亦名爲王國主灌頂
殺者名爲奪命繫者若著杻械枷鎖在獄皆名爲繫
擯者驅出國界輸金者輸金等物贖罪賊者有二種若劫若盜汝小兒者未知法故癡者無所知故波羅夷者名墮不如是罪極惡深重作是罪者不名比丘非沙門非釋子失比丘法
不共住者不共作比丘法所謂白羯磨白二羯磨白四羯磨說戒自恣不得入十四人數是名波羅夷不共住
是中犯者有三種取人重物犯波羅夷一者自取二者教他人取三者遣使自取者手自取自手舉離本處波羅夷教他者若比丘教人盜他物是人隨語即偷奪取離本處時是比丘得波羅夷遣使者若比丘語人言汝知某甲重物處不若言知處遣往盜取是人隨語即偷奪取離本處時比丘得波羅夷
復有三種取人重物波羅夷一者用心二者用身三者離本處用心者發心思惟欲偷奪取用身者若手若脚若頭若餘身分取他人

物離本處者隨物所在處舉著餘處

復有三種取人重物波羅夷一者他不與二者重物三者離本處他不與者若男若女若黃門若二根人不與重物者物直五錢若過五錢離本處者隨物所在處舉著餘處

復有三種取人重物波羅夷一者盜心二者重物三者離本處盜心者他不與自盜心取重物離本處亦如上說

復有三種取人重物波羅夷一者是物屬他二者重物三者離本處屬他者是物有主若男若女若黃門若二根人重物離本處如上說

復有三種取人重物波羅夷一者屬他想二者重物三者離本處屬他屬他想者知是物有主人重物離本處如上說若男若女黃門二根人重物離本處如上說

復有四種取人重物波羅夷一者他不與取二者偷奪心取三者重物四者離本處皆如上說

復有四種取人重物波羅夷是物屬他偷奪心取重物離本處波羅夷知物屬他偷奪心取重物離本處皆如上說

復有四種取人重物波羅夷一者有守護二者有主三者重物四者離本處有守護者如人有象馬牛羊妻子奴婢若在自國若在他國有人守護有我所心誰爲我所心隨誰物復有田甘蔗田稻田麥田麻田豆田蒲萄田有人守護有我所心誰爲我所心隨誰物復有象廄馬廄門間食廚有人藏物在中是名守護有我所心誰爲我所心隨誰物重物離

本處如上說
復有四種取人重物波羅夷是物無守護有
我所心重物離本處無守護者如人有象馬
妻子若自國若在他國是物無人守護有我
所心誰爲我所心隨誰物復有田地場上有
穀是物無人守護有我所心誰爲我所心隨
誰物復有五寶若似五寶藏著地中無人守
護但有我所心誰有我所心謂隨所屬國主
有我所心是名有主無人守護重物離本處
如上說
復有四種取他重物波羅夷是物有守護無
我所心重物離本處有守護無我所心者如
羣賊破他城邑多得財物若以王力若聚落
力還破是賊賊捨物走是物主不守護無我
所心已失故賊亦不守護無我所心已奪故
有守護無我所心誰守護無我所心奪得者
又如比丘失諸衣鉢有知識比丘在餘處見
便即奪取是失衣鉢比丘不守護無我所心
已失故賊不守護無我所心已奪故有守護
無我所心誰守護無我所心奪得者重物離
本處如上說
處者地處上處虛空處乘處車處船處水中
田地僧坊處身上處關稅處共期處無足二
足四足多足
地處者如人有五寶若似五寶在地比丘以
偷奪心取離本處波羅夷若選擇時偷蘭遮
選擇已取五錢直波羅夷若以木瓦石舉取
雖墮本處波羅夷若挽取未出界偷蘭遮又
如鐵瓶銅瓶鐵甕銅甕以五寶若似五寶著
此器中比丘以偷奪心取離本處波羅夷若

選擇時偷蘭遮選擇已取五錢直波羅夷若取瓶底物轉出近口波羅夷近瓶口物轉著瓶底亦波羅夷若穿瓶取五錢直波羅夷若比丘以偷奪心在器不在物若心在物不在器或心兩在取五錢直波羅夷是名地處上處者若細脞繩牀麤脞繩牀褥囊褥薄褥厚褥褥覆雜色褥雜色緂縁薄被厚被表鞘被表裏鞘被縁鞘被地敷具樹上處屋上處細脞繩牀處者謂脚處足處環處牀脞處上繩牀足處上頭處若以繩織異繩名異處若皮若衣覆一色名一處異色名異處如是諸處有五寶若似五寶比丘以偷奪心取五錢直波羅夷若選擇時偷蘭遮選擇已取五錢直波羅夷麤脞繩牀處者若一板名一處若皮若繩若衣覆異繩名異處餘如上説褥者一種毛一種名一處表處裏處一色名一處異色名異處是諸處有五寶若似五寶比丘以偷奪心取五錢直波羅夷若選擇時偷蘭遮選擇已取五錢直波羅夷囊褥薄褥厚褥褥覆雜色褥雜色緂縁薄被厚被表鞘被表裏鞘被縁鞘被地敷具處者一種毛名一處一色名一處異色名異處餘如上説

樹處者根處莖處枝處葉處華處果處乃至根鬚處是諸處若有五寶若似五寶比丘以偷奪心取五錢直波羅夷若選擇時偷蘭遮選擇已取五錢直波羅夷屋上處者謂門間處向處門闑處戶扂處牛頭象牙衣架梁椽重閣梯桯處一桄名一處欄楯處一鉤名一處若舍未泥一墼名一處若草覆舍一重名一處若木覆舍一木名一處若仰泥舍一畫

色名一處是諸處有五寶若似五寶比丘以偷奪心取五錢直波羅夷若選擇時偷蘭遮選擇已取五錢直波羅夷是名上處

虛空處者如人房舍殿堂諸欄楯上有貴價衣波頭摩衣頭求羅衣鳩羅闍衣懸是諸處風吹在空衣未墮地比丘以偷奪心接取波羅夷又如比丘和尚阿闍黎衣從下至上從上墮下衣未至地比丘以偷奪心接取波羅夷又如人門中向中閣上簷下樓觀處屋間閣上以內外莊嚴身具在是諸處諸有有主鳥鵝鴈孔雀鸚鵡狌狌銜是物去比丘以偷奪心奪是鳥取波羅夷若待鳥時偷蘭遮鳥隨比丘所欲至處波羅夷若至餘處偷蘭遮若有野鳥謂諸鷹鷲銜是物去比丘以偷奪心奪是鳥取偷蘭遮若待鳥時突吉羅鳥隨比丘所欲至處偷蘭遮若至餘處突吉羅又諸野鳥持是物去諸有主鳥奪野鳥取比丘以偷奪心奪是有主鳥波羅夷若待鳥時偷蘭遮鳥隨比丘所欲至處波羅夷若至餘處偷蘭遮諸有主鳥持是物去爲野鳥所奪比丘以偷奪心奪野鳥取偷蘭遮若待鳥時突吉羅鳥隨比丘所欲至處偷蘭遮若至餘處突吉羅是名虛空處

乘處者象乘馬乘象乘處者謂脚處膝處髀處胯處肋處脊處胷處頸處頭處耳處鼻處口處牙處尾處如是諸處有五寶若似五寶比丘以偷奪心取波羅夷若選擇時偷蘭遮選擇已取五錢直波羅夷馬乘處者謂脚處膝處脛處胯處肋處脊處胷處頸處頭處耳處鼻處口處鬉毛處尾處餘如上說

車處者犢車鹿車轝車步挽車輦車犢車處者謂輻輞轅轂箱處欄楯處是諸處有五寶若似五寶比丘以偷奪心取波羅夷若選擇時偷蘭遮選擇已取五錢直波羅夷鹿車轝車步挽車亦如是輦車處者脚處脚重環處坐處板凳處柱處覆處若繩索覆若衣覆一色名一處異色名異處是諸處有五寶若似五寶比丘以偷奪心取波羅夷若選擇時偷蘭遮選擇已取五錢直波羅夷是名乘處

船處者單槽船舫船舍船瓶船浮囊船板船木栰草栰單槽船處者兩舷處兩頭處底處兩箱處豎挽處柁樓處是諸處有五寶若似五寶比丘以偷奪心取波羅夷選擇時偷蘭遮選擇已取五錢直波羅夷舫船處者謂橫梁處繩縛處餘如上説舍船處者謂板壁處瓶處甕處安瓶甕蓋處柱處梁處若以草覆一重草名一處若木支覆若板覆一覆名一處異色名異處是諸處有五寶若似五寶比丘以偷奪心取波羅夷瓶船處者一切瓶一切繩縛處一切皮縛處浮囊船處者一切囊處一切縛處板船者一切板處木栰者一切木處草栰處者一切草處一切縛處是諸處有五寶若似五寶比丘以偷奪心取波羅夷若選擇時偷蘭遮選擇已取五錢直波羅夷是名船處

水處者如人爲舍故車故薪故水中浮物來下比丘以偷奪心取波羅夷若選擇時偷蘭遮選擇已取五錢直離本處波羅夷若捉留住後水到前波羅夷若沉著水底波羅夷若舉離水亦波羅夷

復次有無主池中諸有主鳥比丘以偷奪心取是諸鳥波羅夷若選擇時偷蘭遮選擇已取五錢直波羅夷若沉著水底偷蘭遮若舉離水波羅夷

復有無主池中諸無主鳥比丘以偷奪心取波羅夷若選擇時偷蘭遮選擇已取五錢直波羅夷若沉著水底波羅夷若舉離水亦波羅夷是名水處

田處者有二因緣奪他田地一者相言二者作相比丘爲地故言他得勝者波羅夷不如者偷蘭遮若作異相過分得勝地直五錢波羅夷僧坊舍亦如是是名田處

身上處者如比丘與和尚阿闍黎持衣行是比丘身上諸處謂脚處腨處膝處髀處胯處肋處脊處腹處胷處手處肘處臂處肩頸處頭處比丘以偷奪心取是衣囊從此處移著彼處波羅夷是名身上處

關稅處者比丘度關應輸稅物而不輸稅直五錢波羅夷復有賈客至關稅處語比丘言與我過是物比丘與過稅直五錢波羅夷

復有賈客至關稅處語比丘言與我過是物與汝半稅比丘與過得稅物直五錢波羅夷

復有賈客至關稅處語比丘言與我過是物盡與汝稅比丘與過若稅物直五錢波羅夷

復有賈客未至關稅處比丘示異道過失所稅物物直五錢波羅夷復有賈客未至關稅處比丘示異道過失所稅物五錢直偷蘭遮若稅處有賊若惡獸若飢餓故比丘示異道不犯是名關稅處

共期處者比丘與賊共期破諸村落得物與

比丘分得五錢直波羅夷是名期處
無足衆生者蠙蟲千頭羅蟲有人取之舉著器中比丘以偷奪心取波羅夷若選擇時偷蘭遮選擇已取五錢直波羅夷若穿器取蟲直五錢波羅夷若比丘偷心在器不在蟲若心在蟲不在器若心兩在以偷奪心取得五錢直波羅夷是名無足處
二足處者如鵝鴈孔雀鸚䳇舍利鳥拘耆羅鳥狌狌及人有人取是物舉著籠中比丘以偷奪心取波羅夷若選擇時偷蘭遮選擇已取五錢直波羅夷若穿籠取鳥直五錢波羅夷若比丘偷心在籠不在鳥若心在鳥不在籠若心兩在以偷奪心取得五錢直波羅夷偷人有二種一者擔去二者共要若比丘以人著舂上過二趠波羅夷若共期處行過二趠波羅夷是名二足處
四足處者象馬牛羊驢騾有人以繩繫在一處比丘以偷奪心解繩牽去過四趠波羅夷若在牆壁籬障内比丘以偷奪心驅出過四趠波羅夷有諸四足共一處卧比丘以偷奪心驅一令起出過四趠波羅夷若在外放比丘心念是放牧人入村去時我當盜取偷蘭遮若殺者波逸提殺已取肉直五錢波羅夷是名四足處
多足處者蜈蚣百足蛣蜣有人舉著器中比丘以偷奪心取波羅夷若選擇時偷蘭遮選擇已取五錢直波羅夷若穿器取蟲直五錢波羅夷若偷心在器不在蟲若心在蟲不在器若心兩在以偷奪心取直五錢波羅夷是名多足處

復有七種取人重物波羅夷一非已想二不同意三不暫用四知有主五不狂六不心亂七不病壞心
又七種取人重物無犯一者已想二者同意三者暫用四者謂無主五者狂六者心亂七者病壞心
又七種取非人重物偷蘭遮一非已想二不同意想三不暫用四知有主五不狂六不心亂七不病壞心
又七種取非人重物無犯已想同意取暫用謂無主狂心亂心病壞心
又七種取人輕物偷蘭遮非已想不同意不暫用知有主不狂不心亂不病壞心
又七種取人輕物無犯已想同意取暫用謂無主狂心亂心病壞心
又七種取非人輕物突吉羅非已想不同意不暫用知有主不狂不心亂不病壞心
又七種取非人輕物無犯已想同意取暫用謂無主狂心亂心病壞心
有比丘尼名施越多知識有福德人喜供養與油酥蜜石蜜有一賈客見是比丘尼信敬心喜作如是言善女所須酥油蜜石蜜至我舍取答言如是時有比丘尼聞是語過後數日便往到其舍言施越比丘尼須胡麻油五升賈客問言用作何等答言我持至比丘尼寺中賈客即與是比丘尼持至寺中便自服之過後數日賈客見施越比丘尼言善女何以但索麻油不索餘物比丘尼言何以說是答言有一比丘尼來言汝須胡麻油我即與之施越言善若索餘物汝亦當與施越即往

語彼比丘尼言汝是惡弊比丘尼下賤比丘尼汝得波羅夷彼比丘尼言何以故爾施越言賈客不與詐取他油彼比丘尼言我非不與取我以汝名字故取即自生疑我將無得波羅夷耶是事白佛佛知故問汝以何心取答言我以施越名字取佛言不得波羅夷但故妄語得波逸提從今不得詐稱他名取若取犯罪

復有東方比丘尼與波利比丘尼共一道行時波利比丘尼在前遺失衣去東方比丘尼在後得之共會一處時東方比丘尼唱言誰失是衣我今地得波利比丘尼言汝取是衣耶答言我取波利言汝得波羅夷問言何故答言汝以偷心取故是比丘尼心疑我將無得波羅夷耶是事白佛佛言無犯

有一居士近祇桓耕地放衣一面時有比丘求糞掃衣見是地衣四顧無人便取持去耕人遥見語比丘言莫取我衣比丘不聞耕人即往捉比丘言汝比丘法不與取耶比丘答言我謂糞掃無主故取耕人言此是我衣比丘言是汝衣者便自持去比丘心疑我將無得波羅夷耶是事白佛佛知故問汝以何心取比丘言我謂無主故取佛言無犯從今取衣當善籌量比是他衣物雖無人守必自有主

偷盜事竟

十誦律卷第一

音釋

饑饉 饑居依切穀不熟也饉渠吝切菜不熟也
妊 汝鴆切孕也
雌 此移切
攫 厥縛切爪持也
襵 職葉切摺疊也與摺同
輭 而兗切柔也
屣 所綺切履屬
擯 必刃切斥也
輸 式朱切輸送也
廐 居祐切象馬舍也
拽 羊紀切拖也
甕 烏貢切甖也
⿰月坒 部禮切
褥 儒欲切裀也
綬緣 綬承呪切緣俞絹切
⿰革耳 而容切毳也
扂 徒點切户牡也
梐 傍禮切
桄 音光梯之横木也
墼 古歷切未燒磚也
狌 所庚切狌狌能言獸也與猩同
鷹鷲 鷹於陵切鷲疾僦切
髀 部禮切股骨也
胯 苦瓦切兩股間也
肋 力德切脅骨也
脊 資昔切背呂也
犢 徒谷切
麞 諸良切
挽 無遠切引也
輻輞 輻方六切車輻也輞文紡切車輞也
轅轂 轅雨元切輈也轂古祿切輻所湊者
凳 丁鄧切
栰 房越切箄也
舷 胡千切船邊也
腨 市兗切腓腸也
⿰虫質 之日切水蛭蟲也與蛭同
趠 楚教切
驅 豈俱切逐也
蜈蚣 蜈五乎切蚣古紅切
蛣蟯 蛣去吉切蟯去堯切

十誦律卷第二

姚秦三藏弗若多羅共三藏鳩摩羅什譯

初誦之二

四波羅夷法之二

佛在跋耆國婆求摩河上是時佛語諸比丘修習不淨觀得大果大利諸比丘作是念世尊教我等修習不淨觀得大果大利我等當勤修習諸比丘作是念已勤修習不淨觀深懷猒惡慚愧是身譬如年少自喜嚴飾浣浴身體剪爪治鬚髮著好衣服以香塗身若以死蛇若以死狗或以死人臭爛青瘀鳥獸所食膿血蟲出以繫其頸猒惡臭尸深懷慚愧是諸比丘深修不淨觀故慚愧猒惡亦復如是爾時或有比丘發心欲死歎死求刀自殺或服毒藥或有自繫或投高巖或有比丘轉相害命有一比丘勤修不淨觀深得猒惡慚愧臭身便往鹿杖梵志所讚言善人汝能殺我與汝衣鉢時彼梵志即以利刀而斷其命有血污刀持至婆求摩河上洗之有魔天神從水中出住水上讚梵志言善人汝得大福德是沙門釋子未度者度未脫者脫兼得衣鉢時彼梵志生惡邪見自謂審爾便挾刀去從房至房從經行處至經行處唱言誰未度者我當度之誰未脫者我當脫之時諸比丘勤修不淨觀故猒惡臭身從住處出至梵志所讚言善人可斷我命時彼梵志尋斷其命如是二三乃至六十以是因緣僧遂減少月十五日說戒時至衆僧減少佛知故問阿難言今說戒日衆僧都集何故減少阿難白言世尊一時教諸比丘深修習不淨觀得大果

大利是諸比丘即勤修不淨觀猒惡臭身譬如年少自喜嚴飾洗浴身體剪爪治鬚髮著好衣服以香塗身若以死蛇若以死狗或以死尸臭爛青瘀鳥獸所食膿血蟲出以繫其頸是人猒惡深懷慚愧是諸比丘修不淨觀猒惡慚愧亦復如是爾時或有發心欲死歎死求刀自殺或服毒藥或有自繫或投高巖或有比丘轉相害命有一比丘勤修不淨觀故深得猒惡慚愧臭身便往鹿杖梵志所讚言善人汝能殺我與汝衣鉢時彼梵志尋以利刀斷是比丘命有血汙刀持至婆求摩河上洗之有魔天神從水中出住水上讚梵志言汝得大福德是持戒沙門釋子未度者度未脫者脫兼得衣鉢時彼梵志即生惡邪見自謂審爾便挾刀去從房至房從經行處至經行處即大唱言誰未度者我當度之誰未脫者我當脫之時諸比丘勤修不淨觀故深得猒惡慚愧臭身從住處出至鹿杖所讚言善人可斷我命時彼梵志尋斷其命如是二三乃至六十故僧減少惟願世尊爲諸比丘說餘善道安樂行法無有猒惡諸惡法生即能除滅佛語阿難更有善道安樂行法無有猒惡諸惡法生即能除滅世尊云何善道安樂行法無有猒惡諸惡法生即能除滅佛告阿難有阿那般那念名爲善道安樂行法所以者何諸惡法生即能除滅無猒惡故世尊云何修習阿那般那念名爲善道安樂行法諸惡法生即能除滅無有猒惡佛語阿難若有比丘隨其所依城邑聚落止住晨朝時到著衣持鉢攝身諸根繫念一心入村乞食食

已若在空處若在樹下若在空舍敷尼師壇正坐端身繫念在前除世貪嫉於他財物遠離貪著如是行者則能捨離瞋恚睡眠調戲疑悔是諸陰蓋能煩惱心使慧力羸不至涅槃是故當除若息入時當一心知入若息出時當一心知出若長若短若息入徧身當一心知從一切身入若息出徧身當一心知從一切身出除身行時當一其心念出入息受喜時受樂時受心行時除心行時當一其心念出入息覺心時令心喜時令心攝時令心解脫時當一其心念出入息觀無常觀變壞觀離欲觀滅盡觀捨離當一其心念出入息阿難是名善道安樂行法諸惡法生即能除滅無有猒惡

爾時佛語諸比丘當勤修習阿那般那念得大果大利時諸比丘各作是念世尊爲我等讚歎修習阿那般那念得大果大利我等當勤修習作是念已即勤修習阿那般那念便得無量種種知見作證佛知多有比丘得漏盡道成阿羅漢以是因緣集比丘僧種種呵責云何名比丘求刀自殺歎死教死種種呵已語諸比丘以十利故與諸比丘結戒從今是戒應如是說若比丘若人若人類故自奪命若持刀與教死歎死作如是言人用惡活爲寧死勝生隨彼心所樂死種種因緣教死歎死死者是比丘波羅夷不應共住奪命者自奪若教他奪是中云何犯罪比丘有三種奪人命波羅夷一者自二者教三者遣使自者自身作自身奪他命教者教語他言捉是人繫縛奪命遣使者語他人言汝識其甲不

汝捉是人繫縛奪命是使隨語奪彼命時比丘得波羅夷復有三種奪人命一者用內色二者用非內色三者用內非內色內色者比丘用手打他若足若頭若餘身分作如是念令彼因死彼因死者是比丘波羅夷若不即死後因是死亦波羅夷若不即死後不因死偷蘭遮用非內色者若比丘以木瓦石刀矟弓箭若木段白鑞段鉛錫段遥擲彼人作如是念令彼因死彼因死者波羅夷若不即死後因是死亦波羅夷若不即死後不因死偷蘭遮用內非內色者若比丘以手捉木瓦石刀矟弓箭若木段白鑞段鉛錫段打他作如是念令彼因死彼因死者波羅夷若不即死後因是死亦波羅夷若不即死後不因死偷蘭遮復有比丘不以內色不以非內色亦不以內非內色爲殺人故合諸毒藥若著眼中耳中鼻中口中身上若著瘡中若著男女根中若著餅肉中羹飯粥中若被褥中大車小車卧具輦輿步挽車中作如是念令彼因死彼因死者波羅夷若不即死後因是死亦波羅夷若不即死後不因是死偷蘭遮

復有比丘不以內色不以非內色亦不以內非內色亦不以毒藥爲殺人故作優多殺頭多殺作弶作羂作撥作毗陀羅殺半毗陀羅殺斷命殺墮胎殺按腹殺推著火中推著水中推著坑中若遣令去就道中死乃至胎中初受二根身根命根於中起方便殺

優多者有比丘知是人欲此道來於中先作無煙火坑以沙土覆上若心念若口說以是人從此道來故我作是坑是名成優多若是

人因是死者比丘得波羅夷若不即死後因是死亦波羅夷若不即死後不因死偷蘭遮若比丘爲人作坑人死者波羅夷非人死者偷蘭遮畜生死者亦偷蘭遮若爲非人作坑非人死者偷蘭遮人死者突吉羅畜生死亦突吉羅若比丘爲畜生作坑畜生墮死波逸提若人墮死突吉羅非人墮死亦突吉羅若比丘不定爲一事作諸有來者皆令墮死人死者波羅夷非人死者偷蘭遮畜生死者波逸提都無死者偷蘭遮突吉羅是名優多

頭多者有二種一者地二者木地頭多者若比丘作坑埋人脚踝若埋膝若腰若嬭若腋至頸如是埋已令象蹴蹋令馬駱駝牛驢蹴蹋若令毒蛇蜈蚣往嚙作如是念令彼因死彼因死者比丘得波羅夷若不即死後因是死亦波羅夷若不即死後不因是死偷蘭遮是名地頭多

木頭多者有比丘穿木作孔若桁人脚杻手枷頸如是繫已令象馬駱駝牛驢蹴蹋若令毒蛇蜈蚣往嚙作是念令彼因死彼因死者波羅夷若不即死後因是死亦波羅夷若不即死後不因死偷蘭遮是名木頭多

弶者有比丘知是人從此道來於中依樹依柱依石依壁若依木段白鑞段鉛錫段是中施弶若心念若口說爲是人從此道來故作弶令彼因死者比丘得波羅夷若不即死後因是死亦波羅夷若不即死後不因死偷蘭遮若爲人作弶人死者波羅夷非人及畜生死者偷蘭遮若爲非人作弶非人死者偷蘭遮人及畜生死者突吉羅若爲畜生作弶畜

生死者波逸提人及非人死者突吉羅若不定爲一事作諸有來者皆令墮死若人死者波羅夷非人死者偷蘭遮畜生死者波逸提都不死者偷蘭遮突吉羅是名爲弶羂者有比丘知是人從此道來若依樹依柱依橛依石依壁依木段白鑞段鈆錫段是中施羂若心念若口說爲是人從此道來故作羂是事成彼因死者比丘得波羅夷若不即死後因是死亦波羅夷若不即死後不因死偷蘭遮若比丘爲人故作羂人死者波羅夷非人死者偷蘭遮畜生死者亦偷蘭遮爲非人作絹非人死者偷蘭遮人及畜生死者突吉羅爲畜生作羂畜生墮死波逸提人及非人死者突吉羅若比丘不定爲一事作羂諸有來者皆令墮死若人死者波羅夷非人死者偷蘭遮畜生死者波逸提都無死者偷蘭遮突吉羅是名爲羂撥者若比丘知是人從此道來若依樹依柱依橛依石依壁依木段白鑞段鈆錫段是中施機撥若心念若口說爲是人從此道來故作撥是撥事成彼因死者比丘得波羅夷若不即死後因是死亦波羅夷若不即死後不因死偷蘭遮若比丘爲人故作撥人死者波羅夷非人及畜生死者偷蘭遮爲非人作撥非人死者偷蘭遮人及畜生死者突吉羅爲畜生作撥畜生死者波逸提人及非人死者突吉羅若比丘不定爲一事作撥諸有來者皆令墮死若人死者波羅夷非人死者偷蘭遮畜生死者波逸提都無死者偷蘭遮突吉羅是爲撥

毗陀羅者有比丘以二十九日求全身死人召鬼呪尸令起水洗著衣著刀手中若心念若口說我爲某故作毗陀羅即誦呪術是名毗陀羅成若所欲殺人或入禪定或入滅盡定或入慈心三昧若有大力呪師護念救解若有大力天神守護則不能害是作呪比丘先辦一羊若得芭蕉樹若不得殺前人者當殺是羊若殺是樹如是作者善若不爾者還殺是比丘是名毗陀羅

半毗陀羅者有比丘二十九日作鐵車作鐵車已作鐵人作鐵人已召鬼呪鐵人令起水洗著衣繫刀著鐵人手中若心念若口說我爲某故作是半毗陀羅讀是呪術是名半毗陀羅成若所欲殺人入禪定入滅盡定入慈心三昧若有大力呪師護念救解若有大力天神守護則不能害是作呪比丘先辦一羊若得芭蕉樹若不得殺前人者當殺是羊若殺是樹如是作者善若不爾者還殺是比丘是名半毗陀羅

斷命者若比丘以二十九日牛屎塗地酒食著中然火已尋著水中心念口說讀呪術言如火水中滅某甲人命亦如是滅若火滅時彼命隨滅又如比丘二十九日牛屎塗地酒食著中畫作所欲殺人形像作是像已尋還撥滅心念口說讀呪術言如是像滅彼命亦滅若像滅時彼命隨滅有如比丘二十九日牛屎塗地酒食著中以針刺衣角頭尋還拔出心念口說讀呪術言如是針出彼命隨出是針出時彼命隨出是名斷命

墮胎者有比丘與有胎女人吐下藥灌鼻藥

灌大小便處藥若針血脉若出眼淚若消血藥作是念以是因緣令女人死死者波羅夷若不即死後不因是死偷蘭遮若是比丘爲殺彼母故令墮胎若母死者波羅夷若胎死者偷蘭遮若俱死者波羅夷俱不死者偷蘭遮若比丘爲殺胎故作墮胎法若胎死者波羅夷母死者偷蘭遮俱死者波羅夷俱不死者偷蘭遮是名墮胎

按腹者有比丘使懷妊女人重作或擔重物教使在車前走若令上峻岸作是念以此四緣令女人死死者波羅夷若不即死後因是死亦波羅夷若不即死後不因是死偷蘭遮若比丘爲毋故按腹母死者波羅夷胎死者偷蘭遮俱死者波羅夷俱不死者偷蘭遮若爲胎故按腹胎死者波羅夷母死者偷蘭遮俱死者波羅夷俱不死者偷蘭遮是名按腹

推墮火者推木火中草火中牛屎火中㲫糠火中作如是念令彼因是死彼因是死者波羅夷若不即死後因是死者亦波羅夷若不即死後不因死偷蘭遮是名墮火

推墮水者推大池中大海中深泉中陂水中大深井中深河渠中乃至面没水中作如是念令彼因是死彼因死者波羅夷若不即死後因是死亦波羅夷若不即死後不因死偷蘭遮是名墮水

高上推墮者高山高崖殿舍牆壁深坑作如是念令彼因是死彼因死者波羅夷若不即死後因是死亦波羅夷若不即死後不因死偷蘭遮是名高上推墮

遣令道中死者有此丘知是道中有惡賊惡獸飢餓遣令往至此惡道中作如是念令彼惡道中死死者波羅夷若不即死後因是死亦波羅夷若不即死後不因死偷蘭遮是名遣令道中死乃至母胎中初得二根者謂身根命根歌羅羅時以殺心起方便欲令死死者波羅夷若不即死後因是死亦波羅夷若不即死後不因死偷蘭遮

佛語諸比丘求刀有二種一者自求二者教人求讚歎有三種一者惡戒人二者善戒人三者病人惡戒人者殺牛殺羊養雞養豬放鷹捕魚獵師圍兎偷賊魁膾呪龍守獄有比丘到惡戒人所作如是言汝等惡戒人何以久作罪不如早死是人因是死者比丘得波羅夷若不即死者偷蘭遮若惡戒人作如是言我不用是比丘語不因死者比丘得偷蘭遮若比丘讚歎是人言令死便心悔作是念我何以教是人死還到語言汝等惡人或以善知識因緣故親近善人得聽善法能正思惟得離惡罪汝勿自殺若是人受比丘語不因死者比丘得偷蘭遮善戒者比丘比丘尼優婆塞優婆夷有比丘到諸善人所作如是言汝持善戒是福德人若死便受天福汝等何不自奪命是人因是自奪命者比丘得波羅夷若不自奪命偷蘭遮若善戒人作是念我何以受是比丘語自奪命不因死者偷蘭遮若比丘教他死已心生悔言我不是何以教此善人死還往語言汝善戒人隨壽命住福德益多福德多故受福亦多莫自奪命不因死者偷蘭遮病者四大增減受諸苦惱比

丘語是人言汝云何能久忍是苦惱何不自奪命因是死者比丘得波羅夷若不死者偷蘭遮若是病人作是念我何緣受是比丘語自奪命不因死者偷蘭遮若比丘心悔我不是何以教此病人自殺還往語言汝等病人或得良藥善看病人隨病飲食病可得差莫自奪命病人不因死者偷蘭遮是名三種讚死迦留陀夷恒出入一居士舍晨朝時到著衣持鉢往至其舍是家婦有未斷乳兒持著牀上以氎覆之捨去迦留陀夷門下彈指婦人出看言大德入坐此牀上迦留陀夷不看便坐兒上腸出大喚婦言此有小兒比丘身重小兒即死作是惡已還到寺中語諸比丘我今日作如是事諸比丘以是事白佛佛知而故問汝以何心作答言我不先看牀上便坐佛言無犯從今當先看牀榻坐處然後可坐若不先看得突吉羅

又父子比丘共行憍薩羅國向舍衛城至險道中兒語父言疾行過此父隨兒語疾走乏死兒即生疑我將無犯波羅夷得逆罪耶是事白佛佛知故問汝以何心語兒比丘言我見日暮恐不過險道以愛重心語令疾行遂使乏死佛言無犯

復有父子比丘共行憍薩羅國向舍衛城至一聚落無有僧坊兒問父言今何處宿父言聚落中宿兒言聚落中宿白衣何異父即語兒當何處宿兒言空地宿父言此有虎狼可畏我眠汝覺兒言爾即便卧父便鼾眠虎聞鼾聲便來嚙父頭破大喚兒即起看頭破尋死兒即生疑我將無犯波羅夷得逆罪耶是

事白佛佛言不犯應大喚然火怖之
有一比丘日暮入險道值賊賊欲取比丘比丘捨走墮岸下織衣師上織師即死比丘心疑我將無犯波羅夷是事白佛佛言不犯波羅夷從今莫作如是身行
阿羅毗國僧坊中壞故房舍比丘在屋上作手中失墼墮木師上木師即死比丘心疑我將無犯波羅夷是事白佛佛言不犯從今當一心執作
復次阿羅毗國比丘僧房中壞故房舍比丘作時見墼中有蠍怖畏跳下墮木師上木師即死比丘心疑我將不犯波羅夷是事白佛佛言不犯從今莫起如是身行殺事竟
佛在維耶離國夏安居時與大比丘衆時世饑饉乞食難得諸人妻子尚乏飲食何況與乞人佛以是因緣故集諸比丘而告之曰汝等當知此間饑饉乞食難得諸人妻子尚乏飲食何況與人汝等比丘隨所知識隨諸親里隨所信人往彼安居莫在此間以飲食故受諸苦惱時諸比丘隨所知識各往安居有諸比丘往憍薩羅國一處安居復有比丘到婆求摩河邊聚落安居是聚落中多諸貴人奴婢財寶穀米豐饒種種成就時河上安居比丘作是念今世饑饉乞食難得諸人妻子尚乏飲食況與乞人是聚落中多富貴家穀米豐饒種種成就我等當到是諸家共相讚歎作是言居士當知汝等得大善利諸大比丘僧依汝聚落中安居故今此衆中某是阿羅漢某是向阿羅漢某是阿那含某是向阿那含某是斯陀含某是向斯陀含某是須陀

洹其是向須陀洹其得初禪二禪三禪四禪其得無量慈心悲心喜心捨心其得無量空處識處無所有處非有想非無想處其得不淨觀其得阿那般那念諸比丘作是念已即入聚落到富貴家共相讚歎汝等當知得大善利福田衆僧依汝聚落安居今此衆中其是阿羅漢我亦是阿羅漢其向阿羅漢我亦向阿羅漢其是阿那含我亦是阿那含其向阿那含我亦向阿那含其得斯陀含我亦得斯陀含其向斯陀含我亦向斯陀含其得須陀洹我亦得須陀洹其向須陀洹我亦向須陀洹其得初禪二禪三禪四禪無量慈心悲心喜心捨心空處識處無所有處非有想非無想處不淨觀阿那般那念我亦得初禪乃至阿那般那念彼諸居士即生清淨信心作如是念我等得大善利有大福田衆僧依我等聚落安居其得阿羅漢其向阿羅漢其得阿那含其向阿那含其得斯陀含其向斯陀含其得須陀洹其向須陀洹其得初禪二禪三禪四禪無量慈心悲喜捨心空處識處無所有處非有想非無想處不淨觀阿那般那念是居士得是信心已今饑儉時乞食難得乃能如先豐樂易得時與衆僧作前食後食怛鉢那時婆求摩河邊安居比丘噉是飲食身體充滿得色得力肥盛潤澤諸佛在世法歲二時大會春末後月夏末後月春末月者諸方國土處處諸比丘來作是念佛所說法我等當安居時修習得安樂住是名初大會夏末月者諸比丘處處夏三月安居竟作衣畢持衣鉢詣佛所作是念我等久不見佛久

不見世尊是第二大會爾時憍薩羅國安居比丘過夏三月作衣畢持衣鉢遊行到維耶離國諸佛常法有共佛安居比丘有客比丘來當共往迎一心問訊與擔衣鉢開房舍示卧具處作是言此是汝等房舍麤脞繩牀細脞繩牀被褥枕席隨上座次第住爾時維耶離比丘遥見憍薩羅比丘來便共出迎一心問訊與擔衣鉢開房舍示卧具處作如是言此是汝等房舍麤脞繩牀細脞繩牀被褥枕席隨上座次第住問訊言汝等忍足安樂住乞食不乏道路不疲耶憍薩羅比丘答言我等忍足安樂住道路不疲但乞食難得維耶離比丘言汝實忍足安樂住道路不疲乞食難得故汝等羸瘦顔色憔顇爾時婆求摩河上比丘安居竟作衣畢遊行到維耶離時維耶離比丘遥見婆求摩河比丘來皆共出迎一心問訊與擔衣鉢開房舍示卧具處作如是言此是汝等房舍麤脞繩牀細脞繩牀被褥枕席隨上座次第住問訊言汝等忍足安樂住乞食不乏道路不疲耶婆求摩河上比丘答言我等忍足安樂住乞食不乏但道路疲極維耶離比丘言汝實忍足安樂住道路疲極乞食不乏何以故汝等肥盛顔色和悅時維耶離比丘漸漸急問汝等長老今世饑儉乞食難得諸人妻子尚乏飲食況能與人汝等何因緣故安居時氣力肥盛顔色和悅乞食不難時婆求摩河上比丘廣説如上因緣維耶離比丘問諸長老汝等所可讚歎實有是功德不答言實無維耶離比丘以種種因緣呵責婆求摩比丘汝所作事非沙門法

不隨順道無欲樂心作不淨行出家之人所不應作汝不知佛世尊以種種因緣呵責妄語種種因緣讚歎不妄語佛常說法教人離妄語汝等尚不應生心作妄語想何況爲飲食故空無過人聖法自說言得如是種種因緣呵已向佛廣說佛以是事集比丘僧知而故問婆求摩比丘汝等實作是事不答言實作世尊佛以種種因緣呵責婆求摩比丘汝等所作事非沙門法不隨順道無欲樂心作不淨行出家之人所不應作汝癡人不知我以種種因緣呵責妄語種種因緣讚歎不妄語我常說法教人離妄語汝尚不應生心作妄語想何況爲飲食故空無過人法自說言得佛如是種種因緣呵已語諸比丘世間有三種大賊一者作百人主故在百人前百人恭敬圍繞二百三百四百五百人主故在五百人前五百人恭敬圍繞入城聚落穿踰牆壁斷道偷奪破城殺人是名初世間大賊二者有比丘用四方衆僧園林中竹木根莖枝葉華果財物飲食賣以自活若與知識白衣是名第二世間大賊三者有比丘爲飲食供養故空無過人法故作妄語自說言得若與百人恭敬圍繞至五百人恭敬圍繞入城聚落受他供養前食後食怛鉢那是名第三世間大賊是中百人賊主在百人前恭敬圍繞二百三百四百五百人主在五百人前恭敬圍繞入城聚落穿踰牆壁斷道偷奪破城殺人此名小賊若有比丘用四方衆僧園林中竹木根莖枝葉華果財物飲食賣以自活若與知識白衣是亦小賊佛言是第三賊於天

人世間魔界梵世沙門婆羅門天人衆中最是大賊謂爲飲食故空無過人法故作妄語自説言得若與百人至五百人恭敬圍繞入城聚落受他供養前食後食怛鉢那是名大賊佛説偈言

比丘未得道　自説言得道　天人中大賊
極惡破戒人　是癡人身壞　當墮地獄中

佛種種因緣呵責已語諸比丘以十利故與諸比丘結戒從今是戒應如是説若比丘不知不見空無過人法自言我得如是知如是見是比丘後時若問若不問貪著利養故不知言知不見言見空誑妄語是比丘波羅夷不共住

佛在舍衛國時憍薩羅國有空閑處諸比丘住其中諸比丘因別相觀得定故貪欲瞋恚不起便作是念我已得道所作已辦是諸比丘到佛所自言我是阿羅漢生分已盡更不受身作是語已後近聚落僧坊中住數見女人故貪欲瞋恚便起是諸比丘作是言我曹辛苦痛惱本在空閑處時因別相觀得定故貪欲瞋恚不起便作是念我已得道所作已辦即到佛所自言我是阿羅漢我生分已盡更不受身今近聚落住數見女人故貪欲瞋恚便起我曹失比丘法燒比丘法我曹空無過人法自説言得是諸比丘語餘比丘餘比丘聞已向佛廣説佛以是事故集比丘僧以種種因緣讚戒讚持戒讚戒讚持戒已語諸比丘從今是戒應如是説若比丘不知不見空無過人法自言我得如是知如是見後時或問或不問欲出罪故便言我不知言知不

見言見空誑妄語除增上慢是比丘波羅夷不共住不知者過人法不知不得不見不觸不證不見者不見苦諦不見集諦滅諦道諦是中犯者若比丘說我是阿羅漢若不實犯波羅夷向阿羅漢不實犯波羅夷若阿那含不實犯波羅夷向阿那含不實犯波羅夷若斯陀含不實犯波羅夷向斯陀含不實犯波羅夷若須陀洹不實犯波羅夷向須陀洹不實犯波羅夷若比丘言我得初禪二禪三禪四禪得無量慈心悲心喜心捨心空處識處無所有處非有想非無想處不淨觀得阿那般那念不實犯波羅夷乃至說我善持戒人婬欲不起若不實者偷蘭遮若比丘作是言諸天來至我所龍夜叉毗陀羅鬼餓鬼鳩槃茶鬼毗舍遮鬼羅刹鬼來至我所彼問我答我問彼答若是事不實者比丘犯波羅夷乃至旋風土鬼來至我所若不實者偷蘭遮一時長老大目揵連在耆闍崛山入無所有處空定善取入定相不善取出定相從三昧起聞阿脩羅城中妓樂音聲聞已還疾入定作如是念我在定中聞阿脩羅城中妓樂音聲從三昧起語諸比丘我在耆闍崛山入無所有處無色定聞阿脩羅城中妓樂音聲諸比丘語目連何有是處入無色定當見色聞聲何以故若入無色定破壞色相捨離聲相汝空無過人法故作妄語汝目連應擯治驅遣是事白佛佛語諸比丘汝等莫說目連犯罪何以故目連但見前事不見後事如來見前亦見後是目連在耆闍崛山入無所有處無色定善取入定相不善取出定相從定起

聞阿脩羅城中妓樂音聲聞已還疾入定便自謂我入定聞聲若入無色定若見色若聞聲無有是處何以故是人壞色相捨離聲相是故若目連空無過人法故妄語者亦無是處是目連隨心想說無罪

有一比丘問長老目連多浮陀河水從何處來目連答言此水從阿耨達池中來諸比丘言阿耨達池其水甘美有八功德此水沸熱鹹苦何有此事目連汝空無過人法故作妄語汝目連應擯治驅遣是事白佛佛語諸比丘汝等莫說目連是事犯罪何以故阿耨達池去此極遠是水本有八功德甘美經歷五百小地獄上來是故鹹熱汝等若問目連是水何故鹹熱能隨想答目連實語無犯

有一時目連入定見跋耆諸夜叉與摩竭陀夜叉共鬪破摩竭陀夜叉從定起已語諸比丘跋耆人當破摩竭陀人後阿闍世王善將兵衆破跋耆人諸比丘語目連汝先言跋耆人當破摩竭陀人今摩竭陀人破跋耆人汝空無過人法故作妄語汝目連應擯治驅遣是事白佛佛語諸比丘莫說目連是事犯罪何以故目連見前不見後如來見前亦見後是跋耆夜叉與摩竭陀夜叉共鬪得勝時跋耆人亦破摩竭陀人後阿闍世王更集兵衆共戰得勝是目連隨心想說無犯

目連又後入定見摩竭陀夜叉與跋耆夜叉共鬪得勝目連從三昧起語諸比丘摩竭陀人當破跋耆人後共鬪時跋耆人得勝諸比丘語目連汝先言摩竭陀人當破跋耆人今跋耆人更破摩竭陀人汝空無過人法故作

妄語汝目連應擯治驅遣是事問佛佛語諸比丘莫説目連是事犯罪何以故目連見前不見後如來見前亦見後是摩竭陀夜叉與跋耆夜叉共鬪得勝時摩竭陀人亦勝跋耆人後跋耆人更集兵衆共鬪得勝目連隨心想説無犯

有一時目連晨朝時到著衣持鉢入居士舍與敷座處共相問訊居士言大德目連是妊身婦人爲生男女目連答言生男語已便去復有一梵志來入舍居士問言此妊身婦人爲生男女答言生女後實生女諸比丘語目連汝先説居士婦生男今乃生女汝空無過人法故作妄語汝目連應擯治驅遣是事白佛佛語諸比丘莫説目連是事犯罪何以故目連見前不見後如來見前亦見後是時此女先是男後轉爲女目連隨心想説無犯後復相他生女亦如是

爾時大旱目連入定見却後七日天當大雨溝坑滿溢諸城邑人皆聞是語咸大歡喜國中人民皆捨衆務覆屋蓋藏各各屈指捉籌數日到第七日尚無雨氣何況大雨諸比丘語目連汝言七日大雨溝坑滿溢今無雨氣何況有雨汝空無過人法故作妄語汝目連應擯治驅遣是事白佛佛語諸比丘莫説目連是事犯罪何以故目連見前不見後如來見前亦見後是七日時實有大雨有羅睺羅阿脩羅王以手接去置大海中目連隨心想説無犯又一時長老莎伽陀語諸比丘我入禪定能令阿鼻地獄上至阿迦膩吒天滿其中火諸比丘言何有是處聲聞弟子能作大

火從阿鼻地獄極至梵世汝空無過人法故作妄語汝莎伽陀應擯治驅遣是事白佛佛語諸比丘莫說莎伽陀是事犯罪何以故若比丘依初禪修如意足得神通力從阿鼻地獄上至阿迦膩吒天自在能滿中火若依初禪二禪三禪四禪亦如是是莎伽陀依止四禪善修如意足得大神通若念從阿鼻地獄上至阿迦膩吒天自在隨意能滿中火是莎伽陀實語無犯又一時長老輸毗陀語諸比丘我一念中能識宿命五百劫事諸比丘言何有是處聲聞弟子在一念中極多能知一世汝空無過人法故作妄語汝輸毗陀應擯治驅遣是事白佛佛語諸比丘莫說輸毗陀是事犯罪何以故是人前身從無想天命終來生此間無想天上壽五百劫是故自說我一念中能知五百劫事是輸毗陀隨心想說無犯四波羅夷竟

十誦律卷第二

音釋

臭爛 臭尺救切腐氣也與殠同爛郎旰切糜爛也 瘀 依倨切血壅傷也 膿 奴冬切膿血也 矟 色角切矛屬 鑯 力盍切鑞錫也 擲 直炙切投也 鉛錫 鉛與專切錫先的切 弶 其亮切施罟於道也 羂 規緣切網也 撥 比末切 埋 莫佳切瘞也 踝 胡瓦切足骨也 齎 祖奚切 腋 夷益切左右肘膂之間也 蹴蹋 蹴子六切躡也蹋達合切踐也 駱駝 駱盧各切駝唐河切 嚙 五巧切齧也 橛 其月切杙也 擔 都甘切負荷也 峻 私閏切高也 䴸 芳無切小麥屑皮也與麩同 穅 苦岡切穀皮也 豬 陟魚切豕也 魁膾 魁苦回切膾古外切魁膾主殺人者 榻 託盍切 軒 許干切 蠍 許結切毒蟲也 跳 他弔切越也 踰 容朱切越也 鹹 胡讒切鹽味 溝

坑溝古候切水瀆也溢弋質切滿溢也籌直田切
坑苦莖切塹也此云色究竟筭也
阿迦膩吒膩乃計切吒丑亞切梵語也

十誦律卷第三

姚秦三藏弗若多羅共三藏鳩摩羅什譯

初誦之三

十三僧殘法之初

佛在舍衛國爾時長老迦留陀夷有别房舍別房舍中有好牀榻被褥敷好獨坐牀掃灑內外皆悉淨潔以淨水缾盛滿冷水常用水缾盛滿冷水是迦留陀夷婬欲發時便自出精離急熱故得安快住後時迦留陀夷知識比丘來相問訊在一面坐語迦留陀夷汝忍不足不安樂住不不乏不答言忍足安樂住不乏問曰云何忍足安樂住不乏答言諸長老我有別房好牀被褥淨水缾常用水缾皆滿冷水掃灑內外皆悉淨潔敷好獨坐牀婬欲發時便自出精離急熱故得安快住諸長老以是因緣故忍足安樂住不乏諸比丘言汝非忍非足實苦惱行以爲安樂汝所作事非沙門法不隨順道不清淨行出家之人所不應作汝不知佛以種種因緣呵欲欲想種種因緣讚歎離欲想滅欲熱佛常說法教人離欲汝尚不應生心何況乃作起欲恚癡結縛根本不淨惡業諸比丘種種因緣呵已向佛廣說佛以是事集比丘僧知而故問迦留陀夷汝實作是事不答言實作世尊佛以種種因緣呵責汝所作事非沙門法不隨順道不清淨行出家之人所不應作汝癡人不知我以種種因緣呵欲欲想種種因緣讚歎離欲想滅欲熱我常說法教人離欲汝尚不應生心何況乃作起欲恚癡結縛根本不淨惡業汝癡人以此手受他信施供養云何復以

此手作不淨行佛如是種種因緣呵已語諸比丘以十利故與諸比丘結戒從今是戒應如是說若比丘故出精僧伽婆尸沙佛結是戒已諸比丘夢中精出心生疑悔往阿難所頭面禮足一面坐已語阿難言世尊結戒出精者僧伽婆尸沙今諸比丘夢中出精心生疑悔願爲我等問佛是事阿難默然受諸比丘語諸比丘知阿難默然受已從座起頭面禮足還去不久阿難往詣佛所頭面禮足在一面立白佛言世尊世尊爲諸比丘結戒出精者僧伽婆尸沙佛雖如是結戒今諸比丘夢中出精心生疑悔阿難問佛夢中有心想不佛言有心想而不作佛以是事集比丘僧種種因緣讚戒讚持戒讚持戒已語諸比丘從今是戒應如是說若比丘故出精除夢中僧伽婆尸沙僧伽婆尸沙者是罪屬僧僧中有殘因衆僧前悔過得滅是名僧伽婆尸沙是中犯者有三種一者發心欲出二者身動三者精出復有三種一者爲受樂二者治病三者爲自試比丘以内受色爲受樂故發心身動精出僧伽婆尸沙爲治病故爲試看故以内受色發心身動精出僧伽婆尸沙比丘以外不受色爲受樂故爲治病故爲試看故發心身動精出僧伽婆尸沙復有四種一者虛空中動二者發心三者身動四者精出比丘以内受色爲受樂故虛空中動發心身動精出僧伽婆尸沙爲治病故爲試看故虛空中動發心身動精出僧伽婆尸沙復有五種若比丘搔小便處捺小便處發心身動精出僧伽婆尸沙比丘以内受色爲受樂故

爲治病故爲試看故搔捺小便處發心身動出精僧伽婆尸沙比丘以外不受色爲受樂故爲治病故爲試看故搔捺小便處發心身動精出僧伽婆尸沙是中精有五種一者青二者黄三者赤四者白五者薄青者轉輪王及轉輪王受職太子黄者轉輪王其餘諸子赤者轉輪王最上大臣白者年已成人薄者年未成人若人青精出者不出黄赤白薄但能出青若人黄精出者不出赤白薄青但能出黄若人赤精出者不出白薄青黄但能出赤若人白精出者不出薄青黄赤但能出白若人薄精出者不出青黄赤白但能出薄若比丘爲出青精故搔捺小便處發心身動精出僧伽婆尸沙若比丘爲出黄赤白薄精故搔捺小便處發心身動精出僧伽婆尸沙若

一人一時出五種精者無有是處或有人多行婬故有種種精出或擔重故遠騎乘故筋節斷解故有種種精出若比丘起欲想欲欲欲覺欲熱不發心欲出身不動精自出者無犯若比丘男根上有瘡疱癬痒爲治是病故搔捺精出無犯若比丘向火炙男根痒摩觸精出無犯若比丘行時兩髀摩觸或衣觸或騎乘或載車身動精出不犯若比丘見好色故精出不犯若不見形憶想故精出不犯一事竟

佛在舍衛國爾時長老迦留陀夷晨朝時到著衣持鉢入城乞食食已還房持戸鉤在門間立作如是念若有女人欲來入僧坊看房舍者我當示諸房處時迦留陀夷遥見衆女人便言姊妹來我當示汝諸房舍處少多示

已將至自房摩觸其身是衆女中有喜者默然有不喜者即出房外語諸比丘大德法應爾耶比安隱處更有恐怖諸比丘言云何安隱處更有恐怖衆女人廣說上事諸比丘言如汝所說安隱處更有恐怖時諸比丘種種因緣爲衆女人說法示教利喜頭面作禮還去不久諸比丘詣佛所頭面禮足在一面坐向佛廣說佛以是事集比丘僧知而故問迦留陀夷汝實作是事不答言實作世尊佛以種種因緣呵責迦留陀夷汝所作事非沙門法不隨順道不清淨行出家之人所不應作汝癡人不知我以種種因緣呵欲欲想種種因緣稱讃離欲除滅欲想我常說法教人離欲汝尚不應生心何況乃作起欲恚癡結縛根本不淨惡業佛種種因緣呵已語諸比丘以十利故與諸比丘結戒從今是戒應如是說若比丘欲盛變心故觸女身若捉手臂頭髮若一一身分上下摩觸僧伽婆尸沙欲盛者即名變心亦名貪心染心繫心或有變心非欲盛心亦非貪心染心繫心如狂癡人亂心人病壞心人是名變心非欲盛心染心繫心女人者有大有中有小童女非童女堪作婬欲觸身者共在一處手者從腕及指臂者從腕至肩髮者頭髮若劫貝毳納頭髻一一身分者眼耳鼻等是中犯者有九種上摩下摩若抱若捉若牽若推若舉若下若摩觸大小便處若比丘欲盛變心上下摩觸無衣女人頭僧伽婆尸沙若摩面咽胷腹肋脊臍腰大小便處髀膝腨僧伽婆尸沙如是抱捉牽推舉下摩大小便處亦如是若比丘從地舉

無衣女人著土埵上土埵上著踞牀上踞牀上著獨坐牀上獨坐牀上著大牀上大牀上著轝上轝上著車上車上著馬上馬上著象上象上著堂上堂上乃至從小下處著小高處僧伽婆尸沙若比丘欲盛變心從堂上舉無衣女人著象上象上著馬上馬上著車上車上著輿上輿上著大牀上大牀上著獨坐牀上獨坐牀上著踞牀上踞牀上著土埵上土埵上著地乃至小高處著小下處僧伽婆尸沙若比丘欲盛變心上下摩觸有衣女人頭偷蘭遮若摩面咽胷肩腹肋脊齊腰大小便處髀膝腨偷蘭遮如是抱捉牽推舉下摩大小便處偷蘭遮若比丘欲盛變心從地舉有衣女人著土埵上乃至小高處舉著小下處偷蘭遮若女人欲盛變心上下摩觸無衣比丘頭比丘有欲心身動受細滑僧伽婆尸沙若摩面咽胷腹肋脊齊腰大小便處髀膝腨比丘有欲心身動受細滑僧伽婆尸沙如是抱捉牽推舉下摩大小便處比丘有欲心身動受細滑僧伽婆尸沙若女人欲盛變心從地舉無衣比丘著土埵上乃至小下處舉著小高處比丘有欲心身動受是細滑僧伽婆尸沙若女人欲盛變心從堂上舉無衣比丘著象上乃至小高處舉著小下處比丘有欲心身動受細滑僧伽婆尸沙若女人欲盛變心上下摩觸有衣比丘頭比丘有欲心身動受細滑偷蘭遮若摩面咽胷腹肋脊齊腰大小便處髀膝腨比丘有欲心身動受細滑偷蘭遮如是抱捉牽推舉下摩大小便處比丘有欲心身動受細滑偷蘭遮若女人欲盛

變心從地舉有衣比丘著土埵上乃至小下處舉著小高處比丘有欲心身動受細滑偷蘭遮若女人欲盛變心從堂上舉有衣比丘著象上乃至小高處著小下處比丘欲心身動受細滑偷蘭遮若一比丘摩一女人一比丘僧伽婆尸沙若一比丘摩二三四女人僧伽婆尸沙若二比丘摩二三四一女人僧伽婆尸沙若三比丘摩三四一二女人僧伽婆尸沙若四比丘摩四一二三女人僧伽婆尸沙女人所女人想摩僧伽婆尸沙女人所男想黄門想二根想摩僧伽婆尸沙男所男想黄門想二根想女人想摩偷蘭遮黄門所黄門想二根想女想男想摩偷蘭遮二根所二根想女想男想黄門想摩偷蘭遮若是事人女邊僧伽婆尸沙即是事非人女邊偷蘭遮若是事人女邊偷蘭遮即是事非人女邊突吉羅若母想姊妹想女想摩觸女人身不犯若救火難水難刀難若墮高處惡蟲難惡鬼難不犯若無染心觸不犯二事竟

佛在舍衛國爾時長老迦留陀夷晨朝時到著衣持鉢入城乞食食已還房取戸鉤在門間立作如是念若有女人欲來看者我當示諸房處爾時迦留陀夷遥見諸女便言姊妹來我當示汝諸房舍處少多示已將至自房中作不淨惡語是諸女人有喜者默然不喜者出外語諸比丘大德法應爾耶此安隱處更有恐怖諸比丘言云何安隱處更有恐怖諸女廣說上事諸比丘言如汝所說時諸比丘以種種因緣爲衆女說法示教利喜頭面禮足還去不久諸比丘以是因緣向佛廣說

佛以是事集比丘僧知而故問迦留陀夷汝實作是事不答言實作世尊佛以種種因緣呵責迦留陀夷汝所作事非沙門法不隨順道不清淨行出家之人所不應作汝癡人不知我以種種因緣呵責諸欲欲想種種因緣稱讚離欲除滅欲熱我常說法教人離欲汝尚不應生心何況乃作起欲恚癡結縛根本不淨惡業佛種種因緣呵已語諸比丘以十利故與諸比丘結戒從今是戒應如是說若比丘欲盛變心在女人前作不淨惡語隨婬欲法說者僧伽婆尸沙不淨惡語者隨波羅夷隨僧伽婆尸沙事雖一切罪皆名爲惡但此是重罪因緣故名爲惡語隨婬欲法者二身共會說者如年少男女婬欲盛故具說惡語是中犯者有九種讚毀乞願問反問辨教罵讚者比丘在女人前讚歎三瘡門形色端正不大不小不麤不細乃至百語一一語中僧伽婆尸沙毀者比丘在女人前毀呰三瘡門形色不好或大或小或麤或細乃至百語一一語中僧伽婆尸沙乞者比丘在女人前乞言汝三瘡門中隨意與我我於三瘡門中隨汝意作乃至百語一一語中僧伽婆尸沙願者比丘在女人前願言若人得汝三瘡門者是福德樂人汝能三瘡門中隨汝意作乃至百語一一語中僧伽婆尸沙問者比丘問女人言汝夫三瘡門中幾種作幾時作乃至百語一一語中僧伽婆尸沙反問者比丘問女人言汝夫於三瘡門中不如是作耶乃至百語一一語中僧伽婆尸沙辨者比丘在女人前言我辨酒食槃案華香瓔珞末香塗香

敷好牀褥汝若來者我於三瘡門中隨汝意作乃至百語一一語中僧伽婆尸沙教者比丘教女人言汝三瘡門中隨意與男子者則爲男子所愛乃至百語一一語中僧伽婆尸沙駡者比丘駡女人有二種麤駡細駡乃至百語一一語中僧伽婆尸沙若女人在比丘前讚三瘡門形色端正乃至百語是中比丘隨順其心少多語出一一語中僧伽婆尸沙若女人在比丘前毀呰三瘡門形色不好乃至百語是中比丘隨順其心少多語出一一語中僧伽婆尸沙若女人在比丘前乞三瘡門中隨我意作我隨汝意與乃至百語是中比丘隨順其心少多語出一一語中僧伽婆尸沙若女人在比丘前願言若人得我三瘡門者是福德樂人我能隨意與乃至百語是

中比丘隨順其心少多語出一一語中僧伽婆尸沙若女人在比丘前問言汝於三瘡門中能幾種作幾時作乃至百語是中比丘隨順其心少多語出一一語中僧伽婆尸沙若女人在比丘前反問言汝於三瘡門中不如是作耶乃至百語是中比丘隨順其心少多語出一一語中僧伽婆尸沙若女人在比丘前言我辦酒食槃案香華瓔珞末香塗香敷好牀褥汝能來者三瘡門中隨汝意與乃至百語是中比丘隨順其心少多語出一一語中僧伽婆尸沙若女人在比丘前教言汝能三瘡門中隨意作者則爲女人所愛乃至百語是中比丘隨順其心少多語出一一語中僧伽婆尸沙若女人在比丘前駡是比丘麤駡細駡乃至百語是中比丘隨順其心少多

語出一一語中僧伽婆尸沙若一比丘向一女人不淨惡語一比丘僧伽婆尸沙若一比丘向二三四女人不淨惡語僧伽婆尸沙若二比丘向二三四一女人不淨惡語僧伽婆尸沙若三比丘向三四一二女人不淨惡語僧伽婆尸沙若四比丘向四一二三女人不淨惡語僧伽婆尸沙若比丘女人所女人想不淨惡語僧伽婆尸沙女人所男想黃門想二根想不淨惡語僧伽婆尸沙男所男想不淨惡語偷蘭遮男所黃門想二根想女想不淨惡語偷蘭遮黃門所黃門想二根想女想男想不淨惡語偷蘭遮二根所女想男想黃門想二根想不淨惡語偷蘭遮若是事人女邊僧伽婆尸沙即是事非人女邊偷蘭遮若是事人女邊偷蘭遮即是事非人女邊突吉羅竟三事

佛在舍衛國爾時長老迦留陀夷晨朝時到著衣持鉢入城乞食食已還自房中持戶鉤在門間立作如是念若有女人欲來僧坊看房舍者我當示諸房處爾時迦留陀夷遥見衆女來便言姊妹我當示汝諸房舍處少多示已將至自房向女人讚歎婬欲供養已身是衆女中有喜者默然不喜者出外語諸比丘大德法應爾耶此安隱處更有恐怖諸比丘言云何安隱處更有恐怖諸女人廣説上事諸比丘言如汝所説時諸比丘以種種因緣與衆女説法示教利喜頭面禮足還去不久諸比丘以是因緣向佛廣説佛以是事集比丘僧知而故問迦留陀夷汝實作是事不答言實作世尊佛以種種因緣呵責汝所作

事非沙門法不隨順道不清淨行出家之人所不應作汝癡人不知我以種種因緣呵欲欲想種種因緣讚歎離欲除滅欲熱我常說法教人離欲汝尚不應生心何況乃作起欲恚癡結縛根本不淨惡業佛以種種因緣呵已語諸比丘以十利故與諸比丘結戒從今是戒應如是說若比丘欲盛變心在女人前讚歎已身供養作如是言汝能以身供養我等持戒行善梵行人者諸供養中第一供養僧伽婆尸沙以身供養者比丘語女人言汝能以身作婬欲供養者諸供養中第一供養持戒者大戒律法盡能受持行善者正見忍辱故梵行者二身不共會故是中犯者有九種謂上大勝巧善妙偏好快上者若比丘語女人言汝能以身作婬欲供養我等持戒人者諸供養中是上供養僧伽婆尸沙若語女人言汝能以身作婬欲供養行善人者是上供養僧伽婆尸沙若語女人言汝能以身作婬欲供養梵行人者是上供養僧伽婆尸沙若語女人言汝能以身供養持戒行善人持戒梵行人行善梵行人持戒行善梵行人者是上供養僧伽婆尸沙若比丘語女人言汝能以身作婬欲供養不大持戒人者是上供養僧伽婆尸沙若語女人言汝能以身作婬欲供養不大行善人者是上供養僧伽婆尸沙若語女人言汝能以身作婬欲供養不大修梵行人是上供養僧伽婆尸沙若語女人言汝能以身作婬欲供養不大持戒行善人不大持戒梵行人不大行善梵行人不大持戒行善梵行人者是上供養僧伽婆尸沙若

比丘語女人言不以自身作婬欲供養我等持戒人者是上供養偷蘭遮若語女人言不以自身作婬欲供養行善人者是上供養偷蘭遮若語女人言不以自身作婬欲供養梵行人者是上供養偷蘭遮若語女人言不以自身作婬欲供養持戒行善人持戒梵行人行善梵行人持戒行善梵行人者是上供養偷蘭遮若比丘語女人言不以自身作婬欲供養不大持戒人者是上供養偷蘭遮若比丘語女人言不以自身作婬欲供養不大行善人者是上供養偷蘭遮若語女人言不以自身作婬欲供養不大修梵行人者是上供養偷蘭遮若語女人言不以自身作婬欲供養不大持戒行善人不大持戒梵行人不大行善梵行人不大持戒行善梵行人者是上供養偷蘭遮如是大勝巧善妙福好快供養亦如是若比丘語女人言汝能以身作婬欲供養持戒人者是上大供養僧伽婆尸沙若言上勝上巧上善上妙上福上好上快供養僧伽婆尸沙若言大勝大巧大善大妙大福大好大快供養僧伽婆尸沙若言勝巧勝善勝妙勝福勝好勝快供養僧伽婆尸沙若言巧善巧妙巧福巧好巧快供養僧伽婆尸沙若言善妙善福善好善快供養僧伽婆尸沙若言妙福妙好妙快供養僧伽婆尸沙若言福好福快供養僧伽婆尸沙若言好快供養僧伽婆尸沙若言上大勝上大巧上大善上大妙上大福上大好上大快供養僧伽婆尸沙若言大勝巧大勝善大勝妙大勝福大勝好大勝快供養僧伽婆尸沙若言勝巧善勝

巧妙勝巧福勝巧好勝巧快供養僧伽婆尸沙若言巧善妙巧善福巧善好巧善快供養僧伽婆尸沙若言善妙福善妙好善妙快供養僧伽婆尸沙若言妙福好妙福快供養僧伽婆尸沙若言福好快供養僧伽婆尸沙若言上大勝巧上大勝善上大勝妙上大勝福上大勝好上大勝快供養僧伽婆尸沙若言上大勝巧善上大勝巧妙上大勝巧福上大勝巧好上大勝巧快供養僧伽婆尸沙若言上大勝巧善妙上大勝巧善福上大勝巧善好上大勝巧善快供養僧伽婆尸沙若言上大勝巧善妙福上大勝巧善妙好上大勝巧善妙快供養僧伽婆尸沙若言上大勝巧善妙福妙上大勝巧善妙福快供養僧伽婆尸沙若比丘語女人言若以飲食華香瓔珞持用供養是上供養能以身供養者是上中上僧伽婆尸沙如是大勝巧善妙福好快亦如是若語女人言以飲食衣被卧具華香瓔珞持用供養是上中上能以身供養者過是上中上僧伽婆尸沙如是大勝巧善妙福好快亦如是若一比丘向一女人讚歎以身供養一僧伽婆尸沙若一比丘向二三四女人讚歎以身供養僧伽婆尸沙若二比丘向二三四一女人讚歎以身供養僧伽婆尸沙若三比丘向三四一二女人讚歎以身供養僧伽婆尸沙若四比丘向四一二三女人讚歎以身供養僧伽婆尸沙若比丘女人所女人想讚歎僧伽婆尸沙女人所男想黃門想二根想讚歎僧伽婆尸沙男所男想黃門想二根想女想讚歎偷蘭遮黃門所黃門想二根想

女想男想讃歎偷蘭遮二根所二根想女想男想黃門想讃歎偷蘭遮若是事人女邊僧伽婆尸沙即是事非人女邊偷蘭遮若是事人女邊偷蘭遮即是事非人女邊突吉羅四事竟

佛在舍衛國爾時有鹿子長者兒名曰迦羅聰智利根衆人所問常爲斷疑他事忽務若人有女姊妹有來求者往問迦羅某求我女若姊妹是人爲好不好應與不應與能與婦兒衣食不若迦羅言不好不能與婦兒衣食汝莫與女即便不與若迦羅言好能與婦兒衣食汝當與女即隨語與若人自爲求婦若爲兒求往問迦羅我求某女是女好不能成家事爲可取不若迦羅言不好不能成家事汝莫取之即隨語不取若迦羅言好能成家事汝可取之即隨語取若諸人女姊妹墮貧窮勤苦重作惡處衣食不充便作是言如我女姊妹所受苦惱諸問迦羅信受語者所受苦惱當復劇是由我等信受迦羅語故令女姊妹墮是惡處貧窮勤苦衣食不充若諸人女姊妹墮好處富樂衣食充足便作是念如我女姊妹所受富樂諸問迦羅信受語者所受富樂當復勝是我等信受迦羅語故令女姊妹得好處衣食充足爾時迦羅或得稱譽或得毀呰是人後時以信出家剃除鬚髮被著袈裟作比丘已猶如本法他事忽務若人有女姊妹有來求者往問迦羅比丘某求我女姊妹是人爲好不好應與不應與若迦羅言是人不好即便不與若迦羅言好即隨語與若人或爲已爲兒求婦往問迦羅我求某

女若姊妹好不好能辨家事不若迦羅言好便隨語取若言不好即便不取若諸人女姊妹有墮貧窮惡處勤苦重作衣食不充便作是念諸問迦羅信受語者所受勤苦當復劇是若得富樂好處便作是念諸問迦羅信受語者所受富樂當復勝是我以信受迦羅語故今女姊妹得是樂處如是迦羅比丘或得讃歎或得毀呰是迦羅比丘數出入諸檀越舍有人問迦羅言大德汝至某家不汝能語某與我兒女若與姊妹迦羅言能如是作媒人往來有比丘少欲知足行頭陀聞是事心不喜慚愧種種因緣呵責迦羅云何名比丘作媒人行如是呵已向佛廣說佛以是事集比丘僧佛知而故問迦羅比丘汝實作是事不答言實作世尊佛以種種因緣呵責汝所作事非沙門法不隨順道不清淨行出家之人所不應作汝癡人不知我以種種因緣呵欲欲想種種因緣讃歎離欲除滅欲熱我常說法教人離欲汝尚不應生心何況乃作起欲恚癡結縛根本不淨惡業汝癡人我尚不讃歎少有欲心何況汝作媒嫁事佛種種因緣呵已語諸比丘以十利故與諸比丘結戒從今是戒應如是說若比丘行媒嫁法持女意語男持男意語女若爲成婦事若爲私通事乃至一會時僧伽婆尸沙媒法者受他語往來女者有十四種護父所護母所護父母所護兄弟所護姊妹所護舅護姑護舅姑護親里護姓護自護法護夫主護持女意語男者有女人語比丘言汝能持是語語彼男子不我爲汝作婦若共私通汝能爲我作夫若

共私通若我與汝女若與汝姊妹汝能作我女夫若姊妹夫是名持女意語男持男意語女者有男語比丘言汝能持是語語彼女人不汝與我作婦若共私通我與汝作夫若共私通若與我女與我姊妹我與汝作女夫爲姊妹夫是名持男意語女乃至一會時者一時共交會故丈夫有七種婦索得水得破得自來得以衣食得合生得須臾得索得者以少多財物索得作婦是名索得水得者若人捉手以水灌掌與女作婦是名水得破得者若破他國奪得作婦復有自國反叛誅伐得者是名破得自來得者若女人自心貪著愛樂故來供給作婦是名自來得衣食得者若女人不能自活爲衣食故來供給作婦是名衣食得合生得者若女人語男子言汝有財物我有財物若生男女當供養我等是名合生得須臾得者共一交會故是名須臾得是中犯者若比丘自受主人語自語彼自報主人者僧伽婆尸沙若自受主人語自語彼使報主人者僧伽婆尸沙若自受主人語自語彼使使報主人者僧伽婆尸沙若比丘自受主人語使語彼使使報主人者僧伽婆尸沙若自受主人語使語彼自報主人者僧伽婆尸沙若自受主人語使語彼使報主人者僧伽婆尸沙若比丘自受主人語使使語彼使使報主人者僧伽婆尸沙若自受主人語使語彼自報主人者僧伽婆尸沙若自受主人語使使語彼使報主人者僧伽婆尸沙若比丘從使受主人語使語彼使報主人者僧伽婆尸沙若從使受主人語使語彼使使報

主人者僧伽婆尸沙若從使受主人語使語彼自報主人者僧伽婆尸沙若比丘從使受主人語使使語彼使使報主人者僧伽婆尸沙若從使受主人語使使語彼自報主人者僧伽婆尸沙若從使受主人語使使語彼使報主人者僧伽婆尸沙若比丘從使受主人語自語彼自報主人者僧伽婆尸沙若從彼使受主人語自語彼使報主人者僧伽婆尸沙若從使受主人語自語彼使使報主人者僧伽婆尸沙若比丘從使使受主人語使使語彼使使報主人者僧伽婆尸沙若從使使受主人語使使語彼自報主人者僧伽婆尸沙若從使使受主人語使使語彼使報主人者僧伽婆尸沙若比丘從使使受主人語自語彼自報主人者僧伽婆尸沙若從使使受主人語自語彼使報主人者僧伽婆尸沙若從使使受主人語自語彼使使報主人者僧伽婆尸沙若比丘從使使受主人語使語彼使報主人者僧伽婆尸沙若從使使受主人語使語彼使使報主人者僧伽婆尸沙若從使使受主人語使語彼自報主人者僧伽婆尸沙有二比丘受主人語出外一比丘言汝并說我意若語彼還報主人者俱僧伽婆尸沙若不報者俱偷蘭遮有二比丘受主人語出外一比丘語一比丘莫說我意若語彼還報主人者一比丘僧伽婆尸沙若不報者偷蘭遮諸比丘入他舍主人問前行比丘汝等出入其甲家不能語其甲與我兒若女姊妹前行比丘言我等不得作媒人後行比丘聞是語便往語彼居士汝能與其甲兒若女姊

妹耶還報者僧伽婆尸沙不報者偷蘭遮主人問後行比丘汝能出入是諸家不能語某甲與我兒若女姊妹不後行比丘言我等不得作媒人前行比丘聞是語便往語彼居士言汝能與某甲兒若女姊妹不比丘受語語彼還報者僧伽婆尸沙不報者偷蘭遮一比丘行道中一女人語比丘言汝能語某甲與我兒若女姊妹不比丘受語語彼還報者僧伽婆尸沙不報者偷蘭遮二三四女人亦如是二三四比丘亦如是一比丘行道中一男子語比丘言汝能語某甲與我兒若女姊妹不比丘受語語彼還報者僧伽婆尸沙不報者偷蘭遮二三四男子亦如是二三四比丘亦如是黃門二根亦如是一比丘行道中一女一男語比丘言汝能語某甲與我兒若女

姊妹不比丘受語語彼還報者僧伽婆尸沙不報者偷蘭遮二三四女人男子亦如是二三四比丘亦如是一比丘行道中一女人一黃門語比丘言汝能語某甲與我兒若女姊妹不比丘受語語彼還報者僧伽婆尸沙不報者偷蘭遮二三四女人黃門亦如是二三四比丘亦如是一比丘行道中一女人一二根人語比丘言汝能語某甲與我兒若女姊妹不比丘受語語彼還報者僧伽婆尸沙不報者偷蘭遮二三四女人二根亦如是二三四比丘亦如是一比丘行道中一男一黃門語比丘言汝能語某甲與我兒若女姊妹不比丘受語語彼還報者僧伽婆尸沙不報者偷蘭遮二三四男子黃門亦如是二三四比丘亦如是一比丘行道中一男子一二根語

比丘言汝能語某甲與我兒若女姊妹不比丘受語語彼還報者僧伽婆尸沙不報者偷蘭遮二三四男子二根亦如是二三四比丘亦如是一比丘行道中一黃門一二根語比丘言汝能語某甲與我兒若女姊妹不比丘受語語彼還報者僧伽婆尸沙不報者偷蘭遮二三四黃門二根亦如是二三四比丘亦如是一比丘行道中一女一男一黃門一二根語比丘言汝能語某甲與我兒若女姊妹不比丘受語語彼還報者僧伽婆尸沙不報者偷蘭遮二三四女人男子黃門二根亦如是二三四比丘亦如是有居士夫婦相瞋不和時一比丘常出入是家晨朝時到著衣持鉢入舍坐已共相問訊教二人令和合比丘生疑我將無犯僧伽婆尸沙耶是事白佛佛言有三種婦一財索得二水得三破賊得三種婦若作券言非我婦禮法未斷猶故出入未唱言非我婦教是和合者偷蘭遮若作券言非我婦禮法已斷不復出入而未唱言非我婦教是和合偷蘭遮若作券言非我婦禮法已斷不復出入唱言非我婦和合是者僧伽婆尸沙受他語有三種還報有六種三種者一威儀二相三期威儀者比丘語主人言若見我來往坐立當知得不得相者比丘語主人言若見我新剃髮若著絁僧伽黎若捉瓦鉢當知得不得期者比丘語主人言若見我在衆中大語時若掉衣時當知得不得是名三種受語六種報者一口二書三手印四威儀五相六期若比丘口受使語口語彼口還報者僧伽婆尸沙若書手印威儀相期還

報者僧伽婆尸沙比丘受使口語書語彼書還報者僧伽婆尸沙若書手印威儀相期口還報者僧伽婆尸沙比丘受使口語手印語彼手印還報者僧伽婆尸沙若手印威儀相期口書還報者僧伽婆尸沙若比丘受使書語書語彼書還報者僧伽婆尸沙若書手印威儀相期口還報者僧伽婆尸沙若比丘受使書語手印語彼手印還報者僧伽婆尸沙若比丘手印威儀相期口書還報者僧伽婆尸沙比丘受使書語口語彼口還報者僧伽婆尸沙口書手印威儀相期還報僧伽婆尸沙若比丘受使手印手印語彼手印還報者僧伽婆尸沙手印威儀相期口書還報者僧伽婆尸沙比丘受使手印語口語彼口還報者僧伽婆尸沙書手印威儀相期還報者僧伽婆尸沙比丘受手使印書語彼書還報者僧伽婆尸沙書手印威儀相期口還報者僧伽婆尸沙若受富貴人語語富貴人還報富貴人者僧伽婆尸沙若受貧賤人語語富貴人還報貧賤者偷蘭遮若比丘受他語解意旨僧伽婆尸沙若受意旨不受語偷蘭遮若但受語不解意旨不犯五事竟

佛在阿羅毗國爾時諸阿羅毗比丘自乞作廣長高大舍久故難治諸比丘數從居士乞言我須墼須塼釤钁斧鑿釜瓮槃盂瓶甕麻繩種種草木皮繩土囊作麤車麤車諸比丘以是因緣心常忽懼樂著作事妨廢讀經坐禪行道爾時長老大迦葉晨朝時到著衣持鉢入城乞食諸居士遙見大迦葉來即呵責言諸沙門釋子自言修善功德今自乞物作

廣長高大舍久故難治數來求索種種所須以是因緣妨廢讀經坐禪行道我等失利供養如是難滿難養無猒足人大迦葉聞是事心不喜乞食已往詣佛所頭面禮足在一面坐白佛言世尊我晨朝時到著衣持鉢入阿羅毗城乞食諸居士遥見我來呵責言諸沙門釋子自言修善功德今自乞物作廣長高大舍久故難治數從我等索鑿索塼釤钁斧鑿釜盆瓶甕草木皮繩常著作事以是因緣妨廢讀經坐禪行道我等失利供養如是難滿難養多欲無猒足人惟願世尊與諸比丘作舍限量佛黙然受大迦葉知佛黙然受語已將護舊比丘心故作禮而去去不久佛以是事集比丘僧知而故問諸比丘汝實作是事不答言實作世尊佛以種種因緣呵責諸

比丘言云何名比丘自乞作廣長高大舍久故難治數從諸居士種種求索樂著作事以是因緣妨廢讀經坐禪行道佛如是種種因緣呵已語諸比丘以十利故與諸比丘結戒從今是戒應如是說若比丘自乞作舍無主自爲當應量作是中量者長修伽陀十二搩手內廣七搩手是比丘應問諸比丘諸比丘當示無難無妨處若比丘自乞作舍無主自爲不問諸比丘過量作者僧伽婆尸沙若自乞者比丘從諸人乞若得百錢五十乃至一錢舍者温室涼室殿堂樓閣一柱舍重舍無主者是舍無檀越主若男女黄門二根自爲者不爲衆僧故專爲已故名爲自爲量者佛言用我手量長十二搩手內廣七搩手問者應問僧示處者僧應示作處難處者是中有

蛇窟蜈蚣百足毒蟲乃至鼠穴無難者是中無蛇窟蜈蚣百足毒蟲乃至鼠穴妨處者是舍四邊一尋地内有塔地若官地居士地外道地比丘尼地若有大石流水池水大樹深坑如是有妨處僧不應示無妨處者是舍四邊一尋地内無塔地官地居士地外道地比丘尼地大石流水池水大樹深坑如是無妨處僧應示是比丘應從僧乞示作處乞示作處法者僧一心和合時是比丘從座起偏袒右肩脱革屣胡跪合掌應作是言諸長老一心念我某甲比丘爲是自乞作舍無主自爲無難無妨處作故從僧乞示作處僧憐愍故示我作處第二第三亦如是乞是中僧應籌量可示不可示若是比丘言無難而實有難不應示若言無妨而實有妨亦不應示若言無難無妨而實有難有妨不應示若言無難實無難應示若言無妨實無妨應示若言無難無妨實無難無妨應示示法者僧一心和合一比丘僧中唱言大德僧聽某甲比丘欲自乞作舍無主自爲無難無妨處作故從僧乞示作處若僧時到僧忍聽僧當示某甲比丘作處白如是大德僧聽某甲比丘自乞作舍無主自爲無難無妨處作故從僧乞示作處僧憐愍故當示作處誰諸長老忍某甲自乞作舍無主自爲無難無妨處作者默然若不忍者說僧示某甲比丘自乞作舍無主自爲無難無妨處作竟僧忍默然故是事如是持是中犯者若比丘自乞作舍無主自爲不如法作者犯過量作犯不問處犯有難處犯有妨處犯過量不問處犯過量難處犯過量

妨處犯不問難處犯不問妨處犯難處妨處犯過量不問難處犯過量不問妨處犯若過量不問難處妨處犯若比丘語餘比丘爲我作舍語已便去後爲作竟是舍不如法作者犯若過量作犯不問處犯有難處犯妨處犯過量不問處犯過量難處犯過量妨處犯不問難處犯不問妨處犯難處妨處犯過量不問難處犯過量不問妨處犯過量不問難處妨處犯若比丘語餘比丘爲我作舍語已便去後作未成行還自成是舍不如法作犯過量作犯不問處犯難處犯妨處犯過量不問犯過量難處犯過量妨處犯不問難處犯不問妨處犯難處妨處犯過量不問難處犯過量不問妨處犯過量不問難處妨處犯若爲佛爲僧無犯若得先成舍無犯竟六事

佛在俱舍彌國爾時長老闡那多有知識國王夫人王子大臣將帥官屬以多知識故伐他神樹作大房舍是樹多人所識多人所用諸居士嫌恨呵責諸沙門釋子自言修善功德以國王夫人王子大臣將帥官屬所知識故伐是多人所識多人所用神樹作大房舍我等失利供養如是難滿難養多欲無猒足人有比丘少欲知足行頭陀聞是事心不喜向佛廣說佛以是事集比丘僧知而故問闡那汝實作是事不答言實作世尊佛以種種因緣呵責言云何名比丘以國王夫人王子大臣將帥官屬所知識故伐是多人所識用神樹作大房舍佛種種因緣呵責已語諸比丘以十利故與諸比丘結戒從今是戒應如是說若比丘作大房舍有主自爲作是比丘

應問諸比丘諸比丘當示無難無妨處若比丘作大房舍有主自爲不問諸比丘難處妨處作者僧伽婆尸沙大舍者温室涼室殿堂樓閣一柱舍重舍乃至容四威儀行立坐卧有主者是舍有檀越主若男若女黄門二根自爲者不爲僧故專爲已故名爲自爲問者應問僧示處者僧應示處難處妨處者如上説是比丘應從僧乞示作處乞法者僧一心和合是比丘從座起偏袒右肩脱革屣胡跪合掌應作是言諸長老一心念我某甲比丘欲作大房舍有主自爲無難無妨處作我某甲比丘爲是有主自爲無難無妨處作故從僧乞示作處僧憐愍故示我作處第二第三亦如是乞是中僧應籌量可示不可示若言無難而實有難若言無妨而實有妨若言無難無妨而實有難有妨皆不應示無妨實無妨無難實無難應示示法者僧一心和合一比丘僧中唱言大德僧聽某甲比丘欲作大舍有主自爲無難無妨處作是比丘爲作大舍故從僧乞示作處若僧時到僧忍聽僧當示某甲比丘作處白如是大德僧聽某甲比丘欲作大舍有主自爲無難無妨處作故從僧乞示作處僧憐愍故當示作處誰諸長老忍某甲比丘作大舍有主自爲無難處無妨處作者默然若不忍者説如是白四羯磨僧示竟某甲比丘作大舍有主自爲無難無妨處作竟僧忍默然故是事如是持是中犯者若比丘有主自爲過量作大舍犯不問處犯有難處犯有妨處犯不問有難處犯不問有妨處犯難處妨處犯不問難處妨處犯若比

丘語餘比丘爲我作舍語已便去後爲作竟是舍過量作犯不問處犯有難處犯有妨處犯不問有難處犯不問有妨處犯有難有妨處犯不問有難有妨處犯若比丘語餘比丘爲我作舍語已便去後作未成行還自成是舍過量作犯不問處犯有難處犯有妨處犯不問有難處犯不問有妨處犯有難有妨處犯不問有難有妨處犯若先成舍無犯竟七事

十誦律卷第三

音釋

搔捺（搔蘇遭切手爬也 捺乃曷切手按也）瘡疱（瘡初莊切 疱房教切）癬痒（癬息淺切 痒余兩切）腕（烏貫切手腕也）毳（充芮切細毛也）髾（師交切髮末也）腨（市兖切腓腸也）踞（居御切蹲也）滑（下刮切）劇（奇逆切甚也）媒嫁（媒莫杯切妁也 嫁居訝切女適人也）券（去願切契也）絁（始移切繒似布者）掉（徒弔切搖也）釤（所鑑切鏟屬）钁（居縛切大鉏也）鏨（在各切鏨也）妨廢（妨敷房切 廢放吠切）搩（陟葉切度物也）

十誦律卷第四

姚秦三藏弗若多羅共三藏鳩摩羅什譯

初誦之四

十三僧殘法之餘後附二不定法

佛在王舍城爾時長老陀驃力士子成就五法故僧羯磨作知卧具人不隨愛不隨瞋不隨怖不隨癡知得不得是人隨所應與若阿練兒阿練兒共持律持律共説法説法共讀修妬路讀修妬路共如是同事者共是人作是念我如是與者若語若默安樂得住是陀驃分布卧具時不須燈燭左手出光右手持與有比丘故待闇來欲見陀驃神通之力佛時故在王舍城是力士子陀驃成就五法故衆僧教作差會人是人差次會時不隨愛瞋怖癡知次第不越次爾時彌多羅浮摩比丘次會值得麤食如是再三食麤食時作如是念我深苦惱是陀驃力士子故以是麤食惱我我當以何報令彼得惱復作是念我當謗以無根波羅夷法是比丘有妹比丘尼名彌多羅時此比丘尼到彌多羅浮摩比丘所頭面禮足在一面立時彌多羅浮摩比丘不共語亦不看不教坐是比丘尼作是念我作何惡何所觸犯使此兄不共我語作是念已便言我於兄作何過故不共我語不教我坐是比丘言陀驃比丘故以麤食惱我乃至再三汝不助我比丘尼言欲令我以何事相助是比丘言妹汝到佛所作如是言世尊云何有是法陀驃比丘共我作婬墮波羅夷事比丘尼言是清淨無罪比丘云何謗以無根波羅夷法是比丘言妹汝不作是謗者我不共汝語

不喚汝坐是比丘尼敬愛兄故即作是念若我不隨語者兄不共我語不教我坐如是念已即語兄言當隨兄語是比丘言妹小住我當先往佛所汝隨後來我當證之即往佛所頭面禮足在一面立是比丘尼便從後來頭面禮足在一面立白佛言世尊云何有是法陀驃比丘共我作婬墮波羅夷事時彌多羅浮摩比丘即作是言世尊是事實爾我亦先知如比丘尼所說爾時陀驃在佛後以扇扇佛佛顧視陀驃言汝今云何是彌多羅比丘尼在我前言世尊云何有是法陀驃比丘共我作婬墮波羅夷事彌多羅浮摩比丘亦作是言世尊是事實爾我先亦知如是比丘尼所說陀驃比丘白佛言世尊世尊知我修伽陀知我佛語陀驃汝今不得作如是語世尊知我修伽陀知我汝憶念者便說憶念若不憶念者說不憶念我不憶念世尊不憶念修伽陀爾時長老羅睺羅亦在會中偏袒右肩合掌白佛言世尊是陀驃比丘爲何所說是彌多羅比丘尼今在佛前作如是語世尊云何有是法陀驃比丘共我作婬墮波羅夷事彌多羅浮摩比丘亦作是言世尊是事實爾我先亦知如比丘尼所說佛語羅睺羅我今問汝隨汝意答於意云何若是比丘尼來語我言世尊云何有是法羅睺羅共我作婬墮波羅夷事彌多羅浮摩比丘亦作是說是事實爾我亦先知如比丘尼所說汝當云何時羅睺羅言世尊知我修伽陀知我佛言癡人汝尚能言世尊知我修伽陀知我何況陀驃比丘持戒清淨善修梵行云何不言世尊知

我修伽陀知我爾時佛語諸比丘汝等當記
陀驃比丘說不憶念是彌多羅比丘尼自說
作罪故應與滅羯磨佛如是教已起入禪室
時諸比丘審諦急問彌多羅浮摩比丘言汝
云何見何處見見犯何事汝以何事故往見
是諸比丘審諦急問已答言陀驃比丘實梵
行清淨我以欲故瞋故怖故癡故作是語謗
諸比丘言云何陀驃比丘梵行清淨以欲故
瞋故怖故癡故作是語謗答言陀驃比丘成
就五法故王舍城衆僧教作差會人不隨愛
瞋怖癡次第不越次我時次會值麤惡食如
是再三噉食時心中苦惱便作是念陀驃比
丘故以麤食惱我我當以何報復作是念我當
謗以無根波羅夷法以是因緣故我以欲瞋
怖癡故作是語謗是中有比丘少欲知足行

頭陀聞是事心不喜呵責言云何名比丘以
無根波羅夷法謗清淨梵行比丘諸比丘種
種因緣呵已向佛廣說佛時從禪室出集比
丘僧知而故問彌多羅浮摩比丘汝實作是
事不答言實作世尊佛以種種因緣呵責云
何名比丘以無根波羅夷法誹謗清淨梵行
比丘佛以種種因緣呵已語諸比丘有三種
人以墮地獄何等三若人以無根波羅夷法
謗清淨梵行比丘是初人墮地獄復有人如
是邪見便作是言婬欲中無罪以是故是人
深作放逸自恣五欲是爲第二人墮地獄復
有人犯戒惡法臭爛非沙門自言沙門非梵
行自言梵行是爲第三人墮地獄爾時世尊
欲明了此事而說偈言
妄語墮地獄　作之言不作　是二俱相似

後皆受罪報　夫人處世間　斧在口中生
以是自斬身　斯由作惡言　應呵而讚歎
應讚而呵罵　口過故得衰　衰故不受樂
如擲失財利　是衰爲尠少　惡心向善人
是衰過於彼　尼羅浮地獄　其數有十萬
阿浮陀地獄　三十六及五　惡心作惡口
輕毀聖人故　壽終必當墮　如是地獄中
佛種種因緣呵已語諸比丘以十利故與諸
比丘結戒從今是戒應如是說
若比丘住惡瞋故以無根波羅夷法謗無波
羅夷比丘欲破彼梵行是比丘後時或問或
不問知是無根事比丘住惡瞋故作是語者
僧伽婆尸沙惡瞋者以貪著故起惡瞋增盛
不見是人功德但求過惡無波羅夷比丘者
是比丘四波羅夷中一切不犯無根者有三
種根本若見若聞若疑謗者是比丘不犯强
以罪加破梵行者破彼比丘法欲令退墮知
是無根事者事有四種諍訟事相助事犯罪
事常所行事是中犯者若比丘以無根波羅
夷法謗不清淨比丘十一種犯五種不犯十
一種者是事不見不聞不疑若見忘若聞忘
若疑忘若聞信聞若聞不信聞聞已言疑疑
已言見疑已言聞是名十一種犯五種不犯
者是事若見若聞若疑見已不忘聞已不忘
是名五種不犯如不清淨比丘似清淨比丘
亦如是若比丘以無根波羅夷法謗清淨比
丘十種犯四種不犯十種者不見不聞不疑
若聞忘疑忘若聞信聞若聞不信聞聞已言
疑疑已言見疑已言聞四種不犯者若疑若
聞若聞不忘若疑不忘如清淨比丘似不清

淨比丘亦如是八事竟

佛在王舍城爾時力士子陀驃比丘獨在山下與二比丘尼共立一處時彌多羅浮摩比丘亦在彼山坐石上治衣遥見陀驃比丘獨與二比丘尼共立一處見已作是念我先以無根波羅夷法誹謗不成今有小事當以波羅夷法謗之作是念已便語諸比丘今陀驃比丘是犯婬人我見是事不隨他語爾時諸比丘審諦急問汝云何見何處見見犯何事汝以何事往見如是諸比丘審諦問已便云我隨愛隨瞋隨怖隨癡故説是陀驃比丘實梵行清淨諸比丘問云何言我隨愛瞋怖癡故説是陀驃比丘梵行清淨答言我在彼山坐石上治衣遥見陀驃比丘獨與二比丘尼共立一處見已便作是念我先以無根波羅夷法誹謗不成今者有小事當以波羅夷法謗之以是故言我隨愛瞋怖癡故説陀驃比丘實自清淨是中有比丘少欲知足行頭陀聞是事心不喜呵責言云何名比丘持小片事以波羅夷法謗清淨比丘諸比丘種種因緣呵已向佛廣説佛以是事集比丘僧知而故問彌多羅浮摩比丘汝實作是事不答言實作世尊佛以種種因緣呵責云何名比丘持小片事以波羅夷法謗清淨比丘佛以種種因緣呵已語諸比丘以十利故與諸比丘結戒從今是戒應如是説若比丘住惡瞋故異分中取片若似片事以波羅夷法謗無波羅夷比丘欲破彼梵行是比丘後時或問或不問知是片若似片事比丘住惡瞋故作是語者僧伽婆尸沙異分者四波羅夷是何以

故是四波羅夷中若犯一一事非沙門非釋子失比丘法故名異分不異分者十三事二不定法三十捨墮法九十墮法四波羅提提舍尼法衆多學法七止諍法是名不異分何以故若犯是事故名比丘故名釋子不失比丘法是名不異分片須臾片者諸威儀中事是名爲片亦名須臾片諍者諍有四種鬭訟諍相助諍犯罪諍常所行事諍是中犯者若比丘地了時見餘比丘犯僧伽婆尸沙是比丘僧伽婆尸沙中定生僧伽婆尸沙想不見他犯波羅夷言我見犯一一語中僧伽婆尸沙日出時日出已中前日中中後晡時日沒日沒已初夜初分初夜中分初夜後分中夜初分中夜中分中夜後分後夜初分後夜中分後夜後分亦如是有比丘地了時見餘比丘犯罪若波逸提若波羅提提舍尼若突吉羅是比丘突吉羅罪中定生突吉羅想不見他犯波羅夷言我見犯一一語中僧伽婆尸沙乃至後夜分亦如是

復有比丘地了時見餘比丘犯僧伽婆尸沙謂是僧伽婆尸沙謂波逸提謂波羅提提舍尼謂突吉羅是比丘僧伽婆尸沙中定生突吉羅想不見他犯波羅夷言我見犯一一語中僧伽婆尸沙乃至後夜後分亦如是復有此丘地了時見餘比丘犯罪若波逸提若波羅提提舍尼若突吉羅是人謂是突吉羅謂僧伽婆尸沙謂波逸提謂波羅提提舍尼是人突吉羅中定生波羅提提舍尼想不見他犯波羅夷言我見犯一一語中僧伽婆尸沙乃至後夜後分亦如是

復有比丘地了時見餘比丘犯僧伽婆尸沙是中生疑爲是僧伽婆尸沙爲非僧伽婆尸沙後除疑心定生僧伽婆尸沙想不見他犯波羅夷言我見犯一一語中僧伽婆尸沙乃至後夜後分亦如是復有比丘地了時見餘比丘犯罪若波逸提若波羅提提舍尼若突吉羅是中生疑爲突吉羅爲非突吉羅後除疑心突吉羅罪中定生突吉羅想不見他犯波羅夷言我見犯一一語中僧伽婆尸沙乃至後夜後分亦如是

復有比丘地了時見餘比丘犯僧伽婆尸沙是中生疑是罪爲僧伽婆尸沙爲波逸提爲僧伽婆尸沙爲波羅提提舍尼爲僧伽婆尸沙爲突吉羅後除疑心僧伽婆尸沙中定生僧伽婆尸沙想不見他犯波羅夷言我見犯一一語中僧伽婆尸沙乃至後夜後分亦如是復有比丘地了時見他犯罪若波逸提若波羅提提舍尼若突吉羅是中生疑是罪爲突吉羅爲僧伽婆尸沙爲突吉羅爲波逸提爲突吉羅爲波羅提提舍尼後除疑心突吉羅中定生突吉羅想不見他犯波羅夷言我見犯一一語中僧伽婆尸沙乃至後夜後分亦如是復有比丘地了時見他犯僧伽婆尸沙是中生疑爲僧伽婆尸沙爲波逸提爲波羅提提舍尼爲突吉羅後除疑心僧伽婆尸沙中定生突吉羅想不見他犯波羅夷言我見犯一一語中僧伽婆尸沙乃至後夜後分亦如是復有比丘地了時見他犯罪若波逸提若波羅提提舍尼若突吉羅是中生疑是罪爲突吉羅爲僧伽婆尸沙爲波逸提爲波

羅提提舍尼後除疑心突吉羅中定生波羅提提舍尼想不見他犯波羅夷言我見犯一一語中僧伽婆尸沙乃至後夜後分亦如是

九事竟

佛在王舍城爾時提婆達多求破和合僧受持破僧事是人有嫉妬心方便作是念我獨不能得破沙門瞿曇和合僧壞轉法輪是提婆達多有四同黨一名俱伽梨二名騫陀陀驃三名迦留羅提舍四名三文達多提婆達多到是四人邊作是言汝當共破沙門瞿曇和合僧壞轉法輪時彼四人語提婆達多言沙門瞿曇諸弟子有大智慧大神通得天眼知他心念是人知見我等欲破和合僧壞轉法輪我等云何能破沙門瞿曇和合僧壞轉法輪提婆達多語四人言沙門瞿曇年少弟子新入彼法出家不久我等到邊用五法誘取語諸比丘言汝盡形壽受著納衣盡形壽受乞食法盡形壽受一食法盡形壽受露地坐法盡形壽受斷肉法若比丘受是五法疾得涅槃若有長老上座比丘多知多識久習梵行得佛法味者當語之言佛已老耄年在衰末自樂閑靜受現法樂汝等所須事我當相與我等以是方便能破沙門瞿曇和合僧壞轉法輪四比丘言如是提婆達多受大德語提婆達多後時到諸年少比丘所以五法誘之語諸比丘汝盡形壽受著納衣盡形壽受乞食法盡形壽受一食法盡形壽受露地坐法盡形壽受斷肉法汝等行是五法疾得涅槃復語諸長老上座比丘佛已老耄年在衰末自樂閑靜受現法樂汝所須事我當相

與爾時提婆達多非法說法法說非法非律說律律說非律非犯說犯犯說非犯輕說重重說輕有殘說無殘無殘說有殘常所用法說非常法非常所用法說是常法非教說教教說非教時諸比丘見提婆達多欲破和合僧壞轉法輪見已往詣佛所頭面禮足在一面坐坐已白佛言世尊是提婆達多欲破和合僧受持破僧因緣事是人非法說法法說非法非律說律律說非律犯說非犯非犯說犯輕說重重說輕有殘說無殘無殘說有殘常所用法說非常法非常所用法說是常法教說非教非教說教佛語諸比丘汝等當呵提婆達多令捨是破僧因緣事是比丘受佛語已到提婆達多所言汝莫求破和合僧莫受持破僧事當與僧和合僧和合者歡喜無諍一心一學如水乳合得安樂住汝當捨是破僧因緣事時提婆達多不捨是事

爾時提婆達多四同黨呵諸比丘言汝等莫說提婆達多是事何以故是人說法說律是人所說皆是我等所欲是人知說非不知說是人所說皆是我等所欲樂忍如是諸比丘再三教提婆達多不能令捨惡邪便從座起往詣佛所頭面禮足一面坐坐已白佛言世尊我等已約勅提婆達多而不捨惡邪有四同黨作是言汝等莫說提婆達多是事何以故是人說法說律是人所說皆是我等所欲是人知說非不知說是人所說皆是我等所樂忍諸比丘再三約勅不捨是事

爾時佛作是念如提婆達多癡人及四同黨或能破我和合僧壞轉法輪我當自約勅提

婆達多令捨是事佛作是念已即自約勑提婆達多汝莫求破和合僧莫受持破僧因緣事汝當與僧和合僧和合者歡喜無諍一心一學如水乳合得安樂住汝莫非法說法法說非法非律說律律說非律非犯說犯犯說非犯輕說重重說輕有殘說無殘無殘說有殘常所用法說非常法非常所用法說是常法非教說教教說非教汝當捨是破僧因緣事爾時提婆達多聞佛口教暫捨是事佛以是事集比丘僧以種種因緣呵責云何名比丘求破和合僧受持破僧事佛如是種種因緣呵已語諸比丘以十利故與諸比丘結戒從今是戒應如是說若諸比丘欲破和合僧勤求方便受持破僧事諸比丘應如是呵汝莫破和合僧莫求方便受持破僧事當與僧

和合僧和合者歡喜無諍一心一學如水乳合得安樂住汝當捨是求破僧事諸比丘如是教時不捨是事者當再三教令捨是事再三教已捨者善不捨者僧伽婆尸沙是中犯者比丘是事中有十四種犯非法說法偷蘭遮法說非法偷蘭遮非律說律偷蘭遮律說非律偷蘭遮非犯說犯偷蘭遮犯說非犯偷蘭遮輕說重偷蘭遮重說輕偷蘭遮有殘說無殘偷蘭遮無殘說有殘偷蘭遮常所用法說非常法偷蘭遮非常所用法說是常法偷蘭遮非教說教偷蘭遮教說非教偷蘭遮先應軟語約勑已捨者令作十四偷蘭遮悔過出罪若不捨者應作白四羯磨約勑約勑法者衆僧一心和合一比丘僧中唱大德僧聽某甲比丘求破和合僧受持破僧事

已輭語約勑不捨是事若僧時到僧忍聽僧當約勑其甲比丘汝莫破和合僧莫受持破僧事當與僧和合僧和合者歡喜無諍一心一學如水乳合得安樂住汝當捨是求破僧事白如是如是白四羯磨僧約勑其甲比丘竟汝莫破和合僧莫受持破僧事竟僧忍默然故是事如是持如佛先說是比丘應約勑乃至三教令捨是破僧事者是名約勑是名爲教是名約勑教若輭語約勑不捨者未犯初說說未竟說竟第二說說未竟說竟第三說說未竟非法別衆非法和合衆似法別衆似法和合衆如法別衆異法異律異佛教若約勑不捨者未犯若如法如律如佛教三約勑竟不捨者犯僧伽婆尸沙是比丘若以十四事約勑皆成約勑若以是約勑若以餘約勑此十四事一向約勑不捨者一向成僧伽婆尸沙後復約勑不捨者復得僧伽婆尸沙隨所約勑不捨者隨得爾所僧伽婆尸沙是比丘即入僧中自唱諸長老我其甲比丘得僧伽婆尸沙罪若即說者善若不即說者從是時來名覆藏日數（十事竟）

佛在王舍城佛以是助破僧比丘因緣故集比丘僧種種因緣呵責助破僧比丘云何名比丘知是比丘求破和合僧作別朋黨共相佐助若一若二若衆多佛如是種種因緣呵已語諸比丘以十利故與諸比丘結戒從今是戒應如是說若比丘求破和合僧有餘同意相助比丘若一若二若衆多語諸比丘言汝是事中莫說是比丘何以故是比丘說法說律不說非法不說非律是比丘所說皆是

我等所欲是知說非不知說是比丘所說皆是我等所欲樂忍諸比丘應如是教是相助比丘汝莫作是語是比丘說法說律不說非法不說非律是比丘所說皆是我等所欲是知說非不知說是比丘所說皆是我等所欲樂忍汝莫相助求破僧事當樂助和合僧僧和合者歡喜無諍一心一學如水乳合得安樂住諸比丘如是教時堅持是事不捨者諸比丘當再三教令捨是事再三教已捨者善不捨者僧伽婆尸沙是中犯者若助破僧比丘語諸比丘言汝是事中莫說是比丘得突吉羅若言是比丘說法者偷蘭遮是說律者偷蘭遮若言是比丘所說皆是我等所欲突吉羅若言知說非不知說偷蘭遮若言是比丘所說皆是我等所欲樂忍偷蘭遮先應輭語約敕已捨者令作四偷蘭遮二突吉羅悔過出罪若不捨者應作白四羯磨約敕約敕法者僧一心和合一比丘僧中唱大德僧聽某甲比丘助某甲比丘求破僧作別朋黨若一若二若衆多已輭語約敕不捨是事若僧時到僧忍聽當約敕某甲比丘汝等莫助某甲比丘求破僧事莫作別朋黨莫作是言是比丘說法說律是比丘所說皆是我等所欲是知說非不知說是所說皆是我等所欲樂忍如是白如是白四羯磨約敕某甲比丘汝莫助破和合僧竟僧忍默然故是事如是持如佛所說是比丘應約敕乃至三教令捨助破僧事者是名約敕是名爲教是名約敕教若輭語約敕不捨者不犯若初說說未竟說竟第二說說未竟說竟第三說說未竟非法

別衆非法和合衆似法別衆似法和合衆如法別衆異法異律異佛教不捨者不犯若如法如毗尼如佛教三約勅不捨者犯僧伽婆尸沙是比丘若以四事約勅皆成約勅若以是約勅若餘約勅此四事一向約勅不捨者一向成僧伽婆尸沙若後復約勅不捨者復得僧伽婆尸沙隨所約勅不捨者隨得爾所僧伽婆尸沙是比丘應即時入僧中自唱言諸長老我某甲比丘得僧伽婆尸沙罪若即說者善若不即說者從是時來名覆藏日數

十一事竟

佛在舍衛國爾時黒山土地有二比丘名馬宿滿宿在此處住作惡行汙他家皆見皆聞皆知是比丘共女人一牀坐共一盤食共器飲酒中後食共食宿噉宿食不受而食不受殘食法鼓簧捻脣作音樂聲齒作妓樂彈銅盂彈多羅樹葉作餘種種妓樂歌舞著鬘瓔珞以香塗身著香熏衣以水相灑自手採華亦使人採自貫華鬘亦使人貫頭上著華自著耳環亦使人著自將他婦女去若使人將去若令象鬪馬鬪車鬪步鬪羊鬪水牛鬪狗鬪雞鬪男鬪女鬪亦自共鬪手打脚蹋四向馳走變易服飾馳行跳躑水中浮没斫截樹木打臂拍髀啼哭大喚或嘯謬語諸異國語躑絶反行如婉轉魚躑物空中還自接取與女人共大舩上載令作妓樂或騎象馬乘車輦輿與多人衆吹貝導道入園林中作如是等種種惡不淨事爾時阿難從迦尸國來向舍衛城到黒山宿晨朝時到著衣持鉢入城乞食阿難持空鉢入城還空鉢出出城不遠

多人衆集有少因緣阿難到彼問衆人言汝此土地豐樂多諸人衆今我乞食持空鉢入還空鉢出無有沙門釋子在此多少作惡事耶爾時有賢者名憂樓伽在彼衆中從座起偏袒合掌語阿難言大德知不此有馬宿滿宿比丘作諸惡行如上廣說大德阿難是二比丘住此作惡悉汙諸家皆見聞知時憂樓伽賢者即以兩手抱阿難身將入自舍敷座令坐自手與水與多美飲食自恣飽滿已洗手攝鉢賢者取小牀坐欲聽法故阿難以種種因緣說法示教利喜已從座起去向自房舍隨所受卧具還付舊比丘持衣鉢遊行向舍衛國漸到佛所頭面禮足在一面立諸佛常法有客比丘來以如是語問訊忍不足不安樂住不道路不疲乞食不乏佛以如是語

問訊阿難忍不足不安樂住不道路不乏耶阿難答言世尊忍足安樂住道路不乏乞食不難以是因緣向佛廣說佛以是事集比丘僧以種種因緣呵責馬宿滿宿比丘云何名比丘作惡行汙他家皆見聞知佛如是種種因緣呵已語阿難言汝往黒山與馬宿滿宿比丘驅出羯磨若更有如是比丘亦應如是驅出羯磨羯磨者一心和合僧是馬宿滿宿比丘著見處不聞處一比丘僧中作是言誰能說馬宿滿宿比丘如是罪事而自不犯毀呰波逸提何以故僧差作故若有比丘僧中言我能作者即喚馬宿滿宿比丘來是比丘應問汝憶念與女人共一牀坐共一盤食共一器飲酒中後食共食宿噉宿食不受食不受殘食法廣問如上種種惡不淨事汝憶作

不若馬宿滿宿比丘是諸罪中趣說一事即應語汝默然今僧與汝作驅出羯磨時一比丘僧中唱言大德僧聽馬宿滿宿比丘作惡行汙他家皆見聞知共女人一牀坐共一盤食共器飲酒中後食共食宿噉宿食不受食不受殘食法乃至諸異國語若僧時到僧忍聽與馬宿滿宿比丘作驅出羯磨若馬宿滿宿比丘共女人一牀坐一盤食共一器飲酒中後食共食宿噉宿食不受食不受殘食法乃至諸異國語僧與作驅出羯磨白如是如是白四羯磨僧與馬宿滿宿比丘作驅出羯磨竟僧忍默然故是事如是持是比丘僧如法與驅出羯磨已作是言僧阿難隨欲行瞋行怖行癡行是中有比丘少欲知足行頭陀聞是事心不喜種種因緣呵責云何名比丘衆僧和合如法作驅出羯磨乃復說僧阿難隨欲瞋怖癡行諸比丘種種因緣呵已向佛廣說佛以種種因緣呵責馬宿滿宿比丘云何名比丘一心和合僧如法作驅出羯磨說僧阿難隨欲瞋怖癡行佛種種因緣呵已語諸比丘以十利故與諸比丘結戒從今是戒應如是說若比丘隨所依止聚落作惡行汙他家皆見皆聞皆知諸比丘應如是言汝等作惡行汙他家皆見皆聞皆知汝等出去不應住此是比丘語諸比丘言諸比丘隨欲瞋怖癡行何以故有如是同罪比丘有驅者有不驅者諸比丘語是比丘汝莫作是語諸比丘隨欲瞋怖癡行何以故諸比丘不隨欲瞋怖癡行汝等作惡行汙他家皆見聞知汝當捨是隨欲瞋怖癡語汝等出去不應住此如

是教時不捨是事者當再三教令捨是事再三教時捨者善不捨僧伽婆尸沙

是中犯者若比丘言諸比丘隨欲行偷蘭遮隨瞋行偷蘭遮隨怖行偷蘭遮隨癡行偷蘭遮若言同犯罪比丘有驅者有不驅者呵罵僧故得波逸提先應輭語約勑若捨者令作四偷蘭遮一波逸提悔過出罪若不捨者應作白四羯磨約勑約勑法者僧一心和合一比丘僧中唱言大德僧聽馬宿滿宿比丘衆僧如法作驅出羯磨說僧阿難隨欲瞋怖癡行若僧時到僧忍聽僧當約勑是比丘僧如法作驅出羯磨汝莫說僧阿難隨欲行莫言隨瞋行莫言隨怖行莫言隨癡行汝當捨是隨欲瞋怖癡語白如是如是白四羯磨僧約勑馬宿滿宿比丘竟僧忍默然故是事如是持如佛先說是比丘應約勑乃至三教是名約勑是名爲教是名約勑教若輭語約勑不捨者不犯若初說說未竟說竟第二說說未竟說竟第三說說未竟非法別衆非法和合衆似法別衆似法和合衆如法別衆異法異律異佛教約勑不捨者不犯若如法如律如佛教三約勑不捨者犯僧伽婆尸沙是比丘若以四事約勑皆成約勑若以是約勑若以餘約勑以此四事一向約勑不捨者一向成僧伽婆尸沙若後復約勑不捨者復得僧伽婆尸沙隨所約勑不捨者隨得爾所僧伽婆尸沙是比丘應即時入僧中自唱言諸長老我某甲比丘得僧伽婆尸沙罪若即說者善若不即說從是時來名覆藏日數十二事竟

佛在俱舍毗國爾時長老闡那犯小悔過罪

諸比丘欲利益憐愍安樂故教憶是罪語闡那言汝作某可悔過罪汝應發露悔過莫覆藏闡那答言汝等莫語我好惡我亦不語汝等好惡何以故我大人子得佛法故汝等種種雜姓種種國土種種家信佛法故剃除鬚髮著法服隨佛出家如秋葉落風吹一處汝等亦爾種種雜姓種種國土種種家信佛法故剃除鬚髮著法服隨佛出家以是故汝等不應語我好惡我亦不應語汝好惡我大人子得佛法故是中有比丘少欲知足行頭陀聞是事心不喜種種因緣呵責云何名比丘如戒經中說事諸比丘如法如律以利益憐愍故說自身作戾語事諸比丘種種因緣呵已向佛廣說佛以是事集比丘僧知而故問闡那言汝實作是事不答言實作世尊佛以種種因緣呵責闡那云何名比丘自身作戾語佛以種種因緣呵已語諸比丘以十利故與諸比丘結戒從今是戒應如是說

若比丘惡性戾語諸比丘說如法如律如戒經中事是比丘戾語不受語諸比丘言汝莫語我好惡我亦不語汝好惡諸比丘應如是言諸比丘說如法如律如戒經中事汝莫戾語汝當隨順語諸比丘當爲汝說如法如律汝亦當爲諸比丘說如法如律何以故如是者諸如來衆得增長利益以共語相教共出罪故汝當捨是戾語事諸比丘如是教時不捨是事者當再三教令捨是事再三教已捨者善不捨者僧伽婆尸沙

是中犯者若比丘言汝莫語我突吉羅莫語好偷蘭遮莫語惡偷蘭遮我亦不語汝突吉

羅不語汝好偷蘭遮不語汝惡偷蘭遮若言捨是教我法嫌罵僧故得波逸提先應輭語約勑輭語約勑已捨是事者令作四偷蘭遮二突吉羅一波逸提悔過出罪若不捨者應作白四羯磨約勑約勑法者僧一心和合一比丘僧中唱言大德僧聽是闡那比丘自身作戾語事已輭語約勑不捨是事若僧時到僧忍聽當約勑闡那比丘莫作戾語事莫言莫語我好惡我亦不語汝好惡諸比丘說如法如律如戒經中事汝莫戾語當作隨順語諸比丘當爲汝說如法如律汝當爲諸比丘說如法如律如是者諸如來衆得增長利益以共語相教共出罪故汝當捨是戾語事白如是如是白四羯磨約勑闡那比丘竟僧忍黙然故是事如是持如佛先說是比丘應約勑乃至三教是名約勑是名爲教是名約勑教若輭語約勑不捨者未犯若初說說未竟說竟第二說說未竟說竟第三說說未竟非法別衆非法和合衆似法別衆似法和合衆如法別衆異法異律異佛教三約勑不捨者未犯若如法如律如佛教三約勑竟不捨者犯僧伽婆尸沙是比丘若以四事約勑皆成約勑若以是約勑若以餘約勑以此四事一向約勑不捨者一向成僧伽婆尸沙若後復約勑不捨者復得僧伽婆尸沙隨所約勑不捨者隨得爾所僧伽婆尸沙是罪比丘應即入僧中自唱言諸長老我某甲比丘犯僧伽婆尸沙若即說者善若不即說者從是時來名覆藏日數十三事竟

二不定法

佛在舍衛國爾時迦留陀夷比丘與掘多優婆夷舊相知識共事共語時迦留陀夷到掘多舍已獨屏覆處坐說法時有毗舍佉鹿子母小因緣故到掘多比舍遥聞迦留陀夷說法語聲作是念必當是迦留陀夷在掘多舍說法我當往聽時毗舍佉鹿子母即到掘多舍見迦留陀夷獨與掘多屏覆處坐遥見已作是念是坐處惡比丘不應是中坐若有長者見是坐處必當知是比丘作惡事竟若欲作惡我今當往白佛時毗舍佉鹿子母即到佛所頭面禮足一面坐已以是因緣向佛廣說佛與毗舍佉鹿子母說種種法示教利喜已默然住毗舍佉鹿子母見佛默然已從座起作禮而去去不久佛以是事集比丘僧知而故問迦留陀夷汝實作是事不答言實作世尊佛以種種因緣呵責迦留陀夷汝所作事非沙門法不隨順道無欲樂心作不清淨行出家之人所不應作汝癡人不知我以種種因緣呵欲欲想欲欲覺欲熱種種因緣稱讚斷欲除欲想滅欲熱我常說法教人離欲汝尚不應生心何況乃作起欲恚癡結縛根本不淨惡業佛如是種種因緣呵已語諸比丘以十利故與諸比丘結戒從今是戒應如是說若比丘獨共女人坐屏覆內可行婬處若可信優婆夷說是比丘三法中一一法若波羅夷若僧伽婆尸沙若波逸提若是比丘自言我坐是處應三法中隨所說治若波羅夷若僧伽婆尸沙若波逸提若隨可信優婆夷所說法治是初不定法女人者女人名有命人若大若小中作婬欲獨者一比丘一

女人更無第三人屏處者是處有壁有籬席障薄障衣縵障如是等種種餘障是名屏處行婬處者是中無所羞恥可作婬欲可信優婆夷者歸依佛歸依法歸依比丘僧得道得果是人終不爲身若爲他人若以小因緣若爲財利故作妄語三法中波羅夷者四事波羅夷中趣說一事僧伽婆尸沙者十三事中趣說一事波逸提者九十事中趣說一事不定者云何名不定可信優婆夷不知犯不知何處起不知犯名字但言我見女人是處來去坐立亦見比丘來去坐立不見若作婬欲若作偷奪若奪人命若觸女人身若殺草木若過中食若飲酒如是事中不決定故是名不定隨優婆夷所說事應善急問是比丘善急問已自說我有是罪而不往隨比丘語治若言我往不犯是罪如比丘語應治若言我不往無有是罪隨可信優婆夷語故應與是比丘作實覓法實覓法者衆僧一心和合一比丘僧中唱大德僧聽其甲比丘以可信優婆夷語善急問已不自說到彼處不自說有是罪若僧時到僧忍聽與其甲比丘隨可信優婆夷語作實覓白如是如是白四羯磨僧與其甲比丘隨可信優婆夷語作實覓竟僧忍默然故是事如是持得實覓比丘行法者是人不應與他受大戒不應受他依止不應畜沙彌不應教戒比丘尼若僧差作不應受不應重作實覓罪不應作相似罪亦不應作重於先罪不應呵羯磨不應呵作羯磨人不應出清淨比丘罪不得求聽欲出他罪不應遮說戒不應遮自恣不應遮僧羯磨教戒比

丘尼人不應舉清淨比丘罪不應教令憶念不應相言恒自謙卑折伏心意隨順清淨比丘心常行恭敬禮拜若不如是法行者盡形壽不得出是羯磨竟一事

佛在舍衛國爾時尸利比丘與修闍多居士婦舊相知識共事共語時尸利比丘晨朝時到著衣持鉢至修闍多舍獨二人露處坐說法時有布薩陀居士婦小因緣故到修闍多比舍聞尸利比丘說法語聲作是念必是尸利比丘爲修闍多說法我當往聽即往到舍見尸利比丘獨與修闍多露處共坐見已作是念是坐處惡比丘不應是中坐若其夫若其子若奴若子弟若典計人見是處坐必當知是比丘作惡事竟若欲作惡我今當往白佛時布薩陀往到佛所頭面禮足一面坐已以是因緣向佛廣說佛與布薩陀說種種法示教利喜已默然布薩陀見佛默然已從座起作禮而去去不久佛以是事集比丘僧知而故問尸利比丘汝實作是事不答言實作世尊佛以種種因緣呵責尸利比丘汝所作事非沙門法不隨順道無欲樂心作不清淨行出家之人所不應作汝癡人不知我以種種因緣呵欲欲想欲欲覺欲熱種種因緣種種讚斷欲想滅欲熱我常說法教人離欲汝尚不應生心何況乃作起欲恚癡結縛根本不淨惡業佛如是種種因緣呵已語諸比丘以十利故與諸比丘結戒從今是戒應如是說若比丘獨共一女人露地坐不可行婬處若可信優婆夷說是比丘二法中一一法若僧伽婆尸沙若波逸提若是比丘自言我

坐是處應隨所說治若僧伽婆尸沙若波逸提若隨可信優婆夷所說治是二不定法露地處者無壁障無籬障無薄席障無衣縵障是名露地不可行婬處者是中有所羞恥不得作婬可信優婆夷者歸依佛歸依法歸依僧得道得果是人終不為身若為他人若以小因緣若為財利故故作妄語說二法中一一法中僧伽婆尸沙者十三僧伽婆尸沙中趣說一事波逸提者九十事中趣說一事不定者可信優婆夷不知犯何處起不知犯名字但說我見女人是處來去坐立亦見比丘是處來去坐立不見出精若觸女人身若殺草木若過中食若飲酒如是事中不決定故名為不定隨可信優婆夷所說應善急問善急問已若是比丘自言我有是罪而不往如比丘語應治若言我往無有是罪如比丘語應治若言我不往無有是罪如可信優婆夷語應與實覓實覓法者僧一心和合一比丘僧中唱言大德僧聽某甲比丘以可信優婆夷語善急問已不自說到彼處不自說有是罪若僧時到僧忍聽與某甲比丘隨可信優婆夷語作實覓白如是如是白四羯磨與某甲比丘隨可信優婆夷作實覓竟僧忍默然故是事如是持得實覓比丘行法者是人不應與他受大戒不應受他不止不應畜沙彌不應教戒比丘尼若僧差作不應受不應重作實覓罪不應作相似罪不應作重於先罪不應呵羯磨不應呵作羯磨人不應出清淨比丘罪不得求聽欲出他罪不應遮說戒不應遮自恣不應遮僧羯磨教戒比丘尼人不

應舉清淨比丘罪不應教令憶念不應相言恒自謙卑折伏心意隨順清淨比丘心行常恭敬禮拜若法行者盡形不如是壽不得出是羯磨竟二事

十誦律卷第四

音釋

練力甸切　驃毗召切　掩衣檢切遮也　尠息淺切少也　耄莫報切人年九十日耄　簧胡光切笙管中金薄鍱也　捻諾協切捏也　舞文甫切蹈舞也　斫職略切刀斫也　截昨結切斷也　戾郎計切曲也　掘其月切　屏必郢切蔽也　縵莫官切

十誦律卷第五

姚秦三藏弗若多羅共三藏鳩摩羅什譯

初誦之五

三十尼薩耆法之一

佛在王舍城爾時六羣比丘多畜衣服入聚落著異衣出聚落著異衣食時著異衣食竟著異衣怛鉢那時著異衣怛鉢那竟著異衣食前著異衣食後著異衣初夜著異衣中夜著異衣後夜著異衣入廁著異衣出廁著異衣洗大便時著異衣洗大便竟著異衣小便時著異衣小便竟著異衣入浴室著異衣出浴室著異衣畜積如是種種餘衣朽爛蟲壞不用是中有比丘少欲知足行頭陀聞見是事心不喜種種因緣呵責六羣比丘云何名比丘多畜衣服入聚落著異衣出聚落著異衣食時著異衣食竟著異衣怛鉢那時著異衣怛鉢那竟著異衣食前著異衣食後著異衣初夜著異衣中夜著異衣後夜著異衣入廁著異衣出廁著異衣洗大便時著異衣洗大便竟著異衣小便時著異衣小便竟著異衣入浴室著異衣出浴室著異衣畜積如是種種餘衣朽爛蟲壞不用種種因緣呵已向佛廣說佛以是事集比丘僧知而故問六羣比丘汝實作是事不答言實作世尊佛以種種因緣呵責六羣比丘云何名比丘多畜衣服入聚落著異衣出聚落著異衣食時著異衣食竟著異衣怛鉢那時著異衣怛鉢那竟著異衣食前著異衣食後著異衣初夜著異衣中夜著異衣後夜著異衣入廁著異衣出廁著異衣洗大便時著異衣洗大便竟著異

衣小便時著異衣小便竟著異衣入浴室著異衣出浴室著異衣畜積如是種種餘衣朽爛蟲壞不用佛如是種種因緣呵已語諸比丘以十利故與諸比丘結戒從今是戒應如是說若比丘衣竟已捨迦絺那衣畜長衣得至十日若過是畜者尼薩耆波逸提是中或有衣竟非捨迦絺那衣或捨迦絺那衣非衣竟或衣竟亦捨迦絺那衣或非衣竟亦非捨迦絺那衣衣竟非捨迦絺那衣者若比丘衣竟未捨迦絺那衣是名衣竟非捨迦絺那衣非衣竟捨迦絺那衣者若比丘捨迦絺那衣衣不竟是名捨迦絺那衣非衣竟衣竟亦捨迦絺那衣者若比丘衣竟捨迦絺那衣是名衣竟捨迦絺那衣非衣竟亦非捨迦絺那衣者若比丘衣不竟非捨迦絺那衣是名非衣

竟亦非捨迦絺那衣長衣者除僧伽梨鬱多羅僧安陀衛餘殘衣名爲長衣尼薩耆波逸提者是衣應捨波逸提罪應悔過是中犯者若比丘初一日得衣畜二日捨二日得衣三日捨三日得衣四日捨四日得衣五日捨五日得衣六日捨六日得衣七日捨七日得衣八日捨八日得衣九日捨九日得衣十日捨十日得衣十日時比丘是衣應與人若作淨若受持若不與人不作淨不受持至十一日地了時尼薩耆波逸提若比丘一日得衣二日更得畜一捨一二日得衣三日更得畜一捨一三日得衣四日更得畜一捨一四日得衣五日更得畜一捨一五日得衣六日更得畜一捨一六日得衣七日更得畜一捨一七日得衣八日更得畜一捨一八日得衣九日

更得畜一捨一九日得衣十日更得畜一捨一十日時比丘是衣應與人若作淨若受持若不與人不作淨不受持至十一日地了時尼薩耆波逸提若比丘一日得衣二日更得捨前畜後二日得衣三日更得捨前畜後三日得衣四日更得捨前畜後四日得衣五日更得捨前畜後五日得衣六日更得捨前畜後六日得衣七日更得捨前畜後七日得衣八日更得捨前畜後八日得衣九日更得捨前畜後九日得衣十日更得捨前畜後十日時比丘是衣應與人若作淨若受持若不與人不作淨不受持至十一日地了時尼薩耆波逸提若比丘一日得衣二日更得畜前捨後二日得衣三日更得畜前捨後三日得衣四日更得畜前捨後四日得衣五日更得畜前捨後五日得衣六日更得畜前捨後六日得衣七日更得畜前捨後七日得衣八日更得畜前捨後八日得衣九日更得畜前捨後九日得衣十日更得畜前捨後十日時比丘是衣應與人若作淨若受持若不與人不作淨不受持至十一日地了時尼薩耆波逸提若比丘一日得衣畜二日不得三四五六七八九十日不得十日時比丘是衣應與人若作淨若受持若不與人不作淨不受持至十一日地了時尼薩耆波逸提若比丘一日得衣畜二日得衣畜三四五六七八九十日得衣畜十日時比丘是衣皆應與人若作淨若受持若不與人不作淨不受持至十一日地了時尼薩耆波逸提若比丘初日得衣用作僧伽梨最下九條成分別若干長若干短總

說九條作衣竟日即應受持作是言我是最下僧伽梨九條作持餘殘物及先僧伽梨應與人若作淨若受持若比丘初日得衣用作鬱多羅僧七條成分別若干長若干短總說七條作衣竟日即應受持作是言我是鬱多羅僧七條作持餘殘物及先鬱多羅僧若與人若作淨若受持若比丘初日得衣用作安陀衛五條成分別若干長若干短總說五條作衣竟日即應受持作是言我是安陀衛受五條作持餘殘物及先安陀衛應與人若作淨若受持若比丘得新衣二重作僧伽梨一重作鬱多羅僧一重作安陀衛二重作尼師壇若欲三重作僧伽梨三重作尼師壇若更以新衣重縫是比丘重縫衣故突吉羅若過十日尼薩耆波逸提若比丘得故衣作四重

僧伽梨二重鬱多羅僧二重安陀衛四重尼師壇若更以新衣重縫是比丘重縫衣故突吉羅若過十日尼薩耆波逸提若比丘得新衣二重作僧伽梨二重作尼師壇若三重僧伽梨三重尼師壇若還摘却作是念是衣若與人若作淨若受持還摘衣突吉羅若過十日尼薩耆波逸提若比丘得故衣四重作僧伽梨二重鬱多羅僧二重安陀衛四重尼師壇若還摘却作是念若與人若作淨若受持還摘衣故突吉羅若過十日尼薩耆波逸提若比丘得新衣二重作僧伽梨二重尼師壇若三重僧伽梨三重尼師壇若還摘却作是念若浣若染若轉易表裏還摘衣故突吉羅若過十日無犯若比丘得故衣四重作僧伽梨二重鬱多羅僧二重安陀衛四重尼師壇

若還摘却作是念若浣若染若轉易表裏還擿衣故突吉羅若過十日無犯若比丘有捨墮衣未捨罪未悔過次續未斷若更得衣是後衣先衣相續故得尼薩耆波逸提復次比丘有捨墮衣已捨罪未悔過次續未斷若更得衣是後衣先衣相續故得尼薩耆波逸提復次比丘有捨墮衣已捨罪已悔過次續未斷若更得衣是後衣先衣相續故得尼薩耆波逸提若比丘有捨墮衣已捨罪已悔過次續已斷若更得衣無犯一事竟

佛在王舍城爾時六羣比丘處處留衣著上下衣遊行諸國趣著弊衣無有威儀諸受寄舊比丘與六羣比丘架上取衣舒曬抖擻卷揲著衣囊中繫舉以是因緣妨廢讀經坐禪行道是中有比丘少欲知足行頭陀聞是事心不喜種種因緣呵責六羣比丘云何名比丘處處留衣著上下衣遊行諸國趣著弊衣無有威儀諸受寄舊比丘與汝架上取衣舒曬抖擻卷揲著衣囊中繫舉以是因緣妨廢讀經坐禪行道諸比丘如是呵已向佛廣說佛以是事集比丘僧知而故問六羣比丘汝實作是事不答言實作世尊佛以種種因緣呵責六羣比丘云何名比丘處處留衣著上下衣遊行諸國趣著弊衣無有威儀諸受寄舊比丘與汝架上取衣舒曬抖擻卷揲著衣囊中繫舉以是因緣妨廢讀經坐禪行道佛以是事種種因緣呵已語諸比丘以十利故與諸比丘結戒從今是戒應如是說若比丘衣竟捨迦絺那衣已三衣中若離一衣乃至一夜尼薩耆波逸提除僧羯磨一夜者從日

沒至明相未出三衣中若離一衣者若離僧伽梨若離鬱多羅僧若離安陀衛除僧羯磨者僧羯磨名如大迦葉以因緣故留僧伽梨著闍崛山中著上下衣來入竹園時遇天雨不得還山離僧伽梨宿是大迦葉語諸比丘我以因緣故留僧伽梨著闍崛山中今遇天雨不得還山離僧伽梨宿今當云何諸比丘以是事白佛佛以是事集比丘僧知而故問大迦葉汝實留僧伽梨著闍崛山中著上下衣來入竹園時遇天雨不得還山是事問諸比丘我留僧伽梨著闍崛山中著上下衣來入竹園今遇天雨不得還山今當云何汝實爾不答言實爾世尊佛以種種因緣讚戒讚持戒讚戒讚持戒已語諸比丘從今聽一布薩共住處結不離衣羯磨不離衣羯磨法者僧一心和合一比丘應僧中唱大德僧聽是一布薩共住處僧先所結共布薩界是中除聚落及聚落界取空地及住處若僧時到僧忍聽僧一布薩共住處作不離衣羯磨白如是大德僧聽是一布薩共住處僧先所結共布薩界是中除聚落及聚落界取空地及住處作不離衣羯磨誰諸長老忍是一布薩共住處作不離衣羯磨者默然誰不忍者是長老說僧已結一布薩共住處作不離衣羯磨竟僧忍默然故是事如是持是名除僧羯磨復有僧羯磨如長老舍利弗病欲一月遊行諸國僧伽梨重時舍利弗語諸比丘我欲一月遊行我今有病僧伽梨重今當云何諸比丘以是事白佛佛以是因緣集比丘僧知而故問舍利弗汝實語諸比丘我欲一月遊行

今我有病僧伽梨重今當云何汝實爾不答言實爾世尊佛以種種因緣讚戒讚持戒讚戒讚持戒已語諸比丘從今聽老比丘病比丘作一月不離僧伽梨宿羯磨乞羯磨法者是老病比丘僧和合時偏袒右肩脫革屣胡跪合掌言諸長老憶念我某甲比丘老病欲一月遊行僧伽梨重今從僧乞一月不離僧伽梨宿羯磨僧憐愍故與我一月不離僧伽梨宿羯磨如是三說是中僧應籌量若是比丘言我老病而實不老不病不應與若實老實病應與若言僧伽梨重而實不重不應與若實重應與與法者僧一心和合一比丘僧中唱大德僧聽其甲比丘老病欲一月遊行僧伽梨重若僧時到僧忍聽與其甲比丘老病一月不離僧伽梨宿羯磨白如是如是白二羯磨僧已與某甲比丘老病一月不離僧伽梨宿羯磨竟僧忍默然故是事如是持乃至九月亦爾如僧伽梨若鬱多羅僧安陀衛亦如是是中若未結不離衣法比丘在聚落衣亦在聚落比丘應至衣所若比丘在聚落衣在阿練若處比丘應至衣所若比丘在阿蘭若處衣在聚落比丘應至衣所若比丘在阿蘭若處衣亦在阿蘭若處比丘應至衣所若已結不離衣法若比丘在聚落衣亦在聚落比丘應至衣所若比丘在聚落衣在阿蘭若處比丘應出聚落界若比丘在阿蘭若處衣在聚落比丘應至衣所若比丘在阿蘭若處衣亦在阿蘭若處不犯聚落者若一家二家衆多家有居士共妻子奴婢人民共住是名聚落聚落有一界亦有別界一家中亦有

一界有別界不相接聚落界者若雞飛所及處若棄糞掃所及處若有慚愧人所大小便處若箭射所及處若比丘在一聚落衣在餘聚落應取衣來若至衣所若受餘衣若不取衣來不至衣所不受餘衣至地了時尼薩耆波逸提相接聚落界者若容十桄梯若十二桄梯若容載梁車迴轉若聚落有牆壁籬圍繞外至幾許名爲界是中界者謂牆外容作事處若聚落有塹圍繞外至幾許名爲界是中界者謂擲糞掃所及處若比丘在一聚落衣在餘聚落比丘應取衣來若至衣所若受餘衣若不取衣來不至衣所不受餘衣至地了時尼薩耆波逸提同族有一界亦有別界同族別界者謂門屋食屋中庭廁處取水處若比丘在一族衣在餘族比丘應取衣來若至衣所若受餘衣若不取衣來不至衣所不受餘衣至地了時尼薩耆波逸提家有一界亦有別界是中別界者謂戶處食處中庭廁處取水處若比丘在一家衣在餘家應取衣來若至衣所若受餘衣若不取衣來不至衣所不受餘衣至地了時尼薩耆波逸提重閣舍有一界有別界是中界者謂中重下重是上重界一戶入故中重上重是下重界一戶入故下重是中重界一戶入故若比丘在異重衣在異重比丘應取衣來若至衣所若受餘衣若不取衣來不至衣所不受餘衣至地了時尼薩耆波逸提若是重閣屬一人者無犯外道人舍有一界亦有別界外道名阿視毗尼揵子老弟子梵志等除佛五衆餘殘出家人皆名外道是舍界者謂門屋食堂中庭

厠處取水處若比丘在一外道舍衣在餘外
道舍應取衣來若至衣所若受餘衣若不取
衣來不至衣所不受餘衣至地了時尼薩耆
波逸提若諸外道同見同論無犯輪行人處
有一界有別界輪行人名妓人歌舞人躑絶
人相打人相撲人俳笑人以麤輪載物細輪
載妻子遊行諸國營輪住宿是中界者謂門
處食處中庭厠處取水處若比丘在一家衣
在餘家應取衣來若至衣所若受餘衣若不
取衣來不至衣所不受餘衣至地了時尼薩
耆波逸提若是輪行人屬一人者無犯場處
有一界有別界是中界者謂門處食處中庭
厠處取水處若比丘在此場衣在餘場應取
衣來若至衣所若受餘衣若不取衣來不至
衣所不受餘衣至地了時尼薩耆波逸提場
舍有一界有別界是中界者謂門處食處中
庭厠處取水處若比丘在一場舍衣在餘場
舍應取衣來若至衣所若受餘衣若不取衣
來不至衣所不受餘衣至地了時尼薩耆波
逸提園有一界有別界是中界者謂門處食
處中庭厠處取水處若比丘在一園中衣在
餘園應取衣來若至衣所若受餘衣若不取
衣來不至衣所不受餘衣至地了時尼薩耆
波逸提園舍有一界有別界是中界者謂門
處食處中庭厠處取水處若比丘在一園舍
衣在餘園舍應取衣來若至衣所若受餘衣
若不取衣來不至衣所不受餘衣至地了時
尼薩耆波逸提車行有一界有別界是中前
車界者謂向中車杖所及處中車界者謂向
前車後車杖所及處後車界者謂向中車杖

所及處若比丘在一車界衣在餘車界應取衣來若至衣所若受餘衣若不取衣來不至衣所不受餘衣至地了時尼薩耆波逸提船有一界有別界是中單船界者謂船所繫處若柱若橛若板處若比丘在一船衣在餘船應取衣來若至衣所若受餘衣若不取衣來不至衣所不受餘衣至地了時尼薩耆波逸提舫船界亦如是樹有一界有別界是中不相接樹界者若日中時影所陰處若雨墮時水不及著枝葉處若比丘在一樹下衣在餘樹下應取衣來若至衣所若受餘衣若不取衣來不至衣所不受餘衣至地了時尼薩耆波逸提相接樹界者若是諸樹枝葉相接乃至一拘盧舍是中隨所著衣至地了時無犯四十九尋衣角如比丘與和尚阿闍梨擔衣道中行若在前若在後四十九尋內不離若過四十九尋至地了時尼薩耆波逸提有諸比丘持衣鉢著一處在衣四邊臥是中一比丘若起去離可得還取處至地了時尼薩耆波逸提有比丘三界中臥衣離身乃至半寸墮他界中得突吉羅若衣一角在身上無犯

二事竟

佛在王舍城爾時六羣比丘得非時衣畜作是念是不相似留置若得相似者當作衣是六羣比丘若先得青衣後得黃衣作是念不相似留置若先得黃衣後得赤衣白衣麻衣野麻衣芻摩衣憍施耶衣翅夷羅衣欽婆羅衣劫貝衣得已作是念不相似留置若得相似者當作成衣是中有比丘少欲知足行頭陀聞是事心不喜種種因緣呵責六羣比丘

云何名比丘得非時衣畜以不相似故留置
若得相似者當作成衣先得青衣後得黃衣
作是念不相似留置若先得黃衣後得赤衣
白衣麻衣野麻衣芻摩衣憍施耶衣翅夷羅
衣欽婆羅衣劫貝衣得已作是念不相似留
置若得相似者當作成衣如是諸比丘種種
因緣呵責已是事白佛佛以是事集比丘僧
知而故問六羣比丘汝實作是事不答言實
作世尊佛以種種因緣呵責六羣比丘云何
名比丘得非時衣畜以不相似故留置若得
相似者當作成衣若先得青衣後得黃衣作
是念不相似留置若先得黃衣後得赤衣白
衣麻衣野麻衣芻摩衣憍施耶衣翅夷羅衣
欽婆羅衣劫貝衣得已作是念不相似留置
若得相似者當作成衣佛如是種種因緣呵
已語諸比丘以十利故與諸比丘結戒從今
是戒應如是說若比丘衣竟已捨迦絺那衣
若得非時衣比丘須者當自手取速作受持
若足者善若不足者更望得衣令具足故停
是衣乃至一月過是停者尼薩耆波逸提非
時者謂除別房衣家中施衣安居衣餘殘衣
名非時衣自手取速作受持者是衣若作僧
伽梨若作鬱多羅僧若作安陀衛更望得衣
者此比丘作是念若母與我若父若兄弟姊
妹兒女本第二若有般闍婆瑟會（五歲會也）若有
沙婆婆瑟會（六歲會也）若二月會若入舍會我此
二月中會當能集成是衣不足令足者若僧
伽梨少若鬱多羅僧少若安陀衛少作令具
足是中犯者若比丘得不具足衣停更望得
衣故是比丘隨得衣日即作是念我十日所

望必不能得是衣十日應作衣若與人若作淨若受持若不作衣不與人不作淨不受持至十一日地了時尼薩耆波逸提又比丘得不具足衣停更望得衣故至二日作是念我九日所望必不能得是衣九日應作衣若與人若作淨若受持若不作衣不與人不作淨不受持至十一日地了時尼薩耆波逸提又比丘得不具足衣停更望得衣故至三日作是念我八日所望必不能得是衣八日內應作衣若與人若作淨若受持若不作衣不與人不作淨不受持至十一日地了時尼薩耆波逸提又比丘得不具足衣停更望得衣故至四日作是念我七日所望必不能得是衣七日應作衣若與人若作淨若受持若不作衣不與人不作淨不受持至十一日地了時尼薩耆波逸提又比丘得不具足衣停更望得衣故至五日作是念我六日所望必不能得是衣六日應作衣若與人若作淨若受持若不作衣不與人不作淨不受持至十一日地了時尼薩耆波逸提又比丘得不具足衣停更望得衣故至六日作是念我五日所望必不能得是衣五日應作衣若與人若作淨若受持若不作衣不與人不作淨不受持至十一日地了時尼薩耆波逸提又比丘得不具足衣停更望得衣故至七日作是念我四日所望必不能得是衣四日應作衣若與人若作淨若受持若不作衣不與人不作淨不受持至十一日地了時尼薩耆波逸提又比丘得不具足衣停更望得衣故至八日作是念我三日所望必不能得是衣三日應作衣

若與人若作淨若受持若不作衣不與人不作淨不受持至十一日地了時尼薩耆波逸提又比丘得不具足衣停更望得衣故至九日作是念我二日所望必不能得是衣二日應作衣若與人若作淨若受持若不作衣不與人不作淨不受持至十一日地了時尼薩耆波逸提又比丘得不具足衣停更望得衣故至十日作是念我一日所望必不能得是衣一日應作衣若與人若作淨若受持若不作衣不與人不作淨不受持至十一日地了時尼薩耆波逸提又比丘得不具足衣停更望得衣故至十一日作是念我此十一日所望必不能得是衣十一日應作衣若與人若作淨若受持若不作衣不與人不作淨不受持至十二日地了時尼薩耆波逸提又比丘得不具足衣停更望得衣故至十二日作是念我此十二日所望必不能得是衣十二日應作衣若與人若作淨若受持若不作衣不與人不作淨不受持至十三日地了時尼薩耆波逸提又比丘得不具足衣停更望得衣故至十三日作是念我此十三日所望必不能得是衣十三日應作衣若與人若作淨若受持若不作衣不與人不作淨不受持至十四日地了時尼薩耆波逸提又比丘得不具足衣停更望得衣故至十四日作是念我此十四日所望必不能得是衣十四日應作衣若與人若作淨若受持若不作衣不與人不作淨不受持至十五日地了時尼薩耆波逸提又比丘得不具足衣停更望得衣故至十五日作是念我此十五日所望必不能得是

衣十五日應作衣若與人若作淨若受持若不作衣不與人不作淨不受持至十六日地了時尼薩耆波逸提又比丘得不具足衣停更望得衣故至十六日作是念我此十六日所望必不能得是衣十六日應作衣若與人若作淨若受持若不作衣不與人不作淨不受持至十七日地了時尼薩耆波逸提又比丘得不具足衣停更望得衣故至十七日作是念我此十七日所望必不能得是衣十七日應作衣若與人若作淨若受持若不作衣不與人不作淨不受持至十八日地了時尼薩耆波逸提又比丘得不具足衣停更望得衣故至十八日作是念我此十八日所望必不能得是衣十八日應作衣若與人若作淨若受持若不作衣不與人不作淨不受持至十九日地了時尼薩耆波逸提又比丘得不具足衣停更望得衣故至十九日作是念我此十九日所望必不能得是衣十九日應作衣若與人若作淨若受持若不作衣不與人不作淨不受持至二十日地了時尼薩耆波逸提又比丘得不具足衣停更望得衣故至二十日作是念我此二十日所望必不能得是衣二十日應作衣若與人若作淨若受持若不作衣不與人不作淨不受持至二十一日地了時尼薩耆波逸提又比丘得不具足衣停更望得衣故至二十一日作是念我此二十一日所望必不能得衣二十一日應作衣若與人若作淨若受持若不作衣不與人不作淨不受持至二十二日地了時尼薩耆波逸提又比丘得不具足衣停更望得衣故

至二十二日作是念我此二十二日所望必不能得是衣二十二日應作衣若與人若作淨若受持若不作衣不與人不作淨不受持至二十三日地了時尼薩耆波逸提又比丘得不具足衣停更望得衣故至二十三日作是念我此二十三日所望必不能得是衣二十三日應作衣若與人若作淨若受持若不作衣不與人不作淨不受持至二十四日地了時尼薩耆波逸提又比丘得不具足衣停更望得衣故至二十四日作是念我此二十四日所望必不能得是衣二十四日應作衣若與人若作淨若受持若不作衣不與人不作淨不受持至二十五日地了時尼薩耆波逸提又比丘得不具足衣停更望得衣故至二十五日作是念我此二十五日所望必不能得是衣二十五日應作衣若與人若作淨若受持若不作衣不與人不作淨不受持至二十六日地了時尼薩耆波逸提又比丘得不具足衣停更望得衣故至二十六日作是念我此二十六日所望必不能得是衣二十六日應作衣若與人若作淨若受持若不作衣不與人不作淨不受持至二十七日地了時尼薩耆波逸提又比丘得不具足衣停更望得衣故至二十七日作是念我此二十七日所望必不能得是衣至二十七日應作衣若與人若作淨若受持若不作衣不與人不作淨不受持至二十八日地了時尼薩耆波逸提又比丘得不具足衣停更望得衣故至二十八日作是念我此二十八日所望必不能得是衣二十八日應作衣若與人若作淨

若受持若不作衣不與人不作淨不受持至二十九日地了時尼薩耆波逸提又比丘得不具足衣停更望得衣故至二十九日作是念我此二十九日所望必不能得是衣二十九日應作衣若與人若作淨若受持若不作衣不與人不作淨不受持至三十日地了時尼薩耆波逸提又比丘得不具足衣停更望得衣故至三十日作是念我此三十日所望必不能得是衣三十日應作衣若與人若作淨若受持若不作衣不與人不作淨不受持至三十一日地了時尼薩耆波逸提又比丘得不具足衣停更望得衣故即停衣日不得所望非望而得是衣十日應作衣若與人若作淨若受持若不作衣不與人不作淨不受持至十一日地了時尼薩耆波逸提又比丘得不具足衣停更望得衣故二日不得所望非望而得是衣九日應作衣若與人若作淨若受持若不作衣不與人不作淨不受持至十一日地了時尼薩耆波逸提又比丘得不具足衣停更望得衣故乃至九日不得所望非望而得是衣二日應作衣若與人若作淨若受持若不作衣不與人不作淨不受持至十一日地了時尼薩耆波逸提又比丘得不具足衣停更望得衣故至十日不得所望非望而得是衣一日應即作衣若與人若作淨若受持若不作衣不與人不作淨不受持至十一日地了時尼薩耆波逸提又比丘得不具足衣停更望得衣故至十一日不得所望非望而得是衣十一日應作衣若與人若作淨若受持若不作衣不與人不作淨不受持

至十二日地了時尼薩耆波逸提十二日乃至三十日皆如上說又比丘得不具足衣停更望得衣故至三十日不得所望非望而得是衣三十日應作衣若與人若作淨若受持若不作衣不與人不作淨不受持至三十一日地了時尼薩耆波逸提若比丘得不具足衣停更望得衣故即得衣日斷所望得非望而得是衣十日應作衣若與人若作淨若受持若不作衣不與人不作淨不受持至十一日地了時尼薩耆波逸提又比丘得不具足衣停更望得衣故至二日斷所望得非望而得是衣九日應作衣若與人若作淨若受持若不作衣不與人不作淨不受持至十一日地了時尼薩耆波逸提又比丘得不具足衣停更望得衣故至三日斷所望得非望而得

是衣八日應作衣若與人若作淨若受持若不作衣不與人不作淨不受持至十一日地了時尼薩耆波逸提又比丘得不具足衣停更望得衣故乃至九日斷所望得非望而得是衣二日應作衣若與人若作淨若受持若不作衣不與人不作淨不受持至十一日地了時尼薩耆波逸提又比丘得不具足衣停更望得衣故至十日斷所望得非望而得是衣一日應作衣若與人若作淨若受持若不作衣不與人不作淨不受持至十一日地了時尼薩耆波逸提又比丘得不具足衣停更望得衣故至十一日斷所望得非望而得是衣十一日應作衣若與人若作淨若受持若不作衣不與人不作淨不受持至十二日地了時尼薩耆波逸提十一日乃至三十日亦

如上說又比丘得不具足衣停更望得衣故至三十日斷所望得非望而得是衣三十日應作衣若與人若作淨若受持若不作衣不與人不作淨不受持至三十一日地了時尼薩耆波逸提若比丘得不具足衣停更望得衣故即得衣日不得所望不斷所望非望而得是衣十日應作衣若與人若作淨若受持不作衣不與人不作淨不受持至十一日地了時尼薩耆波逸提又比丘得不具足衣停更望得衣故至二日不得所望不斷所望非望而得是衣九日應作衣若與人若作淨若受持若不作衣不與人不作淨不受持至十一日地了時尼薩耆波逸提又比丘得不具足衣停更望得衣故至三日不得所望不斷所望非望而得是衣八日應作衣若與人若作淨若受持若不作衣不與人不作淨不受持至十一日地了時尼薩耆波逸提又比丘得不具足衣停更望得衣故乃至九日不得所望不斷所望非望而得是衣二日應作衣若與人若作淨若受持若不作衣不與人不作淨不受持至十一日地了時尼薩耆波逸提又比丘得不具足衣停更望得衣故至十日不得所望不斷所望非望而得是衣一日應作衣若與人若作淨若受持若不作衣不與人不作淨不受持至十一日地了時尼薩耆波逸提又比丘得不具足衣停更望得衣故至十一日不得所望不斷所望非望而得是衣十一日應作衣若與人若作淨若受持若不作衣不與人不作淨不受持至十二日地了時尼薩耆波逸提十二日乃至三十日

皆如上説又比丘得不具足衣停更望得衣故至三十日不得所望不斷所望非望而得是衣三十日應作衣若與人若作淨若受持若不作衣不與人不作淨不受持至三十一日地了時尼薩耆波逸提若比丘得不具足衣停更望得衣故即得衣日作是念我此三十日所望必不能得是衣十日應作衣若與人若作淨若受持若不作衣不與人不作淨不受持至十一日地了時尼薩耆波逸提又比丘得不具足衣停便望得衣故至二日作是念我此二十九日所望必不能得是衣九日應作衣若與人若作淨若受持若不作衣不與人不作淨不受持至十一日地了時尼薩耆波逸提又比丘得不具足衣停更望得衣故至三日作是念我二十八日所望必不能得是衣八日應作衣若與人若作淨若受持若不作衣不與人不作淨不受持至十一日地了時尼薩耆波逸提又比丘得不具足衣停更望得衣故乃至九日作是念我二十二日所望必不能得是衣二日應作衣若與人若作淨若受持若不作衣不與人不作淨不受持至十一日地了時尼薩耆波逸提又比丘得不具足衣停更望得衣故至十日作是念我二十一日所望必不能得是衣一日應作衣若與人若作淨若受持若不作衣不與人不作淨不受持至十一日地了時尼薩耆波逸提又比丘得不具足衣停更望得衣故至十一日作是念我二十日所望必不能得是衣十一日應作衣若與人若作淨若受持若不作衣不與人不作淨不受持至十二

日地了時尼薩耆波逸提十二日乃至三十日皆如上說又比丘得不具足衣停更望得衣故至三十日作是念我一日所望必不能得是衣三十日應作衣若與人若作淨若受持若不作衣不與人不作淨不受持至三十一日地了時尼薩耆波逸提若比丘得不具足衣停更望多衣故即得衣日不得所望亦不斷望非望而許復勤求所望是望亦斷非望更得是衣十日應作衣若足者善不足者留又比丘得不具足衣停更望多衣故至二日不得所望亦不斷望非望而許復勤求所望是望亦斷非望更得是衣九日應作衣若足者善不足者留又比丘得不具足衣停更望多衣故乃至九日不得所望亦不斷望非望而許復勤求可望是望亦斷非望更得是

衣二日應作衣若足者善不足者留又比丘得不具足衣停更望多衣故至十日不得所望亦不斷望非望而許復勤求所望是望亦斷非望更得是衣一日應作衣若足者善不足者留又比丘得不具足衣停更望多衣故至十一日不得所望亦不斷望非望而許復勤求所望是望亦斷非望更得是衣十一日應作衣若足者善不足者留又比丘得不具足衣停更望多衣故至十二日不得所望亦不斷望非望而許復勤求所望是望亦斷非望更得是衣十二日應作衣若足者善不足者留十二日乃至三十日皆如上說又比丘得不具足衣停更望多衣故至三十日不得所望亦不斷望非望而許復勤求所望是望亦斷非望更得是衣三十日應作衣若足者

善不足者留若比丘有捨墮衣未捨罪未悔過次續不斷更得衣尼薩耆波逸提本衣因緣故又比丘有捨墮衣已捨罪未悔過次續不斷更得衣尼薩耆波逸提本衣因緣故又比丘有捨墮衣已捨罪已悔過次續不斷更得衣尼薩耆波逸提本衣因緣故又比丘有捨墮衣已捨罪已悔過次續已斷更得衣不犯

佛在舍衛國與大比丘衆安居爾時諸比丘多得布施衣畜佛欲制諸比丘多畜衣故語安居比丘我欲制諸比丘多畜衣故諸安居比丘我欲四月宴坐令諸比丘不得來至我所除一送食比丘及布薩諸安居比丘受佛教還衆中立如是制若比丘非一送食及布薩至佛所者得波逸提立是制已白佛佛默然可之爾時長老優波斯那與多比丘衆五百人俱皆阿練兒著衲衣一食乞食空地坐來去坐卧視瞻進止威儀清淨持僧伽梨執鉢安庠從憍薩羅遊行到舍衛國時多比丘祇洹門間經行長老優波斯那問諸比丘佛今所在諸比丘言佛在彼東向大房一扇戸內若欲往者隨意時長老優波斯那往大房所到已謦欬以指扣戸佛與開房長老優波斯那即入房內到佛所頭面禮足一面坐佛知故問汝徒衆清淨善好汝衆何因緣故威儀清淨答言世尊若比丘來至我所求讀誦經求依止者我語是比丘汝能盡形作阿練兒著糞掃衣乞食一食空地坐我當教汝讀經與汝依止若比丘能行是頭陀法者我教讀經與依止以是故世尊我徒衆威儀清淨

佛問優波斯那舊比丘立制汝知不答言不知世尊舊比丘云何立制佛語優波斯那我欲四月宴坐語諸比丘汝諸比丘不得來至我所除一送食及布薩諸比丘受我語還衆中立制若比丘非一送食及布薩往佛所得波逸提諸比丘立制已來語我我即可之優波斯那言世尊舊比丘知此意不佛言何以不知佛言我從今聽阿練兒著糞掃衣頭陀比丘若送食不送食若布薩不布薩隨意來至我所舊比丘聞長老優波斯那非送食非布薩欲見佛故便到佛所聞已集比丘僧集僧已喚優波斯那來衆僧已集爾時長老優波斯那即到僧中頭面禮上座足隨次坐已舊比丘問優波斯那汝知舊比丘立制不答言不知問上座言舊比丘立制云何答言優波斯那佛語安居比丘我欲四月宴坐諸比丘不得來至我所除一送食及布薩我等受佛教立制若比丘非一送食非布薩往佛所者得波逸提佛即可之汝優波斯那非一送食非布薩往到佛所得波逸提汝應如法悔過汝當發露是罪莫覆藏優波斯那言上座知不我到佛所頭面禮足一面坐已佛知故問我言優波斯那汝徒衆何因緣故威儀清淨我言世尊若有比丘來至我所求讀誦經若求依止我語是比丘汝能盡形作阿練兒著糞掃衣乞食一食空地坐我當教汝讀經與汝依止若比丘能行是頭陀法者我教讀經與依止以是故世尊我徒衆威儀清淨佛問我言舊比丘立制汝知不答言不知世尊云何立制佛言優波斯那我欲四月宴坐語

諸比丘令諸比丘不得來至我所除一送食及布薩諸比丘受我語還衆立制若比丘非一送食非布薩往佛所者犯波逸提我即可之我言世尊彼舊比丘知此意不佛言何以不知佛言我從今聽阿練兒著衲衣頭陀比丘若一送食非送食若布薩非布薩隨意來至我所爾時諸比丘作是念我等何不捨居士衣著衲衣耶即時諸比丘捨居士衣皆著糞掃衣竟三事

十誦律卷第五

音釋

廁初吏切圊也　絺丑飢切　擿他歷切　浣合管切濯衣也　弊毗祭切敗也　矖所責切暴也　抖擻抖當口切擻蘇后切坡舉也　揲徒協切摺揲也　壍七豔切坑也　撲弼角切路也　俳薄街切戲也　橛其月切杙也　謦欬謦棄挺切欬口溉切並逆氣聲也大曰謦小曰欬

十誦律卷第六

姚秦三藏弗若多羅共三藏鳩摩羅什譯

初誦之六

三十尼薩耆法之二

佛在舍衛國爾時華色比丘尼晨朝時到著衣持鉢入城乞食食已入安和林中在樹下端身正坐威儀清淨時有五百羣賊先入林中是賊主信佛法見華色比丘尼端身正坐威儀清淨見已生清淨信心我何不以一弗肉與是比丘尼令噉是賊中更有少知法者言此比丘尼是時食人不非時食賊主聞已信心轉深是比丘尼端身正坐威儀清淨時食不非時食我何不與一弗肉令明日食少知法者言是比丘尼隨得而食不留餘宿食食時賊主於比丘尼倍生信心是比丘尼端身正坐威儀清淨時食不非時食隨得而食不留餘宿食食我何不以一貴價氎裹一弗肉懸著樹上爲是比丘尼故作是念若有沙門婆羅門取者即以施與作是念已即以貴價氎裹肉懸著樹上作是言諸沙門婆羅門須者即以施與時夜過已華色比丘尼作是言賊因我故以氎裹肉懸著樹上作是言若沙門婆羅門須者即以施與我不應噉此肉當持與僧氎當自取即持是肉至祇洹中問作食人處以肉與已出祇洹去時六羣比丘見華色比丘尼持好氎出見已生貪心語言汝氎細好比丘尼答言細好六羣比丘言好何不施與好人比丘尼作是念是決定索云何不與即以氎與六羣比丘是比丘尼深信敬佛作是念我不應不見佛便還入城作是

念已即向佛所爾時世尊與諸大衆圍繞說法佛遥見華色比丘尼來衣服弊壞佛知故問阿難是華色比丘尼何以衣服弊壞不能得布施衣耶阿難言適得貴價氎佛言今在何處阿難言六羣比丘索去佛知故問阿難實從非親里比丘尼取衣耶答言實取世尊佛即語阿難盈長衣中取五衣與是比丘尼阿難言爾即盈長衣中取五衣與之比丘尼即著是衣來詣佛所頭面禮足在一面立佛與說法示教利喜示教利喜已默然華色比丘尼聞佛說法示教利喜頭面禮足繞佛而去去不久佛以是事集比丘僧佛知而問六羣比丘汝實作是事不答言實作世尊佛以種種因緣呵責六羣比丘云何名比丘從非親里比丘尼取衣非親里人不能問衣足不足爲長不長趣得便取若親里者當問衣足不足爲長不長親里人尚自持衣與何况不足而取佛如是種種因緣呵已語諸比丘以十利故與比丘結戒從今是戒應如是說若比丘從非親里比丘尼取衣尼薩耆波逸提非親里者親里名毋姊妹若女乃至七世因緣衣者麻衣赤麻衣白麻衣芻麻衣翅夷羅衣欽婆羅衣劫貝衣是中犯者若一比丘從一非親里比丘尼取衣一尼薩耆波逸提若一比丘從二三四非親里比丘尼取衣隨得爾所尼薩耆波逸提若二比丘從二三四一非親里比丘尼取衣隨得爾所尼薩耆波逸提若三比丘從三四一二非親里比丘尼取衣隨得爾所尼薩耆波逸提若四比丘從四非親里比丘尼取衣得四尼薩耆波逸提若

四比丘從一二三非親里比丘尼取衣隨得爾所尼薩耆波逸提

佛在舍衛國爾時憍薩羅國有二部僧多得衣分作二分比丘得比丘尼所宜衣比丘尼得比丘所宜衣比丘得時諸比丘尼語比丘言諸大德衣與我等我等所得衣與諸大德比丘答言佛結戒不得從非親里比丘尼取衣諸比丘不知云何是事白佛佛以是事集比丘僧種種因緣讚戒讚持戒讚戒讚持戒已語諸比丘從今是戒應如是說若比丘從非親里比丘尼取衣除貿易尼薩耆波逸提

是中犯者若比丘有非親里比丘尼謂是親里從取衣者尼薩耆波逸提若謂是比丘式叉摩尼沙彌沙彌尼出家出家尼從取衣者尼薩耆波逸提若非親里比丘尼比丘生疑爲親里非親里從取衣者尼薩耆波逸提若疑是比丘尼非比丘尼是式叉摩尼非式叉摩尼是沙彌非沙彌是沙彌尼非沙彌尼是出家非出家是出家尼非出家尼從取衣者尼薩耆波逸提若比丘有親里比丘尼謂非親里從取衣者突吉羅若謂是比丘式叉摩尼沙彌沙彌尼出家出家尼從取衣者突吉羅若比丘有親里比丘尼比丘生疑爲親里非親里從取衣者突吉羅若疑是比丘非比丘是式叉摩尼非式叉摩尼是沙彌非沙彌是沙彌尼非沙彌尼是出家非出家是出家尼非出家尼從取衣者突吉羅取親里非親里若謂若疑以不淨衣謂駱駝毛牛毛羖羊毛雜織突吉羅不犯者若親里若先請若別房中住故與若爲說法故與不犯 四事竟

佛在舍衛國爾時長老迦留陀夷與掘多比丘尼舊相識共語來往時迦留陀夷二月遊行他國掘多比丘尼聞長老迦留陀夷二月遊行掘多比丘尼聞迦留陀夷二月遊行竟還到舍衛國掘多比丘尼聞迦留陀夷二月遊行還舍衛國已洗身體莊嚴面目香油塗髮著輕染衣到迦留陀夷所頭面禮足在前而坐時迦留陀夷生染著心諦視其面比丘尼亦生染心視比丘面比丘尼作是念此視我面必生染著我何不在前起行時迦留陀夷單著泥洹僧共行來往欲心動發畏犯戒故不敢相觸諦相視面便失不淨離急熱已即還本坐掘多比丘尼作是念長老迦留陀夷還坐本處必失不淨掘多比丘尼還著上衣已來近迦留陀夷語迦留陀夷持是衣來我當與浣迦留陀夷更著餘衣脫此衣與比丘尼比丘尼持是衣小却一面捩衣取汁著小便處即時有福德子來受毋胎腹漸漸長大諸比丘尼驅出寺言是弊惡比丘尼賊比丘尼汝新外來耶舊出家人云何得娠是比丘尼言我不作婬欲如是因緣向諸比丘尼說諸比丘尼不知云何是事白佛佛言汝等莫呵責此比丘尼是不破梵行不犯婬欲如是因緣故得娠爾時佛以是事集比丘僧知而故問迦留陀夷汝實作是事不答言實作世尊佛種種因緣呵責迦留陀夷云何名比丘使非親里比丘尼浣故衣如是種種因緣呵已語諸比丘以十利故與諸比丘結戒從今是戒應如是說若比丘使非親里比丘尼浣故衣若染若打尼薩耆波逸提非親里者

親里名母姊妹若女乃至七世因緣故衣者乃至一經身著皆名故衣是中犯者若比丘語非親里比丘尼爲我浣是故衣若染若打若比丘尼爲浣是衣比丘得尼薩耆波逸提若染尼薩耆波逸提若打尼薩耆波逸提若浣染若浣打若染打若浣染打皆尼薩耆波逸提又比丘語非親里比丘尼爲我浣打是衣莫染若比丘尼爲浣比丘得尼薩耆波逸提若打若染若浣染若浣打若染打若浣染打皆尼薩耆波逸提又比丘語非親里比丘尼爲我浣染是衣莫打若爲浣尼薩耆波逸提若染若打若浣染若浣打若染打若浣染打皆尼薩耆波逸提又比丘語非親里比丘尼爲我染打是衣莫浣若爲染尼薩耆波逸提若打尼薩耆波逸提若浣若浣染若浣打

若染打若浣染打皆尼薩耆波逸提有比丘語非親里比丘尼爲我浣打是衣如染若爲浣尼薩耆波逸提若打尼薩耆波逸提若染若浣染若浣打若染打若浣染打皆尼薩耆波逸提有比丘語非親里比丘尼爲我浣染是衣如打若爲浣尼薩耆波逸提若染若打尼薩耆波逸提若浣染若浣打若染打若浣染打皆尼薩耆波逸提有比丘語非親里比丘尼爲我染打是衣如浣若爲染尼薩耆波逸提若打尼薩耆波逸提若浣若浣染若浣打若染打若浣染打皆尼薩耆波逸提又比丘語非親里比丘尼爲我浣是衣莫染莫打若爲浣尼薩耆波逸提若染尼薩耆波逸提若打若浣染若浣打若染打若浣染打皆尼薩耆波逸提又比丘語非親里比丘尼爲我

染是衣莫浣莫打若爲染尼薩耆波逸提若浣若打若浣染若浣打若染打若浣染打皆尼薩耆波逸提又比丘語非親里比丘尼爲我打是衣莫浣莫染若爲打尼薩耆波逸提若浣若染若浣染若浣打若染打若浣染打皆尼薩耆波逸提若比丘有非親里比丘尼謂是親里作是言爲我浣染打是衣若爲浣染打比丘得尼薩耆波逸提若謂是比丘是式叉摩尼沙彌沙彌尼出家出家尼作是言爲我浣染打是衣若爲浣染打比丘得尼薩耆波逸提若比丘又非親里比丘尼疑爲親里非親里語言爲我浣染打是衣若爲浣染打尼薩耆波逸提若疑是比丘非比丘式叉摩尼非式叉摩尼沙彌非沙彌沙彌尼非沙彌尼出家非出家出家尼非出家尼語言爲我浣染打是衣若爲浣染打尼薩耆波逸提若比丘有親里比丘尼謂非親里語言爲我浣染打是衣若爲浣染打比丘得突吉羅若謂是比丘式叉摩尼沙彌沙彌尼出家出家尼語言爲我浣染打是衣若爲浣染打是比丘得突吉羅若比丘有親里比丘尼生疑是親里非親里語言爲我浣染打是衣若爲浣染打突吉羅若疑是比丘非比丘式叉摩尼非式叉摩尼沙彌非沙彌沙彌尼非沙彌尼出家非出家出家尼非出家尼語言爲我浣染打是衣若爲浣染打突吉羅若比丘有親里非親里若謂若疑以不淨衣謂駱駝毛牛毛羖羊毛雜織衣使浣者比丘得突吉羅若親里不犯竟五事

佛在舍衛國爾時有一居士著上下衣來到

祇洹是跋難陀舊相識共語共事跋難陀遥
見居士來著上下衣生貪著心居士漸至跋
難陀所頭面禮足在前坐跋難陀爲説種種
法示教利喜已作是言居士汝是上下衣好
中作比丘僧伽梨鬱多羅僧安陀衛若汝與
我者我能取畜是居士不聞或聞不欲與時
跋難陀更種種説異法示教利喜已復言汝
著上下衣好中作比丘僧伽梨鬱多羅僧安
陀衛汝若與我我能取畜是居士不聞是語
或聞不欲與跋難陀更説種種異法示教利
喜已復語居士言汝與我一衣來我等法從
居士得衣居士作是念此比丘作是決定索
云何不與即脱一衣卷疊授與是居士與衣
已心悔瞋恚不忍作是念言我不應到沙門
釋子僧伽藍中若居士到中則強奪衣取如
險道無異以是故不應到沙門釋子所是居
士入舍衛城時守門者見而問言汝出時著
上下衣今一衣所在居士即以是因縁向説
説是語時倍生悔心瞋恨不忍作是言不應
到沙門釋子僧伽藍中若到則強奪人衣如
險道無異如是一人語二人語三人展轉相
語沙門釋子強奪人衣惡名流布滿舍衛城
是中有比丘少欲知足行頭陀聞是事心不
喜是事白佛佛以是事集比丘僧知而故問
跋難陀釋子汝實作是事不答言實作世尊
佛以種種因縁呵責跋難陀云何名比丘非
親里人所作同意索佛種種因縁呵責已語
諸比丘以十利故與比丘結戒從今是戒應
如是説若比丘從非親里居士居士婦乞衣
者尼薩耆波逸提非親里者親里名若父毋

兄弟姊妹兒女乃至七世因緣除是名非親里居士者名爲男子居士婦者名爲女人衣者白麻衣赤麻衣翅夷羅衣欽婆羅衣芻摩衣劫貝衣是中犯者有三種謂價色量價者若比丘語居士與我好價衣若得衣者尼薩耆波逸提若不得衣突吉羅乃至直二百三百錢價衣與我若得衣者尼薩耆波逸提若不得衣突吉羅是名價色者若比丘語居士與我青衣若得衣者尼薩耆波逸提若不得衣突吉羅黃赤白黑衣白麻衣赤麻衣翅夷羅衣欽婆羅衣芻摩衣劫貝等衣亦如是是名色量者若比丘語居士與我四肘衣若得衣者尼薩耆波逸提若不得衣突吉羅若五肘六肘乃至十八肘衣亦如是是名量索此得彼者突吉羅若索青得黃衣突吉羅若索青得赤白黑亦如是若比丘索白麻衣得赤麻衣突吉羅乃至索欽婆羅衣得劫貝衣突吉羅不犯者從親里索若先請若不索自與無犯

佛在舍衛國爾時波羅比丘從憍薩羅國遊行向舍衛國道中遇賊奪衣裸形而行時作是念佛結戒不得從非親里乞衣我親里遠今當裸形到舍衛國即便來入祇洹禮舊比丘舊比丘問汝何人答言我是沙門何沙門答言釋子沙門何故裸形答言我道中遇賊奪衣裸形而來時作是念佛結戒不聽從非親里乞衣我親里遠當裸形到舍衛國是故我今裸形次禮到六羣比丘所六羣比丘問言汝何人答言沙門何沙門答言釋子沙門何以故裸形答言我道中遇賊奪衣時作是

念佛結戒不聽從非親里乞衣我親里遠當裸形到舍衛國是故裸形六羣比丘作是念以是因緣佛必當聽從非親里乞我等當親近是人六羣比丘語言汝云何裸形到佛所我當借汝衣到佛所汝得衣已當還我答言爾六羣比丘即借衣著向佛所頭面禮足一面坐諸佛常法客比丘至如是勞問語諸比丘忍不足不安樂住不乞食不乏不道路不疲極耶即時佛以是語勞問波羅比丘忍不足不安樂住不乞食不乏不道路不疲極耶諸比丘答言世尊忍足安樂住乞食不難但道中疲極以是事向佛廣說佛以是事集比丘僧以種種因緣讚戒讚持戒讚戒讚持戒已語諸比丘從今是戒應如是說若比丘從非親里居士居士婦除時乞衣者尼薩耆波逸提時者奪衣失衣燒衣漂衣是爲時奪衣者若官奪若賊若怨家若怨黨奪失者若失不知所在若朽爛若蟲齧燒衣者若爲火燒若日炙漂衣者若水漂風飄是名時六事竟

爾時六羣比丘聞佛以是因緣聽比丘從非親里居士乞聞已語波羅比丘言汝等少知少識故無衣我等多知多識亦少衣我今爲汝故乞若汝三衣滿足者餘殘衣盡用與我波羅比丘言如是時六羣比丘即入舍衛城到富貴人舍讚歎波羅比丘善好是佛親里險道中遇賊奪衣汝等當與即時信者與種種衣若氎俱執欽婆羅如是展轉從一家至一家多得衣摞裹著肩上持還六羣比丘自取好者持不好者與波羅比丘是中有比丘少欲知足行頭陀聞是事心不喜種種因緣

呵責六羣比丘云何名比丘故奪波羅比丘衣諸比丘種種呵責已向佛廣說佛以是事集比丘僧知而故問六羣比丘汝實作是事不答言實作世尊佛以種種因緣呵責六羣比丘云何名比丘故奪波羅比丘衣種種因緣呵已語諸比丘以十利故與比丘結戒從今是戒應如是說若比丘奪衣失衣燒衣漂衣時從非親里居士居士婦乞自恣多與衣是比丘應取上下衣若過是取者尼薩耆波逸提上下衣者有二種有白衣上下衣有比丘上下衣白衣上下衣者一上衣一下衣比丘上下衣者所用三衣若得白衣上下衣若少應更乞若多應還主若得比丘上下衣若少不應更乞若多不應還主是中犯者若比丘三衣具足不應乞若乞得者尼薩耆波逸提若乞不得突吉羅若比丘失一衣是比丘僧伽梨可擿作衣者擿作不應乞若乞得者尼薩耆波逸提若乞不得突吉羅若比丘失二衣是僧伽梨可擿作衣者應乞一衣不應乞二衣若乞得二衣者尼薩耆波逸提若乞不得突吉羅若比丘失三衣應從五衆所暫借衣著入聚落乞衣若無是事是中若有四方僧物若氈若拘執若褥若班綒若枕擿作衣著著是衣已而乞衣若乞得衣者應著新衣當浣洗衣捩曬打治還成著本處若比寺空無人住者應隨著近有僧住處若先寺還有人住應取是物還著本處竟七事

佛在舍衛國爾時有一居士爲跋難陀釋子辦衣直作是念言我以是衣直買如是衣與跋難陀釋子時跋難陀釋子聞已往到居士

所問言汝實爲我辦衣直作是念言我以是衣直買如是衣與跋難陀釋子耶居士言實爾云何爲我作衣答言作如是衣跋難陀釋子言我等比丘出家人少衣服乞求難得汝等居士不能常有布施因緣若欲爲我作衣者當爲我作如是如是衣居士言爾是居士即隨先衣直更辦再三倍買衣與跋難陀釋子後心生悔呵罵沙門釋子不知時不知猒足不知籌量若施者不知量受者應知量我本所辦衣直更出再三倍比是我等過罪衰惱無利何故布施供養如是難滿難養無猒足人是中有比丘少欲知足行頭陀聞是事心不喜諸比丘以是事白佛佛以是事集比丘僧知而故問跋難陀釋子汝實作是事不答言實作世尊佛以種種因緣呵責跋難陀

釋子云何名比丘非親里人所作同意索種種因緣呵已語諸比丘以十利故與比丘結戒從今是戒應如是說若爲比丘故非親里居士居士婦辦衣直作是念言我以是衣直買如是衣與某比丘是中比丘先不自恣請便往居士居士婦所作同意言汝爲我辦如是衣直買如是如是衣與我爲好故若得衣者尼薩耆波逸提爲比丘者爲跋難陀釋子故衣者白麻衣赤麻衣翅夷羅衣欽婆羅衣芻摩衣憍施耶衣劫貝衣衣直者金銀硨磲碼碯錢乃至米穀辦者以此直物別著一處如是衣者如是價如是色如是量與某比丘者與跋難陀釋子故先不自恣請者居士先不語比丘所須來取作同意者信是居士隨我索多少不瞋爲好者難滿難養無猒足故

是中犯者有三種謂價色量價者若比丘語居士與我好衣若得衣者尼薩耆波逸提若不得衣突吉羅乃至與我二三百錢價衣若得衣者尼薩耆波逸提若不得衣突吉羅是名價色者比丘語居士言與我青衣若得衣尼薩耆波逸提若不得衣突吉羅若言與我黄赤白黒衣白麻衣赤麻衣翅夷羅衣欽婆羅衣芻摩衣憍施耶衣劫貝衣若得者尼薩耆波逸提若不得衣突吉羅是名色量者比丘語居士與我四肘衣五肘六肘乃至十八肘衣若得者尼薩耆波逸提若不得衣突吉羅是名量若索此得彼突吉羅若索青得黄突吉羅若索青得赤黒亦如是若索白麻衣得赤麻衣乃至索欽婆羅衣得劫貝衣亦如是不犯者從親里索若先請若不索自與無犯竟八事

佛在舍衛國爾時跋難陀釋子有二非親里居士居士婦爲跋難陀釋子辦衣直作是念言我以是衣直各各買如是如是衣與跋難陀釋子跋難陀釋子聞已便往居士居士婦所言汝等實爲我故辦衣直作是念言我等以是衣直各各買如是衣與跋難陀釋子不答言實爾云何作衣居士答言作如是衣跋難陀釋子言善我等比丘出家人少衣服乞求難得汝等不能常有布施因緣汝今以有好心爲我作如是如是衣若不能各作者二人共作一衣與我答言爾諸居士居士婦隨所辦衣直更出再三倍作衣與跋難陀釋子後生悔心呵責沙門釋子難滿難養無有猒足我等衰惱失利云何布施供養是人是中

有比丘少欲知足行頭陀聞是事心不喜謂比丘以是事白佛佛以是事集比丘僧知而故問跋難陀汝實作是事不答言實作世尊佛以是事種種因緣呵責云何名比丘非親里人作同意索種種因緣呵已語諸比丘以十利故與比丘結戒從今是戒應如是說若比丘二非親里居士居士婦各辦衣直作是念言我以是衣直各買如是衣與某比丘是中比丘先不請便往居士居士婦所作同意言汝等各辦衣直合作一衣與我爲好故若得衣者尼薩耆波逸提爲比丘者爲跋難陀釋子故衣直爲辦先不請如上說是中犯者有三種價色量價者若比丘語居士言與我好衣二人共作一衣若得者尼薩耆波逸提若說與我好衣若言二共合若言作一衣若不得衣突吉羅乃至與我二三百錢價衣者尼薩耆波逸提若不得衣突吉羅是名價色者若比丘語居士言與我青衣若黃赤白黑衣白麻衣赤麻衣翅夷羅衣芻摩衣欽婆羅衣劫貝衣若得者尼薩耆波逸提若言與我衣若言二共合若言作一衣若不得衣突吉羅是名色量者比丘語居士言與我四肘衣五肘六肘乃至十八肘衣得者尼薩耆波逸提若言與我好衣若言二共合若言作一衣若不得衣突吉羅是名量若索此得彼突吉羅若索青衣得黃衣突吉羅若索青得赤白黑突吉羅若索白麻衣得赤麻衣乃至索欽婆羅衣得劫貝衣突吉羅不犯者從親里索若先請若不索自與不犯 竟九事

佛在舍衛國爾時有一居士遣使送衣直與

跋難陀釋子使持是物來見跋難陀釋子共賈客子在市肆中牀上坐使到作是言大德某甲居士遣我送是衣直大德受取時跋難陀釋子聞已語賈客子汝受是衣直數取舉置若我得淨人當來取去賈客子即數取舉爾時舍衛國衆人共要聚集一處若不及者罰錢五十是賈客子應往赴集時賈客子繫物著一處關閉肆户莊嚴欲去時跋難陀釋子將淨人來語賈客子與我衣直來答言是舍衛城衆人有聚集事我必應往若不及者罰錢五十小待我還當與跋難陀言不得爾汝白衣在家常自求利先與我便去不得小住是賈客子開肆户出是衣直看數付與還歸聞衆人聚集已散即罰錢五十衆人來責賈客子心生愁惱呵罵沙門釋子不知時不知籌量若小住者汝事不廢我不被罰我坐是沙門釋子故失是物一人語二人二人語三人如是展轉沙門釋子惡名流布徧舍衛城是中有比丘少欲知足行頭陀聞是事心不喜諸比丘以是事白佛佛以是事集比丘僧知而故問跋難陀釋子汝實作是事不答言實作世尊佛以種種因緣呵責跋難陀釋子汝不知時不知量何不小待汝事不廢居士無所失佛如是種種呵責已語諸比丘以十利故與比丘結戒從今是戒應如是說若爲比丘故若王王臣若婆羅門居士遣使送衣直是使到比丘所言大德若某王王臣若婆羅門居士送是衣直汝當受取比丘應言我比丘法不應受衣直若須衣時得淨衣者當自手受速作衣持是使語比丘言大德有

執事人能爲比丘執事不是比丘應示執事人若僧園民若優婆塞此人能爲比丘執事是使往執事人所言善哉執事汝取是衣直作如是如是衣與其比丘比丘須衣時來汝當與衣是使語已還報比丘我已語竟大德須衣時便往取當與汝衣是比丘到執事所索衣作是言我須衣至再三反亦如是索得衣者善不得者四反五反乃至六反往執事前默然立若四反五反六反默然立得衣者善若不得衣過是求得衣者尼薩耆波逸提若不得衣隨送衣直來處若自往若遣使汝所送衣直我不得汝自知物莫使失是事應爾爲比丘者爲跋難陀釋子故王者若刹利種受王職亦名王亦名國主亦名水澆頂若婆羅門若居士乃至女人受王職亦名王亦名國主亦名水澆頂王臣者食官俸禄婆羅門者婆羅門種居士者除王王臣及婆羅門種餘在家白衣是名居士使者若男女黄門二根衣者白麻衣赤麻衣翅夷羅衣芻摩衣憍施耶衣欽婆羅衣劫具衣直者金銀硨磲碼碯錢使到已語比丘者是使語跋難陀釋子言大德是某王王臣若婆羅門若居士送是衣直與大德今當受取比丘語使言我比丘法不應受衣直若得淨衣者當自手受速作衣持者若作僧伽梨鬱多羅僧安陀衛是使語執事以是衣直作如是如是衣者謂如是價如是色如是量我已語執事者若自口語遣人語比丘須衣時往到索衣作是言者至再三反往應言我須衣若三反往語得衣者善若不得衣乃至六反往執事前默然立

者當在面前立謂巧作處自住處產業處市肆處巧作處者鍛作處木作處陶作處若執事人在是處比丘應在其面前默然立自住處者自在其家房舍處產業處者耕種處販賣處出息物處筭計處市肆處者金肆銀肆客作肆銅肆珠肆若執事人在是處比丘四反五反乃至六反默然在面前立不得衣者應語衣主若自語若遣使汝所送衣直我不得用汝自知物是比丘語衣主已有餘因緣往到是處若執事人問比丘汝何故來比丘答言我有餘事故來若執事言汝持是衣直去是比丘言我已語衣主汝自往共分了若執事言汝但持是衣直去我自當往解語衣主若比丘爾時受衣直持去者無犯 竟十事

十誦律卷第六

音釋

氎 徒協切細毛布也 裹 古火切包也 帋 初限切肉器也 貿 莫候切易也 羖 公戶切牡羊也 掘 其月切 娠 失人切妊也 肘 陟柳切二尺曰肘 裸 力果切赤體也 齧 倪結切噬也 炙 之石切 漂 紕招切浮也 飄 紕招切吹也 縍 博旁切 捩 力孽切 翅 施智切 澆 古堯切 鍛 丁貫切冶金曰鍛

十誦律卷第七

姚秦三藏弗若多羅共三藏鳩摩羅什譯

第二誦之一

三十尼薩耆法之三

佛在俱舍毗國爾時俱舍毗比丘作新憍施耶敷具此國綿貴縷貴衣貴繭貴多殺蠶故比丘數數乞語居士言比丘須綿須縷須衣須繭擘治引貯多事多務妨廢讀經坐禪行道諸居士猒患呵責言諸沙門釋子自言善好有德而作新憍施耶敷具此國綿貴縷貴衣貴繭貴多殺蠶故諸比丘乞綿乞縷乞衣乞繭擘治引貯多事多務妨廢讀經坐禪行道是中我等失利供養是難滿難養無猒足人有比丘少欲知足行頭陀聞是事心不喜向佛廣說佛以是事集比丘僧知而故問俱舍毗比丘汝等實作是事不答言實作世尊佛以種種因緣呵責云何名比丘作新憍施耶敷具此國綿貴縷貴衣貴繭貴多殺蠶故佛如是以種種因緣呵已語諸比丘以十利故與諸比丘結戒從今是戒應如是說若比丘以新憍施耶作敷具者尼薩耆波逸提尼薩耆波逸提者是敷具應捨波逸提罪應悔過是中犯者若比丘取綿擘治作新敷具者尼薩耆波逸提若以縷若以衣若以繭擘治作敷具者尼薩耆波逸提不犯者若得已成敷具不犯十一事竟

佛在王舍城爾時六羣比丘以純黑羺羊毛作敷具此國黑羊毛貴黑羊毛縷貴黑羊毛氈貴諸比丘數數乞語居士言比丘須黑羊毛須黑縷黑氈諸居士猒患呵責言諸沙門

釋子自言善好有德而以純黑羺羊毛作新敷具此國黑羊毛貴縷貴氀貴比丘取是黑羊毛擇擘布貯多事多務妨廢讀經坐禪行道是中有比丘少欲知足行頭陀聞是事心不喜向佛廣説佛以是事集比丘僧知而故問六羣比丘汝實作是事不答言實作世尊佛以種種因緣呵責云何名比丘以純黑羊毛作新敷具此國黑羊毛貴縷貴氀貴擇擘布貯多事多務妨廢讀經坐禪行道佛種種因緣呵已語諸比丘以十利故與諸比丘結戒從今是戒應如是説若比丘以純黑羺羊毛作新敷具者尼薩耆波逸提黑羺羊毛者有四種謂生黑藍染黑泥染黑木皮染黑是名四種黑尼薩耆波逸提者是敷具應捨波逸提罪應悔過是中犯者若比丘以生黑羺羊毛擇擘布貯作敷具者尼薩耆波逸提若以藍染泥染木皮染擇擘布貯作敷具者皆尼薩耆波逸提若比丘以黑羺羊毛黑羺羊毛縷黑羺羊毛氀擇擘布貯作敷具者皆尼薩耆波逸提不犯者若爲塔作爲僧作若得已成者不犯事竟十二

佛在王舍城爾時六羣比丘作是念佛結戒不聽純黑羊毛作新敷具我今當以少白羺羊毛雜黑羺羊毛作新敷具是中有比丘少欲知足行頭陀聞是事心不喜種種因緣呵責云何名比丘佛不聽純黑羺羊毛作新敷具便以少白羺羊毛雜作新敷具種種因緣呵已向佛廣説佛以是事集比丘僧知而故問六羣比丘汝實作是事不答言實作世尊佛以種種因緣呵責云何名比丘作是念佛

不聽純黑羊毛作新敷具便以少白羺羊毛雜作新敷具佛以種種因緣呵已語諸比丘以十利故與諸比丘結戒從今是戒應如是說若比丘作敷具應用二分黑第三分白第四分下若比丘不用二分黑第三分白第四分下作敷具者尼薩耆波逸提黑者有四種生黑藍染黑泥染黑木皮染黑白者謂脊毛脇毛頸毛下者謂頭毛腹毛脚毛若作四十波羅敷具者應用二十波羅純黑羺羊毛十波羅白羺羊毛十波羅下羊毛一波羅重四兩尼薩耆波逸提者是敷具應捨波逸提罪應悔過是中犯者若比丘取黑羺羊毛過二十波羅乃至一兩作敷具得尼薩耆波逸提若取白羺羊毛過十波羅乃至一兩作敷具得突吉羅若下羊毛減十波羅乃至一兩作敷具得尼薩耆波逸提不犯者若取下羊毛多若純用下羊毛者不犯（一波羅者此四兩也十三事竟）

佛在王舍城爾時六羣比丘多作敷具畜言此敷具太厚此敷具太薄此太輕此太重此太大此太小此穿壞此緣破此敷具舉畜腐壞不用是中有比丘少欲知足行頭陀聞是事心不喜種種因緣呵責云何名比丘多作敷具畜言此太厚此太薄此太輕此太重此太大此太小此穿壞此緣破此敷具舉畜腐壞不用種種因緣呵已向佛廣說佛以是事集比丘僧知而故問六羣比丘汝實作是事不答言實作世尊佛以種種因緣呵責六羣比丘云何名比丘多作敷具畜此太厚此太薄此太輕此太重此太大此太小此穿壞此緣破此敷具舉畜腐壞不用佛種種因緣呵

已語諸比丘以十利故與諸比丘結戒從今是戒應如是說

若比丘欲作新敷具故敷具必令滿六年畜若比丘減六年若捨故敷具若不捨更作敷具除僧羯磨者尼薩耆波逸提僧羯磨者若比丘故敷具若太厚若太薄若太輕若太重若太大若太小若穿壞若緣破欲作新敷具者是比丘一心和合僧從座起偏袒右肩脱革屣胡跪合掌作是言我某甲比丘敷具若太厚若太薄若太輕若太重若太大若太小若穿壞若緣破欲作新敷具我從僧乞作新敷具第二第三亦如是乞爾時僧應籌量若言太厚而實不厚不應羯磨若言太薄而實不薄若言太重而實不重若言太輕而實不輕若言太大而實不大若言太小而實不小若言穿壞而實不穿壞若言緣破而實不破不應作羯磨若穿壞可還割補者不應作羯磨若緣破可還攝縫者亦不應作羯磨若言太厚實厚應作羯磨若言太薄實薄若言太重實重若言太輕實輕若言太大實大若言太小實小若言穿壞而實穿壞若言不可割補而實不可割補若言緣破實破不可攝縫者應作羯磨是中一比丘應僧中唱言大德僧聽是某甲比丘敷具若太厚若太薄若太輕若太重若太大若太小若穿壞不可割補若緣破不可攝縫今從僧乞作新敷具羯磨若僧時到僧忍聽與某甲比丘作新敷具羯磨白如是如是白二羯磨僧與某甲比丘作新敷具羯磨竟僧忍默然故是事如是持是名僧羯磨是中犯者若比丘隨何歲作敷具

即是歲更作新敷具若作突吉羅作竟尼薩耆波逸提若隨何歲作敷具若至二歲三四五六歲更作新敷具若作突吉羅作竟尼薩耆波逸提若比丘隨何歲作敷具即是歲捨故敷具更作新敷具若作突吉羅作竟尼薩耆波逸提若隨何歲作敷具若至二三四五六歲捨故敷具更作新敷具若作突吉羅作竟尼薩耆波逸提若比丘隨何歲作新敷具即是歲不捨故敷具更作新敷具若作突吉羅作竟尼薩耆波逸提若隨何歲作新敷具若至二三四五六歲不捨故敷具更作新敷具若作突吉羅作竟尼薩耆波逸提若比丘隨何歲作敷具即是歲若捨故敷具若不捨更作新敷具若作突吉羅作竟尼薩耆波逸提若隨何歲作敷具若至二歲三四五六歲若捨故若不捨更作新敷具若作突吉羅作竟尼薩耆波逸提若比丘隨何歲作敷具即是歲更欲作新敷具時得突吉羅作竟尼薩耆波逸提若隨何歲作敷具若至二三四五六歲若欲作新敷具時皆突吉羅作竟尼薩耆波逸提若比丘隨何歲作敷具即是歲更作新敷具未成而置至第二歲當作竟是比丘初作敷具時得突吉羅作竟尼薩耆波逸提若隨何歲作敷具若至二三四五六歲更作新敷具未成而置至第七歲當作竟初作時突吉羅作竟尼薩耆波逸提若比丘如先所作敷具應與人若作淨若比丘六歲內故敷具若捨若不捨更作新敷具尼薩耆波逸提十四事竟

佛在舍衛國爾時有一居士請佛及僧明日

食佛默然受請居士知佛受已從座起頭面禮佛足右遶而去還歸竟夜具諸淨潔多美飲食辦已晨朝敷坐具遣使白佛時到食具已辦唯佛知時諸比丘僧往居士舍佛自房住迎食分諸佛常法若衆僧受請去佛持戸鑰從房至房觀諸房舍是時諸比丘入居士舍已佛持戸鑰從房至房徧觀諸房開一房戸見有捨敷具滿是房中衣架垂曲見已作是念多有是捨敷具不復用諸婆羅門居士乾竭血肉布施作福若比丘少取者善以何因緣使諸比丘用是故敷具令諸施主布施得福復作是念我今聽諸比丘作新坐具敷具用是故敷具作周帀修伽陀一搩手壞色故以是因緣得用故敷具諸施主得福佛作是念已閉戸下房還自房坐本處爾時居士見衆僧坐竟自手行水以淨潔多美飲食自恣飽滿已居士知僧洗手攝鉢竟取一小牀在僧前坐欲聽說法上座說法已起去餘比丘隨次第還詣佛所頭面禮足一面坐諸佛常法比丘僧食還如是勞問諸比丘言飲食多美僧滿足不即如是問訊諸比丘滿足不諸比丘言世尊飲食多美衆僧滿足佛語諸比丘汝等衆僧入居士舍已我持戸鑰徧觀諸房開一房戸見有捨敷具滿是房中衣架垂曲見已作是念多有是捨敷具不復用諸施主乾竭血肉布施作福若比丘少取者善以何使諸比丘用是故敷具令諸施主布施得福復作是念我當聽諸比丘作新敷具坐具用故敷具周帀修伽陀一磔手壞色故以是因緣得用故敷具施主得福佛以是事集

比丘僧語諸比丘以十利故與諸比丘結戒從今是戒應如是說

若比丘作新敷具坐具應用故敷具周帀修伽陀一搩手壞色故若比丘作新敷具坐具不用故敷具周帀修伽陀一搩手壞色爲好故尼薩耆波逸提尼薩耆波逸提者是敷具坐具應捨波逸提罪應悔過是中犯者若比丘欲作新敷具坐具應取故敷具周帀修伽陀一搩手壞色故若取作者善若不取者尼薩耆波逸提若減取作乃至半寸突吉羅若取過修伽陀一搩手作不犯若以故敷具徧著新敷具坐具上不犯十五事竟

佛在舍衛國爾時諸比丘共賈客遊行憍薩羅國向舍衛國諸賈客滿車載羺羊毛到險道中一賈客車軸折牛脚傷破是賈客語諸伴言汝等各各爲我少多載是羊毛勿令都失諸賈客言我等車各自滿重若爲汝載者亦當俱失諸賈客悉皆捨去是賈客在一面立愁憂守是車物諸比丘隨後來以二因緣故一者爲塵坌身二者不喜聞車聲是賈客遥見諸比丘來心喜作是念是羊毛必當不失當以布施是比丘僧作是念已語諸比丘共集一處我以是事羊毛布施衆僧僧即時集居士布施已去諸比丘各各作分有比丘肩上擔去有比丘脊上負去有比丘手持去經大聚落中過諸前行賈客見諸比丘持羊毛來心生嫉妬作是呵責言汝等何處買是毛來欲何處販去何處坐肆是爲得利爲不得利是中有比丘少欲知足行頭陀聞是賈客呵責心不喜向佛廣說佛以是事集比丘

僧知而故問諸比丘汝實作是事不答言實作世尊佛以種種因緣呵責云何名比丘自擔羊毛過三由延佛如是種種因緣呵已語諸比丘以十利故與諸比丘結戒從今是戒應如是說若比丘行道中得施羊毛比丘須者自取持去乃至三由延若無人代過是擔者尼薩耆波逸提若二比丘得羊毛持去得至六由延若三比丘得至九由延若四比丘得至十二由延若五比丘得至十五由延如是隨人多少一人得至三由延尼薩耆波逸提者是羊毛應捨波逸提罪應悔過是中犯者若比丘自持羺羊毛去過三由延尼薩耆波逸提若令比丘比丘尼式叉摩尼沙彌沙彌尼持去過三由延突吉羅若比丘持羺羊毛著耳上若著耳中若著咽下若作氈若著針線囊中持去不犯（十六事竟）

佛在舍衛國爾時迦留陀夷得先羊毛分持詣王園比丘尼精舍到已令諸比丘尼集一處作是言能與我擘治浣染是羊毛不迦留陀夷有大名聞威德力勢諸比丘尼以敬畏故不能違逆作是言大德但放地去迦留陀夷即留而去諸比丘尼取羊毛擘治浣染已染色著手爾時摩訶波闍波提瞿曇彌比丘尼與衆多比丘尼五百人俱出王園精舍往至佛所頭面禮足一面立是五百比丘尼亦頭面作禮一面立佛見諸比丘尼手有染色佛知而故問瞿曇彌比丘尼言何故諸比丘尼手有染色瞿曇彌答言世尊我等所求異所作異佛言瞿曇彌云何所求異所作異瞿曇彌以是事向佛廣說佛言汝等實所求異

所作異佛爾時與瞿曇彌比丘尼衆說種種法示教利喜已默然住時瞿曇彌比丘尼衆知佛說法已頭面禮足右遶而去諸比丘尼去不久佛以是事集比丘僧知而故問迦留陀夷汝實作是事不答言實作世尊佛以種種因緣呵責迦留陀夷云何名比丘使非親里比丘尼浣染擘羊毛如是種種因緣呵已語諸比丘以十利故與諸比丘結戒從今是戒應如是說若比丘使非親里比丘尼浣染擘羊毛者尼薩耆波逸提非親里者親里名毋姊妹女乃至七世因緣除是名非親里尼薩耆波逸提者是羊毛應捨波逸提罪應悔過是中犯者若比丘往語非親里比丘尼爲我浣染擘羊毛若比丘尼爲浣比丘得尼薩耆波逸提若染尼薩耆波逸提若擘尼薩耆

波逸提若浣染若浣擘若染擘若浣染擘皆尼薩耆波逸提若比丘往語非親里比丘尼爲我浣染如擘若爲浣尼薩耆波逸提若染尼薩耆波逸提若擘若浣染若浣擘若染擘若浣染擘皆尼薩耆波逸提若比丘往語非親里比丘尼爲我浣擘如染若爲浣尼薩耆波逸提若擘尼薩耆波逸提若染若浣染若浣擘若染擘若浣染擘皆尼薩耆波逸提若比丘往語非親里比丘尼爲我染擘如浣若爲浣尼薩耆波逸提若擘尼薩耆波逸提若染若浣擘若染擘若浣染擘皆尼薩耆波逸提若比丘往語非親里比丘尼爲我浣染莫擘若爲浣尼薩耆波逸提若染尼薩耆波逸提若擘若浣染若浣擘若染擘若浣染擘皆尼薩耆波逸提若比丘往語

非親里比丘尼爲我浣擘莫染若爲浣尼薩耆波逸提若染尼薩耆波逸提若擘尼薩耆波逸提若浣染若浣擘若染擘若浣染擘皆尼薩耆波逸提若比丘往語非親里比丘尼爲我染擘莫浣若比丘尼爲浣尼薩耆波逸提若擘尼薩耆波逸提若染尼薩耆波逸提若浣染若浣擘若染擘若浣染擘皆尼薩耆波逸提若比丘往語非親里比丘尼爲我浣莫染莫擘若爲浣尼薩耆波逸提若染若擘若浣染若浣擘若染擘若浣染擘皆尼薩耆波逸提若比丘往語非親里比丘尼爲我染莫浣莫擘若爲染尼薩耆波逸提若浣若擘若浣染若浣擘若染擘若浣染擘皆尼薩耆波逸提若比丘往非親里比丘尼爲我擘莫浣莫染若爲擘尼薩耆波逸提若浣若染若浣染若浣擘若染擘若浣染擘皆尼薩耆波逸提若比丘有非親里比丘尼親里謂是語使浣染擘羊毛若比丘尼爲浣若染若擘尼薩耆波逸提若有非親里比丘尼謂是比丘式叉摩尼沙彌沙彌尼出家出家尼語使浣染擘若爲浣染擘尼薩耆波逸提若比丘有非親里比丘尼疑是親里非親里語使浣染擘若浣染擘尼薩耆波逸提若疑是比丘非比丘式叉摩尼非式叉摩尼沙彌非沙彌沙彌尼非沙彌尼出家非出家出家尼非出家尼語使浣染擘若爲浣染擘尼薩耆波逸提若比丘有親里比丘尼謂非親里語使浣染擘若爲浣染擘突吉羅若謂是比丘式叉摩尼沙彌沙彌尼出家出家尼語使浣染擘若爲浣染擘皆突吉羅若比丘有親里比丘尼

疑是親里非親里語使浣染擘若爲浣染擘突吉羅若疑是比丘非比丘式叉摩尼非式叉摩尼沙彌非沙彌沙彌尼非沙彌尼出家非出家出家尼非出家尼語使浣染擘若爲浣染擘皆突吉羅若比丘有親里非親里比丘尼若謂若疑語使浣染擘不淨毛謂駱駝毛羖羊毛雜毛突吉羅不犯者親里事十七竟

佛在王舍城爾時六羣比丘自手取寶諸居士呵責言沙門釋子自言善好有德云何自手取寶如王如大臣是中有比丘少欲知足行頭陀聞是事心不喜向佛廣說佛以是事集比丘僧知而故問六羣比丘汝實作是事不答言實作世尊佛以種種因緣呵責云何名比丘自手取寶佛如是以種種因緣呵已語諸比丘以十利故與諸比丘結戒從今是戒應如是說若比丘自手取寶若使他取尼薩耆波逸提寶者名爲金銀是二種若作不作若相若不相取者有五種以手從手取若以衣裓從衣裓取若以器從器取若言著是中若言與是淨人尼薩耆波逸提尼薩耆波逸提者是物應捨波逸提罪應悔過是中犯者若比丘手從手取衣從衣取器從器取若言著是中若言與是淨人皆尼薩耆波逸提若作若不作若相若不相從他取皆尼薩耆波逸提若比丘自手取鐵錢突吉羅若取銅錢白鑞錢鉛錫錢樹膠錢皮錢木錢皆突吉羅佛言若比丘自手取寶若少應棄若多設得同心淨人者應語是人言我以不淨故不應取是寶汝應取淨人取是寶已語比丘言此物與比丘比丘言此是不淨物若淨當受

若不得同心淨人應作四方僧卧具是比丘應入僧中言諸大德我自手取寶得波逸提罪我今發露不敢覆藏悔過僧應問是比丘汝捨是寶不答言已捨僧應問汝見罪不答言見罪僧應語言汝是罪發露悔過後莫復作若言未捨僧應約勅令捨若僧不約勅一切僧得突吉羅若僧約勅不捨是比丘得突吉羅若籌量未決不犯（十八事竟）

佛在王舍城爾時六羣比丘先所捨寶作種種用令起房舍作金肆客作肆鍛銅肆治珠肆畜象羣馬羣駱駝羣牛羣驢羣羊羣奴婢子弟人民是中有人强奪諸人民田業賣與比丘諸失居業者瞋恚呵責作是言沙門釋子自言善好有德種種用寶作肆賣買如王如大臣大官無異是中有比丘少欲知足行頭陀聞是事心不喜向佛廣說佛以是事集比丘僧知而故問六羣比丘汝實作是事不答言實作世尊佛以種種因緣呵責云何名比丘種種用寶佛以種種因緣呵已語諸比丘以十利故與諸比丘結戒從今是戒應如是說若比丘種種用寶者尼薩耆波逸提種種者若用作易作若用作易不作若用作易作不作若用不作易不作若用不作易作若用不作易作不作若用相易相若用相易不相若用相易相不相若用不相易不相若用不相易相若用不相易相不相是名種種用者有五種若言取此物從此中取取爾所從此人取持來持去賣買亦如是復有五種取彼物從彼中取取爾所從彼人取持來持去賣買亦如是此物者若金若銀從此中取者

若取芻摩若取憍施耶取爾所者若取五十若取一百從此人取者若從男女黄門二根人取持來持去賣買亦如是取彼物者若金若銀從彼中取者若取芻摩若取憍施耶取爾所者若取五十若取一百從彼人取者若從男女黄門二根人取持來持去賣買亦如是尼薩耆波逸提者是物應捨波逸提罪應悔過是中犯者若比丘用作易作尼薩耆波逸提用作易不作用作易作不作用不作易不作用不作易作用不作易作不作皆尼薩耆波逸提若用相易相若用相易不相若用相易不相若用不相易不相若用不相易相若用不相易相不相皆尼薩耆波逸提若言取此尼薩耆波逸提若從此中取尼薩耆波逸提若取爾所尼薩耆波逸提從此人取

尼薩耆波逸提若持來持去賣買亦如是若言取彼尼薩耆波逸提若言從彼中取若取爾所從彼人取皆尼薩耆波逸提持來持去賣買亦如是若比丘用鐵錢種種用得突吉羅若用銅錢白鑞錢鉛錫錢樹膠錢皮錢木錢種種用皆突吉羅若比丘種種用寶若少應棄若多設得同心淨人者應語是人言我所用不淨汝取淨人取是物已語比丘言是物與比丘比丘言此是不淨物若淨當受若不得同心淨人應用作四方僧卧具是比丘應入僧中言諸大德我種種用寶得波逸提罪我今發露不覆藏悔過僧應問汝捨是寶不答言已捨應問汝見罪不答言見罪僧應語汝是罪發露悔過後莫復作若言未捨僧應約勑令捨若僧不約勑一切僧得突吉羅

若僧約勑不捨是比丘得突吉羅若籌量未決無犯十九事竟

佛在舍衛國爾時有一梵志著翅彌樓染欽婆羅是跋難陀釋子舊知識共事時跋難陀逢見梵志著翅彌樓染欽婆羅來見是衣已生貪著心梵志到跋難陀所共相問訊樂不樂一面坐跋難陀語梵志言汝欽婆羅好可愛答言實好跋難陀言可與我我持此常欽婆羅與汝梵志言我自須用跋難陀復言汝梵志法裸形無德何用好衣爲梵志言我須用卧跋難陀又言汝本與我白衣時善知識深相愛念我本時無有好物不與汝者汝亦無有好物不與我者汝今出家已意壞生慳貪心不如本耶時跋難陀苦責數已梵志即脱翅彌樓染欽婆羅與跋難陀跋難陀還與常欽婆羅梵志著常欽婆羅到梵志精舍諸梵志見已語言汝翅彌樓染欽婆羅那去答言與他貿去共誰貿耶答言與跋難陀跋難陀與汝有何因緣故共貿答言我本白衣時善知識深相愛念故共貿諸梵志言跋難陀釋子調汝欺汝是梵志言若欺若調我已共貿諸梵志復言是翅彌樓染欽婆羅大有價非是常欽婆羅比是梵志言雖貴價我已貿竟諸梵志復言汝疾往取是翅彌樓染欽婆羅來莫令我等立木榜治汝是梵志即時怖畏作是念同學或能立木榜治我便到跋難陀釋子所作是言跋難陀還我翅彌樓染欽婆羅此欽婆羅還汝跋難陀言已共貿竟梵志言汝欺我調我跋難陀言設使欺調貿已決了梵志又言翅彌樓染欽婆羅大價非是

汝常欽婆羅比答言價大不大貿已決了又言跋難陀我諸同學言若不還得翅彌樓染欽婆羅者當立木榜治汝汝當還我來莫使諸同學立木榜治我跋難陀言若立木榜治汝若更餘治何豫我事貿已決了終不與汝是梵志急索不得諸有不信佛法人聞說是事以妬心故呵責作是言沙門釋子自言善好有德云何名出家人故欺誷餘出家人諸有信人亦復呵責云何名比丘作種種賣買事是中有比丘少欲知足行頭陀聞是事心不喜向佛廣說佛以是事集比丘僧知而故問跋難陀汝實作是事不答言實作世尊佛以種種因緣呵責云何名比丘作種種賣買事佛如是種種因緣呵已語諸比丘以十利故與諸比丘結戒從今是戒應如是說若比丘種種賣買者尼薩耆波逸提種種者若以相似買相似若以不相似買不相似相似者鉢與鉢相似衣與衣相似澡盥澡盥相似戶鉤戶鉤相似時藥時藥相似夜分藥夜分藥相似七日藥七日藥相似終身藥終身藥相似是名用相似買相似不相似者鉢與衣不相似鉢與澡盥戶鉤時藥夜分藥七日藥終身藥不相似衣與澡盥不相似戶鉤時藥夜分藥七日藥終身藥及鉢不相似澡盥與戶鉤不相似戶鉤與時藥夜分藥七日藥終身藥鉢衣不相似戶鉤與時藥不相似夜分藥七日藥終身藥鉢衣澡盥不相似時藥與夜分藥乃至戶鉤不相似夜分藥與七日藥不相似乃至時藥不相似七日藥與終身藥不相似乃至夜分藥不相似終身藥與鉢不相

似乃至七日藥不相似是故說用不相似買不相似尼薩耆波逸提尼薩耆波逸提者是物應捨波逸提罪應悔過是中犯者若比丘爲利故買已不賣突吉羅若爲利故賣不買亦突吉羅若爲利故買已還賣尼薩耆波逸提若比丘是可捨物若用金買銀用銀買錢用錢糴穀用穀買物是物若可噉口口得突吉羅罪是物若可作衣著隨著得波逸提佛言從今日聽若共貿物前人心悔應還自取本物六羣比丘聞佛聽共貿物心悔應還自取本物聞已故半月一月著他衣壞失色然後索悔索悔時他不與因是鬭諍相言相駡相打種種事起諸比丘以是事白佛佛言七日內悔者應還若過七日不應還有賣衣人持衣行賣六羣比丘以少價求他貴衣賣衣人言汝何爲故以少價索我貴價衣若不知衣價人則輕賤我衣減我衣價佛言不應減價索他貴衣若減價索他貴衣突吉羅若實須是物審思量言我以爾所物買若彼不與更應再語若復不與又應三語若三索不與比丘急須是物者應覓淨人使買是物若淨人不知市買比丘當先教以爾所物買是物應教此物索幾許汝好思量看佛言從今日聽衆僧賣衣未三唱應益價益價時比丘心悔我將無奪彼衣耶佛言三唱未竟益價不犯若比丘爲利故以鐵錢種種賣買尼薩耆波逸提若比丘爲利故用銅錢白鑞錢鉛錫錢樹膠錢皮錢木錢種種買賣皆尼薩耆波逸提是比丘種種買賣物若少應棄若多設得同心淨人者應語淨人言我以如是如是

因緣不應取是物汝應取淨人語比丘是物與比丘比丘言此是不淨物若淨當受若不得同心淨人應用作四方僧卧具是比丘應入僧中言諸大德我種種賣買得波逸提罪我今發露不覆藏悔過僧應問汝捨是物不答言已捨僧應問汝見罪不答言見罪僧應語汝今發露不覆藏悔過後莫復作若言未捨僧應約勑令捨若僧不約勑一切僧得突吉羅若僧約勑不捨是比丘得突吉羅若此賤彼貴雖有利不犯本不為利故（二十事竟）

佛在王舍城爾時六羣比丘多畜鉢積聚生垢破壞不用故是中有比丘少欲知足行頭陀聞是事心不喜呵責六羣比丘云何名比丘多畜鉢積聚生垢破壞不用如是呵已向佛廣說佛以是事集比丘僧知而故問六羣比丘汝實作是事不答言實作世尊佛以種種因緣呵責云何名比丘多畜鉢積聚生垢破壞不用故種種呵已語諸比丘以十利故與諸比丘結戒從今是戒應如是說若比丘畜長鉢得至十日過是畜者尼薩耆波逸提鉢者有三種上中下上鉢者受三鉢他飯一鉢他羹餘可食物半羹是名上鉢下鉢者受一鉢他飯半鉢他羹餘可食物半羹是名下鉢若餘者名中鉢若大於大若小於小鉢不名為鉢尼薩耆波逸提者是鉢應捨波逸提罪應悔過是中犯者若比丘一日得鉢畜二日捨二日得畜三日捨三日得畜四日捨四日得畜五日捨五日得畜六日捨六日得畜七日捨七日得畜八日捨八日得畜九日捨九日得畜十日捨十日得畜十日時是鉢應

與人若作淨若受持若不與人不作淨不受持至十一日地了時尼薩耆波逸提又比丘一日得鉢二日更得畜一捨一二日得三日更得畜一捨一三日得四日更得畜一捨一四日得五日更得畜一捨一五日得六日更得畜一捨一六日得七日更得畜一捨一七日得八日更得畜一捨一八日得九日更得畜一捨一九日得十日更得是鉢十日時皆應與人若作淨若受持若不與人不作淨不受持至十一日地了時尼薩耆波逸提又比丘一日得鉢二日更得畜後捨前二日得三日更得畜後捨前三日得四日更得畜後捨前四日得五日更得畜後捨前五日得六日更得畜後捨前六日得七日更得畜後捨前七日得八日更得畜後捨前八日得九日更得畜後捨前九日得十日更得是鉢十日時皆應與人若作淨若受持若不與人不作淨不受持至十一日地了時尼薩耆波逸提又比丘一日得鉢二日更得畜前捨後二日得三日更得畜前捨後三日得四日更得畜前捨後四日得五日更得畜前捨後五日得六日更得畜前捨後六日得七日更得畜前捨後七日得八日更得畜前捨後八日得九日更得畜前捨後九日得十日更得是鉢十日時應與人若作淨若受持若不與人不作淨不受持至十一日地了時尼薩耆波逸提又比丘一日得鉢畜二日不得三四五六七八九十日不得十日時是鉢應與人若作淨若受持若不與人不作淨不受持至十一日地了時尼薩耆波逸提又比丘一日得鉢畜二

日更得三四五六七八九十日更得畜是鉢
十日時皆應與人若作淨若受持若不與人
不作淨不受持至十一日地了時尼薩耆波
逸提若比丘有鉢應捨未捨罪未悔過次續
未斷更得鉢是後鉢得尼薩耆波逸提本鉢
因緣故又比丘應捨鉢已捨罪未悔過次續
未斷更得鉢是後鉢尼薩耆波逸提本鉢因
緣故又比丘有應捨鉢已捨罪已悔過次續
未斷更得鉢是後鉢尼薩耆波逸提本鉢因
緣故又比丘有應捨鉢已捨罪已悔過次續
已斷更得異鉢者不犯二十一事竟

十誦律卷第七

音釋

縷隴主切綫也繭古典切蠶徂含切擘博陌切分擘也羺奴侯切胡羊也貯直呂切積也襵陟涉切猶摺也縫符容切紩也鑰以灼切裓古得切衣前襟也榜蒲庚切捶擊也豫羊恕切及也滌盥滌子皓切洗滌也盥古玩切澡手也糴亭歷切穀麥也

十誦律卷第八

姚秦三藏弗若多羅共三藏鳩摩羅什譯

第二誦之二

三十尼薩耆法之四

佛在舍婆提爾時跋難陀釋子共一賈客子市巷中行見一肆上有好瓦鉢圓正可愛見已貪著語賈客子汝看是瓦鉢可愛圓正答言實爾賈客兒言汝須是不答言欲得即便買與跋難陀釋子得是鉢已出舍衛城入祇洹中示諸比丘言諸長老汝等看是瓦鉢圓正可愛諸比丘言實好汝何從得跋難陀向諸比丘廣說是事諸比丘問汝先有所用鉢不答言先有又言用此鉢爲答言先有今有有何患是中有比丘少欲知足行頭陀聞是事心不喜種種因緣呵責云何名比丘先有所用鉢更乞新鉢種種呵已向佛廣說佛以是事集比丘僧知而故問跋難陀釋子汝實作是事不答言實作世尊佛以種種因緣呵責云何名比丘先有所用鉢更乞新鉢種種因緣呵已語諸比丘以十利故與諸比丘結戒從今是戒應如是說若比丘所用鉢破減五綴更乞新鉢爲好故尼薩耆波逸提是鉢應僧中捨比衆中最下鉢應與是比丘如是教言汝比丘畜是鉢乃至破是事應爾所用鉢者先所受用食鉢鉢者有三種上中下上者受三鉢他飯一鉢他羮餘可食物半羮是名上鉢下鉢者受一鉢他飯半鉢他羮餘可食物半羮是名下鉢餘者名中鉢若大於小若小於小不名爲鉢減五綴者四綴三綴二綴一綴爲好者是比丘難滿難養不知足不

少欲故是鉢應比丘衆中捨者是鉢應盛滿中水僧中行之應作是唱言諸長老集今欲作滿水鉢諸比丘應即時各自持先所受用鉢來集一處是時諸比丘不得更受餘鉢若諸比丘於是時更受餘鉢者得突吉羅罪僧和合已先應作行滿水鉢人羯磨一比丘應僧中唱言諸長老誰能行是滿水鉢者若比丘言我能是比丘若成就五惡法不應令作行鉢人何等五惡隨愛行隨瞋行隨怖行隨癡行行不知行不若成就五善法者應令作行鉢人不隨愛瞋怖癡知行不行是比丘應令作行鉢人是中一比丘即時唱言大德僧聽某甲比丘能作行滿水鉢人若僧時到僧忍聽某比丘作行滿水鉢人如是白如是作白二羯磨僧今聽某比丘作行滿水鉢人竟僧忍默然故是事如是持若是比丘作行滿水鉢人應盛滿鉢水初應先至第一上座比丘所問言上座須是鉢不若上座言應須與上座是人應取上座鉢行之次到第二上座所問言須是鉢不若言須應與又應取第二上座鉢次問第三上座問第三上座時若第一上座心悔還自索鉢者佛言不應與若上座強取應還奪教上座令作突吉羅悔過若是鉢第一上座不取者應次第行徧若是滿水鉢都無人取者乃應還與彼比丘若有人取是鉢者應取是人鉢次偏行之若無取是鉢者乃以與彼比丘如是教言汝畜是鉢乃至破是鉢莫著地莫著石上莫著高處莫著屋漏處莫著土塸上不應持至大小便處不應持入浴室不應以雜沙牛屎洗若鉢濕不

應便舉不應令太乾不應故打破不應用澡洗手面好守護莫以是破因緣故求覓妨廢坐禪讀經行道尼薩耆波逸提者是鉢應捨波逸提罪應悔過是中犯者若比丘鉢未破不應更乞新鉢若乞得者尼薩耆波逸提不得者突吉羅若比丘鉢破可一綴若綴若未綴不應更乞若乞得者尼薩耆波逸提不得者突吉羅若比丘鉢破可兩綴三綴四綴若綴未綴不應更乞若乞得者尼薩耆波逸提不得者突吉羅若比丘鉢破可五綴若綴未綴更乞新鉢若得不得無犯事竟二十二

佛在王舍城爾時六羣比丘自乞縷持到富貴人舍作是言諸聚落主令織師爲我織衣是諸貴人即語織師與是比丘織衣我與汝價是織人依此貴人舍住敬畏故不能違逆但織衣時瞋恚呵責言沙門釋子自言善好有德依恃貴人使我虚作無食無價亦無福德恩分是我等衰惱失利值遇是難滿難養不少欲不知足人是中有比丘少欲知足行頭陀聞是事心不喜向佛廣説佛以是事集比丘僧知而故問六羣比丘汝實作是事不答言實作世尊佛以種種因緣呵責六羣比丘云何名比丘自乞縷使非親里織師織衣種種因緣呵已語諸比丘以十利故與諸比丘結戒從今是戒應如是説若比丘自行乞縷使非親里織師織者尼薩耆波逸提自乞者或得五十波羅或得百波羅乃至一兩縷者麻縷毛縷芻摩縷劫貝縷非親里者親里名父母兄弟姊妹兒女乃至七世因緣除是名非親里織師者若男女黄門二根尼薩耆

波逸提者是物應捨波逸提罪應悔過是中犯者若比丘從親里乞縷若令親里織若自織若令比丘比丘尼式叉摩尼沙彌沙彌尼織是中從親里乞不犯令親里織亦不犯自織得突吉羅令比丘比丘尼式叉摩尼沙彌沙彌尼織皆突吉羅若比丘從親里乞縷令非親里織若自織若令比丘比丘尼式叉摩尼沙彌沙彌尼織是中從親里乞不犯令非親里織師織尼薩耆波逸提若自織令比丘比丘尼式叉摩尼沙彌沙彌尼織皆突吉羅若比丘從親里乞縷令親里非親里織若自織若令比丘比丘尼式叉摩尼沙彌沙彌尼織是中從親里乞不犯令親里織亦不犯令非親里織尼薩耆波逸提自織令比丘比丘尼式叉摩尼沙彌沙彌尼織皆突吉羅若比丘從非親里乞縷令非親里織若自織若令比丘比丘尼式叉摩尼沙彌沙彌尼織是中從非親里乞縷突吉羅令非親里織尼薩耆波逸提自織令比丘比丘尼式叉摩尼沙彌沙彌尼織皆突吉羅若比丘從非親里乞縷令親里織若自織若令比丘比丘尼式叉摩尼沙彌沙彌尼織是中從非親里乞縷突吉羅令親里織無犯自織令比丘比丘尼式叉摩尼沙彌沙彌尼織皆突吉羅若比丘從非親里乞縷令親里非親里織若自織若令比丘比丘尼式叉摩尼沙彌沙彌尼織是中從非親里乞縷突吉羅令非親里織尼薩耆波逸提令親里織不犯自織令比丘比丘尼式叉摩尼沙彌沙彌尼織皆突吉羅若比丘從親里非親里乞縷令親里非親里織若自織

若令比丘比丘尼織式叉摩尼沙彌沙彌尼織是中從親里乞不犯從非親里乞突吉羅令親里織不犯令非親里織尼薩耆波逸提自織令比丘比丘尼式叉摩尼沙彌沙彌尼織皆突吉羅若比丘從親里非親里乞縷令親里織若自織若令比丘比丘尼式叉摩尼沙彌沙彌尼織是中從親里乞不犯從非親里乞突吉羅令親里織不犯自織令比丘比丘尼式叉摩尼沙彌沙彌尼織皆突吉羅若比丘從親里非親里乞縷令非親里織若自織若令比丘比丘尼式叉摩尼沙彌沙彌尼織是中從親里乞不犯從非親里乞突吉羅令非親里織尼薩耆波逸提自織令比丘比丘尼式叉摩尼沙彌沙彌尼織皆突吉羅不犯者織一波梨若織襌帶腰帶若一杼兩杼不犯事竟二十三

佛在舍衛國爾時有一居士爲跋難陀釋子故令織師織衣跋難陀聞是事往語織師言汝知不是衣爲我織汝好織廣織極好織淨潔織我當少多利益汝若食若似食若食直織師言大德我等學是者欲得利故若與我少多利者當爲汝好織廣織極好織淨潔織跋難陀言善時織師便爲好織廣織極好織淨潔織多費經緯居士覺已語織師言何以用經緯多織師答言我不減不偷織竟自共稱看令是衣好織廣織極好織淨潔織故多費經緯居士言誰約勑汝令如是織師言跋難陀釋子居士言但好織是居士先所辦縷更再三倍用乃至成衣與跋難陀釋子已瞋恚呵責諸沙門釋子自言善好有功德何以

太劇不知時不知量若施者不知量受者應知量我先所辦縷再三倍用乃得成衣此是我等衰惱失利何以供養是難滿難養不知猒足不少欲人是中有比丘少欲知足行頭陀聞是居士呵責心不喜向佛廣説佛以是事集比丘僧知而故問跋難陀汝實作是事不答言實作世尊佛以種種因縁呵責跋難陀云何名比丘非親里人作同意種種因縁呵已語諸比丘以十利故與諸比丘結戒從今是戒應如是説若爲比丘故非親里居士若居士婦使織師織衣是比丘先不請便往語織師言汝知不是衣爲我故織汝好織極好織廣織淨潔織我當多少益汝是比丘若自語若使人語後時若與食若與食直爲好故尼薩耆波逸提爲比丘者爲跋難陀釋子

故非親里者親里名父母兄弟姊妹男女乃至七世因縁除是名非親里居士居士婦者白衣男子名居士白衣女人名居士婦織師者男女黄門二根衣者白麻衣赤麻衣翅夷羅衣芻摩衣憍施耶衣欽婆羅衣劫貝衣先不請者是居士先不語有所須來取作同意者信是居士隨我所須不瞋語織師好織者使稍稍織廣織者使極廣織極好織者使好緻織淨潔者使好淨潔織與食若似食食者有五種謂飯麨麵魚肉似食者亦有五種謂糜食粟食麰麥食莠子食迦師食食直者可買食物尼薩耆波逸提者是衣應捨波逸提罪應悔過是中犯者若比丘往織師所言是衣爲我故織汝好織我當少多利益汝尼薩耆波逸提若言廣織當少多益汝尼薩耆波

逸提若言極好織當少多益汝尼薩耆波逸
提若言淨潔織當少多益汝尼薩耆波逸提
若言好織廣織當少多益汝尼薩耆波逸提
若言好織極好織若言好織淨潔織若言廣
織極好織若言廣織淨潔織若言極好織淨
潔織當少多益汝皆尼薩耆波逸提若言好
織廣織極好織若言好織廣織淨潔織若言
廣織極好織淨潔織當少多益汝皆尼薩耆
波逸提若言好織廣織極好織淨潔織我當
多少益汝皆尼薩耆波逸提又比丘往語織
師汝知不是衣爲我織汝莫好織我或少多
益汝是比丘得尼薩耆波逸提若比丘往語
織師言是衣爲我織汝莫廣織或少多益汝
尼薩耆波逸提若言莫極好織或少多益汝
尼薩耆波逸提若言莫淨潔織或少多益汝

尼薩耆波逸提若言莫好織莫廣織若言莫
好織莫極好織若言莫好織莫淨潔織若言
莫廣織莫極好織若言莫廣織莫淨潔織若
言莫極好織莫淨潔織或少多益汝皆尼薩
耆波逸提若言莫好織莫廣織莫極好織若
言莫好織莫廣織莫淨潔織若言莫廣織莫
極好織莫淨潔織或少多益汝皆尼薩耆波
逸提若言莫好織莫廣織莫極好織莫淨潔
織或少多益汝皆尼薩耆波逸提又比丘往
語織師汝知不是衣爲我織汝好織我不益
汝是比丘得突吉羅若言廣織若言極好織
若言淨潔織不益汝皆突吉羅若言好織廣
織若言好織極好織若言好織淨潔織若言
廣織極好織若言廣織淨潔織若言極好織
淨潔織我不益汝皆突吉羅若言好織廣織

極好織若言好織廣織淨潔織若言廣織極好織淨潔織不利益汝皆突吉羅若言好織廣織極好織淨潔織我不利益汝皆突吉羅若比丘往語織師言汝知不是衣爲我織汝莫好織我或不益汝突吉羅若言莫廣織若言莫極好織若言莫淨潔織我或不益汝皆突吉羅若言莫好織莫廣織若言莫好織莫極好織若言莫好織莫淨潔織若言莫廣織莫極好織若言莫廣織莫淨潔織若言莫極好織莫淨潔織若言莫好織莫廣織莫極好織若言莫好織莫廣織莫淨潔織若言莫廣織莫極好織莫淨潔織若言莫好織莫廣織莫極好織莫淨潔織不利益汝皆突吉羅若比丘自有物令織師織不犯　二十四事竟

佛在舍衛國爾時跋難陀釋子有共行弟子名達摩善好有德時跋難陀暫與割截衣著爾時佛自恣竟夏末月欲二月遊行他國跋難陀釋子聞佛夏末月欲二月遊行他國聞已語弟子達摩佛夏末月欲二月遊行他國今我共汝在佛前遊行他國我等當多得衣食諸卧具不闕達摩言不能去何以故我欲從佛遊行他國得數見佛數見大德比丘因他故得聞法跋難陀言汝不欲共我去耶答言不去跋難陀言不去者還我衣來弟子言和尚衣已與我跋難陀言我不以他事故與汝與汝者爲我事故汝實不欲去耶答言實不欲去跋難陀即還奪取衣是弟子在祇陀槃那門間立啼佛入祇陀槃那見達摩佛知而故問達摩汝何故啼耶即向佛廣説上事佛以是事集比丘僧知而故問跋難陀釋子

汝實作是事不答言實作世尊佛以種種因緣呵責云何名比丘與他比丘衣後瞋恚嫌恨便還奪取種種呵已語諸比丘以十利故與諸比丘結戒從今是戒應如是說若比丘與他比丘衣後瞋恚嫌恨若自奪若使人奪還我衣來不與汝得是衣者尼薩耆波逸提自奪者自身奪使人奪者令他人奪尼薩耆波逸提者是衣應捨波逸提罪應悔過是中犯者若比丘與他比丘衣後瞋恚嫌恨便奪若能奪得者尼薩耆波逸提若不能得者突吉羅使人奪得者尼薩耆波逸提不得者突吉羅自以力鬪諍奪得者尼薩耆波逸提不得者突吉羅使他出力鬪諍奪得者尼薩耆波逸提不得者突吉羅若欲折伏彼故暫奪不犯二十五事竟

佛在舍衛國爾時長老眦訶比丘留僧伽梨安陀林中著上下衣入城乞食後失僧伽梨還覔不得向諸比丘說我留僧伽梨安陀林中入城乞食後便失還覔不得我當云何諸比丘以是事白佛佛以是事集比丘僧知而故問眦訶汝實留僧伽梨安陀林中著上下衣入城乞食後失僧伽梨還覔不得向諸比丘說諸長老我留僧伽梨安陀林中著上下衣入城乞食後失僧伽梨還覔不得我當云何耶答言實爾世尊佛種種因緣讚歎隨所往處與衣鉢俱作如是言若比丘少欲知足衣趣蔽形食趣活命隨所往處與衣鉢俱常安樂住譬如鳥飛隨所往處毛翅共俱比丘亦爾隨所往處與衣鉢俱常安樂住佛種種因緣讚歎與衣鉢俱已語諸比丘以十利故

與諸比丘結戒從今是戒應如是說若比丘三月過未至八月未滿歲若阿練兒比丘在阿練兒處住有疑恐畏是比丘欲三衣中隨以一一衣著界内家中此比丘有因緣出界外離衣宿齊六夜過是宿者尼薩耆波逸提未滿歲者後安居阿練兒處者去聚落五百弓於摩伽陀國一俱盧舍於比方國則半俱盧舍有疑處者疑是中失物乃至失一水器有畏者是中有怖畏乃至畏惡比丘若是比丘欲三衣中隨以一一衣寄白衣舍者衣名三衣若僧伽梨若鬱多羅僧若安陀衛六夜離衣不犯者若離僧伽梨若離鬱多羅僧若離安陀衛尼薩耆波逸提者是衣應捨波逸提罪應當悔過是中犯者比丘第六夜應還取衣若往衣所若受餘衣若比丘不取衣來不往衣所不受餘衣若至第七日地了時尼薩耆波逸提三月過者謂夏有四月三月雖過而後安居人日猶未滿故言未滿八月也

二十六事竟

佛在舍衛國爾時舍衛賈客遊諸聚落爲市利故道中見一僧坊閑靜遠離賈客入中見比丘僧少問比丘言此中比丘以何故少比丘答言汝知不賈客言云何比丘言是處無檀越供給衣食湯藥是故比丘僧少賈客言我等欲修治是處供給衣食湯藥是諸賈客即時留衣食湯藥直與已便去遊行餘處諸比丘夏初月分是物去餘處安居是賈客得利行還見是僧坊作是念此是我等所供養處當入中看有幾人安居或有所乏衣食湯藥當更供給即入已見比丘轉少問言此中比丘何以轉少比丘言汝不知耶是中無檀

越供養衣食湯藥是故減少賈客言我等先所供給衣食湯藥直是物何去比丘答言是夏初尸諸比丘分是物去餘處安居賈客言我等不爲分故與使餘處安居我爲住此處故與令受供養是中有比丘少欲知足行頭陀聞是事心不喜向佛廣説佛以是事集比丘僧佛以種種因緣呵責云何名比丘夏初月分安居物佛爾時但呵責未結戒佛在舍衛國爾時波斯匿王有鬪將千人五百人作一營皆著弊壞垢衣無色無德自房舍中無好牀榻卧具諸鬪將婦亦無好衣服環釧瓔珞華鬘莊嚴身具正使得官供給廩食又不充足是人喜飲食人客嗜酒鬪諍或時啼哭或時戲笑跳躑大喚有達摩提那比丘尼近是處住以是大音聲鬪亂故妨是比丘尼坐

禪讀經時達摩提那比丘尼往鬪將所問言汝等夫何以著弊壞垢衣無色無德自房舍中無好牀榻卧具汝等亦無好衣服鐶釧瓔珞華鬘嚴身之具設使得官供給又不充足汝夫喜食人客嗜酒喜鬪諍或啼哭或戲笑或跳躑大喚妨我坐禪讀經汝何不遮答言何能制之設使遮者先所得飲食之餘更不復得善人若當呵者或能受用達摩提那比丘尼聞語已去乞覓飲食時時請諸鬪將中大力勢者與食誘之知心柔軟能信受語即便語言諸聚落主汝等歸命佛歸命法歸命僧是信受語故即歸命佛法僧歸佛法僧故不復喜飲酒亦不喜延致酒客不喜鬪諍不復喜啼哭戲笑跳躑大喚自房舍中有好牀榻衣服卧具諸婦皆有好衣服鐶釧瓔珞華

鬘莊嚴身具官所給廩皆得充足以是因緣故諸鬭將漸漸大富多饒金銀財寶奴婢人民種種成就波斯匿王以是富人園逵故王有威德衆所敬仰爾時波斯匿王有小國反叛語諸鬭將汝等往彼折伏便還是諸將中有深敬佛者弓頭著漉水囊作是念若值水有蟲者當漉飲之是中有不信佛法者生嫉妬心往到波斯匿王所言是某甲諸鬭將弓頭著漉水囊作是念值有蟲水者當漉飲之是等誑王王言云何是等於水蟲有如是憐愍心何況於人王言喚來即往喚之王言汝等實以漉水囊繫著弓頭作是念值水有蟲者當漉飲之耶答言實爾王言汝等誑我鬭將言云何誑王王言汝於小蟲尚有憐愍心何況於人鬭將言蟲有何過於王若有過者

當知我等爲王治之王作是念或有人喜淨潔故何必畏殺蟲王言將至陣前即將至陣前是諸鬭將或有得慈心三昧入慈心力故破是賊陣即時折伏王聞破賊心大歡喜爾時諸鬭將破賊已還到王所長跪言大王常勝作是語已在王前立王即賞賜財物聚落田宅人民更倍供給爾時諸鬭將富貴轉增多餘金銀財寶奴婢人民種種增益王以是人園逵故威德轉勝衆倍敬仰諸鬭將作是念我等富貴具足者皆因達摩提那比丘尼故我等何不請是比丘尼來是舍衛國三月夏安居是諸鬭將到比丘尼所言大德到我舍衛國夏安居來比丘尼答言不能何以故答言隨佛安居處我等當往安居是中數得見佛數得見大德比丘因他故得聞法汝等

若欲令我是中安居者可先請佛此舍衛國夏安居是鬪将即往佛所頭面禮足在一面坐佛見坐已以種種因緣說法示教利喜示教利喜已黙然是諸鬪将聞佛說法種種示教利喜已白佛言世尊受我等舍衛國夏安居憐愍故佛黙然受之諸鬪将知佛黙然受已頭面禮足右遶而去還到自舍各相約勑隨力所辦若一日食二日食三日食如是次第辦三月食爲衆僧作別房衣作家中衣夏安居衣爾時餘十日在未至自恣波斯匿王復有小國反叛即復遣先鬪将往以前破賊是故今復使汝等往是諸鬪将聞已愁憂苦惱乃爾先鬪因緣殆死得脱今復往者或能失命我等已請佛三月辦衣食湯藥我等若不以布施者衆僧失布施我等失福德我等先欲施物今布施何若我等常令法施不絶僧福田中恒作福德僧得施物我等得福即出前許布施物多持衣襆入祇陀林已打揵椎諸比丘言何以打耶鬪将答言諸大德集我以此衣布施衆僧諸比丘言佛不聽我等未自恣夏月内分安居衣諸鬪将言我等官人屬他不得自在先鬪因緣殆而得脱今往不知云何或能失命衆僧集聚當受是衣物諸比丘不知云何以是事白佛佛知故問阿難自恣有幾日在阿難答言世尊有十日在佛語阿難雖十日未至自恣恐失布施衣應受佛及僧集坐一處諸鬪将分諸衣與衆僧已在佛前坐聽說法故佛見坐已說種種法示教利喜示教利喜已黙然是諸鬪将聞佛說法已頭面禮足右遶而去去不久佛以先

因緣及是事故集比丘僧佛以種種因緣讚戒讚持戒讚戒讚持戒已語諸比丘以十利故與諸比丘結戒從今是戒應如是說若比丘十日未至自恣有急施衣應受比丘須是衣者當自手取乃至衣時畜過是畜者尼薩耆波逸提十日未至自恣者若知自恣有十日在急施衣者若王施若夫人施若王子施若大臣大官鬬將内官若女欲嫁時若病人若欲殺賊時如是等人施衣若知十日未至自恣應受衣時者若有住處不受迦絺那衣夏末一月若受迦絺那衣住處夏末一月及冬四月尼薩耆波逸提者是衣應捨波逸提罪應悔過是中犯者若是處不受迦絺那衣諸比丘夏末月末後日是衣應捨若作淨若受持若不捨不作淨不受持至冬初月初日地了時尼薩耆波逸提若是住處受迦絺那衣是諸比丘冬末後月末後日是衣應捨應作淨若受持若不捨不作淨不受持至春初月初日地了時尼薩耆波逸提二十七事竟

佛在王舍城爾時六羣比丘作是言佛聽我等畜雨浴衣便冬春一切時畜是中有比丘少欲知足行頭陀聞是事心不喜種種因緣呵責云何名比丘佛聽畜雨浴衣故便冬春一切時畜佛聽畜三衣雨浴衣乃是第四衣是諸比丘種種呵已是事白佛佛以是事集比丘僧知而故問六羣比丘汝實作是事不答言實作世尊佛以種種因緣呵責云何名比丘我聽畜雨浴衣故便冬春一切時畜種種因緣呵已語諸比丘以十利故與諸比丘結戒從今是戒應如是說若比丘春殘一月

應求作雨浴衣半月應受持若比丘未至春殘一月求作過半月受持者尼薩耆波逸提是中云何求云何作云何持求者從他乞是衣作者若浣染割截簪縫持者若是衣受用尼薩耆波逸提者是衣應捨波逸提罪應悔過是中犯者若比丘有閏月處求雨浴衣往無閏月處安居是人從外求來作衣來皆突吉羅罪從受持來尼薩耆波逸提若有閏處比丘遣使往語無閏處比丘言諸大德小待共自恣若無閏處比丘受是語待者是無閏處比丘從求來作者皆突吉羅從受持來尼薩耆波逸提若比丘有閏處求雨浴衣有閏處安居不犯（持竟夏前三月便捨之至無閏處者已入八月熱時已過故犯有閏者謂此國晚熱謂閏春末月則閏月內求之若求得者三月末便應受持不能得者四月十六日應受持即得不應停過十五日二十八事竟）

佛在舍衛國爾時有一居士發心欲與佛及僧飲食復與僧衣時世饑儉乞食難得是居士財物不多夏時已過心中憂愁作是言今何痛惱苦急乃爾我本心欲與佛及僧飲食復與僧衣時世饑儉乞求難得我財物少夏時已過心中憂愁苦急不滿我願我今當從僧中少多請比丘與食與僧衣令我福德不空作是念已便入祇洹打揵椎有比丘問居士何因緣故打椎居士答言我欲從僧中請爾所比丘到我舍時知會人即差爾所比丘去次到六羣比丘六羣比丘先時有次請便持衣鉢先到請家辦飲食時教如是如是作是時六羣比丘晨朝持衣鉢到是居士舍共相問訊在一面坐居士作禮已在前坐自向六羣比丘輭語我本心欲與佛及僧飲食復

與僧衣今世饑儉乞求難得我財物少夏時已過心中憂愁苦急作是念我今當從僧中請少多比丘與食便與衆僧衣令我不失福德以是因緣故食與汝等衣當與僧時六羣比丘聞衣名心動語居士言是衣何似持來示我居士言善即出衣示之六羣比丘見衣倍生貪心語居士言汝意欲令是衣有用耶欲令舉置耶居士言所以施者欲令用之汝若欲令不用者當與僧何以故僧多有衣舉在一處朽壞蟲敗若令用者當與我等我等少衣得布施我等當用居士言汝等知與僧不用若汝等能用者便當相與居士與食食已持是衣與六羣比丘食已持是衣去入祇洹示諸比丘是衣何似細好不諸比丘言實好汝何從得六羣比丘廣説是事是中有比丘少欲知足行頭陀聞是事心不喜種種因緣呵責云何名比丘知物向僧自求向已種種因緣呵已向佛廣説佛以是事集比丘僧知而故問六羣比丘汝實作是事不答言實作世尊佛以種種因緣呵責六羣比丘云何名比丘知物向僧自求向已佛以種種因緣呵已語諸比丘以十利故與諸比丘結戒從今是戒應如是説若比丘知物向僧自求向已尼薩耆波逸提知者若自知若從他聞若檀越語物者謂施僧物若衣鉢戸鉤澡灌時藥時分藥七日藥終身藥向僧者發心欲與僧未定與尼薩耆波逸提者是衣應捨波逸提罪應悔過是中犯者若比丘知是物向比丘僧自求向已尼薩耆波逸提若向三二一突吉羅若比丘尼知是物向比丘尼僧自求

向巳尼薩耆波逸提若向三二一突吉羅若比丘知是物向此三比丘求向餘三比丘突吉羅若比丘知是物向三比丘求向二比丘一比丘比丘尼僧三比丘尼二比丘尼一比丘尼三式叉摩尼二式叉摩尼一式叉摩尼三沙彌二沙彌一沙彌三沙彌尼二沙彌尼一沙彌尼比丘僧皆突吉羅若比丘知是物向此二比丘求向餘二比丘突吉羅若知是物向二比丘求向一比丘比丘尼僧三比丘尼二比丘尼一比丘尼三式叉摩尼二式叉摩尼一式叉摩尼三沙彌二沙彌一沙彌三沙彌尼二沙彌尼一沙彌尼比丘僧三二一比丘皆突吉羅若比丘知是物向此一比丘求向餘一比丘突吉羅若知是物向一比丘求向比丘尼僧三比丘尼二比丘尼一比丘尼三式叉摩尼二式叉摩尼一式叉摩尼三沙彌二一沙彌三沙彌尼二一沙彌尼比丘僧三比丘二比丘一比丘皆突吉羅若比丘知物向此三比丘尼求向餘三比丘尼突吉羅若比丘知是物向三比丘尼求向二比丘尼一比丘尼三式叉摩尼二一式叉摩尼三沙彌二一沙彌三沙彌尼二一沙彌尼比丘僧三比丘二一比丘比丘尼僧皆突吉羅若比丘知是物向此二比丘尼求向餘二比丘尼突吉羅若比丘知是物向二比丘尼求向一比丘尼三式叉摩尼二一式叉摩尼三沙彌二一沙彌三沙彌尼二一沙彌尼比丘僧三比丘二一比丘比丘尼僧三二一比丘尼皆突吉羅若比丘知是物向此一比丘尼求向餘一比丘尼突吉羅若比丘知是物向一

比丘尼求向三式叉摩尼二式叉摩尼一式叉摩尼三沙彌二一沙彌三沙彌尼二一沙彌尼比丘僧三比丘二一比丘比丘尼僧三比丘尼二一比丘尼皆突吉羅若比丘知是物向此三式叉摩尼求向餘三式叉摩尼突吉羅若比丘知是物向三式叉摩尼求向二式叉摩尼一式叉摩尼三沙彌二一沙彌三沙彌尼二一沙彌尼比丘僧三比丘二一比丘比丘尼僧三比丘尼二比丘尼一比丘尼皆突吉羅若比丘知是物向此一式叉摩尼求向餘二式叉摩尼突吉羅若比丘知是物向二式叉摩尼求向一式叉摩尼三沙彌二一沙彌三沙彌尼二一沙彌尼比丘僧三比丘二一比丘比丘尼僧三比丘尼二一比丘尼三式叉摩尼皆突吉羅若比丘知是物向

此一式叉摩尼求向餘一式叉摩尼突吉羅若知是物向一式叉摩尼求向三沙彌二一沙彌三沙彌尼二一沙彌尼比丘僧三比丘二一比丘比丘尼僧三比丘尼二一比丘尼三式叉摩尼二式叉摩尼皆突吉羅若比丘知是物向此三沙彌求向餘三沙彌突吉羅若比丘知是物向三沙彌求向二沙彌一沙彌三沙彌尼二一沙彌尼比丘僧三比丘二一比丘比丘尼僧三比丘尼二一比丘尼三式叉摩尼二一式叉摩尼皆突吉羅若比丘知是物向此二沙彌求向餘二沙彌突吉羅若比丘知是物向二沙彌求向一沙彌三沙彌尼二一沙彌尼比丘僧三比丘二一比丘比丘尼僧三比丘尼二一比丘尼三式叉摩尼二一式叉摩尼三沙彌皆突吉羅若比丘

知是物向此一沙彌求向餘一沙彌突吉羅若比丘知是物向此一沙彌求向三沙彌尼二一沙彌尼比丘僧三比丘二一比丘比丘尼僧三比丘尼二一比丘尼三式叉摩尼二一式叉摩尼三沙彌二一沙彌皆突吉羅若比丘知是物向此三沙彌尼求向餘三沙彌尼突吉羅若比丘知是物向此三沙彌尼求向餘二沙彌尼一沙彌尼比丘僧三比丘二一比丘比丘尼僧三比丘尼二一比丘尼三式叉摩尼二一式叉摩尼三沙彌二一沙彌皆突吉羅若比丘知是物向此二沙彌尼求向餘二沙彌尼突吉羅若比丘知是物向二沙彌尼求向一沙彌尼比丘僧三比丘二一比丘比丘尼僧三比丘尼二一比丘尼三式叉摩尼二一式叉摩尼三沙彌二一沙彌三

二一沙彌尼皆突吉羅若比丘知是物向此一沙彌尼求向餘一沙彌尼突吉羅若比丘知是物向一沙彌尼求向比丘僧三比丘二一比丘比丘尼僧三比丘尼二一比丘尼三式叉摩尼二一式叉摩尼三沙彌二一沙彌三沙彌尼二一沙彌尼皆突吉羅若比丘知是物向此多畜生求向餘多畜生突吉羅若比丘知是物向多畜生求向二畜生一畜生突吉羅若比丘知是物向此二畜生求向餘二畜生突吉羅若比丘知是物向二畜生求向一畜生多畜生突吉羅若比丘知是物向比一畜生求向餘一畜生突吉羅若比丘知是物向比一畜生求向多畜生二畜生突吉羅若比丘知是物向比丘僧求向比丘尼僧突吉羅若比丘知是物向比丘尼僧求向比

丘僧突吉羅若比丘僧破爲二部比丘知是物向此一部求向餘一部突吉羅若比丘向中生向想得尼薩耆波逸提若向中生不向想亦尼薩耆波逸提若向中生疑尼薩耆波逸提若不向中生向想得突吉羅若不向中生疑得突吉羅若不向中生不向想不犯十二竟九事

佛在舍衛國與大比丘僧安居爾時長老畢陵伽婆蹉王舍城安居多有知識大得酥油蜜石蜜是長老多得故滿鉢半鉢拘鉢多羅半拘鉢多羅大乾瓷小乾瓷或絡囊盛懸象牙杙上從中取時翻棄汙壁卧具爛壞汙漫房舍房舍臭處是長老畢陵伽婆蹉弟子有殘不淨酥油蜜殘宿而食惡捉不受內宿諸佛在世法歲二時大會春末後月夏末後月春末月者諸方國土處處諸比丘來詣佛所作是念佛所說法我等當安居時修習得安樂住是初大會夏末月者諸比丘夏三月安居竟作衣畢持衣鉢詣佛所作是念我等久不見佛久不見世尊是第二大會

爾時有一比丘王舍城安居竟作衣畢持衣鉢遊行到舍衛國往詣佛所頭面禮足在一面立諸佛常法若客比丘來以如是語勞問諸比丘忍不足不安樂住不乞食不乏道路不疲耶爾時佛以如是語勞問是一一比丘比丘答言世尊可忍足安樂住乞食不乏道路不疲以上事向佛廣說佛以是事集比丘僧種種因緣呵責我憐愍利益病比丘故聽服四種含消藥酥油蜜石蜜云何是比丘殘宿而食惡捉不受內宿種種因緣呵已語諸

比丘以十利故與諸比丘結戒從今是戒應如是說若比丘病聽服四種含消藥酥油蜜石蜜共宿至七日得服過是服者尼薩耆波逸提病者若風發熱發冷發服是四種藥可差者是名病不病者異是因緣名爲不病尼薩耆波逸提者是藥應捨波逸提罪應悔過是中犯者若比丘一日得酥畜二日捨二日得畜三日捨三日得畜四日捨四日得畜五日捨五日得畜六日捨六日得畜七日捨七日得畜七日時比丘是酥應與人若作淨若服若比丘不與人不作淨不服至第八日地了時尼薩耆波逸提若比丘一日得酥二日更得畜一捨一二日得酥三日更得畜一捨一三日得酥四日更得畜一捨一四日得酥五日更得畜一捨一五日得酥六日更得畜一捨一六日得酥七日更得七日時比丘是酥應與人若作淨若服若不與人不作淨不服至第八日地了時尼薩耆波逸提若比丘一日得酥畜二日更得畜後捨前二日得酥三日更得畜後捨前三日得酥四日更得畜後捨前四日得酥五日更得畜後捨前五日得酥六日更得畜後捨前六日得酥七日更得七日時比丘是酥應與人若作淨若服若不與人不作淨不服至第八日地了時尼薩耆波逸提若比丘一日得酥二日更得畜前捨後二日得酥三日更得畜前捨後三日得酥四日更得畜前捨後四日得酥五日更得畜前捨後五日得酥六日更得畜前捨後六日得酥七日更得七日時比丘是酥應與人若作淨若服若不與人不作淨不服至八日

地了時尼薩耆波逸提若比丘一日得酥畜二日不得三四五六七日不得七日時是酥應與人若作淨若服若不與人不作淨不服至八日地了時尼薩耆波逸提若比丘一日得酥畜二日更得三四五六七日更得七日時比丘是酥皆應與人若作淨若服若不與人不作淨不服至八日地了時皆尼薩耆波逸提若比丘有應捨酥未捨罪未悔過次續未斷更得酥是後酥得尼薩耆波逸提本酥因緣故又比丘應捨酥已捨罪已未悔過次續未斷更得酥是後酥得尼薩耆波逸提本酥因緣故又比丘應捨酥已捨罪已悔過次續未斷更得酥是後酥得尼薩耆波逸提本酥因緣故又比丘應捨酥已捨罪已悔過次續已斷更得酥不犯油蜜石蜜亦如是若重病不犯三十事竟

十誦律卷第八

音釋

綴陟衛切 杼丈呂切機之持緯者 緯于貴切 緻直利切密也 麨天沼切乾糧也 麵芳無切小麥屑皮也與麩同 糜靡爲切粥也 麷古猛切麥也 莠以九切草似苗者 蔓莫班切 廩力稔切倉有屋曰廩 躑直炙切躑躅也 誘與久切引也 漉盧谷切濾也 倍蒲亥切物相二曰倍 叛薄半切背叛也 襆防王切帊也 揵椎梵語也此云鐘亦云磬律云隨有瓦木銅鐵鳴者皆曰揵椎揵巨寒切椎音槌 殆蕩亥切危也 簪側吟切首笄也 饑儉饑居宜切穀不熟也儉巨險切歲歉也 蹉七何切 瓷疾之切陶器也 絡盧各切聯絡也 杙與職切橛也

十誦律卷第九

姚秦三藏弗若多羅共三藏鳩摩羅什譯

第二誦之三

九十波逸提之初

佛在舍衛國爾時南天竺有論議師以銅鍱鍱腹頭上然火來入舍衛國時人問曰汝何因縁爾答言我智慧多恐腹裂故汝頭上何以著火欲照闇故語言癡婆羅門日照天下何以言闇答言汝等不知闇有二種一者無日月火燭二者愚癡無智慧明諸人言汝未見訶哆釋子比丘故敢作是語若見共語者日中則闇夜則日出時城內人民即喚訶哆釋子比丘欲令共論時訶哆聞之心愁不得已而來入城道中見二羝羊共鬪即因取相作是念一羊是婆羅門一羊是我是我者鬪則不如見已轉更愁憂前行又見二牛共鬪復作是念一牛是婆羅門一牛是我是我者即復不如又前行復見二人相撲作是念一是婆羅門一是我是我者即復不如欲入論處見一女人持滿瓶水水瓶即破復作是念我見諸不吉相將無不如不得已便前入舍見是論師婆羅門眼口相貌自知不如愁憂更甚適坐須臾諸人便言可共論議答言我今小不安隱須待明日作是語已便還宿處至後夜時即向王舍城明旦城中人集久待不來知時已過自到祇洹推尋求之餘比丘言訶哆釋子即後夜時持衣鉢去諸城內人聞已種種呵責云何名比丘故妄語一人語二人二人語三人如是展轉惡名流布滿舍衛城是中有比丘少欲知足行頭陀著衣持

鉢入城乞食聞是事心不喜食已向佛廣説佛以是事集比丘僧以種種因緣呵責云何名比丘故妄語種種呵已語諸比丘以十利故與諸比丘結戒從今是戒應如是説若比丘故妄語者波逸提故妄語者知是事不爾誑他故異説波逸提者是罪名燒煮覆障若不悔過能障礙道是中犯者有五種有妄語入突吉羅有入波逸提有入偷蘭遮有入僧伽婆尸沙有入波羅夷入波羅夷者自知無聖法語人言我有聖法是名入波羅夷入僧伽婆尸沙者以無根波羅夷法謗他比丘故入偷蘭遮者不具足波羅夷妄語亦不具足僧伽婆尸沙妄語故入波逸提者若比丘以無根僧伽婆尸沙謗他比丘故入突吉羅者除四種妄語餘妄語犯突吉羅若比丘不見事言見波逸提若見言不見波逸提若見謂不見語他言見波逸提若不見謂見語他言不見波逸提若見已疑爲見不見語他言不見波逸提若不見疑爲見不見語他言見波逸提聞覺知亦如是若隨心想説不犯竟一事

佛在王舍城爾時六羣比丘喜鬬諍相罵是六羣比丘與諸比丘共鬬諍已便出他過形相輕笑下賤種姓下賤名字技術作業是時有未諍者便諍已諍者不欲止未出事便出已出事不可滅是中有比丘少欲知足行頭陀聞是事心不喜種種因緣呵責云何名比丘喜鬬諍相罵共他諍已便出其過形相輕笑下賤種姓名字技術是時有未諍者便諍已諍者不欲止未出事便出已出事不可滅種種因緣呵已向佛廣説佛以是事集比丘

僧知而故問六羣比丘汝實作是事不答言實作世尊佛以種種因緣呵責云何名比丘喜鬬諍相罵共他諍已便出其過形相輕笑下賤種姓名字技術是時有未諍者便諍已諍者不欲止未出事便出已出事不可滅佛種種因緣呵已說本生因緣佛語諸比丘過去有人有一黑牛復有人亦有一牛爲財物故唱言誰牛力勝我牛者我輸爾所物若不如者輸我爾所物時黑牛主聞是唱聲答言可爾時載重物繫牛車左形相輕笑喚謂黑曲角以杖擊之牽是車去時牛聞是形相罵故即失色力不能挽重上坂時黑牛主大輸財物是得物人後復更唱誰牛力勝我輸爾所物是時黑牛聞是唱聲便語主言是人何故復唱斯言時主答言貪財物故復作是唱黑牛語主可答言爾主言不能所以然者以汝弊黑牛故大輸我物今復作者輸我物盡牛語主言先在衆人前形相輕我以下賤名喚謂黑曲角聞惡名故即失色力是故不能挽重上坂今授主語莫出惡言在他前時便語我言汝犢子時刺入脚中自看是刺欲得出故角入地中故曲汝是好黑大牛生來良善角廣且直主受牛語即便洗刷麻油塗角著好華鬘繫車右邊柔輭愛語大吉黑牛廣角大力牽是車去是牛聞是柔輭愛語故即得色力牽重上坂時黑牛主先所失財物便再三倍得是牛主得大利已心甚歡喜即說偈言

載重人深轍　隨我語能去　是故應輭語
不應出惡言　輭語有色力　是牛能牽重

我獲大財物　身心得喜樂
佛語諸比丘畜生聞形相語故尚失色力何
況於人時佛以種種因緣呵已語諸比丘以
十利故與諸比丘結戒從今是戒應如是說
若比丘形相他者波逸提波逸提者煑燒覆
障若不悔過能障礙道是中犯者有八種謂
種技作犯病相煩惱罵種者若比丘往語剎
利子比丘言汝剎利種用出家受戒爲輕毀
心故一一語突吉羅又比丘往語婆羅門子
比丘言汝婆羅門種用出家受戒爲輕毀心
故一一語突吉羅又比丘往語賈客子比丘
言汝賈客種用出家受戒爲輕毀心故一一
語中突吉羅又比丘往語鍜師子比丘言汝
鍜師種用出家受戒爲輕毀心故一一語波
逸提又比丘往語木師子比丘言汝木師種
用出家受戒爲輕毀心故一一語波逸提又
比丘往語陶師子比丘言汝陶師種用出家
受戒爲輕毀心故一一語波逸提又比丘往
語皮師子比丘言汝皮師種用出家受戒爲
輕毀心故一一語波逸提又比丘往語竹師
子比丘言汝竹師種用出家受戒爲輕毀心
故一一語波逸提又比丘往語剃毛髮師子
比丘言汝剃毛髮師種用出家受戒爲輕毀
心故一一語波逸提又比丘往語旃陀羅子
比丘言汝旃陀羅種用出家受戒爲輕毀心
故一一語波逸提是名爲種技者若比丘往
語剎利子比丘言汝剎利種用出家受戒爲
汝應學乘象馬乘車轝輿學捉刀楯弓箭學
捉鐵鉤學擲網羂學入陣出陣如是種種剎
利技術汝應學輕毀心故一一語突吉羅罪

又比丘往語婆羅門子比丘言汝婆羅門種用出家受戒爲汝應學韋陀經亦教他學自作天祠亦教他作學飲食呪蛇呪疾行呪㓜羅呪揵陀羅呪如是種種婆羅門技術汝應學輕毀心故一一語突吉羅又比丘往語賈客子比丘言汝賈客種用出家受戒爲汝應學書筭數印相學知金銀相絲綿繒綵學坐金肆銀肆客作肆銅肆珠肆如是種種賈客技術汝應學輕毀心故一一語突吉羅又比丘往語鍛師子比丘言汝鍛師種用出家受戒爲汝應學作釧鉡鎖鼎鐵鍬钁斧鑿大刀小刀鉢鉤鉢多羅半鉤鉢多羅大揵瓷小揵瓷剃刀鍼鉤鎻鑰如是種種鍛師技術汝應學輕毀心故一一語波逸提又比丘往語木師子比丘言汝木師種用出家受戒爲汝應學作機關木人若男若女學作盆盂樓犁車乘輦輿如是種種木師技術汝應學輕毀心故一一語波逸提又比丘往語陶師子比丘言汝陶師種用出家受戒爲汝應學知土相取土調泥著水多少學轉輪作盆瓶釜蓋大鉢鉤鉢多羅半鉤鉢多羅大揵瓷小揵瓷如是種種陶師技術汝應學輕毀心故一一語波逸提又比丘往語皮師子比丘言汝皮師種用出家受戒爲汝應學知皮相浸皮堅軟裁割縫連作富羅革屣學治浸皮摩拭皮知皮表裏學作鞍勒鞭鞦如是種種皮師技術汝應學輕毀心故一一語波逸提又比丘往語竹師子比丘言汝竹師種用出家受戒爲汝應學知竹葦相浸竹堅軟學破學屈學作筥箭扇蓋箱簞如是種種竹師技術汝應學

輕毀心故一一語波逸提又比丘往語剃毛髮師子比丘言汝剃毛師種用出家受戒爲汝應學知留頂上周羅髮學剃鬚髮剃腋下毛剪爪甲鑷鼻毛如是種種剃毛師技術汝應學輕毀心故一一語波逸提又比丘往語旃陀羅子比丘言汝旃陀羅種用出家受戒爲汝應學截人手足耳鼻頭持著木上擔死人出燒如是種種旃陀羅技術汝應學輕毀心故一一語波逸提是名爲技作者若比丘往語剎利子比丘言汝剎利種用出家受戒爲汝應學乘象馬輦輿捉刀楯弓箭擲鉤網羂入陣出陣如是種種剎利事汝應作輕毀心故一一語突吉羅又比丘往語婆羅門子比丘言汝婆羅門種用出家受戒爲汝應讀韋陀經亦教他讀自作天祠亦教他作讀

飲食呪蛇呪疾行呪劬羅呪揵陀羅呪如是種種婆羅門事汝應作輕毀心故一一語突吉羅又比丘往語賈客子比丘言汝賈客種用出家受戒爲汝應坐金肆銀肆客作肆銅肆珠肆如是種種賈客事汝應作輕毀心故一一語突吉羅又比丘往語鍛師子比丘言汝鍛師種用出家受戒爲汝應作釧鞾鎖鼎鏉鍬钁斧鑿大刀小刀鉢鉤鉢多羅半鉤鉢多羅大揵瓷小揵瓷剃刀鍼鉤鎖鑰如是種種鍛師事汝應作輕毀心故一一語波逸提又比丘往語木師子比丘言汝木師種用出家受戒爲汝應作機關木人盆盂樓犁車乘輦輿如是種種木師事汝應作輕毀心故一一語波逸提又比丘往語陶師子比丘言汝陶師種用出家受戒爲汝應取土調泥轉輪

作盆瓶甕釜蓋鉢鉤鉢多羅半鉤鉢多羅大揵瓷小揵瓷如是種種陶師事汝應作輕毀心故一一語波逸提又比丘往語皮師子比丘言汝皮師種用出家受戒爲汝應取皮浸治割截連縫作富羅革屣鞍勒鞭鞦如是種種皮師事汝應作輕毀心故一一語波逸提又比丘往語竹師子比丘言汝竹師種用出家受戒爲汝應破竹葦作筲作箭扇蓋箱簞如是種種竹師事汝應作輕毀心故一一語波逸提又比丘往語剃毛師子比丘言汝剃毛師種用出家受戒爲汝應剃毛鬚髮剃腋下毛剪爪甲鑷鼻毛如是種種剃毛師事汝應作輕毀心故一一語波逸提又比丘往語旃陀羅子比丘言汝旃陀羅種用出家受戒爲汝應斷人手足耳鼻頭持著木上擔死人出燒如是種種旃陀羅事汝應作輕毀心故一一語波逸提是名爲作犯者若比丘往語餘比丘言汝犯罪人用出家受戒爲汝犯僧伽婆尸沙犯波逸提犯波羅提提舍尼犯突吉羅輕毀心故一一語波逸提是名爲犯病者若比丘語餘比丘言汝惡病人用出家受戒爲汝有癩病癰病白癩病乾病痟病鬼病輕毀心故一一語波逸提是名爲病相者若比丘往語餘比丘言汝惡相人用出家受戒爲汝瘻手兀手瘿癖左作臂似鳥翅輕毀心故一一語波逸提是名爲相煩惱者若比丘往語餘比丘言汝重煩惱人用出家受戒爲汝多欲多瞋多癡喜憂惱輕毀心故一一語波逸提是名煩惱罵者若比丘往語餘比丘言汝喜罵人用出家受戒爲汝作二種罵罵

他一者白衣罵法二者出家罵法令心苦惱輕毀心故一一語波逸提是名爲罵若比丘以是八種語餘比丘輕毀心故波逸提除是八種若以餘事輕毀比丘者突吉羅若除比丘若以八種輕毀餘人者突吉羅二事竟

佛在王舍城爾時六羣比丘喜鬪諍相言六羣比丘與餘比丘共鬪諍故諸比丘僧分爲二部是六羣比丘往語一部言汝等知不彼部說汝等用出家受戒爲汝等某名某姓某種某作某相復還語一部言汝等知不彼部說汝等用出家受戒爲汝等某名某姓某種某作某相是時有未破者便破已破者不和合未出事便出已出事不可滅是中有比丘少欲知足行頭陀聞是事心不喜種種因緣呵責云何名比丘喜鬪諍令比丘僧破爲二部便語一部言彼諸比丘說汝等用出家受戒爲汝等某名某姓某種某作某相復還語一部言汝等知不彼諸比丘說汝等用出家受戒爲汝等某名某姓某種某作某相是時有未破者便破已破者不和合未出事便出已出事不可滅種種因緣呵已向佛廣說佛以是事集比丘僧知而故問六羣比丘汝實作是事不答言實作世尊佛以種種因緣呵責云何名比丘鬪諍令比丘僧破爲二部便往語一部言彼諸比丘說汝等用出家受戒爲汝等某名某姓某種某作某相復語一部言彼諸比丘說汝等用出家受戒爲汝等某名某姓某種某作某相是時有未破者便破已破者不和合未出事便出已出事不可滅佛種種因緣呵已即說本生因緣語諸比丘

過去世雪山下有二獸一名好毛師子二名好牙虎共爲善知識相親愛念相問訊時閑目相舐毛是二獸恒得㸐好肉噉去是不遠有兩舌野干野干作是念是好毛師子好牙虎共作善知識相親愛念相問訊時閑目相舐毛恒得㸐好肉噉我當至是二獸邊作第三伴作是念已到虎師子所作是言我與汝作第三伴汝聽我入不師子虎言隨意兩舌野干得二獸殘肉噉故身體肥大肥已作是念是好毛師子好牙虎共爲善知識相親愛念相問訊時閑目相舐毛恒得好肉噉或時不得必當噉我我何不先作方便令心別離別離已皆從我受恩作是念已往語師子言汝知不好牙虎有惡心於汝作是言好毛師子有所食噉皆是我力說是偈言

雖有好毛色　勲疾人所畏　好毛不勝我
好牙作是說

好毛師子言云何得知野干答言好牙虎明日見汝時閑目舐汝毛者當知惡相作是語已往語虎言汝知不好毛師子於汝有惡心作是言好牙有所食噉皆是我力說是偈言

雖有好牙色　勲疾人所畏　好牙不勝我
好毛作是說

云何得知答言好毛明日見汝時閑目舐汝毛者當知惡相是二知識中虎生畏想是故先往師子所言汝於我生惡心作如是言好牙有所食噉皆是我力復說偈言

雖有好牙色　勲疾人所畏　好牙不勝我
汝作是說耶

師子言誰作是語答言兩舌野干好毛復問

言汝於我生惡心作如是言好毛有所食噉
皆是我力復說偈言
雖有好毛色　勳疾人所畏　好毛不勝我
汝作是說耶
虎言不也虎語師子言汝若有是惡語者不
得共作善知識好毛言是兩舌野干有如此
言於意云何不喜共我住耶即說偈言
若信是惡人　則速別離去　常懷其愁惱
瞋恨不離心　凡爲善知識　不以他語離
不信欲除者　當覓其方便　若信他別離
則爲其所食　不信兩舌者　還共作和合
所懷相向說　心淨言柔輭　應作善知識
和合如水乳　今地弊小蟲　生來性自惡
一頭而兩舌　殺之則和合
爾時虎與師子驗事實已共捉野干破作二

分佛言畜生尚以兩舌因緣故得不安樂何
況於人佛以是因緣呵已語諸比丘以十利
故與諸比丘結戒從今是戒應如是說若比
丘兩舌者波逸提波逸提者名煑燒覆障若
不悔過能障礙道是中犯者有八種謂種技
作犯病相煩惱罵是八事中皆用五事如是
名如是姓如是種如是作如是相如是名者
其甲其甲比丘名姓者婆蹉姓俱蹉姓復提
羅姓婆羅墮姓呵支羅姓是名姓種者刹利
種婆羅門種毗舍種首陀羅種作者作賣金
肆賣銀肆客作肆珠肆相者瘷手兀手癭癖
左作臂似鳥翅是名相若比丘往語刹利子
比丘言彼說汝刹利種用出家受戒爲彼是
誰耶答曰名某某名是誰答曰姓某某姓是
誰答曰某種某種是誰答曰某作某作是誰

答曰其相若彼解者突吉羅不解者亦突吉羅解已更說亦突吉羅若比丘往語婆羅門子比丘言彼說汝婆羅門種用出家受戒爲彼是誰耶答曰名某某名是誰答曰某姓某姓是誰答曰某種某種是誰答曰某作某作是誰答曰其相若彼解者突吉羅不解者亦突吉羅解已更說亦突吉羅若比丘往語賈客子比丘言彼說汝賈客種用出家受戒爲彼是誰耶答曰名某某名是誰答曰某姓某姓是誰答曰某種某種是誰答曰某作某作是誰答曰其相若彼解者突吉羅不解者亦突吉羅解已更說亦突吉羅又比丘往語鍛師子比丘言彼說汝鍛師種用出家受戒爲彼是誰耶答曰名某某名是誰答曰某姓某姓是誰答曰某種某種是誰答曰某作某作是誰答曰其相若彼解者突吉羅不解者亦突吉羅解已更說亦突吉羅又比丘往語木師子比丘言彼說汝木師種用出家受戒爲彼是誰耶答曰名某某名是誰答曰某姓某姓是誰答曰某種某種是誰答言某作某作是誰答曰其相若彼解者突吉羅不解者亦突吉羅解已更說波逸提突吉羅又比丘往語陶師子比丘言彼說汝陶師種用出家受戒爲彼是誰耶答曰名某某名是誰答曰某姓某姓是誰答曰某種某種是誰答曰某作某作是誰答曰其相若彼解者波逸提不解者突吉羅解已更說得波逸提突吉羅又比丘往語皮師子比丘言彼說汝皮師種用出家受戒爲彼是誰耶答曰名某某名是誰答曰某姓某姓是誰答曰某種某種是誰答曰

其作其作是誰答曰其相若彼解者波逸提不解者突吉羅解已更說波逸提突吉羅又比丘往語竹師子比丘言彼說汝竹師種用出家受戒爲彼是誰耶答曰名其其名是誰答曰某姓某姓是誰答曰某種某種是誰答曰某作某作是誰答曰某相若彼解者波逸提不解者突吉羅解已更說波逸提突吉羅又比丘往語剃毛師子比丘言彼說汝剃毛師種用出家受戒爲彼是誰耶答曰名某某名是誰答曰某姓某姓是誰答曰某種某種是誰答曰某作某作是誰答曰某相若彼解者波逸提不解者突吉羅解已更說波逸提突吉羅又比丘往語旃陀羅子比丘言彼說汝旃陀羅種用出家受戒爲彼是誰耶答曰名某某名是誰答曰某姓某姓是誰答曰某

種某種是誰答曰某作某作是誰答曰某相若彼解者波逸提若不解者突吉羅解已更說波逸提突吉羅是名種技者若比丘往語刹利子比丘言彼說汝刹利種應學乘象馬車輿捉刀楯弓箭擲鉤擲網羂入陣出陣如是種種刹利技術汝應學用出家受戒爲彼是誰耶答曰名某某名是誰答曰某姓某姓是誰答曰某種某種是誰答曰某作某作是誰答曰某相若彼解者突吉羅不解者亦突吉羅解已更說亦突吉羅又比丘往語婆羅門子比丘言彼說汝婆羅門種應學韋陀經亦教他學自作天祠亦教他作讀飲食呪蛇呪疾行呪劬羅呪揵陀羅呪如是種種婆羅門技術汝應學用出家受戒爲彼是誰耶答曰名某某名是誰答曰某姓某姓是誰答曰

某種某種是誰答曰某作某作是誰答曰某相若彼解者突吉羅不解者亦突吉羅解已更說亦突吉羅又比丘往語賈客子比丘言彼說汝賈客種應學書筭數印相學知金銀相絲綿繒綵應坐金肆銀肆客作肆銅肆珠肆如是種種賈客技術汝應學用出家受戒爲彼是誰耶答曰名某某名是誰答曰某姓某姓是誰答曰某種某種是誰答曰某作某作是誰答曰某相若彼解者突吉羅不解者亦突吉羅解已更說亦突吉羅又比丘往語鍛師子比丘言彼說汝鍛師種應學作釧靽鎖鼎鏉鍬钁斧稍大刀小刀鉢鉤鉢多羅半鉤鉢多羅大小揵瓷剃刀鍼鉤鎖鑰如是種種鍛師技術汝應學用出家受戒爲彼是誰耶答曰名某某名是誰答曰某姓某姓是誰答曰某種某種是誰答曰某作某作是誰答曰某相若彼解者波逸提不解者突吉羅解已更說波逸提突吉羅又比丘往語木師比丘言彼說汝木師種應學作機關木人盆盂耬犁車乘輦輿如是種種木師技術汝應學用出家受戒爲彼是誰耶答曰名某某名是誰答曰某姓某姓是誰答曰某種某種是誰答曰某作某作是誰答曰某相若彼解者波逸提不解者突吉羅解已更說波逸提突吉羅又比丘往語陶師子比丘言彼說汝陶師種應學知土相取土調泥學轉輪作盆瓶釜蓋鉢鉤鉢多羅半鉤鉢多羅大揵瓷小揵瓷如是種種陶師技術汝應學用出家受戒爲彼是誰耶答曰名某某名是誰答曰某姓某姓是誰答曰某種某種是誰答曰某作某作

是誰答曰某相若彼解者波逸提不解者突吉羅解已更説波逸提突吉羅又比丘往語皮師子比丘言彼説汝皮師種應學知皮相浸皮堅輭割截裁縫作靴富羅革屣學治鹿皮摩刻皮鞍勒鞭鞦如是種種皮師技術汝應學用出家受戒爲彼是誰耶答曰名某某名是誰答曰某姓某姓是誰答曰某種某種是誰答曰某作某作是誰答曰某相若彼解者波逸提不解者突吉羅解已更説波逸提突吉羅又比丘往語竹師子比丘言彼説汝竹師種應學知竹葦相浸竹堅輭學破學屈作扇蓋箱簟如是種種竹師技術汝應學用出家受戒爲彼是誰耶答曰名某某名是誰答曰某姓某姓是誰答曰某種某種是誰答曰某作某作是誰答曰某相若彼解者波逸

提不解者突吉羅解已更説波逸提突吉羅又比丘往語剃毛師子比丘言彼説汝剃毛師種應學留頂上周羅髮學剃髮剃鬚剃腋下毛剪爪甲鑷鼻中毛如是種種剃毛師技術汝應學用出家受戒爲彼是誰耶答曰名某某名是誰答曰某姓某姓是誰答曰某種某種是誰答曰某作某作是誰答曰某相若彼解者波逸提不解者突吉羅解已更説波逸提突吉羅又比丘往語旃陀羅子比丘言彼説汝旃陀羅種應學斷人手足耳鼻頭持著木上擔死人出燒如是種種旃陀羅技術汝應學用出家受戒爲彼是誰耶答曰名某某名是誰答曰某姓某姓是誰答曰某種某種是誰答曰某作某作是誰答曰某相若彼解者波逸提不解者突吉羅解已更説波逸

提突吉羅是名技作者若比丘往語剎利子比丘言彼說汝剎利種應乘象馬車輿捉刀楯弓箭擲鉤網羂入陣出陣如是種種剎利種事汝應作用出家受戒爲彼是誰耶答曰名其某名是誰答曰某姓某姓是誰答曰某種某種是誰答曰某作某作是誰答曰某相若彼解者突吉羅不解者亦突吉羅解已更說亦突吉羅又比丘往語婆羅門子比丘言彼說汝婆羅門種應讀韋陀經亦教他讀自作天祠亦教他作讀飲食呪蛇呪疾行呪劬羅呪揵陀羅呪如是種種婆羅門事汝應作用出家受戒爲彼是誰耶答曰名某某名是誰答曰某姓某姓是誰答曰某種某種是誰答曰某作某作是誰答曰某相若彼解者突吉羅不解者亦突吉羅若解已更說亦突吉羅有比丘往語賈客子比丘言彼說汝賈客種應坐金肆銀肆客作肆銅肆珠肆如是種種賈客事汝應作汝用出家受戒爲彼是誰耶答曰名某某名是誰答曰某姓某姓是誰答曰某種某種是誰答曰某作某作是誰答曰某相若彼解者突吉羅不解者亦突吉羅解已更說亦突吉羅又比丘往語鍛師子比丘言彼說汝鍛師種應作釧鉡鎖鼎鏉鍬钁斧稍大刀小刀鉢鉤鉢多羅半鉤鉢多羅大揵瓷小揵瓷剃刀鍼鉤鎖鑰如是種種鍛師事汝應作用出家受戒爲彼是誰耶答曰名某某名是誰答曰某姓某姓是誰答曰某種某種是誰答曰某作某作是誰答曰某相若彼解者波逸提不解者突吉羅解已更說波逸提突吉羅又比丘往語木師子比丘言彼

說汝木師種應作機關木人車輿樓犁如是種種木師事汝應作用出家受戒爲彼是誰耶答曰名某某名是誰答曰某姓某姓是誰答曰某種某種是誰答曰某作某作是誰答曰某相若彼解者波逸提不解者突吉羅解已更說波逸提突吉羅又比丘往語陶師子比丘言彼說汝陶師種應取土調泥轉輪作盆瓶甕釜蓋鉢鉤鉢多羅半鉤鉢多羅大揵瓷小揵瓷如是種種陶師事汝應作用出家受戒爲彼是誰耶答曰名某某名是誰答曰某姓某姓是誰答曰某種某種是誰答曰某作某作是誰答曰某相若彼解者波逸提不解者突吉羅解已更說波逸提突吉羅又比丘往語皮師子比丘言彼說汝皮師種應取皮浸治割截連縫作靴富羅革屣鞍勒鞭鞦如是種種皮師事汝應作用出家受戒爲彼是誰耶答曰名某某名是誰答曰某姓某姓是誰答曰某種某種是誰答曰某作某作是誰答曰某相若彼解者波逸提不解者突吉羅解已更說波逸提突吉羅又比丘往語竹師子比丘言彼說汝竹師種應學破竹葦作筲作箭扇蓋箱簟如是種種竹師事汝應作用出家受戒爲彼是誰耶答曰名某某名是誰答曰某姓某姓是誰答曰某種某種是誰答曰某作某作是誰答曰某相若彼解者波逸提不解者突吉羅解已更說波逸提突吉羅又比丘往語剃毛師子比丘言彼說汝剃毛師種應知留頂上周羅髮學剃髮剃鬚剃腋下毛剪爪甲鑷鼻毛如是種種剃毛師技術汝應學用出家受戒爲彼是誰耶答曰名

其其名是誰答曰某姓某姓是誰答曰某種某種是誰答曰某作某作是誰答曰某相若彼解者波逸提不解者突吉羅解已更說波逸提突吉羅又比丘往語旃陀羅子比丘言彼說汝旃陀羅種應作斷人手足耳鼻頭持著木上擔死人出燒如是種種旃陀羅事汝應作用出家受戒爲彼是誰耶答曰名某某名是誰答曰某姓某姓是誰答曰某種某種是誰答曰某作某作是誰答曰某相若彼解者波逸提不解者突吉羅解已更說波逸提突吉羅是名爲作犯者若比丘往語餘比丘言彼說汝犯罪人用出家受戒爲汝犯僧伽婆尸沙汝犯波逸提汝犯波羅提提舍尼汝犯突吉羅彼是誰耶答曰名某某名是誰答曰某姓某姓是誰答曰某種某種是誰答曰某作某作是誰答曰某相若彼解者波逸提不解者突吉羅解已更說波逸提突吉羅是名爲犯病者若比丘往語餘比丘言彼說汝惡病人用出家受戒爲汝癩病癰病乾病痟病鬼病彼是誰耶答曰名某某名是誰答曰某姓某姓是誰答曰某種某種是誰答曰某作某作是誰答曰某相若彼解者波逸提不解者突吉羅解已更說波逸提突吉羅是名爲病相者若比丘往語餘比丘言彼說汝惡相人用出家受戒爲汝瘸手兀手瘻癖左作臂似鳥翅彼是誰耶答曰名某某名是誰答曰某姓某姓是誰答曰某種某種是誰答曰某作某作是誰答曰某相若彼解者波逸提不解者突吉羅解已更說波逸提突吉羅是名爲相煩惱者若比丘往語餘比丘言彼說

汝重煩惱人用出家受戒爲汝多欲多瞋多癡喜憂惱彼是誰耶答曰名某某名是誰答曰某姓某姓是誰答曰某種某種是誰答曰某作某作是誰答曰某相若彼解者波逸提不解者突吉羅解已更說波逸提突吉羅是名煩惱罵者若比丘往語餘比丘言彼說汝喜罵人用出家受戒爲汝以二種罵罵他白衣罵出家罵彼是誰耶答曰名某某名是誰答曰某姓某姓是誰答曰某種某種是誰答曰某作某作是誰答曰某相若彼解者波逸提不解者突吉羅解已更說波逸提突吉羅是名爲罵若比丘以是八種語餘比丘別離心故波逸提突吉羅異是八種若以餘事別離比丘者突吉羅除比丘若以八種別離餘人者突吉羅竟三事

佛在王舍城爾時六羣比丘喜鬪諍相言相罵是六羣比丘共餘比丘鬪諍相言相罵僧如法斷諍竟六羣比丘知如法斷已還更發起作是言諸長老是事非作惡作應更作非斷惡斷更斷非停惡停更停非滅惡滅更滅是中有未破比丘便破已破者不可和合未諍者便諍已諍者不可滅是中有比丘少欲知足行頭陀聞是事心不喜種種因緣呵責六羣比丘言云何名比丘僧如法斷諍竟還更發起作是言諸長老是事非作惡作更作非斷惡斷更斷非停惡停更停非滅惡滅更滅是中未破比丘便破已破者不可和合未諍者便諍已諍者不可滅種種呵已向佛廣說佛以是事集比丘僧知而故問六羣比丘汝實作是事不答言實作世尊佛以種種因

緣呵責六羣比丘云何名比丘僧如法斷諍竟還更發起作是言諸長老是事非作惡作更作非斷惡斷更斷非停惡停更停非滅惡滅更滅是中有未破比丘便破已破者不可和合未諍者便諍已諍者不可滅佛種種因緣呵已語諸比丘以十利故與諸比丘結戒從今是戒應如是說若比丘僧如法斷諍竟還更發起者波逸提如法斷者如法如律如毗尼如佛教說諍者有四種相言諍無事諍犯罪諍常所行諍還更發起者作如是言諸長老是事非作惡作更作非斷惡斷更斷非停惡停更停非滅惡滅更滅是人有五種一者舊人二者客人三者授欲人四者說羯磨人五者見羯磨人波逸提者名煑燒覆障若不悔過能障礙道是中犯者若舊比丘於相言諍中相言諍想如法滅已如法滅相還更發起作如是言諸長老是事非作惡作更作非斷惡斷更斷非停惡停更停非滅惡滅更滅波逸提相言諍中無根諍想犯罪諍想常所行諍想如法滅已如法滅想還更發起言諸長老是事非作惡作更作非斷惡斷更斷非停惡停更停非滅惡滅更滅波逸提若舊比丘無根諍中無根諍相如法滅已如法滅相還更發起言諸長老是事非作惡作更作非斷惡斷更斷非停惡停更停非滅惡滅更滅波逸提無根諍中犯罪諍想常所行諍想相言諍想如法滅已如法滅想還更發起言諸長老是事非作惡作更作非斷惡斷更斷非停惡停更停非滅惡滅更滅波逸提舊比丘犯罪諍中犯罪諍想如法滅已如法滅想

還更發起言諸長老是事非作惡作更作非斷惡斷更斷非僔惡僔更僔非滅惡滅更滅波逸提犯罪諍中常所行諍想相言諍想無根諍想如法滅已如法滅想還更發起言諸長老是事非作惡作更作非斷惡斷更斷非僔惡僔更僔非滅惡滅更滅波逸提舊比丘常所行諍中常所行諍想如法滅已如法滅想還更發起言諸長老是事非作惡作更作非斷惡斷更斷非僔惡僔更僔非滅惡滅更滅波逸提常所行諍中相言諍想無根諍想犯罪諍想如法滅已如法滅想還更發起言諸長老是事非作惡作更作非斷惡斷更斷非僔惡僔更僔非滅惡滅更滅波逸提客比丘授欲比丘作羯磨比丘見羯磨比丘亦如是若比丘如法滅諍中如法滅想還更發起波逸提如法滅諍中不如法滅想還更發起波逸提如法滅諍中生疑還更發起波逸提不如法滅諍中如法滅想還更發起突吉羅不如法滅諍中生疑還更發起突吉羅不如法滅諍中不如法滅想還更發起不犯四事竟

佛在舍衛國爾時迦留陀夷中前著衣持鉢入舍衛城乞食食已還至自房中收衣鉢持戶鉤在門間立作是念若有女人來此看者我當示諸房舍爾時多有女人來入寺看迦留陀夷遥見女人來作是言諸姊妹來我當示汝諸房舍處以是因緣故諸女人集說兩可羞事以他毋事向女說言汝毋隱處有如是如是相爾時女作如是念如是比丘所說必當與我毋通又以女事向毋說汝女隱處有如是如是相毋作是念如是比丘所說必

當與我女通又以子婦事向姑説汝子婦隱處有如是如是相姑作是念如是比丘所説必與我子婦通又以姑事向子婦説汝姑隱處有如是如是相子婦作是念如是比丘所説必當與我姑通迦留陀夷作如是語時爲他身自身作疑是諸婦女展轉相疑是中有比丘少欲知足行頭陀聞是事心不喜種種因縁呵責云何名比丘女人前説兩可羞事種種因縁呵已向佛廣説佛以是事集比丘僧知而故問迦留陀夷汝實作是事不答曰實作世尊佛以種種因縁呵責云何名比丘女人所説兩可羞事佛種種因縁呵已語諸比丘以十利故與諸比丘結戒從今是戒應如是説若比丘與女人説法過五六語除有知男子波逸提女人者女人能受婬欲過五六語者五語名色陰無常受想行識陰無常六語名眼無常耳鼻舌身意無常法者名佛所説弟子所説天所説仙人所説化人所説顯示布施持戒生天涅槃有知男子者知名能分別言語好醜波逸提者燒煮覆障若不悔過能障礙道是中犯者若比丘無解語男子與女人説法過五六語若偈説偈偈波逸提若經説事事波逸提若別句説句句波逸提若比丘即先坐處坐無解語男子更有異女人來復爲説法過五六語先女人亦在中坐二俱聞法若偈説偈偈波逸提若經説事事波逸提別句説句句波逸提若比丘爲女人説法無解語男子過五六語已從坐起去更有女人道中逆來復爲説法無有解語男子過五六語先女人復從後來二俱聞法若

偈說偈偈波逸提若經說事事波逸提若別句說句句波逸提若比丘無解語男子與女人說法過五六語已次入餘家更爲餘女人說法過五六語無解語男子先女人亦來在壁邊立若在障邊若在籬邊若在塹邊亦復聞法若偈說偈偈波逸提若經說事事波逸提若別句說句句波逸提不犯者若比丘唄若達嚫邪若說所施功德若與受戒若女人問而答不犯 五事竟

佛在阿羅毗國爾時阿羅毗國比丘於寺內以句法教未受具戒人或足句不足句足味不足味足字不足字以是因緣故寺內出大音聲高聲多人衆聲似學筭人聲似婆羅門讀韋陀經時如捕魚師失魚時是寺內以句法教未受具戒人者聲亦如是佛聞是大高音聲知而故問阿難是寺寺內何以故有是多人衆聲阿難答言世尊是阿羅毗國比丘於寺內以句法教未受具戒人或足句不足句足味不足味足字不足字以是因緣故有大高聲多人衆聲佛以是事集比丘僧知而故問阿羅毗比丘汝實作是事不答言實作世尊佛以種種因緣呵責阿羅毗比丘云何名比丘以句法教未受具戒人種種因緣呵已語諸比丘以十利故與諸比丘結戒從今是戒應如是說若比丘以句法教未受具戒人者波逸提未受具戒人者除比丘比丘尼餘一切人是句法者足句不足句足味不足味足字不足字足句者具足說句不足句者不具足說句足味者具足說味不足味者不具足說味足字者具足說字不足字者不具

足說字若足句即是足味足字非不足句不足味不足字若不足句即是不足味不足字非足句足味足字法者佛所說弟子所說天所說仙人所說化人所說顯示布施持戒生天泥洹波逸提者名煮燒覆障若不悔過能障礙道是中犯者若比丘以足句法教未受具戒人若偈說偈偈波逸提若經說事事波逸提若別句說句句波逸提足味足字亦如是若比丘以不足句法教未受具戒人若偈說偈偈波逸提若經說事事波逸提若別句說句句波逸提不足味不足字亦如是不犯者說竟說不犯者鬱提舍事問答並誦彼中自巳鬱提舍諸授餘經者誦竟六事

十誦律卷第九

音釋

鍱與涉切與葉同金鐵葉也　羝音低牡羊也　撲弼角切踣也　坂夫遠切山脊也　刺七自切直傷也　刷所滑切拭也　轍除列切車輪迹也　羂古泫切網也　靽博漫切牛具也　鏊魚到切餅鏊也　鍬七遥切鍤也　筲所交切　鞍烏寒切　鞭卑連切　鞁彼義切與轡同馬轡也　鑷尼輒切箝也　鍼職深切縫器也　耬音樓種具也　瀨落蓋切惡疾也　癰於容切　痟先彫切渴疾也　[疒卷]巨員切屈病也　癭於郢切頸瘤也　癖芳辟切腹病也　舐神帋切舌餂物也　煗音煖溫也　勦子了切　靴許茄切　剗初限切削也　唄蒲拜切梵音也　嚫楚覲切　捕薄故切取也

十誦律卷第十

姚秦三藏弗若多羅共三藏鳩摩羅什譯

第二誦之四

九十波逸提之二

佛在維耶離國夏安居時與大比丘僧俱時世饑儉乞食難得諸人妻子自乏飲食況與乞人佛以是因緣故集比丘僧語諸比丘汝等知不此間饑儉乞食難得諸人妻子自乏飲食況與乞人汝等比丘隨所知識隨諸親里隨所信人往彼安居莫以飲食因緣故受諸苦惱諸比丘受教已頭面禮足隨知識去有往憍薩羅國安居有比丘往婆求摩河邊依止一聚落安居是聚落中有富貴家多饒財寶穀米豐盈多諸產業田地人民奴婢作使種種成就爾時婆求摩河比丘作是念今世饑儉乞食難得諸人妻子自乏飲食況與乞人是聚落中有富貴家多饒財寶穀米豐盈多諸產業田地人民奴婢作使種種成就我等何不往到其舍共相歎言聚落主知不汝等得大善利有大福田衆僧依汝聚落安居此衆中某是阿羅漢某向阿羅漢某阿那舍某向阿那舍某斯陀舍某向斯陀舍某須陀洹某向須陀洹某得初禪二禪三禪四禪某得無量慈悲喜捨某得空處識處無所有處非有想非無想處某得不淨觀某得阿那般那念諸比丘作是念已即入聚落至富貴舍共相歎言居士知不汝等得大善利有大福田衆僧依汝聚落安居某是阿羅漢某向阿羅漢某阿那舍某向阿那舍某斯陀舍某向斯陀舍某須陀洹某向須陀洹某得初禪

二禪三禪四禪其得無量慈悲喜捨其得空
處識處無所有處非有想非無想處其得不
淨觀其得阿那般那念諸居士聞已得信忍
心作是念我等實得善利有大福田衆僧依
我聚落安居其是阿羅漢其向阿羅漢乃至
其阿那般那念如豐樂時與僧小食中食怛
鉢那於饑儉時亦如是作諸婆求摩河安居
比丘噉是飲食大得色力肥盛潤澤佛在世
時法歲二時大會春末月夏末月春末月者
諸方國土處處諸比丘作是念佛所說法我
等夏安居時修習得安樂住是初大會夏末
月者諸比丘夏三月安居竟作衣畢持衣鉢
詣佛所作是念我等久不見佛久不見世尊
是第二大會爾時憍薩羅國安居比丘過夏
三月作衣畢持衣鉢遊行到維耶離諸佛常
法有共佛安居比丘有客比丘來當共往迎
一心問訊開房舍示卧具處作如是言此是
汝等房舍牀榻踞牀獨坐牀被褥枕席隨次
第住
爾時維耶離比丘遥見憍薩羅比丘來便共
出迎一心問訊與擔衣鉢開示房舍示卧具
處作如是言此是汝等房舍卧具牀榻隨次
第住問訊言汝等道路不疲氣力輕健乞食
不難耶答言我等道路不疲氣力輕健但乞
食難得維耶離比丘言汝等實道路不疲氣
力輕健乞食難得汝等羸瘦顔色憔悴爾時
婆求摩河邊安居比丘三月竟作衣畢持衣
鉢遊行到維耶離共佛安居比丘遥見婆求
摩河比丘來皆共出迎一心問訊與擔衣鉢
開房舍示卧具處作如是言此是汝等房舍

牀榻卧具隨次第住問訊言汝等道路不疲氣力輕健乞食不難耶答言我等氣力輕健乞食不難但道路疲極住維耶離比丘言汝等實道路疲極乞食不難何以故汝等肥盛顔色和悦時維耶離比丘漸漸急問諸長老今世饑儉乞食難得諸人妻子自乏飲食況與乞人汝等何因緣故安居時氣力肥盛顔色和悦乞食不難時婆求摩河比丘即向廣說如上因緣諸比丘問言汝等所可讚歎實有是功德不答言實有是中有比丘少欲知足行頭陀聞是事心不喜種種因緣呵責云何名比丘但爲飲食故實有過人法向未受具戒人說種種因緣呵已向佛廣說佛以是事集比丘僧知而故問婆求摩河比丘汝等實作是事不答言實作世尊佛以種種因緣呵責云何名比丘以飲食故實有過人法向未受大戒人說佛種種因緣呵已語諸比丘以十利故與諸比丘結戒從今是戒應如是說若比丘實有過人法向未受大戒人說者波逸提未受大戒人者除比丘比丘尼餘一切人是實有者得是聖法故波逸提者煑燒覆障若不悔過能障礙道是中犯者若比丘實是阿羅漢向他人說波逸提實向阿羅漢向他人說波逸提實阿那含實向阿那含實斯陀含向斯陀含實須陀洹向須陀洹向他人說皆波逸提若比丘實得初禪向人說者波逸提實得二禪三禪四禪慈悲喜捨空處識處無所有處非有想非無想處不淨觀阿那般那念向他人說波逸提乃至我等好持戒向他人說突吉羅若比丘實見諸天來至

我所龍夜叉浮荼鬼餓鬼毗舍遮鬼羅刹鬼來至我所向他人說波逸提乃至實見土鬼來至我所向他人說突吉羅竟七事

佛在王舍城爾時六羣比丘喜鬪諍相言相罵時六羣比丘共餘比丘鬪諍相言相罵已向未受大戒人說其惡罪某比丘犯波羅夷僧伽婆尸沙波逸提波羅提提舍尼突吉羅是中比丘未破者便破已破者不和合未出事便出已出事不可滅是中有比丘少欲知足行頭陀聞是事心不喜種種因緣呵責六羣比丘言云何名比丘喜鬪諍相言相罵共他鬪已向未受大戒人出其惡罪某比丘犯波羅夷僧伽婆尸沙波逸提波羅提提舍尼突吉羅種種因緣呵已向佛廣說佛以是事集比丘僧知而故問六羣比丘汝實作是事不答言實作世尊佛以種種因緣呵責云何名比丘喜鬪諍相言相罵共他諍已向未受大戒人出其惡罪某比丘犯波羅夷乃至突吉羅種種因緣呵已語諸比丘以十利故與諸比丘結戒從今是戒應如是說若比丘知他有惡罪向未受大戒人說除僧羯磨波逸提知者若自知若從他聞若彼自說惡罪者若波羅夷若僧伽婆尸沙一切犯罪皆名爲惡未受大戒人者除比丘比丘尼餘一切人是除僧羯磨羯磨者名若比丘於白衣舍作惡若令他作是人現前僧應與作說罪羯磨說罪羯磨法者先應求能說罪人如是應作一心和合僧中一人唱言誰能說其比丘罪誰能某居士前說某比丘罪是中若有比丘言能是比丘僧應籌量若有五法僧不應令

作說罪人何等五法隨愛說隨瞋說隨怖說隨癡說不知說不說若比丘成就五法僧應令作說罪人何等五不隨愛說不隨瞋說不隨怖說不隨癡說知說不說是中一比丘僧中唱大德僧聽某比丘能作說罪人能某居士前說某比丘罪若僧時到僧忍聽某比丘能作說罪人能某居士前說某比丘罪如是白白二羯磨僧作說罪羯磨竟僧忍默然故是事如是持若比丘作說罪者應說彼比丘罪餘比丘不應說若餘比丘說得突吉羅若比丘作說罪人應向是居士說不應向餘人說若向餘人說者得突吉羅隨家說若一家若多家隨行處說若一行處若多行處隨聚落說若一聚落若多聚落隨里巷市肆說若一若多是中應如是處說若餘處說得突吉

羅若是罪比丘僧作說罪羯磨已若更勤惱僧是時一切僧應說是人罪如是應作僧一心和合僧中一比丘唱言大德僧聽是某比丘僧作說罪羯磨已更勤惱僧若僧時到僧忍聽一切僧隨意隨時隨處說某比丘罪如是白如是作白四羯磨僧作隨意說罪羯磨竟僧忍默然故是事如是持是名除僧羯磨波逸提者煑燒覆障若不悔過能障礙道是中犯者若比丘見餘比丘犯波羅夷生波羅夷想見中見想見中不見想見中疑聞中聞想聞中不聞想聞中疑若說名波逸提若說事突吉羅隨說名說事一一語波逸提突吉羅又比丘見餘比丘犯僧伽婆尸沙生僧伽婆尸沙想見中見想見中不見想見中疑聞中聞想聞中不聞想聞中疑若說名波逸提

若説事突吉羅隨説名説事一一語波逸提突吉羅又比丘見餘比丘犯波逸提波羅提提舍尼突吉羅於突吉羅中生突吉羅想見中見想見中不見想見中疑聞中聞想聞中不聞想聞中疑若説名突吉羅若説事亦突吉羅隨説名説事一一語突吉羅若比丘見餘比丘犯波羅夷謂爲波羅夷謂僧伽婆尸沙謂波逸提謂波羅提提舍尼謂突吉羅是比丘於波羅夷中生突吉羅想見中見想見中不見想見中疑聞中聞想聞中不聞想聞中疑若説名波逸提若説事突吉羅隨説名説事一一語波逸提突吉羅又比丘見餘比丘犯僧伽婆尸沙謂僧伽婆尸沙謂波逸提謂波羅提提舍尼謂突吉羅謂波羅夷是比丘於僧伽婆尸沙中生波羅夷想見中見想

見中不見想見中疑聞中聞想聞中不聞想聞中疑若説名波逸提若説事突吉羅隨説名説事一一語波逸提突吉羅又比丘見餘比丘犯波逸提波羅提提舍尼突吉羅於突吉羅中謂突吉羅謂波羅夷謂僧伽婆尸沙謂波逸提謂波羅提提舍尼是比丘於突吉羅中生波羅提提舍尼想見中見想見中不見想見中疑聞中聞想聞中不聞想聞中疑若説名突吉羅若説事突吉羅隨説名説事一一語突吉羅若比丘見餘比丘犯波羅夷生疑爲波羅夷非波羅夷是比丘後便斷疑於波羅夷中生波羅夷想見中見想見中不見想見中疑聞中聞想聞中不聞想聞中疑若説名波逸提若説事突吉羅隨説名説事一一語波逸提突吉羅又比丘見餘比丘犯

僧伽婆尸沙生疑爲僧伽婆尸沙非僧伽婆尸沙是比丘後便斷疑於僧伽婆尸沙中生僧伽婆尸沙想見中見想見中不見想見中疑聞中聞想聞中不聞想聞中疑若説名波逸提若説事突吉羅隨説名説事一一語波逸提突吉羅又比丘見餘比丘犯波逸提波羅提提舍尼突吉羅是比丘突吉羅罪中生疑爲突吉羅非突吉羅是比丘後便斷疑於突吉羅中生突吉羅想見中見想見中不見想見中疑聞中聞想聞中不聞想聞中疑若説名突吉羅若説事亦突吉羅隨説名説事一一語突吉羅若比丘見餘比丘犯波羅夷於波羅夷中生疑爲波羅夷爲僧伽婆尸沙爲波羅夷爲波逸提爲波羅夷爲波羅提提舍尼爲波羅夷爲突吉羅是人斷疑於波羅

夷中生波羅夷想見中見想見中不見想見中疑聞中聞想聞中不聞想聞中疑若説名波逸提若説事突吉羅隨説名説事一一語波逸提突吉羅又比丘見餘比丘犯僧伽婆尸沙生疑是罪爲僧伽婆尸沙爲波逸提爲僧伽婆尸沙爲波羅提提舍尼爲僧伽婆尸沙爲突吉羅爲僧伽婆尸沙爲波羅夷是人斷疑於僧伽婆尸沙中生僧伽婆尸沙想見中見想見中不見想見中疑聞中聞想聞中不聞想聞中疑若説名波逸提若説事突吉羅隨説名説事一一語波逸提突吉羅又比丘見餘比丘犯波逸提波羅提提舍尼突吉羅於突吉羅中生疑爲突吉羅爲波羅夷爲突吉羅爲僧伽婆尸沙爲突吉羅爲波逸提爲突吉羅爲波羅提提舍尼是人疑斷於突

吉羅中生突吉羅想見中見想見中不見想見中疑聞中聞想聞中不聞想聞中疑若說名突吉羅若說事突吉羅隨說名說事一一語突吉羅若比丘見餘比丘犯波羅夷生疑是罪爲波羅夷爲僧伽婆尸沙爲波逸提爲波羅提提舍尼爲突吉羅是人於波羅夷中定生突吉羅想見中見想見中不見想見中疑聞中聞想聞中不聞想聞中疑若說名波逸提若說事突吉羅隨說名說事一一語波逸提突吉羅又比丘見餘比丘犯僧伽婆尸沙生疑是罪爲僧伽婆尸沙爲波逸提爲波羅提提舍尼爲突吉羅爲波羅夷是人僧伽婆尸沙中定生波羅夷想見中見想見中不見想見中疑聞中聞想聞中不聞想聞中疑若說名波逸提若說事突吉羅隨說名說事一一語波逸提突吉羅又比丘見餘比丘犯波逸提波羅提提舍尼突吉羅是人於突吉羅中生疑爲突吉羅爲波羅夷爲僧伽婆尸沙爲波逸提爲波羅提提舍尼是人突吉羅中定生波羅提提舍尼想見中見想見中不見想見中疑聞中聞想聞中不聞想聞中疑若說名突吉羅若說事突吉羅隨說名說事一一語突吉羅 八事竟

佛在王舍城爾時長老陀驃力士子多知多識能致供養飲食衣服臥具醫藥資生之具時陀驃比丘衣服故壞諸居士因陀驃比丘故多與衆僧飲食衣服現前僧應分物時彌多羅浮摩比丘作是念因是陀驃比丘故衆僧多得供養飲食衣服臥具湯藥是陀驃比丘衣服故壞今衆僧得現前應分物當於衆

僧前作羯磨與陀驃比丘作是念已即衆僧中作羯磨與陀驃比丘是彌多羅浮摩比丘先自勸與已後作是言諸比丘隨所親厚迴僧物與是中有比丘少欲知足行頭陀聞是事心不喜種種因緣呵責云何名比丘先自勸與後作是言諸比丘隨所親厚迴僧物與種種因緣呵已向佛廣說佛以是事集比丘僧知而故問彌多羅浮摩比丘汝實作是事不答言實作世尊佛以種種因緣呵責云何名比丘先自勸與後作是言諸比丘隨所親厚迴僧物與佛種種因緣呵已語諸比丘以十利故與諸比丘結戒從今是戒應如是說若比丘先自勸與後作是言諸比丘隨所親厚迴僧物與波逸提先勸與者先與僧欲後作是言隨親厚者隨和尚阿闍梨隨同和尚同阿闍梨隨善知識隨所愛念隨同事隨國土隨聚落隨家隨伴僧物者若得布施物衣鉢戸鉤時藥夜分藥七日藥終身藥波逸提者煑燒覆障若不悔過能障礙道是中犯者若比丘先勸與欲竟後作是言諸比丘隨所親厚迴僧物與得波逸提若作是言隨和尚阿闍梨隨同和尚同阿闍梨隨善知識隨所愛念隨所同事隨國土隨聚落隨家隨伴皆波逸提九事竟

佛在俱舍彌國爾時長老闡那犯可悔過罪時諸比丘慈心憐愍欲利益故教令悔過言闡那汝犯其可悔過罪汝應發露莫覆藏闡那作是言用是雜碎戒爲半月說戒時令諸比丘疑悔惱熱憂愁不樂生捨戒心是中有比丘少欲知足行頭陀聞是事心不喜種種

因緣呵責云何名比丘作是言用是雜碎戒爲半月説時令諸比丘疑悔惱熱憂愁不樂生捨戒心種種呵已向佛廣説佛以是事集比丘僧知而故問闡那汝實作是事不答言實作世尊佛以種種因緣呵責云何名比丘毁呰已所學法種種因緣呵已語諸比丘以十利故與諸比丘結戒從今是戒應如是説若比丘説戒時作是言何用是雜碎戒爲半月説時令諸比丘疑悔惱熱憂愁不樂生捨戒心作是輕呵戒者波逸提波逸提者煑燒覆障若不悔過能障礙道是中犯者若比丘説四波羅夷時作是言用是四波羅夷爲半月説時令諸比丘疑悔惱熱憂愁不樂生捨戒心波逸提若比丘説十三僧伽婆尸沙時二不定法時三十尼薩耆波逸提法時九十波逸提時四波羅提提舍尼時衆多學法時七滅諍法時及説隨律經時若作是言用是隨律經爲半月説時令諸比丘疑悔惱熱憂愁不樂生捨戒心作是語者皆波逸提除隨律經説餘經時用説是經爲令諸比丘疑悔惱熱憂愁不樂生捨戒心作是語者突吉羅隨所説處一一語得波逸提突吉羅竟十事

佛在阿羅毗國爾時阿羅毗諸比丘自手拔寺内草經行處草經行處兩頭草自手採華是時有居士於草木中生有命想見以妬嫉心言沙門釋子是奪命人殺一切衆生是中有比丘少欲知足行頭陀聞是事心不喜向佛廣説佛以是事集比丘僧知而故問阿羅毗比丘汝等實作是事不答言實作世尊佛以種種因緣呵責阿羅毗比丘云何名比丘

自手拔寺内草經行處草經行兩頭草自手採華佛但呵責而未結戒

佛在舍衛國爾時有一摩訶盧比丘是木師種斫大華茇樹起大房舍是樹神後夜時擔負小兒手復牽抱男女圍遶往詣佛所頭面禮足一面立已白佛言世尊云何有是法我所住所止所依所歸所趣房舍有一摩訶盧比丘斫我樹取作大房舍我兒子幼小衆多冬八夜時寒風破竹氷凍寒甚我當於何安隱兒子佛爾時敕餘鬼言汝當安止與是住處諸鬼以佛語故即與住處是夜過已佛以是事集比丘僧語諸比丘昨夜有一鬼擔負小兒手復牽抱男女圍遶來至我所頭面禮足一面立言云何有是法我所住止所依所歸所趣房舍有一摩訶盧比丘斫我樹取作大舍我兒子幼小衆多冬八夜時寒風破竹氷凍寒甚我當於何安隱兒子佛語諸比丘是事非法不是不應爾諸居士天神皆嫌呵責云何名比丘自手拔寺内草經行處草經行處兩頭草自手拔華種種因緣呵已語諸比丘以十利故與諸比丘結戒從今是戒應如是說若比丘斫拔鬼村種子村波逸提鬼村者謂生草木衆生依住衆生者謂樹神泉神河神舍神交道神市神都道神蚊蝱蟯蜋蛺蝶蝦蟇蟲蠍蟲蟻子是衆生以草木爲舍示以爲村聚落城邑生者謂根舍潤澤若自斷若教人斷自破教破自燒教燒是名爲斫草木有五種子根種子莖種子節種子自落種子實種子根種子者謂藕蘿蔔蕪菁舍樓樓偷樓樓如是比種根生物莖種子者謂石

榴蒲萄楊柳沙勒如是比種莖生物節種子者謂甘蔗麤竹細竹如是比種節生物自落種子者謂蓼阿修盧波修盧修伽羅菩提那如是比自零落生物實種子者謂稻麻麥大豆小豆穆豆如是比種子生物波逸提者燒燒覆障若不悔過能障礙道是中犯者若比丘根種子中根種子想生中生想若自斷教斷自破教破自燒教燒波逸提又比丘根種子中莖種子想枝種子想自落種子想實種子想生中生想若自斷教斷自破教破自燒教燒波逸提若比丘莖種子中莖種子想生中生想自斷教斷自破教破自燒教燒波逸提又比丘莖種子中枝種子想自落種子想實種子想根種子想生中生想自斷教斷自破教破自燒教燒波逸提若比丘枝種子中枝種子想生中生想自斷教斷自破教破自燒教燒波逸提又比丘枝種子中自落種子想實種子想根種子想莖種子想生中生想自斷教斷自破教破自燒教燒波逸提若比丘自落種子中自落種子想生中生想自斷教斷自破教破自燒教燒波逸提又比丘自落種子中實種子想根種子想莖種子想枝種子想生中生想自斷教斷自破教破自燒教燒波逸提若比丘實種子中實種子想生中生想自斷教斷自破教破自燒教燒波逸提又比丘實種子中根種子想莖種子想枝種子想自落種子想生中生想自斷教斷自破教破自燒教燒波逸提若比丘一時燒五種子一時犯五波逸提一一燒一一波逸提隨所燒得爾所波逸提若比丘自斷樹若教

他斷波逸提隨所斷樹得爾所波逸提若比丘自斷草教斷波逸提隨所斷草得爾所波逸提生中生想自斷教斷波逸提生中乾想自斷教斷波逸提生中疑爲乾爲生自斷教斷波逸提若乾中生想自斷教斷突吉羅乾中疑爲乾爲生自斷教斷突吉羅乾中乾想自斷教斷不犯事竟十一

佛在王舍城爾時陀驃比丘力士子成就五法僧羯磨作差會人差諸比丘會時不隨愛不隨瞋不隨怖不隨癡知次第隨上下坐不越次爾時彌多羅浮摩比丘得麤惡不美飲食處敢不美食時作是念言是陀驃比丘隨愛差會隨瞋怖癡不知次第越次不隨上下坐我等當共滅擯是人更立差會人是中有比丘少欲知足行頭陀聞是事心不喜種種因緣呵責云何名比丘僧如法羯磨差會人便瞋譏言隨愛瞋怖癡不知次第越次不隨上下坐種種因緣呵已向佛廣説佛以是事集比丘僧知而故問彌多羅浮摩比丘汝實作是事不答言實作世尊佛以是事種種因緣呵責云何名比丘僧如法羯磨差會人便譏瞋佛以種種因緣呵已語諸比丘以十利故與諸比丘結戒從今是戒應如是説若比丘瞋譏差會人者波逸提波逸提者煑燒覆障若不悔過能障礙道是中犯者若比丘僧如法羯磨差會人瞋譏是人者波逸提若僧如法羯磨差十四人瞋譏是人者波逸提若十二人未捨羯磨瞋譏是人者波逸提若捨羯磨已瞋譏是人者突吉羅於十四人中二人若捨羯磨未捨羯磨瞋譏是二人者波逸

提突吉羅乃至別房及同事差會瞋譏是人者突吉羅佛結戒已諸比丘不復面前瞋譏便遥瞋譏陀驃比丘隨愛差會隨瞋怖癡不知次第越次不隨上下坐是中有比丘少欲知足行頭陀聞是事心不喜種種因緣呵責云何名比丘佛結戒故不面前瞋譏便遥瞋譏種種因緣呵已向佛廣說佛以是事集比丘僧知而故問彌多羅浮摩比丘汝實作是事不答言實作世尊佛以種種因緣呵責云何名比丘僧如法作差會人便遥瞋譏種種因緣呵已語諸比丘從今是戒應如是說若比丘面前瞋譏僧所差人若遥瞋譏者波逸提是中犯者若比丘僧如法羯磨差會人若瞋譏是人聞者波逸提不聞者突吉羅若僧如法羯磨作十四人若遥瞋譏是人聞者波逸提不聞者突吉羅若比丘十二人未捨羯磨若遥瞋譏是人聞者波逸提不聞者突吉羅若捨羯磨已遥瞋譏聞者突吉羅不聞者亦突吉羅十四人中二人若捨羯磨不捨羯磨若遥瞋譏是人聞者波逸提不聞突吉羅乃至別房及同事差會若遥瞋譏是人聞者突吉羅不聞者亦突吉羅（二人者教尼人及四悔中第四差羯磨使迎食人十二事竟）

佛在俱舍彌爾時闡那比丘犯可悔過罪諸比丘慈心憐愍欲利益故語闡那言汝犯可悔過罪當發露莫覆藏闡那語諸比丘言汝等謂我作是事耶我不謂汝等能說我犯是事諸比丘言闡那汝若有罪便言有無便言無何以用異事依止異事闡那言我何豫汝等事我畏汝等耶更有異事依止異事是中

有比丘少欲知足行頭陀聞是事心不喜種種因緣呵責云何名比丘犯罪已用異事依止異事種種因緣呵已向佛廣說佛以是事集比丘僧知而故問闡那汝實作是事不答言實作世尊佛以種種因緣呵責闡那云何名比丘犯罪已用異事依止異事種種因緣呵已語諸比丘汝等當憶識闡那比丘用異事若更有如闡那比丘者亦應當憶識彼用異事憶識法者僧一心和合一比丘僧中唱言大德僧聽是闡那比丘犯罪用異事若僧時到僧忍聽憶識闡那比丘用異事汝闡那隨所用異事衆僧隨憶識是名如是白如是白二羯磨僧憶識竟僧忍默然故是事如是持佛語諸比丘以十利故與諸比丘結戒從今是戒應如是說若比丘用異事惱他波逸提波逸提者煑燒覆障若不悔過能障礙道是中犯者若比丘僧未憶識用異事依止異事爾時用異事突吉羅若僧憶識已爾時用異事依止異事波逸提佛在俱舍彌即闡那比丘作可悔過罪諸比丘慈心憐愍欲利益故語闡那言汝犯可悔過罪當發露莫覆藏闡那作是念若我用異事者衆僧當作憶識羯磨我當默然闡那即時默然諸比丘語闡那言汝若有罪便言有無便言無何故默然惱我等闡那言我是汝等何物我不畏汝等作是語已還復默然是中有比丘少欲知足行頭陀聞是事心不喜種種因緣呵責云何名比丘犯罪已默然惱他種種因緣呵已向佛廣說佛以是事集比丘僧知而故問闡那汝實作是事不答言實作世尊佛以種種因

緣呵責云何名比丘犯罪已默然惱他種種因緣呵已語諸比丘汝等當憶識闡那比丘默然惱他事憶識法者一心和合僧一比丘僧中唱言大德僧聽是闡那比丘犯罪默然惱他若僧時到僧忍憶識闡那比丘默然惱他汝闡那隨汝默然惱他事衆僧隨憶識如是白如是白二羯磨僧憶識竟僧忍默然故是事如是持從今是戒應如是說若比丘用異事默然惱他波逸提是中犯者若僧未憶識時默然惱他突吉羅若僧憶識已默然惱他波逸提若比丘口病脣病齒病舌病咽病心病面氣滿若出血如是不語不犯恭敬佛故不語恭敬和尚阿闍梨恭敬上座尊重故不語不犯若不能語故不語不犯（十三事竟）

佛在舍衛國爾時有一居士請佛及僧明日食佛默然受是居士知佛默然受已頭面禮足右遶而去還到自舍是夜辦種種多美飲食時諸比丘露地敷僧卧具持衣鉢在中待食時到有比丘經行有比丘坐時居士早起敷坐處已遣使白佛言世尊食具已辦唯聖知時即時諸比丘捨僧卧具自持衣鉢往居士舍佛自住迎食分諸比丘往居士舍已天雨濕僧卧具諸佛常法諸比丘往居士舍時佛自持戶鉤從房至房看諸房舍開一房門見僧卧具在露地雨濕爛壞即取挨曬卷疊舉著覆處便閉房門下居還自房舍獨坐牀上結跏趺坐爾時居士知僧坐已自手行水自與多美飲食自恣飽滿爾時居士知僧滿足已攝鉢竟自手與水取小牀坐衆僧前欲聽說法上座說法已從座起去諸比丘隨次

第出還詣佛所諸佛常法諸比丘食後還時以如是語勞問諸比丘飲食多美僧飽滿不諸比丘言世尊飲食多美衆僧飽滿佛言今日汝等入居士舍已我於後持户鉤從房至房看諸房舍開一房門見僧卧具露地雨濕爛壞語諸比丘是事不是非法不應爾一切衆僧卧具云何趣用踐蹋不知護惜諸居士血肉乾竭爲福德故布施供養汝等應少用守護者善佛如是種種因緣呵已語諸比丘以十利故與諸比丘結戒從今是戒應如是説若比丘露地敷僧卧具細繩牀麤繩牀被褥若使人敷是中坐卧去時不自舉不教人舉者波逸提細繩牀有五種阿珊蹄脚皴郎劬脚羖羊角脚尖脚曲脚麤繩牀有五種阿珊蹄脚皴郎劬脚羝羊角脚尖脚曲脚褥被

褥者甘蔗滓貯褥瓠莖貯褥長爪莖貯褥毦貯褥芻摩貯褥劫貝貯褥文闍草貯褥麻貯褥水衣貯褥被者俱執被毦被芻摩被劫貝被露地者無土壁無草木壁無簟席壁無衣縵覆障如是比丘無物覆障處自敷者自手敷使敷者教他人敷座者座上卧者身著牀不舉者不自手舉不教舉者不教他舉波逸提者煑燒覆障若不悔過能障礙道是中犯者若比丘地了時露地敷衆僧卧具已便入室坐息至地了竟乃舉著覆處波逸提地了竟時中前時日中時晡時日没時露地敷僧卧具已便入室坐息至日没竟時乃舉著覆處波逸提若比丘露地敷僧卧具已出寺門過四十九歩波逸提又比丘露地敷僧卧具已出寺過牆籬少許至地了時突吉羅又比

丘露地敷僧卧具已不囑人遊行諸房突吉羅又二比丘露地敷僧卧具已俱從座起去後去者應舉又二比丘露地敷僧卧具已持衣鉢在中一比丘先取衣鉢去後取衣鉢去者應舉不舉者犯又一時衆僧露地會食諸比丘食竟捨僧卧具在露地去有惡風雨土汙濕以是事白佛佛言應舉著覆處佛作是語已諸比丘食竟有諸白衣即坐僧卧具牀上是事白佛佛言應露白衣食竟諸比丘久待熱悶吐逆佛言若有病者應去隨見者應舉若二比丘見一人應舉大牀小牀一人應舉大褥小褥若聚落邊寺中持卧具至空閑處空閑處持來至聚落邊寺中值雨不犯若失戶鉤戶鑰無舉處若八難中一一難起不舉無犯 十四事竟

十誦律卷第十

音釋

健 渠建切 憔悴 憔昨焦切悴秦醉切憔悴憂瘠也 毀呰 毀許委切呰蔣氏切毀呰謗也 蓽茇 蓽壁吉切茇北末切 蚊蝱 蚊無分切蝱眉耕切 蜣蜋 蜣去羊切蜋呂張切 蛺蝶 蛺古洽切蝶徒協切 蝦蟇 蝦胡加切蟇莫加切 蠍 許竭切毒蟲也 蟻 魚紀切 藕 五口切芙蕖根也 蘿蔔 蘿魯何切蔔蒲北切蘿蔔一名蘆菔 蕪菁 蕪武夫切菁子盈切蕪菁即蘆菔也 石榴 榴力求切石榴果名也 蓼 力小切辛草也 稻 徒皓切 稨 博眠切且也 譏 居依切誚也 疊 徒協切摺疊也 扂 徒點切戶牡也 蹄 杜奚切 簸 布火切 劬 其俱切 滓 側氏切 瓠 胡故切 簟 徒點切竹席也

十誦律卷第十一

姚秦三藏弗若多羅共三藏鳩摩羅什譯

第二誦之五

九十波逸提之三

佛在舍衛國爾時有二客比丘向暮來次第得一房共住一人得牀一人得草敷二人夜宿已不舉便去時草敷中生蟲噉是草噉牀脚牀陛牀檔牀繩噉被褥枕噉已入壁中住爾時有一居士請佛及僧明日食佛默然受已居士知佛默然即從座起頭面禮足右繞而去還到自舍是夜辦種種多美飲食早起敷坐處已遣使白佛食具已辦唯聖知時諸比丘往居士舍佛自住房迎食分諸佛常法諸比丘往居士舍時佛自持戶鉤從一房至一房看諸房舍佛即持戶鉤從一房至一房開一房戶見是草敷蟲生噉草噉牀脚牀陛牀檔牀繩被褥枕佛見已入是舍內徐徐舉被褥枕安徐舉牀漸漸舉敷草却蟲已掃灑泥塗竟抖擻被褥枕打牀脚蟲還著本處敷卧具已閉戶下居還在房舍獨坐牀上結跏趺坐是時居士見僧坐已自手行水自與多美飲食自恣飽滿爾時居士知僧飽滿已攝鉢竟自手與水取小牀坐衆僧前欲聽說法上座說法已從座起去諸比丘隨次第出還詣佛所諸佛常法諸比丘食後還時以如是語勞問諸比丘飲食多美僧飽滿不佛即問諸比丘飲食多美僧飽滿不諸比丘言飲食多美衆僧飽滿佛語諸比丘汝等入居士舍已我持戶鉤遊行諸房開一房戶見草敷中蟲生蟲噉是草噉牀脚牀陛牀檔牀繩噉被

褥枕已入壁中住欲齧人是事不是非法不應爾云何僧卧具趣用踐蹋不知護惜諸居士血肉乾竭爲福德故布施供養汝等應少用守護者善佛語諸比丘誰是中宿諸比丘言世尊有二客比丘來次第是中共住一人得牀一人得草敷夜宿已地了便去佛種種因緣呵責云何名比丘用僧卧具無所付囑便去種種因緣呵已語諸比丘以十利故與諸比丘結戒從今是戒應如是說若比丘比丘房中敷僧卧具若使人敷是中坐卧去時不舉不教舉者波逸提比丘房者或屬衆僧或屬一人極小乃至容比丘四威儀行立坐卧自敷者自手敷使敷者教他敷坐者坐上卧者身卧上不舉者不自手舉不教舉者不教他舉波逸提者煑燒覆障若不悔過能障礙道是中犯者若客比丘比丘房中敷僧卧具出界去波逸提若舊比丘比丘房中敷僧卧具出界去作是念即日當還有急因緣不得即還出界至地了時突吉羅佛言從今日聽付囑僧卧具已便行囑者有五種言此是户鑰此是房舍此是卧具若説此是户鑰此是房舍此是卧具應付囑誰耶應付囑敷卧具者若無敷卧具者應付囑典房者若無典房者應囑修治房舍人若無是人應付囑是中舊比丘善好有功德持戒者若無是人是僧坊中若有善好賢者若守僧坊人應付囑不應付囑無慚愧破戒比丘亦不應囑小沙彌若不能得好人若有衣架象牙杙應持被褥枕著上便去若無衣架象牙杙是中有兩牀者持被褥枕著一牀上以一牀覆上去壁

四寸便去不犯者是房中留物去乃至留感

富羅囊十五竟

佛在舍衛國爾時長老耶舍與五百眷屬俱來向舍衛國欲安居時諸比丘皆作安居先事謂塞壁孔鏬塞土埵孔鏬補缺壞解治繩牀抖擻被枕爾時六羣比丘懈惰不作遙見他作便生是念我等上座須彼作竟受卧具已當於後入隨上座駈起作是念已諸比丘作竟受卧具已六羣比丘便隨後入諸比丘問六羣比丘汝共我等來作先事不答言不作諸比丘言汝等共我來不作先事我等作先事竟我不起六羣比丘言如佛所說隨上座次第受房不說不作先事者不與我是上座云何不起六羣比丘大力勦健不大謹慎即强牽出是比丘柔輭樂人頭手傷壞鉢破衣裂是中有比丘少欲知足行頭陀聞是事已心不喜種種因緣呵責云何名比丘比丘房中瞋恨不喜便强牽出種種因緣呵已向佛廣說佛以是事集比丘僧知而故問六羣比丘汝等實作是事不答言實作世尊佛以種種因緣呵責云何名比丘比丘房中瞋恨不喜便强牽出種種因緣呵已語諸比丘以十利故與諸比丘結戒從今是戒應如是説若比丘比丘房中瞋恨不喜便自牽出若使人牽癡人遠去不應住此除彼因緣波逸提比丘房者或屬僧或屬一人極小乃至容四威儀行立坐卧瞋恨者不隨意故不喜者瞋不喜見故自牽者自手牽出使牽出者教他牽若從牀上至地從房内至户從户至行來處從高上至下處從土埵上至地波逸提波

逸提者煮燒覆障若不悔過能障礙道是中犯者若比丘瞋恨不喜牽捉比丘能牽者波逸提不能牽突吉羅若使他牽能者波逸提不能者突吉羅若從坐牀上能牽者波逸提不能者突吉羅若從卧牀上房内户外行處高上土埵上若能牽者波逸提不能者突吉羅隨自牽隨教牽皆波逸提突吉羅若房舍欲破故牽出不犯十六竟

佛在舍衛國爾時長老迦留陀夷惡眠不一心眠鼾眠齘齒寱語頻伸拍手動足作大音聲諸比丘聞是聲不得眠故食不消食不消故身體患痒惱悶吐逆不樂諸比丘各各共相近敷卧具作是念莫令迦留陀夷入中卧時迦留陀夷强來入中敷卧具諸比丘言迦留陀夷汝莫强入中卧何以故汝惡眠不一心眠鼾眠齘齒寱語頻伸拍手動足作大音聲諸比丘聞是聲不得眠故食不消食不消故身體患痒惱悶吐逆不樂迦留陀夷言我自安樂汝不樂者便自出去作是語已强敷卧具是中有比丘少欲知足行頭陀聞是事心不喜種種因緣呵責云何名比丘知比丘房中先敷卧具後來强敷種種因緣呵已向佛廣說佛以是事集比丘僧知而故問迦留陀夷汝實作是事不答言實作世尊佛以種種因緣呵責迦留陀夷云何名比丘知比丘房中先敷卧具後來强敷種種因緣呵已語諸比丘以十利故與諸比丘結戒從今是戒應如是說若比丘知比丘房中先敷卧具後來强敷若使人敷不樂者自當出去除彼因緣波逸提知者若自知若從他聞若彼人語

强敷者不隨他意自强敷故使敷者教人敷若敷坐牀前若敷卧牀前若敷房内若户外行處若高處若土埵前敷者波逸提波逸提者煑燒覆障若不悔過能障礙道是中犯者若比丘知比丘在比丘房中先敷卧具竟後來於坐牀前强敷卧具若能敷者波逸提不能敷者突吉羅若卧牀前若房内户外行處高處土埵前若自敷若使人敷能敷者波逸提不能者突吉羅如是處隨自敷教敷一一波逸提突吉羅若比丘爲惱他故閉户開户閉向開向然火滅火然燈滅燈若唄呪願讀經説法問難隨他所不喜樂事作一一波逸提竟十七

佛在舍衛國爾時有二客比丘向暮來是二客比丘次得一房一人得閣上一人得閣下得閣下者是坐禪人寂靜早入房中敷牀褥結跏趺坐樂默然故在閣上者多喜調戲經唄呪願問難大聲戲笑作種種無益語言然後入房用力坐尖脚牀上以葦棧故牀脚及支陷下傷比丘頭垂死是比丘從房出語諸比丘汝看是比丘不一心坐卧故牀脚陷下傷我頭垂死是中有比丘少欲知足行頭陀聞是事心不喜種種因縁呵責云何名比丘不一心坐卧用力坐故令牀脚陷下傷比丘頭垂死種種因縁呵已向佛廣説佛以是事集比丘僧知而故問是比丘汝實作是事不答言實作世尊佛以種種因縁呵責云何名比丘不一心坐卧令牀脚陷下傷比丘頭垂死種種因縁呵已語諸比丘以十利故與諸比丘結戒從今是戒應如是説若比丘比丘

房閣中尖脚坐牀用力坐卧波逸提比丘房者或屬僧或屬一人極小乃至容四威儀行立坐卧閣者一重已上皆名爲閣牀者卧牀卧牀者有五種阿珊蹄脚波郎劬脚羝羊角脚尖脚曲脚坐禪牀亦有五種阿珊蹄脚波郎劬脚羝羊角脚尖脚曲脚坐者身坐上卧者身卧上波逸提者煑燒覆障若不悔過能障礙道是中犯者若比丘卧牀一脚尖三脚阿珊蹄若二脚尖二脚阿珊蹄若三脚尖一脚阿珊蹄若四脚尖是中隨用力坐卧一一波逸提若是卧牀一脚尖三脚波郎劬若二脚尖二脚波郎劬若三脚尖一脚波郎劬若四脚尖是中隨用力坐卧一一波逸提若是卧牀一脚尖三脚羝羊角若二脚尖二脚羝羊角若三脚尖一脚羝羊角若四脚尖是中隨用力坐卧一一波逸提若是卧牀一脚尖三脚曲若二脚尖二脚曲若三脚尖一脚曲若四脚尖是中隨其力坐卧一一波逸提坐禪牀亦如是若以石支尖脚牀波逸提若以塼支若以木支若以白鑞支若鉛錫支一一波逸提若以材棧板棧櫂子棧若厚泥若是牀脚支木朽腐若草團支若衣團支若納團支不犯（木枝朽則輭不能傷人故言不犯十八事竟）

佛在俱舍毗國爾時長老闡那用有蟲水澆草和泥諸比丘語闡那言莫用有蟲水澆草和泥殺諸小蟲闡那答言我用水和泥不用蟲諸比丘言汝知是水有蟲云何用和泥汝於畜生中無憐愍心是中有比丘少欲知足行頭陀聞是事心不喜種種因緣呵責云何名比丘知水有蟲用澆草和泥種種因緣呵

已向佛廣説佛以是事集比丘僧知而故問闡那汝實作是事不答言實作世尊佛以種種因緣呵責云何名比丘知水有蟲用澆草和泥種種因緣呵已語諸比丘以十利故與諸比丘結戒從今是戒應如是説若比丘知水有蟲自用澆草和泥若使人用波逸提知者自知若從他聞蟲者若眼所見若漉水囊所遮澆草者自手澆使澆者教他澆和泥者自手和使和者教他和波逸提波逸提者煑燒覆障若不悔過能障礙道是中犯者若比丘知水有蟲用澆草隨蟲死一一波逸提若使他澆草隨蟲死一一波逸提若比丘知水有蟲用澆泥隨蟲死一一波逸提若使他和泥隨蟲死一一波逸提牛屎乾土乃至以竹蘆葉著有蟲水中隨蟲死一一波逸提若比丘有蟲水中有蟲想用者波逸提有蟲水中無蟲想用波逸提有蟲水疑用波逸提無蟲水中有蟲想用突吉羅無蟲水中生疑用突吉羅無蟲水中無蟲想用不犯竟十九

佛在俱舍毗國爾時長老闡那欲起大房閣是人性懈惰作是念誰能日日看視即一日掘地築基累壁竟安户向成第二重安施户向泥壁塗治架椽覆訖即日作竟即日崩倒是中有比丘少欲知足行頭陀聞是事心不喜種種因緣呵責云何名比丘起大房閣大用草木泥土即日作成即日崩倒種種因緣呵已向佛廣説佛以是事集比丘僧知而故問闡那汝實作是事不答言實作世尊佛以種種因緣呵責闡那比丘云何名比丘起大房閣大用草木泥土即日作成即日崩倒種

種因縁呵已語諸比丘以十利故與諸比丘
結戒從今是戒應如是說若比丘欲起大房
當疊壁安梁户向治地應再三覆過是覆者
波逸提大房者温室講堂合流堂高樓重閣
狹長屋壁者四壁若木若土梁者棟所依處
户者安扇處向者窻向通明處治地者泥地
麤泥糠泥用赤白黑堊灑塗治彩畫黑畫青
畫白畫赤畫再三覆者應若二若三覆波逸
提者煑燒覆障若不悔過能障礙道是中犯
者若比丘自知覆者應自覆一分竟第二分
應發頭第三分應約勑言當如是覆約勑已
便去是比丘若在中即竟第三覆者是舍若
用草覆隨所用草一一波逸提若用木簀覆
隨用木簀一一簀波逸提若以瓦覆隨所用
瓦一一波逸提不犯者若用板覆若用鳥翅

覆若用優尸羅草根覆不犯竟二十事
佛在舍衛國爾時佛告諸比丘我教化四衆
疲極今諸比丘當教誡比丘尼爾時諸比丘
受佛教已次第教誡比丘尼上座比丘次教
誡竟次至長老般特時阿難往語般特言汝
知不汝明日次應教誡比丘尼般特語阿難
言我鈍根不多聞未有所知我夏四月乃能
誦得一拘摩羅偈智者身口意不作一切惡
常繫念現前捨離於諸欲亦不受世間無益
之苦行阿難得過是次者善阿難再三語般
特言諸上座已教誡竟今次到汝般特比丘
亦再三報阿難言我鈍根不多聞未有所知
夏四月乃能誦得拘摩羅一偈得過次者善
阿難復言汝明日次教誡比丘尼即受阿難
語夜過已中前著衣持鉢入舍衛城次第乞

食食後還自房舍空地敷座牀已入室坐禪爾時諸比丘尼聞今日般特比丘次教誡比丘尼皆生輕心是不多聞讀誦經少夏四月過誦得一拘摩羅偈智者身口意不作一切惡常繫念現前捨離於諸欲亦不受世間無益之苦行我等所未聞法云何得聞所未知法云何得知所誦拘摩羅偈我等先已暗誦諸有比丘尼先不入祇陀林聽法者時皆共來有五百比丘尼出王園比丘尼精舍往祇洹聽法詣長老般特房前立謦欬作聲扣戶言大德般特出來長老般特即從禪起出房至獨坐牀上端身大坐諸比丘尼頭面禮竟皆在前坐時長老般特以柔輭語言諸姊妹當知我鈍根少所讀誦夏四月過誦得一偈智者身口意不作一切惡常繫念現前捨離於諸欲亦不受世間無益之苦行雖然我當隨所知說汝等當一心行不放逸法何以故乃至諸佛皆從一心不放逸行得阿耨多羅三藐三菩提所有助道善法皆以不放逸爲本作是語已用神通力於座上沒在於東方虛空之中現四威儀行立坐臥入火光三昧身出光焰青黃赤白種種色光身下出火身上出水身下出水身上出火南西北方四維上下亦復如是種種現神力已還坐本處諸比丘尼見長老般特如是神力已輕心滅盡生信敬心尊重淨心折伏憍慢即隨比丘尼所喜樂法所應解法而爲演說衆中有得須陀洹果斯陀含果阿那含果阿羅漢果有種聲聞道因緣有種辟支佛道因緣有發阿耨多羅三藐三菩提因緣者爾時衆中得如是

種種大利益是戒初因緣
佛在王舍城爾時六羣比丘次教誡比丘尼時置教誡事置教誨事置說法語作二種惡說麤惡語爾時有下座年少比丘尼不深樂持戒共六羣比丘調戲輕語大笑更相字名種種不清淨事是中有上座長老比丘尼深樂持戒在餘處經行或立住待欲聞說法又一時摩訶波闍波提比丘尼與大比丘尼衆五百人俱出王園精舍往詣佛所頭面禮足在一面立五百比丘尼亦頭面禮佛足在一面立瞿曇彌比丘尼一面立已白佛言世尊佛爲利益故聽教誡比丘尼我等不得是利佛問瞿曇彌云何我爲利益故聽教誡比丘尼不得是利瞿曇彌比丘尼向佛廣說是事佛言實爾我爲利益故聽教誡比丘尼汝等實不得是利時佛爲瞿曇彌及五百比丘尼說種種法示教利喜已默然時瞿曇彌五百比丘尼知佛示教利喜已頭面禮佛足右繞而去時瞿曇彌五百比丘尼去不久佛以是事集比丘僧知而故問六羣比丘汝實作是事不答言實作世尊佛以種種因緣呵責六羣比丘云何名比丘僧不差便教誡比丘尼佛種種因緣呵已語諸比丘以十利故與諸比丘結戒從今是戒應如是說
若比丘僧不差教誡比丘尼教誡比丘尼者波逸提僧不差者僧未一心和合差令教誡波逸提者煑燒覆障若不悔過能障礙道是中犯者若一比丘僧未差教誡一比丘尼者一波逸提若一比丘教誡二三四比丘尼者四波逸提若二比丘教誡二比丘尼者二波

逸提若教誡三四一比丘尼者一波逸提若三比丘教誡三比丘尼者三波逸提若教誡四一二比丘尼者二波逸提若四比丘教誡四比丘尼者四波逸提若教誡一二三比丘尼者三波逸提

佛在王舍城爾時六羣比丘知僧不差教誡比丘尼便出界外自相差次教誡比丘尼然後入界諸比丘尼來時便語諸比丘尼言僧差我教誡比丘尼汝來我當說教誡法以是因緣集比丘尼衆已置教誡事置教誨事置說法語作二種惡是中有年少比丘尼不深樂持戒共六羣比丘調戲輕語大笑更相字名種種不清淨事是中有上座長老比丘尼深樂持戒在餘處經行或立住待是時比丘尼僧共和合相近佛遙見比丘尼僧共和合相近佛知故問阿難何以故比丘尼僧共和合相近阿難答言世尊是六羣比丘知僧不羯磨令教誡比丘尼便出界外自相羯磨教誡比丘尼然後入界見諸比丘尼來便作是言僧一心羯磨我教誡比丘尼汝等來我當說教誡法以是因緣故集比丘尼置教誡事置教誨事置說法語作二種惡是中有年少下座比丘尼不深樂持戒共六羣比丘調戲輕語更相呼名是中有上座長老比丘尼深樂持戒在餘處經行立待世尊以是因緣故比丘尼僧共和合相近佛以是因緣集比丘僧語諸比丘從今日比丘有五法不應差令教誡比丘尼何等五一者未滿二十歲未過二十歲二者不能持戒三者不能多聞四者不能正語說法五者犯十三事處處汙三衆

未滿二十歲者從受具戒來未滿二十歲不能持戒者破佛所結戒不隨具戒中教不知威儀不知應行處不應行處乃至破小戒無怖畏心不能次第學持戒不多聞者二部具戒不合義誦讀不能正語說法者不能善知世間正語上好言辭犯十三事者若十三事中處處汙式叉摩尼沙彌沙彌尼是三衆邊犯罪雖悔過亦不得教誡比丘尼若比丘有是五法者不得差教誡比丘尼若比丘成就五法應差教誡比丘尼何等五滿二十歲若過二十歲能持戒能多聞能正語說法不犯十三事不汙三衆滿二十歲者受具戒未滿二十歲若過持戒者不犯佛所結戒隨大戒教知威儀知應行處不應行處乃至破小戒生大怖畏知次第學持戒多聞者二部大戒

合義誦讀能正語說法者善知世間正語上好言辭不犯十三事者十三事中不處處汙三衆者式叉摩尼沙彌沙彌尼若比丘成就此五法者僧應差教誡比丘尼若比丘不滿二十歲不能持戒不能多聞不能正語說法犯十三事處處汙三衆若僧差是人教誡比丘尼者不成差若是人教誡比丘尼者波逸提若滿二十歲若過不能持戒不能多聞不能正語說法犯十三事汙三衆若僧差是人者不成差是人教誡比丘尼者波逸提若滿二十歲若過能持戒不能多聞不能正語說法犯十三事汙三衆若僧差是人者不成差是人教誡比丘尼者得波逸提若滿二十歲若過能持戒能多聞不能正語說法犯十三事汙三衆若差是人者不成差是人教誡比

丘尼者波逸提若滿二十歲若過能持戒能多聞能正語說法犯十三事汙三衆若僧差是人者不成差是人教誡比丘尼波逸提若滿二十歲若過能持戒能多聞能正語說法不犯十三事不汙三衆若僧未差便教誡比丘尼者波逸提成就五法已差未僧中差便教誡者波逸提成就五法已差已僧中差未語便教誡者突吉羅成就五法已差已僧中差已語未僧中語便教誡者突吉羅成就五法已差已僧中差已語已僧中語不問來者言諸妹一切皆來集不便教誡者突吉羅成就五法已差已僧中差已語已僧中語已問諸妹一切皆來集不未說八敬法便語後比丘者突吉羅成就五法已差已僧中差已語已僧中語已問諸妹一切皆來集不已說八敬法次語後比丘者不犯二十竟

佛在舍衛國爾時佛告難陀汝當教誡比丘尼當教誨比丘尼當爲比丘尼說法何以故若汝教誡比丘尼與我無異即時長老難陀默然受教佛即時語諸比丘汝等差難陀教誡比丘尼若更有如是比丘亦當差令教誡比丘尼應如是作一心和合僧一比丘唱言大德僧聽是難陀比丘僧差令教誡比丘尼若僧時到僧忍聽差難陀教誡比丘尼白如是作白二羯磨僧差難陀比丘教誡比丘尼竟僧忍默然故是事如是持是夜過已難陀比丘中前著衣持鉢入城乞食食後還房空地敷獨座牀已入室坐禪時諸比丘尼聞難陀教誡比丘尼先未來聽法者皆來集聽五百比丘尼俱出王園精舍入祇陀林詣難陀

房前立謦欬作聲扣户言大德難陀爲我等說法教誡來時難陀從禪起開户出至獨坐牀上端身大坐時諸比丘尼頭面禮難陀足皆在前坐難陀即時說種種法示教利喜示教利喜已默然時諸比丘尼得善法味深愛樂故不欲起去難陀作是念是諸比丘尼得法味故猶欲聞法即更爲說種種法示教利喜乃至日没語諸比丘尼言日没可去諸比丘尼即起頭面禮足右繞而去出祇陀林欲入城城門已閉即住城下塹邊宿者或在樹下或在井邊或在屏處障處宿晨朝開門諸比丘尼即便先入時守門人問諸比丘尼諸善女今從何來答言我從祇陀林聽法日没來還城門已閉不及得入問曰何處宿各隨宿處答有城下宿者答言城下宿樹下宿者答言樹下宿井邊宿者答言井邊屏處障處宿者答言屏障處守門人言何有此法諸沙門釋子破梵行人夜共作惡早起放來如賊得婬女共宿早起放來門下諸釋子比丘亦如是暮共宿已早起放來如是一人語二人二人語三人如是展轉惡名流布滿舍衛城是中有比丘少欲知足行頭陀聞是事心不喜向佛廣說佛以是事集比丘僧知而故問難陀汝實作是事不答言實作世尊佛以種種因縁呵責難陀汝不知時不知量樂說法乃至日没語諸比丘以十利故與諸比丘結戒從今是戒應如是說若比丘僧差教誡比丘尼至日没者波逸提波逸提者煑燒覆障若不悔過能障礙道是中犯者若比丘地了時教誡比丘尼乃至日没竟時波逸提若比

丘地了竟時中前時日中時晡時下晡時日没時教誡比丘尼至日没竟時波逸提若日没竟時生日没竟想教誡波逸提若日没竟時生不没竟想教誡波逸提若日没竟時生疑教誡波逸提若日未没生没竟想教誡突吉羅若日未没生疑教誡突吉羅若日未没生未没想教誡不犯 二十二事竟

佛在王舍城爾時六羣比丘自知不復得教誡比丘尼妬瞋作是言諸比丘爲利養故教誡比丘尼謂衣鉢户鉤時藥夜分藥七日藥終身藥以是利故諸比丘教誡比丘尼不爲善好法是中有比丘少欲知足行頭陀聞是事心不喜種種因緣呵責云何名比丘作是言諸比丘爲財利故教誡比丘尼種種因緣呵已向佛廣說佛以是事集比丘僧知而故問六羣比丘汝實作是事不答言實作世尊佛以種種因緣呵責云何名比丘作是言諸比丘爲財利故教誡比丘尼種種因緣呵已語諸比丘以十利故與諸比丘結戒從今是戒應如是說若比丘作是言諸比丘爲財利故教誡比丘尼波逸提波逸提者煑燒覆障若不悔過能障礙道是中犯者若比丘言諸比丘爲衣鉢故教誡比丘尼波逸提爲衣户鉤時藥夜分藥七日藥終身藥故教誡比丘尼皆波逸提隨所說隨得爾所波逸提 二十三竟

佛在王舍城爾時六羣比丘與助提婆達多比丘尼共期同道行調戲大笑作麤惡語種種不淨業是中有居士逆道來者有隨後來者見已共相謂言汝等看是爲是婦耶爲是私通必共作婬欲事是中有比丘少欲知足

行頭陀聞是事心不喜向佛廣説佛以是事集比丘僧知而故問六羣比丘汝實作是事不答言實作世尊佛以種種因縁呵責云何名比丘與比丘尼共期同道行從一聚落至一聚落佛種種因縁呵已語諸比丘以十利故與諸比丘結戒從今是戒應如是説若比丘與比丘尼共期同道行從一聚落至一聚落波逸提期者若比丘作期若比丘尼作期道者有二種陸道水道波逸提者煑燒覆障若不悔過能障礙道是中犯者若比丘與比丘尼共期陸道行從一聚落至一聚落波逸提設若中道還突吉羅若向空地無聚落處乃至一拘盧舍波逸提若中道還突吉羅水道行亦如是

佛在舍衛國爾時諸比丘尼從憍薩羅國遊行向舍衛國到險道中待多伴時有諸比丘亦從憍薩羅遊行向舍衛國諸比丘尼遥見諸比丘作是念我等共諸比丘去者安隱得過諸比丘來漸近比丘尼問言諸大德欲何所去諸比丘答言向舍衛國比丘尼言我等當共諸大德去比丘答言佛結戒諸比丘不得與比丘尼共期同道行云何共去諸比丘尼言若然者大德前去時諸比丘衆多安隱得過險道賊不敢發諸比丘尼隨後緩來賊見女人衆少尋出奪衣悉皆裸形放去諸比丘遊行漸到舍衛國詣佛所頭面禮足一面坐諸佛常法有客比丘來以如是語勞問諸比丘忍不足不安樂住不乞食不難道路不極耶諸比丘答言世尊忍足安樂住乞食易得道路不極即以是事向佛廣説佛以是事

集比丘僧種種因緣讚戒讚持戒讚戒讚持戒已語諸比丘從今是戒應如是說若比丘與比丘尼共期同道行從一聚落至一聚落除因緣波逸提因緣者若是道中要須多伴所行道有疑怖畏是名因緣疑者有二種一疑失衣鉢二疑失粮食若疑失粮食者比丘尼飲食比丘應取持去若疑失衣鉢比丘尼衣鉢比丘應取持去若至安隱豐樂處爾時應還比丘尼衣食應語姊妹汝等隨意不得共行若爾時復共同道行至一聚落波逸提若中道還突吉羅若從聚落向空地乃至一拘盧舍波逸提中道還突吉羅水道亦如是不犯者不期去若有王夫人共行不犯二十四事竟

十誦律卷第十一

音釋

髀傍禮切　擋丁浪切橫木也　抖擻抖當口切擻蘇后切抖擻振舉之貌　店徒點切門牡也　齧魚結切噬也　鑰以灼切關下牡也以鐵爲之揩鏁內以博取其鍵曰鑰　杙與職切橜也　孔鏄鏄呼嫁切孔隙也　土埵埵丁果切　勦鋤交切輕捷也　鼾侯旰切卧息聲也　齘下戒切齒上下相抵曰齘　寱牛制切寐言曰寱　痒余章切病也　棧士限切閣棧也　羝都奚切牡羊也　櫂音宅謂小竹木枝爲櫂子　漉盧谷切濾也　堊遏鄂切塗堊也　簀側革切牀棧曰簀　翅式利切翼也　謦欬謦苦定切欬苦蓋切謦欬逆氣聲也小曰謦大曰欬　塹七豔切遶城水也

十誦律卷第十二

姚秦三藏弗若多羅共三藏鳩摩羅什譯

第二誦之六

九十波逸提之四

佛在王舍城爾時六羣比丘與助提婆達多比丘尼共載一船調戲大笑作麤惡語種種不清淨業是中有白衣在兩岸上見已共相謂言汝等看是爲是婦耶爲是私通必共作婬欲事是中有比丘少欲知足行頭陀聞是事心不喜向佛廣說佛以是事集比丘僧知而故問六羣比丘汝實作是事不答言實作世尊佛以種種因緣呵責云何名比丘與比丘尼共載一船種種因緣呵已語諸比丘以十利故與諸比丘結戒從今是戒應如是說若比丘與比丘尼共期載一船波逸提期者有二種若比丘作期若比丘尼作期波逸提者煑燒覆障若不悔過能障礙道是中犯者若一比丘與一比丘尼共期載一船一波逸提若一比丘與二三四比丘尼共期載一船四波逸提若二比丘與二比丘尼共期載一船二波逸提若與三四一比丘尼共期載一船一波逸提若三比丘與三比丘尼共期載一船三波逸提若與四一一比丘尼共期載一船二波逸提若四比丘與四比丘尼共期載一船四波逸提若與一二三比丘尼共期載一船三波逸提

佛在舍衛國爾時諸比丘尼從憍薩羅國遊行向舍衛城至河岸上住待船爾時有諸比丘亦從憍薩羅國遊行向舍衛城到河上待船船至比丘便疾上船諸比丘尼復來欲上

船諸比丘言汝莫上何以故佛結戒比丘不得與比丘尼共載一船諸比丘尼言若然者大德先度是船即去更不復還諸比丘尼即於岸上宿夜有賊來悉奪衣裸形放去諸比丘遊行到舍衞國詣佛所頭面禮佛足一面立諸佛常法有客比丘來以如是語勞問忍不足不安樂住不乞食易得道路不疲耶佛即時以是語問訊諸比丘忍不足不乞食易得道路不疲耶諸比丘答言世尊忍足安樂住乞食易得道路不疲即以是事向佛廣說佛以是事集比丘僧種種因緣讃戒讃持戒讃戒讃持戒已語諸比丘從今是戒應如是說若比丘與比丘尼共期載一船上水下水波逸提除直渡上水者逆流下水者順流直渡者直到彼岸是中犯者若比丘與一比丘尼共載一船上水從一聚落至一聚落波逸提中道還者突吉羅若無聚落空地乃至一拘盧舍波逸提中道還者突吉羅下水亦如是不犯者若不共期若直渡若欲直渡爲水漂去若直渡前岸崩墮若漂失行具船上下不犯二十五事竟

佛在舍衞國爾時諸比丘在屏處分衣有一比丘是偷蘭難陀比丘尼舊知相識數數共語親善狎習是比丘從分衣處出偷蘭難陀比丘尼見已問言大德從何處來答言某處分衣來汝所得分衣何似答言好比丘尼看已言實好問言汝須是衣耶比丘尼言正使須者我是女人薄福當何從得時是比丘作是念言是比丘尼作如是決定索云何不與即以衣與偷蘭難陀比丘尼時佛夏末月遊

行諸國諸比丘皆著新衣是比丘獨著故衣佛見已知而故問汝何以獨著故衣比丘以是事向佛廣說佛知故問阿難是比丘今與非親里比丘尼衣耶答言實與世尊佛以是事集比丘僧種種因緣呵責云何名比丘與非親里比丘尼衣何以故非親里人不能問衣足不足爲更有無有得便直取若親里者能問足不足爲更有無有若無能自與何況從索佛種種因緣呵已語諸比丘以十利故與諸比丘結戒從今是戒應如是說若比丘與非親里比丘尼衣波逸提非親里者親里名毋姊妹若女乃至七世因緣異是名非親里衣者名麻衣白麻衣赤麻衣芻麻衣翅夷羅衣憍施耶衣劫貝衣波逸提者煑燒覆障若不悔過能障礙道是中犯者若比丘有非親里比丘尼與衣波逸提若比丘有非親里比丘尼謂是親里與衣波逸提若非親里比丘尼謂是比丘式叉摩尼沙彌沙彌尼出家出家尼與衣波逸提若比丘有非親里比丘尼生疑是親里非親里與衣波逸提若比丘有非親里比丘尼生疑是比丘非比丘是式叉摩尼非式叉摩尼是沙彌非沙彌是沙彌尼非沙彌尼是出家非出家是出家尼非出家尼與衣皆波逸提若比丘有親里比丘尼生非親里想與衣突吉羅若親里比丘尼生比丘想式叉摩尼沙彌沙彌尼出家出家尼想與衣突吉羅若比丘有親里比丘尼生疑是親里非親里與衣突吉羅若親里比丘尼生疑是比丘尼非比丘尼是式叉摩尼非式叉摩尼是沙彌非沙彌是沙彌尼非沙彌尼

是出家非出家是出家尼非出家尼與衣突吉羅若比丘有親里比丘尼若謂若疑有非親里比丘尼若謂不謂若疑不疑與不淨衣謂駝毛衣牛毛衣羖羊毛衣雜毛織衣與突吉羅事竟二十六

佛在舍衛國爾時迦留陀夷與掘多比丘尼舊相識數數共語親善狎習是掘多比丘尼有衣應割截作是比丘尼語迦留陀夷大德能爲我割截作是衣不答言留置即留便去迦留陀夷即取舒展割截篸縫當衣脊中作男女和合像縫已卷襟著本處掘多比丘尼來問大德與我割截作衣竟未答言已作此是汝衣持去莫此間舒還比丘尼寺中可舒即取持去於諸比丘尼前言看尊者與我作衣是衣好不諸比丘尼言好誰爲汝作答言大德迦留陀夷可共舒看即爲舒看當中條有男女和合像中有年少比丘尼喜調戲者見已語言是衣好自非迦留陀夷誰能爲汝作如是衣時有長老比丘尼樂持戒者作是言云何名比丘故汙比丘尼衣是中有比丘少欲知足行頭陀聞是事心不喜以是事向佛廣說佛以是事集比丘僧知而故問迦留陀夷汝實作是事不答言實作世尊佛以種種因緣呵責云何名比丘故汙比丘尼衣種種因緣呵已語諸比丘以十利故與諸比丘結戒從今是戒應如是說若比丘爲非親里比丘尼作衣波逸提非親里者親里名母姊妹若女乃至七世因緣異是名非親里衣者麻衣白麻衣赤麻衣芻麻衣翅夷羅衣憍施耶衣劫貝衣波逸提者煑燒覆障若不悔過

能障礙道是中犯者若比丘爲非親里比丘尼作衣隨一一事中波逸提若浣隨一一事波逸提若染一一曬波逸提若割截簝縫若刺鍼鍼波逸提若直縫鍼鍼突吉羅若繩綳時突吉羅若簝緣突吉羅若與親里比丘尼作衣不犯事竟二十七

佛在舍衛國爾時迦留陀夷與掘多比丘尼舊相識數數共語親善狎習迦留陀夷往掘多比丘尼房所屏覆處獨與掘多比丘尼共坐是中有比丘少欲知足行頭陀聞已呵責重呵責云何名比丘獨與一比丘尼屏覆處共坐種種因緣呵已向佛廣說佛以是事集比丘僧知而故問迦留陀夷汝實作是事不答言實作世尊佛以種種因緣呵責云何名比丘獨與一比丘尼屏覆處共坐種種因緣呵責已語諸比丘以十利故與諸比丘結戒從今是戒應如是說若比丘獨與一比丘尼屏覆處共坐波逸提獨與一比丘尼者正有二人更無第三人屏處者若壁障衣幔障席障如是等物覆障是名屏處波逸提者煑燒覆障若不悔過能障礙道是中犯者若比丘獨與一比丘尼屏處坐波逸提起已還坐波逸提隨起還坐隨得爾所波逸提事竟二十八

佛在舍衛國爾時迦留陀夷與掘多居士婦舊相識數數共語親善狎習時迦留陀夷往居士婦舍獨與此婦露地共坐諸白衣見已作是言汝等看是爲比丘婦爲私通耶是比丘必當共作婬事是中有比丘少欲知足行頭陀聞是事心不喜種種因緣呵責云何名比丘獨與一女人露地坐種種因緣呵已向

佛廣説佛以是事集比丘僧知而故問迦留陀夷汝實作是事不答言實作世尊佛以種種因緣呵責云何名比丘獨與一女人露地共坐佛種種因緣呵已語諸比丘以十利故與諸比丘結戒從今是戒應如是説若比丘獨與一女人露地共坐波逸提女人者名有命若大若小若嫁未嫁堪作婬事獨與一女人者正有二人更無第三人露地者無壁障無衣幔障無席障波逸提者煑燒覆障若不悔過能障礙道是中犯者若比丘獨與一女人露地共坐波逸提起已還坐波逸提隨起還坐隨得爾所波逸提若相去五尺坐波逸提相去一丈坐波逸提相去丈五坐突吉羅不犯者若相去二丈若過二丈坐不犯（一本云相去一尋）二十九事竟

佛在舍衛國爾時有一居士請佛四大弟子大迦葉舍利弗目揵連阿那律明日食皆默然受居士知諸比丘默然受已從座起頭面作禮右繞而去即還自舍通夜辦種種多美飲食是夜辦多美飲食已晨朝敷雜色坐具自往四大比丘所白言時到偷蘭難陀比丘尼先在是家出入是比丘尼早起著衣入是居士舍見辦多美飲食敷雜色坐具時比丘尼問居士婦辦多美飲食敷雜色坐具請比丘耶答言請請誰耶答言請大迦葉舍利弗目揵連阿那律是比丘尼語居士婦言請是小小比丘若問我者當請大龍比丘居士婦言何者是大龍答言大德提婆達多俱伽梨騫陀達多三文達多迦留羅提舍是比丘尼共居士婦語時大迦葉在前行聞是語作是

念我等若不即入者是比丘尼當作大罪即作聲比丘尼聞聲即默然回面即見便語居士婦言汝請是大龍居士婦言誰是大龍答言大迦葉舍利弗目揵連阿那律是時居士隨後來至聞比丘尼作二種語語偷蘭難陀比丘尼言汝弊惡賊比丘尼一頭兩舌汝適言小小比丘復言大龍若更入我舍者當如賊法治汝復語其婦言汝若更前是比丘尼者我當唱言汝非我婦當棄汝去爾時居士令諸比丘坐雜色坐具自行水自與多美飲食與多美飲食自恣飽滿已居士行水諸比丘攝鉢已取小牀在諸比丘前坐欲聽說法大迦葉說法已與諸比丘俱從座起去往詣佛所頭面禮足一面立笑佛知故問大迦葉汝何因緣笑答言世尊我等今日爲偷蘭難陀比丘尼所見目名云爲小小比丘復言大龍佛言何因緣故爾大迦葉向佛廣說如上因緣佛知故問阿難有諸比丘食比丘尼作因緣食耶答言實食佛以是事集比丘僧種種因緣呵責云何名比丘知比丘尼作因緣得食便食種種因緣呵已語諸比丘以十利故與諸比丘結戒從今是戒應如是說若比丘知諸比丘尼讚歎得食食波逸提知者若自知若從他知若是比丘尼自說讚歎者比丘尼讚歎波逸提者煑燒覆障若不悔過能障礙道是中犯者若比丘尼往語居士婦言當請比丘爲請誰耶答言請某居士婦言爾比丘尼言爲辦粳米飯是比丘食者波逸提有比丘尼往語居士婦言當請比丘爲請誰耶答言請某居士婦言爾比丘尼言與辦酥

豆羹比丘食者波逸提又比丘尼徃語居士婦言當請比丘爲請誰耶答言請某居士婦言爾比丘尼言爲辦雉肉鷄肉鶉肉比丘食者波逸提乃至教辦少薑著食中比丘食者突吉羅若比丘尼徃語居士婦言當請比丘爲請誰耶答言請某居士婦言我已先請問飯何似答言麤飯比丘尼言與辦粳米飯比丘食者波逸提又比丘尼徃語居士婦言當請比丘爲請誰耶答言請某居士婦言我已先請問羹何似答言爲作浮陵伽豆羹比丘尼言爲辦酥豆羹比丘食者波逸提又比丘尼徃語居士婦言當請比丘爲請誰耶答言請某居士婦言我已先請問作何食答言牛肉莫與牛肉爲辦雉肉鷄肉鶉肉比丘食者波逸提乃至教以少薑著食中比丘食者突吉羅

佛在舍衛國爾時有居士先有心欲請佛及僧設會時世饑儉飲食難得是居士既不大富少於田宅人民作使夏月欲末是居士憂愁言奈何辛苦我先有心欲請佛及僧設會遇世饑儉飲食難得我不大富少於田宅人民作使夏月欲末莫令我於福德空過若不能都請僧當於僧中請少多比丘作是念已徃詣祇洹打揵椎諸比丘問居士汝何因緣故打揵椎答言我欲僧中請爾所比丘明日到我舍食諸比丘言爾是居士請僧已爾時更有急因緣事須出城行便約勑婦言我有急事須自行去汝當請爾所比丘能辦如是如是飲食不時婦信樂福德故答言我能如教即辦種種多美飲食敷雜色坐具無人可

遣請諸比丘時有一比丘尼先出入是家是比丘尼早起著衣往到其舍見辦多美飲食敷雜色坐具見已問言請比丘耶答言欲請如夫所教我盡辦已無人可往請比丘汝能往請比丘來者并在此食答言能請時諸比丘置衣鉢空地經行立待請至時比丘尼出城見諸比丘各已莊嚴語諸比丘言受某居士請者飲食已辦自知時到諸比丘作是念佛結戒若比丘尼作因緣食不應噉今比丘尼使來是比丘尼必作食因緣諸比丘不往失是請故是日斷食時居士行還問婦言汝請諸比丘好供養耶婦言如夫所教我辦多美飲食敷雜色坐具遣比丘尼往喚諸比丘不來當何所供養居士聞已瞋恚言若諸比丘不飲食者何以受我請諸比丘不知今世饑儉飲食難得諸人妻子尚乏飲食況與乞人是居士不能忍瞋故入祇洹詣佛所言諸比丘是居士欲入祇洹時見所請比丘謂言汝等若不飲食者何以受我請汝寧不知今世饑儉飲食難得諸人妻子尚乏飲食況與乞人諸比丘言居士莫愁憂佛爲我等結戒不得食比丘尼作因緣食今日比丘尼作使來故我等謂是比丘尼因緣飲食是以不往朝來我等斷食是居士聞比丘斷食故瞋即除滅語諸比丘言我先有心欲請佛及僧設會今世饑儉飲食難得我不大富少於田宅人民作使夏月欲末我不欲於福德中空過若不能都請者當於僧中請少多比丘明日食汝等當知我自發心非比丘尼作因緣汝等明日來食噉冷食諸比丘不知云何以是

事白佛佛以是事集比丘僧種種因緣讚戒讚持戒讚戒讚持戒已語諸比丘從今是戒應如是說若比丘知比丘尼讚歎得食食波逸提除檀越先請先請者檀越先自發心思惟欲請比丘僧是中不犯者若比丘尼往語居士婦言當請比丘爲請誰耶答言請某居士婦言我已先請比丘尼言爲辦粳米飯若爲家屬作比丘食者不犯又比丘尼往語居士婦言當請比丘爲請誰耶答言請某居士婦言我先已請比丘尼言爲辦酥豆羹若爲家屬作比丘食者不犯又比丘尼往語居士婦言當請比丘爲請誰耶答言請某居士婦言我先已請比丘尼言爲辦雉肉鷄肉鶉肉若爲家屬作比丘食者不犯乃至教以少薑著食中若爲家屬作比丘食者不犯若比丘尼往語居士婦言當請比丘爲請誰耶答言請某居士婦言我已先請比丘尼言爲辦粳米飯若先爲比丘作比丘食者不犯又比丘尼往語居士婦言當請比丘爲請誰耶答言請某居士婦言我已先請比丘尼言爲辦酥豆羹若先爲比丘作比丘食者不犯又比丘尼往語居士婦言當請比丘爲請誰耶答言請某居士婦言我已先請比丘尼言爲辦雉肉鷄肉鶉肉若先爲比丘作比丘食者不犯乃至教以少薑著食中若先爲比丘作比丘食者不犯 三十事竟

佛在舍衛國爾時有一居士以無常因緣故亡失田宅家人死盡但有一子在是中聞說飯佛及僧者生忉利天即發是願我若飯佛及僧者善作是願已復念我今無所有當行

客作爾時舍衛國有一富貴居士多有田宅人民金銀財物種種福德威相成就時小兒往到其舍語居士言我爲汝客作居士問汝何所能答言我能書能讀書能算數能相金銀錢相毛相絲綿絹相珠相銅能坐金肆銀肆珠肆銅肆客作肆居士言汝一年作索幾許物答言千金錢居士言汝小兒不知今世饑儉食尚難得何況索價是兒答言我多技多能如是上中下共相決斷定雇金錢五百小兒言我應多得價直我急故今與汝作當共言要歲盡一時償我價居士聞已作是念自有作人作便索價語是小兒言汝莫愁憂歲竟當一時與汝居士安著肆上時是小兒好看市肆是居士先不得大利今得再三倍是居士過一月已檢校肆中得三倍利居士自念若以是物我自在坐肆不得是利此客作人多有福德今得是利皆由小兒即將去著田上於田中了了勤作好看守護先倉不滿今皆倍滿歲竟看倉先所不滿今三倍滿居士復念即以是田作處我自在中不得是利是小兒多有福德我倉藏滿皆由是兒力歲竟是兒到居士所一時索價居士小避去作是念是兒若得價者便捨我去是以小避非不欲與是小兒數來索價居士言汝急索價欲作何物答言居士我聞人說飯佛及僧生忉利天以是故我一歲客作欲飯佛及僧生忉利天居士聞是語即生信心是兒爲他故能一歲受勤苦居士言欲何處作答言欲祇洹中作是居士方便欲令好人入其舍作是念已語小兒言祇洹中少釜鑊瓮器薪草

作人不如我家多有釜鑊瓮器薪草作人種
種具足正使乏少我當相助汝請佛及僧來
就我舍小兒即出居士舍向祇陀林去爾時
世尊晡時與無數大衆圍繞說法時小兒遥
見佛在樹林中善攝諸根成就第一寂滅身
出光焰如真金聚端正殊特令人心淨見已
往到佛所頭面禮足在一面坐佛爲小兒種
種因緣說法示教利喜已默然是小兒從座
起合掌白佛言願世尊明日及僧受我請佛
默然受是兒知佛默然受已頭面禮足右繞
而去還居士家通夜辦種種多美飲食爾時
舍衛國節日早起白衣多持猪肉乾糒與衆
僧諸比丘受取嘗看漸漸多噉飽滿是小兒
通夜辦多美飲食已早起敷坐具處往白佛
言食具已辦佛自知時諸比丘往居士舍佛
自房住迎食分是小兒見僧坐已自手行水
持食欲著上座鉢中上座言少著第二上座
言莫多著第三上座言著半如是展轉少與
莫多與與半一切僧皆作是語小兒往看飯
處由不大減次看羹處亦不大減看瓮器中
皆滿不減爾時小兒至上座前言爲慈愍我
故不食耶爲以世儉故爲以我一歲客作勤
苦故爲食不熟不香不美故上座直性言我
不以慈愍不以世儉不以客作勤苦不以不
熟不香不美故今日舍衛城節日早起大得
猪肉乾糒初欲少嘗漸漸飽滿是故食少小
兒聞已愁憂心悔我作食不具足或不得生
忉利天上是小兒出居士舍啼哭詣佛說諸
比丘食少爾時世尊與大衆恭敬圍繞而爲
說法佛遥見小兒啼泣而來佛問小兒何以

啼耶即以是事向佛廣說佛語小兒汝疾還去隨諸比丘能噉者與汝必得生忉利天小兒聞已而大歡喜作是念佛無異記我當生忉利天無疑時小兒持食至上座所言是食香美少多取復以一種與言是復大好少多取第二第三皆如是勸小兒自手與多美飲食諸比丘自恣飽滿已知僧攝鉢自手行水取小牀坐衆僧前欲聽說法上座說法已從座起去諸比丘隨次起去時舍衛城晡時有大海諸賈客至置寶物城外各相謂言當入城買飲食即遣人求以二因緣故求不能得一以世儉二以時熱食不留殘時買食人還語賈客主城中買食都不可得賈客主言我於大海嶮難初不乏食今至大城而不能得汝等更往審諦遍求隨以何物方便令得是

小兒先啼向佛時多人見知是人語賈客言其舍今日多辦飲食而所用少汝往彼舍求食必得賈客往居士舍語守門者言語汝家主有大海賈客今在門下時守門者即入白主主言使入即入與坐共相問訊樂不樂居士小默然便問汝何故來答言須食故來居士言此是小兒飲食非我有也賈客語小兒言我等須飲食小兒言可得不須道價令汝賈客爲有幾人答言滿五百人盡喚來入是人即往語賈客主有飲食可得而不須價賈客主言我等飢乏若以貴買尚取何況直得皆當共去留人守物餘人皆往入居士舍小兒令坐自手行水與多美飲食自恣飽滿與多美飲食自恣飽滿已是兒知食竟攝器行水在前而坐時近小兒邊有憍薩羅國大銅

盂時賈客主語小兒言持此盂來小兒言何以故但取來即持著賈客主前時賈客主語諸賈客言隨何舍得如是好供養者應當以好物報償汝若能者著此盂中時賈客主衣角頭有珠直十萬金錢解著盂中第二賈客有珠直九萬金錢如是有直八萬七萬六萬五萬四萬三萬二萬一萬者著銅盂中溢滿一盂持與小兒以是相與汝隨意用小兒言我直與食不賣求價諸賈客言我亦直與不以買食我等所食幾許是一一珠多有所直小兒復疑我若取物或不得生忉利天上語賈客主小住待我問佛還賈客言隨意小兒出城往詣佛所頭面禮足在一面立以是事向佛廣說佛言但取必得生忉利天上今是華報果報在後聞是語已念言佛無異語與我受記必生忉利天即還到賈客所取是寶物是小兒忽然大富貴故即名爲忽然居士所可客作居士家大富貴種種福德威相成就事事具足但無兒子唯有一女端正姝妙是居士作是念是小兒姓不減我但貧乏財今日所得財物我舍不及今當與女作婦即自語婦婦言隨意是居士即以女與如偈所說

有者皆盡　高者亦墮　合會有離　生者有死

以是因緣故是居士死波斯匿王聞已問言是居士有兒不答言無兒有兄弟不答言無有誰料理是家答言有一女壻善好有功德料理其家王言其家財物即與是人復與舍衛城内大居士職位作是教已即用作大居士職是諸比丘食後出城往詣佛所頭面禮

足在一面坐諸佛常法諸比丘食還以如是
語勞問諸比丘飲食多美僧飽滿不佛以是
語問諸比丘飲食多美僧飽滿不諸比丘答
言飲食多美衆僧飽滿以是事向佛廣說佛
以是事集比丘僧以種種因緣呵諸比丘云
何名比丘數數食佛但呵責而未結戒
佛在維耶離爾時維耶離有一大力大臣往
詣佛所頭面禮足一面坐已佛以種種因緣
說法示教利喜示教利喜已黙然是大力大
臣知佛種種說法示教利喜已從座起合掌
白佛言世尊願佛及僧受我明日食佛黙然
受大臣知佛受已即禮佛足右繞而去還到
自舍通夜辦種種淨潔多美飲食爾時維耶
離節日衆僧多得猪肉乾糒諸比丘受已欲
少嘗看漸漸飽滿是主人辦種種淨潔多美
飲食已早起敷座遣使白佛食具已辦佛自
知時諸比丘僧往大臣舍佛自房住迎食分
是大臣見僧坐已自手行水自持飯與上座
上座言莫多著第二上座言少著第三上座
言與半如是展轉莫多與少與與半一切皆
爾是時大臣往看飯處飯不大減看羹處羹
不大減看瓮盂器中皆滿不減爾時大臣往
上座所言何故不食爲慈愍我故爲世儉故
爲食不熟不香不美上座直實答言我等不
以慈愍故不以世儉不以不熟不香不美故
今是節日早起大得猪肉乾糒初欲少嘗漸
漸飽滿是故食少大臣聞說是事即發恚言
收是好食去持猪肉乾糒來與爾時使人即
收好食持猪肉乾糒滿鉢與大臣言食汝謂
我家無是食耶諸比丘即時慚愧不食不語

大臣見已作是念好食尚不能噉況噉麤食還使收去時大臣至上座前言汝等好食尚不能噉何況麤食猪肉乾糒世間宜法若受他請應待其食大臣自手捉好食言是食香美可少多噉復持餘食言是食香美勝於前者可受食如是勸已一切僧皆飽滿爾時大臣以淨潔多美飲食自恣飽滿已自手行水知僧攝鉢竟自取小牀坐僧前欲聽說法上座說法已從座起去諸比丘隨次起去還詣佛所頭面禮足諸佛常法比丘食還如是勞問飲食多美僧飽滿不佛以是語問諸比丘飲食多美僧飽滿不諸比丘言飲食多美衆僧飽滿以是事向佛廣說佛以是事及先因緣集比丘僧種種因緣呵責諸比丘云何名比丘數數食種種因緣呵已語諸比丘以十利故與諸比丘結戒從今是戒應如是說若比丘數數食波逸提數數者食已更食波逸提者煮燒覆障若不悔過能障礙道是中犯者若比丘數數食波逸提不犯者不數數食

佛在王舍城爾時有一比丘於秋月冷熱病盛不能飲食羸瘦無色佛見比丘羸瘦無色佛知而故問阿難何故比丘羸瘦無色阿難言世尊是比丘秋月冷熱病盛不能飲食是故羸瘦無色佛以是因緣故集比丘僧語諸比丘從今日憐愍利益病比丘故聽三種具足食應食謂好色香味病比丘應受一請不應受二請若一請處不能飽應受第二請不應受第三請第二處不能飽應受第三請不應受第四請第三請處不能飽應受已漸漸食乃至日中從今是戒應如是說若比丘數

數食波逸提除時時者謂病時是名時若人冷盛熱盛風盛得食則止是中犯者若比丘無病數數食波逸提若實病不犯

佛在舍衛國爾時諸比丘入舍衛城乞食時得有衣請食請主言受我食者當以衣施諸比丘言佛未聽我等爲衣故數數食諸比丘不知云何是事白佛佛以是事集比丘僧種種因緣讚戒讚持戒讚戒讚持戒已語諸比丘從今衣因緣故聽諸比丘數數食從今是戒應如是說若比丘數數食波逸提除時時者病時施衣時是名時是中犯者若比丘有衣食請彼有衣食來受請不犯食者亦不犯又比丘有衣食請彼無衣食來受請不犯食者波逸提又比丘有衣食請彼有衣食無衣食來受請不犯食者波逸提若比丘無衣食請彼無衣食來受請突吉羅食者波逸提又比丘無衣食請彼有衣食來受請突吉羅食者不犯又比丘無衣食請彼有衣食無衣食來受請突吉羅食者波逸提若比丘有衣食無衣食請彼有衣食無衣食來受請突吉羅食者波逸提又比丘有衣食無衣食請彼有衣食來受請突吉羅食者不犯又比丘有衣食無衣食請彼無衣食來受請突吉羅食者波逸提不犯者得多有衣食請一一有衣食來不犯

佛在舍衛國爾時舍衛城節日多有飲食諸居士作種種飲食持詣園中便入祇洹打揵椎諸比丘問居士何因緣故打揵椎諸居士言我於衆中請爾所比丘飲食諸比丘言佛未聽節日在白衣會中數數食居士言我等

白衣法若嫁娶節日集會喚諸親族知識我等貴重諸比丘更無天神勝沙門釋子汝等必當受我會食諸比丘不知云何是事白佛佛以是事集比丘僧種種因緣讚戒讚持戒讚戒讚持戒已語諸比丘從今聽諸比丘節日數數食彼與他竟受彼中何者與他謂相食故作食齋日食月一日十五日食衆僧食別房食衆僧請獨請皆應與他若五衆請食不應與他相者吉凶相也故作者大德比丘人為之供養五衆者比丘比丘尼六法尼沙彌沙彌尼

三十一事竟

佛在舍衛國爾時憍薩羅國諸居士作福德舍若有沙門婆羅門來是中宿者諸居士往迎問訊禮拜湯水洗脚酥油塗足給好牀榻卧具氈褥被枕明日與香美前食後食怛鉢那恭敬供養爾時六羣比丘從憍薩羅國遊行向舍衛城到福德舍諸居士即出迎問訊禮拜湯水洗脚酥油塗足給好牀榻卧具牀褥被枕明日與香美前食後食怛鉢那恭敬供養爾時六羣比丘共相謂言今時惡世飲食難得當小住此受樂作是念已即住不去是中更有沙門婆羅門來欲宿者不相容受是後來沙門婆羅門語主人言我等得此宿不主人言好便入至六羣比丘所欲宿六羣比丘言不得何以故我已先住六羣比丘素健多力客來不能共語諸居士瞋呵責言諸沙門釋子自言善好有德云何强住福德舍如王如大臣是中有比丘少欲知足行頭陀聞是事心不喜向佛廣說佛以是事集比丘僧知而故問六羣比丘汝實作是事不答言實作世尊佛以種種因緣呵責云何名比丘

福德舍過一食佛種種因緣呵責已語諸比丘以十利故與諸比丘結戒從今是戒應如是說若比丘福德舍過一食波逸提福德舍法者是中應一宿應一食波逸提者煑燒覆障若不悔過能障礙道是中犯者若比丘福德舍過一食波逸提若過一夜宿不食者突吉羅若餘處宿是中食者波逸提若一夜宿一食不犯福德舍應言一宿處

佛在舍衛國爾時長老舍利弗從憍薩羅國遊行向舍衛國到福德舍時風病發作是念我若住中過一宿不食得突吉羅我寧當去去已道中病更增劇漸漸遊行到舍衛國詣佛所頭面禮足一面坐諸佛常法有客比丘來以如是語問諸比丘忍不足不安樂住不乞食不難道路不疲耶佛以是語問舍利弗忍不足不安樂住不乞食不難道路不疲耶舍利弗言世尊乞食易得但不可忍道路疲極以是事向佛廣說佛以是事集比丘僧種種因緣讃戒讃持戒讃戒讃持戒已語諸比丘從今是戒應如是說若比丘不病福德舍過一食波逸提病者乃至從一聚落至一聚落身傷破乃至竹葉所傷皆名為病是中犯者若比丘無病住福德舍過一食波逸提若過一宿不食者突吉羅若餘處宿㝵中食波逸提不犯者一夜宿一食若病若福德舍是親里作若先請若住福德舍待伴欲入險道若多有福德舍若知福德舍人留住皆不犯三十二事竟

十誦律卷第十二

音釋

裸郎果切赤體也　羖公戶切牡羊也　縿縫縿諸深切與鍼同縫器也縫房戎切以鍼紩衣也　絣補耕切以繩絣之也　鵽知滑切黃雀也　鶉食倫切鶴鶉也　釜奉甫切鍑也　瓫蒲奔切缶也　糒步拜切乾糗也　嶮虛儉切危也

十誦律卷第十三

姚秦三藏弗若多羅共三藏鳩摩羅什譯

第二誦之七

九十波逸提之五

佛在舍衛國爾時有一婆羅門有女睞眼即名睞眼壻家遣使來迎時女父母婆羅門言小待作煎餅竟送時世饑儉是婆羅門勤苦求煎餅具作餅跋難陀釋子常出入其家語其徒衆言隨所入舍汝等皆隨我入我若得食汝等亦次第得時跋難陀釋子中前著衣持鉢入婆羅門舍與坐處共相問訊樂不樂坐已是婆羅門一心恭敬問訊跋難陀跋難陀是大法師有樂説辯才爲説種種妙法主人得法味故作是言大德無有羮飯能噉是餅不答言汝等尚噉我何以不噉即與滿鉢餅持出第二第三比丘亦如是時餅器皆空壻家復更遣使喚睞眼女婆羅門還遣使答言小待作餅竟送更求煎餅具時跋難陀釋子復共徒衆來爲説種種法已復持餅去壻家第三復遣使來喚睞眼女是婆羅門復答言小待作煎餅竟送時壻疑瞋言是或不復來彼便娶婦遣使語言我已娶婦汝莫復來婆羅門聞是語愁憂瞋言沙門釋子乃爾不知猒足施者不知量受者應知量我女壻先相愛念以是因緣故今便棄去是人瞋恨不能自忍到祇洹向佛所欲説跋難陀比丘事爾時佛與百千萬衆圍繞説法漸漸近佛佛以慈心力故彼瞋即除到佛所作是言世尊無有是法女人所貴重物我睞眼女今已失去佛爲種種因緣説法示教利喜示教利喜

已默然婆羅門聞佛種種因緣說法示教利喜已頭面禮佛足右繞而去去不久佛以是事集比丘僧知而故問跋難陀汝實作是事不答言實作世尊佛種種因緣呵責云何名比丘不知時不知量不知法若施者不知量受者應知量佛但呵責而未結戒

佛在舍衛國爾時舍衛城中有賈客衆用沸星吉日欲出行他國有一賈客是跋難陀釋子常出入其舍時跋難陀中前著衣持鉢到其舍與坐處共相問訊樂不樂坐已賈客一心恭敬問訊跋難陀跋難陀是大法師有樂說辯才爲說妙法是人得法味故言大德無有羹飯但有行粮麨能噉不答言汝等尚能噉我何以不能即與麨持出第二第三比丘亦如是賈客麨器皆空是賈客往語賈客主言我所有行粮沙門釋子悉持去盡小待我更作粮食賈客主言諸賈客欲沸星吉日去云何得住汝但辦粮徐徐後來諸賈客在前去者衆多賊不敢發是一賈客辦粮已與少伴共入嶮道賊發奪物殺是賈客如是名聲流布諸國作是言釋子比丘食他行粮是賈客嶮道中爲賊所殺一人語二人二人語三人如是展轉相語諸沙門釋子比丘惡名流布滿舍衛城是中有比丘少欲知足行頭陀聞是事心不喜向佛廣說佛以是事集比丘僧知而故問跋難陀汝實作是事不答言實作世尊佛以種種因緣呵責云何名比丘不知時不知量不知法若施者不知量受者應知量云何令是賈客嶮道中爲賊所殺種種因緣呵已語諸比丘以十利故與諸比丘結

戒從今是戒應如是說若比丘往白衣家自恣請多與餅麨諸比丘須者應二三鉢取過是取者波逸提二三鉢取已出外與餘比丘共分是事應爾家者白衣舍名爲家請多與者數數與餅者小麥麵作大麥麵作秔米麵作重華餅小重華餅如是比丘諸清淨餅麨者稻麨麥麨鉢者有三種上中下上鉢者受三鉢他飯一鉢他羹餘可食物半羹下餘者受一鉢他飯半鉢他羹餘可食物半羹若上下中是名中鉢出外與餘比丘共分者謂眼所見波逸提者煑燒覆障若不悔過能障礙道是中犯者若比丘以上鉢取者應取一鉢不應取二鉢若取二鉢波逸提若以中鉢取者極多取二鉢不應取三若取三者波逸提若以下鉢取者極多取三鉢不應取四鉢若取四者波逸提出外見比丘與者善不與者突吉羅三十三事竟

佛在舍衛國爾時長老迦留陀夷於夜暗時有小雨墮雷聲電光中入白衣家乞食時是家中有一洗器女人於電光中遥見迦留陀夷身黑見已驚怖身毛皆竪即大喚言鬼來鬼來以怖畏故即便墮胎迦留陀夷言姊妹我是比丘非鬼也乞食故來時女人瞋以惡語麤語不淨語苦語語比丘言使汝父死毋死種姓皆死使是沙門腹破禿沙門斷種人著黒弊衣何不以利牛舌刀自破汝腹乃於是夜暗黒雷電中乞食汝沙門乃作爾許惡我兒墮死今我身壞迦留陀夷於是家起如是過惡故即便出去以是事向諸比丘說諸比丘以是事向佛廣說佛以是事集比丘僧

知而故問迦留陀夷汝實作是事不答言實作世尊佛以種種因緣呵責云何名比丘非時入白衣家乞食佛言若比丘非時入白衣家何但得如是過罪當復更得過於是罪從今諸比丘應一食爾時諸比丘以一食故羸瘦無色無力佛見諸比丘羸瘦無色力知而故問阿難諸比丘何故羸瘦無色力阿難答言世尊結戒諸比丘應一食一食故諸比丘羸瘦無色力佛以是事集比丘僧種種因緣讚戒讚持戒讚戒讚持戒已語諸比丘從今聽噉五種佉陀尼自恣食五種者謂根莖葉磨果爾時諸比丘入王舍城乞食食時有白衣以蘿菔葉胡荽葉羅勒葉雜食與諸比丘諸比丘不食故不得飽滿復更羸瘦無色無力佛知故問阿難何故諸比丘羸瘦無色無力阿難答言世尊聽諸比丘噉五種佉陀尼諸比丘入王舍城乞食時有白衣以蘿菔葉胡荽葉蘿勒葉雜食與諸比丘諸比丘不噉不得飽故羸瘦無色無力佛聞已語諸比丘從今日聽自恣食五種蒱闍尼食謂飯麨糒魚肉是諸比丘入王舍城乞食時諸白衣以蘿菔葉胡荽葉蘿勒葉雜食與諸比丘諸比丘不食復不飽故羸瘦無色力佛見諸比丘羸瘦無色力知而故問阿難何故諸比丘羸瘦無色無力阿難答言世尊聽食五種蒱闍尼食諸比丘入城乞食時得蘿菔葉胡荽葉蘿勒葉雜食與諸比丘諸比丘不食復不飽故羸瘦無色力佛言從今聽自恣食五種似食及隨所雜所謂糜粟麫麥莠子飯加師飯

佛在維耶離爾時有一居士到佛所頭面作

禮足一面坐佛見居士一面坐已與說種種法示教利喜示教利喜已默然是居士聞佛種種因緣示教利喜已從座起合掌言願佛及僧受我明日食佛默然受居士知佛默然受已即禮佛足右繞而去還歸自舍通夜辦種種多美飲食晨起敷座處遣使白佛食具已辦佛自知時諸比丘僧往居士舍佛自房住迎食分居士知衆僧坐已自手行水自與種種多美飲食自恣飽滿爾時維耶離諸比丘多病有看病比丘先於僧中食竟迎病比丘食分去諸病比丘有食者有不食者有少食者是看病比丘先已食從坐處起更不得食諸病比丘多有殘食棄僧坊內是時多有烏烏來噉是食作大音聲佛聞寺內多有烏烏聲知而故問阿難何故僧坊內多有烏烏聲阿難答言世尊是維耶離諸比丘多病有看病比丘先於僧中食竟迎病比丘食分來諸病比丘有食者有不食者有少食者是看病比丘先已食從座處起更不得食諸病比丘多有殘食棄僧坊內有烏烏來噉是食故作大音聲佛以是事集比丘僧種種因緣讚戒讚持戒讚戒讚持戒已語諸比丘從今以二利故聽受殘食法一者看病比丘因緣故二者比丘有因緣食不足故以十利故與諸比丘結戒從今是戒應如是說若比丘食竟起去不受殘食法若噉食者波逸提噉者五種佉陀尼食者五種蒱闍尼五種似食波逸提者煑燒覆障若不悔過能障礙道是中犯者若比丘食竟從座起去不受殘食法若噉根食波逸提若噉莖葉磨果皆波逸提若比

丘食竟起去不受殘食法若食飯者波逸提若食麨糒魚肉皆波逸提若比丘食竟從座起去不受殘食法若食糜飯粟飯𪍿麥飯莠子飯加師飯皆波逸提從今聽受殘食法諸比丘不知云何受佛語諸比丘欲受殘食法者隨所能食多少盡著鉢中知餘比丘食未竟未起者從是人邊偏袒胡跪捉鉢言長老憶念與我作殘食法若前比丘不多少取是食者不名作殘食法若用是受殘食法若噉若食波逸提若持鉢著地受殘食法者不名受殘食法若用是受殘食若噉若食波逸提若以鉢著膝上受殘食法者不名爲受若用是受殘食法者若噉若食皆波逸提若相去遠手不相及受殘食法者不名爲受殘食法若用是受殘食法者若噉若食波逸提若以

不淨食受殘食法者不名爲受殘食法若用是受殘食法者若噉若食波逸提若以不淨肉受殘食法者不名爲受若用是受殘食法者若噉若食波逸提若比丘欲噉五種佉陀尼時用五種蒱闍尼受殘食法者不名爲受若用是受殘食法若噉若食波逸提若欲食五種蒱闍尼食時用五種佉陀尼受殘食法者不名爲受若用是受殘食法若噉若食波逸提若欲食五種似食時用五種蒱闍尼受殘食法者不名爲受若用是受殘食法若噉若食皆波逸提若比丘受殘食法若食餘五種食來若噉一一突吉羅長老優波離問佛言世尊比丘有幾處行時自恣幾住幾坐幾卧佛告優波離有五處比丘行時自恣五處立五處坐五處卧行有五者知行知供養知

遮食知種種食壞威儀立有五者知立知供養知遮食知種種食壞威儀坐有五者知坐知供養知遮食知種種食壞威儀卧有五者知卧知供養知遮食知種種食壞威儀佛復語優波離若比丘行洗口時有檀越與比丘五種食比丘應噉應食應行受殘食法不應立不應坐不應卧若立坐卧當知壞威儀不應受殘食法若受者不名爲受若用是受殘食法若噉若食皆波逸提若比丘彼行洗口已有檀越與五種食比丘應噉應食應行受殘食法不應立不應坐不應卧若立坐卧當知壞威儀不應受殘食法若受者不名爲受若用是受殘食法若噉若食波逸提若比丘彼行食時有檀越與五種食比丘應噉應食應行受殘食法不應立不應坐不應卧若立坐卧當知壞威儀不應受殘食法若受者不名爲受若用是受殘食法若噉若食波逸提若比丘彼行食已有檀越與五種食比丘應噉應食應行受殘食法不應立不應坐不應卧若立若坐卧當知壞威儀不應受殘食法若受者不名爲受若用是受殘食法若噉若食波逸提若立坐卧亦如是不犯者若比丘言小住若言日時早若歠粥飲食若一切中囑食不犯二十四事竟

佛在舍衛國爾時憍薩羅國一住處有二比丘是一比丘破戒缺漏無有慚愧不護細戒第二比丘持戒清淨乃至小罪生大怖畏是清淨比丘見彼犯罪常語彼言汝今犯如是如是罪破戒比丘作是念我當何時見汝犯罪我當出之破戒比丘一時見持戒比丘食

已無自恣請故便從座起持菩闍尼食佉陀尼食喚來共食持戒比丘不憶不囑食便共噉食破戒比丘言長老汝得波逸提罪問言何等波逸提答言汝食已無自恣請便噉食持戒比丘言汝知我食已便無自恣請者何故喚我食耶答言汝常數數出我罪時我作是念何時見汝犯罪當即出之是故見汝食已無自恣請欲相惱故勸汝令食是中有比丘少欲知足行頭陀聞是事心不喜種種因緣呵責云何名比丘知他食已無自恣請欲相惱故勸教令食種種呵已向佛廣說佛以是事集比丘僧知而故問是比丘汝實作是事不答言實作世尊佛以種種因緣呵責云何名比丘知他食已無自恣請欲相惱故勸教令食佛種種因緣呵已語諸比丘以十利故與諸比丘結戒從今是戒應如是說若比丘知他食已無自恣請欲相惱故勸令食菩闍尼佉陀尼以是因緣無異者波逸提知者若比丘自知若從他知若彼比丘自說噉者五種佉陀尼五種菩闍尼五種似食勸令食者勤勸令食惱者以瞋恚心出其過罪波逸提者煑燒覆障若不悔過能障礙道是中犯者若比丘見餘比丘食竟無自恣請教噉根食莖葉磨食果食若教食五種菩闍尼飯麨糒魚肉若教食五似食糜粟麰麥莠子加師小麥飯者皆波逸提復有比丘教餘比丘非時噉五種佉陀尼若彼噉者俱波逸提復有比丘教餘比丘非時食五種菩闍尼若彼食者俱波夜提有比丘教餘比丘偷奪他物若偷奪者隨物俱得罪有比丘教餘比丘汝奪

人命若奪命者俱波羅夷若比丘教餘比丘殺生草木若殺者俱波逸提若比丘教餘比丘拽他出房若拽出者俱波逸提若比丘教餘比丘强敷卧具若敷者俱波逸提若比丘教餘比丘用有蟲水灑草澆泥若用者俱波逸提若比丘教餘比丘取有蟲水飲若飲者俱波逸提若比丘教餘比丘與裸形外道男女飲食若與者俱波逸提若比丘教餘比丘空地然火若然者俱波逸提若比丘教餘比丘自手取金銀若取者俱波逸提若比丘教餘比丘奪畜生命若奪者俱波逸提若比丘教餘比丘藏是比丘衣鉢若藏者俱波逸提若比丘教餘比丘自手掘地若掘者俱波逸提若比丘教餘比丘噉殘宿食若彼噉者俱波逸提云大比丘未手受食而共宿者名曰内宿噉此食者突吉羅已手受舉共宿者名殘宿食噉此食者波逸提三十五事竟

佛在王舍城爾時阿闍世王諸大臣將帥信敬調達是諸人民爲助調達比丘作供養前食後食恒鉢那諸有年少比丘出家不久者調達以鉢鉤鉢多羅大揵瓷小揵瓷衣鉤禪鎮繩帶匙筯鉢支扇蓋革屣隨比丘所須物皆用誘誑之調達自共百比丘或二百三百四百五百比丘恭敬圍繞入王舍城别受好供養前食後食恒鉢那諸有上座長老比丘得佛法味久修梵行是諸比丘入城乞食得宿冷飯或得不得或得臭餧或不得如是麤食或飽或不飽是中有比丘少欲知足行頭陀聞是事心不喜種種因緣呵責云何名比丘自共百人二百三百四百五百比丘恭敬圍繞别受供養前食後食恒鉢那諸有上座

長老比丘得佛法味久修梵行是諸比丘入城乞食得宿冷飯或得不得或得臭麨或不得如是麤食或飽或不飽種種因緣呵已向佛廣說佛以是事集比丘僧佛以種種因緣呵責云何名比丘自共百人二百三百四百五百比丘恭敬圍繞別受供養前食後食怛鉢那諸上座長老比丘得佛法味久修梵行是諸比丘入城乞食得宿冷飯或得或不得或得臭麨或不得如是麤食或飽或不飽佛種種因緣呵已語諸比丘從今以二利因緣故遮別衆食聽三人共食一利者隨護檀越以憐愍故二者破諸惡欲比丘力勢故莫令惡欲人別作衆別作法與僧共諍以十利故與諸比丘結戒從今是戒應如是說若比丘別衆食波逸提別衆食者極少乃至四比丘共一處食波逸提者煑燒覆障若不悔過能障礙道是中犯者若四比丘別衆食波逸提若三比丘別共一處食第四人取食分不犯

佛在王舍城爾時諸病比丘以乞食因緣故苦惱疲悴城中有居士見已問言汝等苦惱耶答言苦惱何因緣故答言我等有病以乞食因緣故苦惱諸居士言汝等病者我今請汝諸有病者來我舍食諸比丘言佛未聽病因緣故別衆食諸比丘不知云何是事白佛佛以是事集比丘僧種種因緣讚戒讚持戒讚戒讚持戒已語諸比丘從今聽諸病比丘別衆食從今是戒應如是說若比丘別衆食除因緣波逸提因緣者病時病者若比丘風盛冷盛熱盛除是因緣名爲不病是中犯者若比丘無病別衆食波逸提病者不犯

佛在舍衛國爾時諸比丘作衣時到是諸比丘早起求染衣具薪草煑染漉出揚冷出所染衣如是中間食時轉近行乞食不得因是苦惱城中有居士見已問言汝等苦惱耶答言苦惱何因緣故我等作衣時到早起求染衣具薪草煑染漉出揚冷出是染衣如是中間食時轉近乞食不得以是因緣故苦惱諸居士言我今請汝諸作衣者來我舍食諸比丘言佛未聽我為作衣故別衆食諸比丘不知云何是事白佛佛以是事集比丘僧種種因緣讚戒讚持戒讚戒讚持戒已語諸比丘從今聽諸比丘作衣時到諸作衣者別衆食從今是戒應如是說若比丘別衆食波逸提除因緣因緣者病時作衣時是中犯者若比丘作衣時未到別衆食波逸提作衣時到別衆食不犯

佛在舍衛國爾時諸比丘從憍薩羅國遊行向舍衛城彼國地平諸聚落遠遙看似近諸比丘欲從前聚落乞食至聚落時日已中到當乞食時日已過中諸比丘時食故苦惱是聚落中諸居士見已問比丘言汝等苦惱耶答言苦惱何因緣故我從憍薩羅國向舍衛城遙看聚落謂是近欲至乞食至乞食時日便過中不得食故苦惱諸居士言我今請汝等諸欲行者來我舍食諸比丘言佛未聽行因緣故別衆食諸比丘不知云何是事白佛佛以是事集比丘僧種種因緣讚戒讚持戒讚戒讚持戒已語諸比丘從今聽諸行比丘別衆食從今是戒應如是說若比丘別衆食波逸提除因緣因緣者病時作衣時行時行

者極近至半由延若往若來是中犯者若比丘昨日來今日食者波逸提明日行今日食波逸提即日行極少半由延若往若來若別衆食不犯

佛在舍衛國爾時諸比丘從憍薩羅國載船向舍衛國是船行近聚落時諸比丘語船師言回船向岸我欲乞食即回船向岸諸比丘出船入聚落家家求食食已出聚落食食已洗手洗口洗鉢卷衣著囊中如是中間船去已遠諸比丘即從步道行逐船值師子難虎豹難熊羆難從非道去有棘刺竹刺刈草刺走逐船時脚痛苦惱是岸上有居士見已問比丘言汝苦惱耶答言苦惱何因緣故我等先載船向舍衛國船近聚落我等語船師言回船向岸我欲乞食即時向岸我等出船入聚落家家求食食已出聚落食食已洗手洗口洗鉢卷衣著囊中爾時船已去遠即從步道行逐船值師子難虎豹難熊羆難若從非道行有棘刺竹刺刈草刺走逐船脚痛苦惱諸居士言我今請汝等諸船行者來我舍食諸比丘言佛未聽我船行因緣故別衆食諸比丘不知云何是事白佛佛以是事集比丘僧種種因緣讚戒讚持戒讚戒讚持戒已語諸比丘從今聽諸船行比丘別衆食從今是戒應如是說若比丘別衆食波逸提除因緣因緣者病時作衣時道行時船行時船行者極近至半由延若往若來是中犯者若比丘昨日來今日食者波逸提明日行今日食者波逸提即日行極少半由延若往若來別衆食不犯

佛在王舍城爾時王舍城内有大衆集佛與千二百五十比丘俱是中諸比丘入城乞食諸居士但能與二三比丘食更不能與即閉門言是極多誰能爲與後來比丘乞食不得故苦惱有居士見已問比丘言汝等苦惱耶答言苦惱何因緣故諸比丘言是王舍城有大衆集故諸比丘前乞食者二三比丘得諸居士即閉門言是極多誰能爲與我等後來乞食不得是故苦惱諸居士言我今請汝諸有大衆集因緣者來我舍食諸比丘言佛未聽大衆集因緣故別衆食諸比丘不知云何以是事白佛佛以是事集比丘僧種種因緣讚戒讚持戒讚戒讚持戒已語諸比丘從今聽諸比丘有大衆集因緣者別衆食從今是戒應如是說若比丘別衆食波逸提除因緣因緣者病時作衣時道行時船行時大衆集時大衆集者極少乃至八人四舊比丘四客比丘共集以是因緣故令聚落中諸居士不能供給諸比丘飲食是中犯者若比丘滅八人集時別衆食波逸提若八人若過八人集時不犯

佛在王舍城爾時瓶沙王舅於阿耆維外道中出家是舅作是念我外甥瓶沙王深敬佛及弟子我爲是王故當請佛及弟子作一食是外道便入王舍城求米麵胡麻小豆諸居士問言欲作何等答言我外甥深敬佛我欲令歡喜故欲請佛及弟子作一食諸居士信佛法故多與米麵得已出城見一比丘即便語言汝能爲我請佛及爾所弟子明日至我舍食不比丘答言佛未聽我等受沙門別衆

食彼言俱是出家人何故不聽有何不可我亦不敬汝等但爲外甥敬佛欲令歡喜故爲汝等作食時外道作是念我當辦具飲食若佛與弟子來者當與若不來者當用作酒自飲是比丘不知云何以是事白佛佛以是事集比丘僧種種因緣讃戒讃持戒讃戒讃持戒已語諸比丘從今聽沙門因緣故別衆食從今是戒應如是説若比丘別衆食波逸提除因緣因緣者病時作衣時道行時船行時大衆集時沙門請時沙門者名阿耆維尼揵子老弟子略説除佛五衆諸餘出家人皆名沙門是中犯者若沙門請比丘白衣手持食與是比丘受請不犯食者波逸提若白衣請比丘沙門手持食與是比丘受請故突吉羅食者不犯若白衣請比丘白衣手持食與受請故突吉羅食者波逸提不犯者若沙門請沙門手持食與若受請若食不犯 三十六事竟

佛在舍衛國爾時節日至諸居士辦種種好飲食出城入園林中爾時十七羣比丘自相謂言可共到彼園中看去皆言可爾即自洗浴莊嚴面目香油塗髮著新淨衣到園林中一處立看是十七羣比丘端正姝好多人敬愛諸居士見共相謂言看是諸出家少年端正姝好皆言實爾諸居士歡喜故持種種好酒食與言汝能噉不答言汝等尚能我何以不能是十七羣比丘多得飲食已醉亂迷悶食後搖頭掉臂向祇洹作是言我等今日極好快樂有福德無有衰惱爾時諸比丘在祇洹門間空地經行聞是音聲諸比丘問言汝今何故言我等今日極快樂有福德無有衰

惱時十七羣比丘即廣說上事是中有比丘少欲知足行頭陀聞是事心不喜種種因緣呵責云何名比丘非時飲食種種因緣呵已向佛廣說佛以是事集比丘僧知而故問十七羣比丘汝實作是事不答言實作世尊佛種種因緣呵責十七羣比丘言云何名比丘非時飲食種種因緣呵已語諸比丘以十利故與諸比丘結戒從今是戒應如是說若比丘非時噉食波逸提非時者過日中至地未了是中間名非時噉者五種佉陀尼食者五種蒲闍尼五似食波逸提者煑燒覆障若不悔過能障礙道是中犯者若比丘非時噉根食波逸提若噉莖葉磨果皆波逸提若比丘非時食飯麨糒魚肉皆波逸提若比丘非時食五似食糜粟麰麥莠子加師皆波逸提若比丘非時中非時想食波逸提非時中時想食波逸提非時中疑食波逸提若時中非時想食突吉羅時中疑食突吉羅時中時想食不犯 三十七事竟

佛在舍衛國爾時有比丘名曰上勝受乞食法是人日日乞二分食一分即噉一分持還至自房舍著石上曬明日洗手從淨人受噉爾時佛共阿難遊行諸比丘房舍到是上勝比丘房所見石上曬飯佛知故問阿難是石上阿誰曬飯阿難答言世尊是房中有比丘名上勝受乞食法乞二分食一分即噉一分持來著石上曬明日洗手從淨人受噉是故曬飯佛問阿難諸比丘噉舉宿殘食耶答言實噉佛以是事集比丘僧知而故問上勝比丘言汝實作是事不答言實作世尊佛種種

因緣呵責云何名比丘噉舉宿殘食種種因緣呵已語諸比丘以十利故與諸比丘結戒從今是戒應如是說若比丘舉殘宿佉陀尼蒱闍尼噉者波逸提舉殘食宿者若大比丘今日手所受食舉至明日名舉殘食宿食者五種佉陀尼五種蒱闍尼五似食波逸提者煑燒覆障若不悔過能障礙道是中犯者若比丘噉舉宿殘根食者波逸提若噉莖葉磨果皆波逸提若食舉宿殘飯麨糒魚肉皆波逸提若食舉宿殘糜粟麨麥莠子加師飯皆波逸提若比丘樹生淨地垂在不淨地若果墮不淨地若比丘內宿噉是果者突吉羅若樹生不淨地垂在淨地若果墮淨地若比丘以草竹葉以覆取是果舉宿明日噉者波逸提若比丘樹生淨不淨地若果墮竹上若墮

維多羅枝上磨留多枝上取是果內宿噉者突吉羅淨地法佛在時已捨三十八事竟

佛在舍衛國爾時長老摩訶迦羅受一切糞掃物法是人持糞掃僧伽梨鬱多羅僧安陀會糞掃鉢糞掃杖糞掃革屣糞掃食云何持糞掃僧伽梨若巷中若死人處糞掃中有叚弊衣取持水上淨浣治作僧伽梨鬱多羅僧安陀會亦如是糞掃鉢者若巷中死人處糞掃中有棄弊器取持水中洗治受用糞掃杖者若巷中死人處糞掃中有棄杖取持水上洗治畜用糞掃革屣者若巷中死人處糞掃中有棄革屣取持水上淨洗縫治畜用糞掃食者若巷中死人處糞掃中有棄蘿蔔葉胡荽葉蘿勒葉若臭糒自手取持至水上淨洗治已便食是名糞掃食是比丘長受死人處

住法樂住死人處若國中有疫病死時便不入此城求食但噉送死人所棄飲食若無疫病死時則入城求食是比丘身體肥大多脂血肉强壯多力是比丘一時入城求食守門人見作是念言是比丘有疫病死時不來入城求食無疫病時便來入城是比丘身體肥大多脂血肉强壯多力此人必噉人肉一人語二人二人語三人如是展轉惡名流布滿舍衛城言沙門釋子噉人肉是中有比丘少欲知足行頭陀聞是事心不喜向佛廣說佛以是事集比丘僧種種因緣呵責云何名比丘不從他受飲食著口中佛但呵責而未結戒是長老摩訶迦羅得世俗禪定受死人處住法樂住死人處爾時舍衛國有一居士親里死送向死人住處諸居士見此比丘言此是噉人比丘我等今日送是死人親里去後必當爲比丘所噉棄死人已諸居士屏處立看是比丘作是念是中所有菜葉乾糒莫令烏鳥來汙即起往守諸居士言是比丘起已必捉死人噉肉諸居士定謂沙門釋子噉人肉一人語二人二人語三人如是展轉惡名流布滿舍衛城沙門釋子實噉人肉是中有比丘少欲知足行頭陀聞是事心不喜向佛廣說佛以是事集比丘僧種種因緣呵責云何名比丘不受食著口中種種因緣呵已語諸比丘以十利故與諸比丘結戒從今是戒應如是說若比丘不受食著口中波逸提不受食者不從男女黄門二根人受波逸提者煑燒覆障若不悔過能障礙道是中犯者若比丘不受飲食著口中波逸提隨爾所著口

中口口波逸提爾時諸比丘聞佛結戒欲洗口須水楊枝求淨人受不時得辛苦諸比丘以是事白佛佛以是事集比丘僧種種因緣讃戒讃持戒讃戒讃持戒已語諸比丘從今是戒應如是説若比丘不受食著口中除水及楊枝波逸提是中犯者有五種若是食非時不與不受不作淨不淨非時者過日中後至地未了是名非時不與者若男女黄門二根人不與是名不與不受者不從他受若男女黄門二根人受是名不受不作淨者不作火淨刀淨爪淨鸜鵒觜淨是名不作淨不淨者是飲食不淨若與不淨食和合若比丘非時不與不受不作淨不淨噉此食者五罪若時不與不受不作淨不淨噉此食者四罪若時與不受不作淨不淨噉此食者三罪若時與受不作淨不淨噉此食者二罪若時與受作淨不淨噉此食者一罪若時與受作淨淨噉此食者不犯不淨食中噉舉殘宿不淨食波逸提人肉不淨偷蘭遮大比丘手觸不淨噉者突吉羅三十九事竟

佛在迦維羅衞國爾時摩訶男釋往詣佛所頭面禮足一面坐佛以種種因緣示教利喜示教利喜已默然摩訶男釋聞佛種種因緣示教利喜已從座起合掌白佛言願佛及僧受我請明日食佛默然受知佛受已禮佛足右繞而去還自舍通夜辦種種多美飲食煮藥草乳汁辦已早起敷座處遣使白佛食具已辦唯聖知時佛及衆僧往入其舍就座而坐摩訶男釋見佛坐已自手行水自手與粳米飯香藥乳汁爾時六羣比丘以藥乳汁澆

粳米飯盛滿鉢置在前更望得摩訶男釋作是念誰食誰不食誰少誰不少作是念已便看見六羣比丘盛滿鉢乳汁澆飯在前不食問何故不食答言有生乳不摩訶男釋言是藥草乳汁香美並食有生乳者當更相與又問有酪不有熟酥有生酥有油魚肉脯不答言是乳香美用好藥草煑並可用食有酪熟酥生酥油魚肉脯者當與諸六羣比丘瞋語摩訶男釋言汝欺佛誑佛及僧是妄語人汝若不能辦好飲食者何以請佛及僧若餘人請者當隨意與多美飲食如是熟乳何處不得是摩訶男釋性善不瞋不驚諸行食人嫉妬瞋言沙門釋子自言善好有功德是摩訶男釋深敬信佛及僧云何於大衆中訶罵佛見諸比丘作是惡事爲諸白衣所訶見已默然爾時摩訶男釋以多美飲食與衆僧自恣飽滿見舉鉢已自手行水取小牀坐佛前欲聽說法佛以種種因緣說法示教利喜示教利喜已從座起去爾時佛食後以是事集比丘僧以種種因緣呵責六羣比丘云何名比丘是摩訶男釋深敬佛法衆僧以現前麤語呵罵種種因緣呵已語諸比丘以十利故與諸比丘結戒從今是戒應如是說若比丘不病白衣家中有如是美食乳酪生酥熟酥油魚肉脯自爲身索如是食者波逸提家者白衣舍名家美飲食者乳酪生酥熟酥油魚肉脯病者風盛冷盛熱盛若無是三種名不病波逸提者煑燒覆障若不悔過能障礙道是中犯者若比丘不病自爲身索乳得者波逸提不得者突吉羅又比丘不病自爲索酪生

酥熟酥油魚肉脯得者波逸提不得者突吉羅若比丘不病自爲索飯羹菜得者突吉羅不得者亦突吉羅若索酪汁酪漿酪滓得者突吉羅不得者亦突吉羅不犯者若病若親里若先請若不索自與不犯四十事竟

十誦律卷第十三

音釋

睞力代切目中瞳子不正曰睞　麨尺沼切乾糧也　秔古行切稻不粘者曰秔　荽音雖胡荽香菜也　𪍿古猛切麥也　莠與久切似稷無實今狗尾草也　歠昌悅切大飲也　瓷在思切瓦器也　熊羆熊胡弓切羆班麋切熊羆並獸名　突吉羅梵語也此云惡作突陀骨切

十誦律卷第十四

姚秦三藏弗若多羅共三藏鳩摩羅什譯

第三誦之一

九十波逸提之六

佛在俱舍彌國爾時長老闡那用有蟲水諸比丘語闡那言莫用有蟲水多小蟲死闡那言我用水不用蟲諸比丘言汝知水有蟲不答言知若知者何以用答言我自用水不用蟲是中有比丘少欲知足行頭陀聞是事心不喜種種因緣呵責云何名比丘於衆生中無憐愍心種種因緣呵已向佛廣說佛以是事集比丘僧知而故問闡那汝實作是事不答言實作世尊佛以種種因緣呵責闡那云何名比丘知水有蟲故自取用於衆生中無憐愍心種種因緣呵已語諸比丘以十利故與諸比丘結戒從今是戒應如是說若比丘知水有蟲用者波逸提知者若自知若從他聞蟲者若眼所見若漉水囊所得波逸提者煑燒覆障若不悔過能障礙道是中犯者若比丘知水有蟲用者隨所有蟲死一一波逸提若比丘用有蟲水煑飯羮粥湯滌隨爾所蟲死一一波逸提若用有蟲水洗手脚洗口面目洗身隨爾所蟲死一一波逸提若有蟲水中有蟲想用波逸提有蟲水中無蟲想用波逸提有蟲水中疑用波逸提無蟲水中有蟲想用突吉羅無蟲水中疑用突吉羅無蟲水中無蟲想用不犯 四十一事竟

佛在舍衛國爾時跋難陀釋子常出入一家時跋難陀中前著衣持鉢到是家坐已問訊樂不樂是居士取婦未久欲手摩觸婦言莫

爾比丘在此居士自念若我住者比丘終不時去居士語婦與比丘食答言爾居士即出婦語比丘言受是飯麨跋難陀言日早小住時到當受居士意謂比丘已去入欲近婦見比丘故在居士作是念我若在者比丘不去語婦言與比丘食答言爾居士即出婦復持飯麨與語比丘受跋難陀言小住日時早時到當受居士復念比丘必去入已故見即發瞋言用是比丘爲我於家中自所欲作不得自在跋難陀如是惱居士已便出去食後向諸比丘說我今日故惱是居士是中有比丘少欲知足行頭陀聞是事心不喜種種因緣呵責云何名比丘有食家中强坐種種因緣呵已向佛廣說佛以是事集比丘僧知而故問跋難陀汝實作是事不答言實作世尊佛以種種因緣呵責云何名比丘有食家中强坐種種因緣呵已語諸比丘以十利故與諸比丘結戒從今是戒應如是說若比丘有食家中强坐者波逸提有食者女人名男子食家者白衣房舍波逸提者煑燒覆障若不悔過能障礙道是中犯者若比丘有食家中强坐波逸提若起還坐隨得爾所波逸提不犯者若斷婬欲家若受齋家若更有所尊重人在坐若是舍多人出入不犯（四十二事竟）

佛在舍衛國爾時跋難陀釋子常出入一家中前著衣持鉢往到其舍閉門戶向獨與一女人舍內相近坐時有一乞食比丘早起著衣持鉢入城乞食次到是家門前立彈指時跋難陀釋子見乞食比丘是乞食比丘不見跋難陀跋難陀語居士婦與是比丘食女人

作是念必是跋難陀相識即取鉢與滿粳米飯以好羹澆上乞食比丘得已持去女人還入跋難陀問言與比丘食耶答言已與跋難陀言善此好比丘跋難陀食後還祇洹見乞食比丘作是念莫使我空作恩分語彼比丘言汝今日至某家乞食不答言到得好食不答言得汝知不我教與汝比丘問言汝爾時在何處答言在房内乞食比丘以是事向諸比丘說是中有比丘少欲知足行頭陀聞是事心不喜種種因緣呵責云何名比丘有食家獨與一女人强坐舍内種種因緣呵已向佛廣說佛以是事集比丘僧知而故問跋難陀汝實作是事不答言實作世尊佛以種種因緣呵責云何名比丘有食家中獨與一女人强坐舍内如是呵已爲說本生因緣佛語

諸比丘過去世時有狗捨自家至他家乞食入他家時身在門内尾在門外時主人居士打不與食狗詣衆官言是居士我至其家乞食不與我食反更打我我不破狗法衆官問言狗有何法答言我自在家隨意坐卧到他家時身入門内尾在門外衆官言喚居士來時即將來問言汝實打是狗不與食耶答言實爾衆官言如是因緣者由來未有即問狗言此人應云何治狗言與此舍衞城内大居士職位何以故答言我昔在此舍衞城中作大居士以身口作惡故受是弊狗身是人惡甚於我若令是人有力勢者極當作惡令入地獄極受苦惱更以何事治能劇於是佛言畜生尚知入他家法有齊限何況於人而不知法種種因緣呵已語諸比丘以十利故與

諸比丘結戒從今是戒應如是説若比丘食家中獨與一女人舍内强坐波逸提有食家者女人名男子食獨者即一比丘一女人更無第三人深處坐者深入乞食比丘所不見處波逸提者煑燒覆障若不悔過能障礙道是中犯者若比丘有食家中獨與一女人共坐三事起一波逸提一者有食家二者獨共一女人三者深處坐若從座起還坐更得三事起一波逸提隨起還坐隨得爾所波逸提若閉戸向外有作淨者波逸提若開戸向外有作淨人者突吉羅若閉戸向内有淨人不犯四十三事竟

佛在舍衛國爾時毗羅然國有婆羅門王名阿耆達以因緣故向舍衛國宿一居士舍問是居士言是舍衛城頗有沙門婆羅門爲大衆師多人所敬皆言好人耶我當時時往見親近或令我心清淨歡喜居士言有沙門瞿曇出釋種中以信出家剃除鬚髮著袈裟得阿耨多羅三藐三菩提汝當時時往見親近或令汝心清淨歡喜問言瞿曇沙門今在何處我當往見答言瞿曇沙門在舍衛祇洹精舍聞已出居士舍往詣祇洹爾時佛與無量百千萬衆圍繞説法阿耆達王遥見佛在林間端正殊特諸根寂滅身出無量光焰如真金聚至小道口下乘步進前詣佛所問訊畢一面坐佛見坐已種種因緣説法示教利喜示教利喜已默然時阿耆達聞佛説法示教利喜白佛言世尊願佛及僧受我毗羅然國夏安居一時佛作是念我先世果報必應當受作是念已默然受請是婆羅門知佛默然

受已即從座起右繞而去是婆羅門所有因緣事竟還毗羅然國到自舍爲佛及僧辦夏四月多美飲食爾時阿耆達王語守門者我欲夏四月斷外人客安樂自娛外事好醜一不得白時守門者受勑如教佛知安居時到以是因緣集比丘僧告諸比丘今當往詣毗羅然國安居諸比丘言受教於是世尊與五百比丘俱入其國其國信邪先無精舍城北有勝葉樹林其樹茂好地甚平博佛與大衆止此林中彼邑狹小人衆少信乞食難得佛夜過已會僧會僧已勑諸比丘汝等當知此邑狹小人衆少信乞食難得若欲此安居者住不者隨意是時舍利弗獨往不空道山中受天王釋夫人阿須輪女舍脂請夏四月安居天食供養時佛與五百比丘少一人在毗羅然國安居彼諸居士及婆羅門以少信心供養佛及僧至五六日便止諸比丘行乞食時極苦難得長老大目揵連白佛言世尊有樹名閻浮因此樹故地名閻浮提欲取此果與大衆食近閻浮樹有訶梨勒林有訶梨勒果欝單越有自然秔米忉利天上有食名修陀皆欲取來以供大衆有甘地味我以一手擎諸衆生一手反地令諸比丘取地味噉願皆聽許佛語目連汝雖有大神力諸比丘惡行報熟不可移轉皆不聽許是國清涼水草豐茂時有波羅柰國諸牧馬人隨逐水草來到此國諸牧馬人信佛心淨見諸比丘行乞食時極苦難得語諸長老言極辛苦耶答言極苦皆言我等知汝極苦乞食難得今粮食盡止有馬麥汝能噉不諸比丘言佛未聽我

等食馬麥諸比丘不知云何是事白佛佛言馬屬看馬人若諸看馬人能以好草鹹水食馬令肥此麥自在應受是馬有五百疋比丘有五百少一人一馬食麥二升一升與比丘一升與馬中有良馬食麥四升二升與佛二升與良馬阿難取佛麥分并自分入聚落中到一女人前讚佛功德佛有如是念定智慧解脫知見大慈大悲有一切智三十二相八十種好身真金色項有圓光有梵音聲視之無猒若不出家應作轉輪聖王我與汝等一切皆屬今出家得阿耨多羅三藐三菩提未度者度未解者解未滅度者滅度無生老病死憂悲苦惱以小因緣在此安居汝持此麥爲佛作飯女即答言我家多事不能得作時有一女聞佛功德即生敬心如是人者世未曾有語阿難言我與作飯及作汝分更有善德持戒比丘若有力者亦當與作女即作飯持與阿難阿難深心敬佛如是思惟佛爲王種常御餚饍今此麤惡何能益身作是念已行水授飯見佛食之悲哽情塞佛知其意而欲釋之曰汝能噉此飯不答言能噉受而食之滋味非常實是諸天以味加之欣悅無量悲塞即除佛食已訖阿難行水澆手攝衣鉢白佛言世尊今倩一女作飯不肯傍有一女不倩自作佛語阿難不作飯者所應得福則不能得若作飯者應作轉輪王第一夫人自作飯者此福無量若使不作餘福此德廣大乃至解脫是時世尊宿行未除一時之中無有知佛及僧毗羅然國噉馬麥者爾時魔王化作諸比丘飲食盈長齋向諸國道路逢者

問言汝從何來答言毗羅然國來諸居士言佛在彼住有供養不答言彼常有大會餚饍盈長我所持者是彼遺餘爾時世尊宿行已畢十六大國咸聞世尊與五百比丘毗羅然國三月食馬麥諸國貴人長者居士大富商人備衆供具種種餚饍車馱充滿來迎世尊如親遠歸時有七日未至自恣佛知故問阿難自恣餘有幾日阿難答言餘有七日佛告阿難汝行入城語阿耆達王言我於汝國安居已竟欲遊行諸國諸比丘言世尊是婆羅門於佛衆僧有何恩德在此安居窮乏困極而與之别佛言此婆羅門雖無恩德賓主之法宜應與别阿難受教與一比丘俱到門下語守門人可白汝王阿難在外時守門者思惟念言阿難名吉清旦聞之不白王者是為不祥時阿耆達早起沐頭著白淨衣獨坐中堂守門者白阿難在外婆羅門相法名吉則喜即語令前誰遮阿難即入與坐相問訊已問阿難言汝何故來答言佛遣我來語汝我夏三月住汝國界安居已竟當遊行餘國阿耆達驚言阿難瞿曇沙門在毗羅然國夏住耶阿難言然婆羅門言云何得住誰所供給阿難答言窮乏困極佛及衆僧三月食馬麥時阿耆達始自覺悟憶前請佛及僧夏四月住供具已備云何令佛及僧三月食馬麥如是惡聲流布諸國當言阿耆達長夜惡邪憎嫉佛法令佛及僧極受苦困即語阿難沙門瞿曇可得悔過留不阿難言不得時阿耆達慚愧憂惱熱悶躃地時宗親以水灑面扶起乃醒親里喻言汝莫愁憂我當與汝懺謝瞿

曇強請留住若不肯住當齋飲食隨後逐送若有乏時當以供養時阿耆達即與宗親共詣佛所懺悔請住佛自思惟我若不受者當吐熱血死佛憐愍故受請七日時阿耆達作是思惟此四月供具云何七日能盡佛自恣竟欲越祇國二月遊行越祇國人聞佛當來各設供具我今日汝明日如是次第竟於二月佛自恣已向越祇去阿耆達齋諸供具隨送佛去若乏少時當以供養諸越祇人聞已共作要令若佛來者各自當日辦具小食時食中後含消漿飲勿令乏少莫使異人間錯其間阿耆達知佛宿處先往施設言我今日供汝明日供諸越祇人不聽使作語阿耆達汝長夜惡邪是佛怨家故惱佛及僧今欲悅他意故便作是語我今日供若明日供汝有何事爾許時令佛及僧三月食馬麥今求供日阿耆達聞是語已慚愧愁憂在一面立看衆僧爲少何物我當與之值時無粥即作種種粥酥粥胡麻粥油粥乳粥小豆粥摩沙豆粥麻子粥清粥辦已奉佛佛言與衆僧衆僧不受佛未聽我等食八種粥以是事白佛佛言從今日聽食八種粥粥有五事益身一者除飢二者除渴三者下氣四者除齋下冷五者消宿食時阿耆達自思惟我夏四月安樂自娛若復二月逐沙門瞿曇者以我一人廢諸國事今此供具多不可盡且當布地令佛及僧以足蹈上即是受用即便白佛願時受用佛告阿耆達不得如汝所言此是食物應口受用佛欲遣阿耆達故說偈呪願

一切天中祠　供養火爲最　婆羅門書中

薩毗帝爲最　一切諸人中　帝王尊爲最
一切諸江河　大海深爲最　一切星宿中
月明第一最　一切照明中　日光上爲最
十方天人中　佛福田爲最
爾時佛與阿耆達呪願竟遊行跋耆向舍衛
國爾時有一裸形外道隨逐佛後是外道身
體肥大多肉復有一外道從前逆來問裸形
外道言汝於此行爲何所得答言得如是如
是食問何因緣得答言因是秃居士得彼即
罵言汝弊罪人因他得如是飲食云何作惡
不善語若人隨所得好食安隱處而訶罵者
不名爲人若瞿曇沙門聞是語者必當結戒
不聽弟子與外道食是中有比丘少欲知足
行頭陀聞是事心不喜向佛廣説佛以是事
集比丘僧語諸比丘是諸外道長夜邪見是
法怨賊求覓罪過若爲他人刀杖所打若得
毒藥若有殺者必當言沙門釋子所爲爾時
佛但呵責而未結戒佛次第遊行到舍衛國
爾時衆人聞佛三月噉馬麥故猶多供養未
息有賣餅女人爲佛及僧辦於餅食時阿難
於中知飲食事諸佛常法不盡得食不從坐
起何以故若食不足佛力令足爾時佛猶坐
未起有二外道出家女人從阿難乞餅阿難
不憶念佛語各與一餅時有二餅相著故一
人得一一人得二得已小遠共相問言汝得
幾餅答言得一汝復得幾答言得二時得一
者言與我半餅若不與者我當相辱答言各
隨所得何以與汝第二更言與我半餅若不
與者我當相辱答言各隨所得我不與汝得
一者言阿難必是汝夫若共私通若非夫非

私通者與汝一應與我一如與汝二應與我二即便相瞋按頭大喚佛知故問阿難誰故大喚答言外道女何故大喚阿難向佛廣說是事時佛食後以此因緣及先因緣故集比丘僧語諸比丘汝等當知是諸外道長夜邪見是法怨賊求覓罪過若爲他人刀杖所打若得毒藥若有殺者必當言是沙門釋子所作語諸比丘以十利故與諸比丘結戒從今是戒應如是說若比丘裸形外道外道女自手與飲食波逸提裸形者阿耆維道尼犍子道尼犍外道者老子老弟子佛言略說除佛五衆餘殘出家人皆名外道食者五種佉陀尼五蒱闍尼五似食波逸提者煑燒覆障若不悔過能障礙道是中犯者若比丘以根食自手與裸形外道外道女波逸提莖葉果磨飯麨糒魚肉糜粟䴬麥莠子加師自手與裸形外道外道女波逸提若裸形外道乞果者應言我等不遮汝果若乞水者亦言不遮水不犯者若裸形外道外道女病若親里若求出家時與不犯出家時者四月試時也四十四事竟

佛在舍衛國爾時波斯匿王有小國反起四種兵象兵馬兵車兵步兵集四兵已王自往看鎧矟好不兵人樂不爾所軍衆能破敵不六羣比丘共相謂言今軍欲發共看去耶皆云隨意即往軍所一處立看諸國王眼常喜遠視王遥見比丘遣人問言何因緣來比丘答言我欲見王王作是念語大臣言我餘時難見耶諸比丘今乃軍中見我佛聞是事必當結戒不聽比丘看軍發行王喚比丘來即詣王所王言何因緣來答言來欲見王王言

我餘時難得見耶乃來軍中見佛聞是事必當結戒不聽比丘看軍發行是中有比丘少欲知足行頭陀聞是事心不喜種種因緣呵責云何名比丘看軍發行種種因緣呵已向佛廣說佛以是事集比丘僧知而故問六羣比丘汝實作是事不答言實作世尊佛以是種種因緣呵責六羣比丘云何名比丘往看軍發行種種因緣呵責已語諸比丘以十利故與諸比丘結戒從今是戒應如是說若比丘故往看軍發行波逸提軍發行者爲鬬破賊故集諸兵人軍者一兵軍二三四兵軍一兵者但象兵但馬兵但車兵但步兵是名一兵二兵者象兵馬兵象兵車兵象兵步兵馬兵車兵馬兵步兵車兵步兵是名二兵三兵者象兵馬兵車兵象兵馬兵步兵馬兵車兵步兵是名三兵四兵者象兵馬兵車兵步兵是名四兵波逸提者煑燒覆障若不悔過能障礙道是中犯者若比丘故往看軍發行得見者波逸提不見者突吉羅從下向高得見者波逸提不見者突吉羅從高向下得見者波逸提不見者突吉羅一兵軍二兵三兵四兵軍亦如是不犯者若不故去若有因緣道由中過不犯爾時軍去至彼久未破賊時波斯匿王有二大臣一名尼師達多二名富羅那先在彼軍有親里比丘別久憂念欲見比丘此二大臣遣使往喚欲軍中見比丘比丘遣使報言佛結戒不得看軍汝莫憂愁以是因緣不得往諸比丘不知云何以是事白佛佛以是事集比丘僧種種因緣讚戒讚持戒讚戒讚持戒已語諸比丘從今是戒應如是

說若比丘故往看軍發行除因緣波逸提因緣者若王遣使喚若王夫人王子大臣大官諸將如是人遣使喚往者不犯四十五事竟

爾時佛聽諸比丘有因緣得至軍中諸比丘親里多此令日請彼明日請如是展轉軍中久住軍中有不信者妬嫉瞋言我等爲聚落官職人民稟食故在此是比丘弊惡不吉何因緣復來在此是比丘久住此者或作細作我等或因此比丘故破失退墮是中有比丘少欲知足行頭陀聞是事心不喜向佛廣說佛以是事集比丘僧種種因緣呵責諸比丘云何名比丘往軍中宿過二夜種種因緣呵已語諸比丘以十利故與諸比丘結戒從今是戒應如是說若比丘有因緣往軍中宿過二夜波逸提波逸提者煑燒覆障若不悔過能障礙道是中犯者若比丘往軍中過二夜宿波逸提若在軍中至三夜地了時波逸提四十六事竟

佛在王舍城爾時六羣比丘二夜軍中宿時往看軍陣看著器仗牙旗幢旛兩陣合戰是中有比丘少欲知足行頭陀聞是事心不喜種種因緣呵責云何名比丘軍中二夜宿時往看軍陣看著器仗牙旗幢旛兩陣合戰種種因緣呵已向佛廣說佛以是事集比丘僧知而故問六羣比丘汝實作是事不答言實作世尊佛以是事種種因緣呵責云何名比丘軍中二夜宿時往看軍陣看著器仗牙旗幢旛兩陣合戰種種因緣呵已語諸比丘以十利故與諸比丘結戒從今是戒應如是說若比丘二夜軍中宿時往看軍陣看著器仗

牙旗幢旛兩陣合戰波逸提著器仗者莊嚴欲鬭軍者象軍馬軍車軍步軍陣者作陣如弓有如半月有陣如日有如鋒頭兩陣對時看者波逸提波逸提者燒煑覆障若不悔過能障礙道是中犯者若比丘往看軍陣著器仗時得見者波逸提不見者突吉羅若從下向高得見者波逸提不見者突吉羅一軍二軍三軍四軍皆如是若看幢旛兩陣鬭時亦爾不犯者不故往有因緣道由中去不犯四十七事竟

佛在王舍城爾時六羣比丘與十七羣比丘共鬭諍瞋恚發不喜心打十七羣十七羣啼泣諸比丘問何故啼耶答言六羣比丘打我是中有比丘少欲知足行頭陀聞是事心不喜種種因緣呵責云何名比丘共餘比丘鬭諍瞋恚發不喜心打餘比丘種種因緣呵已向佛廣說佛以是事集比丘僧知而故問六羣比丘汝實作是事不答言實作世尊佛以種種因緣呵責云何名比丘共餘比丘鬭諍瞋恚發不喜心打餘比丘種種因緣呵已語諸比丘以十利故與諸比丘結戒從今是戒應如是說若比丘瞋恚發不喜心打餘比丘波逸提打者有二種若手若脚波逸提者燒煑覆障若不悔過能障礙道是中犯者若以手打波逸提若以脚打波逸提若餘身分打突吉羅若爲呪故若食噎故打拍不犯四十八事竟

佛在王舍城爾時六羣比丘與十七羣比丘共鬭諍瞋恚發不喜心六羣比丘舉掌向十七羣比丘十七羣比丘作是念六羣比丘壯

健多力若掌著者我等便死即啼喚諸比丘
問何故啼喚答言六羣比丘壯健多力舉掌
向我怖故啼喚是中有比丘少欲知足行頭
陀聞是事心不喜種種因緣呵責云何名比
丘共比丘鬬諍瞋恚發不喜心舉掌向他種
種因緣呵已向佛廣說佛以是事集比丘僧
知而故問六羣比丘汝實作是事不答言實
作世尊佛以種種因緣呵責云何名比丘共
餘比丘鬬諍瞋恚發不喜心舉掌向他種種
因緣呵已語諸比丘以十利故與諸比丘結
戒從今是戒應如是說若比丘瞋恚發不喜
心舉掌向他波逸提舉掌者有二種手掌脚
掌波逸提者燒煑覆障若不悔過能障礙道
是中犯者若比丘舉手掌波逸提若舉脚掌
波逸提除手脚舉餘身分向他突吉羅不犯
者若比丘舉掌遮惡獸若遮惡人不犯四十九事
竟
佛在舍衛國爾時跋難陀釋子有兄比丘名
曰難徒跋難陀有弟子名達摩亦善持戒是
弟子不隨師行難徒作是念此是我弟弟子
不隨我行又不隨我弟行應當治之令隨我
等爾時難徒以女人著一房中往語達摩言
汝到某處來達摩言往何所作答言但來達
摩作是念此是我師兄云何不隨語即便隨
往難徒知立此處得見女人即教此中立待
我難徒即往女人所除却三瘡抱嗚餘身和
合相觸作如是已語達摩言汝見不答言見
汝莫語餘人答言我不能覆藏必以是事白
佛當向比丘比丘尼說難徒言我亦見汝和
尚作如是事復見劇是尚不語人汝何以語

人答言汝意自欲不語我不能覆藏必當白佛向比丘比丘尼説時達摩即以是事向諸比丘説是中有比丘少欲知足行頭陀聞是事心不喜種種因緣呵責云何名比丘知比丘有重罪故覆藏不説種種因緣呵已向佛廣説佛以是事集比丘僧知而故問難徒汝實作是事不答言實作世尊佛以種種因緣呵責云何名比丘知比丘有重罪故覆藏種種因緣呵已語諸比丘以十利故與諸比丘結戒從今是戒應如是説若比丘知他比丘有重罪覆藏乃至一夜波逸提知者若自知若從他聞若彼比丘自説重罪者波羅夷僧伽婆尸沙一夜者從日没至地未了波逸提者煑燒覆障若不悔過能障礙道是中犯者若比丘地了時見餘比丘犯波羅夷是比丘

波羅夷中生波羅夷想竟日覆藏至地了時波逸提若是比丘僧與作不見擯不作擯惡邪不除擯狂心亂心病壞心不犯若僧解擯若苦痛止是時覆藏他罪至地了時波逸提地了已日出時日出已中前時日中日昳晡時日没時日没已初夜初分初夜中分初夜後分中夜初分中夜中分中夜後分後夜初分後夜中分後夜後分覆藏他罪至地了時波逸提又比丘見餘比丘地了時犯僧伽婆尸沙僧伽婆尸沙中生僧伽婆尸沙想竟日覆藏他罪至地了時波逸提若是比丘僧與不見擯不作擯惡邪不除擯狂心亂心病壞心不犯若僧解擯若苦痛止是時覆藏他罪至地了時波逸提地了已日出時日出已中前日中日昳晡時日没時日没已初夜初分

初夜中分初夜後分中夜初分中夜中分中夜後分後夜初分後夜中分後夜後分覆藏他罪至地了時波逸提又比丘見餘比丘地了時犯波逸提波羅提提舍尼突吉羅是比丘突吉羅中生突吉羅想竟日覆藏至地了時突吉羅是比丘若僧與作不見擯不作擯惡邪不除擯狂心亂心病壞心不犯若解擯若苦痛止覆藏他罪至地了時突吉羅地了已日出時日出已中前日中日昳晡時日没時日没已初夜初分初夜中分初夜後分中夜初分中夜中分中夜後分後夜初分後夜中分後夜後分覆藏他罪至地了時突吉羅若比丘見餘比丘地了時犯波羅夷謂僧伽婆尸沙謂波逸提謂波羅提提舍尼謂突吉羅是比丘波羅夷中生突吉羅想竟日覆藏至地了時波逸提若比丘僧與作不見擯不作擯惡邪不除擯狂心亂心病壞心不犯若解擯若苦痛止覆藏他罪至地了時波逸提日出時日出已中前日中日昳晡時日没時日没已初夜初分初夜中分初夜後分中夜初分中夜中分中夜後分後夜初分後夜中分後夜後分覆藏他罪至地了時波逸提又比丘見餘比丘地了時犯僧伽婆尸沙是僧伽婆尸沙中謂波逸提波羅提提舍尼突吉羅謂波羅夷是比丘於僧伽婆尸沙中生波羅夷想若突吉羅想竟日覆藏至地了時皆波逸提若僧與作不見擯不作擯惡邪不除擯狂心亂心痛壞心不犯若解擯若苦痛止覆藏他罪至地了時波逸提日出時日出已中前日中日昳晡時日没時日没已初夜初

分初夜中分初夜後分中夜初分中夜中分中夜後分後夜初分後夜中分後夜後分覆藏他罪至地了時波逸提又比丘見餘比丘地了時犯波逸提波羅提提舍尼突吉羅是比丘突吉羅中謂波羅夷謂僧伽婆尸沙波逸提波羅提提舍尼是比丘突吉羅中生波羅提提舍尼想若波羅夷想竟日覆藏至地了時皆突吉羅若僧與不見擯不作擯惡邪不除擯狂心亂心病壞心不犯若解擯若苦痛止覆藏他罪至地了時突吉羅日出時日出已中前日中日昳晡時日没時日没已初夜初分初夜中分初夜後分中夜初分中夜中分中夜後分後夜初分後夜中分後夜後分覆藏他罪至地了時突吉羅若比丘見餘比丘地了時犯波羅夷是比丘於波羅夷中生疑是波羅夷非波羅夷後時斷疑於波羅夷中生波羅夷想竟日覆藏至地了時波逸提若是比丘僧與不見擯不作擯惡邪不除擯若狂心亂心病壞心不犯若僧解擯若苦痛止覆藏他罪至地了時波逸提日出時乃至後夜後分覆藏他罪至地了時波逸提又比丘見餘比丘地了時犯僧伽婆尸沙生疑是僧伽婆尸沙非僧伽婆尸沙後時斷疑於僧伽婆尸沙中生僧伽婆尸沙想竟日覆藏至地了時波逸提若是比丘僧與不見擯不作擯惡邪不除擯若狂心亂心病壞心不犯若僧解擯若苦痛止覆藏他罪至地了時波逸提日出時乃至後夜後分覆藏他罪至地了時波逸提又比丘見餘比丘地了時犯波逸提波羅提提舍尼突吉羅是比丘於突吉

羅中生疑是突吉羅非突吉羅後時斷疑於突吉羅中生突吉羅想竟日覆藏至地了時突吉羅若是比丘僧與不見擯不作擯惡邪不除擯若狂心亂心病壞心不犯若僧解擯若苦痛止覆藏他罪至地了時突吉羅日出時乃至後夜後分覆藏他罪至地了時突吉羅又比丘見餘比丘地了時犯波羅夷生疑爲波羅夷爲僧伽婆尸沙爲波羅夷爲波逸提爲波羅夷爲波羅提提舍尼爲波羅夷爲突吉羅是比丘後時斷疑於波羅夷中生突吉羅想竟日覆藏至地了時波逸提若是比丘僧與不見擯不作擯惡邪不除擯若狂心亂心病壞心不犯若僧解擯若苦痛止竟日覆藏他罪至地了時波逸提從日出時乃至後夜後分覆藏他罪至地了時波逸提又比

丘見餘比丘地了時犯僧伽婆尸沙生疑爲僧伽婆尸沙爲波逸提爲僧伽婆尸沙爲波羅提提舍尼爲僧伽婆尸沙爲突吉羅爲僧伽婆尸沙爲波羅夷是比丘後時斷疑於僧伽婆尸沙中生波羅夷想竟日覆藏他罪至地了時波逸提若是比丘僧與不見擯不作擯惡邪不除擯若狂心亂心病壞心不犯若僧解擯若苦痛止覆藏他罪至地了時波逸提日出時乃至後夜後分覆藏他罪至地了時波逸提又比丘見餘比丘地了時犯波逸提波羅提提舍尼突吉羅是比丘於突吉羅中生疑爲突吉羅爲波羅夷爲突吉羅爲僧伽婆尸沙爲突吉羅爲波逸提爲突吉羅爲波羅提提舍尼是比丘後時斷疑於突吉羅中生波羅提提舍尼想若波羅夷想竟日覆

藏至地了時皆突吉羅若是比丘僧與不見擯不作擯惡邪不除擯若狂心亂心病壞心不犯若僧解擯若苦痛止覆藏他罪至地了時突吉羅日出時乃至後夜後分覆藏他罪至地了時突吉羅見他罪向一人說便止若聞若疑不須說五十事竟

十誦律卷第十四

音釋

躃躃必益切足不能行也　波斯匿梵語正云鉢邏斯那恃多此云勝軍　匿女力切　鎧稍鎧苦亥切鉀也稍所角切矛屬　昳晡昳徒結切日側也晡博孤切申時也　擯必刄切斥也

十誦律卷第十五

姚秦三藏弗若多羅共三藏鳩摩羅什譯

第三誦之二

九十波逸提之七

佛在舍衛國爾時跋難陀釋子作是念是達摩弟子毀辱我兄應當報之爾時喚言共到某聚落去問何以故答言但來達摩念言是我和尚云何不隨語從祇洹出爾時祇洹門間有諸比丘經行諸比丘語達摩言汝今日必當得多美飲食何以故隨逐多知識比丘故達摩言多以不多今日當知是跋難陀釋子隨所入家皆請與食跋難陀言小住日早時到當取達摩作是念我和尚今日必當受好請處是故處處不受食第二第三家亦請與食跋難陀言小住日早時到當取爾時跋難陀出白衣舍看日已中設入聚落乞食者不及時若還祇洹亦復不及時即語達摩言汝還去我與汝共坐共語不樂我獨坐獨語樂達摩復自看日已中設入聚落乞食不及時若還祇洹復不及時達摩又念今當何去即還祇洹諸比丘問言汝今日得多美好食耶答言莫共我語今日斷食問何以故即以是事向諸比丘廣說是中有比丘少欲知足行頭陀聞是事心不喜種種因緣呵責云何名比丘故斷比丘食種種因緣呵已向佛廣說佛以是事集比丘僧知而故問跋難陀汝實作是事不答言實作世尊佛以種種因緣呵責跋難陀釋子云何名比丘故斷比丘食種種因緣呵已語諸比丘以十利故與諸比丘結戒從今是戒應如是說若比丘語餘比

丘來共到他家是比丘不教與便作是言汝去與汝共坐共語不樂我獨坐獨語樂欲惱彼故以是因緣波逸提家者白衣家驅去者自驅若教人驅波逸提者煑燒覆障若不悔過能障礙道是中犯者若比丘語餘比丘言汝來共到他家若未入城門令還者突吉羅若入城門令還者亦突吉羅若未入白衣家外門令還者突吉羅若中門亦如是若未入內門令還者突吉羅若入內門未至門處令還者突吉羅若至門處令還者波逸提 五十一事竟

佛在憍薩羅國與大比丘衆遊行時有五百賈客衆隨逐佛行作是念我等隨佛行當得豐樂安隱佛遊行到一林中欲宿時賈客各隨同火拾薪草共然火向諸比丘亦隨所知識共拾草木用然火向有一異摩訶盧比丘拽空中木持著火中木中有毒蛇得熱便出比丘見之驚怖大喚賈客驚怪謂有賊來共相謂言各自捉矟刀楯弓箭聚集財物諸賈客即起捉諸器仗聚集財物共相問言賊在何處比丘言無賊但有毒蛇諸賈客言若知是蛇何故大喚以大喚故諸賈客衆或有相殺我等幾相傷害佛聞是事及諸賈客呵責比丘過是夜已佛以是因緣集比丘僧以種種因緣呵責摩訶盧比丘云何名比丘露地然火種種因緣呵已語諸比丘以十利故與諸比丘結戒從今是戒應如是說若比丘無病露地然火向若然草木牛屎木皮糞掃若自然若使人然波逸提病者冷盛熱盛風盛若向火得差是名病除是因緣名不病露地

者無壁覆障無席覆無衣覆如是等無覆處名露地自著者自手著使著者教他著波逸提者煮燒覆障若不悔過能障礙道是中犯者若比丘以草著草火中波逸提若以薪牛屎木皮糞掃著草火中波逸提若比丘以木著木火中波逸提若以牛屎木皮糞掃草著木火中波逸提若比丘以牛屎著牛屎火中波逸提若以木皮糞掃草木著牛屎火中波逸提又比丘以木皮著木皮火中波逸提若以糞掃草木牛屎著木皮火中波逸提又比丘以糞掃著糞掃火中波逸提若以草木牛屎木皮著糞掃火中波逸提教著亦如是乃至以露地火樵著火中突吉羅不犯者若病若煮飯若煮羹煮粥煮肉煮湯煮染熏鉢治杖治鉤不犯 五十二事竟

佛在舍衛國爾時諸比丘欲羯摩擯跋難陀時六羣比丘在衆中遮不得成羯磨異時六羣比丘餘處行去諸比丘言我等今當與跋難陀作擯羯磨有比丘言六羣比丘當來更遮諸比丘言六羣比丘今遠去至餘聚落多事未還有比丘佐助六羣比丘時往不去諸六羣比丘懈怠嬾墮說戒自恣僧羯磨時不來但與欲清淨諸比丘念莫令佐助六羣比丘來衆中作遮但取欲來即打揵椎集比丘僧遣人到彼比丘所索欲來彼問言欲作何事答言有僧事彼比丘即與欲爾時僧一心和合與跋難陀作擯羯磨後日大唱言僧巳與跋難陀作擯羯磨彼比丘言是羯磨不應如是作不可我意故諸比丘言汝巳與欲彼比丘言我不知僧與跋難陀釋子作擯羯磨

故若知者不與欲自言我不是有過不應與欲是中有比丘少欲知足行頭陀聞是事心不喜種種因緣呵責云何名比丘如法僧事中與欲後悔種種因緣呵已向佛廣說佛以是事集比丘僧知而故問是比丘汝實作是事不答言實作世尊佛以種種因緣呵責云何名比丘與欲後悔種種因緣呵已語諸比丘以十利故與諸比丘結戒從今是戒應如是說若比丘僧如法與欲後悔我不應與波逸提僧事者所有僧事若白羯磨白二羯磨白四羯磨若布薩自恣若羯磨十四人波逸提者煑燒覆障若不悔過能障礙道是中犯者若比丘如法僧事與欲竟後悔言我不應與波逸提若比丘僧如法事若白羯磨白二羯磨白四羯磨布薩自恣十四人羯磨與欲竟後悔言我不應與欲波逸提隨心悔言一一波逸提五十三事竟

佛在阿羅毗國爾時諸賢者隨齋日到寺中受齋法通夜然燈跏趺而坐爲聽法故時諸上座比丘初夜大坐至中夜時各各入房諸年少比丘及諸沙彌在說法堂中宿不一心臥鼾眠寱語大喚掉臂諸賢者言看是尊衆不一心眠臥是中有比丘少欲知足行頭陀聞是事心不喜向佛廣說佛以是事集比丘僧知而故問阿羅毗比丘汝實作是事不答言實作世尊佛以種種因緣呵責云何名比丘共未受具戒人宿佛爾時但呵責未結此戒

佛在舍衛國爾時沙彌羅睺羅諸比丘驅出房不共宿羅睺羅即去到邊小房中住時有

客比丘來作是念大房中必上座滿我當向
邊小房中作是念已即向邊小房中到已謦
欬打門問言此中有誰答言我是羅睺羅比
丘言出去即便出去到第二房中復更驅去
到第三房亦如是羅睺羅作是念我所至房
舍皆驅出者今當往至佛厠屋中即往厠屋
中枕厠板卧板下有蛇先出不在後夜大風
雨墮蛇得苦惱即還向窟時佛憶羅睺羅卧
若我不覺者正爾當爲蛇所害佛即入三昧
自房内沒於厠邊住即以神力作龍聲羅睺
羅便覺佛知而故問汝是誰耶答言我羅睺
羅何故在此答言卧問何故此中卧答言餘
無宿處佛言汝出即便出來佛以右手摩羅
睺羅頭說是偈言
汝不爲貧窮　亦不失富貴　但爲求道故
出家應忍苦
說是偈已佛即捉臂將至房時佛獨坐牀上
大坐佛竟夜入禪用聖默然到地了已以是
因緣集比丘僧語諸比丘是沙彌可憐愍無
父母若不慈愍何緣得活若值惡獸得大苦
惱是親里必瞋言諸沙門釋子但能畜沙彌
而不能守護佛種種因緣呵已語諸比丘從
今爲二事利故聽未受大戒人二夜共宿一
者爲憐愍沙彌故二者爲有白衣來至僧房
故以十利故與諸比丘結戒從今是戒應如
是說若比丘與未受大戒人共舍宿過二夜
波逸提未受大戒人者除比丘比丘尼餘一
切人是舍有四種一者一切覆一切障二者
一切障不覆三者一切覆半障四者一切覆
少障波逸提者煑燒覆障若不悔過能障礙

道是中犯者若比丘與未受大戒人四種舍中宿過二宿波逸提起已還卧隨起還卧一一波逸提若通夜坐不犯時有比丘病使沙彌供給看病是比丘至第三夜驅沙彌去是病比丘病無人看垂死諸比丘以是事白佛佛以是事集比丘僧語諸比丘應喚沙彌在病比丘所立莫令卧有沙彌小久立倒地便卧佛言病比丘不犯是中有不病比丘不應卧事竟 五十四

佛在舍衛國爾時阿利吒比丘生惡邪見言我如是知佛法義作障道法不能障道諸比丘聞是事向佛廣說佛以是事集比丘僧語諸比丘汝當約勑阿利吒比丘言汝莫作是語我知佛法義作障道法不能障道莫謗佛謗佛者不善佛不作是語佛種種因緣說障道法能障道汝捨是惡邪見當三教令捨是事諸比丘言如是世尊即往約勑阿利吒比丘言汝莫作是語我知佛法義作障道法不能障道汝莫謗佛謗佛者不善佛不作是語佛種種因緣說障道法能障道汝捨是惡邪見作是教令捨此事第二第三亦如是教諸比丘再三教已不能令捨即便起去往詣佛所頭面禮足一面坐白佛言世尊我等教阿利吒比丘令捨是惡邪見不能令捨我等便即起來佛言汝等應作羯磨擯阿利吒比丘不捨惡邪見故若有餘比丘不捨惡邪見者亦如是治作不捨惡邪見擯羯磨法者一心和合僧一比丘僧中唱言大德僧聽是阿利吒比丘如是惡邪見言我知佛法義作障道法不能障道僧已約勑令捨惡邪見而不肯

捨若僧時到僧忍聽與阿利吒比丘不捨惡邪見羯磨隨汝幾許時不捨惡邪見僧隨爾所時與作擯羯磨是名白如是白四羯磨僧與阿利吒比丘不捨惡邪見擯羯磨竟僧忍默然故是事如是持語諸比丘以十利故與諸比丘結戒從今是戒應如是說若比丘作是言我如是知佛法義作障道法不能障道諸比丘應如是教彼比丘汝莫作是言我如是知佛法義作障道法不能障道汝莫謗佛謗佛者不善佛不作是語佛種種因緣說障道法能障道汝當捨是惡邪見諸比丘如是教時堅持不捨諸比丘當再三教令捨此事再三教時捨者善不捨者波逸提波逸提者煑燒覆障若不悔過能障礙道是中犯者是比丘初應輭語約勑若輭語約勑捨者令作突吉羅悔過若不捨者應作白四羯磨約勑一心和合僧中一比丘唱言大德僧聽是阿利吒比丘生惡邪見作如是言我知佛法義作障道法不能障道若僧時到僧忍聽僧約勑阿利吒比丘令捨惡邪見是名白如是白四羯磨僧約勑阿利吒比丘捨惡邪見竟僧忍默然故是事如是持是中佛說是比丘應四羯磨僧約勑阿利吒比丘捨惡邪見竟僧忍默然故是事如是持是中佛說是比丘應爲教是名約勑教若輭語約勑不捨者未犯第二第三約勑令捨是事者是名約勑是名若初說說未竟說竟第二說說未竟說竟第三說說未竟非法別衆非法和合衆似法別衆似法和合衆如法別衆異法異律異佛教約勑不捨者未犯若如法如律如佛教三約勑竟不捨者波逸提五十五事竟

佛在王舍城爾時六羣比丘知是人作如是

語不如法除罪不捨惡邪見如法擯出便與共事共住共同室宿是中有比丘少欲知足行頭陀聞是事心不喜種種因緣呵責六羣比丘云何名比丘知是人作如是語不如法除罪不捨惡邪見如法擯出便與共事共住共同室宿種種因緣呵已向佛廣說佛以是事集比丘僧知而故問六羣比丘汝實作是事不答言實作世尊佛以種種因緣呵責六羣比丘云何名比丘知是人作如是語不如法悔不捨惡邪見如法擯出便與共事共住共同室宿種種因緣呵已語諸比丘以十利故與諸比丘結戒從今是戒應如是說若比丘知比丘作如是語不如法悔不捨惡邪見如法擯出便與共事共住共同室宿波逸提知者若自知若從他聞若彼自說如是語者

如所見說不如法悔者未折伏心未破憍慢不捨惡邪者是惡見未離心故如法擯出者如佛法僧中擯出共事者有二種事法事財物事共住者共是人住白羯磨白二白四羯磨布薩自恣若作十四人羯磨共舍宿者舍有四種一者一切覆一切障二者一切障不覆三者一切覆半障四者一切覆少障波逸提者煮燒覆障若不悔過能障礙道是中犯者若比丘共擯人作法事若教經法若偈說偈偈波逸提若經說章章波逸提若別句說句句波逸提若從擯人問誦受學亦如是共財事者若比丘與擯人鉢波逸提與衣户鉤時藥夜分藥七日藥盡形藥皆波逸提若從擯人取衣鉢波逸提乃至取盡形藥皆波逸提若四種舍中共宿臥者波逸提起已還臥

隨起還卧一一波逸提若通夜坐不卧突吉羅五十六事竟

佛在舍衛國爾時有沙彌名摩伽生如是惡邪見我知佛法義作婬欲不能障道諸比丘聞是事向佛廣説佛以是事集比丘僧汝等當約勅摩伽沙彌汝莫作是語我知佛法義作婬欲不能障道汝莫謗佛謗佛者不善佛不作是語佛種種因緣説婬欲能障道汝當捨是惡邪見諸比丘言如是世尊即往呵沙彌言汝莫作是語我知佛法義作婬欲不能障道莫謗佛謗佛者不善佛不作是語佛種種因緣説婬欲能障道汝捨是惡邪見諸比丘再三教已不能令捨即從座起來諸佛所頭面禮足白佛言世尊我等約勅摩伽沙彌令捨惡邪見不能令捨從座起來佛言汝等應與摩伽沙彌滅擯羯磨不捨惡邪見故若更有如是沙彌亦應如是治滅擯羯磨法者一心和合僧中一比丘唱言大德僧聽是摩伽沙彌生惡邪見僧已約勅令捨惡邪見而不肯捨若僧時到僧忍聽與摩伽沙彌滅擯羯磨是名白如是白四羯磨僧與摩伽沙彌滅擯羯磨竟僧忍默然故是事如是持

佛在王舍城爾時六羣比丘知是沙彌擯已便畜經卹共事共宿是中有比丘少欲知足行頭陀聞是事心不喜種種因緣呵責云何名比丘知是滅擯沙彌便畜經卹共事共宿種種因緣呵已向佛廣説佛以是事集比丘僧知而故問六羣比丘汝實作是事不答言實作世尊佛以種種因緣呵責六羣比丘云何名比丘知滅擯沙彌便畜經卹共事共宿

種種因緣呵已語諸比丘以十利故與諸比丘結戒從今是戒應如是說若沙彌作是語我知佛法義行婬欲不能障道諸比丘應如是教沙彌言汝莫作是語我知佛法義行婬欲不能障道莫謗佛謗佛者不善佛不作是語汝當知佛種種因緣呵責婬欲能障礙道汝當捨是惡邪見若是沙彌諸比丘如是呵時堅持不捨者諸比丘應再三教令捨是事再三教時若捨者善不捨者諸比丘應如是語沙彌汝從今不應言佛是我師亦不應隨諸比丘後行諸餘沙彌得共比丘同房二宿汝今不得癡人滅去不應住此若比丘知是滅擯沙彌便畜經卹共事共宿波逸提知者自知若從他聞若沙彌自說滅擯者如佛法一心和合僧作滅擯羯磨畜者持作弟子自作和尚若阿闍梨經卹者若與衣鉢户鉤時藥夜分藥七日藥終身藥共事者有二種事法事財事共宿者四種舍內共宿舍者若一切覆一切障一切障不覆一切覆半障一切覆少障波逸提者煑燒覆障若不悔過能障礙道是中犯者若比丘教滅擯沙彌法若偈說偈偈波逸提若經說章章波逸提若別句說句句波逸提若從滅擯沙彌受經讀誦亦如是若與滅擯沙彌鉢波逸提若與衣户鉤時藥夜分藥七日藥盡形藥皆波逸提若從滅擯沙彌取衣鉢户鉤時藥夜分七日盡形藥一一皆波逸提四種舍中共宿波逸提起已還卧隨起還卧一一波逸提通夜坐不卧亦波逸提 五十七事竟

佛在王舍城爾時世尊爲乞食故早起著衣

持鉢阿難從後入王舍城時天大雨水突伏藏出多有寶物爾時世尊乞食食已還耆闍崛山佛見是藏多有寶物佛在前行阿難隨後一尋徐行阿難自念我若近佛口氣脚聲或惱佛故佛見是藏語阿難言毒蛇阿難作是語已即便直過不往物所阿難見已白言惡毒蛇世尊作是語已即便直過不往物所是山下有一貧人刈麥聞是二種語作是念我未曾見沙門釋子毒蛇惡毒蛇今當往看即往見藏爲水突出見已歡喜言沙門釋子毒蛇皆是好物即以車輿衣囊及日取著家内以是寶物現富貴相謂作大舍金肆銀肆客作肆銅肆珠肆象羣馬羣牛羊羣車乘輦輿人民奴婢是人先有不相可者見作大舍妨其生業是人妬嫉便白王言是中先有貧窮賤人卒見富相起大堂舍金肆銀肆客作肆銅肆珠肆象羣馬羣牛羊羣人民奴婢是人必當得大寶藏不欲語王王即喚問汝得寶藏耶答言不得王念此人不被拷治云何說實即勑有司盡奪財物縛著標頭若得寶藏不語王者皆如是治作是教已即奪財物縛著標頭誰得寶藏不語王者皆如是治是人作是言毒蛇阿難惡毒蛇世尊諸人語曰汝莫作是語毒蛇阿難惡毒蛇世尊法應作是言誰得寶藏不語王者皆有比分是人一心念佛作是言毒蛇阿難惡毒蛇世尊時人白王是人標頭作如是語毒蛇阿難惡毒蛇世尊王即喚問縛汝標頭實作是語毒蛇阿難惡毒蛇世尊不是人答言大王施我無畏者我當說實答言與汝無畏即言有是寶藏

我先貧賤山下刈麥有二比丘共來上山一在前行一在後行前行比丘見是藏時作是言毒蛇阿難語已直去不到物所亦不取物後行比丘亦見復作是言惡毒蛇世尊語已直去不到物所亦不取物我聞是二語即作是念我未曾見沙門釋子毒蛇惡毒蛇尋便往看見是寶藏爲水所突見已歡喜即以車輿衣囊取著家中現富貴相起大堂舍金肆銀肆客作肆銅肆珠肆象馬羣牛羊車乘輿輦人民奴婢今我墮罪便憶是語此惡毒蛇今於我有能作何等必噉我命爲是寶故王盡奪我所有財物垂當奪命王作是念必當是佛與阿難王言汝去於命無畏賞汝金錢五百於是急中說於佛語及阿難所言故從死得脫時是衆中大臣大官大聲唱言甚希有事憶佛語故便得脫死諸比丘聞是事向佛廣說佛言取重物得如是罪及過是罪皆由取寶物故佛但呵責而未結戒

佛在維耶離爾時諸童子等出城詣園林中學射射門射門扇孔學射箭筈筈筈相拄爾時跋難陀釋子早起著衣持鉢欲入城乞食諸童子遥見共相謂言此跋難陀釋子喜作惡罪若見罪聞罪疑罪無慚愧無猒足我等今當試看即以寶物價直一千放著道中捨遠遥看時跋難陀釋子到是寶所四顧無人取著掖下諸童子見即往圍繞捉言汝比丘法他物不與便偷取耶答言不偷何故取耶答言我謂糞掃物故取諸童子言云何寶物作糞掃取諸童子念此惡人當將詣衆官作是念已將詣衆官衆官問言汝實偷不答言

不偷作糞掃想取衆官又言無有寶物得作糞掃取者衆官是佛弟子信樂佛故作是語比丘云何作偷諸童子輩必當虛妄即言汝去後莫復爾諸露地不與寶莫取時跋難陀作是惡事已還向諸比丘廣說是事諸比丘以是事白佛佛以是事集比丘僧語諸比丘如是罪惡及過是罪皆由取金銀寶物故種種因緣呵已語諸比丘以十利故與諸比丘結戒從今是戒應如是說若比丘若寶似寶自取教取波逸提寶者錢金銀硨磲碼碯瑠璃真珠似寶者銅鐵白鑞鉛錫僞珠自取者自手取教取者教他取波逸提者煑燒覆障若不悔過能障礙道是中犯者若比丘捉舉他錢金銀波逸提捉舉他硨磲碼碯瑠璃真珠波逸提若比丘有似寶物作男子莊嚴具女人莊嚴具器仗鬬具捉舉是物波逸提捉舉僞珠突吉羅

佛在舍衛國爾時舍衛城節日到諸白衣辦種種飯食出園林中時毗舍佉鹿子母著五百金錢直莊嚴身具出城遊戲還欲入城是鹿子母信樂佛及僧作是念我今出城不應不見佛而還入城又我不應著如是莊嚴具往詣佛所即脱嚴具裹著衣中與一小婢與已詣佛所頭面禮足一面坐佛以種種法示教利喜示教利喜已默然鹿子毋聞佛說法已從座起頭面禮足右繞而去佛善說法小婢聞佛法味故即忘莊嚴具去佛見是衣裹語阿難汝看是中有何物取舉阿難語淨人開看還令裹舉佛以是事集比丘僧種種因緣讚戒讚持戒讚戒讚持戒已語諸比丘從

今是戒應如是說若比丘若寶若似寶自捉舉教人捉舉波逸提除因緣因緣者若寶若似寶在僧坊内若住處内以如是心取有主來者當還是事應爾僧坊内者物在僧坊壁内籬内塹内障内住處内者隨白衣所請住處是中云何不犯若物在僧坊内若得淨人教舉取看若不得淨人應自取看舉若有來索者應問汝物有何相若說相是者應還若不是者應答無如是物若主未來是比丘有因緣欲行者是中有舊住善好比丘應語言我得他所忘物汝取看舉有來索者問相是者應還若不是者應答無如是物若過五六歲無主來索應施四方僧物中用若後有主來索者應取四方僧物償是物在住處者若得淨人教取看舉若不得淨人自取看舉若有來索者應問相是者應還不是者應答無如是物若是比丘有因緣欲去是中若有舍主善好男女應語言我此中得他是物汝取看舉若有索者問相是者應還不是者應答無如是物若過五六歲無來取者是住處若少坐牀大牀牀板應用作若後有來索者應取是牀坐用還是事應爾五十八事竟

佛在王舍城爾時王舍城人以龍雹因緣故作一月會最後日設會伎兒作伎應多與價直爾時六羣比丘共相謂言往看去來皆言隨意即便俱往在一面立遣人語伎人言是中有所得物與我等分若不與者我壞汝會使即往語汝所得物與我等分若不與者當壞汝會問誰作是語答言沙門問何沙門答言釋子沙門伎人共相謂言我等今牽觀者

心伎樂已調若有大樂師尚不能壞何況釋子沙門不與汝分使即還報不肯與汝分聞不與已即張異衣作幔異衣作障異衣作敷是中著白衣服結跏趺坐辯才莊嚴讚佛讚法讚僧聖戒是中有人從大衆中起試往看之如是第二第三會處皆空來就比丘聞法得味不復還去是中即空爾時伎人應大得價即不復得共相問言彼中是誰答言沙門釋子即呵責言是失沙門法燒沙門法盡奪我等所得財物是中有比丘少欲知足行頭陀聞是事心不喜向佛廣說佛以是事集比丘僧知而故問六羣比丘汝實作是事不答言實作世尊佛以種種因緣呵責六羣比丘云何名比丘不作淨染衣著佛但呵責而未結戒

佛在舍衛國爾時諸比丘從憍薩羅國遊行向舍衛國與賈客衆俱欲度險道時有賊來劫賈客物裸形放去諸比丘亦失衣服復有餘出家人亦在此中俱失衣服時賊放衣聚在一處是賊愛佛法故語諸比丘汝等各各還自取衣餘出家人亦有染衣諸比丘疑惑謂是他衣竟不敢取次第到舍衛國往詣佛所頭面作禮一面坐諸佛常法有客比丘來如是語勞問訊可忍不足不乞食不難道路不疲耶佛以是語勞問諸比丘可忍不足不乞食不難道路不疲耶諸比丘言忍足乞食不難道路不疲以是事向佛廣說佛以是事集比丘僧種種因緣讚戒讚持戒讚戒讚持戒已語諸比丘以十利故與諸比丘結戒從今是戒應如是說若比丘得新衣者應三種

色中隨一一種壞是衣色若青若泥若茜若比丘不以三種壞衣色著新衣者波逸提新衣者若比丘得他故衣初得故亦名新衣三種壞色者若青若泥若茜若比丘得青衣者應二種淨若泥若茜若得泥衣者亦二種淨若青若茜若得茜衣者亦二種淨若青若泥若得黃衣者應三種淨青泥茜得赤衣者應三種淨青泥茜得白衣者亦三種淨青泥茜波逸提者煑燒覆障若不悔過能障礙道是中犯者若比丘著不作淨衣波逸提若作敷具波逸提若作枕波逸提乃至少時試著突吉羅若比丘得作淨竟衣以不淨段物補却刺縫一點作淨若直縫各各作淨若比丘得淨染衣却刺縫即是淨不淨物補摘不淨物還與僧淨染者如法壞色染也不淨段物者非如法色一尺二尺故言不淨段以此衣壞故以段補之皆應却刺若直縫者衣主命終應摘此直縫與僧乃以此衣與看病人一點三點以淨此不淨色故淨而却刺是佛所許如法畜用直縫所以不得者以是世人衣法故以却刺異俗 五十九事竟

十誦律卷第十五

音釋

楯 竪尹切兵器干櫓之屬　懈怠 懈古隘切懶也怠徒耐切倦也　掉臂 掉徒弔切搖也臂必至切腕也　輭 而兖切柔也　卹 辛聿切愍也收也　箭 子賤切矢也　筈 古活切箭本受弦處也　塹 七艷切坑也　茜 此見切茜草也

十誦律卷第十六

姚秦三藏弗若多羅共三藏鳩摩羅什譯

第三誦之三

九十波逸提之八

佛在王舍城爾時瓶沙王有三種池水第一池中王及夫人洗第二池中王子大臣洗第三池中餘人民洗是王得道深心信佛問諸大臣上人洗不答言亦洗王言上人應我渠中洗爾時諸比丘常初夜中夜後夜數數洗一時瓶沙王欲洗語守渠人除人令靜我欲往洗即時除却餘人但比丘在知池人作是念王敬比丘若遣除者王或當瞋便白王言已除餘人但比丘在王言大善令上人先洗初夜中夜後夜比丘洗竟便去知池人白王言比丘已去王即詣水王洗法遲王洗竟時便即地了王洗竟作是念我不應出城不見佛直還入城即詣佛所頭面禮佛足却一面坐佛知故問大王晨朝何來時王以是事向佛廣說佛爾時爲王說種種法示教利喜示教利喜已默然王聞佛說法已從座起頭面禮佛足右繞而去王去不久佛以是事集比丘僧種種因緣呵責諸比丘云何名比丘常初夜中夜後夜數數洗令灌頂刹利大王自池中不得洗種種因緣呵已語諸比丘以十利故與比丘結戒從今是戒應如是說若比丘減半月浴波逸提波逸提者煑燒覆障若不悔過能障礙道是中犯者若比丘未滿十五日浴者波逸提若滿十五日若過不犯爾時春殘一月半夏初一月是二月半大熱時諸比丘不得浴故身體垢痒迷悶吐逆是事

白佛願世尊如是大熱時聽諸比丘洗浴佛言聽浴從今是戒應如是說若比丘減半月浴波逸提除因緣因緣者春殘一月半夏初一月是二月半大熱時是中犯者若比丘未至大熱時浴波逸提若大熱時浴不犯

佛在王舍城爾時諸比丘病以酥油塗身不得浴故患痒迷悶吐逆諸比丘白佛願聽病因緣故浴佛言從今聽病因緣故浴益利病人如食無異從今是戒應如是說若比丘減半月浴波逸提除因緣因緣者春殘一月半夏初一月是二月半大熱時除病時病者若冷發風發熱發若洗浴得差是名病是中犯者若比丘無病減半月浴波逸提若病不犯

佛在王舍城爾時諸比丘中前著衣持鉢入城乞食時惡風起吹衣離體塵土坌身不得浴故迷悶吐逆是事白佛願世尊聽風因緣故浴佛言從今聽許風因緣故浴從今是戒應如是說若比丘減半月浴除因緣波逸提除因緣者春殘一月半夏初一月是二月半大熱時除病時風時是中犯者若無風因緣浴波逸提若有風因緣浴不犯

佛在王舍城爾時諸比丘著新染衣入城乞食值雨衣濕染汁著身生疥瘡不得浴故痒悶吐逆諸比丘白佛願世尊聽雨因緣故浴佛言雨因緣故浴從今是戒應如是說若比丘減半月浴除因緣波逸提因緣者春殘一月半夏初一月是二月半大熱時病時風時雨時是中犯者若無雨因緣浴波逸提有雨因緣浴不犯

佛在阿羅毗國爾時諸比丘新起佛圖擔土

持泥墼塼草等麤泥細泥黑白塗治不得浴故痒悶吐逆疲極不除是事白佛願世尊聽作因緣故浴佛言聽作因緣故浴從今是戒應如是說若比丘減半月浴除因緣波逸提因緣者春殘一月半夏初一月是二月半大熱時除病時風時雨時作時作者乃至掃五尺僧坊地亦名爲作是中犯者若比丘無作因緣浴波逸提若作因緣浴不犯

佛在舍衛國爾時諸比丘從憍薩羅國遊行向舍衛國是土地多塵土行時塵土坌身不得浴故身體痒悶吐逆是事白佛願世尊聽行因緣故浴佛言聽行因緣故浴從今是戒應如是說若比丘減半月浴除因緣波逸提因緣者春殘一月半夏初一月是二月半大熱時除病時風時雨時作時行時行者乃至半由延若來若去是中犯者若比丘昨日來今日浴波逸提明日欲去今日浴波逸提若今日半由延來去浴者不犯若比丘無是六因緣減半月浴波逸提若有因緣不語餘比丘輒浴者突吉羅事竟六十

佛在維耶離國爾時維耶離諸王子出園林中學射門扇孔仰射空中筈筈相拄爾時迦留陀夷中前著衣持鉢入城乞食遙見諸王子作如是射見已便笑諸王子言何以故笑我等射不好耶答言不好問言汝能不答言能若能便射迦留陀夷言我法不應捉弓箭諸王子言此中有木弓可用即與木弓張時有飛鳥空中回旋迦留陀夷放箭圍繞不令得出諸王子言何故不著答言射著何足爲難諸王子言不爾若能著者便應令著莫傷

虛語即憍慢言汝等欲令射著何處王子言欲令著右眼即著右眼是鳥即死爾時諸王子皆慚愧妬瞋言沙門釋子能故奪畜生命是中有比丘少欲知足行頭陀聞是事心不喜種種因緣呵責云何名比丘故奪畜生命種種因緣呵已向佛廣說佛以是事集比丘僧知而故問迦留陀夷汝實作是事不答言實作世尊佛以種種因緣呵責云何名比丘故奪畜生命種種呵已語諸比丘以十利故與比丘結戒從今是戒應如是說若比丘故奪畜生命波逸提奪命者若自奪若教他奪波逸提者煑燒覆障若不悔過能障礙道是中犯者有三種奪畜生命得波逸提自教遣使自者若比丘自作自奪畜生命教者語他言是畜生捉縛打殺若他受教殺者是比丘得波逸提遣使者若比丘語人言汝識某畜生不答言識汝往捉縛打殺使往捉縛打殺者比丘得波逸提又比丘有三種奪畜生命得波逸提一者用受色二者用不受色三者用受不受色受色者若比丘以手打畜生若足若頭若餘身分念欲令死死者波逸提若不即死後因死者波逸提若不即死後不因死突吉羅不受色者若比丘以木瓦石刀矟弓箭若木段白鑞段鉛錫段遙擲畜生念欲令死死者波逸提若不即死後因是死亦波逸提若不即死後不因死突吉羅受不受色者若以手捉木瓦石刀矟弓箭木段白鑞段鉛錫段就打念欲令死死者波逸提若不即死後因是死波逸提若不即死後不因死突吉羅若比丘不以受色不受色受不受色爲

殺故以毒藥著畜生眼中耳中鼻中口中身上瘡中著飲食中臥處坐處念欲令死死者波逸提若不即死後因是死者亦波逸提若不即死後不因是死突吉羅若比丘不以受色不受色受不受色不以毒藥爲殺故作憂多殺頭多殺作攝網撥毗陀羅殺似毗陀羅殺斷命殺墮胎殺按腹殺推著水火中殺推著坑中殺遣令道中死乃至母胎中初受二根身根命根於中起方便念欲令死死者波逸提若不即死後因是死波逸提若不即死後不因死突吉羅 六十一事竟

佛在王舍城爾時六羣比丘共十七羣比丘鬭諍相罵心不和合時六羣比丘與十七羣比丘鬭諍相罵已六羣比丘欲令十七羣比丘疑悔故作是言汝等不滿二十歲受具戒若人不滿二十歲受具戒者不名得具足戒若不得具足戒非比丘非沙門非釋子是人得是語已愁憂疑悔啼泣諸比丘問何故啼耶答言六羣比丘令我疑悔云我等不滿二十受具戒若不滿二十受具戒者不名得具足戒若不得具足戒非比丘非沙門非釋子我等聞是語疑悔故啼是中有比丘少欲知足行頭陀聞是事種種因緣呵責云何名比丘故令他疑悔種種因緣呵已向佛廣說佛以是事集比丘僧知而故問六羣比丘汝實作是事不答言實作世尊佛以種種因緣呵責六羣比丘云何名比丘故令他比丘疑悔種種因緣呵已語諸比丘以十利故與比丘結戒從今是戒應如是說若比丘故令餘比丘疑悔使須臾時心不安隱以是因緣無異

波逸提波逸提者煮燒覆障若不悔過能障礙道是中犯者有六因緣一者生二者受具戒三者犯四者問五者物六者法生者若比丘問餘比丘汝何時生答言某王時生某大臣時某豐樂時某饑儉時某安隱時某疫病時生即復言若人某王時生某大臣時若豐樂饑儉安隱疫病時生者是人不滿二十歲若人不滿二十不得受具足戒若不得具足戒非比丘非沙門非釋子若他比丘起疑悔若不起皆波逸提又比丘問他比丘言汝腋下何時生毛口邊何時生鬚咽喉何時現若言某王時某大臣時若豐樂饑儉安隱疫病時生即復言若人某王時某大臣時若豐樂饑儉安隱疫病時生毛生鬚咽喉現者是人不滿二十若人不滿二十受具足戒不名得具足戒若不得具足戒非比丘非沙門非釋子若起疑悔若不起皆波逸提是名生受具戒者若比丘問他比丘言汝何時受具戒答言某王時某大臣時若豐樂饑儉安隱疫病時受具戒即復問言若人某王時某大臣時若豐樂饑儉安隱疫病時受具戒者是人不得具足戒不得具足戒者非比丘非沙門非釋子若起疑悔若不起皆波逸提又比丘問他比丘誰是汝具戒和尚誰作阿闍梨誰作教師答言某作和尚某作阿闍梨某作教師即復言若某作受具戒和尚某作阿闍梨某作教師是人不名得具足戒若不得具足戒非比丘非沙門非釋子若起疑悔若不起皆波逸提又比丘問他比丘言汝於十衆中受具戒於五衆中受具戒耶答言十衆中即復

語言若如是十衆中受具戒是人不得具足戒不得具足戒者非比丘非沙門非釋子若起疑悔若不起皆波逸提又比丘問他比丘汝於界内受具戒於界外受答言界内受即復言若界内受戒是人不得具足戒不得具足戒者非比丘非沙門非釋子若起疑悔若不起皆波逸提是名受具足戒犯者若比丘語他比丘言汝犯僧伽婆尸沙波逸提波羅提提舍尼突吉羅若比丘犯僧伽婆尸沙波逸提波羅提提舍尼突吉羅者是人非比丘非沙門非釋子若起疑悔若不起皆波逸提是名犯問者若比丘問他比丘汝入某聚落行某巷到某家坐某處共某女人語到某比丘尼房共某比丘尼語耶答言我入某聚落行某巷到某家坐某處共某女人語到某比丘尼房共某比丘尼語即復言若比丘入某聚落行某巷到某家坐某處共某女人語到某比丘尼房共某比丘尼語者是人非比丘非沙門非釋子若起疑悔若不起皆波逸提是名問物者若比丘語餘比丘汝誰同心用鉢誰同心用衣用户鉤時藥夜分藥七日藥終身藥答言與某同心用鉢衣户鉤時藥夜分藥七日藥終身藥即復言若比丘與某同心用衣鉢户鉤時藥夜分藥七日藥終身藥者是人非比丘非沙門非釋子若起疑悔若不起皆波逸提是名物法者若比丘語他比丘莫多畜衣莫數數食莫別衆食莫他不請食入某舍莫非時入聚落莫不著僧伽棃入村邑若比丘答言我受迦絺那衣即復言若比丘隨意多畜衣數數食別衆食他不請食

入其舍非時入聚落不著僧伽棃入村邑者是人非比丘非沙門非釋子若起疑悔若不起皆波逸提是名法若比丘以是六事令他比丘疑悔皆波逸提除是六事以餘事令他比丘疑悔突吉羅除比丘以是六事以餘因緣令餘人疑悔皆突吉羅 六十二事竟

佛在王舍城爾時十七羣比丘中有一白衣小兒喜笑時十七羣以喜笑故用指擊攊小兒多笑乃至氣絕不能動手足便死時十七羣比丘生疑我等將無得波羅夷是事白佛佛知故問十七羣比丘汝以何心作答我以戲笑故佛言若爾者不犯殺語諸比丘以十利故與比丘結戒從今是戒應如是說若比丘以指擊攊他者波逸提波逸提者煮燒覆障若不悔過能障礙道是中犯者若比丘以一指擊攊他一波逸提二三四五六七八九十指十波逸提若以木石擊攊他突吉羅 六十三事竟

佛在舍衛國爾時波斯匿王有洗浴河處處作堰時十七羣比丘共相謂言至阿脂羅河上洗浴去來十七羣比丘中有一比丘得禪定故實不欲往爲護餘人意故去諸比丘皆著衣到阿脂羅河岸上脫衣入河中作種種戲或手拍水或倒没或如魚轉或掉臂或兩手抱水或一手仰浮是洗浴處王殿上悉得遥見時王與末利夫人於殿上受五欲樂女妓自娛時王遥見十七羣比丘在水中種種戲語末利夫人此是汝所尊重者於水中作如是種種麤戲夫人答言王何以言看是此是年少耳王何不言看摩訶迦葉舍利弗目

捷連阿那律爾時是中得禪定者不洗在別處坐禪聞是二語王語夫人語聞已語餘比丘言汝洗已足勿復更洗當上岸著衣皆盛滿瓨灌水著前結加趺坐如是教已即皆上岸著衣盛滿瓨灌水著前結加趺坐時得定者以神通力令瓶水各各在前空中去令諸比丘大坐閉眼隨後而去時末利夫人見已語王言此是我所尊重者作如是行乃至王所不見處時夫人即遣使詣佛所白佛言是王常喜出比丘過罪以此水中洗戲故顧令諸比丘莫復此中洗佛以是事集比丘僧知而故問十七羣比丘汝實作是事不答言實作世尊佛以種種因緣呵責十七羣比丘云何名比丘水中作種種戲以手拍水倒沒或如魚轉或兩手抱水一手仰浮種種呵已語諸比丘以十利故與比丘結戒從今是戒應如是說若比丘水中戲波逸提波逸提者煑燒覆障若不悔過能障礙道是中犯者有八種一者作喜二者作樂三者作笑四者作戲五者弄水六者令他喜七者令他樂八者令他笑若比丘欲作喜故以手拍水波逸提若於水中倒沒或轉如魚或一臂兩臂浮或身踊或仰浮皆波逸提若比丘欲作樂作笑作戲弄水令他喜令他樂令他笑故作是種種浮戲皆波逸提乃至槃上有水若坐牀上有水以指畫之突吉羅不犯者若學浮若直度不犯 六十四事竟

佛在舍衛國爾時長老阿那律從憍薩羅國遊行向舍衛國到一聚落無僧坊處欲宿是阿那律本國王子性貴故不喜問小小事又

不知何人可問不可問見聚落中諸立少年即往問言是聚落中誰能與出家人宿處時聚落中有一婬女是諸年少欲戲弄比丘故答言某處可宿即往到女門前立彈指時女人出看見阿那律端正有威德顏色可愛見已婬欲心發女人問言汝何所索答言寄宿女言可得即入與坐處共相問訊然後乃坐女勑家人辦種種飲食種種莊嚴供養是客即敷大牀好褥被枕即此牀邊更著一牀自為身故是女人初夜請比丘作不淨事我當為汝供給摿脚比丘答言我是斷婬欲人莫說是事女人意念此必有欲但以初至疲極故至中夜復語猶故不從至後夜復語亦故不從至地了時女語比丘言國王大臣有持百金錢來我不肯從二百三百四百五百我亦不從我於今夜三自相請而汝不肯汝於比丘所應得法必當得之若不欲爾者為愍我故受我施食阿那律念言我道中行必當須食作是念已即默然受知默然受已即時辦飲食自手行水自與多美飲食飽滿已知洗手攝鉢取小牀在前坐聽法時阿那律觀女人心本末因緣為說次第法即於座上遠塵離垢得法眼淨是女人見法聞法知法入法度疑悔不隨他於佛法中得自在心無所畏從坐處起頭面禮阿那律足言我從今日歸依佛歸依法歸依僧我盡形作優婆夷時阿那律更為說種種法示教利喜示教利喜已從坐起去從是已來此家常供給沙門釋子衣服飲食是婬女少多送阿那律已便還爾時阿那律漸到舍衛國脫衣鉢著一處往

詣佛所頭面作禮在一面坐諸佛常法有客比丘來以如是語勞問忍不足不乞食不難道路不疲極耶佛即以如是語勞問阿那律忍不足不乞食不難道路不疲極耶阿那律答言世尊忍足乞食不難道路不疲以是事向佛廣說佛以是事集比丘僧語諸比丘阿那律雖離欲得阿羅漢不應與女人共宿如熟飲食人之所欲女人於男亦復如是種種因緣呵已不應與女人共宿以十利故與諸比丘結戒從今是戒應如是說若比丘與女人同舍宿波逸提女者人女非人女畜生女是人女是臥若坐名為宿象若倚若立亦名宿駝馬牛羊若立若臥亦名宿鵝鴈孔雀雞若一脚立若持頭著項上亦名宿舍者有四種一切覆一切障一切障不覆一切覆半障一切覆少障是中犯者若比丘是四種舍中共女宿皆波逸提若起還臥更得波逸提隨起還臥一一波逸提不犯者通夜坐不臥乃至他舍有女人宿孔容猫子入處是舍中宿波逸提 六十五事竟

佛在維耶離國摩俱羅山中爾時與侍者象守比丘俱諸佛侍者法佛未入房不得先入時佛初夜露地經行爾時小雨墮釋提桓因作是念佛今在露地經行小雨墮我何不變作瑠璃窟令佛在中經行即便化作佛在中經行帝釋隨後佛經行久是象守比丘風雨所惱作是念當以何方便令佛入舍我當得入爾時摩俱羅山中所有人民小兒啼時則以婆俱羅夜叉怖之令止時象守反被俱執在經行道頭立以兩手覆兩耳語佛言比丘

婆俱羅夜叉來時釋提桓因白佛言世尊云何佛法中乃有是癡人佛言憍尸迦我家廣大此人現身亦當得漏盡所作已辦更不受後有佛種種因縁示教利喜示教利喜已默然釋提桓因聞佛示教利喜已頭面禮佛足右繞而去釋去未久佛入自房敷座牀坐是夜過已以是因縁集比丘僧種種因縁呵責象守比丘言癡人云何能恐怖如來佛世尊汝癡人佛者無怖畏衣毛不竪爾時佛說偈言

佛於自法中　通達無礙智　有入可以此
婆俱夜叉恐　佛於自法中　通達無礙智
是故能過度　生老病死苦　佛於自法中
通達無礙智　是故能除滅　諸結使煩惱

佛以種種因縁呵責象守比丘已語諸比丘以十利故與比丘結戒從今是戒應如是說若比丘自恐怖他比丘若教他恐怖乃至戲笑波逸提波逸提者煑燒覆障若不悔過能障礙道是中犯者有六種色聲香味觸法色者若比丘作象色若作馬色羝羊色水牛色作如是等可畏色恐怖比丘若能令怖若不能皆波逸提是名色聲者若比丘作象聲馬聲車聲步聲羝羊聲水牛聲作如是等可畏聲恐怖他比丘若能令怖若不能皆波逸提是名聲香者若比丘作好香若作臭若等分香如是香恐怖比丘若能令恐怖若不能皆波逸提是名香味者若比丘問他比丘汝今日用何物噉飯答言用酪酥又言若用酪酥噉飯者是人得癩癬病若能令怖若不能皆波逸提若比丘復問他比丘汝今日以何物

噉飯答言用酪酥毗羅漿又言若人用酪酥毗羅漿噉飯者是人得癩𤻲病若能令怖若不能皆波逸提又比丘問餘比丘汝今日以何物噉飯答言以酥猪肉又言若人用酥猪肉噉飯者是人得癩𤻲病若能令怖若不能皆波逸提是名味觸者若比丘持身令堅若麤若軟若細滑若澀令身皆異以觸他比丘若能令怖若不能皆波逸提是名觸法者若比丘語餘比丘汝莫於生草中大小便當墮地獄餓鬼畜生是比丘答言我自知是法又言若比丘生草中大小便者是比丘便墮地獄餓鬼畜生若能令恐怖若不能皆波逸提是名法若比丘以是六事恐怖比丘波逸提除是六事若以餘事恐怖比丘突吉羅以是六事若餘事恐怖餘人突吉羅六十六事竟

佛在舍衛國有一居士請佛及僧明日食佛默然受是居士知佛默然受已從座起頭面禮佛足右繞而去還家通夜辦種種多美飲食敷坐處爾時諸比丘早起持衣鉢著露地待時到爾時六羣比丘與十七羣比丘共鬬諍不相喜時六羣比丘取十七羣比丘衣鉢藏著異處時十七羣比丘來求衣鉢久覓不得十七羣比丘法有所作事皆共相語時失衣者語餘者言我不知衣鉢處相助求覓於是中間居士敷坐處已遣使白佛時到飲食已辦佛自知時諸比丘僧往居士舍佛自房住迎食分居士見僧坐已自手行水自與多美飲食自恣飽滿自恣飽滿已知僧執鉢自行水竟取小牀在僧前坐欲聽說法上座說法已及餘比丘各從座起出居士舍十七羣

比丘爾許時覓衣始得來入衆僧出時見已問言何故在後答言六羣比丘藏我衣鉢久覓始得是中有比丘少欲知足行頭陀聞是事心不喜種種因緣呵責六羣比丘云何名比丘藏他比丘衣鉢求覓時間妨當斷食種種因緣呵已向佛廣說佛以是事集比丘僧知而故問六羣比丘汝實作是事不答言實作世尊佛種種因緣呵責云何名比丘藏他比丘衣鉢求覓時間妨當斷食佛種種因緣呵已語諸比丘以十利故與諸比丘結戒從今是戒應如是說若比丘藏他比丘衣鉢户鉤革屣鍼筒如是隨法所須物若自藏若教他藏乃至戲笑波逸提自藏者自手藏教藏者教他藏波逸提者煑燒覆障若不悔過能障礙道是中犯者若比丘藏他比丘鉢彼比丘若覓不得是比丘得波逸提若覓得得突吉羅若衣户鉤革屣鍼筒若覓不得波逸提若覓得突吉羅若藏空鍼筒彼比丘若覓不得突吉羅若得亦突吉羅六十七事竟

佛在王舍城爾時六羣比丘性嬾惰不喜自浣染衣割截篸縫若有衣可浣染割截篸縫者便持是衣與比丘若比丘尼式叉摩尼若沙彌沙彌尼諸人生自衣想浣染割截篸縫作衣竟爾時六羣比丘知衣已成便往索言此衣何以久不還我輙語不得即强奪取爾時諸比丘不見六羣比丘浣染割截篸縫衣時但見著新衣諸比丘問六羣比丘言不見汝浣染割截篸縫衣時但見著新衣六羣比丘言我等有可浣染割截篸縫衣持與比丘比丘尼式叉摩尼沙彌沙彌尼諸人是衣中

生自衣想浣染作衣竟我便往索此衣何以久不還我輙語不得即强奪取著以是因緣故汝等不見我浣染割截簝縫衣時但見我著新衣是中有比丘少欲知足行頭陀聞是事種種因緣呵責六羣比丘云何名比丘與比丘比丘尼式叉摩尼沙彌沙彌尼衣他不還便强奪取著諸比丘種種因緣呵已向佛廣說佛以是事集比丘僧知而故問六羣比丘汝實作是事不荅言實作世尊佛種種因緣呵責六羣比丘云何名比丘與比丘比丘尼式叉摩尼沙彌沙彌尼衣他不還便强奪取著種種因緣呵已語諸比丘以十利故與比丘結戒從今是戒應如是說若比丘與比丘比丘尼式叉摩尼沙彌沙彌尼衣他不還便强奪取著波逸提波逸提者煑燒覆障若不悔過能障礙道是中犯者若比丘與比丘比丘尼式叉摩尼沙彌沙彌尼衣他不還便奪取著波逸提爾時諸比丘不知長衣當云何畜是事白佛佛言應作淨畜有比丘現前作淨與他衣已他不肯還即生鬬諍是事白佛佛言不應現前與爾時有比丘與二三人衣作是言我所有衣鉢皆與某甲某甲二三人如是散亂不應淨法是事白佛佛言不應與二三人應好思惟籌量與一好人應作是言我衣鉢皆與某甲一人從今日比丘有應常用衣不應與他若遣與若作淨若受持比丘有衣應與他者與六羣比丘中一人是人受衣已便不肯還餘比丘亦得懊惱不能得好同心比丘故又一時夏末月佛遊行諸國餘比丘皆著新染衣是一比丘著故弊衣佛

見是比丘知而故問汝何故著弊故衣比丘答言世尊我有衣應淨故與六羣比丘中一人受我衣已便不肯還餘比丘亦得懊惱不得好同心比丘故佛言是施不名眞實爲清淨因緣故與即時是比丘應還索取若得者好若不得者應强奪取應教彼作突吉羅罪悔過從今日比丘所有常用衣隨意不應與他若作淨若受持若施人 六十八事竟

佛在維耶離國爾時有彌多羅浮摩比丘作是念我以無根波羅夷法謗陀驃比丘力士子不能得成是事無根故又以小因緣作波羅夷謗亦不得成無小因緣故我今當以無根僧伽婆尸沙法謗陀驃比丘力士子作是念已即以無根僧伽婆尸沙法謗陀驃比丘是中有比丘少欲知足行頭陀聞是事種種因緣呵責彌多羅浮摩比丘云何名比丘以無根僧伽婆尸沙法謗清淨梵行比丘諸比丘種種因緣呵責彌多羅浮摩比丘已向佛廣說佛以是事集比丘僧知而故問彌多羅浮摩比丘汝實作是事不答言實作世尊佛以種種因緣呵責云何名比丘以無根僧伽婆尸沙法謗清淨梵行比丘種種因緣呵已語諸比丘以十利故與諸比丘結戒從今是戒應如是說若比丘以無根僧伽婆尸沙法謗餘比丘波逸提無根者有三種若見若聞若疑僧伽婆尸沙者十三僧伽婆尸沙中隨彼所説謗者他所不作强言作罪波逸提者煑燒覆障若不悔過能障礙道是中犯者若比丘以無根僧伽婆尸沙法謗不清淨比丘十一種犯五種不犯十一種犯者若不見不

聞不疑若見忘若聞忘若疑忘若聞信聞若聞不信聞聞已言我疑疑已言我見疑已言我聞是名十一種犯五種不犯者是事若見若聞若疑見已不忘疑已不忘是名五種不犯不清淨比丘似清淨比丘亦如是若比丘以無根僧伽婆尸沙法謗清淨比丘十種犯四種不犯十種犯者若不見不聞不疑若聞忘疑忘若聞信聞若聞不信聞聞已言疑疑已言見疑已言聞是名十種犯四種不犯者若聞若疑若聞不忘若疑不忘清淨比丘似不清淨亦如是 六十九事竟

佛在維耶離去維耶離城不遠有織師聚落是中一織師婦有小事不隨夫言夫以手脚痛打驅出舍是女父母家在維耶離城中婦作是念我當歸去作是念時有迦留羅提舍比丘從跋耆國遊行向維耶離是婦出外見是比丘問言善人那去答言向維耶離婦言共去即便俱發爾時以染心相看調戲大語掉手臂行作種種不淨事時織師便作是念我婦或當走去即出自舍求婦不得諸織師法有事皆相佐助即語餘織師言我婦走去諸織師即於諸要道中覓是夫作是念是婦生在維耶離必當還歸即自向維耶離道中見婦與比丘俱行即往捉比丘以衣繫縛言汝比丘法應將我婦去耶答言我不將去我自向維耶離汝婦自隨我來夫言云何肯直首即以手脚打比丘婦見打比丘故語夫言何以打他耶此比丘不將我來我自向維耶離夫語婦言小婢汝必共作不淨事復更以手脚打比丘已放去是迦留羅提舍比丘起

如是惡事已便去到維耶離向諸比丘說諸比丘以是事向佛廣說佛以是事集比丘僧語諸比丘如是罪及餘過罪皆由與女人共期同道行故以十利故與比丘結戒從今是戒應如是說若比丘與女人共期道行乃至一聚落波逸提女人者有命女人堪作婬欲期者有二種若比丘作期若女人作期道者有二種水道陸道波逸提者煑燒覆障若不悔過能障礙道是中犯者若比丘與女人共期陸道行從一聚落至一聚落波逸提若中道還突吉羅若無聚落空地行乃至一拘盧舍得波逸提中道還突吉羅水道亦如是不犯者若比丘不共期行若與國王夫人共道行不犯 七十事竟

佛在維耶離爾時諸比丘從跋耆國遊行向維耶離是道多草木諸比丘失道入薩羅樹林中爾時有賊作惡事竟先在林中諸賊見比丘作是念言比丘那去答言向維耶離賊言此非維耶離道諸比丘言我等亦知非向維耶離道我等失道故諸比丘問賊汝等那去諸賊答言向維耶離諸比丘言我曹與汝等共去諸賊言不知我等是賊耶我等或隨道行或不隨道行或從濟度恒河或不從濟度或由門入或不由門入若共我等去者或得衰惱事諸比丘言我等已失道有事無事爲當共去答言隨意即與賊俱去不由濟度恒河時爲邏人所捉邏人問諸比丘汝等亦是賊耶答言我等非賊以失道故邏人即看無異財物邏人言汝肯直首耶當將詣官所衆官問言汝等亦是賊耶答言我等非賊以

失道故衆官即看無異財物時斷事人信佛法作是言沙門釋子不能作是惡事必是失道語比丘言今放汝去後莫復與惡人共道行諸比丘起如是大惡事已便去以是事向諸比丘說諸比丘以是事向佛廣說佛以是事集比丘僧語諸比丘如是罪及過是罪以與賊衆共道行故以十利故與比丘結戒從今是戒應如是說若比丘與賊共期同道行乃至一聚落波逸提賊者偷象馬牛羊到小聚落抄奪他物期者有二種若比丘作期若賊作期道者有二種水道陸道波逸提者煮燒覆障若不悔過能障礙道是中犯者若比丘陸道與賊共期從一聚落至一聚落波逸提若中道還突吉羅若無聚落空地乃至一拘盧舍波逸提若中道還突吉羅水道行亦如是不犯者若不期不犯若嶮難處賊送度者不犯七十一事竟

佛在王舍城爾時王舍城中十七羣年少富貴家子柔軟樂人和提等未滿二十歲長老目犍連與受具戒是人晡時飢急故於僧坊內發大音聲作小兒啼佛聞僧坊內小兒啼聲知而故問阿難何故僧坊內有小兒啼聲阿難答言世尊是王舍城中有十七羣年少富貴家子柔軟樂人未滿二十歲長老目揵連與受具戒晡時飢急是故僧坊內發大音聲作小兒啼佛以是事集比丘僧知而故問大目揵連汝實作是事不答言實作世尊佛以種種因緣呵責目揵連汝不知時不知量趣得便與受具戒汝云何不滿二十歲人與受具戒何以故未滿二十歲人不能堪忍寒

熱飢渴蚊蝱風雨蛇毒所螫他人惡口苦急奪命重病皆不能堪忍是不滿二十歲人未成就故佛言滿二十歲人能堪忍寒熱飢渴蚊蝱風雨蛇毒所螫他人惡口苦急奪命重病皆能堪忍以成就故佛種種因緣呵已語諸比丘以十利故與諸比丘結戒從今是戒應如是說若比丘未滿二十歲人與受具足戒者波逸提是人不得具足戒諸比丘亦可呵是事應爾波逸提者煑燒覆障若不悔過能障礙道是中犯者若人不滿二十歲自想不滿僧中問汝滿二十不答言不滿若僧與受具戒是人不得戒諸比丘得罪共事共住者亦得罪又人不滿二十歲自想不滿僧中問汝滿二十不答言滿若僧與受具戒是人得戒共事共住無犯諸比丘得罪又人不滿二十歲自想不滿僧中問汝滿二十不答言不知不憶疑若僧不審諦問便與受具戒是人得戒共事共住無罪諸比丘得罪若人不滿二十歲忘不知不滿僧中問汝滿二十不答言不滿若僧與受具戒是人不得戒諸比丘得罪共事共住亦得罪又人不滿二十歲忘不知不滿僧中問汝滿二十不答言滿若僧與受具戒是人得戒共事共住無罪諸比丘得罪又人不滿二十歲忘不知不滿僧中問汝滿二十不答言不知不憶疑若僧不審諦問便與受具戒是人得戒共事共住無罪諸比丘得罪若人不滿二十歲不自憶不滿僧中問汝滿二十不答言不滿若僧與受具戒是人不得戒諸比丘得罪共事共住者亦得罪又人不滿二十歲不自憶不滿僧中問

汝滿二十不答言滿若僧與受具戒是人得戒共事共住無罪諸比丘得罪又人不滿二十歲不自憶不滿僧中問汝滿二十不答言不知不憶疑若僧不審諦問便與受具戒是人得戒共事共住無罪諸比丘得罪若人不滿二十歲自疑爲滿不滿僧中問汝滿二十不答言不滿若僧與受具戒是人不得戒諸比丘得罪共事共住者亦得罪又人不滿二十歲自疑爲滿不滿僧中問汝滿二十歲不答言滿若僧與受具戒是人得戒共事共住無罪諸比丘得罪又人不滿二十歲自疑爲滿不滿僧中問汝滿二十不答言我不知不憶疑若僧不審諦問便與受具戒是人得戒共事共住者無罪諸比丘得罪若人滿二十歲自想滿二十僧中問汝滿二十不答言滿若僧與受具戒是人得戒諸比丘無罪共事共住者亦無罪又人滿二十歲自想滿二十僧中問汝滿二十不答言不滿若僧與受具戒是人不得戒諸比丘得罪共事共住者亦得罪又人滿二十歲自想滿二十僧中問汝滿二十不答言不知不憶疑若僧不審諦問便與受具戒是人得戒共事共住無罪諸比丘得罪若人滿二十歲忘不自知滿僧中問汝滿二十不答言滿若僧與受具戒是人得戒共事共住無罪諸比丘亦無罪又人滿二十歲忘不自知滿僧中問汝滿二十不答言不滿若僧與受具戒是人得戒共事共住無罪諸比丘得罪又人滿二十歲忘不自知滿僧中問汝滿二十不答言不知不憶疑若僧不審諦問便與受具戒是人得戒共事共住

無罪諸比丘得罪若人滿二十歲不自憶滿僧中問汝滿二十不答言滿若僧與受具戒是人得戒諸比丘無罪共事共住亦無罪又人滿二十歲不自憶滿僧中問汝滿二十不答言不滿若僧與受具戒是人得戒共事共住無罪諸比丘得罪又人滿二十歲不自憶滿僧中問汝滿二十不答言不知不憶疑若僧不審諦問便與受具戒是人得戒共事共住無罪諸比丘得罪若人滿二十歲自疑爲滿不滿僧中問汝滿二十不答言滿若僧與受具戒是人得戒諸比丘無罪共事共住亦無罪又人滿二十歲自疑爲滿不滿僧中問汝滿二十不答言不滿若僧與受具戒是人得戒共事共住無罪諸比丘得罪又人滿二十歲自疑爲滿不滿僧中問汝滿二十不答言我不憶不知疑若僧不審諦問便與受具戒是人得戒共事共住無罪諸比丘得罪十七

二事竟

佛在阿羅毗羅爾時阿羅毗比丘自手掘地掘作墻基掘渠池井掘泥處有居士是外道弟子説地中有命根是人以嫉心故呵責言沙門釋子自言善好有功德而奪一根衆生命是中有比丘少欲知足行頭陀聞是事心不喜向佛廣説佛以是事集比丘僧知而故問阿羅毗比丘汝實作是事不答言實作世尊佛以種種因緣呵責云何名比丘自手掘地掘作墻基掘渠池井掘泥處種種因緣呵已語諸比丘以十利故與比丘結戒從今是戒應如是説若比丘自手掘地若教他掘作是言汝掘是處波逸提地者有二種生地不

生地頽墻土石底蟻封土聚生地者若多雨國土八月地生若少雨國土四月地生是名生地除是名不生地自掘者自手掘教他掘者教他人掘波逸提者煑燒覆障若不悔過能障礙道是中犯者若比丘掘不生地隨一一掘突吉羅若頽墻土石底蟻封土聚若掘者隨一一掘突吉羅若比丘掘生地隨一一掘波逸提若掘作墻基若掘渠池井隨一一掘波逸提若掘泥處乃至沒膝處掘取隨一一掘突吉羅若手畫地乃至沒芥子一一畫突吉羅若比丘作師匠欲新起佛圖僧坊畫地作模像處所不犯餘比丘畫者犯罪若生金銀硨磲碼碯珠沙鑛處若掘是處不犯若生鐵鑛處銅白鑞鉛錫鑛處若雌黃赭土白墡處生石處生黑石處沙處鹽地掘者不犯

七十二事竟

十誦律卷第十六

音釋

坌蒲悶切塵坋也 疥古隘切瘡疥也 疱匹貌切瘡疱也 墼古歷切未燒磚坯也 㩲其亮切罥也 攊郎擊切擊口也 癩落蓋切癩惡疾也 癬息淺切疥癬也 䮂昆召切 蚊無分切 䖟莫耕切蚊䖟並齧人飛蟲也 螫施隻切蟲行毒也 赭章也切赤土也 墡常演切白土也

十誦律卷第十七

姚秦三藏弗若多羅共三藏鳩摩羅什譯

第三誦之四

九十波逸提之九

佛在釋氏國爾時摩訶男釋四月請佛及僧所須藥一切自恣皆從我取爾時六羣比丘過夏四月不病到摩訶男釋所言我等須酥答言先所有酥僧中用儩但有餘藥訶棃勒阿摩勒毗醯勒波株羅藥毗牧曼陀羅藥多耶摩那藥迦樓伽盧醯尼藥有如是等若須者便取六羣比丘又問汝有油蜜石蜜薑胡椒畢茇黑鹽不我等須之答言先有僧中用盡但有餘藥訶棃勒等若須者便取六羣比丘便瞋恚言汝誑佛及僧力不能與者何故請佛及僧四月自恣多與藥若有餘人請者必當自恣多美好藥此辛苦草藥何處不有爾時摩訶男釋善好大人如是呵時心不憂愁時有餘居士隨從摩訶男釋者以嫉妬心瞋呵責言是沙門釋子自言善好有功德是摩訶男釋善好供給衆僧如事大家云何現前呵罵出其過罪是中有比丘少欲知足行頭陀聞是事心不喜向佛廣說佛以是事集比丘僧知而故問六羣比丘汝實作是事不答言實作世尊佛以種種因緣呵責云何名比丘摩訶男釋善好供給衆僧如事大家云何現前呵罵佛種種因緣呵已語諸比丘以十利故與諸比丘結戒從今是戒應如是說若比丘受四月自恣請過除常請除數數請除別請復更索者波逸提四月請者隨何家中請僧四月一切藥隨意所須常請者隨何

家中常請僧一切藥隨意所須數數請者隨何家中過一月已復請四月過二月已復請四月過三月已復請四月過四月已復請四月別請者私請也波夜提者煑燒覆障若不悔過能障礙道是中犯者若比丘隨他家中四月請僧與一切藥是比丘過四月已若復索酥得者波夜提不得者突吉羅索油蜜石蜜胡椒畢茇薑黒鹽得者波逸提不得者突吉羅若索訶梨勒阿摩勒毗醯勒波株羅毗牧曼陀多耶摩那迦樓伽盧醯尼等苦藥得者突吉羅不得者亦突吉羅若常請者隨他家中請僧與一切藥若請主死若有兒若弟兄婦作是言如本家主在時請我今亦如是常請是中有比丘應常請處取若數數請者隨他家中數數請與一切藥是中一月過已更請四月是中比丘應夏中三月受冬中一月受若二月過已更請四月應夏中二月冬中二月受若三月過已更請四月應夏一月冬三月受若四月過已更請四月應冬四月受比丘冬四月過不病更往索酥得者波夜提不得者突吉羅若索油蜜石蜜胡椒畢茇薑黒鹽若得者波夜提不得者突吉羅若索訶梨勒阿摩勒毗醯勒波株羅毗牧曼陀多耶摩那迦樓伽盧醯尼等苦藥若得者突吉羅不得者亦突吉羅不犯者若先請索若病索若從親里索若先請若不索自與不犯

七十四事竟

佛在舍衛國爾時佛不在比丘尼僧前結同戒時佛在比丘僧前結同戒語諸比丘汝等以是戒向比丘尼說作是語已入室坐禪爾

時諸比丘作是念佛今爲我等結同戒言汝
等向比丘尼唱說作是語已入室坐禪是中
誰能往王園比丘尼精舍向比丘尼僧說復
作是念是長老跋提比丘有大功德名聞多
知多識此人堪往王園向比丘尼僧說作是
念已共相謂言當共往語長老跋提比丘即
時諸比丘往詣跋提所頭面禮足一面坐已
語跋提言汝知不佛爲我等結同戒語我等
言汝等向比丘尼說作是語已入室坐禪我
等作是念誰能往王園比丘尼精舍向比丘
尼說我等復作是念是長老跋提有大功德
多聞多知多識此人堪任往王園向比丘尼
僧說汝今往詣王園精舍向比丘尼僧唱說
者善長老跋提默然受諸比丘語爾時諸比
丘知跋提默然受已從座起頭面禮足右繞
而去是跋提過是夜已晨朝著衣持鉢共一
後行比丘入舍衛城次第乞食食已向王園
比丘尼精舍諸比丘尼遥見長老跋提故有
爲敷牀者有爲辦洗足水者時跋提洗足已
就座處坐語諸比丘尼令集一處語比丘尼
言佛爲我等結同戒我及汝等應共受持爾
時有長老比丘尼善比丘尼皆言善好受持
是語爾時偷蘭難陀比丘尼在衆中語長老
跋提言汝愚癡不了不決定知我等可以汝
語故持不持耶我等當問餘比丘持修多羅
毗尼摩多羅迦者若應持者當持不應持者
不持是中有比丘尼少欲知足行頭陀聞是
事心不喜種種因緣呵責偷蘭難陀比丘尼
云何名比丘尼佛結同戒違逆不受復語長
老跋提言汝愚癡不了不決定知如是種種

因緣呵已向佛廣說佛以是事集比丘僧佛以種種因緣呵責偷蘭難陀比丘尼云何名比丘尼佛結同戒違逆不受復呵責善男子跋提愚癡不了不決定知佛如是種種因緣呵已語諸比丘以十利故與比丘結戒從今是戒應如是說若比丘說戒時作是言我不受學是戒先當問餘比丘持經持律持摩多羅迦者波逸提若比丘欲知法者應從此戒學已當問餘比丘持經持律持摩多羅迦者應如是問是語云何是事應爾波逸提者煑燒覆障若不悔過能障礙道是中犯者若比丘說四波羅夷時作是言我不學是戒當先問餘比丘持經持律持摩多羅迦者波逸提若比丘說十三僧伽婆尸沙法二不定法三十尼薩耆波逸提法九十波逸提法四波羅提提舍尼法衆多學法七滅諍事法及餘入毗尼經說時作是言我不受學是戒先當問餘比丘持經持律持摩多羅迦者波逸提若除入毗尼經說餘經時作是言我不受學是經先當問餘比丘持經持律持摩多羅迦者突吉羅七十五事竟

佛在王舍城爾時六羣比丘與十七羣比丘常共鬬諍相罵相言時十七羣共六羣比丘鬬諍相言相罵已各自別去謂六羣比丘不聞其聲屏處相謂言六羣兇惡健鬬我等共同心者六羣比丘不能得便時六羣比丘盜往立聽十七羣謂無人聞說已默然時六羣言汝何以駡我等答言誰駡汝等六羣言汝等適不言六羣比丘兇惡健鬬諍我等共同心者六羣比丘不能得便十七羣比丘言誰

作是言從誰所聞六羣比丘言我在屏處立聞是中有比丘少欲知足行頭陀聞是事心不喜種種因緣呵責六羣比丘云何名比丘共他鬬諍相罵已盜往立聽種種因緣呵已向佛廣說佛以是事集比丘僧知而故問六羣比丘汝實作是事不答言實作世尊佛以種種因緣呵責六羣比丘云何名比丘共他比丘鬬諍相罵盜往立聽種種因緣呵已語諸比丘以十利故與諸比丘結戒從今是戒應如是說若比丘共餘比丘鬬諍已盜往立聽彼比丘所說我當憶持波逸提盜往聽者若在細陛繩牀下若麤陛繩牀下若獨坐牀下若户邊若道邊若高上若墻邊若別房內若壁邊障外若闇中若月明中波逸提者煑燒覆障若不悔過能障礙道是中犯者若比丘共他比丘鬬諍相罵已盜往聽他語若在細陛繩牀下能得聞者波逸提不能得聞突吉羅若在麤陛繩牀下若獨坐牀下户邊道邊高上墻邊別房內壁邊障外黑闇中若月明中能得聞者波逸提不能得聞者突吉羅不犯者若爲和合故往聽不犯（七十六事竟）

佛在舍衛國爾時諸比丘欲與跋難陀釋子作擯羯磨白時六羣比丘於僧中遮不得成羯磨一時六羣比丘有因緣餘處去有一比丘助六羣者不去諸比丘共相謂言我等今與六羣比丘作擯羯磨有比丘言六羣或當在中間遮有比丘言六羣比丘已餘處去無有遮者即打揵椎集比丘僧欲與跋難陀釋子作擯羯磨稱跋難陀釋子名欲唱白時助六羣比丘者默然從座起去作是念今諸比

丘欲與跋難陀釋子作擯羯磨後日諸比丘唱言已與跋難陀釋子作擯羯磨是助六羣比丘者言是羯磨不如法别我作故諸比丘言汝在是中答言我雖在此中汝等欲唱白時我從座起去以擯跋難陀釋子故是中有比丘少欲知足行頭陀聞是事心不喜種種因縁呵責助六羣比丘云何名比丘僧斷事時默然起去種種因縁呵已向佛廣説佛以是事集比丘僧知而故問助六羣比丘汝實作是事不答言實作世尊佛以種種因縁呵責助六羣比丘云何名比丘衆僧斷事時默然起去種種因縁呵已語諸比丘以十利故與諸比丘結戒從今是戒應如是説若比丘僧斷事時默然起去波逸提僧斷事者若僧所作事謂白一羯磨白二羯磨白四羯磨布薩自恣若作十四人羯磨波逸提者煑燒覆障若不悔過能障礙道是中犯者若比丘僧斷事唱白時默然起去波逸提若白一羯磨白二羯磨白四羯磨布薩自恣作十四人羯磨時默然從座起去波逸提不犯者若去大小便若不離聞處不犯（七十七事竟）

佛在俱舍彌國爾時俱舍彌國闡那比丘諸上座所説是法是律是佛教不待説竟中間作異説答難上座無敬畏心諸比丘語闡那莫爾諸上座所説是法是律是佛教汝莫中間作異語不待説竟答難上座無敬畏心闡那言我答難上座無敬畏心何豫汝事是中有比丘少欲知足行頭陀聞是事心不喜種種因縁呵責闡那云何名比丘上座所説是法是毗尼是佛教不待説竟中間作異語答

難上座無敬畏心種種因緣呵已向佛廣説佛以是事集比丘僧知而故問闡那言汝實作是事不答言實作世尊佛以種種因緣呵責闡那云何名比丘諸上座所説是法是律是佛教不待説竟中間作異語答難上座無敬畏心種種因緣呵已語諸比丘汝等説闡那比丘不恭敬事若有餘比丘作是事者亦應如是記不恭敬事記者僧一心和合一比丘唱大德僧聽是闡那比丘上座所説是法是律是佛教不待説竟中間作異説答難上座無敬畏心若僧時到僧忍聽僧當記闡那比丘不恭敬事白如是如是白四羯磨僧記闡那比丘不恭敬事竟僧忍默然故是事如是持語諸比丘以十利故與諸比丘結戒從今是戒應如是説若比丘不恭敬者波逸提

波逸提者煑燒覆障若不悔過能障礙道是中犯者若比丘僧未記不恭敬事若諸比丘語汝莫作婬答言不作而實作婬婬故波羅夷不恭敬故突吉羅汝莫偷奪他物莫故奪人命莫觸女身莫殺草木莫過中食莫飲酒汝從房出從牀榻被褥獨坐牀起去莫捉此鉢鉤鉢多羅半鉤鉢多羅揵瓷半揵瓷剃刀鑷小刀答言不作而實作若作隨得罪不恭敬故突吉羅若比丘僧未記不恭敬事諸比丘語汝莫作婬答言當作而實作婬婬故波羅夷不恭敬故突吉羅汝莫偷奪他物莫奪人命莫觸女身莫殺草木莫過中食莫飲酒汝從此房出從牀榻被褥獨坐牀起去莫捉此鉢鉤鉢多羅半鉤鉢多羅揵瓷半揵瓷剃刀鑷小刀答言當作而實作若作隨得罪不

恭敬故突吉羅若比丘僧記不恭敬事已諸比丘語汝莫作婬答言不作而實作婬婬故波羅夷不恭敬故波夜提僧記不恭敬事已語汝莫偷奪他物莫故奪人命莫觸女身莫殺草木莫過中食莫飲酒汝從此房出從牀榻被褥獨坐牀起去莫捉此鉢鉤鉢多羅半鉤鉢多羅犍瓷半犍瓷剃刀鑷小刀答言不作而實作若作隨得罪不恭敬故波逸提若比丘僧記不恭敬事已諸比丘語汝莫作婬答言當作而實作婬婬故波羅夷不恭敬故波夜提僧記不恭敬事已諸比丘語汝莫偷奪他物莫奪人命莫觸女身莫殺草木莫過中食莫飲酒汝從此房出從牀榻被褥獨坐牀起去莫捉此鉢鉤鉢多羅半鉤鉢多羅犍瓷半犍瓷剃刀鑷小刀答言當作而實作作故隨得罪不恭敬故波逸提七十八事竟

佛在支提國跋陀羅婆提邑是處有惡龍名菴婆羅提陀兇暴惡害無人得到其所住處象馬牛羊驢騾駱駝無能近者乃至諸鳥不得過上秋穀熟時破滅諸穀長老莎伽陀遊行支提國漸到跋陀羅婆提邑過是夜已晨朝著衣持鉢入村乞食乞食時聞此邑有惡龍名菴婆羅提陀兇暴惡害人民鳥獸不得到其住處秋穀熟時破滅諸穀聞已乞食竟到菴婆羅提陀龍住處泉邊樹下敷坐具大坐龍聞袈裟衣氣即發瞋恚從身出烟長老莎伽陀即入三昧以神通力身亦出烟龍倍瞋恚身上出火莎伽陀復入火光三昧身亦出火龍復雨雹莎伽陀即變雨雹作釋俱利餅餢餅波波羅餅龍復放大霹靂莎伽陀即

變霹靂作種種歡喜丸餅龍復雨箭刀矟莎伽陀即變作優鉢羅華波頭摩華俱牟陀華分陀利華時龍復雨毒蛇蜈蚣土虺蚰蜒莎伽陀即變作優鉢羅華瓔珞瞻蔔華瓔珞婆師華瓔珞阿提目多伽華瓔珞如是等所有勢力盡現向莎伽陀如是現威德已不能勝故即失威力光明長老莎伽陀知龍勢力已盡不能復動即變作細身從龍兩耳入從兩眼出兩眼出已從兩鼻入從口中出在龍頭上往來經行不傷龍身爾時龍見如是事心即大驚怖畏毛豎合掌向長老莎伽陀言我歸依汝莎伽陀答言汝莫歸依我當歸依我所歸佛龍言我從今歸依佛歸依法歸依僧當知我盡形作佛優婆塞是龍受三自歸作佛弟子已更不復作如先兇惡事諸人鳥獸皆得到所住處秋穀熟時不復傷破如是名聲流布諸國皆言長老莎伽陀能降惡龍折伏令善諸人鳥獸得到龍所秋穀熟時不復傷破因長老莎伽陀名聲流布故諸人爲僧作供養前食後食是中有一貧窮女人信敬獨請長老莎伽陀莎伽陀默然受受已是女人爲辦多酥乳糜受而食之女人思惟是沙門噉是多酥乳糜或當冷發便取似水色水香水味酒持與是莎伽陀不看即飲飲已爲說法便去還向寺中爾所時間酒勢便發近寺門邊倒地僧伽棃鬱多羅僧安陀會水囊鉢杖油囊革屣鍼筒各在一處身在一處醉無所覺爾時佛與阿難遊行到是處佛見是比丘知而故問阿難此是何人答言世尊此是長老莎伽陀佛即語阿難是處爲我敷坐

牀辦水集比丘僧阿難受教即敷坐牀辦水集比丘僧已往白佛言世尊我已敷坐牀辦水集比丘僧佛自知時佛即洗足坐阿難所敷牀上問諸比丘汝等曾見曾聞有龍名菴婆羅提陀兇暴惡害先無有人到其住處象馬牛羊驢騾駱駝無能近者乃至諸鳥無敢過上秋穀熟時破壞諸穀善男子莎伽陀能折伏令善令諸人鳥獸得到泉上是時衆中有見者言見世尊聞者言聞世尊佛語諸比丘於汝意云何此善男子莎伽陀令能折伏蝦蟇不答言不能世尊佛言如是過罪若過是罪皆由飲酒故從今日若言我是佛弟子者不得飲酒乃至小草頭一滴亦不得飲佛種種因緣呵責飲酒已語諸比丘以十利故與諸比丘結戒從今是戒應如是說若比丘飲酒者波夜提酒有二種穀酒木酒穀酒者用食用麯用米或用根莖葉華果用種子用諸藥草雜作酒酒色酒香酒味飲能醉人者是名穀酒木酒者不用食不用麯不用米但用根莖華葉果若用種種子作酒酒色酒香酒味飲能醉人是名木酒復有木酒不用食不用麯不用米不用根莖華葉果但用諸種子諸藥和合作酒酒色酒香酒味飲能醉人是名木酒及前穀酒皆名爲酒若比丘取甞咽者亦名爲飲是謂飲酒波夜提波夜提者煑燒覆障若不悔過能障礙道是中犯者若比丘飲穀酒隨咽咽波夜提若比丘飲木酒隨咽咽波夜提若比丘飲酢酒隨咽咽波夜提若飲甜酒隨咽咽波夜提若噉麯能醉者隨咽咽波夜提若噉酒糟隨咽咽波夜提若

飲酒澱隨咽咽波夜提若飲似酒色酒香酒味能令人醉者隨咽咽波夜提若酒色酒香酒味若酒色酒香若酒色酒味若酒香酒味飲者隨咽咽波夜提不犯者若但作酒色無酒香無酒味不能醉人飲者不犯七十九事竟

佛在王舍城爾時諸比丘中前入聚落中後出中後入聚落中後出不知出入聚落時節諸外道出家人嫉心訶罵言餘出家人中前入聚落中前出食後還自住處皆同和合默然隱住如鳥毋中時自於巢中伏住令子煖是沙門釋子自言善好有德而今中前入聚落中後出中後入聚落中後出不知入出時節是中有比丘少欲知足行頭陀聞是事心不喜向佛廣說佛以是事集比丘僧語諸比丘云何名比丘中前入聚落中後出中後入聚落中後出不知入出時節佛爾時但訶責而未結戒佛在舍衛國爾時長老迦留陀夷得阿羅漢道心中作是念我先在六羣比丘中於舍衛國汙辱諸家我今當還令此諸家清淨作是念已入舍衛國俱度九百九十九家若夫得道而婦不得若婦得道而夫不得則不說數但數夫婦俱得道者爾時舍衛城有一婆羅門家應以聲聞得度迦留陀夷作是念我復能度是家者於舍衛城中滿千家俱度作是念已過夜晨朝著衣持鉢入舍衛城乞食遊行到是婆羅門舍爾時婆羅門有小因緣不在是婆羅門婦閉門煎餅迦留陀夷即入禪定於門外沒在庭前現從禪定起彈指婦回顧即見看門猶閉作是念此沙門從何處入此必貪餅故來我終不與若使眼

脫我亦不與即以神力而眼脫出見已復念出眼如椀我亦不與即以神力變眼如椀見已復念倒立我前亦不能與即以神力於前倒立復念若死我亦不與復以神力入滅受想定心想皆滅無所覺知爾時婆羅門婦見已喚問牽挽不動婦即驚怖作是念是沙門大惡乃爾此常出入波斯匿王所末利夫人師若聞其婆羅門家死者我得大衰惱若活者我與一餅迦留陀夷即出滅受想定身動便起婦即看餅先所煎者皆好意惜不與當更煎之即煎轉勝復不以與即刮瓮邊取殘麵煎復勝於前復作是念此等皆好當以先者與之適舉一餅餘皆相著迦留陀夷言姊隨心欲與我幾許便取即舉四餅持與迦留陀夷迦留陀夷不受言我不須是餅若汝欲施者可以與僧是婆羅門婦先世曾供養佛種善根近正見利根本因緣强堪任今世得道諸善根牽故便作是念是沙門實不貪餅但愍我故來即作是念我所有餅盡當與僧語言善人我盡持筐餅施僧答言隨意即持筐餅詣祇洹中打揵椎集比丘僧與僧餅竟在迦留陀夷前坐聽說法爾時迦留陀夷即隨順觀本因緣爲說妙法即於座上遠塵離垢於諸法中得法眼淨是女人聞法知法見法入法度疑悔不隨他於佛法中得自在心無所畏從座起頭面禮迦留陀夷足言我從今日歸依佛歸依法歸依僧知我盡形作佛優婆夷時迦留陀夷復爲說法示教利喜示教利喜已默然是婦聞法示教利喜已頭面禮長老迦留陀夷足右繞而去還到自舍時

夫於後還婦語夫言汝去後我閉門作煎餅時長老迦留陀夷來現種種神力我持是餅與祇洹僧阿闍黎迦留陀夷爲我說法我得須陀洹道汝今可往亦當爲汝說法是婆羅門前世曾供養佛種善根近正見利根本因緣强堪任今世得道諸善根力牽便往詣長老迦留陀夷所頭面禮足在前而坐迦留陀夷即隨順觀本因緣爲說種種妙法即於座上遠塵離垢得法眼淨是婆羅門聞法知法見法入法度疑悔不隨他於佛法中得自在心無所畏從座起頭面禮長老迦留陀夷足言我從今日歸依佛歸依法歸依僧知我盡形作佛優婆塞迦留陀夷復爲婆羅門說種種法示教利喜示教利喜已默然婆羅門聞法示教利喜已從座起頭面禮足右繞而去還到自舍語婦言我等無有善知識大利益我等如大德迦留陀夷者何以故我等因大德迦留陀夷故破二十身見斷三惡道無量苦惱今作有量入正定見四諦長老迦留陀夷所須衣服飲食卧具湯藥種種生活具我等當與婦言便往自恣請婆羅門即時往詣祇洹到迦留陀夷所頭面禮足在前而坐已語迦留陀夷大德知不我等無有善知識大利益我等如大德迦留陀夷者何以故我等因大德迦留陀夷故破二十身見斷三惡道無量苦惱今作有量入正定見四諦大德若有所須衣服飲食卧具湯藥種種生活具自恣受我請當隨意取答言爾是迦留陀夷有所須衣食卧具湯藥往彼取之是婆羅門有一兒學婆羅門法婦婆羅門女父母語兒言

汝知不我等更無好知識大利益我等如大德迦留陀夷者何以故我等因大德迦留陀夷故破二十身見斷三惡道無量苦惱令作有量入正定見四諦如汝好供養我等若我等死後當如是供養大德迦留陀夷兒答言爾世法無常如偈所說

常者皆盡 高者亦墮 合會有離 生者有死

是兒父母終已作孝除服洗浣竟往詣迦留陀夷所頭面禮足在一面坐白言我視大德迦留陀夷如父無異若有所須衣服飲食臥具湯藥種種生活具自恣受我請當隨意取如從我父母取答言爾爾時迦留陀夷所須衣服飲食臥具湯藥從彼家取爾時有五百賊作惡事竟入舍衛城賊主年少端正婆羅門兒婦機上遙見心生染著便喚婢使語其人來入共相娛樂是婢即往語言其婆羅門婦喚汝來入共相娛樂賊主即入一時迦留陀夷晨朝著衣持鉢入是婆羅門舍婦爲敷座坐已共相問訊在一面坐婆羅門兒婦疾爲辦飲食自手行水自多與美飲食自恣飽滿竟行水洗手取小牀坐聽說法爾時迦留陀夷爲種種因緣呵責婬欲讚歎離婬欲種種因緣呵責破戒讚歎持戒如是說法已從座起去時女人作是念是比丘種種因緣呵責婬欲讚歎離欲種種因緣呵責破戒讚歎持戒是比丘必當見我二人共作惡事是故作是語我夫更無同心愛念如是沙門者若以是事語我夫者我當受大苦惱作是念已語賊言汝聞比丘種種因緣呵責婬欲讚歎離欲種種因緣呵責破戒讚歎持戒耶必當

見我等二人共作惡事我夫更無同心愛念如是沙門者若以是事語我夫者我等當受大苦惱賊主言今當云何答言當除滅去賊主言此有大威德力淨飯王師婆羅門子常出入波斯匿王所末利夫人師云何可殺答言我能作因緣必令可殺是女人中後佯病卧地遣使往喚迦留陀夷言看我病來迦留陀夷中後著衣往看即與坐處共相問訊迦留陀夷就座種種因緣爲說法示教利喜已欲起去婦言善人莫去隨爾所時爲我說法我漸小差苦受滅樂受生迦留陀夷聞是語已復爲說種種法示教利喜已欲去又言善人莫去隨爾所時爲我說法我便得差苦受滅樂受生迦留陀夷復更爲說種種法示教利喜乃至日没闇時迦留陀夷起去到糞聚所賊主以利刀斷頭埋著糞中是時說戒日祇洹中行籌長一籌共相謂言誰不來者比丘言迦留陀夷不來誰受欲者答言無有諸比丘不知云何是事白佛佛語諸比丘汝等作布薩說戒迦留陀夷已入涅槃我與善男子迦留陀夷少一身不滿五百世共伴今則別離佛過是夜已晨朝著衣衆僧圍繞恭敬入舍衛城到糞聚所佛神力故死屍踊出在虛空中諸比丘取著牀上持出城諸比丘及弟子以大德供具燒身起塔供養波斯匿王聞長老迦留陀夷其婆羅門家死即滅七世左右十家皆奪財物捕取五百賊悉截手足著祇洹塹中諸比丘入城乞食聞是事已白佛佛言如是過罪及餘過罪皆由非時入聚落佛言若迦留陀夷不非時入聚落者不於

是婆羅門家爲人所殺佛種種因緣呵責非時入聚落已語諸比丘以十利故與諸比丘結戒從今是戒應如是説若比丘非時入聚落波夜提非時者過日中後至地未了於是中間名爲非時聚落者白衣舍波夜提者煑燒覆障若不悔過能障礙道是中犯者若比丘非時入聚落波夜提隨所入一一波夜提爾時爲病比丘欲從白衣舍索羹飯飲食粥不得去故看病比丘得苦惱病者增長諸比丘不知云何是事白佛佛以是事集比丘僧種種因緣讃戒讃持戒讃戒讃持戒已語諸比丘從今是戒應如是説若比丘非時入聚落不白餘比丘波夜提餘比丘者謂眼所見是中犯者若比丘在阿練若處白餘比丘入聚落從聚落還到阿練若處即以先白復至聚落波夜提又比丘在阿練若處白餘比丘入聚落從聚落入聚落僧坊即以先白復至聚落波夜提又比丘在阿練若處白餘比丘入聚落從聚落入所住處即以先白復入聚落波夜提若比丘在聚落僧坊白餘比丘入聚落從聚落還入聚落僧坊即以先白復至聚落波夜提又比丘在聚落僧坊白餘比丘入聚落從聚落入所住處即以先白復入聚落波夜提又比丘在聚落僧坊白餘比丘入聚落從聚落至阿練若處即以先白復入聚落波夜提若比丘在所住處白餘比丘入聚落從聚落還至所住處即以先白復入聚落波夜提又比丘在所住處白餘比丘入聚落從聚落至阿練若處即以先白復入聚落波夜提又比丘在所住處白餘比丘入聚落從

聚落入聚落僧坊即以先白復入聚落波夜提若比丘非時入聚落不白餘比丘隨所經過大巷小巷隨得爾所突吉羅隨入白衣家隨得一一波夜提有一比丘寄衣在居士舍是比丘聞居士舍爲火所燒忘不白餘比丘從僧坊出向聚落爾時憶念我不白餘比丘憶已中道還至僧坊白餘比丘爾所時聞居士舍燒盡比丘衣亦俱燒盡居士言汝何故後來若先來佐我救火者汝衣亦當不燒是比丘不知云何以是事白佛佛以是事集比丘僧種種因緣讚戒讚持戒讚戒讚持戒已語諸比丘從今是戒應如是說若比丘非時入聚落不白餘比丘除急因緣波夜提因緣者若聚落失火若八難中隨一一難起去者不犯八十事竟

佛在舍衛國爾時有一居士因跋難陀釋子請佛及僧明日食佛默然受請居士知佛默然受已從座起頭面禮佛足右繞而去還自舍通夜辦種種多美飲食跋難陀釋子常出入多家晨朝著衣持鉢入諸家時僧坊中無有人唱時到亦無打揵椎者佛語阿難時到汝自知之阿難即令唱時到打揵椎佛及僧入是居士舍無有人迎佛作禮與敷坐處者時佛語阿難今時所應作者便作阿難即約勑主人令敷坐處即敷坐處佛及僧坐已佛語阿難所應次第作事汝自當知阿難即時語居士言佛及僧坐久食具已辦何不下食居士言小住待跋難陀釋子來佛小默然第二復語阿難次第所應作事汝自當知阿難第二復語居士食已辦可與佛及僧居士言

小住待跋難陀釋子來佛小默然第三復語阿難今時到次第所應作事汝自當知阿難第三復語居士佛及僧坐久食具已辦可與佛及僧居士復言是會因跋難陀釋子跋難陀釋子若來者當與若不來者或與或不與若須食者當住待跋難陀釋子時跋難陀釋子日時欲過方來居士自手行水自與多美飲食自恣飽滿已跋難陀釋子先疾食竟便起入餘家爾時居士以多美飲食自恣與佛及僧竟自行水知佛洗手攝鉢取小牀坐佛前聽說法佛以種種因緣說法示教利喜示教利喜已佛及僧從座起去佛食後語阿難爲我敷坐牀辦水集比丘僧已便語我阿難受佛教即敷坐牀辦水集比丘僧往白佛言世尊我已敷坐牀辦水集比丘僧除一比丘

跋難陀釋子佛自知時爾時跋難陀釋子至日暮乃來阿難第二復到佛所白言世尊我已敷座辦水集比丘僧佛自知時爾時世尊洗脚已便坐阿難所敷座上語諸比丘跋難陀癡人今日兩時惱僧中前以飲食因緣中後以集僧因緣佛種種因緣呵責已語諸比丘以十利故與諸比丘結戒從今是戒應如是說若比丘許他請僧中前中後行到餘家波夜提許他請僧者許與檀越請衆僧來中前者從地了至日中中後者過日中至地未了行諸家者白衣舍名爲家行者與白衣同心入出波夜提者煑燒覆障若不悔過能障礙道是中犯者若比丘在阿練若處白餘比丘入聚落從聚落還阿練若處即以先白復至聚落波夜提又比丘在阿練若處白餘比

丘入聚落從聚落入聚落僧坊即以先白復至聚落波夜提又比丘在阿練若處白餘比丘入聚落從聚落入所住處即以先白復入聚落波夜提若比丘在聚落僧坊白餘比丘入聚落從聚落還入聚落僧坊即以先白復至聚落波夜提又比丘在聚落僧坊白餘比丘入聚落從聚落至所住處即以先白復入聚落波夜提又比丘在聚落僧坊白餘比丘入聚落從聚落至阿練若處即以先白復入聚落波夜提若比丘在所住處白餘比丘入聚落從聚落還至所住處即以先白復入聚落波夜提又比丘在所住處白餘比丘入聚落從聚落至阿練若處即以先白復入聚落波夜提又比丘在所住處白餘比丘入聚落從聚落入聚落僧坊即以先白復入聚落波夜提若比丘爲檀越家請比丘僧宿是比丘不白諸比丘出至檀越舍界隨所經過大巷小巷隨得爾所突吉羅隨至他家隨得爾所波夜提八十一事竟

十誦律卷第十七

音釋

儩音盡也　茇北末切　鑷尼輒切鑷子也　鰖息委切鰖餅也　虺許委切蝮也　酢倉故切醶也　澱唐線切滓淀也　刮瓫刮古滑切瓫蒲奔切缶也

十誦律卷第十八

姚秦三藏弗若多羅共三藏鳩摩羅什譯

第三誦之五

九十波逸提之十

佛在舍衛國爾時波斯匿王作是法若佛在祇洹我當日日自往奉見爾時波斯匿王聞佛在祇洹即勑人民掃除祇洹皆令淨潔我欲見佛受勑掃灑除却衆人唯有一人著故弊衣在佛前坐聽法恭敬佛故不敢驅去使者白王我已掃除祇洹淨潔唯有一人著故弊衣近佛坐聽法我等恭敬佛故不敢驅却王言一人著弊故衣近佛前坐當何所能即勑御者駕乘調車我欲見佛即嚴駕車往白王言駕嚴已訖王自知時王即上車出舍衛城往詣祇洹至下乘處步入祇洹爾時大衆遥見王來皆起迎王有一須達居士坐佛邊聽法恭敬佛故不起迎王王即瞋言此是何人著弊故衣在佛前坐見我不起我是灌頂大王我境界中得自在無死罪者能殺有死罪者能放以敬佛故瞋不出口直詣佛所頭面禮佛足却坐一面佛爲說種種法示教利喜不入王心瞋是人故諸佛常法不爲不一心人說法佛即問王何故以二心聽法王言世尊此是何小人著弊故衣在佛前坐見我來不起立迎我於國中得自在無死罪者能殺有死罪者能放須達居士言大王不知耶我於佛前坐聽法恭敬佛故不起迎王無有憍慢王時大羞小退一面問諸大臣此是何人著弊故衣在佛前坐不起迎我諸大臣言大王此名須達居士是佛弟子得阿那含道

在佛前坐聽法敬佛故不起無有憍慢王聞是語瞋心小息便作是念佛法大力令人心大得無畏力我今何不令諸夫人受學佛法令得大心時王語諸夫人使從比丘受學經法諸比丘不欲教授作是言佛未聽我等教諸夫人法是事白佛佛言從今聽比丘教授諸夫人法時諸夫人各各自請經師有夫人請舍利弗者有請目連者有請阿那律者時末利夫人請迦留陀夷爲師爾時諸夫人次第直宿於王時末利夫人下著珠綱衣上著磨貝衣內身露現如共王宿時即著是衣出在中庭牀上坐爾時迦留陀夷地了時著衣持鉢入王宮至門下立彈指末利夫人看見師來便言師入即生慚羞胡跪而坐不得起迦留陀夷見已亦羞還出到祇洹中以是事向諸比丘說諸比丘以是事向佛廣說佛語諸比丘若如是過失及過是過失皆由數入王家故佛言若比丘入王家有十種過失何等十若王與夫人共坐比丘來入爾時夫人見比丘或笑比丘見夫人或笑爾時王作是念如夫人見比丘笑比丘見夫人笑此比丘必起惡業是名初過失復次王共夫人宿不自憶念是夫人或出外住行還有身時王見比丘入出王作是念是夫人出外比丘數入出必共起惡業是名第二過失復次王家失五寶若似五寶王見比丘入出是中必當起惡業是名第三過失復次王有密語論事或有內鬼神持外唱說王作是念如此密語外人得聞是比丘常入出必是比丘所傳是名第四過失復次王欲殺王子或時王子欲殺

王是中有不喜者謂比丘所作作是念我寧莫與比丘共事是名第五第六過失復次王欲遷小爲大或欲退大爲小是中有不喜者謂比丘所作作是念我寧莫與比丘共事是名第七第八過失復次王大嚴駕幢旛鳴鼓若乘象馬輦輿出驅人遠道是中有不愛比丘者見比丘在王邊謂必是比丘所作作是念我寧莫與比丘共事是名第九過失復次王滅敵國敵國調伏時應死者勑殺又唱莫殺是中有不喜者我寧莫與比丘共事是名第十過失佛語諸比丘諸王家多有象兵馬兵車兵步兵是家中與白衣相宜非比丘所宜種種因緣呵責入王家已語諸比丘以十利故與諸比丘結戒從今是戒應如是說若比丘水澆頂剎利王家夜未過未藏寶若過門閾及閾處波夜提王者剎利種受水灌頂受王職是名爲王剎利澆頂若婆羅門若居士乃至女人受是灌頂王職亦名爲王剎利灌頂夜未過者王未出故夫人未入故未藏寶者未藏莊嚴具未舉藏故門閾者門中相閾處者是門中地可安閾處波夜提者煑燒覆障若不悔過能障礙道是中犯者王未出夫人未入未藏寶爾時比丘入王門得波夜提若王雖出夫人未入未藏寶爾時比丘入王門得波夜提若王出夫人入未藏寶比丘爾時入王門得波夜提若王已出夫人亦入已藏寶比丘爾時入王門不犯

佛在俱舍彌國爾時優塡王千夫人五百人爲一部舍彌婆提爲一部首阿奴䟦摩爲一部首是中舍彌婆提所領五百人善好有功

德阿奴跋摩所領五百人惡邪不善爾時優
塡王有小國反叛王作是念我當留誰鎭後
令無惡事自往破賊王作是念摩揵提婆羅
門利根有威德是我婦父我當留鎭後自往
破賊我於是人無有惡事後無憂悔王作是
念已即令婆羅門守城自往破賊時諸城邑
聚落名聲流布王令摩揵提婆羅門守城後
日早起百千種人在婆羅門門下有立讃歎
者有稱吉者有合掌恭敬禮拜者有餉象馬
車乘牛羊驢騾者有餉金銀瑠璃硨磲碼碯
者摩揵提婆羅門作是念我得如是富貴勢
力者皆是我女力故我當以何報是女若與
金銀瑠璃硨磲碼碯者宮中不少女人所有
怨憎憂毒無過對婦若令舍彌婆提五百夫
人死者乃當報女恩我何故不殺令不可直

殺當作方便火燒殺之作是念已遣使語舍
彌婆提夫人汝如我女無異若須酥油薪草
材木樹皮松明遣人來取即勑所典舍彌婆
提夫人遣人來索酥油薪草兩三倍與受教
言爾女人性貪喜集諸物以易得故多取積
聚滿宮房舍窻向欄楯諸樓閣間及牀榻下
諸瓫甕器皆悉盛滿摩揵提婆羅門知積集
已勑閉宮門放火燒之即時人民聞王宮失
火畏王刀力鞭杖力瞋力故多人俱集欲破
門入摩揵提婆羅門深惡心故作是念若人
民破門入者或能滅火令不燒死作是念已
語諸人民汝等不知王心妬耶若聞諸人破
門入者姦我宮人必當大瞋諸人言今當云
何答言當縛木梯登入如是集木作梯聞舍
彌婆提及五百女人皆已燒死遣人白王宮

中失火舍彌婆提夫人等五百人火所燒死王聞是事心生憂惱作是言如是好福田人令永別離王以憂愁因緣迷悶欲死墮牀諸臣以水灑面即便得醒諸大臣言王莫愁憂當更起宮殿集諸婇女爾時王破賊已還至城外住我不入城乃至新宮殿竟滿五百女人當入城住王以鞭杖力刀矟力健瞋力故宮殿速成選取諸貴人女億財主居士女得五百人滿宮中有居士名瞿師羅居士有女是舍彌婆提夫人妹名威德是女於千夫人中最上諸臣白王新宮殿已成諸夫人已滿王自知時即入新宮與新女共相娛樂王漸漸推問因緣後知摩揵提婆羅門爲自女故作是惡事即遣人喚婆羅門來語言汝出我國去我不喜殺婆羅門王即約勑殺阿奴跋摩夫人時諸新女爲王所親信故便白王言是舍彌婆提夫人等長夜親近供養佛及僧願聽我等供養佛及僧王時作是言佛不聽諸比丘入王宮即時諸女欲令王起憍慢心故作是言王有大威德勢力諸大事尚能辦何況此事願王當成我等供養事諸女急白故令王發憍慢心即便聽許王問諸女汝等實欲作供養耶答言欲作汝等隨力辦供養具諸女有辦僧伽黎者有辦鬱多羅僧者有辦安陀會者有辦鉢者有辦漉水囊油囊杖綖囊者爾時王喚巧匠問言汝能令諸夫人不出宮中得供養佛及僧耶答言可得王言云何答言當作行輪宮殿即勑令速作作已白王輪宮已成王自知時王即詣佛所頭面禮足却坐一面佛以種種因緣說法示教利

喜示教利喜已默然王知佛種種因緣說法示教利喜已從座起偏袒右肩合掌白佛言願佛及僧受我明日請佛默然受王知佛受已頭面禮佛足右繞而去是夜辦種種多美飲食晨朝敷坐處遣使白佛時到食具已辦佛自知時諸比丘僧往詣王宫佛自房住迎食分爾時巧匠知僧來至即出輪宫圍繞衆僧王知僧坐已自手行水自與多美飲食自恣飽滿即開宫門諸女皆出問訊諸比丘有問父母者姊妹兄弟者及問訊佛者爾時長老舍利弗爲上座語諸比丘我等今日不在王宫耶當共一心王知僧食已自行澡水取小牀坐僧前聽說法語諸夫人所欲供養者今正是時有夫人施僧伽黎者有施鬱多羅僧者有施安陀會者有施鉢者有施漉水囊者有施鍼線囊者爾時諸比丘皆得滿手滿鉢物相視而坐王有方便心當云何令諸比丘經宫中過即令輪宫遮先來道便白僧言大德可去諸比丘言佛不聽我等入王宫中王言我今教出不教入爾時舍利弗呪願已及僧從座起去還到僧坊以是事向佛廣說佛以是事集比丘僧種種因緣讚戒讚持戒讚戒讚持戒已語諸比丘從今是戒應如是說若比丘水澆頂剎利王夜未過未藏寶若過門閾及門閾處除急因緣波夜提急因緣者若王遣使請比丘若夫人王子如是等諸有力官屬喚皆不犯 八十二事竟

佛在俱舍彌國爾時長老闡那比丘犯可悔過罪諸比丘憐愍慈心求安隱故教令悔過闡那言我始知是事入戒經中半月次來所

說是中有比丘少欲知足行頭陀聞是事心不喜種種因緣呵責云何名比丘犯可悔罪諸比丘憐愍教令悔過便作是言我今始知是事入戒經中半月次來所說種種因緣呵已向佛廣說佛以是事集比丘僧知而故問問闡那言汝實作是事不答言實作世尊佛以種種因緣呵責闡那云何名比丘犯可悔過罪諸比丘憐愍教令悔過便作是言我今始知是事入戒經中半月次來所說種種因緣呵已語諸比丘以十利故與諸比丘結戒從今是戒應如是說若比丘說戒時作是言我今始知是事入戒經中隨半月次來所說諸比丘知是比丘先曾再三聞說此戒何況復過是比丘非不知故得脫隨所犯事應令如法悔過應令折伏汝失無利是惡不善說戒時不尊重戒不一心聽以是事故得波夜提波夜提者煑燒覆障若不悔過能障礙道是中犯者若比丘說四波羅夷時作是言我今始知是法入戒經中隨半月次來所說得波夜提若說十三僧伽婆尸沙時若說二不定法時若說三十尼薩耆波夜提時若說九十波夜提時若說四波羅提提舍尼時若說衆多學法時若說七止諍法時及說隨律經時作是言我今始知是法入戒經中隨半月次來所說得波夜提除隨律經說餘經時作是言我今始知是法入戒經中突吉羅（八十三事）竟

佛在舍衛國爾時舍衛城有治角師名達摩提那富饒財寶種種成就是人隨佛及僧所須物自恣請與謂衣鉤襌鎮衣丁鉢支匕鍼

筒如是諸比丘衆多數數往取是人作不能供婦兒空乏餘居士瞋責呵言沙門釋子不知量不知猒足若施者不知量受者應知量是達摩提那居士本富饒財布施不知量故與不能供婦兒空乏是中有比丘少欲知足行頭陀聞是事心不喜向佛廣說佛以是事集比丘僧種種因緣呵責諸比丘云何名比丘不知時不知量若施者不知量受者應知量是達摩提那居士本富饒財布施不知量故與不能供婦兒空乏種種因緣呵已語諸比丘以十利故與諸比丘結戒從今是戒應如是說若比丘骨牙齒角作鍼筒者波夜提骨者象骨馬骨蛇骨牙者象牙馬牙猪牙齒者象齒馬齒猪齒角者羊角牛角水牛角鹿角波夜提者煑燒覆障若不悔過能障礙道是中犯者若比丘骨作鍼筒波夜提若牙若齒若角隨作隨得爾所波夜提若比丘用骨牙齒角作鍼筒者是比丘應破是鍼筒已入僧中唱言我用骨牙齒角作鍼筒得波夜提罪我今發露悔過不覆藏僧應問汝破鍼筒未若言已破應問汝見罪不若言見罪應教言汝今發露悔過後莫復作若未破僧應約勑令破若僧不約勑一切僧得突吉羅罪若僧約勑不受是比丘得突吉羅八十四事竟

佛在俱舍彌國爾時長老闡那用高廣好牀佛與阿難遊行到闡那房是闡那遥見佛來從座起偏袒右肩合掌白佛言世尊入我房舍看牀佛即入見是牀高好見已語阿難涂汙爛壞云何是癡人用如是高廣好牀佛種種因緣呵責闡那云何名比丘用高廣好牀

佛種種因縁呵已集比丘僧語諸比丘以十利故與諸比丘結戒從今是戒應如是說若比丘欲作牀者當應量作量者足高八指除入陛過是作者波夜提牀者有二種細陛繩牀麤陛繩牀麤陛繩牀有五種阿珊蹄脚波郎劬脚羝羊角脚尖脚曲脚細陛繩牀亦有五種阿珊蹄脚波郎劬脚羝羊角脚尖脚曲脚高八指者佛言用我八指第三分入陛波夜提者煑燒覆障若不悔過能障礙道是中犯者若比丘過八指作牀脚者波夜提隨作隨得爾所波夜提若比丘過八指作牀脚者應截脚入僧中白言我過八指作牀脚得波夜提罪今僧中發露悔過不覆藏僧應問汝截未答言已截問汝見罪不答言見罪僧應言汝如法悔過後莫復作若未截僧應約勑令截若僧不約勑令截者僧得突吉羅若僧約勑不受是比丘得突吉羅 八十五事竟

佛在王舍城爾時六羣比丘以草木兜羅綿貯卧具諸居士瞋不喜呵罵沙門釋子自言善好有功德乃以兜羅綿貯卧具如王如大臣是中有比丘少欲知足行頭陀聞是事心不喜向佛廣說佛以是事集比丘僧知而故問六羣比丘汝實作是事不答言實作世尊佛以種種因縁呵責云何名比丘以兜羅綿貯卧具種種因縁呵已語諸比丘以十利故與諸比丘結戒從今是戒應如是說若比丘自以華綿貯卧具若使人貯波夜提華綿者柳華綿白楊華綿阿鳩羅綿婆鳩羅綿鳩舍羅綿間闍綿婆婆闍綿離摩綿皆波夜提波夜提者燒煑覆障若不悔過能障礙道是中

犯者若比丘以草木華綿貯卧具波夜提隨貯隨得爾所波夜提若比丘以華綿貯卧具者是比丘應擿破却華綿到僧中白言我以華綿貯卧具得波夜提罪發露悔過不覆藏僧應問汝擿破却未若言已破却僧應問汝見罪不若言見罪僧應約勑汝如法悔過後莫復作若言未擿僧應約勑令擿若不約勑僧得突吉羅若僧約勑不受是比丘得突吉羅八十六事竟

佛在舍衛國爾時毗舍佉鹿子母往詣佛所頭面禮佛足却坐一面佛以種種因緣說法示教利喜示教利喜已默然如佛說法示教利喜默然已從座起偏袒右肩合掌白佛言世尊願佛及僧受我明日請佛默然受之知佛默然受已頭面禮佛足右繞而去還自舍通夜辦種種多美飲食佛是夜共阿難露地遊行佛看星宿相語阿難言若今有人問知星宿相者何時當雨彼必言七歲當雨佛語阿難初夜過已中夜至是星相滅更有異相出若爾時有人問知相者何時當雨必言過七月當雨又語阿難中夜過已至後夜是星相滅有異相出若爾時問知相者何時當雨彼必言七日當雨是夜過地了時東方有雲出形如圓椀遍滿空中是雲能作大雨滿諸坑坎爾時佛告阿難語諸比丘是椀雲雨有功德能除諸病若諸比丘欲洗者露地立洗阿難受教語諸比丘是椀雲雨有功德能除病若諸比丘欲洗者露地立洗時諸比丘隨意露地立洗爾時毗舍佉鹿子母辦飲食已早起敷坐處遣婢使白佛時到食具已辦佛

自知時婢受教往詣祇洹見諸比丘不見於門孔中看見裸形露洗見已心不喜作是念是中都無比丘盡是裸形外道無慚愧人作是念已即還語毗舍佉鹿子母言祇洹中無一比丘盡是裸形外道是毗舍佉鹿子母智慧利根知今雨墮諸比丘必當露地裸形洗浴是婢癡無所知故作是言祇洹中無一比丘盡是裸形外道即更喚餘婢往詣祇洹打門作聲白言時到食具已辦即受教去往詣祇洹打門作聲白言時到食具已辦佛自知時爾時佛與大衆著衣持鉢衆僧圍繞俱詣其舍佛在僧中坐毗舍佉母自行澡水自手與多美飲食食訖自行水知收鉢已持小牀坐佛前聽說法白佛言世尊與我願佛言諸多陀阿伽度阿羅訶三藐三佛陀不得與汝過願毗舍佉言與我可得願佛言與汝可得願汝欲得何願毗舍佉言一者欲與比丘僧雨浴衣二者與比丘尼僧雨浴衣三者客比丘來我與食四者遠行比丘我與食五者病比丘我與食六者看病比丘我與食七者我常與比丘僧粥八者多知識少知識比丘我與病緣湯藥及所須物佛言汝見何因緣故欲與比丘僧雨浴衣答言大德我今日早起敷座已遣婢使詣祇洹白佛時到婢至門間見諸比丘露地雨中裸形洗浴婢還言祇洹中無一比丘但諸外道無慚愧人大德比丘裸形在佛前和尚阿闍黎一切上座前則爲無羞是故欲與比丘僧雨浴衣著自在露地雨中洗浴毗舍佉汝見何因緣故欲與比丘尼僧雨浴衣答言大德我一時與諸居士婦

共至阿耆羅河内洗浴時諸比丘尼亦入河中裸形洗浴諸居士婦見已心不喜呵責言是輩薄福德不吉麤身大腹垂乳何用學梵行爲大德女人裸形醜惡是故我欲與雨浴衣毗舍佉汝見何因緣故欲與客來比丘飲食答言大德客來比丘不知何處可去不可去道路疲極未得休息是故我欲與飲食後隨知可去不可去處毗舍佉汝見何因緣故欲與遠行比丘食答言大德遠行比丘若待食時但鉢那時若行乞食則伴捨去或夜中入嶮道或獨行曠野我與食故不失伴不入嶮道是故我與飲食毗舍佉汝見何因緣故欲與諸病比丘飲食答言大德病比丘不得隨病飲食則病難差是故我與隨病飲食則病易差毗舍佉汝見何因緣故欲與看病比丘飲食答言大德看病比丘若待僧中食後食若行乞食去是病比丘瞻養事闕若煮飯作粥作羹煮肉煮湯藥出内大小便器若棄唾器以是故我與看病比丘飲食瞻養不闕便得煮飯作粥作羹煮肉及煮湯藥出内大小便器棄唾器毗舍佉汝見何因緣故欲常與比丘僧粥答言大德若比丘不食粥有飢渴惱或時腹内風起我常與粥故則無衆惱毗舍佉汝見何因緣故欲與多知識少知識比丘病緣湯藥及所藥物答言大德病比丘必欲得湯藥所須諸物是故我與復次大德我若聞某比丘彼住處死佛記彼比丘二結斷得須陀洹不墮惡道必得涅槃極至七生天人中往反得盡衆苦大德我當問是長老曾來舍衛國不若我聞是比丘曾來舍衛國

我思惟是長老或受我雨浴衣或受客比丘飲食或遠行飲食或隨病飲食或看病飲食或常與粥或病比丘湯藥諸物大德我以是因緣故覺意滿大德我若聞其比丘彼住處死佛記彼比丘三結盡三毒薄得斯陀含一來是世得盡苦際我當問是長老曾來舍衛國不若我聞是比丘曾來舍衛國大德我如是思惟是長老或受我雨浴衣或受客比丘飲食或受遠行飲食或隨病飲食或看病飲食或常與粥或病比丘湯藥諸物大德我以是因緣故覺意滿大德我若聞其比丘彼住處死佛記彼比丘得阿那含五下結盡便於天上般涅槃不還是閒大德我當問是長老曾來舍衛國不若我聞是比丘曾來我思惟是長老或受我雨浴衣或受客比丘飲食或

遠行飲食或隨病飲食或看病飲食或常與粥或病比丘湯藥諸物大德我以是因緣故覺意滿大德我若聞其比丘彼住處死佛記彼比丘得阿羅漢我生已盡梵行已立所作已辦自知作證我當問是長老曾來舍衛國不若我聞是比丘曾來我思惟是長老或受我雨浴衣或受客比丘飲食或遠行飲食或隨病飲食或看病飲食或常與粥或病比丘湯藥諸物我以是因緣故覺意滿大德如是我財福德成就以是因緣攝法福德佛言善哉善哉毗舍佉我聽汝是諸願汝與比丘僧雨浴衣比丘尼僧雨浴衣客比丘飲食遠行比丘飲食隨病比丘飲食看病比丘飲食比丘僧常與粥多知識少知識比丘與病緣湯藥諸物毗舍佉是財福德成就以是因緣攝

法福德佛爲毗舍佉說種種法示教利喜已從座起去佛以是事集比丘僧語諸比丘從今聽諸比丘畜雨浴衣隨意露地浴是諸比丘知佛聽畜雨浴衣廣長大作是中有比丘少欲知足行頭陀聞是事心不喜種種因緣呵責云何名比丘知佛聽畜雨浴衣便廣長大作種種因緣呵已向佛廣說佛以是事集比丘僧知而故問諸比丘汝實作是事不答言實作世尊佛以種種因緣呵責云何名比丘知我聽畜雨浴衣便廣長大作畜種種因緣呵已語諸比丘以十利故與諸比丘結戒從今是戒應如是說若比丘欲作雨浴衣當應量作量者長佛六搩手廣二搩手半過是作者波夜提波夜提者燒煑覆障若不悔過能障礙道是中犯者若比丘過量長作雨浴衣波夜提若過量廣作波夜提若過量廣長作波夜提若比丘過量廣長作雨浴衣是衣應截斷入僧中作是言我過量廣長作雨浴衣得波夜提罪今發露悔過不覆藏僧應問汝割截未若言已割截僧應問汝見罪不若言見罪應語汝如法悔過後莫復作若言未割截僧應約勑令割截若僧不約勑僧得突吉羅若僧約勑不受是比丘得突吉羅八十七事竟

佛在維耶離國土地鹹濕諸比丘病癰瘡有一比丘瘡中膿血流出汙安陀會如水漬佛遙見知而故問比丘汝何以膿血汙安陀會比丘答言大德我患癰瘡膿血流出汙安陀會佛以是事集比丘僧種種因緣讚戒讚持戒讚戒讚持戒已語諸比丘從今聽畜覆瘡

衣著乃至瘡差後十日若過是畜波夜提諸比丘知佛聽畜覆瘡衣便廣長大作是中有比丘少欲知足行頭陀聞是事心不喜種種因緣呵責云何名比丘知佛聽畜覆瘡衣便廣長大作種種因緣呵已向佛廣說佛以是事集比丘僧知而故問諸比丘汝實作是事不答言實作世尊佛以種種因緣呵責云何名比丘知我聽畜覆瘡衣便廣長大作種種因緣呵已語諸比丘以十利故與諸比丘結戒從今是戒應如是說若比丘欲作覆瘡衣當應量作量者長佛四搩手廣二搩手過是作者波夜提波夜提者燒煮覆障若不悔過能障礙道是中犯者若比丘過量長作覆瘡衣波夜提若過量廣作波夜提若過量廣長作波夜提若比丘過量廣長作覆瘡衣是衣應截斷入僧中作是言我過量廣長作覆瘡衣得波夜提罪今發露悔過不覆藏罪僧應問汝截斷未若言已截僧應問汝見罪不答言見罪僧應語汝如法悔過後莫復作若言未截僧應約勑令截若不約勑僧得突吉羅若僧約勑不受是比丘得突吉羅八十八事竟

佛在維耶離國爾時諸比丘精汙卧具早起浣精舍門間曬中前佛著衣持鉢入城乞食見是不淨汙卧具浣曬門間佛食後以是事集比丘僧語諸比丘我今日中前著衣持鉢入城乞食見諸比丘精汙卧具早起浣精曬舍門間語諸比丘此不應爾衆僧卧具多用不知量諸婆羅門居士血肉乾竭用布施作福是中應籌量少用是善若比丘亂念不一心睡眠時有五過失何等五一者難睡苦二

者難覺苦三者見惡夢四者睡眠時善神不護五者覺時心難入善覺觀法若比丘不亂念一心睡眠有五善事何等五一者無難睡苦二者易覺三者無惡夢四者眠時善神所護五者睡覺心易入善覺觀法若比丘有婬怒癡未得離欲不亂念一心睡眠尚不失精何况離欲種種因緣呵已語諸比丘從今聽諸比丘畜尼師壇護僧卧具故不應不敷尼師壇僧卧具上坐卧諸比丘知佛聽畜尼師壇便廣長大作是中有比丘少欲知足行頭陀聞是事心不喜種種因緣呵責云何名比丘知佛聽畜尼師壇便廣長大作畜種種因緣呵已向佛廣說佛以是事集比丘僧知而故問諸比丘汝實作是事不答言實作世尊佛以種種因緣呵責云何名比丘知我聽畜尼師壇便廣長大作畜種種因緣呵已語諸比丘以十利故與諸比丘結戒從今是戒應如是說若比丘作尼師壇當應量作量者長佛二搩手廣一搩手半過是作者波夜提波夜提者燒煮覆障若不悔過能障礙道是中犯者若比丘過量長作尼師壇波夜提若過量廣作波夜提若過量廣長作波夜提若比丘過量廣長作尼師壇已應截斷入僧中白言我過量廣長作尼師壇得波夜提罪我今發露悔過不覆藏僧應問已割截不若言已截僧應問汝見罪不若言見罪應教言汝今如法發露悔過後莫復作若未割截僧應約勑令割截若不約勑令割截僧得突吉羅若僧約勑不受是比丘得突吉羅

佛在舍衛國爾時佛中前著衣持鉢入舍衛

城乞食食已入安陀林中一樹下敷尼師壇坐長老迦留陀夷亦入安陀林去佛不遠在一樹下敷尼師壇坐是長老身長大兩膝到地兩手捉衣作是願言佛何時當聽我等作佛一搩手尼師壇如是滿足佛晡時從禪起以是事集比丘僧語諸比丘我今日食時著衣持鉢入城乞食食已入安陀林一樹下敷尼師壇坐迦留陀夷乞食還亦坐一樹下作是思惟佛今何處行道我亦彼間行道我時入安陀林一樹下敷尼師壇坐迦留陀夷亦爾是善男子身大兩膝到地作是願言佛何時當聽作佛一搩手尼師壇如是滿足佛語諸比丘從今是戒應如是說若比丘欲作尼師壇當應量作是中量者長佛二搩手廣一搩手半及縷邊益一搩手過是作者波夜提

八十九事竟

佛在迦維羅衛國爾時長老難陀是佛弟姨母所生與佛身相似有三十相短佛四指時難陀作衣與佛同量諸比丘若食時會中後會遙見難陀來謂是佛皆起迎我等大師來世尊來近乃知非諸上座皆羞作是思惟此是我等下座云何起迎難陀亦羞言乃令諸上座起迎我諸比丘以是事向佛廣說佛以是事集比丘僧知而故問難陀汝實爾不答言實爾世尊佛以種種因緣呵責云何名比丘同佛衣量作衣從今汝衣應減作是袈裟應以敷灑諸比丘汝等敷灑難陀衣更有如是人僧亦當作敷灑語諸比丘以十利故與諸比丘結戒從今是戒應如是說若比丘與佛衣同量作衣及過波夜提佛衣量者長佛

九搩手廣六搩手是名佛衣量波夜提者燒煑覆障若不悔過能障礙道是中犯者若比丘與佛衣同量作衣波夜提若過佛衣量作波夜提隨作隨得爾所波夜提若比丘與佛衣同量作衣是衣應截斷入僧中白言我如佛衣量作衣得波夜提罪今發露悔過不覆藏僧應問汝截斷未若言已截應問汝見罪不若言見罪僧應言汝今發露如法悔過後莫復作若言未截僧應約勑令截若僧不約勑僧得突吉羅若約勑不受是比丘得突吉羅九十事竟

十誦律卷第十八

音釋

澆（古堯切沃也）叛（蒲半切離叛也）匕（卑履切匙也）鍼（職深切縫器也）擿（直炙切投也）搩（陟革切手度物也）漬（資四切漫也）

十誦律卷第十九

姚秦三藏弗若多羅共三藏鳩摩羅什譯

第三誦之六

四波羅提提舍尼

佛在舍衛國時世饑儉華色比丘尼有福德多知多識能多得衣服飲食卧具湯藥諸所須物是比丘尼晨朝早起著衣持鉢入舍衛城乞食是時見諸大比丘衆舍衛城乞食不得愁惱不樂是比丘尼看諸比丘鉢中少少與少少半與半都無都與是比丘尼一日乞食所得盡以與諸比丘如是二三日以不得食故於巷中迷悶倒地一賈客見已語其婦言華色比丘尼於巷中倒地汝扶令起將來婦即去扶起將來入舍疾作粰糒粥與已得醒問言汝何所患苦有何疾病有何急於巷中倒地比丘尼言我無病無痛無急我不得食故迷悶巷中倒地又問汝爲乞食不能得耶答言我乞食得以諸大衆於舍衛城乞食不得愁惱不樂我看比丘鉢中少少與少少半與半都無都與如是二三日我斷食是故迷悶巷中倒地諸居士聞是事心不喜呵責言是沙門釋子不知時不知量若施者不知量受者應知量是華色比丘尼以斷食故垂死是中有比丘少欲知足行頭陀聞是事心不喜向佛廣説佛以是事集比丘僧以種種因緣呵責諸比丘云何名比丘不知時不知量若施者不知量受者應知量是華色比丘尼以斷食故垂死種種因緣呵已語諸比丘以十利故與諸比丘結戒從今是戒應如是説若比丘不病入聚落中非親里比丘尼所

自手取食是比丘應向諸比丘說是罪諸長老我墮可呵法不是處是法可悔我今發露悔過是名波羅提提舍尼法病者風盛熱盛冷盛嗽是食得差是名爲病除是因緣名爲不病非親里者親里名若母若女若姊妹乃至七世因緣是名親里除是名非親里食者五種佉陀尼食五種蒱闍尼食五種似食五佉陀尼食者根莖葉磨果五蒱闍尼食者飯麨糒魚肉五似食者糜粟麵麥莠子迦師是中犯者若比丘不病入聚落中非親里比丘尼所自手取根食得波羅提提舍尼罪莖葉磨果食飯麨糒魚肉食糜粟麵麥莠子迦師皆得波羅提提舍尼罪不犯者若病若親里比丘尼若天祠中多人聚中與若沙門住處與若聚落外比丘尼房舍中與不犯一法竟

佛在王舍城爾時有一居士請佛及二部僧明日食佛默然受居士知佛默然受已頭面禮佛足右繞而去還自舍通夜辦種種多美飲食晨朝敷坐處遣使白佛時到食具已辦佛自知時佛即與二部僧入居士舍坐居士見佛及僧坐已自手行水欲下食時是中有助提婆達多比丘尼爲六羣比丘故教檀越言此第一上座此第二上座此是持律此是法師與是比丘飯與是比丘羹諸居士言我等不知誰是第一上座誰是第二上座誰是持律誰是法師此中多有飯食自當遍與莫散亂語若散亂語者汝自手行食我等當住佛遙見比丘尼作散亂事聞諸居士呵責食後以是因緣故集比丘僧種種因緣呵責六羣比丘云何名比丘敎比丘尼所教與食種

種因緣呵已語諸比丘以十利故與諸比丘結戒從今是戒應如是說有諸比丘白衣家請食是中有比丘尼指示言與是比丘飯與是比丘羹諸比丘應語是比丘尼小住待諸比丘食竟若諸比丘中無有一比丘語是比丘尼小住待諸比丘食竟者是一切諸比丘應向餘比丘言諸長老我等墮可呵法不是處是法可悔我今發露悔過是名波羅提提舍尼法是中犯者若比丘受比丘尼所教與食得波羅提提舍尼罪隨受隨得爾所波羅提提舍尼罪若二部僧共坐一部僧中若有一人語是比丘尼者第二部僧亦名爲語若別入別坐別食別出者是中入檀越門比丘應問出比丘何比丘尼是中教檀越與比丘食答言其應問約敕未答言已約敕是入比丘亦名約敕有諸比丘出城門時有比丘入者應問出者若出者未約敕入者應約敕若出者已約敕入者亦名約敕 二法竟

佛在維耶離國爾時有象師名首羅富貴有威德多饒財寶人民田宅種種成就是人歸依佛歸依法歸依僧見四諦得初道好檀越施不能籌量是人一月得官廩千金錢持用布施及餘所有物不能供足兒婦飢乏諸居士瞋呵責言沙門釋子不知時不知量若施者不知量受者應知量是首羅象師本富饒財物布施不知量與不能供足兒婦飢乏甚可憐愍是中有比丘少欲知足行頭陀聞是事心不喜以是事向佛廣説佛以是事集比丘僧種種因緣呵責諸比丘云何名比丘不知時不知量若施者不知量受者應知量是

首羅象師好檀越施不能量故與不能供婦兒飢乏種種因緣呵已語諸比丘汝等與首羅象師作學家羯磨語比丘比丘尼式叉摩尼沙彌沙彌尼入是家不得自手取食若更有如是人僧亦應與作學家羯磨學家羯磨者僧一心和合一比丘僧中唱言大德僧聽首羅象師學家諸比丘比丘尼式叉摩尼沙彌沙彌尼入是學家不得自手取食若僧時到僧忍聽僧與首羅居士作學家羯磨諸比丘比丘尼式叉摩尼沙彌沙彌尼不得入是家自手取食白如是如是白二羯磨僧與首羅象師作學家羯磨竟僧忍默然故是事如是持是首羅象師聞僧爲作學家羯磨諸比丘比丘尼式叉摩尼沙彌沙彌尼不得入我家自手取食聞已即詣佛所頭面禮佛足却坐一面白佛言願佛與我捨是學家羯磨佛語諸比丘爲首羅居士捨學家羯磨若更有如首羅乞者亦應爲捨捨法者一心和合僧是首羅居士從座起偏袒右肩脫革屣合掌白言大德聽我首羅居士布施不知量與不能供婦兒飢乏以是因緣故僧與我作學家羯磨諸比丘比丘尼式叉摩尼沙彌沙彌尼入我舍不得自手取食我今從僧乞捨學家羯磨如本諸比丘比丘尼式叉摩尼沙彌沙彌尼入我舍自手取食如是應第二第三乞僧應籌量可捨不可捨若首羅居士財損減不增長爾時若乞不乞不應捨若首羅居士財物增長若乞不乞皆應與捨若首羅居士財物不增不減爾時若乞應捨不乞不應捨是中一比丘應唱言大德僧聽是首羅象師

先作檀越布施不知量與不能供婦兒飢乏僧以是故與作學家羯磨諸比丘比丘尼式叉摩尼沙彌沙彌尼入是舍不得自手取食今是首羅象師從僧乞捨學家羯磨如本諸比丘比丘尼式叉摩尼沙彌沙彌尼聽我舍自手取食若僧時到僧忍聽僧與首羅象師捨學家羯磨如本聽諸比丘比丘尼式叉摩尼沙彌沙彌尼入舍自手取食白如是如是白四羯磨僧與首羅象師捨學家羯磨竟僧忍默然故是事如是持佛語諸比丘以十利故與比丘結戒從今是戒應如是說有諸學家僧作學家羯磨竟若比丘如是學家先不請後來自手取食是比丘應向餘比丘說罪作是言諸長老我墮可呵法不是處是法可悔我今發露悔過是名波羅提提舍尼法學家者得初道家作學家羯磨者僧與是家作學羯磨先不請者是學家先不請後來自手取食者五佉陀尼食五蒱闍尼食五似食是中犯者若比丘學家中先不請後來自手取根食得波羅提提舍尼罪莖葉磨果飯麨精魚肉糜粟麵麥莠子迦師食皆得波羅提提舍尼罪隨自手取隨得爾所波羅提提舍尼罪

三法竟

佛在迦維羅衛國爾時諸釋子向暮食時見食好香美作是念我等不應獨噉如是好飲食何不留佛及僧分作是念已爲佛及僧故向暮食中留分明日地了諸釋婦女以好寶物自莊嚴身持好飲食大語大笑來向僧坊作是言佛今當先食我食彼亦復言佛先食我食令我長夜得利益安樂爾時尼倶盧陀

林中有賊先犯事擯入是林中持器仗著中圍繞而卧但賊主不睡聞人聲語諸賊言諸人皆起捉刀楯弓箭聚財物一處莫令王力聚落力所圍繞得大憂惱是諸人皆起如所約勑捉刀楯弓箭聚財物一處賊主言小住我當往看爲是何人即立樹間看聞道上人聲作沙門聲問言汝是誰耶答言我等是諸釋婦女以好寶物自莊嚴身持好飲食向僧坊入尼俱盧陀林中佛今者先食我食我等長夜當得利益安樂賊主即還語諸賊言今得成事但當起取問言云何答言諸釋婦女以好寶物自莊嚴身持好飲食入尼俱盧陀林即時賊皆起剥脱已裸形而去如是惡聲流布城邑聚落有惡賊剥脱諸釋婦女裸形而去即以官力聚落力圍繞捕得諸賊爾時

諸女裸形住六羣比丘往語言此食香美過與我來此食復勝亦與我來爾時諸婦女瞋呵言不是都不憂念我等裸形但念欲得是食諸比丘以是事向佛廣説佛語阿難盈衣中各各與諸女一衣阿難言爾即取盈衣各各與諸女一衣諸女著衣已持食入僧坊中打揵椎與僧食分在佛前坐聽説法佛見諸女坐已種種因縁示教利喜示教利喜已默然諸女知佛種種因縁示教利喜已頭面禮佛足右繞而去諸女去不久佛以是事集比丘僧種種因縁呵責六羣比丘云何名比丘僧未作約勑僧坊外不自手取食而僧坊内取種種因縁呵已語諸比丘以十利故與諸比丘結戒從今是戒應如是説有比丘僧住阿練若處有疑怖畏若比丘知是阿練若住

處有疑怖畏僧未作差不僧坊外自手取食僧坊内取是比丘應向諸比丘説罪言諸長老我墮可呵法不是處是法可悔我今發露悔過是名波羅提提舍尼法阿練若處者去聚落五百弓於摩伽陀國一拘盧舍於此方國則半拘盧舍疑者乃至疑失一水器怖畏者是中乃至畏惡比丘僧未差者僧未一心差是人僧坊外者此僧坊牆障外若籬障外若壍障外僧坊内者此僧坊牆障内籬障内壍障内食者五佉陀尼食五蒱闍尼食五似食是中犯者若比丘僧未與差是人不僧坊外自手取根食僧坊内取得波羅提提舍尼罪莖葉磨果飯麨糒魚肉糜粟䴸麥莠子迦師皆得波羅提提舍尼罪隨自手受隨得爾所波羅提提舍尼罪從今應羯磨參知食人一心和合僧一比丘問言誰能爲僧作參知食人若一比丘言我能若有五法隨愛隨瞋隨怖隨癡不知有無不應差作知食人若成就五法應今作參知食人不隨愛不隨瞋不隨怖不隨癡知有無應差是中一比丘僧中唱言大德僧聽某甲比丘能作參知食人若僧時到僧忍聽僧立某甲比丘作參知食人白如是如是白二羯磨某甲比丘作參知食人竟僧忍默然故是事如是持若比丘受僧羯磨已是比丘知是中有賊入應將淨人是中立若是中見有人似賊者應取是食語諸持食人言汝莫來入是中有人似賊若是持食人强來者不犯　四法竟

衆學法初

佛在王舍城爾時諸比丘極高著泥洹僧極

下著泥洹僧參差著泥洹僧不周齊著泥洹僧佛見已作是念我當觀過去諸佛云何著泥洹僧空中淨居天言世尊過去諸佛周齊著泥洹僧佛亦自憶知過去諸佛周齊著泥洹僧佛復念我當覲未來世諸佛云何著泥洹僧空中淨居天言世尊未來世諸佛周齊著泥洹僧佛亦自觀知未來諸佛亦當周齊著泥洹僧佛復作是念我當觀淨居天云何著泥洹僧空中天言淨居天周齊著泥洹僧佛亦自見知淨居天周齊著泥洹僧佛以是事集比丘僧以種種因緣呵責諸比丘云何名比丘極高著泥洹僧極下著泥洹僧參差著泥洹僧不周齊著泥洹僧種種因緣呵已語諸比丘以十利故與諸比丘結戒從今是戒應如是說不應極高著泥洹僧應當學若比丘極高著泥洹僧突吉羅若不極高著泥洹僧不犯一不極下著泥洹僧應當學若極下著泥洹僧突吉羅不極下著不犯二不參差著泥洹僧應當學若參差著泥洹僧突吉羅不參差著泥洹僧不犯三不如鋤頭著泥洹僧應當學若如鋤頭著泥洹僧突吉羅不如鋤頭著不犯四不如象鼻著泥洹僧應當學若如象鼻著泥洹僧突吉羅不如象鼻著不犯五不如多羅葉著泥洹僧應當學若如多羅葉著泥洹僧突吉羅不如多羅葉著不犯六不如麨摶著泥洹僧應當學若如麨摶著泥洹僧突吉羅不如麨摶著不犯七不細襵前著泥洹僧應當學若細襵前著泥洹僧突吉羅不細襵前著不犯八不著茸泥洹僧應當學若著茸泥洹僧突吉羅不著茸不犯

九不并𥜥兩邊著泥洹僧應當學若并𥜥兩
邊著泥洹僧突吉羅不并𥜥兩邊著不犯十
不著細縷泥洹僧應當學若著細縷泥洹僧
突吉羅不著細縷不犯十一周齊著泥洹僧應
當學若不周齊著泥洹僧突吉羅周齊著不
犯十二事竟
佛在王舍城爾時諸比丘極高披衣極下披
衣參差披衣不周齊披衣佛見已作是念我
當觀過去諸佛云何披衣空中淨居天言過
去諸佛周齊披衣佛亦自憶過去諸佛周齊
披衣佛復念我當觀未來諸佛云何披衣空
中天言未來諸佛周齊披衣佛亦自知未來
諸佛周齊披衣佛復念淨居諸天云何披衣
空中天言淨居諸天周齊披衣佛亦自見淨
居諸天周齊披衣佛以是事集比丘僧種種
因緣呵責諸比丘云何名比丘極高披衣極
下披衣參差披衣不周齊披衣種種因緣呵
已語諸比丘以十利故與諸比丘結戒從今
不極高披衣應當學若極高披衣突吉羅不
高披不犯十三不極下披衣應當學若極下披
衣突吉羅不極下披不犯十四不參差披衣應
當學若參差披衣突吉羅不參差披衣不犯
十五周齊披衣應當學若不周齊披衣突吉羅
周齊披衣不犯十六事竟
佛在王舍城爾時有一居士請佛及僧明日
食佛默然受居士知佛默然受已從座起頭
面禮佛足右繞而去還自舍通夜辦種種多
美飲食晨朝敷坐處遣使白佛時到食具已
辦佛自知時佛中前著衣入是居士舍爾時
六羣比丘不好覆身入是家內自看肩臂看

胷諸居士呵責言諸沙門釋子自言善好有功德不好覆身入家內自看肩看臂看胷如王如大臣佛見六羣比丘不好覆身入白衣舍聞居士呵責如王如大臣佛食後以是事集比丘僧種種因緣呵責六羣比丘云何名比丘不好覆身入家內自看肩看臂看胷種種因緣呵已語諸比丘以十利故與諸比丘結戒從今好覆身入家內應當學不好覆身入家內突吉羅好覆身入家內不犯十七有時六羣比丘雖好覆身入家內不好覆身坐自看肩看臂看胷諸居士呵責言諸沙門釋子自言善好有德不好覆身坐家內看肩看臂看胷如王如大臣佛見諸比丘不好覆身坐家內看肩看臂看胷佛見已食後集比丘僧種種因緣呵責諸比丘云何名比丘不好覆身坐家內自看肩看臂看胷種種因緣呵已語諸比丘以十利故與諸比丘結戒從今好覆身坐家內應當學不好覆身坐家內突吉羅好覆身坐不犯十八有時六羣比丘不善攝身入家內脚蹴大車小車犢車輦輿輪樹柱壁瓶甕倒地諸居士呵責言諸沙門釋子自言善好有德不善攝身入他家內脚蹋物倒地如盲人佛語諸比丘善攝身入家內應當學不善攝身入家內突吉羅善攝身入家內不犯十九又六羣比丘雖善攝身入家內不善攝身坐蹴大車小車犢車輦輿輪樹柱壁瓶甕甇牀榻倒地如盲人佛知是事語諸比丘善攝身坐家內應當學若不善攝身坐家內突吉羅善攝身坐不犯二十事竟

佛在舍衛國爾時世尊中前著衣與諸比丘

入舍衞城諸佛常法若以神通力入城邑聚落時現如是希有事謂象呻鳴馬悲鳴諸牛王吼鵝鴈孔雀鸚鵡舍利鳥俱均羅狌狌諸鳥出和雅音大鼓小鼓箜篌箏笛琵琶簫瑟箄篥鐃鈸不鼓自鳴諸貴人舍所有金器內外莊嚴具若在箱篋中自然作聲盲者得視聾者得聽啞者能言拘躄者能伸跛蹇者得手足睞眼得正病瘦者得除愈苦痛者得樂毒者得消狂者得正殺者離殺偷者離偷邪婬者不邪婬妄語者不妄語兩舌惡口無義語者不無義語喜貪者不貪瞋者不瞋邪見者離邪見牢獄閉繫枷鎖杻械悉得解脫憒鬧處者皆得閑靜未種善根者種已種者增長已增長者得解脫諸伏藏寶物自然發出現如是希有事諸衆生得利益佛爾時佛漸漸行到城以右足著門閫上如是等種種希有事皆現爾時人民於屋上堂壁樓閣上看佛及僧是中有未曾見佛者中有曾見佛者指示言此是佛此是舍利弗目揵連阿那律難提金毗羅此是六羣比丘六羣比丘聞已即仰看作是言某女人盲某睞眼某赤眼某短鼻某瘿某背僂某跛某白某黑某無威德諸女人聞已語六羣比丘言我非汝婦不與汝私通我等好醜何豫汝事而名字我等六羣比丘言我從佛及僧入城何豫汝事指我等言此是六羣比丘似如罪人佛聞是事語諸比丘從今不高視入家內應當學若高視入家內突吉羅不高視入不犯二十一爾時佛及僧露地坐食諸人在堂屋上牆壁樓閣上看佛及僧是中有人未曾見佛者中有曾見

佛者指示言此是佛此是舍利弗目揵連阿那律難提金毗羅此是六羣比丘六羣比丘聞已即仰視作是言某女人盲某睞眼某赤眼某短鼻某瘦某背僂某跛某白某黑某無威德諸女人聞已語六羣比丘言我非汝婦不與汝通我等好醜何豫汝事而名字我等六羣比丘言我從佛及僧受請坐食何豫汝等事而指我等言此是六羣比丘似如罪人佛聞是事語諸比丘不高視坐家內應當學若高視坐家內突吉羅不高視坐不犯二十二

又六羣比丘嫌呵供養入家內作是言昨日飲食香美熟好次第等與好敷坐處今日或當不如昨日香美熟好或不次第等與諸居士呵責言諸沙門釋子不善不種不穫但能噉食出他過罪佛聞是事語諸比丘從今不呵供養入家內應當學若呵供養入家內突吉羅不呵從今入不犯二十三

又六羣比丘入雖不呵供養坐已便呵供養作是言昨日飲食香美熟好次第敷坐處今日或當不如昨日香美熟好或不次第等與諸居士呵言是沙門釋子不善不種不穫但能噉食出他過罪佛聞是事已語諸比丘從今不呵供養坐家內應當學若呵供養坐突吉羅不呵供養坐不犯二十四

又六羣比丘高大聲入家內諸居上聞聲呵責言諸沙門釋子自言善好有德高大聲入家內如婆羅門佛語諸比丘不高大聲入家內應當學若不靜默入家內突吉羅靜默入不犯二十五

又時六羣比丘雖不高大聲入家內高大聲坐諸居士聞呵責言諸沙門釋子自言善好有德高大聲坐家內

如婆羅門佛聞已語諸比丘從今不高大聲坐家內應當學若高大聲坐家內突吉羅不高大聲坐不犯二十六　又六羣比丘蹲行入家內居士呵責言諸沙門釋子自言善好有德蹲行入家內似如截脚佛聞已語諸比丘從今不蹲行入家內應當學若蹲行入家內突吉羅不蹲行入不犯二十七　又六羣比丘雖不蹲行入家內便蹲坐家內諸居士呵責言諸沙門釋子蹲坐家內如婆羅門佛語諸比丘從今不蹲坐家內應當學若蹲坐家內突吉羅不蹲坐不犯二十八　又六羣比丘以衣覆頭入家內諸居士瞋呵責言是諸比丘自言善好有德以衣覆頭入家內似如伺捕人佛言從今不覆頭入家內應當學若覆頭入家內突吉羅不覆頭入不犯二十九　爾時六羣比丘雖不覆頭入家內覆頭坐家內諸居士呵責諸比丘自言善好有德覆頭坐家內似如伺捕人佛言從今不覆頭坐家內應當學若覆頭坐突吉羅不覆頭坐不犯三十　爾時六羣比丘襆頭入家內諸居士呵責言諸沙門釋子自言善好有德襆頭入家內如王如大臣佛聞是事語諸比丘從今不襆頭入家內應當學若襆頭入突吉羅不襆頭入不犯三十一　爾時六羣比丘雖不襆頭入家內便襆頭坐家內諸居士呵責諸比丘自言善好有德襆頭坐家內如王如大臣佛聞是事語諸比丘從今不襆頭坐家內應當學若襆頭坐突吉羅不襆頭坐不犯三十二　爾時六羣比丘肘隱人肩入家內諸居士呵責諸沙門釋子自言善好有德肘隱人肩入家內如王如大臣佛聞

是事語諸比丘從今不肘隱人肩入家內應當學若肘隱人肩入家內突吉羅不肘隱人肩入不犯三十三　爾時六羣比丘雖不肘隱人肩入而肘隱人肩坐家內諸居士瞋呵責言諸沙門釋子自言善好有德肘隱人肩坐家內如王如大臣佛聞是事語諸比丘從今不肘隱人肩坐家內應當學若肘隱人肩坐突吉羅不肘隱人坐不犯三十四　爾時六羣比丘扠腰入家內諸居士呵責言諸沙門釋子自言善好有德扠腰入家內如王如大臣佛聞是事語諸比丘從今不扠腰入家內應當學若扠腰入家內突吉羅不扠腰入不犯三十五　爾時六羣比丘雖不扠腰入家內而扠腰坐家內諸居士呵責言沙門釋子扠腰坐家內如王如大臣佛聞是事語諸比丘從今不扠腰坐家內應當學若扠腰坐突吉羅不扠腰坐不犯三十六　爾時六羣比丘左右反抄衣入家內諸居士呵責言諸沙門釋子自言善好有德左右反抄衣入家內如王如大臣佛聞是事語諸比丘從今不左右反抄衣入家內應當學若左右抄衣入家內突吉羅不左右抄衣入不犯三十七　爾時六羣比丘雖不左右反抄衣入家內而左右抄衣坐家內諸居士呵責言諸沙門自言善好有德左右反抄衣坐家內如王如大臣佛聞是事語諸比丘不左右反抄衣坐家內應當學若左右反抄衣坐突吉羅不左右抄衣坐不犯三十八　爾時六羣比丘偏抄衣入家內諸居士呵責言沙門釋子自言善好有德偏抄衣入家內如王如大臣佛聞是事語諸比丘從今不偏抄衣入

家內應當學若偏抄衣入家內突吉羅不偏
抄衣入不犯三十九爾時六羣比丘雖不偏抄
衣入家內而偏抄衣坐家內諸居士呵責言
諸沙門釋子自言善好有德偏抄衣坐家內
如王如大臣佛聞是事語諸比丘不偏抄衣
坐家內應當學若偏抄衣坐家內突吉羅不
偏抄衣坐不犯四十爾時六羣比丘以衣覆右
肩令舉左肩上入家內諸居士呵責言諸沙
門釋子自言善好有德以衣覆右肩令舉左
肩上入家內如王如大臣佛聞是事語諸比
丘從今不以衣覆右肩令舉左肩上入家內
應當學若以衣覆右肩令舉左肩上入家內
突吉羅不以衣覆右肩令舉左肩上入不犯
四十一爾時六羣比丘雖不以衣覆右肩令舉
左肩上入家內而以衣覆右肩令舉左肩上
坐家內諸居士呵責言諸沙門釋子自言善
好有德以衣覆右肩令舉左肩上坐家內如
王如大臣佛聞是事語諸比丘從今不應以
衣覆右肩令舉左肩上坐家內應當學若以
衣覆右肩令舉左肩上坐突吉羅若不以衣
覆右肩令舉左肩上坐不犯四十二爾時六羣
比丘掉臂入家內諸居士呵責言諸沙門釋
子自言善好有德掉臂入家內似如種穀人
佛聞是事語諸比丘從今不掉臂入家內應
當學若掉臂入家內突吉羅若不掉臂入不
犯四十三爾時六羣比丘雖不掉臂入家內而
掉臂坐家內諸居士呵責言諸沙門釋子自
言善好有德掉臂坐家內如種穀人佛聞是
事語諸比丘從今不掉臂坐家內應當學若
掉臂坐家內突吉羅不掉臂坐不犯四十四爾

時六羣比丘搖肩入家内諸居士訶責言諸沙門釋子自言善好有德搖肩入家內如王如大臣佛聞是事語諸比丘從今不搖肩入家內應當學若搖肩入家內突吉羅不搖肩入不犯四十五爾時六羣比丘雖不搖肩入家內而搖肩坐家內諸居士訶責言諸沙門釋子自言善好有德搖肩坐家內如王如大臣佛聞是事語諸比丘從今不搖肩坐家內應當學若搖肩坐家內突吉羅不搖肩坐不犯四十六爾時六羣比丘搖頭入家內諸居士呵責言諸沙門釋子自言善好有德搖頭入家內似如鬼捉佛聞是事語諸比丘從今不搖頭入家內應當學若搖頭入家內突吉羅不搖頭入不犯四十七爾時六羣比丘雖不搖頭入而搖頭坐家內諸居士呵責言諸沙門釋子自言善好有德搖頭坐家內似如鬼捉佛聞是事語諸比丘從今不搖頭坐家內應當學若搖頭坐突吉羅不搖頭坐不犯四十八爾時六羣比丘搖身入家內諸居士訶責言諸沙門釋子自言善好有德搖身入家內似如儛人佛聞是事語諸比丘從今不搖身入家內應當學若搖身入突吉羅不搖身入不犯四十九爾時六羣比丘雖不搖身入家內而搖身坐家內諸居士呵責言諸沙門釋子自言善好有德搖身坐家內似如儛人佛聞是事語諸比丘從今不搖身坐家內應當學若搖身坐家內突吉羅不搖身坐不犯五十爾時六羣比丘攜手入家內蹴蹋瓶甕器物倒地諸居士呵責言諸沙門釋子自言善好有德攜手入家內如王如大臣佛聞是事語諸比丘

從今不攜手入家內應當學若攜手入家內突吉羅不攜手入不犯五十一 又六羣比丘雖不攜手入家內而攜手坐家內諸居士言長老相近坐我請比丘多六羣比丘言汝等更有何等事何不廣敷坐處而令我等相近坐耶佛聞是事語諸比丘從今不攜手坐家內應當學若攜手坐家內突吉羅不攜手坐不犯五十二 爾時六羣比丘翹一脚入家內諸居士呵責言諸沙門釋子自言善好有德翹一脚入家內如王如大臣佛聞是事語諸比丘從今不翹一脚入家內應當學若翹一脚入突吉羅不翹一脚入不犯五十三 爾時六羣比丘雖不翹一脚入家內而翹一脚坐家內諸居士言長老相近坐我請比丘多六羣比丘言汝作何事何不廣敷牀座而令我相近坐耶佛聞是事語諸比丘從今不翹一脚坐家內應當學若翹一脚坐家內突吉羅不翹一脚坐不犯五十四 爾時六羣比丘累脞坐家內下露形體諸居士呵責言諸沙門釋子自言善好有德累脞坐家內下露形體佛聞是事語諸比丘從今不累脞坐家內應當學若累脞坐家內突吉羅不累脞坐不犯五十五 爾時六羣比丘累脚坐諸居士呵責言沙門釋子自言善好有德累脚坐如王如大臣佛聞是事語諸比丘不累脚坐應當學若累脚坐突吉羅不累脚坐不犯五十六事竟

佛在舍衛國爾時六羣比丘晨朝著衣持鉢入舍衛城乞食有一居士中門前獨坐牀上以掌扶頰愁憂不樂時六羣比丘共相謂言此人憂慼我能令語笑六羣比丘到是居士

所以掌扶頰愁憂而住居士笑而問言汝有何急共相愁憂以掌扶頰而住六羣比丘顧語諸比丘言我即令語笑已諸居士呵責言諸沙門釋子自言善好有德以掌扶頰令白衣語笑如戲笑人佛聞是事語諸比丘從今不掌扶頰坐家内爲白衣笑故應當學若掌扶頰坐突吉羅不掌扶頰坐不犯五十七 佛在舍衛城爾時有一居士請佛及僧明日食佛黙然受請居士知佛受已即起頭面禮佛足右繞而去還到自舍通夜辦種種多美飲食晨朝敷坐處遣使白佛時到食辦佛自知時佛及僧入居士舍坐是居士知佛及僧坐已自手行水欲下飲食時六羣比丘持鉢置前四向顧視居士下飯著鉢中已過去六羣比丘言此中何不與飲居士言已與六羣比丘言不與居士言看鉢中看已喚居士言授我鉢來諸居士言汝等向心爲在何處今方喚授鉢佛聞是事語諸比丘從今一心受飯應當學若不一心受飯突吉羅若一心受不犯五十八 又六羣比丘以飯滿鉢向餘處看諸居士著羹鉢中已過去六羣比丘言此中何以不與羹答言已與六羣比丘言不與居士言何不看鉢中看已語言授我鉢來諸居士言汝向者心爲在何處今方喚授鉢佛聞是事語諸比丘從今一心受羹應當學若不一心受羹突吉羅一心受不犯五十九 又六羣比丘溢鉢受飲食是中飯羹溢出諸居士言飯當更益羹當更與何以溢鉢取棄佛聞是事語諸比丘不溢鉢受羹飯應當學若溢鉢受羹食突吉羅不溢鉢受不犯六十 又六羣比丘以

羹菜澆飯但取羹菜處飯食諸居士呵責言何以澆食如小兒佛聞是事語諸比丘從今羹飯等和合食應當學若不等羹飯食突吉羅等羹飯食不犯六十一　又六羣比丘飯上若有酥酪及羹甌中食如井諸居士呵責言諸比丘食如婆羅門食佛聞是事語諸比丘從今不應甌中食應當學若甌中食突吉羅不甌中食不犯六十二　又六羣比丘摶飯食諸居士呵責言諸比丘摶飯食如小兒佛聞是事語諸比丘從今不摶飯食應當學若摶飯食突吉羅不摶飯食不犯六十三　又六羣比丘大摶食諸居士呵責言諸比丘大摶食似如有人欲奪驅逐者佛聞是事語諸比丘從今不大摶食應當學若大摶食突吉羅不大摶食不犯六十四　又六羣比丘手把飯食諸居士呵責言諸比丘手把飯食如田種人佛聞是事語諸比丘從今不手把飯食應當學若手把飯食突吉羅不手把飯食不犯六十五　時有一比丘食未至口便大張口六羣比丘與比坐以戲故持上塊著口中時大衆中有如是不清淨事佛言從今不預張口待飯食應當學若食未至預張口待飯突吉羅不預張口不犯六十六　又六羣比丘含食語羹飯從口中流出比坐比丘見便吐逆佛言不含食語應當學若含食語突吉羅不含食語不犯六十七　又六羣比丘齧半食半在口中半在手中佛言不齧半食應當學若齧半食突吉羅不齧半食不犯六十八事竟

佛在迦維羅衛國爾時摩訶男釋請佛及僧明日食佛默然受知佛默然受已即從座起

頭面禮足右繞而去還自舍通夜辦種種多
美飲食早起敷坐處遣使白佛時到食辦佛
自知時佛著衣持鉢與僧俱入摩訶男舍坐
摩訶男見佛坐已自手行水是食乳作自手
下飯與乳諸比丘吸食作聲爾時有比丘先
是妓兒聞是聲即起儛諸比丘大笑笑時口
中飯粒出有鼻孔中出者諸居士呵責言沙
門釋子自言善好有德云何令他笑如妓兒
佛見諸比丘作是事聞諸居士呵責時佛默
然食後以是事集比丘僧佛知故問儛比丘
汝以何心儛答言世尊欲出諸比丘吸食過
罪及戲笑故佛言從今不吸食應當學若吸
食作聲突吉羅不吸食不犯六十九 又六羣比
丘嚼食喽喽作聲諸居士呵責言沙門釋子
自言善好有德嚼食喽喽作聲如猪佛言從

今不嚼食作聲應當學若嚼食作聲突吉羅
不嚼食作聲不犯七十 又六羣比丘漸漸內飯
滿頰稍稍咽諸居士呵責言如獼猴食佛言
從今不味咽食食應當學若未咽食食突吉
羅咽已食不犯七十一 又六羣比丘吐舌食作
是言誰能全呑令摶不壞諸居士呵責言諸
比丘吐舌食如小兒佛言從今不吐舌食應
當學若吐舌食突吉羅不吐舌食不犯七十二
又六羣比丘縮鼻食諸居士呵責言應好棄
涕為寒耶為噉蒜耶佛言從今不縮鼻食應
當學若縮鼻食突吉羅不縮鼻食不犯七十三
又六羣比丘舐手食諸居士呵責言美飯盡
當更益何以舐手佛言從今不舐手食應當
學若舐手食突吉羅不舐手食不犯七十四 又
六羣比丘指抆鉢食諸居士呵責言美飯盡

當更益何故指抆鉢食佛言從今不指抆鉢食應當學若指抆鉢食突吉羅不指抆鉢不犯七十五　又六羣比丘食著手振却諸居士呵責言諸比丘食如王如大臣振手棄食佛言從今不振手食應當學若振手食突吉羅不振手食不犯七十六　又六羣比丘棄著手飯諸居士呵責言是諸沙門不善不種不穫但能噉復棄佛言從今不棄著手飯應當學若棄著手飯突吉羅不棄不犯七十七　爾時六羣比丘膩手捉飲器比坐比丘便見吐逆佛言從今不膩手捉飲器應當學若膩手捉飲器突吉羅不膩手捉不犯七十八　又六羣比丘不病自爲索飯索羹佛言從今不病不自爲索飯若羹應當學若不病自爲索羹飯突吉羅若病索不犯七十九　又六羣比丘以飯覆羹更望得故語諸居士此中著羹答言先噉鉢中飯覆者佛言從今不飯覆羹更望得應當學若飯覆羹更望得者突吉羅不更望得覆不犯八十　又六羣比丘訶相看比坐鉢中作是言汝多我少我多汝少佛言不訶相看比坐鉢中應當學若訶相看比坐鉢突吉羅不訶相看不犯八十一　有一比丘僧中食時看餘處六羣比丘與其比坐以戲故持骨著其鉢中此比丘持手著鉢中欲食觸骨驚怖以是事故佛言端視鉢食應當學若不端視鉢食突吉羅端視不犯八十二　又六羣比丘多受食不次第噉盡殘在鉢中便著水蕩棄滿渠盤中收殘食器皆滿諸居士呵責言是諸沙門不善不種不穫但噉復棄佛言次第噉食盡應當學若不次第噉盡突吉羅次第噉盡不犯八十三事

竟

佛在迦毗羅婆國爾時有居士請佛及僧明日食佛默然受居士知佛默然受已從座起頭面禮佛足右繞而歸通夜辦種種多美飲食早起敷坐處遣使白佛時到食辦佛自知時佛及僧到是舍新堂上水精作地諸比丘洗鉢水中有殘食瀉著堂上似如吐諸居士呵責言是諸比丘不善更有屏處可棄此水何以乃棄此堂上佛言洗鉢水有飯不問主人不應棄舍内應當學若不問主人棄舍内突吉羅問主人棄不犯八十四

佛在舍衛國爾時波斯匿王立如是法若佛在祇洹我當日日自往時王聞佛在祇洹即勑御者嚴駕御者受教嚴駕已辦白言大王嚴駕已竟王自知時王即乘乘出城向祇洹王在乘上六羣比丘爲王說法言大王色無常受想行識無常是中有比丘少欲知足行頭陀見是事心不喜種種因緣呵責云何名比丘人在乘上步爲說法諸比丘以是事向佛廣說佛語諸比丘人無病乘乘不應爲說法應當學若不病乘乘爲說法者突吉羅爲病說法不犯八十五又時王在前行六羣比丘隨後行爲說法言大王色無常受想行識無常佛語諸比丘人不病在前行不隨後爲說法應當學若爲不病在前行人説法突吉羅爲病說法不犯八十六又時王在前道中行六羣比丘在道外行爲王說法言大王色無常受想行識無常佛語諸比丘若人不病在道中行自在道外行不爲說法應當學若自在道外爲道中行不病說法突吉羅爲病說法

不犯八十七諸王行法持牀榻自隨王在高牀
上坐六羣比丘立爲說法大王色受想行識
無常佛語諸比丘從今無病人坐自立不爲
說法應當學若自立爲坐不病人說法突吉
羅爲病說法不犯八十八王於六羣比丘無大
恭敬心六羣比丘或得卑小坐處王自坐高
處六羣比丘在卑下處爲王說法言大王色
受想行識無常佛語諸比丘人無病在高處
自在下處不爲說法應當學自在下處爲高
處不病人說法突吉羅爲病說法不犯八十九
又時王身大坐从便卧六羣比丘坐爲說法
大王色受想行識無常佛語諸比丘人無病
卧自坐不爲說法應當學若自坐爲卧不病
人說法突吉羅爲病說法不犯九十又時王覆
頭六羣比丘爲王說法言大王色受想行識

無常佛語諸比丘不爲覆頭人說法除病應
當學若爲覆頭不病人說法突吉羅爲病說
法不犯九十一又時王裹頭六羣比丘爲說法
言大王色受想行識無常佛語諸比丘不爲
裹頭人說法除病應當學若爲不病裹頭人
說法突吉羅爲病說法不犯九十二又時王肘
隱人六羣比丘爲說法言大王色受想行識
無常佛語諸比丘不應爲肘隱人說法除病
應當學若爲肘隱人不病人說法突吉羅爲
病說法不犯九十三又時王扠腰六羣比丘爲
說法言大王色受想行識無常佛語諸比丘
不爲扠腰人說法除病應當學若爲不病扠
腰人說法突吉羅爲病說法不犯九十四又時
王左右抄衣六羣比丘爲說法言大王色受
想行識無常佛語諸比丘不爲左右抄衣人

說法除病應當學若爲左右抄衣不病者說法突吉羅爲病說法不犯九十五　又時王偏抄衣六羣比丘爲說法言大王色受想行識無常佛語諸比丘不爲偏抄衣人說法除病應當學若爲偏抄衣不病爲說法突吉羅爲病說法不犯九十六　又時王以衣覆右肩令舉左肩上六羣比丘爲王說法言大王色受想行識無常佛語諸比丘不爲以衣覆右肩令舉左肩上說法除病應當學若爲以衣覆右肩令舉左肩上不病說法突吉羅爲病說法不犯九十七　又時王著革屣六羣比丘爲說法言大王色受想行識無常佛語諸比丘不爲著革屣說法除病應當學若爲著屣不病說法突吉羅爲病說法不犯九十八　又時王著屐六羣比丘爲說法言大王色受想行識無常佛語諸比丘不爲著屐人說法除病應當學若爲著屐不病人說法突吉羅爲病說法不犯九十九　又時佛與無量百千萬衆恭敬圍繞說法波斯匿王眷屬有捉杖者捉蓋者捉刀者捉楯者捉弓箭者六羣比丘別爲說法是衆中有堪得道者以衆作二段故心散亂不得道諸佛常法不一心衆生不爲說法佛即爲王種種說法示教利喜示教利喜已默然王知佛種種說法示教利喜已從座起頭面禮佛足右繞而去王去不久佛以是事集比丘僧以種種因緣呵責六羣比丘云何名比丘爲捉杖不病人說法捉蓋捉大小刀捉矟楯弓箭種種器仗說法種種呵已語諸比丘不爲捉杖說法除病應當學若爲捉杖不病人說法突吉羅爲病說法不犯百一　不爲捉蓋說

法除病應當學若爲捉蓋不病人説法突吉羅爲病説法不犯一百不爲捉刀人説法除病應當學若爲捉刀人説法突吉羅不爲捉刀人説法不犯一百二不爲捉楯弓箭人説法除病應當學若爲捉楯弓箭人説法突吉羅不爲捉楯弓箭人説法不犯一百三

佛在王舍城爾時六羣比丘往語守菓園人言汝與我等菓問言與價不答言我乞無價守菓人言索菓空與者我等云何得活六羣比丘言不與我耶答言不與六羣比丘餘時大小便洟唾菓上菓臭爛死守菓人言誰之所作六羣比丘往語守菓人言汝知誰汙汝菓答言不知六羣比丘言我等所作隨汝索菓不與我等故作如是事六羣比丘勇健多力不大畏罪守菓人不能柰何諸居士呵責言沙門釋子自言善好有德菓上大小便洟唾如王如大臣佛聞是事語諸比丘不得菓上大小便洟唾除病應當學若不病大小便洟唾菓上突吉羅若病不犯一百四竟

佛在王舍城爾時六羣比丘往語浣衣人言與我浣衣問言與價不答言無價浣衣人言有浣衣不與價者我等空浣衣云何得活六羣比丘言不與我浣耶答言不與汝浣六羣比丘到淨水中浣衣處大小便洟唾諸浣衣人以先心謂水清淨浸衣著中即臭失色浣衣人念誰作是事六羣比丘餘時往問汝等知不誰汙是水答言不知六羣比丘言我等所作以汝不與我浣衣故作是事六羣比丘勇健多力不大畏罪諸浣衣人不能柰何諸居士呵責言諸沙門釋子自言善好有德淨

用水中大小便洟唾是中有比丘少欲知足行頭陀聞是事心不喜向佛廣說佛以是事集比丘僧種種因緣呵責六羣比丘云何名比丘淨用水中大小便洟唾佛但呵責而未結戒

佛在舍衛國爾時舍衛城中有一大池名須摩那多人所用六羣比丘共相謂言可往須摩那池上看皆言隨意即共往池上看便大小便涕唾池中諸居士呵責言是沙門釋子不善更無大小便處耶乃到是淨用水中大小便洟唾是中有比丘少欲知足行頭陀聞是事心不喜向佛廣說佛以是事集比丘僧種種因緣呵責言云何名比丘淨用水中大小便洟唾佛種種因緣呵已語諸比丘不應淨用水中大小便涕唾除病應當學若不病淨用水中大小便涕唾突吉羅病者不犯一百五

佛在舍衛國爾時六羣比丘立大小便共相倚住佛聞是事語諸比丘不得立大小便除病應當學若不病立大小便突吉羅若病不犯一百六

佛在舍衛國有一居士請佛及僧明日食佛默然受居士知佛受已從座起頭面禮佛足右繞而去還自舍通夜辦種種多美飲食早起敷坐處已遣使白佛時到食辦佛自知時六羣比丘與十七羣比丘常相違鬬諍時十七羣比丘次守僧坊六羣比丘次與迎食六羣比丘共相謂言我等今日故斷十七羣比丘食又言云何斷答言但來當知六羣比丘到十七羣比丘所索鉢言與汝迎食分即隨

佛及僧至所請家六羣比丘先食已迎十七羣比丘食分便出出已便作餘事經過餘處諸知識家見已出城或坐樹下或在岸下井上池上多人衆處住時十七羣比丘年少飢急共相謂言食何故遲又相謂言上祇洹門外大樹上遙看見不時有一比丘上樹看見言在某樹下井上岸下多人衆中住至日過中額上流汗方來喚言汝取食分問言何故遲耶答言我等得食便出問言汝等不在某樹下岸下多人衆中住耶而言得食便出六羣比丘言誰道耶十七羣比丘言我上樹上見是中有比丘少欲知足行頭陀聞是事心不喜呵責言云何名比丘佛未聽上樹而上種種因緣呵已向佛廣說佛知故問十七羣比丘汝實作是事不答言實作世尊佛種種因緣呵責十七羣比丘云何名比丘我未聽上樹而上種種因緣呵已語諸比丘樹過人不應上除急因緣應當學若比丘上過人樹無急因緣突吉羅若急因緣不犯一百七事

衆學竟

十誦律卷第十九

音釋

粰粇（粰扶午切粇力鳩切粰粇饊飯也） 蒱（薄胡切） 摶（度官切圜也謂以手捏聚也） 襵（陟葉切襞也） 茸（如融切） 蹴（七六切蹋也） 蹋（徒合切踐也） 狌（所庚切能言獸也） 箄篥（箄卑吉切篥力質切箄篥笳管也） 跛蹇（跛補火切足偏廢也蹇居偃切亦跛也） 瘿（於郢切頸瘤也） 背僂

僂力主切背曲也穫胡郭切刈穀曰穫蹲徂尊切踞也襆頭襆逢玉切帕也襆頭裁幅巾以裹頭也僢文甫切謂足相背而翻弄也頰古協切面旁曰頰爵在爵切咀爵也唼所甲切唼食聲也蒜蘇貫切葷菜也舐神帋切餂也抆無粉切拭也

十誦律卷第二十

姚秦三藏弗若多羅共三藏鳩摩羅什譯

第三誦之七

七滅諍法初

佛在王舍城爾時六羣比丘勸檀越作浴已辦浴具有客比丘㝠來脱衣著諸衣上入浴室洗有因緣故衣服雜錯客比丘洗已出於本處取衣出外看是他衣作是念此衣當還本處更覓我衣還入衣處諸六羣比丘常與善好比丘相違見客比丘入已語客比丘言汝已出何故來還答言我後來脱衣著諸衣上入浴室洗有因緣故衣服雜錯先洗浴已出取衣出外看非我衣作是念此衣當還本處更覓我衣是故來還六羣比丘言不如汝言汝以偷心取取已心悔欲著本處汝見罪不答言不見六羣比丘共相謂言此云何直爾不自言罪當與作不見擯六羣比丘即爲作不見擯擯是客比丘客比丘作是念六羣比丘爲我作不見擯無因緣本末我不自言罪我今何不往舍衛國詣佛所是比丘於王舍城隨意往已持衣鉢遊行向舍衛國詣佛所諸佛常法有客比丘來以如是語勞問忍不足不乞食不乏道路不疲耶爾時佛問客比丘忍不足不乞食不難道路不疲耶客比丘言忍足乞食不難道路不疲即以上事向佛廣説佛知故問是比丘六羣比丘何故與汝作不見擯比丘白佛言世尊無因緣本末我不自言罪强爲我作不見擯佛言若六羣比丘無因緣本末汝不自言罪强爲汝作不見擯者汝莫愁憂我當與汝作法伴佐助汝

佛言從今聽自言滅諍法用是自言滅諍衆僧中種種事起應滅自言滅諍有十種非法十種如法十種非法者若比丘犯波羅夷罪自言不犯衆僧問言汝自說犯不自言不犯是名非法又比丘犯僧伽婆尸沙波逸提波羅提提舍尼突吉羅自言不犯衆僧問言汝自說犯不自言不犯是名非法又比丘不犯波羅夷罪自言我犯衆僧問言汝自說犯波羅夷不自言我犯波羅夷是名非法又比丘不犯僧伽婆尸沙波逸提波羅提提舍尼突吉羅自言我犯衆僧問言汝自說犯不自言我犯是名十非法十種如法者有比丘犯波羅夷自言我犯波羅夷衆僧問言汝自說犯不自言我犯是名如法又比丘犯僧伽婆尸沙波逸提波羅提提舍尼突吉羅自言我犯衆僧問言汝自說犯不自言我犯是名如法又比丘不犯波羅夷自言不犯波羅夷衆僧問言汝自說犯不自言不犯是名如法又比丘不犯僧伽婆尸沙波逸提波羅提提舍尼突吉羅自言不犯衆僧問言汝自說犯不自言不犯是名十如法自言（一法竟）

爾時六羣比丘聞是事我等王舍城中作不見擯比丘到舍衛國諸比丘共事共住我等當往舍衛國六羣比丘隨意往王舍城已持衣鉢往舍衛國詣佛所爾時多有比丘祇洹門邊空地經行六羣比丘見已問言我等王舍城與不見擯比丘來到舍衛國汝諸比丘共事共住耶諸比丘答言佛以自言滅諍滅是事六羣比丘言此事不滅惡滅我等不現前故爾時六羣比丘佛聽自言滅諍法違逆

不受謗佛知見事是中有比丘少欲知足行頭陀聞是事心不喜作是言云何名比丘世尊聽自言滅諍法違逆不受謗佛知見事種種因緣呵已向佛廣說佛以是事集比丘僧種種因緣呵責六羣比丘云何名比丘我聽自言滅諍法違逆不受謗如來知見事種種因緣呵已語諸比丘從今聽現前滅諍法用是現前滅諍僧中種種事起應滅現前滅諍有二種非法二種如法二種非法者有非法僧約勑非法僧令折伏與現前滅諍又非法僧約勑非法三人令折伏與現前滅諍又不如法僧約勑不如法二人一人令折伏與現前滅諍又不如法三人約勑不如法三人令折伏與現前毗尼又不如法三人約勑不如法二人一人僧令折伏與現前毗尼又不如法二人約勑不如法二人一人僧三人令折伏與現前毗尼又不如法一人約勑不如法一人僧三人二人令折伏與現前毗尼是名一非法現前毗尼法又不如法僧約勑如法僧令折伏與現前毗尼又不如法僧約勑如法三人二人一人令折伏與現前毗尼又不如法三人約勑如法三人二人一人僧令折伏與現前毗尼又不如法二人約勑如法二人一人僧三人令折伏與現前毗尼又不如法一人約勑如法一人僧三人二人令折伏與現前毗尼是名二非法現前毗尼法二種如法現前毗尼者有如法僧約勑如法僧令折伏與現前毗尼又如法僧約勑如法三人二人一人令折伏與現前毗尼又如法三人約勑如法三人二人一人僧令折伏與現前

毗尼又如法二人約勑如法二人一人僧三人令折伏與現前毗尼又如法一人約勑如法一人僧三人二人令折伏與現前毗尼是名一如法現前毗尼法又如法僧約勑不如法僧令折伏與現前毗尼又如法僧約勑不如法三人二人一人令折伏與現前毗尼又如法三人約勑不如法三人二人一人僧令折伏與現前毗尼又如法二人約勑不如法二人一人僧三人令折伏與現前毗尼又如法一人約勑不如法一人僧三人二人令折伏與現前毗尼是名二種如法現前毗尼法竟（二法）

佛在王舍城爾時長老陀驃力士子爲彌多羅比丘尼以無根波羅夷謗故若僧若三人二人一人常說是事爾時陀驃力士子以是事語諸比丘彌多羅比丘尼以無根波羅夷謗我故若僧三人二人一人常說是事我當云何諸比丘以是事白佛佛以是事集比丘僧佛知故問陀驃力士子汝實爲彌多羅比丘尼以無根波羅夷謗故若僧三人二人一人常說是事汝向諸比丘說我當云何汝實爾不答言實爾世尊佛言從今聽憶念毗尼法用是憶念毗尼法僧中種種事起應滅有三種非法憶念毗尼有三種如法憶念毗尼三種非法者有比丘犯無殘罪自言犯有殘罪是比丘從僧乞憶念毗尼若僧與是比丘憶念毗尼是名非法何以故是人應與滅擯故又如施越比丘狂癡心顛倒故多作不清淨非法不隨順道非沙門法是人還得本心先所作罪若僧三人二人一人常說是事是

人從僧乞憶念毗尼若僧與是人憶念毗尼是名非法何以故是人應與不癡毗尼故又如訶多比丘無慚無愧破戒有見聞疑罪是人自言我有是罪後言我無是罪是人從僧乞意念毗尼若僧與是人憶念毗尼是名非法何以故是人應與實覓毗尼故是名三非法憶念毗尼三如法者又比丘如陀驃比丘爲彌多羅比丘尼無根波羅夷謗故若僧三人二人一人常說是事是比丘從僧乞憶念毗尼若僧與是人憶念毗尼是名如法何以故是人應與憶念毗尼故又如一比丘犯罪是罪已發露如法悔過除滅若僧三人二人一人猶說是事是比丘從僧乞憶念毗尼若僧與是人憶念毗尼是名如法何以故是人應與憶念毗尼故又如比丘未犯是罪將必當犯以是事故若僧三人二人一人說犯是罪是比丘從僧乞憶念毗尼若僧與是比丘憶念毗尼是名如法何以故是人應與憶念毗尼故是名三如法憶念毗尼佛如是語已語諸比丘汝等與陀驃比丘力士子憶念毗尼若更有如是人亦應與憶念毗尼憶念毗尼法者是陀驃比丘應從座起偏袒右肩脱革屣胡跪合掌言大德僧聽我陀驃比丘爲彌多羅比丘尼以無根波羅夷法謗故若僧三人二人一人常說是事我今從僧乞憶念毗尼若僧若三人二人一人莫復更說是事僧憐愍故與我憶念毗尼如是再三乞爾時一比丘僧中唱言大德僧聽是陀驃比丘爲彌多羅比丘尼以無根波羅夷法謗故僧三人二人一人常說是事今陀驃比丘從僧乞

憶念毗尼若僧三人二人一人莫復更說是事若僧時到僧忍聽僧與陀驃比丘憶念毗尼若僧三人二人一人莫復更說是事是名白如是白四羯磨僧與陀驃比丘憶念毗尼竟僧忍默然故是事如是持得憶念毗尼比丘行法者餘比丘不應出其過罪不應令憶念不應從乞聽亦不應受餘比丘乞聽若彼從乞聽得突吉羅若受他聽亦得突吉羅若彼不聽若出過罪若令憶念得波逸提三法竟

佛在舍衛國爾時有比丘名施越癡狂心顛倒故多作不清淨非法不隨順道非沙門法是人還得本心先所作罪若僧三人二人一人常說是事是施越語諸比丘我本狂癡心顛倒故多作不清淨非法不隨順道非沙門法我今還得本心若僧三人二人一人常說我本所作罪我今當云何諸比丘以是事向佛廣說佛知而故問施越汝實狂癡心顛倒故多作不清淨非法不隨順道非沙門法汝還得本心若僧三人二人一人說汝本所作罪汝向諸比丘說我當云何汝實爾不答言實爾世尊佛言從今聽不癡毗尼用是不癡毗尼僧中有種種事起應滅不癡毗尼有四種非法四種如法四種非法者有比丘不癡狂顛倒現癡狂相貌諸比丘僧中問汝狂癡時所作令憶念不答言長老我憶念癡故作他人教我使作憶夢中作憶裸形東西走立大小便是人從僧乞不癡毗尼若僧與是人不癡毗尼是名四非法四如法者有比丘實狂癡心顛倒現狂癡相貌諸比丘問汝憶念狂癡時所作不答言不憶念他不教我不憶

夢中作不憶裸形東西走立大小便是人從僧乞不癡毗尼若僧與是人不癡毗尼是名四如法不癡毗尼佛言從今聽不癡毗尼用是不癡毗尼僧中種種事起應滅爾時佛語諸比丘汝等與施越比丘不癡毗尼若更有如是人僧亦應與不癡毗尼與法者是施越比丘應從座起偏袒右肩脫革屣胡跪合掌言大德僧聽我施越比丘本狂癡心顛倒多作不清淨非法不隨順道非沙門法我今還得本心若僧三人二人一人說我先所作罪我今從僧乞不癡毗尼若僧若三人二人一人莫復更說是事僧憐愍故與我不癡毗尼如是再三乞爾時一比丘僧中唱言大德僧聽是施越比丘本狂癡心顛倒多作不清淨非法不隨順道非沙門法今得本心若僧三人二人一人說先所作罪令施越比丘從僧乞不癡毗尼若僧三人二人一人莫復更說是事若僧時到僧忍聽僧與施越比丘不癡毗尼若僧三人二人一人莫復更說是事白如是如是白四羯磨僧與施越比丘不癡毗尼竟僧忍默然故是事如是持得不癡毗尼行法者餘比丘不應出其過罪不應令憶念不應從乞聽亦不應受他比丘乞聽若從彼乞聽得突吉羅若受他乞聽亦得突吉羅若彼不聽便出過罪若令憶念得波逸提罪四法竟

佛在迦維羅衛國爾時有比丘名訶哆無慙無愧惡欲有見聞疑罪是比丘先自言作後言不作諸比丘以是事向佛廣說佛以是事集比丘僧語諸比丘從今聽實覓滅諍用是

實覓毗尼僧中種種事起應滅實覓毗尼有
五種非法五種如法五非法者有比丘犯波
羅夷罪先言不犯後言犯若僧與是人實覓
毗尼是名非法何以故是人應與滅擯故有
比丘犯僧伽婆尸沙波逸提波羅提提舍尼
突吉羅先言不犯後言犯若僧與是人實覓
毗尼是名非法何以故是人隨所犯應治故
五如法者有比丘犯波羅夷先言犯後言不
犯若僧與是比丘實覓毗尼是名如法何以
故是人應與實覓毗尼故若比丘犯僧伽婆
尸沙波逸提波羅提提舍尼突吉羅先言犯
後言不犯若僧與是比丘實覓毗尼是名如
法何以故是人應與實覓毗尼故佛語諸比
丘汝等與訶哆比丘實覓毗尼若更有如是
比丘者僧亦應與實覓毗尼與法者一心和

合僧一比丘僧中唱言大德僧聽是訶哆比
丘無慙無愧惡欲有見聞疑罪先自言犯後
言不犯以是故僧與實覓毗尼若僧時到僧
忍聽僧與訶哆比丘實覓毗尼白如是如是
白四羯磨僧與訶哆比丘實覓毗尼法竟僧
忍默然故是事如是持得實覓毗尼行法者
是比丘不應與他受大戒不得受他依止不
應畜沙彌不應受教化比丘尼法若僧羯磨
教化比丘尼不應教化僧所與作實覓毗尼
罪更不應犯若似是罪及過是罪亦不應作
不應訶僧羯磨亦不應訶作羯磨人不應舉
清淨比丘不應令他憶念不應相言不應從
他乞聽欲出他罪亦不應受他乞聽不應遮
說戒不應遮受戒不應遮自恣不應出清淨
比丘過罪不應相言恒自謙卑應調伏心行

隨順比丘僧意若不如是行法者盡形不得離是羯磨五法竟

佛在俱舍彌國爾時俱舍彌諸比丘喜鬬諍相言多少事起作是念若長老舍利弗作斷事主者我等當得決了諸比丘以是事向佛廣說佛知故問阿難有闥剌咤比丘能受作斷事主不阿難白佛言世尊有能受作斷事主佛即以是事集比丘僧語諸比丘從今聽闥剌咤比丘作斷事主受是斷事法如法如毗尼如佛教現前除滅闥剌咤有三種有身善口不善有口善身不善有身善口善身善口不善者是闥剌咤自不往到舉事者有事者所不自作是言從是事若好若不好應爾起不應爾起若汝勝彼負彼勝汝負是人雖不自去語便遣使往作是言汝從是事若好若不好應爾起不應爾起若汝勝彼負彼勝汝負是名身善口不善口善身不善者自身往到舉事者有事者所已不作是言從是事若好若不好應爾起不應爾起若汝勝彼負彼勝汝負但不遣使到舉事者有事者所作是言從是事若好不好應爾起不應爾起若汝勝彼負彼勝汝負是名口善身不善口善身善者不自往到舉事者有事者所不作是言從是事若好不好應爾起不應爾起若汝勝彼負彼勝汝負又不遣使往到舉事者有事者所作是言從是事若好不好應爾起不應爾起若汝勝彼負彼勝汝負是名身善口善從今作闥剌咤者應如是學不應與舉事者有事者同一道行亦不得別與一人同一道行不應共期若先有少多因緣與期應滅

是期期者若中前若中後若晝若夜若阿練若處若近聚落僧坊是闥剌咤應受是所斷事如法如毗尼如佛教現前除滅用一毗尼謂現前毗尼何等現前現前有二種人現前毗尼現前人現前者謂有隨助成事人及有事人共集一處毗尼現前者如法如毗尼如佛教斷是事是名毗尼現前若是闥剌咤不能如法如毗尼如佛教斷是事者應捨付僧僧應受是事如法如毗尼如佛教斷是事若僧能如法如毗尼如佛教斷是事者是名爲斷用一毗尼所謂現前毗尼現前毗尼者僧現前人現前毗尼現前僧現前者是中所有可中共作羯磨比丘共同心和合一處可受欲者持欲來現在比丘能遮者不遮是名僧現前人現前者有隨助舉事人有事人共集一處是名人現前毗尼現前者如法如毗尼如佛教斷是事是名毗尼現前若僧不能如法如毗尼如佛教斷是事者爾時應僧中舉烏迴鳩羅應羯磨烏迴鳩羅令斷是事羯磨法者一心和合僧一比丘僧中問言誰能作烏迴鳩羅如法如毗尼如佛教斷是事僧中若言我能若有五法不應立作烏迴鳩羅何等五隨愛行隨瞋行隨怖行隨癡行不知斷不斷成就五法應立作烏迴鳩羅不隨愛行不隨瞋行不隨怖行不隨癡行知斷不斷即時一比丘應僧中唱言大德僧聽某甲某甲比丘能作烏迴鳩羅如法如毗尼如佛教斷隨僧中事若僧時到僧忍聽僧某甲某甲比丘作烏迴鳩羅能如法斷隨僧中事是名白如是白二羯磨僧立某甲某甲比丘作烏迴

鳩羅斷隨僧中事竟僧忍默然故是事如是持是烏迴鳩羅若是上座諸下座比丘應與此人欲已遠去若此烏迴鳩羅是下座應從諸上座取欲已小遠去當如法如毗尼如佛教斷是事若烏迴鳩羅能如法如毗尼如佛教斷是事者是名爲斷用一毗尼所謂現前毗尼現前毗尼者僧現前人現前毗尼現前僧現前者如上說人現前毗尼現前亦如上說若烏迴鳩羅不能如法如毗尼如佛教斷是事者應更立烏迴鳩羅立法者一心和合僧一比丘僧中問言誰能作烏迴鳩羅斷隨僧中事若言我能一比丘僧中唱言大德僧聽某甲某甲比丘能作烏迴鳩羅如法斷隨僧中事若僧時到僧忍聽某甲某甲比丘作烏迴鳩羅能如法斷隨僧中事是名白如是白二羯磨僧立某甲某甲比丘作烏迴鳩羅斷隨僧中事竟僧忍默然故是事如是持是烏迴鳩羅若是上座諸下座比丘應與欲已遠去若烏迴鳩羅是下座應從諸上座取欲已小遠去當如法如毗尼如佛教斷是事若烏迴鳩羅能如法如毗尼如佛教斷是事者是名爲斷用一毗尼謂現前毗尼現前毗尼者僧現前人現前毗尼現前僧現前者如上說人現前毗尼現前亦如上說若是烏迴鳩羅不能如法斷者還付先烏迴鳩羅先烏迴鳩羅應如法如毗尼如佛教斷若能如法斷是事者是名爲斷用一毗尼謂現前毗尼現前毗尼者僧現前人現前毗尼現前僧現前者如上說人現前毗尼現前亦如上說若是先烏迴鳩羅復不能如法如毗尼如佛教斷

是事者應捨付僧僧應受是事如法如毗尼如佛教斷若僧取是事能如法如毗尼如佛教斷者是名爲斷用一毗尼謂現前毗尼現前毗尼者僧現前人現前毗尼現前僧現前如上說人現前毗尼現前亦如上說若僧不能如法如毗尼如佛教斷是事者僧應遣使往近處僧所作是言此事如是如是因緣起鬪刺咤不能斷衆僧不能斷先烏迴鳩羅不能斷後烏迴鳩羅亦不能斷還付先烏迴鳩羅先烏迴鳩羅不能斷還付衆僧汝等大德來和合爲斷是事故即時彼衆應和合若僧先安居應受七日去若七日盡應破安居去爲和合故是近處僧應受是事如法如毗尼如佛教斷若近處僧能如法如毗尼如佛教斷是事者是名爲斷用一毗尼謂現前毗尼現前毗尼者僧現前人現前毗尼現前僧現前如上說人現前毗尼現前亦如上說若近處僧不能如法如毗尼如佛教斷是事者爾時應僧中羯磨烏迴鳩羅令斷羯磨者一心和合僧一比丘僧中問言誰能作烏迴鳩羅如法如毗尼如佛教斷此隨僧中事是中若言我能若有五法不應立作烏迴鳩羅何等五隨愛隨瞋隨怖隨癡不知斷不斷若成就五法應立作烏迴鳩羅不隨愛不隨瞋不隨怖不隨癡知斷不斷即時一比丘僧中唱言大德僧聽某甲某甲比丘能作烏迴鳩羅能如法斷隨僧中事若僧時到僧忍聽僧某甲某甲比丘作烏迴鳩羅如法斷隨僧中事是名白如是白二羯磨僧立某甲某甲比丘作烏迴鳩羅斷隨僧中事竟僧忍默然故是事

如是持是烏迴鳩羅若是上座諸下座比丘應來與此比丘欲已遠去若是下座應從諸上座比丘取欲已小遠去當如法如毗尼如佛教斷是事是烏迴鳩羅若能如法如毗尼如佛教斷是事者是名爲斷用一毗尼謂現前毗尼現前毗尼者僧現前人現前毗尼現前僧現前者如上說人現前毗尼現前亦如上說若是烏迴鳩羅不能如法如毗尼如佛教斷是事者應更立烏迴鳩羅立法者一心和合僧一比丘僧中問言誰能作烏迴鳩羅如法斷隨僧中事若言我能一比丘僧中唱言大德僧聽某甲某甲比丘能作烏迴鳩羅如法斷隨僧中事若僧時到僧忍聽僧某甲某甲比丘作烏迴鳩羅斷隨僧中事是名白如是作白二羯磨立某甲某甲比丘作烏迴鳩羅斷隨僧中事竟僧忍黙然故是事如是持是烏迴鳩羅若是上座諸下座比丘應與欲已小遠去若烏迴鳩羅是下座應從諸上座取欲已小遠去應如法如毗尼如佛教斷是事若烏迴鳩羅能如法如毗尼如佛教斷是事者是名爲斷用一毗尼謂現前毗尼現前毗尼者僧現前人現前毗尼現前僧現前如上說人現前毗尼現前亦如上說若是烏迴鳩羅不能如法斷如毗尼如佛教是事者應還付先烏迴鳩羅先烏迴鳩羅應受是事如法如毗尼如佛教斷是事是烏迴鳩羅若能如法如毗尼如佛教斷是事者是名爲斷用一毗尼謂現前毗尼現前毗尼者僧現前人現前毗尼現前僧現前者如上說人現前毗尼現前亦如上說若是先烏迴鳩羅復不

能如法如毗尼如佛教斷者應捨付僧僧應受是事如法如毗尼如佛教斷若僧受是事能如法如毗尼如佛教斷者是名爲斷用一毗尼謂現前毗尼現前毗尼者僧現前人現前毗尼現前僧現前如上說人現前毗尼現前亦如上說若是近處僧不能如法如毗尼如佛教斷是事者聞其近住處僧若有大衆好上座知波羅提木叉是僧中多有比丘持修多羅者持毗尼者持摩多羅伽者是近處僧應以是事遣使至其住處僧中應先立傳事人若界外令滿僧數立法者一心和合僧應問言誰能作傳事人從是處持是事至某處若道中能斷者好是中若有人言我能若有五法不應立作傳事人隨愛隨瞋隨怖隨癡不知滅不滅若成就五法應立作傳事人

不隨愛不隨瞋不隨怖不隨癡知滅不滅爾時是傳事人應持是事去若道中能如法如毗尼如佛教斷者是名爲斷用一毗尼謂現前毗尼現前毗尼者僧現前人現前毗尼現前僧現前如上說人現前毗尼現前亦如上說若傳事人不能道中如法如毗尼如佛教斷者應持至彼大僧中是僧中若有上座多知多識長老比丘應語是人是事如是如是因緣起闥剌咤不能斷衆僧不能斷先烏迴鳩羅不能斷後烏迴鳩羅亦不能斷還付先烏迴鳩羅先烏迴鳩羅復不能斷還付僧僧復不能斷近住處僧亦不能斷近住處烏迴鳩羅不能斷後烏迴鳩羅亦不能斷還付先烏迴鳩羅復不能斷還近住處僧復不能斷傳事人道中不能斷是事來是聞汝長老能

受是事斷不若言能斷應與作期若不作期不得與汝期者乃至九月事有五種難斷一者堅二者强三者狠戾四者來往五者疑畏堅者堅執是事强者舉事人有事人勇健强力狠戾者舉事人有事人惡性瞋恨往來者此事從一住處至一住處疑畏者諸比丘畏斷事時破一心和合僧作兩段故先應立行籌人如是應立一心和合僧應問言誰能作行籌人是中有人言我能有五法不應立作行籌人隨愛隨瞋隨怖隨癡不知行籌不行籌若成就五法應立作行籌人不隨愛不隨瞋不隨怖不隨癡知行籌不行籌是中一比丘唱言大德僧聽某甲比丘能作行籌人若僧時到僧忍聽僧某甲比丘爲僧作行籌人是名白如是白二羯磨僧與某甲比丘作行籌人竟僧忍默然故是事如是持若比丘已作行籌人隨僧多少應作二種籌一分長一分短一分白一分黑說如法者爲作長籌說非法者爲作短籌說如法者爲作白籌說非法者爲作黑籌說如法籌以右手捉說非法籌以左手捉說如法籌緩捉說非法籌急捉先行說如法籌後行說非法籌行籌人應作是言此是說如法者籌此是說非法者籌若行籌竟說如法者籌乃至多一是事斷用二毗尼謂現前毗尼多覓毗尼現前毗尼者是中若有隨助舉事人有事人共和合一處現前如法如毗尼如佛教現前除斷是名現前毗尼多覓毗尼者是中求覓往反問如法除斷若說非法者籌乃至多一是事亦名爲斷用二毗尼現前毗尼多覓毗尼現前毗尼者

是中若有隨助舉事人及有事人共和合在一處現前非法非毗尼非佛教除斷行籌人有四種一者藏行籌二者顛倒行籌三者期行籌四者一切行籌藏行籌者若有人闇中行籌若衣障處行籌是名覆藏行籌顛倒行籌者若比丘顛倒行以說如汝人籌與說非法人以說非法人籌與說如法人是名顛倒期者若諸比丘隨和尚阿闍黎作期隨同和尚同阿闍黎隨相識隨共語隨善知識隨同心隨國土隨聚落隨家共作期我等取如是籌汝等莫遠我邊莫別莫異莫不共語共同一事是名期一切僧取籌者爾時一切僧應和合一處不得取欲何以故或多比丘說非法故是名一切僧取籌若是衆僧大上座知波羅提木叉者能斷是事者即名爲斷用一毗尼謂現前毗尼是中現前毗尼者僧現前人現前毗尼現前僧現前如上說人現前毗尼現前亦如上說若是大上座知波羅提木叉比丘僧不能斷是事者應還付傳事人傳事人應取是事於道中能如法如毗尼如佛教斷若是傳事人於道中能如法如毗尼如佛教斷是事者是名爲斷用一毗尼謂現前毗尼現前毗尼者如上說若是傳事人不能如法如毗尼如佛教斷是事者是比丘道中若聞彼處僧坊中若有三比丘若二比丘若一比丘能持修多羅持毗尼持摩怛羅迦四衆所恭敬尊重是傳事人應到彼處應語彼一比丘言大德是中事如是因緣起闥剌咤不能斷僧不能斷先烏迴鳩羅不能斷後烏迴鳩羅不能斷還付先烏迴鳩羅復不能斷

是僧復不能斷近住處僧亦不能斷先烏迴鳩羅不能斷後烏迴鳩羅不能斷還先烏迴鳩羅復不能斷還近住處僧復不能斷傳事人道中亦不能斷大上座持律比丘僧不能斷傳事人於道中亦不能斷三比丘二比丘不能斷大德取是事如法如毗尼如佛教斷是事是一比丘四衆所恭敬尊重者應作是言不可二人相言俱得勝是中必一勝一負若作如是語者是名如法說若不作如是語者是名非法說是諸相言比丘若如法斷是事已還更發起犯波逸提若但呵責言是斷事不如法突吉羅六法竟

佛在俱舍彌國爾時俱舍彌比丘喜鬬諍相言諸比丘以是事向佛廣說佛言從今聽布草毗尼用是布草毗尼僧中種種事起應滅云何布草毗尼以是布草毗尼法滅僧中種種所起事或有一住處諸比丘喜鬬諍相言是諸比丘應和合一處已應作是念諸長老我等大失非得大衰非利大惡不善我等以信故佛法中出家求道然今喜鬬諍相言若我等求是事根本者僧中或有未起事便起已起事不可滅作是念故白衆僧若僧時到僧忍是事以布草毗尼法滅是名白即時是諸比丘應分作兩部各在一處是中若有事比丘向上座大長老應作言我等大失非得大衰非利大惡不善我等以信故佛法中出家求道然今喜鬬諍相言若我等求是事根本者僧中或有未起事便起已起事不可滅今我等當自屈意我等所作罪除偷蘭遮罪除白衣相應罪是事我等長老現前發露悔

過不覆藏是中若無一比丘遮是事者應到第二部衆所是中若有長老上座應語言我等大失非得大衰非利大惡不善我等以信故於佛法中出家求道今喜鬬諍相言若我等求是事根本者僧中或有未起事便起已起事不可滅今我等當自屈意我等所作罪除偷蘭遮除白衣相應罪今自爲及爲彼故當現前發露悔過不覆藏諸比丘言汝自見罪不答言見罪如法悔過莫復更起第二衆亦如是說是名如草布地毗尼法（七法竟）

布草有二種義

一鬬諍數起諍人亦多其事轉衆推其原本難可知處佛聽布草除滅如亂草難可整理亂來棄之二者有聽上座勸喻諍者使向兩衆羊皮四布悔過二衆者各有所助故令各在一處（此數行是義非律正本也）

十誦律卷第二十

十誦律卷第二十一

姚秦三藏弗若多羅共三藏鳩摩羅什譯

第四誦之一

七法中受具足法第一

佛婆伽婆在王舍城外住爾時未聽比丘作和尚阿闍梨未有白四羯磨受具足時諸比丘以求有和尚阿闍梨故作袈裟衣不如法著衣亦不如法及身威儀皆不如法又諸比丘從聚落至聚落從城至城從國至國遊行時行乞食時乞飯乞羹乞佉陀尼人請食時索飯索羹索佉陀尼取他殘食鉢殘飯殘羹殘佉陀尼殘漿高聲大聲食譬如婆羅門食有一比丘摩訶盧患苦無有等侶無人看視外學異道見如是事譏嫌呵責沙門釋子無善教不被教無調順無調御法作袈裟衣不如法著衣亦不如法及身威儀皆不如法從聚落至聚落從城至城從國至國遊行時行乞食時乞飯乞羹乞佉陀尼人請食時索飯索羹索佉陀尼取他殘食鉢殘飯殘羹殘佉陀尼殘漿高聲大聲食譬如諸婆羅門食有諸比丘少欲知足行頭陀聞是事心慚愧以是事具白佛佛以是因緣集僧集僧竟諸佛常法有知而問知而不問知時問知時不問有益問無益不問有因緣問今佛知故問佛問諸比丘汝實爾不答言實爾世尊佛種種因緣呵責何以名比丘無和尚阿闍梨作袈裟衣不如法著衣不如法及身威儀皆不如法從聚落至聚落從城至城從國至國遊行時行乞食時乞飯乞羹乞佉陀尼人請食時索飯索羹索佉陀尼取他殘食鉢殘飯殘羹

殘佉陀尼殘漿高聲大聲食譬如諸婆羅門
食諸外學異道譏嫌呵責言沙門釋子無善
教不被教無調順無調御法作袈裟衣不如
法著衣不如法及身威儀皆不如法從聚落
至聚落從城至城從國至國遊行時行乞食
時乞飯乞羹乞佉陀尼人請食時索飯索羹
索佉陀尼取他殘食鉢殘飯殘羹殘佉陀尼
殘漿高聲大聲食譬如諸婆羅門食佛種種
因緣呵已語諸比丘從今聽作和尚阿闍梨
聽十僧現前白四羯磨受具足云何白四羯
磨受具足衆僧一心和合一比丘僧中唱大
德僧聽是某甲從某甲受具足是從僧乞受
具足某甲和尚某甲若僧時到僧忍聽僧當
與某甲受具足和尚某甲如是白白四羯磨
從今聽和尚共行弟子若病應看欲死應救
若病應與隨病飲食隨病藥隨病供給若弟
子無財和尚應給若和尚無從他索與若少
知識索不能得乞食得好食應與若和尚病
弟子亦應爾阿闍梨看近住弟子近住弟子
看阿闍梨亦如是從今諸有和尚阿闍梨看
共住弟子近住弟子養畜如兒想共住弟子
近住弟子看和尚阿闍梨如父想汝等如是
展轉相依住於我法中增長善法

佛在王舍城是時諸比丘心念佛已聽我等
作和尚阿闍梨已聽十僧現前白四羯磨受
具足彼年少比丘作和尚若一歲二歲三歲
四歲五歲少長老比丘作師是中有比丘少
欲知足行頭陀呵責諸比丘何以名比丘佛
已聽我等作和尚阿闍梨聽十僧現前白四
羯磨受具足年少比丘作和尚若一歲二歲

三歲四歲五歲少長老比丘彼諸比丘種種呵已以是事具白佛佛以是因緣集僧集僧竟佛知故問諸比丘汝等實爾不答言實爾世尊佛種種因緣呵諸比丘何以名比丘佛以聽我等作和尚阿闍梨聽十僧現前白四羯磨受具足年少比丘作和尚若一歲二歲三歲四歲五歲少長老比丘佛雖呵責而未結戒

佛在舍衛國爾時長老優波斯那婆檀提子一歲授共住弟子具足和尚一歲弟子無歲共住憍薩羅國一處夏安居諸佛常法兩時大會春末月夏末月春末月欲安居時諸方國比丘來聽佛說法心念是法夏安居樂是初大會夏末月自恣作衣竟持衣鉢來詣佛所如是思惟我久不見婆伽婆久不見修伽陀是第二大會是時長老優波斯那是中住處夏安居自恣竟作衣已提衣鉢自身二歲弟子一歲共遊行往舍衛國到佛所頭面禮佛足一面坐諸佛常法問訊客比丘夏安居忍不足不安樂住不乞食不乏道路不疲耶今佛亦如是佛問優波斯那夏安居忍不足不安樂住不乞食不乏道路不疲耶優波斯那答言實忍足安樂住乞食不乏道路不疲佛知故問優波斯那是誰善男子答言是我許佛言是作何等答言是我共住弟子佛言汝受幾歲答言二歲是善男子幾歲答言一歲佛以是事集僧集僧已佛種種因緣呵優波斯那汝愚癡人何故先來思惟但欲畜眾二歲比丘畜一歲共住弟子何以名比丘佛聽我等作和尚阿闍梨聽十僧現前白四羯

磨受具足戒是年少比丘授共住弟子具足一歲二歲三歲四歲五歲少長老比丘佛種種因緣呵竟語諸比丘從今不滿十歲不得授共住弟子具足若授具足犯突吉羅罪是時諸比丘心念佛聽我和尚聽阿闍棃聽十僧現前白四羯磨受具足不滿十歲不得授共住弟子具足是諸比丘滿十歲皆授共住弟子具足知法授不知法亦授善者畜不善亦畜住戒度不住戒亦度是中見和尚不知法弟子亦不知法和尚不善弟子亦不善和尚不住戒弟子亦不住戒是時諸比丘自不知法不善不住戒與他出家受具足作依止師畜沙彌有一比丘摩訶盧不知法不善不住戒空滿十歲與共住弟子受具足以小事與弟子鬬諍弟子捨戒還俗諸比丘少欲知足行頭陀呵責言何以名比丘佛聽我和尚聽阿闍棃聽十僧現前白四羯磨受具足不滿十歲不得授共住弟子具足是諸比丘滿十歲皆授共住弟子具足知法授不知法亦授善者畜不善亦畜住戒度不住戒亦度是中見和尚不知法不善不住戒弟子亦爾與他出家受具足作依止師畜沙彌彼諸比丘種種呵竟以是事具白佛佛以是因緣集僧集僧已佛知故問問諸比丘汝實爾不答言實爾世尊佛種種因緣呵責何以名比丘佛聽我和尚聽阿闍棃聽十僧現前白四羯磨受具足不滿十歲不得授共住弟子具足是諸比丘滿十歲皆授共住弟子具足知法者授不知法亦授善者畜不善亦畜住戒度不住戒亦度是中見和尚不知法不善不住

戒弟子亦爾與他出家受具足作依止師畜沙彌佛種種因縁呵竟語諸比丘從今聽五法成就滿十歲若過應授共住弟子具足何等五一滿十歲若過二持戒不破三多聞四有力能如法除弟子憂悔五能拔弟子惡邪復有五法成就滿十歲應授共住弟子具足何等五一信成二戒成三聞成四捨成五慧成能讚能教弟子令善入住信戒聞捨慧復有五法成就滿十歲應授共住弟子具足何等五一無學戒衆二無學定衆三無學慧衆四無學解脱衆五無學解脱知見衆能讚能教弟子善入住戒定慧解脱解脱知見衆復有五法成就滿十歲應授共住弟子具足何等五一知犯二知非犯三知罪輕四知罪重五知誦波羅提木叉學利廣説復有五法成就滿十歲應授共住弟子具足何等五一知出家法二能作教師三能作戒師四能知依止師法五能知遮道法不遮道法復有五法成就滿十歲應授共住弟子具足何等五一能教弟子清淨戒二能教阿毗曇三能教毗尼四弟子在他方愁苦不樂能致使來若自不能因他力致來五弟子若病能供給若自不能能使他供給如是五法成就滿十歲若過應授共住弟子具足若上諸五法不成就滿十歲若過授共住弟子具足得罪
若比丘有上諸五法滿十歲應與他依止云何應與所欲求依止比丘從座起偏袒著衣脱革屣胡跪兩手捉長老兩足應如是語我其甲比丘從長老乞依止長老與我依止我依止長老住第二第三亦如是乞是長老應

言如汝語若諸五法成就滿十歲應受他依止若無諸五法滿十歲受他依止得罪若比丘有上五法滿十歲應畜沙彌云何應畜若未剃髮來是時當與剃髮若自有袈裟應著若無和尚應與衣著教胡跪合掌戒師應教我某甲歸依佛歸依法歸依僧第二我某甲歸依佛歸依法歸依僧第三我某甲歸依佛歸依法歸依僧我某甲已歸依佛已歸依法已歸依僧從今盡壽是佛優婆塞憶持第二我某甲已歸依佛已歸依法已歸依僧從今盡壽是佛優婆塞憶持第三我某甲已歸依佛已歸依法已歸依僧從今盡壽是佛優婆塞憶持汝某甲聽是佛婆伽婆知見釋迦牟尼多陀阿伽度阿羅呵三藐三佛陀說優婆塞五戒凡是優婆塞盡壽護持何等五盡壽離殺生是優婆塞戒是中盡壽離殺生若能持當言能盡壽離不與取是優婆塞戒是中盡壽離不與取若能持當言能盡壽離邪婬是優婆塞戒是中盡壽離邪婬若能持當言能盡壽離妄語是優婆塞戒是中盡壽離妄語若能持當言能盡壽離飲酒是優婆塞戒是中盡壽離飲酒穀酒蒲萄酒甘蔗酒能放逸酒若能持當言能我某甲已歸依佛已歸依法已歸依僧出家是佛婆伽婆釋迦牟尼多陀阿伽度阿羅呵三藐三佛陀出家我亦隨佛出家和尚某甲第二我某甲已歸依佛已歸依法已歸依僧出家是佛婆伽婆釋迦牟尼多陀阿伽度阿羅呵三藐三佛陀出家我亦隨佛出家和尚某甲第三我某甲已歸依佛已歸依法已歸依僧出家是佛婆

伽婆釋迦牟尼多陀阿伽度阿羅呵三藐三佛陀出家我亦隨佛出家和尚某甲我某甲已歸依佛已歸依法已歸依僧已出家是佛婆伽婆釋迦牟尼多陀阿伽度阿羅呵三藐三佛陀已出家我亦隨佛出家竟和尚某甲爾時應問汝幾歲隨年答何時出家冬春夏有閏無閏隨問應答此事盡壽憶持戒師應言汝某甲聽是佛婆伽婆知見釋迦牟尼多陀阿伽度阿羅呵三藐三佛陀爲沙彌說出家十戒凡是沙彌當盡壽護持何等十盡壽離殺生是沙彌戒是中盡壽離殺生若能當言爾盡壽離不與取是沙彌戒是中盡壽離不與取若能當言爾盡壽離非梵行是沙彌戒是中盡壽離非梵行若能當言爾盡壽離妄語是沙彌戒是中盡壽離妄語若能當言爾盡壽離飲酒是沙彌戒是中盡壽離飲酒穀酒蒲萄酒甘蔗酒能放逸酒若能當言爾盡壽離處高牀大牀是沙彌戒是中盡壽離處高牀大牀若能當言爾盡壽離著華瓔珞香塗身香熏衣是沙彌戒是中盡壽離著華瓔珞香塗身香熏衣若能當言爾盡壽離作伎歌儛不往觀聽種種莊嚴樂器是沙彌戒是中盡壽離作伎歌儛不往觀聽種種莊嚴若能當言爾盡壽離受畜金銀錢寶是沙彌戒是中盡壽離受畜金銀錢寶若能當言爾盡壽離非時食是沙彌戒是中盡壽離非時食若能當言爾如是五法成就滿十歲應畜沙彌若不成就五法雖滿十歲畜沙彌得罪

佛在王舍城長老大目揵連與王舍城中和利等十七衆諸年少樂人受具足戒是諸人

晡時飢極僧房內高聲大啼作小兒啼聲佛知故問阿難何以僧坊內有小兒啼聲阿難答言世尊長老大目犍連與王舍城中和利等十七諸年少樂人與受具足是諸人晡時飢極僧坊內高聲大啼作小兒啼聲佛以是因緣集僧集僧已佛知故問大目揵連汝實爾不目連答言實爾世尊佛種種因緣呵目連汝不知時不知量不知限齊汝其欲度人未滿二十歲不能忍寒熱飢渴蚊虻蚤虱蛇蚖毒螫他人惡語身中苦痛悉不能忍滿二十歲人能忍寒熱飢渴蚊虻蚤虱蛇蚖毒螫他人惡語及身中苦痛皆悉能忍佛種種因緣呵已語諸比丘從今不滿二十年人不應與受具足若與受得波逸提罪

佛在舍衛國佛語諸比丘若異道人信善法欲出家是人應四月與波利婆沙若滿四月得諸比丘意應與出家如是應與波利婆沙一心集僧是本異道從座起偏袒著衣脫革屣入僧中禮僧足胡跪合掌如是言諸長老憶念我某甲本異道今信善法欲出家我某甲本異道今僧中乞四月波利婆沙僧與我某甲本異道四月波利婆沙竟得諸比丘意僧當與我出家受具足第二第三亦如是乞爾時一比丘應僧中唱大德僧聽是某甲本異道信善法欲出家今是某甲本異道從僧乞四月波利婆沙僧與我某甲本異道四月波利婆沙竟得諸比丘意僧與我出家受具足若僧時到僧忍聽僧某甲本異道僧當與四月波利婆沙如是白白四羯磨僧與某甲本異道與四月波利婆沙竟僧忍默然故是

事如是持是中云何得意云何不得意是本異道現前應讚佛法僧戒呵諸異道實若讚佛法僧戒時是本異道心不生喜樂乃至須臾呵諸異道實時憂愁瞋諍是名不得意若讚佛法僧戒時是本異道心生喜樂呵諸異道實時不憂愁不瞋諍是名得意如是應與出家受具足與法者一心集僧是本異道從坐起偏袒著衣脫革屣入僧中禮僧足胡跪合掌應如是言大德僧憶念我某甲本異道信善法欲出家我已僧中乞四月波利婆沙僧先已與我四月波利婆沙我某甲本異道已僧中行四月波利婆沙竟我今從僧乞出家受具足僧與我某甲本異道四月行波利婆沙竟已得諸比丘意僧當與我出家受具足第二第三亦如是乞是中應一比丘僧中唱大德僧聽是某甲本異道信善法欲出家彼從僧乞四月波利婆沙僧先已與四月波利婆沙彼已僧中行四月波利婆沙行波利婆沙竟今從僧求出家受具足若僧時到僧忍聽僧是某甲本異道已僧中行四月波利婆沙竟得諸比丘意當與出家受具足如是白白四羯磨僧是本異道某甲與出家受具足竟僧忍默然故是事如是持

佛在王舍城自恣竟欲二月南山國土遊行是時佛告阿難汝語諸比丘佛王舍城自恣竟欲二月南山國土遊行誰欲從佛若欲去者集待佛阿難言受教即出語諸比丘佛王舍城自恣竟欲二月南山國土遊行誰欲從佛欲去者集待佛爾時王舍城多年少比丘一歲二歲三歲四歲五歲少大比丘是諸比

丘如是思惟若從佛去處處不久住種種供養利數數受依止師來還復速我和尚阿闍棃不去我等何以去諸小比丘不盡從佛爾時佛與少比丘共行竟還到王舍城佛知故問阿難何以少比丘從佛行阿難答言世尊是王舍城多年少比丘大比丘少是諸比丘如是思惟若從佛行處處不久住種種供養利數數受依止師來還復速我和尚阿闍棃不去我等何以去以是事故多不從佛佛以是因緣集僧集僧已佛種種因緣讚戒讚戒讚持戒讚戒讚持戒已語諸比丘從今聽比丘有五法成就滿五歲不受依止何等五一知犯二知不犯三知輕四知重五誦波羅提木叉學利廣說雖復受戒歲多不知五法應盡壽依止他住長老優波離問佛大比丘應從小比丘受他依止不佛言應受優波離復問大比丘應承事供養小比丘不佛言除禮足餘盡應作

佛在舍衛國是時舍衛城有一居士無常對至財物妻子眷屬奴婢一切死盡唯有父子三人居士自念諸道中唯有沙門釋子得供養樂無諸憂苦是中出家無諸不可思惟已將二兒到祇園求出家諸比丘便與出家經數日乞食時到著衣持鉢將二兒入舍衛城乞食詣賣食肆餅肆粰糒肆煎餅肆髓餅肆歡喜丸肆是二小兒飢見諸餅食從父摩訶盧索言阿父與我食與我餅父語兒言但索無價誰當與汝二兒啼逐父行諸居士呵罵言沙門釋子不斷欲僧坊內共比丘尼生兒一人語二人二人語三人惡名流布遍舍衛

城有諸比丘少欲知足行頭陀聞是事心慚愧以是事具白佛佛以是因緣集僧集僧已佛知故問摩訶盧比丘汝實爾不答言實爾世尊佛種種因緣呵責何以名比丘不滿十五歲人作沙彌佛種種因緣呵竟語諸比丘從今不滿十五歲人不應作沙彌若作得突吉羅罪

佛在迦維羅衛國是時毗留離愚癡人殺迦維羅衛諸釋子是時長老阿難親里二小兒走詣阿難阿難以殘食養畜佛知故問阿難是誰小兒答言是我親里佛言何以不出家阿難報言佛結戒不滿十五歲人不應作沙彌是二小兒不滿十五歲佛問阿難是二小兒能驅僧食上烏未答言能佛言從今聽能驅烏作沙彌最下七歲

佛在舍衛國是時跋難陀釋子有二沙彌一名甲陀二名摩伽僧坊內共作婬欲諸居士來見言沙門釋子無清淨行共作婬欲一人語二人二人語三人惡名流布遍舍衛城有諸比丘少欲知足行頭陀聞是事心慚愧以是事具白佛佛以是因緣集僧集僧已佛知故問跋難陀汝實爾不答言實爾世尊佛種種因緣呵何以名比丘畜兩沙彌佛種種因緣呵竟語諸比丘從今不聽畜兩沙彌若畜得突吉羅罪若畜二一沙彌不久欲受具足無罪

佛在王舍城跋難陀釋子奴大家不放與出家出家不久乞食時到著衣持鉢入王舍城乞食本大家見捉之是比丘高聲大喚衆人大集問何以爾大家言此是我奴不放自出

家衆人言何道中出家報言沙門何等沙門答言釋子沙門衆人言莫爾萍沙王有令若奴大家不放沙門釋子中出家不得遮何以故沙門釋子難作行梵行捨世事向涅槃難故諸居士瞋呵言沙門釋子是無畏處奴大家不放釋子中出家不得説一人語二人二人語三人惡名流布遍王舍城有諸比丘少欲知足行頭陀聞是事心慚愧以是事具白佛佛以是因緣集僧集僧已佛知故問問跋難陀汝實爾不報言實爾世尊佛種種因緣呵何以名比丘奴大家不放與出家佛種種因緣呵竟語諸比丘從今奴大家不放不應與出家若與出家得突吉羅罪

佛在王舍城跋難陀釋子人負債債主不放與出家出家數日乞食時到著衣持鉢入王舍城乞食是債主見捉之高聲大喚衆人來集問何以爾答言是人負我債不償出家衆人言是何道出家報言沙門何等沙門報言釋子沙門衆人言莫爾萍沙王有令債主不放釋子中出家不得遮何以故沙門釋子難作行梵行捨世事向涅槃難故諸居士瞋呵言沙門釋子是不負債處負債人債主不放釋子中出家不得説一人語二人二人語三人惡名流布遍王舍城有諸比丘少欲知足行頭陀聞是事心慚愧以是事具白佛佛以是因緣集僧集僧已佛知故問問跋難陀汝實爾不答言實爾世尊佛種種因緣呵何以名比丘債主不放與出家佛種種因緣呵竟語諸比丘從今負債人債主不放不應與出家若與出家得突吉羅罪

佛在王舍城有一鍛金小兒來入竹園僧坊到諸比丘所言大德我欲出家與我出家諸比丘不思與出家是兒父母宗親遍覓次到竹園詣諸比丘所問大德有如是如是小兒聞見不是中有比丘不見者言不見不聞者言不聞是諸親里久覓不得便捨去是兒作比丘不久乞食時到著衣持鉢入王舍城乞食宗親見之問汝出家耶答言出家何道出家答言沙門何等沙門答釋子沙門問近遠答言竹園中宗親瞋罵沙門釋子故作妄語見言不見聞言不聞一人語二人二人語三人惡名流布遍王舍城有諸比丘少欲知足行頭陀聞是事心慚愧以是事具白佛佛以是因緣集僧集僧已佛語諸比丘從今求出家人兩事應白僧一出家二剃髮僧若集若不集兩事應白應作是語大德僧聽是某甲求出家剃髮以是事白僧若已剃髮來僧若集若不集一事應白言大德僧聽是某甲求出家僧憶持若僧不集應別房行白應言長老是某甲求出家憶持

佛在王舍城是時耆婆藥師治二種人一萍沙王二佛比丘僧何以治萍沙王以衣食故何以治佛比丘僧自信自欲自愛自清淨故是時諸居士有惡重病癩癰疽顛痟病到耆婆所與百金錢求治病不肯如是乃至五百不肯是居士大愁憂念言耆婆唯治二種人一治萍沙王以衣食故二治佛比丘僧自信自欲自愛自清淨故今我等與百金錢乃至五百不肯是諸沙門釋子福德成辦若是中出家者耆婆當治我等是諸病人至諸比丘

所求出家諸比丘即與出家受具足諸比丘爲諸病人煑飯作羹作糜煑湯煑肉煑藥湯漬治出大小便器及唾壺出入多事多緣妨廢誦經坐禪但念作事是病人多耆婆治不能遍廢萍沙王急事是病人得差平復色力肥悅捨戒還家有諸比丘少欲知足行頭陀呵責諸比丘何以名比丘是諸惡重病人癩癰疽顛狷病人與出家受具足爲煑飯作羹作粥煑湯煑肉煑藥湯漬治出大小便器唾壺出入多事多緣廢誦經坐禪但念作事是病人多耆婆治不能遍廢萍沙王急事是諸病人得差色力肥悅平復捨戒還家種種呵竟以是事具白佛佛以是因緣集僧集僧已佛知故問問諸比丘實爾不答言實爾世尊佛種種因緣呵何以名比丘諸惡重病人與出家受具足爲煑飯作羹煑粥煑湯煑肉煑藥湯漬治出大小便器唾壺出入多事多緣廢誦經坐禪但念作事病人多耆婆治不能遍廢萍沙王急事是病人得差色力肥悅平復捨戒還家佛種種因緣呵竟語諸比丘從今有如是惡重病癩癰疽顛狷病人不應與出家受具足若與出家受具足得突吉羅罪

佛在迦毗羅城爾時淨飯王詣佛所頭面禮佛足一面坐合掌白佛大德與我願佛言憍曇佛不與汝過願王言可得願與我佛言可得願當與今求何願王言佛出家時我心愁憂不忍不喜難陀羅睺羅後諸子出家時我心愁憂不忍不喜今佛與我願父母不放不得與出家何以故父母恃子爲榮佛言憍曇我本心念亦欲與諸比丘結戒父母不放不

得與出家爾時佛與淨飯王種種說法示教利喜已默然王聞法已從坐起頭面禮佛足遶佛而去王去不久佛以是因緣集僧集僧已語諸比丘從今父母不放不得與出家若與出家得突吉羅罪

佛在舍衛國爾時諸比丘尼從憍薩羅國遊行向舍衛國薩羅林中有賊破法劫奪比丘尼作毀辱事諸城國邑惡名流布若王力若聚落力圍捕盡得諸賊唯有一賊逃走至婆祇陀園到比丘所語諸比丘言大德與我出家諸比丘不思與出家諸佛常法兩時大會春末月夏末月春末月欲安居時諸方國比丘來聽佛說法心念是法夏安居樂是初大會夏末月安居自恣作衣竟持衣鉢來詣佛所如是思惟久不見佛久不見修伽陀是第二大會諸比丘從婆祇國自恣作衣竟持衣鉢欲遊行至舍衛國小比丘言我欲共行諸比丘答隨意即便共去諸比丘中道見薩羅林憶念言是薩羅林中本有惡賊破法劫奪比丘尼作毀辱事小比丘言諸長老是惡賊是我同業親友我亦作此惡事諸比丘不知云何漸漸遊行至舍衛國詣佛所頭面禮佛足却坐一面諸佛常法以如是語問訊客比丘忍不足不安樂住不乞食不乏道路不疲耶令佛亦如是問訊客比丘言忍不足不安樂住不乞食不乏道路不疲耶諸比丘言實忍足安樂住乞食不乏道路不疲諸比丘以是事具白佛佛以是因緣集僧集僧已佛語諸比丘是薩羅林中惡賊大作罪事劫奪比丘尼作不淨事是賊得大罪何以故是諸比

丘尼多是阿羅漢是人汙比丘尼不應與出家受具足若與出家受具足應滅擯何以故汙比丘尼人不生我善法毗尼故

佛在舍衛國是舍衛城中有一居士無常對至財物家屬妻子奴婢一切死盡是居士作是念言沙門釋子福樂成辦我當効沙門釋子作僧伽棃優多羅僧安陀會鉢漉水囊錫杖盛酥革囊革屣針筒如是作便如賊住何苦即効作僧伽棃優多羅僧安陀會鉢漉水囊錫杖盛酥革囊革屣針筒如是作已密入僧中住諸比丘若集若不集徐徐問難長老汝幾歲汝有何時節有閨無閨此賊不知時節更輭語急問彼言我盜作如賊住有諸比丘少欲知足行頭陀呵責何以名比丘得具滿和尚具滿阿闍棃具滿教師得微妙善法毗尼何以盜作比丘如賊住諸比丘種種呵竟以是事具白佛佛以是因緣集僧集僧已佛知故問佛言汝實爾不答言實爾世尊佛種種因緣呵責言得具滿和尚具滿阿闍棃具滿教師得微妙善法毗尼何以盜作比丘如賊住佛種種因緣呵竟語諸比丘是名賊住是人不應與出家受具足若與出家受具足知應滅擯何以故賊住人不生我善法毗尼故

佛在王舍城是時跋難陀釋子與不能男出家是人夜捫摸諸比丘諸比丘驅出到比丘尼邊式叉摩尼沙彌沙彌尼邊皆捫摸諸沙彌沙彌尼盡驅出諸居士入僧坊内宿亦捫摸諸居士諸居士言沙門釋子中有不能男出家與受具足一人語二人二人語三人惡

名流布遍王舍城有諸比丘少欲知足行頭陀聞是事心慚愧以是事具白佛佛以是因緣集僧集僧已佛知故問問跋難陀汝實爾不答言實爾世尊佛種種因緣呵跋難陀何以名比丘與不能男出家佛種種因緣呵竟語諸比丘從今不能男不應與出家受具足若與出家受具足得突吉羅罪

佛言有五種不能男何等五一生不能男二半月不能男三妬不能男四精不能男五病不能男何等生不能男從生不能婬是生不能男何等半月不能男半月能婬半月不能婬是爲半月不能男何等妬不能男見他行婬身分用是妬不能男何等精不能男因他人婬身身分用是精不能男何等病不能男若朽爛若墮若蟲噉是病不能男是爲五種不能男生半月妬精不能男是四種不能男不應與出家受具足若與出家受具足應滅擯何以故不能男不生我善法毗尼故病不能男先出家受具足已若落若朽爛若蟲噉若不動聽住雖不動若捨戒還欲出家受具足不應與出家受具足若與出家受具足應滅擯何以故病不能男不生我善法毗尼故

佛在王舍城有異比丘與異道出家有小因緣與師鬪諍不捨戒還本異道諸比丘以是事具白佛佛以是因緣集僧集僧已佛語諸比丘譬如狗飢羸與美食不肯食反食不淨是愚癡人亦如是棄善法還本異道佛種種因緣呵責語諸比丘是越濟人不應與出家受具足若與出家應滅擯何以故是越濟人不生我善法毗尼故

佛在舍衛國有一婆羅門奪母命便自思惟我作大罪奪母命何處能除是惡罪我聞沙門釋子能除即到諸比丘所言大德與我出家諸比丘言汝諸婆羅門不信輕慢長夜惡邪佛法怨家何由得信欲出家婆羅門言大德我本奪母命我自思惟作極大罪何處能除我聞沙門釋子能除大罪故出家諸比丘不知云何是事白佛佛言是人有殺母罪不應與出家若與出家受具足應滅擯何以故有殺母罪不生我善法毗尼故殺父亦如是

佛在舍衛國諸比丘從憍薩羅國遊行向舍衛國到薩羅林林中有賊破法劫奪斷諸比丘命諸城國邑惡名流布王力若聚落力收捕盡得諸賊唯一賊走到祇陀材詣諸比丘所言大德與我出家諸比丘不思便與出家是諸賊王勑行刑諸比丘相語言觀世罪報小比丘言我亦欲去答言隨意即便共去一面立看是時諸賊斷首流血是小比丘自思惟若我不出家亦當如是即怖倒地諸比丘以水灑面穌起平復問言汝何所患苦汝亦不在是中作惡業亦不思惟是惡業諸比丘輭語急問答言薩羅林中諸賊劫比丘殺比丘是我同業親友我亦共作是惡如是思惟我不出家亦當如是是故我怖倒地諸比丘不知云何共到佛所是事白佛佛語諸比丘薩羅林中賊放逸顛倒奪諸比丘命多作惡業彼諸比丘多是阿羅漢此殺阿羅漢人不應與出家受具足若與出家受具足應滅擯何以故殺阿羅漢人不生我善法毗尼故

佛在舍衛國是時有一龍信心清淨羞猒龍

身從宮中出變爲人身詣諸比丘所言大德與我出家諸比丘不思便與出家是龍與一小比丘次得一小房共宿明日行乞食是龍有福乞食疾得時復自歸宮食食訖先還房掩戸而坐時熱龍法嗜眠忽然傾卧有五因縁龍身不變一生時二死時三婬時四瞋時五眠時是時龍眠重身滿房中同房比丘後來見之心怖失聲龍聞是聲疾疾驚覺還跏趺坐諸比丘大集問言何以大喚答言此是蛇諸比丘不知云何是事具白佛佛言非蛇是龍佛言呼來龍到佛所頭面禮佛足一面坐佛與說法示教利喜佛種種因縁說法竟即遣去佛語龍言汝還本宮是龍聞說法已啼泣抆淚從坐起頭面禮佛足右遶而去龍去之後佛以是因縁集僧集僧已語諸比丘從今龍不應與出家受具足若與出家受具足犯突吉羅罪一切非人亦如是

佛在舍衛國瞻匐國有一長者子出家長病是時宗親遣使呼之大德來此間治病病人即往是人多諸親族親族各各請言我今日我明日我後日諸人爲病比丘故大與財物是病不可治遂至命終是病比丘名婆羅陀有一沙彌於是中間受具足戒是衆中有六羣比丘六羣比丘言新受戒比丘不應與大比丘分應與沙彌分師言何以故答言受戒羯磨不滿故師不知云何是事白佛佛言應問在羯磨中比丘是羯磨滿不滿即問諸比丘諸比丘言我雖在羯磨中不憶不知以是事白佛佛言從今聽羯磨時當一心聽莫餘思莫餘覺莫餘思惟當專心當勤當敬重當

思惟心心等同憶念應如是聽羯磨作羯磨者應分别言是第一羯磨第二羯磨第三羯磨若不分别説得突吉羅罪

佛在舍衛國佛語諸比丘若有人惡心出佛身血人不應與出家受具足若與出家受具足應滅擯何以故是惡心出佛身血人不生我善法毗尼故有人非法非法想破僧已非法見此後得罪非法法想破僧已非法見此後得罪非法非法想破僧已疑此後得罪是人不應與出家受具足若與出家受具足應滅擯何以故破僧人不生我善法毗尼故有人本出家時犯婬乃至畜生是人不應與出家受具足若與出家受具足應滅擯何以故本犯戒人不生我善法毗尼故擯有人本出家時犯盜乃至五錢若直五錢物是人不應與出家受具足若與出家受具足應滅擯何以故本犯戒人不生我善法毗尼故擯有人本出家時故自手奪人命更無異想無異方便是人不應與出家受具足若與出家受具足應滅擯何以故本犯戒人不生我善法毗尼故擯有人本出家時空無過人法自讚言我有過人法是人不應與出家受具足若與出家受具足應滅擯何以故本犯戒人不生我善法毗尼故有不見擯人捨戒復欲還出家到諸比丘所大德與我出家出家竟我當見罪諸比丘問佛此人應與出家不佛言應與出家出家已言我不見是罪大德與我受具足受具足已我當見是罪應與不佛言應與是人受具足已復言不見是罪更應擯不佛言若得一心和合僧更擯若僧不得和合

即不擯

佛在王舍城是時諸鬬將婦夫征行久與非人通是諸非人形體不具或象頭馬頭牛頭獼猴頭鹿頭麞頭平頭頭七分現生子亦如是諸母愛故養畜長大不能執作驅棄諸子詣天祠論議堂出家舍是諸處覓飲食遊行次到竹園是中六羣比丘喜作罪事好人不肯住邊若有住者餘比丘輕笑教令捨去此人如是惡何以近之是弟子亦眼見師作罪行便捨去六羣比丘見是人等心自思惟我若畜好弟子餘比丘輕笑教捨我去我等當畜是人無有教捨我去者設欲教者是人醜陋誰當喜者如是思惟竟語言汝何以不出家答言我等醜陋誰當度我六羣言汝能代我次第守房若爲我送守房人食能代我擔衣鉢與汝出家答言爾是六羣即與出家時有人請佛及僧六羣比丘以二因緣故先遣弟子擔衣鉢去一行進二羞共行是時諸居士信佛心清淨諸異道弟子輩輕笑言此是汝等福田所供養者前行者先食者來諸居士聞是事羞愧以是事具白佛佛以是因緣集僧集僧竟佛知故問六羣比丘汝實爾不答言實爾世尊佛種種因緣呵何以名比丘象頭馬頭牛頭獼猴頭鹿頭麞頭平頭頭七分現人與出家佛種種因緣呵竟語諸比丘從今象頭人乃至平頭頭七分現人不應與出家若與出家受具足犯突吉羅罪

佛語諸比丘黄髮人緑髮人赤髮白髮似赤髮豬髮馬髮無髮人一切不應與出家若與出家受具足犯突吉羅罪赤眼深眼凸眼水

精眼小眼泡眼一眼無眼象耳馬耳牛耳羊耳綣耳一耳無耳狗鼻鸚鵡觜鼻牛鼻獼猴鼻長鼻平鼻象鼻無鼻大脣馬脣垂脣無脣豬鬚牛鬚驢鬚無鬚冢齒馬齒牛齒魚齒狗齒無齒長項短項曲項無項太長人太短人太黑人太白人純青純黃純赤純白人戾脚脚指瘃截陰一丸癀不能男截臂截髀截手截脚截指五指不屈截脣截耳截鼻癩病癰陰脚跛狗手曳臏似鬼眼瞎雞皮體癧癖瘻左手作羊屎頭短肘短音啞聾年太小太老㾜瘻不能行不能坐不能卧不能立如是一切汙染僧人盡不應與出家受具足若與出家受具足犯突吉羅罪

佛語諸比丘受具足法有三事現前得受具足何等三一有僧二有人欲受具足三有羯磨是爲三欲受具足人初來應教次第頭面一一執足禮僧禮僧已教受衣應問此衣是汝有不答言是我衣應教汝効我語我某甲此衣僧伽棃若干條受若割截若未割截是衣持第二我某甲此衣僧伽棃若干條受若割截若未割截是衣持第三我某甲此衣僧伽棃若干條受若割截若未割截是衣持次問此衣是汝有不答言是我某甲此衣憂多羅僧七條受若割截若未割截是衣持第二我某甲此衣憂多羅僧七條受若割截若未割截是衣持第三我某甲此衣憂多羅僧七條受若割截若未割截是衣持次問此衣是汝有不答言是我某甲此衣安陀會五條受若割截若未割截是衣持第二我某甲此衣安陀會五條受若割截若未割截是衣持第

三我某甲此衣安陀會五條受若割截若未
割截是衣持次問此鉢多羅是汝有不答言
是我某甲此鉢多羅應量受長用故第二我
某甲此鉢多羅應量受長用故第三我某甲
此鉢多羅應量受長用故受衣鉢已
應求和尚應言我某甲求長老爲和尚長老
爲我作和尚依長老和尚故我某甲得受具
足第二我某甲求長老爲和尚長老爲我作
和尚依長老和尚我某甲得受具足第三我
某甲求長老爲和尚長老爲我作和尚依長
老和尚我某甲得受具足戒師應問汝某甲
能爲某甲作和尚不若言能即時置界場内
捨聞處著見處戒師應唱衆僧和集誰能爲
某甲作教授師若僧中有比丘言我能若有
五法不應立作教授師愛教瞋教怖教愚教
教不教不知五法成就應立作教師不愛教
不瞋教不怖教不愚教教不教知次應如是
唱大德僧聽是某甲從和尚某甲求受具足
某甲比丘能作教師若僧時到僧忍聽僧某
甲當作教師爲教某甲故如是白大德僧聽
是某甲從和尚某甲求受具足是某甲能教
某甲僧某甲作教師教某甲故誰諸長老忍
某甲作教師教某甲是長老默然誰不忍便
説僧已忍某甲作教師教某甲竟僧忍默然
故是事如是持
即時教師往弟子所教偏袒著衣胡跪合掌
汝某甲聽今是至誠時實語時後僧中亦如
是問汝實便言實不實便言不實我今問汝
汝丈夫不年滿二十不非奴不不與人客作
不不買得不不破得不非官人不不犯官事

不不陰謀王家不不負人債不丈夫有如是病若癩癰漏瘭疽乾痟顛狂病如是病比有不父母在不父母聽不先作比丘不若言作清淨持戒不捨戒時一心如法還戒不三衣鉢具不汝字何等和尚字誰應答我名某甲和尚某甲教師問竟應還白僧問某甲竟戒師應語若清淨將來教次第一一禮僧禮僧已從僧乞受具足我某甲從和尚某甲受具足我今僧中乞受具足某甲是我和尚僧濟度我僧與我受具足憐愍故第二我某甲從和尚某甲受具足我今僧中乞受具足某甲是我和尚僧濟度我僧與我受具足憐愍故第三我某甲從和尚某甲受具足我今僧中乞受具足某甲是我和尚僧濟度我僧與我受具足憐愍故即時戒師應僧中唱大德僧聽是某甲從和尚某甲受具足是某甲從僧中乞受具足和尚某甲若僧時到僧忍聽我今僧中問某甲遮道法如是白汝某甲聽今是至誠時實語時今僧中問汝若實當言實不實當言不實汝丈夫不年滿二十不非奴不不與人客作不不買得不不破得不非官人不不犯官事不不陰謀王家不不負人債不丈夫有如是病若癩癰漏瘭疽乾痟顛狂病如是病比有不父母在不父母聽不先作比丘不若言作清淨持戒不捨戒時一心如法還戒不三衣鉢具不汝字何等和尚字誰應言我名某甲和尚某甲頗有未問者不若未問者當更問若已問者當默然戒師應唱大德僧聽是某甲從和尚某甲受具足是某甲從僧中乞受具足和尚某甲某甲自說清

淨無遮道法三衣鉢具其甲和尚其甲若僧時到僧忍聽僧當與其甲受具足和尚其甲如是白

大德僧聽是其甲從和尚其甲受具足是其甲從僧中乞受具足和尚其甲其甲自説清淨無遮道法三衣鉢具其甲和尚其甲僧今與其甲受具足和尚其甲誰諸長老忍僧與其甲受具足和尚其甲是長老默然若不忍便説是初羯磨説竟第二是事更説

大德僧聽是其甲從和尚其甲受具足是從僧中乞受具足和尚其甲其甲自説清淨無遮道法三衣鉢具其甲和尚其甲僧今與其甲受具足和尚其甲誰諸長老忍僧與其甲受具足和尚其甲是長老默然若不忍便説是第二羯磨説竟第三是事更説

大德僧聽是其甲從和尚其甲受具足是從僧中乞受具足和尚其甲其甲自説清淨無遮道法三衣鉢具其甲和尚其甲僧今與其甲受具足和尚其甲誰諸長老忍僧與其甲受具足和尚其甲是長老默然若不忍便説是第三羯磨説竟

僧與其甲受具足竟其甲和尚其甲僧忍默然故是事如是持

若問汝幾歲應言未有歲何時若冬若春若夏有閏無閏是時節汝盡壽憶念

即時應説四依汝其甲聽是佛婆伽婆知見釋迦牟尼多陀阿伽度阿羅呵三藐三佛陀爲受具足人説四依

依是法比丘出家受具足成比丘法何等四

依依糞掃衣比丘出家受具足成比丘法若

更得白麻衣赤麻衣褐衣憍施耶衣翅夷羅衣欽跋羅衣劫貝衣如是等餘清淨衣是一切盈長得是中依糞掃衣能盡壽受用不若能當言能

依乞食比丘出家受具足成比丘法若更得爲作食因生食月八日二十三日十四日二十九日十五日三十日月一日十六日衆僧食別房食請食若僧若私如是等餘清淨食是一切得盈長是中依乞食能盡壽受用不若能當言能

依樹下止比丘出家受具足成比丘法若更得温室講堂殿樓一重舍閣屋平覆屋地窟山窟湮頭勒迦卧具漫頭勒迦卧具禪頭勒迦卧具下至草敷葉敷如是等餘清淨房舍卧具是一切盈長得是中依樹下止能盡壽受用不若能當言能

依陳棄藥比丘出家受具足依比丘法若更得四種含消藥酥油蜜石蜜四種淨脂熊脂驢脂猪脂鱣脂五種根舍利薑赤附子波提鞞沙菖蒲根五種果藥呵梨勒鞞醯勒阿摩勒胡椒蓽茇羅五種鹽黑鹽白鹽紫鹽赤鹽鹵土鹽五種湯根湯莖湯葉湯華湯果湯五種樹膠藥興渠薩闍羅薩諦掖諦掖婆提諦掖婆那如是等餘清淨藥是一切盈長得是中依陳棄藥能盡壽受用不若能當言能

汝某甲聽佛婆伽婆知見釋迦牟尼多陀阿伽度阿羅呵三藐三佛陀爲受具足比丘説四墮法若比丘於是四墮法若作一一法是非比丘非沙門非釋子失比丘法如多羅樹頭斷更不生不青不長不廣比丘亦如是於

四墮法若犯一一法非比丘非沙門非釋子失比丘法是中盡壽不應作是事能持不若能當言能

佛種種因緣呵欲欲想欲欲欲覺欲熱讃歎斷欲除欲想滅欲熱若比丘共諸比丘入戒法中不捨戒戒羸不出作婬法乃至共畜生是非比丘非沙門非釋子失比丘法汝是中盡壽不應作是事能持不若能當言能

佛種種因緣呵不與取讃歎不盜乃至一綖一針一滴油分齊五錢若五錢直比丘若不與取是事故若王捉若殺若繫若驅出如是語汝小汝愚汝賊汝偷如是相比丘不與取非比丘非沙門非釋子失比丘法汝是中盡壽不應作是事能持不若能當言能

佛種種因緣呵奪他命讃歎不奪命乃至蟻子不應故奪命何況人若比丘自手故奪人命若遣人持刀殺若教死若讃死若作是語咄丈夫用惡活爲死勝生隨心隨思種種因緣教死讃死若坑殺若弶殺若機發殺若蹈殺若比陀羅殺若半比陀羅殺若斷命殺若墮人胎若按腹墮胎若排著火中若排著水中若在高上排著下道路遣命死乃至母腹中初得二根身根命根初在腹中瞋欲殺從是因緣死非比丘非沙門非釋子失比丘法是中盡壽不應作是事能持不若能當言能

佛種種因緣呵妄語讃歎不妄語乃至戲笑不應妄語何況故妄語若比丘自知空無過人法自讃我得阿羅漢果證若向阿羅漢我得阿那含果證若向阿那含我得斯陀含果證若向斯陀含我得須陀洹果證若向須陀

洹我得第一禪第二第三第四禪我得慈悲喜捨空處定識處定無所有處定非有想非無想處定滅盡定不淨觀安那般那念諸天來至我所諸龍閱叉浮陀羅鬼比舍闍鬼拘槃茶鬼羅刹鬼如是鬼輩問我我亦問彼彼亦答我我亦答彼是事空無妄語是非比丘非沙門非釋子失比丘法是中盡壽不應作是事能持不若能當言能

汝某甲聽初罪衆不可起第二罪衆雖可起幾時覆藏隨時應行波利婆沙六夜應行摩那埵二十比丘衆中與出罪是事衆中可恥爲人所輕是中汝不得故出精是事能不作不若能當言爾不得故觸女人身是事能不作不若能當言爾不得向女人惡口語是事能不作不若能當言爾不得女人前自歎供養身是事能不作不若能當言爾不得媒嫁是事能不作不若能當言爾不得自起房佛聽應作不聽不應作是事能不作不若能當言爾不得起大房佛聽應作不聽不應作是事能不作不若能當言爾無根罪不得謗他人是事能不作不若能當言爾少許罪因緣不得謗言大是事能不作不若能當言爾不得勤破僧是事能不作不若能當言爾不得佐破僧人是事能不作不若能當言爾不應毀辱他家是事能不作不若能當言爾不得性戾難教是事能不作不若能當言爾

當善謙下心樂順從教誨汝已得具滿和尚具滿阿闍黎具滿比丘僧好國土好得道處如轉輪王願汝今已具滿當加敬三寶佛寶法寶比丘僧寶當學三學正戒學正心學正

慧學求三脫門空無相　無作當勤三業坐禪
誦經勸化衆事行如是法開甘露門得須陀
洹果斯陀含果阿那含果阿羅漢果辟支佛
佛道譬如青蓮華白蓮華紅蓮華赤蓮華在
水中日日增長汝亦如是比丘法中日日增
長其餘戒和尚阿闍黎廣教汝汝已受具足
竟

釋師子法中　一切妙善集　深大無崖際
功德之寶海　是願轉輪王　天王善法王
常求作沙門　不遂汝已得　精勤行三業
佛法無量種　汝常憶念法　逮諸無礙智
如蓮華在水　漸漸日增長　汝亦如是信
戒閑定慧增　餘戒佛所說　和尚師當教
衆中禮遶竟　喜各從所樂　七法中受具足戒法第一竟

十誦律卷第二十一

音釋

譏嫌譏居依切誚也嫌戶兼切憎也　羯磨梵語也此云辦事亦云作法羯居謁切　突吉羅梵語也此云惡作突陀骨切　縰所爾切華履也　螌拖隻切行槖也蟲　粰粇粰音浮粇力求切粰粇饊也　債側界切逋財也　償市羊切還也　鍛丁貫切治金曰鍛　癰疽癰於容切疽七余切　漬疾智切浸也　唾湯臥切口液也　漉盧谷切濾也　擯必刃切斥也　捫摸捫莫奔切捫撫也摸慕各切摸摖也　贅之芮切附也　凸徒結切高起也　綣去阮切　瘃陟玉切寒瘡也　㿗杜回切陰病也　髀部禮切股也　髖苦官切上曰髖也　瞎呼八切目盲也　癵癖癵力負切病也癖芳辟切腹病　癭於郢切頸瘤病也　偃倭偃烏䁨切倭他內切風熱病也　瘭疋逸切病也　翅失利切　弶其亮切施罟於道以胃鳥獸也

十誦律卷第二十二

姚秦三藏弗若多羅共三藏鳩摩羅什譯

第四誦之二

七法中布薩法第二

佛在王舍城是時世尊未聽諸比丘布薩未聽布薩羯磨未聽說波羅提木叉未聽會坐爾時異道梵志問諸比丘汝有布薩布薩羯磨說波羅提木叉會坐不答言不作異道梵志嫉妬譏嫌責數言餘沙門婆羅門尚有布薩布薩羯磨說波羅提木叉會坐汝諸沙門釋子自稱善好有德而不作布薩布薩羯磨說波羅提木叉會坐有諸比丘少欲知足行頭陀聞是事心慚愧以是事具白佛佛以是因緣集僧集僧已佛語諸比丘從今聽作布薩布薩羯磨說波羅提木叉會坐如我結戒半月半月應說波羅提木叉

佛在王舍城爾時長老大劫賓那在王舍城阿練若窟中住十五日布薩時獨處坐禪作是念我當往布薩不往耶當往布薩羯磨不往耶當往說波羅提木叉不往耶當往會坐不往耶清淨成就第一清淨佛知大劫賓那所念佛即如其像入三昧如三昧心忽然不現於大劫賓那窟前住佛從定起語大劫賓那言汝作是念我當往布薩布薩羯磨說波羅提木叉會坐不往耶清淨成就第一清淨不者汝婆羅門大劫賓那汝去布薩布薩羯磨說波羅提木叉會坐何以故汝是大上座汝若不恭敬不貴重不供養布薩誰當恭敬供養尊重布薩汝布薩去來是時佛自捉大劫賓那臂將入布薩衆中佛到僧中在常處

坐佛語諸比丘從今聽二種布薩一十四日二十五日一食前二食後一晝二夜若阿練若處若聚落邊從今我聽一布薩共住和合結界如是應作羯磨隨幾許和合僧一布薩共住結界若一拘盧舍若二拘盧舍乃至十拘盧舍是中應一比丘唱四方界相若垣若林若樹若山若石若道若河若池是時一比丘應僧中唱大德僧聽某甲比丘唱四方界相是諸相內是界內若僧時到僧忍聽僧是中一布薩共住結界如是白大德僧聽某甲比丘唱四方界相是諸相內是界內是中僧一布薩共住作結界誰諸長老忍是中一布薩共住結界者默然誰不忍便說僧已是中一布薩共住結界竟僧忍默然故是事如是持佛在王舍城爾時長老大迦葉留僧伽梨耆闍崛山中著上下衣以少因緣故來詣竹園值天大雨不得還山與僧伽梨別宿迦葉語諸比丘言長老我留僧伽梨耆闍崛山中著上下衣以少因緣故來詣竹園值天大雨不得還山與僧伽梨別宿我當云何諸比丘以是事具白佛佛以是因緣集僧集僧已佛問大迦葉汝實爾不答言實爾世尊佛種種因緣讚戒讚持戒讚戒讚持戒已語諸比丘從今聽是中一布薩共住結界內作不離衣宿羯磨應如是作一心集僧集僧已僧中一比丘應唱大德僧聽僧一布薩共住隨幾許結界內是中除聚落及聚落界取空地及住處若僧時到僧忍聽是中僧一布薩共住結界內作不離衣宿羯磨如是白大德僧聽若僧一布薩共住隨幾許結界內是中除聚落

及聚落界取空地及住處是中僧一布薩共住結界內作不離衣宿羯磨誰諸長老忍是中一布薩共住結界內作不離衣宿羯磨者默然誰不忍便說僧是中一布薩共住結界內作不離衣宿羯磨竟僧忍默然故是事如是持

佛在舍衛國爾時長老舍利弗病欲一月遊行僧伽梨大重不能持行語諸比丘諸長老我病欲一月遊行僧伽梨大重不能持行我當云何諸比丘以是事具白佛佛以是因緣集僧集僧已佛知故問舍利弗汝實爾不答言實爾世尊佛種種因緣讚戒讚持戒讚戒讚持戒已語諸比丘從今聽諸老病比丘欲一月遊行不離僧伽梨宿羯磨應如是作一心集僧是老病比丘從座起偏袒著衣脫革屣入僧中禮僧足胡跪合掌應如是語諸長老念我某甲若病若老欲一月遊行我僧伽梨大重不能持行我某甲若病若老我從僧乞一月不離僧伽梨宿羯磨僧我某甲若老若病當與我一月不離僧伽梨宿羯磨憐愍故第二第三亦如是乞是時僧應隱實可與不可與是人若言我病實不病若言我老實不老若言僧伽梨大重實不大重不應與是人若言病老僧伽梨大重實病老僧伽梨大重者應與是中應一比丘唱大德僧聽是某甲若病若老欲一月遊行是某甲若病若老從僧乞一月不離僧伽梨宿羯磨若僧時到僧忍聽我某甲若病若老與我一月不離僧伽梨宿羯磨憐愍故若僧時到僧忍聽某甲若病若老與一月不離僧伽梨宿羯磨如是

白白二羯磨僧與其甲若病若老一月不離
僧伽梨宿羯磨竟僧忍默然故是事如是持
鬱多羅僧安陀會亦如是若一月如是乃至
九月亦爾
佛在舍衛國佛語諸比丘若僧欲促界廣界
先捨本界後界若大若小應作如是捨一心
集僧僧中一比丘唱大德僧聽此中僧一布
薩共住和合結界若僧時到僧忍聽僧一布
薩共住解界捨界如是白大德僧聽僧一布
薩共住此中僧結界今僧一布薩共住處解
界捨界誰諸長老忍一布薩共住處解界捨
界者默然誰不忍便說僧一布薩共住處解
界捨界竟僧忍默然故是事如是持諸比丘
於無僧坊聚落中初作僧坊未結界爾時界
應幾許佛言隨聚落界是僧坊界諸比丘無
聚落空處初作僧坊未結界爾時界應幾許
佛言方一拘盧舍是中諸比丘不應別作布
薩及僧羯磨若別布薩及僧羯磨諸比丘犯
罪
佛告諸比丘說波羅提木叉有四種何等四
一非法別衆說波羅提木叉二非法和合衆
三有法別衆四有法和合衆說波羅提木叉
非法別衆說波羅提木叉不成說非法和合
衆說波羅提木叉不成說有法別衆說波羅
提木叉不成說有法和合衆說波羅提木叉
成說波羅提木叉復有五種說波羅提木叉
云何五僧一心布薩說波羅提木叉序餘殘
僧先聞已說波羅提木叉僧和合布薩竟僧
一心布薩說波羅提木叉序說四波羅夷餘
殘僧先聞已說波羅提木叉僧和合布薩竟

僧一心布薩説波羅提木叉序説四波羅夷説十三僧伽婆尸沙餘殘僧先聞已説波羅提木叉僧和合布薩竟僧一心布薩説波羅提木叉序説四波羅夷説十三僧伽婆尸沙説二不定餘殘僧先聞已説波羅提木叉僧和合布薩竟第五廣説

有一住處布薩時諸比丘小無所知不善如羺羊云何小無所知不善如羺羊是諸比丘不知布薩不知布薩羯磨不知説波羅提木叉不知會坐是諸比丘是中住處布薩時不應住若諸比丘是住處布薩時住一切比丘不得布薩得罪如是小比丘辭和尚阿闍梨欲遊行和尚阿闍梨應問汝共誰伴去何等比丘共遊行是諸比丘説伴字若是伴比丘不知布薩不知布薩羯磨不知説波羅提木叉不知會坐和尚阿闍梨應留若和尚阿闍梨不留犯突吉羅若留故去犯突吉羅若和尚阿闍梨留是比丘故去何時得罪佛言出界外天明時犯突吉羅罪

有諸比丘一住處安居先念某諸比丘誦波羅提木叉是諸比丘初布薩時無一比丘能誦波羅提木叉諸比丘應遣舊比丘近住處受説波羅提木叉法若略若廣受得來者善好若不得是諸比丘不應是中夏安居住若是諸比丘是處夏安居一切比丘一一布薩時不得布薩得罪是諸比丘若聞客比丘來清淨共住同見知布薩知布薩羯磨知説波羅提木叉知會坐舊比丘應共迎輭語問訊代擔衣鉢示房舍臥具長老是汝等房舍臥具汝等隨上座次第安住是中舊比丘應辦

洗浴具渠豆湯水塗身酥油如供給法應作明旦與前食後食供給供養好若不供給供養舊比丘一切得罪何以故無佛時是人補佛處是客比丘二部波羅提木叉能廣分別以是故應供給供養

有一住處四比丘布薩時是處比丘應一處和合廣作布薩說波羅提木叉

有一住處三比丘布薩時不應說波羅提木叉是諸比丘應一處集三語布薩應如是作若上座欲作布薩從座起偏袒著衣脫革屣胡跪合掌應如是語長老憶念今僧布薩日若十四日若十五日長老知我清淨憶持無遮道法清淨作布薩說戒衆滿故第二長老憶念今僧布薩日若十四日若十五日長老知我清淨憶持無遮道法清淨作布薩說戒衆滿故第三長老憶念今僧布薩日若十四日若十五日長老知我清淨憶持無遮道法清淨作布薩說戒衆滿故若下座欲作布薩從座起偏袒著衣脫革屣胡跪兩手捉上座兩足應如是語長老憶念今僧布薩日若十四日若十五日長老知我清淨憶持無遮道法清淨作布薩說戒衆滿故第二長老憶念今僧布薩日若十四日若十五日長老知我清淨憶持無遮道法清淨作布薩說戒衆滿故第三長老憶念今僧布薩日若十四日若十五日長老知我清淨憶持無遮道法清淨作布薩說戒衆滿故

有一住處二比丘布薩時不應說波羅提木叉是二比丘應一處集三語作布薩如是應作與上三比丘同有一住處一比丘布薩時

是比丘應掃塔掃布薩處掃地竟次第敷繩牀應辦火燈籠燈炷燈筋辦籌如是思惟若諸比丘來未作布薩是諸比丘共布薩說波羅提木叉若不來是中有高處立望若見有比丘喚言疾疾來諸長老今日布薩若不見應待至暮還坐本處如是心念口言今日僧布薩若十四日若十五日我亦今日布薩如是一比丘作布薩竟

佛在舍衛國佛語諸比丘是夜多過應說波羅提木叉是時一比丘從坐起偏袒右肩合掌白佛言有諸病比丘不來佛言應取清淨來如是應取應語比丘與清淨來答言與是名得清淨若言爲我僧中說清淨是名得清淨若身動與是名得清淨若口言與是名得清淨若身不與口不與是名不得清淨是時一切比丘應往就病比丘若將來莫別彼比丘作布薩說波羅提木叉若別彼比丘作布薩說波羅提木叉一切比丘得罪

有一住處二比丘住布薩時不應取清淨不應與清淨是二比丘應集一處三語布薩與上三比丘布薩同

有一住處三比丘住布薩時不應取清淨不應與清淨是三比丘應一處集三語布薩與上三比丘布薩同

有一住處四比丘共布薩時不應取清淨不應與清淨是諸比丘一處集廣作布薩說波羅提木叉若過四人布薩時應和集是中病比丘隨意取清淨應如是取若一人取一人是名取清淨若一人取二三四人是名取清淨隨幾人但憶名字是名取清淨若取清淨

人不欲取應更與他人取清淨若取清淨人言我白衣我沙彌我非比丘我外道不見擯不作擯惡邪不除擯不共住種種不共住犯重罪本白衣不能男汙比丘尼越濟人殺父母殺阿羅漢破僧若言我惡心出佛身血應更與他清淨若取他清淨竟而不去是名清淨不到僧取他清淨竟若言我白衣我沙彌我非比丘我外道不見擯不作擯惡邪不除擯不共住種種不共住犯重罪本白衣不能男汙比丘尼越濟人殺父母殺阿羅漢破僧惡心出佛身血是名清淨不到若取他清淨竟八難中一一難起不去是名清淨不到復次取他清淨竟故不去若放逸若懶若睡若入定是名清淨不到是取清淨人有三因緣得罪若故不行若放逸若懶二因緣無罪若睡若入定復次取他清淨竟到僧中不說是名清淨到若取他清淨到僧中若言我白衣我沙彌我非比丘我異道不見擯不作擯惡邪不除擯不共住種種不共住犯邊罪本白衣不能男汙比丘尼越濟人殺父母殺阿羅漢破僧若言我惡心出佛身血是名清淨到復次取他清淨竟到僧中八難若一一難起不說是名清淨到復次取他清淨竟到僧中若故不說若放逸若懶若睡若入定是名清淨到僧中是中受清淨人有三因緣得罪若故不說若放逸若懶二因緣無罪若睡若入定有一住處布薩時比丘若王捉若賊若怨怨黨若怨黨之黨捉僧應遣使詣彼所言今日僧布薩汝若當來若與清淨若出界我等不應別布薩是比丘若得來若與清淨若出

界如是好若都不得諸比丘不應別布薩若別布薩一切比丘得罪

佛語諸比丘僧莫起有僧事是時應與長老施越婆利婆沙一比丘從座起偏袒著衣脫革屣合掌白佛言大德有諸病比丘不來與清淨竟佛言是比丘自身清淨故與清淨令是比丘應取欲來應如是取語是比丘言與欲來若言與欲是名得欲若言爲我向僧說欲是名得欲若身動與是名得欲若口言與是名得欲若身不與口不與是名不得欲是一切比丘應就病比丘邊若將來作羯磨諸比丘不應別作羯磨若別作一切比丘得罪若一人取一人欲是名得欲若一人取二人三人四人是名得欲隨幾人憶名字是名得欲若取欲人不欲取應更與他人若取欲人若言我白衣我沙彌我非比丘我異道不見擯不作擯惡邪不除擯不共住種種不共住犯邊罪本白衣不能男汙比丘尼越濟人殺父母殺阿羅漢破僧惡心出佛身血應更與他欲若取他欲竟而不去是名欲不到取他欲人若言我白衣我沙彌我非比丘我異道不見擯不作擯惡邪不除擯不共住種種不共住犯邊罪本白衣不能男汙比丘尼越濟人殺父母殺阿羅漢破僧惡心出佛身血是名欲不到若取他欲竟入難若一一難起故不到是名欲不到取他欲竟故不去若放逸若懶若睡若入定是名欲不到取他欲人有三因緣得罪若故不去若放逸若懶二因緣無罪若睡若入定復次取他欲竟到僧中不說是名欲到取他欲竟到僧中若言我白衣

我沙彌我非比丘我異道不見擯不作擯惡
邪不除擯不共住種種不共住犯邊罪本白
衣不能男汙比丘尼越濟人殺父母殺阿羅
漢破僧惡心出佛身血是名欲到復次取他
欲竟到僧中八難若一一難起故不説是名
欲到復次取他欲竟到僧中若故不説若放
逸若懶若睡若入定是名欲到是中受欲人
有三因緣得罪若故不説若放逸若懶二因
緣無罪若睡若入定

有一住處僧羯磨時比丘若王捉若賊若怨
怨黨若怨黨之黨捉僧應遣使語彼今日僧
羯磨汝若得來若與欲若出界我等不應別
羯磨是比丘若得來若與欲若出界如是好
若都不得諸比丘不應別羯磨別羯磨一切
比丘得罪

佛在王舍城爾時長老施越狂心顛倒是長
老有時來布薩有時不來有時來僧羯磨有
時不來諸比丘有疑悔心諸比丘以是事具
白佛佛以是因緣集僧集僧已佛知故問施
越汝實爾不答言實爾世尊佛語諸比丘汝
等集與施越作狂羯磨若更有如是狂比丘
僧亦應與羯磨如是應作一心集僧僧中一
比丘應唱大德僧聽是施越狂心顛倒有時
來布薩有時不來有時來僧羯磨有時不來
諸比丘有疑悔心若僧時到僧忍聽僧與施
越狂羯磨若有施越若別施越僧隨意作布
薩及諸羯磨如是白白二羯磨僧作施越狂
羯磨竟僧忍默然故是事如是持若未作狂
羯磨不應別布薩及僧羯磨若已作狂羯磨
若別若共僧隨意作布薩及諸羯磨

有一住處布薩時一切比丘有罪不知除是罪有一客比丘清淨共住同見是客比丘知舊比丘中善好有德是客比丘應問長老若比丘作如是如是事當得何等罪答言比丘作如是如是事得如是如是罪彼言長老汝自憶作如是如是事不答言自憶非我一人得是罪一切僧亦得是罪客比丘言長老汝說一切僧於汝何益汝何不說是罪如法懺悔若舊比丘受客比丘語是罪如法懺悔餘諸比丘見此比丘懺悔亦應如法懺悔若如是作好若不作知有益舉無益莫強舉

有一住處布薩時比丘憶念欲出罪是比丘應異比丘邊出罪如法懺悔如是作竟應布薩說波羅提木叉不應破布薩說波羅提木叉有一住處布薩時有比丘一罪疑是比丘應語餘比丘長老我一事疑後當問是事如是作竟應布薩說波羅提木叉不應破布薩有一住處布薩說波羅提木叉時比丘憶念罪欲出是比丘應自一心念我後是罪當如法懺悔如是作竟應布薩說波羅提木叉不應破布薩若說波羅提木叉時比丘一罪疑是比丘應自一心念後是罪當問如是作竟應布薩說波羅提木叉不應破布薩說波羅提木叉有一住處布薩時一切比丘僧有罪知是罪不能得客比丘清淨共住同見是罪如法懺悔是諸比丘應遣一比丘近住處疾到彼問是罪如法懺悔竟來還我等從汝邊是罪如法懺悔是比丘若能辦是事好若不能辦僧應使一比丘昌大德僧聽我等是住處一切僧得罪知罪不能得清淨客比丘共

住同見是罪如法懺悔亦不能辦遣舊比丘近住處疾到彼間是罪如法懺悔竟來還諸比丘於是比丘邊是罪如法懺悔若僧時到僧忍聽僧若後是罪如法懺悔如是白如是作竟應布薩說波羅提木叉不應破布薩說波羅提木叉有一住處布薩時一切比丘一事中疑是中應一比丘如是唱大德僧聽是中住處一切比丘一事中疑若僧時到僧忍聽僧後當問是事如是白如是作竟應布薩說波羅提木叉不應破布薩

有一住處布薩時舊比丘若四若過布薩處集作布薩說波羅提木叉有異住處比丘來清淨共住同見多是諸比丘應更說波羅提木叉如是作竟先比丘無罪若諸比丘布薩說波羅提木叉竟一切坐處未起未去更有異住處諸比丘來清淨共住同見多是諸比丘應更說如是作竟先比丘無罪若諸比丘作布薩說波羅提木叉竟有起去有未起去更有異住處比丘來清淨共住同見多是諸比丘應更說如是作竟先比丘無罪若是諸比丘布薩說波羅提木叉竟一切坐處起未去更有異處住比丘來清淨共住同見多是諸比丘應更說如是作竟先比丘無罪等亦如是

有一住處布薩時舊比丘若四若過布薩處集欲作布薩說波羅提木叉更有異處比丘來清淨共住同見少是諸比丘應聽次第若布薩說波羅提木叉竟一切坐處未起未去更有異處比丘來清淨共住同見少是諸比丘舊比丘邊應作三語布薩若諸比丘作布

薩說波羅提木叉竟有起去有未起去更有異處比丘來清淨共住同見少是未起去比丘邊應三語布薩若諸比丘布薩說波羅提木叉竟一切起未去更有異處比丘來清淨共住同見少是諸比丘若能得同心應更廣布薩說波羅提木叉好若不得同心應出界三語作布薩若舊比丘布薩說波羅提木叉時更有舊比丘來若多若等若少若多若等應更說若少應聽次第若舊比丘說波羅提木叉時客比丘來若多若等若少若多應更說若等少應聽次第若舊比丘布薩說波羅提木叉時更有舊比丘客比丘共來若多若等若少若多等應更說少應聽次第若客比丘布薩說波羅提木叉時更有客比丘來若多若等若少若多應更說等少應聽次第若客比丘布薩說波羅提木叉時舊比丘來若多若等若少若多等應更說少應聽次第若舊比丘客比丘共布薩說波羅提木叉時舊比丘客比丘共來若多若等若少若多等應更說少應聽次第若客比丘共布薩說波羅提木叉時舊比丘來若多若等若少若多等應更說少應聽次第若舊比丘客比丘共布薩說波羅提木叉時客比丘來若多若等若少若多應更說等少應聽次第

有一住處布薩時舊比丘若四若過布薩處集欲布薩說波羅提木叉更有異處比丘來清淨共住同見多彼如是念是中舊比丘若

四若過布薩處集欲布薩說波羅提木叉我等應作布薩說波羅提木叉淨想毗尼想別同別想作布薩說波羅提木叉更有異處比丘來清淨共住同見多彼應更說先比丘得罪彼比丘淨想毗尼想別同別想作布薩說波羅提木叉竟若一切坐處未起未去若有起去有未起去若一切起未去更有異處比丘來清淨共住同見多彼比丘應更說先比丘得罪

有一住處布薩時舊比丘若四若過布薩處集欲布薩說波羅提木叉更有異處比丘來清淨共住同見多彼作是念舊比丘若四若過布薩處集欲布薩說波羅提木叉我等不應是中布薩說波羅提木叉是諸比丘心悔別同別想是中布薩說波羅提木叉更有異處比丘來清淨共住同見多彼諸比丘應更說先比丘得罪諸比丘心悔別同別想布薩說波羅提木叉竟一切坐處未起未去有起去有未起去若一切起未去更有異處比丘來清淨共住同見多彼諸比丘應更說先比丘得罪

有一住處布薩時諸舊比丘若四若過布薩處集欲布薩說波羅提木叉更有異處比丘來清淨共住同見多是諸比丘作是念我等若應若不應是中作布薩說波羅提木叉疑淨不淨別同別想作布薩說波羅提木叉更有異處比丘來清淨共住同見多彼諸比丘應更說先比丘得罪諸比丘疑淨不淨別同別想作布薩說波羅提木叉竟一切坐處未起未去有起去有未起去有一切起未去更

有異處比丘來清淨共住同見多是諸比丘應更說先比丘得罪

有一住處布薩時諸舊比丘若四若過布薩處集欲布薩說波羅提木叉更有異處比丘來清淨共住同見多先住比丘聞更有異處比丘來清淨共住同見多聞已如是念更有異處比丘來清淨共住同見多是滅壞除捨別異我不須是諸比丘爲欲喜破僧有別同別想布薩說波羅提木叉更有異處比丘來清淨共住同見多是諸比丘應更說先比丘得偷蘭遮罪近破僧故是諸比丘欲喜破僧別同別想作布薩說波羅提木叉竟若一切坐處未起未去有起去有未起去有一切起未去更有異處比丘來清淨共住同見多是諸比丘應更說先比丘得偷蘭遮罪近破僧故若舊比丘說波羅提木叉時舊比丘來若多若等若少若多等應更說若舊比丘說波羅提木叉時客比丘來若多若等若少若多等應更說若舊比丘說波羅提木叉時舊比丘客比丘共來若多若等若少若多等應更說若客比丘說波羅提木叉時客比丘來若多若等若少若多等應更說客比丘說波羅提木叉時舊比丘來若多若等若少若多等應更說客比丘說波羅提木叉時舊比丘客比丘共來若多若等若少若多等應更說

若舊比丘客比丘共說波羅提木叉時舊比丘客比丘共來若多若等若少若多等應更說舊比丘客比丘共說波羅提木叉時舊比丘來若多若等若少若多等應更說舊比丘客比丘共說波羅提木叉時客比丘來若多

若等若少若多等應更説
舊諸比丘十四日布薩多客比丘十五日布薩少客比丘應隨舊比丘是日應布薩舊比丘十四日少客比丘十五日多舊比丘應隨客比丘是日不應布薩舊比丘十五日多客比丘初日少客比丘應隨舊比丘是日更布薩舊比丘十五日少客比丘初日多舊比丘應隨客比丘出界作布薩客比丘十四日多舊比丘十五日少舊比丘應隨客比丘是日布薩客比丘十四日少舊比丘十五日多客比丘應隨舊比丘是日不應布薩客比丘十五日多舊比丘初日少舊比丘應隨客比丘是日更作布薩客比丘十五日少舊比丘初日多客比丘應隨舊比丘出界作布薩

有一住處布薩時諸舊比丘鬪客比丘相客比丘因緣若脚聲若杖聲若革屣聲若異人聲是諸比丘不求不覔便布薩説波羅提木叉舊比丘得罪若求得不喚布薩説波羅提木叉舊比丘得罪若求不能得疑布薩説波羅提木叉舊比丘得罪若求不能得無所疑布薩説波羅提木叉如是舊比丘無罪若求得客比丘一心歡喜應布薩説波羅提木叉如是舊比丘無罪

有一住處布薩時諸客比丘鬪舊比丘相舊比丘因緣若戶鑰聲若釿聲若斧聲讀經聲是諸客比丘不求不覔便布薩説波羅提木叉客比丘得罪若求得不喚布薩説波羅提木叉客比丘得罪若求不能得疑布薩説波羅提木叉客比丘得罪若求不能得無所疑布薩説波羅提木叉客比丘無罪若求覔得

舊比丘一心歡喜應布薩說波羅提木叉客比丘無罪

有一住處布薩時舊比丘見客比丘相客比丘因緣若不識衣鉢若不識杖若盛油革囊革屣針同是諸比丘不求布薩說波羅提木叉舊比丘得罪若求得不喚布薩說波羅提木叉舊比丘得罪若求不能得疑布薩說波羅提木叉舊比丘得罪若求不能得無所疑布薩說波羅提木叉如是舊比丘無罪若求得一心歡喜應布薩說波羅提木叉如是舊比丘無罪

有一住處布薩時諸客比丘見舊比丘相舊比丘因緣若新掃灑地次第敷牀是諸客比丘不求不覔布薩說波羅提木叉客比丘得罪若覔得不喚布薩說波羅提木叉客比丘得罪若覔不能得疑布薩說波羅提木叉客比丘得罪若覔不能得無所疑布薩說波羅提木叉客比丘無罪若覔得一心歡喜作布薩說波羅提木叉客比丘無罪

布薩時不應往此有比丘有住處彼有比丘有住處彼有比丘無住處彼有比丘有住處無住處彼間比丘不共住布薩時不應往此有比丘有住處彼非比丘有住處彼非比丘無住處彼非比丘有住處無住處彼間比丘不共住布薩時不應往此有比丘無住處彼比丘無住處彼比丘有住處無住處彼非比丘有住處彼非比丘無住處彼非比丘有住處無住處彼比丘有住處彼間比丘不共住布薩時不應往此有比丘有住處無住處彼有比丘有住處無住處彼非比丘有住處彼

非比丘無住處彼非比丘有住處無住處彼比丘有住處彼比丘無住處彼間比丘不共住布薩時不應往此有比丘非比丘有住處彼非比丘有住處彼非比丘無住處彼非比丘有住處無住處彼比丘有住處彼比丘無住處彼比丘有住處無住處彼間比丘不共住布薩時不應往此有比丘非比丘無住處彼非比丘無住處彼非比丘有住處無住處彼比丘有住處彼比丘無住處彼比丘有住處無住處彼非比丘有住處彼間比丘不共住布薩時不應往此有比丘非比丘有住處無住處彼有非比丘有住處無住處彼比丘有住處彼比丘無住處彼比丘有住處無住處彼非比丘有住處彼非比丘無住處彼間比丘不共住布薩時不應往此有比丘有住

處彼比丘有住處彼比丘無住處彼比丘有住處無住處彼非比丘有住處彼非比丘無住處彼非比丘有住處無住處彼間比丘不共住除僧事急事布薩時不應往此有比丘無住處往比丘無住處彼比丘有住處無住處彼非比丘有住處彼非比丘無住處彼非比丘有住處無住處彼比丘有住處彼間比丘不共住除僧事急事布薩時不應往此有比丘有住處無住處彼比丘有住處無住處彼非比丘有住處彼非比丘無住處彼非比丘有住處無住處彼比丘有住處彼比丘無住處彼間比丘不共住除僧事急事布薩時不應往此有比丘非比丘有住處彼非比丘有住處彼非比丘無住處彼非比丘有住處無住處彼比丘有住處彼比丘無住處彼比

丘有住處無住處彼鬬比丘不共住除僧事急事布薩時不應往此有比丘非比丘無住處彼非比丘無住處彼非比丘有住處無住處彼比丘有住處彼比丘無住處彼比丘有住處無住處彼非比丘有住處彼鬬比丘不共住除僧事急事布薩時不應往此有比丘非比丘有住處無住處彼非比丘有住處無住處彼比丘有住處彼比丘無住處彼比丘有住處無住處彼非比丘有住處彼非比丘無住處彼鬬比丘不共住除僧事急事布薩時應往此有比丘有住處彼有比丘有住處彼比丘無住處彼比丘有住處無住處彼比丘清淨共住布薩時應往此有比丘有住處彼非比丘有住處彼非比丘無住處彼非比丘有住處無住處彼比丘清淨共住布薩時

應往此有比丘無住處彼比丘無住處彼比丘有住處無住處彼非比丘有住處彼非比丘無住處彼非比丘有住處無住處彼比丘有住處彼比丘清淨共住布薩時應往此有比丘有住處無住處彼比丘有住處無住處彼非比丘有住處彼非比丘無住處彼非比丘有住處無住處彼比丘有住處彼比丘無住處彼比丘清淨共住布薩時應往此有比丘非比丘有住處彼非比丘有住處彼非比丘無住處彼非比丘有住處無住處彼比丘有住處彼比丘無住處彼比丘有住處無住處彼比丘清淨共住布薩時應往此有比丘非比丘無住處彼非比丘無住處彼非比丘有住處無住處彼比丘有住處彼比丘無住處彼比丘有住處無住處彼非比丘有住處

彼比丘清淨共住布薩時應往此有比丘非比丘有住處無住處彼非比丘有住處無住處彼比丘有住處彼比丘無住處彼比丘有住處無住處彼非比丘有住處彼非比丘無住處彼比丘清淨共住精舍法竟

佛言不應白衣前布薩說波羅提木叉不應沙彌前非比丘異道不見擯不作擯惡邪不除擯不共住種種不共住犯邊罪本白衣不能男汙比丘尼越濟人殺父母殺阿羅漢破僧惡心出佛身血如是一切不應在前布薩說波羅提木叉一切先事作已僧應布薩說波羅提木叉若應與現前毗尼與竟應與憶念毗尼與竟若應與不癡毗尼與竟若應與自言毗尼與竟若應與覓罪相毗尼與竟若應與多覓毗尼與竟若應與苦切羯磨與竟若應與依止羯磨與竟若應與驅出羯磨與竟若應與下意羯磨與竟若應與不見擯羯磨竟不作擯惡邪不除擯羯磨與竟若應與別住羯磨與竟若應與摩那埵本日治出罪羯磨與竟僧應布薩說波羅提木叉若比丘宿受清淨不應共布薩說波羅提木叉若衆僧未起如是得布薩日未到不應布薩說波羅提木叉除鬭僧還和合一心聽布薩說波羅提木叉七法中受布薩法第二竟

十誦律卷第二十二

音釋

波羅提木叉梵語也此云解脫　阿練若梵語也此云閑靜處

若[illegible]者切　拘盧舍梵語也此云五百弓拘恭于切　羺奴鈎切胡羊也　鑰

以灼切閞下牀也　釿舉欣切斫木斧也

十誦律卷第二十三

姚秦三藏弗若多羅共三藏鳩摩羅什譯

第四誦之三

七法中自恣法第三

佛在舍衛國諸比丘夏安居時先作如是制限長老我等不共語言不相問訊是諸比丘作是制已一處夏安居先作如是法若有初乞食還敷獨坐牀安洗足水洗足机拭足巾淨水瓶常用水瓶若有長食盛淨器中蓋著一處食不足者食此長食若復有乞食後來不足者取而食之若復有殘著無草地若著無蟲水中是諸長老盛食器淨洗摩拭著一處獨坐牀洗足机拭足巾淨水瓶常用水瓶著屏處掃灑食堂掃除竟入室坐禪是諸長老晡時從禪先起見淨水瓶常用瓶洗足瓮若空無水持至水處若獨能持來著於一面若不能持來手招餘比丘共舉持來還著本處不共語言不相問訊諸佛常法兩時大會春末月夏末月春末月欲安居時諸方國比丘來聽佛說法心念是法夏安居樂是初大會夏末月安居訖自恣作衣竟持衣鉢來詣佛所如是思惟我久不見佛久不見修伽陀是第二大會是諸比丘是中住處夏安居自恣作衣竟持衣鉢往到佛所頭面禮畢一面坐諸佛常法如是語問訊客比丘夏安居忍不足不安樂住不乞食不乏道路不疲耶今佛亦如是問訊諸比丘夏安居忍不足不安樂住不乞食不乏道路不疲耶諸比丘言忍足安樂住乞食不乏道路不疲諸比丘以是事具白佛佛以是因緣集僧集僧已佛種種

因緣呵諸比丘汝愚癡人如怨家共住云何自言安樂住何以名比丘我衆以法相教而受啞法佛種種因緣呵已語諸比丘從今不應受啞法若受得偷蘭遮罪何以故不共語是外道法故從今聽夏安居竟諸比丘一處集應三事求他說自恣何等三若見若聞若疑罪如是應自恣一心集僧集僧已應差能作自恣人應如是唱誰能爲僧作自恣人是中若有言我能佛言若比丘五惡法成就不應作自恣人何等五一愛自恣二瞋自恣三怖自恣四愚自恣五自恣不自恣不知比丘成就五善法應作自恣人何等五不愛自恣不瞋自恣不怖自恣不愚自恣自恣不自恣知爾時一比丘應僧中唱言大德僧聽是某甲某甲比丘能爲僧作自恣人若僧時到僧忍聽僧某甲某甲比丘當作僧自恣人如是白大德僧聽是某甲某甲比丘能爲僧作自恣人僧某甲某甲比丘爲僧作自恣人誰諸長老忍某甲某甲比丘爲僧作自恣人者是長老默然誰不忍便說僧某甲某甲比丘爲僧作自恣人竟僧忍默然故是事如是持應如是作自恣羯磨大德僧聽今日僧自恣若僧時到僧忍聽僧一心受自恣如是白是諸比丘一切從坐起胡跪地若作自恣人是上座應從座起偏袒著衣曲身應語第二上座長老今日自恣來是時第二上座從座起偏袒著衣胡跪兩手捉上座足應如是語長老憶念今僧自恣日我某甲比丘長老僧自恣語若見聞疑罪語我憐愍故我若見罪當如法除第二長老憶念今僧自恣日我某甲比

丘長老僧自恣語若見聞疑罪語我憐愍故我若見罪當如法除第三長老憶念今僧自恣日我其甲比丘長老僧自恣語若見聞疑罪語我憐愍故我若見罪當如法除若下座作自恣人應從座起偏袒著衣胡跪合掌應如是語上座今日自恣來上座亦應從座起偏袒著衣胡跪合掌應如是言長老憶念今僧自恣日我其甲比丘長老僧自恣語若見聞疑罪語我憐愍故我若見罪當如法除第二長老憶念今僧自恣日我其甲比丘長老僧自恣語若見聞疑罪語我憐愍故我若見罪當如法除第三長老憶念今僧自恣日我其甲比丘長老僧自恣語若見聞疑罪語我憐愍故我若見罪當如法除如是次第一切僧自恣若一切僧自恣竟爲僧作自恣人共作自恣自恣竟應至上座前唱僧一心自恣竟佛語諸比丘自恣有四種何等四一非法別自恣二非法和合自恣三有法別自恣四有法和合自恣是中非法別自恣佛不聽非法和合自恣佛不聽有法別自恣佛不聽是中有法和合自恣如是佛聽

有一住處自恣時五比丘住是諸比丘應一處集差爲僧作自恣人廣說自恣

有一住處自恣時四比丘住是諸比丘不應差爲僧作自恣人是諸比丘應一處集三語自恣應如是自恣上座應從坐起偏袒著衣胡跪合掌如是語長老憶念今僧自恣日我其甲比丘長老自恣語若見聞疑罪語我憐愍故我若見罪當如法除第二長老憶念今僧自恣日我其甲比丘長老自恣語若見聞

疑罪語我憐愍故我若見罪當如法除第三
長老憶念今僧自恣日我某甲比丘長老自
恣語若見聞疑罪語我憐愍故我若見罪當
如法除若下座應從坐起偏袒著衣胡跪合
掌捉上座兩足應如是語長老憶念今僧自
恣日我某甲比丘長老自恣語若見聞疑罪
語我憐愍故我若見罪當如法除第二長老
憶念今僧自恣日我某甲比丘長老自恣語
若見聞疑罪語我憐愍故我若見罪當如法
除第三長老憶念今僧自恣日我某甲比丘
長老自恣語若見聞疑罪語我憐愍故我若
見罪當如法除如是諸比丘得自恣三比丘
二比丘亦如是
有一住處一比丘自恣時應掃塔及自恣處
次第布牀辦火燈燈籠燈炷燈檐辦籌如是
思惟諸比丘來未作自恣者是比丘應共自
恣若不見來是中有高處立望若見有比丘
喚言疾疾來長老今日僧自恣若不見應待
至暮還坐本處如是心念口言今日僧自恣
我亦今日自恣如是一比丘得自恣
佛在舍衛國是中佛語諸比丘是夜多過自
恣時到一比丘從坐起偏袒著衣胡跪合掌
白佛言世尊諸比丘病不來佛言應取自恣
如是應取應語病比丘與自恣答言與是名
得自恣若言爲我僧中說自恣是名得自恣
若身動與是名得自恣若口言與是名得自
恣若身不與口不與不得自恣是時一切僧
應就病比丘邊作自恣若將來僧中作自恣
諸比丘不應別作自恣若諸比丘別作自恣
一切比丘得罪

有一住處二比丘作自恣時是二比丘不應取自恣是二比丘共一處三語自恣三比丘四比丘亦如是

有一住處五比丘自恣時是諸比丘不應取自恣不應與自恣是諸比丘應一處集差爲僧自恣人應廣自恣若過五比丘自恣時集一處老病比丘隨意取自恣與自恣若一人取一人是名得自恣若一人取二人三人四人是名得自恣隨幾許人能憶識名字是名得自恣若取自恣人不欲取應更與他自恣取自恣人若言我白衣我沙彌我非比丘我異道不見擯不作擯惡邪不除擯不共住種種不共住犯邊罪本白衣不能男汙比丘尼越濟人殺父母殺阿羅漢破僧若言我惡心出佛身血應更與他自恣若取他自恣竟不去是名自恣不到若死若言我白衣我沙彌我非比丘我異道不見擯不作擯惡邪不除擯不共住種種不共住犯邊罪本白衣不能男汙比丘尼越濟人殺父母殺阿羅漢破僧惡心出佛身血是名自恣不到若取他自恣竟八難中一一難起故不去是名自恣不到復次取他自恣竟故不去若放逸若嬾若睡若入定是名自恣不到是取自恣人有三因緣得罪若故不去若嬾若放逸二因緣無罪若睡若入定復次取他自恣竟到僧中不說自恣是名自恣到若取他自恣竟到僧中若言我白衣我沙彌我非比丘我異道不見擯不作擯惡邪不除擯不共住種種不共住犯邊罪本白衣不能男汙比丘尼越濟人殺父母殺阿羅漢破僧惡心出佛身血是名自恣

到僧次取他自恣竟到僧中八難一一難起故不說是名自恣到復次取他自恣竟到僧中故不說若放逸若嬾若睡若入定是名自恣到是中取他自恣人有三因緣得罪若故不說若放逸若嬾二因緣無罪若睡若入定

有一住處自恣時比丘若王捉若賊若怨家若怨黨若怨黨之黨捉是僧中應遣使語彼言今日僧自恣若是比丘當來若與自恣來若出界我曹不應別作自恣是比丘若得來若得自恣若出界如是好若不得諸比丘不應別自恣若別自恣一切比丘得罪

有一住處自恣時一切比丘僧有罪不知是罪除有一客比丘清淨共住同見是客比丘知舊比丘中善好有德是客比丘應問長老若比丘作如是如是事當得何等罪荅言若比丘作如是如是事當得如是如是罪彼言長老汝自憶作如是事不荅言自憶不獨我一人得是罪一切僧亦得是罪客比丘言長老汝說一切僧於汝何益汝何以不如法懺悔是罪舊比丘受客比丘語是罪如法懺悔餘諸比丘見此比丘懺悔亦應如法懺悔如是作者善若不如是作知有益舉無益莫强舉有一住處自恣時比丘憶罪欲出是比丘應異比丘邊是罪如法懺悔如是作竟應作自恣不應與自恣作礙

有一住處自恣時比丘一罪疑是比丘應語他比丘長老我一罪疑後是事當問如是作竟應自恣不應與自恣作礙

有一住處自恣時憶念罪欲出是比丘應疾一心念我後是罪當如法懺悔如是作竟應

自恣不應與自恣作礙若自恣時比丘一罪疑是比丘應病一心念後是罪當問如是作竟應自恣不應與自恣作礙有一住處自恣時一切比丘僧有罪覺是罪不能得客比丘清淨共住同見是罪如法懺悔是諸比丘應遣一舊比丘近住處疾到彼是罪如法懺悔竟來還我曹從汝邊是罪如法懺悔是諸比丘若得辦是事如是好若不能辦是僧中一比丘應唱大德僧聽我等是住處一切僧得罪覺是罪不能得清淨客比丘共住同見是罪如法懺悔亦不能得辦遣一舊比丘近住處疾到彼是罪如法懺悔竟來還我等是邊是罪如法懺悔若僧時到僧忍聽僧若後是罪如法懺悔如是白如是作竟應作自恣不應與自恣作礙

有一住處自恣時一切僧一罪中疑是中應一比丘僧中如是唱大德僧聽是中住處一切僧一罪中疑若僧時到僧忍聽僧後是事當問如是白如是作竟應作自恣不應與自恣作礙

有一住處自恣時舊比丘若五若過自恣處集作自恣異住處諸比丘來清淨共住同見多是諸比丘應更作自恣如是作竟先比丘無罪若諸比丘自恣竟一切坐處未起未去更有異住處諸比丘來清淨共住同見多是諸比丘應更作自恣如是作竟先比丘無罪若諸比丘自恣竟有起去有未起去更有異住處比丘來清淨共住同見多是諸比丘應更作自恣如是作竟先比丘無罪若是諸比丘自恣竟一切坐處起未去更有異住處比

丘來清淨共住同見多是諸比丘應更作自恣如是作竟先比丘無罪等亦如是

有一住處自恣時舊比丘若五若過自恣處集作自恣有異處住比丘來清淨共住同見少是諸比丘應次第自恣若諸比丘自恣竟一切坐處未起未去有異住處比丘來清淨共住同見少是諸比丘邊應作三語自恣若諸比丘自恣竟有起去有未起去有異住處比丘來清淨共住同見少是未起去諸比丘邊應三語自恣若是諸比丘自恣竟一切起未去更有異住處比丘來清淨共住同見少是諸比丘若能得和同應廣作自恣若不得知同應出界作三語自恣若舊比丘自恣時更有舊比丘來若多若等若少若多等應更作自恣若少應次第作自恣若舊比丘自恣時客比丘來若多若等若少若多應更作自恣若等少應次第作自恣若舊比丘自恣時更有舊比丘客比丘共來若多若等若少若多等應更作自恣若少應次第作自恣若客比丘自恣時更有客比丘來若多若等若少若多應更作自恣若等少應次第作自恣客比丘自恣時舊比丘來若多若等若少若多等應更作自恣若少應次第作自恣客比丘自恣時舊比丘客比丘共來若多若等若少若多等應更作自恣若少應次第作自恣若舊比丘客比丘共自恣時更有舊比丘來若多若等若少若多等應更作自恣若少應次第作自恣若舊比丘客比丘共自恣時更有客比丘來若多若等若少若多應更作自恣若等少應次第作自恣若舊比丘客比丘共

自恣時更有舊比丘客比丘來若多若等若少若多等應更作自恣若少應次第自恣

有一住處自恣時舊比丘若五若過自恣處集欲自恣更有異住處比丘來清淨共住同見多彼作是念是中舊比丘若五若過自恣處集欲作自恣我等應作自恣淨想毗尼想別衆同衆想作自恣更有異住處比丘來清淨共住同見多彼應更作自恣先比丘得罪彼比丘淨想毗尼想別衆同衆想作自恣竟若一切坐處未起未去若有起去有未起去若一切起未去更有異住處比丘來清淨共住同見多彼比丘應更作自恣先比丘得罪

有一住處自恣時舊比丘若五若過自恣處集欲作自恣更有異住處比丘來清淨共住同見多彼作是念舊比丘若五若過自恣處集欲作自恣我等不應是中作自恣彼比丘言我作自恣不淨心悔別衆同衆想是中作自恣更有異住處比丘來清淨共住同見多彼諸比丘應更作自恣先比丘得罪彼諸比丘心悔別衆同衆想作自恣竟一切坐處未起未去有起去有未起去有一切起未去更有異住處比丘來清淨共住同見多彼諸比丘應更作自恣先比丘得罪

有一住處自恣時舊比丘若五若過自恣處集欲作自恣更有異住處比丘來清淨共住同見多彼諸比丘作是念我等若應若不應是中作自恣疑淨不淨別衆同衆想作自恣更有異住處比丘來清淨共住同見多彼諸比丘應更作自恣先比丘得罪若疑淨不淨別衆同衆想作自恣竟一切坐處未起未去

有起去有未起去有一切起未去更有異住處比丘來清淨共住同見多是諸比丘應更作自恣先比丘得罪

有一住處自恣時諸舊比丘若五若過自恣處集欲自恣更有異住處比丘來清淨共住同見多聞已作是念更有異住處比丘來清淨共住同見多是滅壞除捨別異我不須是諸比丘若欲破僧別衆同衆想作自恣更有異住處比丘來清淨共住同見多彼諸比丘應更作自恣先比丘得偷蘭遮罪近破僧故若是諸比丘爲欲勤破僧別衆同衆想作自恣竟若一切坐處未起未去有起去有未起去一切起未去更有異住處比丘來清淨共住同見多是諸比丘應更作自恣先比丘得偷蘭遮罪近破僧故

若舊比丘自恣時更有舊比丘來若多等應更作自恣若舊比丘自恣時客比丘來若多等應更作自恣若舊比丘自恣時舊比丘客比丘共來若多等應更作自恣若客比丘自恣時客比丘來若多等應更作自恣客比丘自恣時舊比丘來若多等應更作自恣客比丘自恣時舊比丘客比丘共來若多等應更作自恣舊比丘客比丘共自恣時舊比丘來若多等應更作自恣舊比丘客比丘共自恣時客比丘來若多等應更作自恣舊比丘客比丘共自恣時舊比丘客比丘來若多等應更作自恣

舊比丘十四日多客比丘十五日少客比丘應隨舊比丘是日應自恣舊比丘十四日少客比丘十五日多舊比丘應隨客比丘是日

不應自恣舊比丘十五日多客比丘初日少客比丘應隨舊比丘是日更自恣舊比丘十五日少客比丘初日多舊比丘應隨客比丘出界作自恣若客比丘十四日多舊比丘十五日少舊比丘應隨客比丘是日應自恣客比丘十四日少舊比丘十五日多客比丘應隨舊比丘是日不應自恣客比丘十五日多舊比丘初日少舊比丘應隨客比丘是日更自恣客比丘十五日少舊比丘初日多客比丘應隨舊比丘出界作自恣

有一住處自恣時諸舊比丘聞客比丘相客比丘因緣若脚聲若杖聲若革屣聲若異人聲是諸比丘不求不覓作自恣舊比丘得罪若求得不喚自恣舊比丘得罪若求不能得疑自恣舊比丘得罪若求不能得無所疑自恣如是舊比丘無罪若求得是諸客比丘一心歡喜應作自恣如是舊比丘無罪

有一住處自恣時諸客比丘聞舊比丘相舊比丘因緣若戶鑰聲釿聲若斧聲讀經聲是諸客比丘不求不覓自恣客比丘得罪若求得不喚自恣客比丘得罪若求不能得疑自恣客比丘得罪若求不能得無所疑自恣客比丘無罪若求得是諸舊比丘一心歡喜應作自恣如是客比丘無罪

有一住處自恣時舊比丘見客比丘相客比丘來因緣若不識衣鉢若不識杖若盛油革囊革屣針筒是諸比丘不求不覓自恣是諸舊比丘得罪若求得不喚自恣舊比丘得罪若求不能得疑自恣舊比丘得罪若求不能得無所疑自恣如是舊比丘無罪若求得是

諸客比丘一心歡喜應作自恣如是舊比丘無罪

有一住處自恣時諸客比丘見舊比丘相舊比丘來因緣若新掃灑地次第敷牀座是諸客比丘不求不覓作自恣客比丘得罪若求得不喚作自恣客比丘得罪若求不得疑作自恣客比丘得罪若求不能得無所疑作自恣客比丘無罪若求得是諸舊比丘共一心歡喜應作自恣如是客比丘無罪

有一住處自恣時比丘若他人舉若不舉若令憶念若不令憶念自言我有僧伽婆尸沙罪是比丘應與別住不成與是中應一比丘僧中唱大德僧聽是中住處有比丘若他人舉若不舉若令憶念若不令憶念自言有僧伽婆尸沙罪是比丘應與別住不成與若僧時到僧忍聽僧是比丘後當與別住如是白如是作竟應自恣不應與自恣作礙

有一住處自恣時比丘若他人舉若不舉若令憶念自言有僧伽婆尸沙罪是比丘應與摩那埵若應與本日治若應與出罪不成與是中應一比丘僧中唱大德僧聽是中住處有比丘若他人舉若不舉若令憶念若不令憶念自言有僧伽婆尸沙罪是比丘應與摩那埵本日治出罪不成與若僧時到僧忍聽僧是比丘後當與摩那埵當與本日治當與出罪如是白如是作竟應自恣不應與自恣作礙

有一住處自恣時比丘若他人舉若不舉若令憶念若不令憶念自言有提舍迦羅尼罪是事共諍有比丘言是中應出悔有比丘言

是事應心生悔是中一比丘應僧中唱大德
僧聽是中住處有比丘若他人舉若不舉若
令憶念若不令憶念自言有提舍迦羅尼罪
是事共諍有比丘言是事應出悔有比丘言
是事應心生悔若僧時到僧忍聽是比丘若
得異比丘清淨共住同見是比丘邊是罪如
法懺悔如是白如是作竟應自恣不應與自
恣作礙
有一住處自恣時比丘若他人舉若不舉若
令憶念若不令憶念自言有提舍迦羅尼罪
是事共諍有比丘言是波逸提罪有比丘言
是罪波羅提提舍尼是中應一比丘僧中唱
大德僧聽是中住處有比丘若他人舉若不
舉若令憶念若不令憶念自言有提舍迦羅
尼罪是事共諍有比丘言是波逸提罪有比
丘言是波羅提提舍尼罪若僧時到僧忍聽
僧是比丘若得異比丘清淨共住同見是比
丘邊是罪如法懺悔如是白如是作竟應自
恣不應與自恣作礙
有一住處自恣時比丘若他人舉若不舉若
令憶念若不令憶念自言有提舍迦羅尼罪
是事共諍有比丘言是罪殘可治有比丘言
無殘不可治是中言有殘可治是應共自恣
是中言無殘不可治是不應共自恣彼應置
自恣而去不應鬬諍相言
有一住處自恣時有比丘說他比丘罪若見
若聞若疑諸比丘知是說他罪人身業不淨
能婬能偷能奪人命能自稱過人法能故出
精能身身相摩觸能殺生草能非時食能飲
酒不應信是比丘語治他罪僧應語汝長老

莫瞋莫鬬莫諍莫相言如是無羞人僧莫數僧應自恣不應與自恣作礙

有一住處自恣時比丘向餘比丘說他罪若見若聞若疑諸比丘知是長老說他罪人口業不淨是能妄語不知言知知言不知不見言見見言不見不疑言疑疑言不疑如是比丘語不應信治他人罪僧應語是比丘長老汝莫瞋莫鬬莫諍莫相言如是無羞人僧莫數僧應自恣不應與自恣作礙

有一住處自恣時一比丘向餘比丘說他罪若見若聞若疑諸比丘知是長老說他罪人身業不淨口業不淨是能婬能偷能奪人命能自稱過人法能故出精能故觸女人身能殺生草能非時食能飲酒是亦能妄語不知言知知言不知不見言見見言不見不疑言疑疑言不疑如是比丘語不應信治他人罪僧應語是比丘長老汝莫瞋莫鬬莫諍莫相言如是無羞人僧莫數僧應自恣不應與自恣作礙

有一住處自恣時一比丘向餘比丘說他罪若見若聞若疑諸比丘知是長老說他罪人身業淨是長老能不婬不偷不奪人命不自稱過人法不故出精不故觸女身不殺生草不非時食不飲酒是長老少智不決定不善知是人亦能非法言法法言非法非善言善善言非善如是比丘語不應信治他人罪僧應語是比丘長老汝莫瞋莫鬬莫諍莫相言如是少智人僧莫數僧應自恣不應與自恣作礙

有一住處自恣時一比丘向餘比丘說他罪

若見若聞若疑諸比丘知是長老口業淨是長老不能不知言知知言不知不見言見見言不見不疑言疑疑言不疑是長老少智不決定不善知是人亦能非法言法法言非法善言非善非善言善如是比丘語不應信治他人罪僧應語是比丘長老汝莫瞋莫鬬莫諍莫相言如是少智人僧莫數僧應自恣不應與自恣作礙

有一住處自恣時一比丘向餘比丘說他罪若見若聞若疑諸比丘知是長老說他罪人身業淨口業淨是長老能不婬不偷不故奪人命不自稱過人法不故出精不故觸女身不殺生草不非時食不飲酒不能不知言知知言不知不見言見見言不見不疑言疑疑言不疑是長老少智不善知是人亦能非法言法法言非法善言非善非善言善如是比丘語不應信治他罪僧應語是比丘長老汝莫瞋莫鬬莫諍莫相言如是少智人僧莫數僧應作自恣不應與自恣作礙

有一住處自恣時一比丘向餘比丘說他罪若見若聞若疑諸比丘知是長老說他罪人身業淨口業淨是長老能不婬不偷不奪人命不自稱過人法不故出精不故觸女身不殺生草不非時食不飲酒不能不知言知知言不知不見言見見言不見不疑言疑疑言不疑是長老說他罪人有智人決定人善知人是人亦不法言非法非法言法善言非善非善言善是長老爾時應安詳切問切教汝長老說他罪為眼見耳聞心疑耶是長老若言眼見諸比丘應問若眼見不應說耳聞心

疑見何等何處見云何見見作何事何因緣到彼是人若言耳聞不應說眼見心疑聞何等何處聞云何聞聞作何事男邊聞女邊聞不能男邊聞二根人邊聞若言心疑不應說眼見耳聞疑何等何處疑云何疑疑何事若身罪中疑口罪中疑殘罪不殘罪殘不殘罪中疑耶聚落處空處何處疑如是安詳切問切教是長老得實者諸比丘應一心治是罪比丘若罪比丘言我是白衣僧應語汝出去僧應作自恣不應與自恣作礙

若言我沙彌非比丘異道不見擯不作擯惡邪不除擯不共住種種不共住犯邊罪本白衣不能男汗比丘尼越濟人殺父母殺阿羅漢破僧惡心出佛身血人僧應語汝出去諸比丘應自恣不應與自恣作礙一切事先作竟僧應自恣若應與現前毗尼與竟應作憶念毗尼與竟應與不癡毗尼與竟應與自言毗尼與竟應與實覓毗尼與竟應與多覓毗尼與竟是比丘若應與若切羯磨與竟若應與依止羯磨與竟若應與驅出羯磨與竟若應與下意羯磨與竟若應與不見擯羯磨與竟若與別住羯磨與竟若應與摩那埵羯磨與竟若應與本日治羯磨與竟若應與出罪羯磨與竟僧應自恣

若安居比丘聞彼住處有比丘瞋鬭諍相言來欲遮此間比丘自恣諸比丘應二三四促作布薩差爲僧作自恣人應廣自恣是諸比丘成辦促二三四作布薩差爲僧作自恣人廣自恣如是好若不成諸比丘若聞彼比丘瞋鬭諍相言從彼發來爲遮自恣故是時應

疾疾集差自恣人廣自恣諸比丘若成疾疾
集差自恣人廣自恣如是好若不成諸比丘
若聞彼比丘瞋鬪諍相言從彼來入界内是
時舊比丘應一心輭語迎問訊歡喜爲持衣
鉢開房舍示卧具長老是汝曹牀坐𣯛䏶繩
牀細䏶繩牀被褥汝隨上座次第安住是中
應爲辦洗浴具薪火澡豆湯水塗身酥油客
比丘入浴室竟舊比丘應出界若爲僧作自
恣人廣自恣
若舊比丘成辦是事好若不成舊比丘應語
客比丘長老我等是布薩不自恣後布薩時
我等當自恣客比丘語舊比丘言長老後布
薩時不應自恣若有說事今日說爲何事故
我等佛聽自恣是事不得舊比丘應語客比
丘汝等置舊比丘自知自恣時

若客比丘是時餘處去好若不去舊比丘應
語客比丘我等不後布薩時自恣我等八月
四月自恣我夏末月自恣多得布施若客比
丘語舊比丘言長老不聽汝八月四月自恣
若有說事今日說爲何事故我等佛聽自恣
是事不得舊比丘應語客比丘汝等置舊比
丘自知自恣時若客比丘是時餘處去好若
不去是中應不自恣而去我等不應瞋鬪諍
相言故
若有病比丘遮不病比丘自恣僧應語是病
比丘汝長老病莫遮不病比丘自恣何以故
病人少安隱故有不病比丘遮病比丘自恣
僧應語是不病比丘長老汝莫遮病比丘自
恣何以故病人少安隱故有病比丘遣使遮
不病比丘自恣僧應語是使長老莫受病人

語遮不病比丘自恣何以故病人少安隱故是使到病人邊語長老僧約勑汝病莫遮不病比丘自恣何以故病人少安隱故病人言爲遮是病比丘得突吉羅罪是使受病人語遮不病比丘自恣是使得突吉羅罪不病比丘遣使遮病比丘自恣亦如是四種非法遮自恣四種有法遮自恣何等四非法遮自恣一無根破戒遮自恣二無根破正見三無根破正命四無根破威儀遮自恣是爲四非法遮自恣何等四有法遮自恣一有根破戒遮自恣二有根破正見三有根破正命四有根破威儀遮自恣是爲四有法遮自恣

佛在舍衛國佛語諸比丘從今聽一說自恣二說自恣我前已聽三說自恣若一說自恣時初說未竟若遮是非法遮自恣若一說竟遮是有法遮自恣若二說自恣時初說未竟若遮是非法遮自恣初說竟若遮是非法遮自恣二說未竟若遮是非法遮自恣二說竟遮是有法遮自恣若三說自恣時初說未竟若遮是非法遮自恣初說竟若遮是非法遮自恣二說未竟若遮是非法遮自恣二說竟若遮是非法遮自恣三說未竟若遮是非法遮自恣若三說竟遮是有法遮自恣何處佛聽應一說自恣如一住處自恣時大會僧中諸比丘如是思惟是處僧大會若我等三說自恣夜多過不得自恣若僧時到僧忍聽僧當一說自恣如是白如是作竟應自恣不應與自恣作礙如是住處應一說自恣如一住處自恣時王若王等諸比丘邊坐欲聽法是中諸比丘說法夜多過諸比丘思惟是住處

王若王等諸比丘邊坐欲聽法是中諸比丘説法夜多過若我等三説自恣夜多過不得自恣若僧時到僧忍聽僧當一説自恣如是白如是作竟應自恣不應與自恣作礙如是住處應一説自恣如一住處自恣時大得布施是中諸比丘作分段夜多過諸比丘思惟是住處僧大得布施諸比丘作分段夜多過若我等三説自恣夜多過不得自恣若僧時到僧忍聽僧當一説自恣如是白如是作竟應自恣不應與自恣作礙如是住處應一説自恣如一住處自恣時二法師義辯名辯辭辯應辯是二比丘説法時夜多過諸比丘思惟是住處二法師義辯名辯辭辯應辯是諸比丘説法夜多過若我等是中三説自恣夜多過不得自恣若僧時到僧忍聽僧當一説自恣如是白如是作竟應自恣不應與自恣作礙如是住處應一説自恣如一住處自恣時諸比丘四事若一一事起以是故夜多過諸比丘思惟是住處諸比丘四事若一一事起以是故夜多過若我等是中三説自恣是夜多過不得自恣若僧時到僧忍聽僧當一説自恣如是白如是作竟應自恣不應與自恣作礙如是住處應一説自恣如一住處自恣時多比丘病是中諸比丘如是念是住處諸比丘病若我等三説自恣有病比丘不堪胡跪若僧時到僧忍聽僧當一説自恣如是白如是作竟應自恣不應與自恣作礙如是住處應一説自恣如一住處自恣時天雨覆屋薄是中諸比丘如是念是住處天雨覆屋薄若我等三説自恣屋漏汙僧卧具濕諸比

丘衣若僧時到僧忍聽僧當一說自恣如是
白如是作竟應自恣不應與自恣作礙如是
住處應一說自恣
如一住處自恣時八難若一一難起若王難
若賊難火難水難惡獸難腹行蟲難人難非
人難云何王難若王瞋約勅捕諸沙門釋子
打殺繫縛驅出奪袈裟與白衣著令作象兵
馬兵車兵步兵射兵捉象鉤捉革鞍舉輿出
入軍陣若一一官雜役是中諸比丘思惟是
住處王瞋約勅捕諸沙門釋子殺繫驅出奪
袈裟與白衣著令作象兵馬兵車兵步兵射
兵捉象鉤捉革鞍舉輿出入軍陣一一官雜
役若三說自恣或奪命或破戒若僧時到僧
忍聽僧當一說自恣如是白如是作竟應自
恣不應與自恣作礙如是住處應一說自恣
云何賊難若諸賊瞋約勅捕諸沙門釋子殺
繫驅出取頭血塗戶耳窻向作幟作字門關
戶居牛頭象牙杙梁椽桄衣架僧坊別房墻
壁食處門閒禪窟大小便處重閣經行道頭
樹下皆持血作字作幟諸比丘如是思惟是
住處賊瞋約勅捕諸沙門釋子殺繫驅出取
頭血塗戶耳取窻向作字作幟門關戶居牛
頭象牙杙梁椽桄衣架僧坊別房牆壁食處
門閒禪窟大小便處重閣經行道頭樹下皆
持血作字作幟若我等三說自恣或奪命或
破戒若僧時到僧忍聽僧當一說自恣如是
白如是作竟應自恣不應與自恣作礙如是
住處應一說自恣云何火難諸比丘樹林中
作僧坊是中天火大火來是火燒諸樹林經
行道頭重閣僧坊別房垣牆食處門間大小

便處居士牛羊驢馬駱駝穀場使人皆燒諸比丘思惟是樹林中作精舍天火大火來燒樹林經行道頭乃至燒居士甘蔗田稻田麥田胡麻田蒲萄田牛羊驢馬駱駝穀場使人皆燒我等三說自恣或奪命或破戒若僧時到僧忍聽僧當一說自恣如是白如是作竟應自恣莫與自恣作礙如是住處應一說自恣云何水難若諸比丘河曲作僧坊是中諸龍依止雪山住身增長得力入大河歸大海先令河水大長漂諸樹林經行道頭重閣僧坊別房門間食處大小便處亦復漂諸居士甘蔗田稻田乃至漂諸禾穀場人民是中諸比丘思惟是河曲僧坊諸龍大龍依止雪山住乃至漂人民我等三說自恣或奪命或破戒若僧時到僧忍聽僧當一說自恣如是白如是作竟應自恣不應與自恣作礙如是住處應一說自恣云何惡獸難若諸比丘惡獸處作僧坊是中諸小比丘不知宜法非處大小便浣弊衣曬之諸惡獸瞋恚惡獸者謂師子虎豹豺狼熊羆是惡獸至僧坊別房中垣牆食處禪窟門間大小便處浴室重閣經行道頭樹下諸比丘思惟是惡獸處作僧坊是中諸小比丘不知宜法非處大小便浣弊衣及曬諸惡獸瞋來入僧坊乃至經行道頭樹下我等三說自恣或奪命或破戒若僧時到僧忍聽僧當一說自恣如是白如是作竟應自恣不應與自恣作礙如是住處應一說自恣云何腹行蟲難若諸比丘在龍處作僧坊是中諸小比丘不知宜法非處大小便浣弊衣曬之是中諸龍瞋放毒虵蜈蚣入諸比丘

牀下牀上㯓下㯓上獨坐牀下戶耳窻向門闢戶居牛頭象牙杙梁椽衣架僧坊別房垣牆食處門間禪窟浴室重閣大小便處經行道頭樹下是中諸比丘思惟是龍處作僧坊諸小比丘不知宜法乃至樹下我等三說自恣或奪命或破戒若僧時到僧忍聽僧當一說自恣如是白如是作竟應自恣不應與自恣作礙如是住處應一說自恣云何人難若諸比丘或依城聚落住諸比丘不知宜法貴人婦女若輭語若罵詈欲令伏從是中諸人瞋約勑捕諸沙門釋子殺繫驅出不聽入城邑聚落階陌行不聽入舍莫使坐莫使乞食莫與供養是中諸比丘思惟是諸比丘不知宜法貴人婦女若輭語若罵詈欲令伏從是中諸人瞋約勑捕殺乃至莫供養我等三說自恣或奪命或破戒若僧時到僧忍聽僧當一說自恣如是白如是作竟應自恣不應與自恣作礙如是住處應一說自恣云何非人難有諸比丘非人住處作僧坊是諸比丘不知宜法非處大小便涴弊衣曬是中非人瞋恐怖諸比丘持比丘著牀上牀下獨坐牀上獨坐牀下戶耳窻向門闢戶居牛頭象牙杙梁椽杙衣架僧坊別房垣牆食處門間禪窟浴室重閣大小便處經行道頭樹下或捉比丘倒懸是中諸比丘思惟是諸比丘不知宜法乃至捉比丘倒懸我等三說自恣或奪命或破戒若僧時到僧忍聽僧當一說自恣如是白如是作竟應自恣不應與自恣作礙如是住處應一說自恣

有一住處自恣時有比丘言置罪事共人自

恣僧應語是比丘長老不得置罪事共人自恣若有說事令說爲何事故我等佛聽自恣是事不得有比丘言置人置罪餘人共自恣僧應語是比丘長老不得置人置罪餘人共自恣若有說事令說爲何事故我等佛聽自恣是事不得有比丘言置罪置人置伴黨餘殘人共自恣僧應語是比丘長老不得置罪置人置伴黨餘殘人共自恣若有說事令說爲何事故我等佛聽自恣是事不得

有一住處自恣時識罪不識人僧應過自恣時求說不應自恣時求說若自恣時求說僧得罪

有一住處自恣時識人不識罪僧應過自恣求說不應自恣時求說若自恣求說僧得罪

有一住處自恣時識罪識人僧應自恣時求說不應過自恣求說若過自恣求說僧得罪

有一住處自恣時不識罪不識人僧應過自恣求說不應自恣時求說若自恣時求說僧得罪

有一住處自恣時諸比丘作如是制限諸長老我等非三月自恣八月中四月自恣若我等夏末月多得布施用是自恣攝布施故是時有一比丘本不要若父母遣使若兄弟姊妹若兒女若本第二是中不獲已强去是比丘語諸比丘諸長老我本不要父母遣使若兄弟若姊妹若兒女若本第二遣使是中不獲已强去汝等集我今欲自恣欲遮自恣欲遮一比丘自恣僧應語是比丘長老不得今日自恣亦不得遮他比丘自恣若有說事令說自身清淨故佛聽自恣是比丘言汝諸長

老集今日我自恣後來已當遮是一比丘自恣僧應語長老不得今日自恣後來已遮一比丘自恣若有說事今說自身清淨故佛聽自恣是比丘若言汝諸長老集今日自恣後來已不復遮他比丘自恣佛言僧應和合與是比丘自恣何以故入自恣制限故

自恣時不應往此有比丘有住處彼有比丘有住處彼有比丘無住處彼有比丘有住處無住處彼間比丘不共住

自恣時不應往此有比丘有住處彼有非比丘有住處非比丘無住處彼有非比丘有住處無住處彼間比丘不共住餘如布薩中廣說佛語諸比丘不應白衣前自恣不應沙彌前非比丘異道不見擯不作擯惡邪不除擯不共住種種不共住犯邊罪本白衣不能男汙比丘尼越濟人殺父母殺阿羅漢破僧惡心出佛身血人如是一切不應在前自恣一切先事作竟僧應自恣

若應與現前毗尼與竟應與憶念毗尼與竟應與不癡毗尼與竟應與自言毗尼與竟應與實覓毗尼與竟應與多覓毗尼與竟

是比丘若應與苦切羯磨與竟若應與依止羯磨與竟若應與驅出羯磨與竟若應與下意羯磨與竟若應與不見擯羯磨與竟若應與不作擯羯磨與竟若應與惡邪不除擯羯磨與竟若應與別住羯磨與竟若應與摩那埵羯磨與竟若應與本日治羯磨與竟若應與出罪羯磨與竟僧應自恣

若宿受自恣比丘僧不應共自恣若僧未起如是得自恣時未至不應自恣除鬬僧還和

合一心聽自恣七法中自恣法第三竟

十誦律卷第二十三

音釋

机居矣切小案也　拭賞職切揩也　瓮蒲奔切盎也　櫧遲倨切與箸同　鞍戶犬切軛䩙也縛　扂徒玷切戶牡也　杙與職切橛也　椽直攣切桷也　栿房六切梁也　犲士皆切狼屬　羆班糜切獸名　浣胡管切洗也　曬所戒切曝也

十誦律卷第二十四

姚秦三藏弗若多羅共三藏鳩摩羅什譯

第四誦之四

七法中安居法第四

佛在王舍城諸比丘夏中遊行諸國土踐踏生草奪諸蟲命爾時諸異道出家譏嫌責毀言諸異道沙門婆羅門夏安居時潛處隱靜譬如鳥日中熱時避暑巢窟諸異道沙門婆羅門夏安居時潛處隱靜沙門釋子常作此心自稱有德而夏中遊行踐蹹生草殘害物命有諸比丘少欲知足行頭陀聞是事心慚愧以是事具白佛佛以是因緣集僧集僧已佛知故問問諸比丘汝實作是事不答言實作世尊佛種種因緣呵諸比丘云何名比丘夏中遊行踐踏生草奪諸蟲命佛種種因緣呵已語諸比丘從今日應夏安居長老優波離問佛誰應安居佛言五衆應安居何等五一者比丘二比丘尼三式叉摩尼四沙彌五沙彌尼云何應受安居佛言若上座欲安居應從座起偏袒著衣脫革屣胡跪合掌應如是語長老憶念我某甲比丘是住處夏安居前三月依止某甲可行處聚落某甲僧坊孔破治故第二長老憶念我某甲比丘是住處夏安居前三月依止某甲可行處聚落某甲僧坊孔破治故第三長老憶念我某甲比丘是住處夏安居前三月依止某甲可行處聚落某甲僧坊孔破治故下座答言莫放逸上座言受持若下座從上座受安居應從座起偏袒著衣胡跪兩手捉上座兩足應如是語長老憶念我某甲比丘是住處夏安居前三

月依止某甲可行處聚落某甲僧坊孔破治故第二長老憶念我某甲比丘是住處夏安居前三月依止某甲可行處聚落某甲僧坊孔破治故第三長老憶念我某甲比丘是住處夏安居前三月依止某甲可行處聚落某甲僧坊孔破治故上座言莫放逸下座言受持後三月亦如是若不安居得突吉羅罪

佛在舍衛國爾時迦夷國土有聚落名象力是中有居士字憂田大富田業殷實寶物豐足歸依佛歸依法歸依僧見諦得道爲僧興立僧坊遣使言是中多有好美飲食及諸衣施長老來受我飲食供養僧坊卧具施四方僧時諸比丘發遣使還報居士言佛爲僧結戒夏中不應遊行諸國汝莫愁惱以爲憂苦居士自念願不從心憂愁苦惱我爲僧故作此僧坊僧不肯來當可如何莫斷功德爲當近處少多請諸常住比丘來集飲食僧坊卧具施四方僧諸佛在世法歲兩時大會春末月夏末月春末月諸方國土處處比丘往詣佛所聽佛説法夏安居樂是初大會諸比丘往詣佛所夏末月比丘安居竟過三月作衣畢與衣鉢俱漸漸遊行往詣佛所久不見婆伽婆久不見修伽陀是第二大會諸比丘往詣佛所有餘比丘王舍城安居竟過三月作衣畢與衣鉢俱漸漸遊行來到佛所頭面作禮一面坐諸佛常法有客比丘來如是語問訊忍不足不安樂住不乞食不乏道路不疲耶今佛亦如是語問客比丘忍不足不安樂住不乞食不乏道路不疲耶諸比丘言忍足安樂住乞食不乏道路不疲以是事向佛廣

說佛以是事集僧集僧已種種因緣讚戒讚持戒讚戒讚持戒已語諸比丘從今日有事聽受七夜法去長老優波離問佛有事七夜聽去為誰故應去佛言為七衆故應去何等七一比丘二比丘尼三式叉摩尼四沙彌五沙彌尼六優婆塞七優婆夷云何為優婆夷故應去如優婆夷作房舍遣使詣比丘所白言我作房舍大德來作入舍供養有如是事聽去七夜如優婆夷作象廄馬廄門屋食堂遣使詣比丘所白言大德我作象廄馬廄門屋食堂大德來作入舍供養有如是事聽去七夜如優婆夷為僧故作房舍若溫室涼堂合溜堂重閣一重舍平覆舍遣使詣比丘所白言大德我為僧故作房舍溫堂涼堂合溜堂重閣一重舍平覆舍大德來作入舍供養有如是事聽去七夜如優婆夷為多比丘二一為多比丘尼二一為多式叉摩尼二一為多沙彌二一為多沙彌尼二一為多出家二一為多出家尼二出家尼為一出家尼故作房舍溫室涼堂合溜堂重閣一重舍平覆舍遣使詣比丘所白言大德來我為一出家尼故作房舍溫堂涼堂合溜堂重閣一重舍平覆舍大德來作入舍供養有如是事聽去七夜如一優婆夷若王捉若賊若怨若怨黨若怨黨之黨捉遣使詣比丘所白言大德我若王若賊若怨若怨黨若怨黨之黨捉大德來欲見比丘有如是事聽去七夜為欲聽法聽去七夜為欲布施聽去七夜為欲見比丘聽法欲見比丘布施欲聽法布施欲見比丘聽法布施有如是事聽去七夜如優婆夷病苦

極遣使詣比丘所白言我病苦極大德來欲見比丘有如是事聽去七夜爲欲聽法聽去七夜爲欲布施聽去七夜欲見比丘聽法欲見比丘布施欲聽法布施欲見比丘聽法布施有如是事聽去七夜如優婆夷病苦極遣使詣比丘所白言大德我病苦極大德來教我隨病食有如是事聽去七夜教我隨病藥聽去七夜教我具滿看病人聽去七夜爲隨病食隨病藥爲隨病食具滿看病人隨病藥具滿看病人爲隨病食隨病藥具滿看病人有如是事聽去七夜如優婆夷爲是多識多知諸大經有波羅樂提伽（此言清淨經）　波羅樂大尼（一淨經）　般闍提利劒（三昧經）　摩那闍藍裯（化經）　婆羅小闍藍（梵經）　阿吒那劒（鬼神成經）　摩訶樂摩耆劒（大會經）　阿羅伽度波摩（蛇譬經）　室唉吒那都叉耶時月提（索滅解脱經）　釋伽羅婆羅念奈（釋問經）　摩阿尼陀那波梨耶夜（大因緣經）　頻波樂羅波羅時伽摩南（洴沙迎經）　般闍優波陀那肝提伽（陰卻五受經）　沙陀耶多尼（六情部經）　尼陀那散猶乞多（同男部經）　波羅延（過道經）　阿陀婆耆耶修妬路（衆德經）　薩耆陀舍修妬路（此言諦見經）

若未學欲學若先學忘欲誦遣使詣比丘所白言大德是多識多知諸大經波羅樂乃至薩耆陀舍修妬路若未學欲學若先學忘欲誦大德來教我受學讀誦問義有如是事聽去七夜如爲優婆夷應去優婆塞亦如是云何爲沙彌尼故應去如沙彌尼爲僧故作房舍若溫堂涼堂合溜堂重閣一重舍平覆舍遣使詣比丘所白言我爲僧故作房舍溫堂

涼堂合溜堂重閣一重舍平覆舍大德來作入舍供養有如是事聽去七夜若爲多比丘二一比丘多比丘尼二一比丘尼多式叉摩尼二一式叉摩尼多沙彌二一沙彌多沙彌尼二一沙彌尼多出家二一出家多出家尼二出家尼爲一出家尼故作房舍温堂涼堂合溜堂重閣一重舍平覆舍遣使詣比丘所白言大德我爲一出家尼作房舍温堂涼堂合溜堂重閣一重舍平覆舍大德來作入舍供養有如是事聽去七夜如一沙彌尼若王捉若賊若怨若怨黨若怨黨之黨捉捕治遣使詣比丘所白言大德我若王捉若賊若怨若怨黨若怨黨之黨捉捕治大德來欲見比丘有如是事聽去七夜爲欲聽法聽去七夜爲欲布施聽去七夜爲欲見比丘聽法欲見比丘布施欲聽法布施欲見比丘聽法布施有如是事聽去七夜如沙彌尼病苦極遣使詣比丘所白言我病苦極大德來欲見比丘有如是事聽去七夜爲欲聽法聽去七夜爲欲布施聽去七夜欲見比丘聽法欲見比丘布施欲聽法布施欲見比丘聽法布施有如是事聽去七夜如沙彌尼病苦遣使詣比丘所白言我病苦極大德來教我隨病食有如是事聽去七夜教我隨病藥聽去七夜教我具滿看病人聽去七夜爲隨病食隨病藥爲隨病食具滿看病人爲隨病藥具滿看病人爲隨病食隨病藥具滿看病人有如是事聽去七夜如沙彌尼病苦遣使詣比丘所白言大德我病苦大德來若此間將我到彼間如法若彼間將我到此間如法有如是事聽去

七夜如沙彌尼愁思欲捨戒遣使詣比丘所白言大德我愁思欲捨戒大德來爲我說法有如是事聽去七夜如沙彌尼有惡邪起遣使詣比丘所白言我有惡邪起大德來爲我除惡邪有如是事聽去七夜如沙彌尼心疑悔遣使詣比丘所白言我心疑悔大德來爲我如法除有如是事聽去七夜如沙彌尼滿十歲在夫家若滿十八歲童女遣使詣比丘所白言我滿十歲在夫家滿十八歲童女大德來爲我受學法有如是事聽去七夜如沙彌尼爲多識多知諸大經名

波羅檕提伽　波羅檕大尼　那闍提利劒　摩那闍藍裯　婆羅小闍藍　阿吒那劒　摩訶婆摩者劒　阿羅伽度波摩　室唳咤　那都叉那時月提　釋伽羅波羅念奈　摩阿尼陀那波梨耶夜　頻波檕羅波羅時　伽摩南　般闍復波陀那肝提伽　沙陀耶　多尼　尼陀那散猶乞多　波羅延　阿陀　婆者耶修妬路　薩者陀舍修妬路

若未學欲學若學忘欲誦遣使詣比丘所白言大德是多識多知諸大經波羅檕提伽乃至薩者陀舍修妬路我若未學欲學若學忘欲誦大德來教我受學問誦有如是事聽去七夜如爲沙彌尼沙彌亦如是餘隨所應云何爲式叉摩尼故應去如式叉摩尼爲僧故作房舍温堂涼堂合溜堂重閣一重舍平覆舍遣使詣比丘所白言大德我爲僧故作房舍温堂涼堂合溜堂重閣一重舍平覆舍大德來作入舍供養有如是事聽去七夜若爲多比丘二一比丘多比丘尼二一比丘尼多

式叉摩尼二一式叉摩尼多沙彌二一沙彌
多沙彌尼二一沙彌尼多出家二一出家多
出家尼二一出家尼爲一出家尼故作房舍
温堂涼堂合溜堂重閣一重舍平覆舍遣使
詣比丘所白言大德我爲一出家尼故作房
舍温堂涼堂合溜堂重閣一重舍平覆舍大
德來作入舍供養有如是事聽去七夜如式
叉摩尼若王捉若賊若怨若怨黨若怨黨之
黨捉捕治遣使詣比丘所白言大德我若王
捉若賊若怨若怨黨若怨黨之黨捉捕治我
大德來欲見比丘有如是事聽去七夜爲欲
聽法聽去七夜爲欲布施聽去七夜欲見比
丘聽法欲見比丘布施爲聽法布施欲見比
丘聽法布施有如是事聽去七夜如式叉摩
尼病苦遣使詣比丘所白言大德我病苦大
德來欲見比丘有如是事聽去七夜爲欲聽
法聽去七夜爲欲布施聽去七夜爲欲見比
丘聽法爲聽法布施爲欲見比丘聽法布施
有如是事聽去七夜如式叉摩尼病苦遣使
詣比丘所白言大德我病苦大德來教我隨
病食有如是事聽去七夜教我隨病藥聽去
七夜教我具滿看病人聽去七夜爲隨病食
隨病藥爲隨病食具滿看病人爲隨病藥具
滿看病人爲隨病食隨病藥具滿看病人有
如是事聽去七夜如式叉摩尼病苦遣使詣
比丘所白言大德我病苦大德來若此間將
我到彼間如法若彼間將我到此間如法有
如是事聽去七夜如式叉摩尼愁思欲捨戒
遣使詣比丘所白言大德我愁思欲捨戒大
德來爲我說法有如是事聽去七夜如式叉

摩尼有惡邪起遣使詣比丘所白言大德我惡邪起大德來爲我除惡邪有如是事聽去七夜如式叉摩尼心疑悔遣使詣比丘所白言大德我心疑悔大德來爲我除有如是事聽去七夜若式叉摩尼犯後二戒遣使詣比丘所白言大德我犯後二戒大德來爲我更受戒有如是事聽去七夜若式叉摩尼已嫁滿十二歲二十歲童女遣使詣比丘所白言大德我已嫁滿十二歲滿二十歲童女大德來與我受具足戒有如是事聽去七夜如式叉摩尼爲是多識多知諸大經
波羅柰提伽　波羅柰大尼　般闍提利劎
摩那闍藍裯　波羅小闍藍　阿吒那劎
摩訶柰摩耆劎　阿羅伽度波摩　室唊咤
那都叉耶時月提　釋伽羅波羅念奈　摩訶尼陀那波梨耶夜　頻波柰羅波羅時伽
摩南　般闍優波陀那肝提伽　沙陀耶多
尼　尼陀那散猶乞多　波羅延　阿陀婆
耆耶修妬路　薩耆陀舍修妬路
若未學欲學若學忘欲誦遣使詣比丘所白言大德是多識多知諸大經波羅柰提伽乃至薩耆陀舍修妬路我若未學欲學若學忘欲誦大德來教我受學誦問義有如是事聽去七夜云何爲與學沙彌尼故應去如與學沙彌尼爲僧作房舍温堂涼堂合溜堂重閣一重舍平覆舍遣使詣比丘所白言我爲僧故作房舍温堂涼堂合溜堂重閣一重舍平覆舍大德來作入舍供養有如是事聽去七夜若爲多比丘二一比丘多比丘尼二一比丘尼多式叉摩尼二一式叉摩尼多沙彌二

一沙彌多沙彌尼二一沙彌尼多出家二一出家多出家尼二出家尼爲一出家尼故作房舍溫堂涼堂合霤堂重閣一重舍平覆舍遣使請比丘所白言大德我爲一出家尼故作房舍溫堂涼堂合霤堂重閣一重舍平覆舍大德求作人舍供養有如是事聽去七夜如與學沙彌尼若王捉若賊若怨若怨黨若怨黨之黨捉補治遣使請比丘所白言大德我若王捉若賊若怨若怨黨若怨黨之黨捉補治大德來欲見比丘有如是事聽去七夜爲欲聽法聽去七夜爲欲布施聽去七夜爲欲見比丘聽法爲欲見比丘布施爲欲聽法布施爲欲見比丘聽法布施有如是事聽去七夜如與學沙彌尼病若遣使請比丘所白言我病若大德來欲見比丘有如是事聽去

七夜爲欲聽法聽去七夜爲欲布施聽去七夜爲欲見比丘聽法爲欲見比丘布施爲欲聽法布施爲欲見比丘聽法布施有如是事聽去七夜如與學沙彌尼病若遣使請比丘所白言大德我病若大德來教我隨病食有如是事聽去七夜教我隨病藥聽去七夜教我具滿看病人聽去七夜教我隨病食隨病藥教我隨病食具滿看病人教我隨病藥具滿看病人教我隨病食隨病藥具滿看病人有如是事聽去七夜如與學沙彌尼病若遣使請比丘所白言大德我病若大德來若此閒將我到彼閒如法若彼閒將我到此閒如法有如是事聽去七夜如與學沙彌尼愁思欲捨戒遣使請比丘所白言大德我愁思欲捨戒大德來爲我說法有如是事聽去七夜

如與學沙彌尼有惡邪起遣使詣比丘所白
言大德我有惡邪起大德來爲我除惡邪有
如是事聽去七夜如與學沙彌尼心疑悔遣
使詣比丘所白言大德我心疑悔大德來爲
我如法除疑悔有如是事聽去七夜如與學
沙彌尼僧欲作治羯磨若苦切羯磨若依止
羯磨若驅出羯磨若下意羯磨遣使詣比丘
所白言大德僧欲爲我作治羯磨若苦切羯
磨若依止羯磨若驅出羯磨若下意羯磨大
德來如法助我有如是事聽去七夜如與學
沙彌尼僧作治羯磨竟苦切羯磨依止羯磨
驅出羯磨下意羯磨竟遣使詣比丘所白言
大德僧與我作治羯磨竟苦切羯磨依止羯
磨驅出羯磨下意羯磨竟大德來令輕作莫
令重有如是事聽去七夜如與學沙彌尼僧

欲作憶念毗尼不癡毗尼遣使詣比丘所白
言大德僧欲爲我作憶念毗尼不癡毗尼大
德來當令與我憶念毗尼不癡毗尼有如是
事聽去七夜如與學沙彌尼僧欲與作實覓
羯磨遣使詣比丘所白言大德僧欲爲我作
實覓羯磨大德來如法助我有如是事聽去
七夜如與學沙彌尼僧與作實覓羯磨遣使
詣比丘所白言大德僧爲我作實覓羯磨竟
大德來令輕作莫令重作有如是事聽去七
夜如與學沙彌尼僧欲作不見擯不作擯惡
邪不除擯遣使詣比丘所白言大德僧欲爲
我作不見擯不作擯惡邪不除擯大德來我
不見教見不作教作不除教除有如是事聽
去七夜如與學沙彌尼犯僧伽婆尸沙若應
與摩那埵若應與本日治若應與出罪羯磨

遣使詣比丘所白言大德我犯僧伽婆尸沙僧欲與我摩那埵本日治若出罪大德來當今與我若摩那埵若本日治若出罪有如是事聽去七夜如與學沙彌尼二部波羅提木叉分別若未學欲學若學忘欲誦遣使詣比丘所白言大德我二部波羅提木叉分別若未學欲學若學忘欲誦大德來教我受學誦問義有如是事聽去七夜如與學沙彌尼爲是多識多知諸大經

波羅迦提伽　波羅迦大尼　般闍提利劎　摩那闍藍裯　波羅小闍藍　阿吒那劎　摩訶迦摩者劎　阿羅伽度波摩　室唊咤那都叉耶時月提　釋伽羅波羅念奈　摩呵尼陀那波梨耶夜　頻波迦羅波羅時伽摩南　般闍優波陀那肝提伽　沙陀耶多尼　尼陀那散猶乞多　波羅延　阿陀婆耆耶修姤路　薩耆陀舍修姤路

若未學欲學若學忘欲誦遣使詣比丘所白言大德是多識多知諸大經波羅迦提伽乃至薩耆陀舍修姤路我若未學欲學若學忘欲誦大德來教我受學誦問義有如是事聽去七夜如與學沙彌尼事應去與學沙彌亦如是除隨其所應如爲比丘應去爲比丘尼亦如是如他事應去自事應去亦如是遣使應去不遣使應去亦如是比丘比丘尼若爲自身若爲他若遣使若不遣使應去聽一七夜不聽二七夜有病比丘夏安居若不得隨病食有是事難故出去無罪有病比丘夏安居若不得隨病藥有是事難故出去無罪有病比丘夏安居若不得具滿看病人有是事

難故出去無罪有病比丘夏安居不得隨病
食隨病藥若不得隨病食具滿看病人若不
得隨病藥具滿看病人若不得隨病食隨病
藥具滿看病人有是事難故出去無罪有比
丘夏安居是中女人不如法語大德我與汝
女若姊妹汝若爲我作女夫作姊妹壻比丘
如是思惟是中女人不如法語言大德我與
汝女若姊妹汝爲我作女夫姊妹壻若我是
處住或失命若失梵行有是事難故出去無
罪有比丘夏安居是中男子不如法語大德
我與汝女若姊妹汝作女壻姊妹夫比丘如
是思惟是中男子不如法語大德我與汝女
若姊妹汝作女壻姊妹夫我若是處住若失
命若失梵行者如是事難故出去無罪有比
丘夏安居不正思惟取相思想女人若來若
去若立若坐若笑若語若啼若歌若作伎若
儛若赤裸若多少著衣若嚴飾若不嚴飾比
丘如是思惟我是住處不正思惟取相思想
女人若來若去坐立語笑若啼歌儛作伎赤
裸若多少著衣嚴飾不嚴飾若我是處住或
失命或失梵行有如是難故出去無罪有比
丘夏安居見伏藏大價珍寶比丘如是思惟
我是中見伏藏大價珍寶若是處住或失命
或失梵行有是事難故出去無罪有比丘夏
安居若父母來兄弟姊妹兒女本第二來比
丘如是思惟我是中若父母來兄弟兒女姊
妹本第二來我若是處住或失命或失梵行
有是事難故出去無罪有比丘夏安居見破
僧作二部比丘如是思惟是中破僧作二部
我若是中住或生惡心或作惡口是我長夜

有折減墮惡道有是難故出去無罪有比丘夏安居見僧勤欲破僧比丘如是思惟是中住處僧欲勤破僧我若是中住或生惡心或作惡口我長夜有折減墮惡道有是事難故出去無罪見多比丘二一比丘多比丘尼二一比丘尼多式叉摩尼二一式叉摩尼多沙彌二一沙彌多沙彌尼二一沙彌尼多出家二一出家多出家尼二出家尼見一出家尼勤欲破僧比丘如是思惟是中出家尼勤欲破僧我若是中住或生惡心或作惡口我長夜有折減墮惡道或是事難故出去無罪有比丘夏安居若聞彼住處有勤欲破僧方便合會比丘如是思惟彼閒住處有勤欲破僧方便合會我能如是輭語約勑令彼心伏還使一心和合有是事故出去無罪有比丘夏安居若聞彼閒住處有僧勤欲破僧比丘如是思惟彼閒住處有僧勤欲破僧我能如是輭語約勑令彼心息能令不勤破僧還一心和合有是事故出去無罪若多比丘二一比丘多比丘尼二一比丘尼多式叉摩尼二一式叉摩尼多沙彌二一沙彌多沙彌尼二一沙彌尼多出家二一出家多出家尼二出家尼若一出家尼勤欲破僧比丘如是思惟彼閒有一出家尼勤欲破僧我能如是輭語約勑令和合不勤破僧還一心和合爲是事故出去無罪有比丘夏安居聞彼閒住處有勤欲破僧方便合會比丘如是思惟彼閒有欲破僧方便合會我不能如是約勑如是輭語令彼心息還一心和合我彼中有親是親力能輭語約勑令彼破僧方便合會事息還一

心和合爲是事故出去無罪有比丘夏安居聞彼間僧勤欲破僧方便合會比丘如是思惟彼間僧勤欲破僧方便我力不能輭語約勑令彼心息還一心和合我彼中有親親力能輭語約勑令彼破僧方便合會事息還一心和合爲是事故出去無罪如是多比丘二一比丘多比丘尼二一比丘尼多式叉摩尼二一式叉摩尼多沙彌二一沙彌多沙彌尼二一沙彌尼多出家二一出家多出家尼二出家尼若一出家尼勤欲破僧方便合會比丘如是思惟彼間有出家尼勤欲破僧方便合會我力不能輭語約勑令彼心息還一心和合我彼中有親親力能輭語約勑令彼破僧方便合會心息還一心和合爲是事故出去無罪有比丘夏安居時八難若一一難起有如是事難故出去無罪廣說如自恣中比丘發心欲彼處夏安居前三月安居此間有急事起若至彼不得已應還是比丘作是念我此間事未訖而至彼間者必當還此間事訖然後往彼住處是比丘不應彼間住處前三月自違言得罪比丘發心欲彼處夏安居二住處一布施別布薩是比丘如是思惟我若是中作布薩得此處衣分若彼間住處布薩亦得此處衣分是比丘不安居處作布薩後還至安居處是比丘不應往住處前三月自違言得罪比丘欲往彼住處往彼住處竟不作布薩出界去是比丘不應彼住處前三月自違言得罪比丘欲往彼住處往彼處住竟作布薩竟不受牀卧具出界去是比丘不應彼住處前三月自違言得罪比丘欲往彼

住處往彼住處竟作布薩受牀卧具竟無因縁出界去是比丘不應彼住處前三月自違言得罪比丘欲往彼住處往彼住處竟作布薩受牀卧具竟不受七夜出界去是比丘不應彼住處前三月自違言得罪比丘欲往彼住處往彼住處竟作布薩受牀卧具竟受七夜出界去界外盡七夜而還是比丘不應彼住處前三月自違言得罪比丘欲往彼住處往彼住處竟作布薩受牀卧具竟受七夜出界外不盡七夜而還是比丘應彼住處前三月不自違言無罪後三月亦應如是廣説第七日當自恣受宿出界不犯若六夜若五夜若四夜若三夜若二夜若一夜受宿出界外無罪七法中安居法第四竟

十誦律卷第二十四

音釋

廏居佑切象馬舍也 溜力救切與霤同屋水流也 𣲡所加切 裯直由切 唳吒唳郎計切吒陟嫁切 裸郎果切赤體也

十誦律卷第二十五

姚秦三藏弗若多羅共三藏鳩摩羅什譯

第四誦之五

七法中皮革法第五

佛在舍衛城爾時阿濕摩伽阿槃地國有聚落名王薩薄中有大富居士財寶豐盈種種具足唯少一事無有兒息從諸神祇池神家神交道大神滿賢大神高賢大神大自在天神那羅延神韋紐天神下至鉢婆羅神爲有子故求請乞索而不能得有子時到居士婦乃覺有娠利根女人有四不共智何等四一知男愛二知男不愛三知娠身時四知所從得婦自知有娠婦語居士言我已有娠居士聞之心歡喜踊躍或當生男好加供給洗浴淨潔香油塗身隨時將息令身安隱若有所至多人衛從莫令憂惱九月已過娩身生男耳有金鐶是兒端正見者歡喜居士聞之心歡踊躍集諸知相婆羅門相之問言是兒德力何如諸婆羅門言居士是兒實有福德威力居士言當爲作字是時國法作二種字若隨宿若隨吉諸人言居士是兒何時生答言其日生是諸婆羅門筭知語言是兒沙門宿日生即名沙門居士復集婆羅門及諸居士善知金寶相者以兒耳示之是兒耳環價直幾許諸人言居士是兒耳環非世所作不易平價意想平之可真純金一億兒字沙門耳環直一億衆人即字爲沙門億耳衆人當識是居士令五種養母養視何等五一者治身母二者除垢母三者乳母四者吉母五者戲笑母云何治身母爲是兒治頭手足耳鼻諸

指是名治身母云何除垢母時時爲兒洗浴浣濯是名除垢母云何乳母時時飲食乳養是名乳母云何吉母是兒行時執孔雀拂持三股叉侍衛擁護是名吉母云何戲笑母爲兒作機關木人象馬車乘弓箭種種戲具隨時娛樂之是名戲笑母是兒福德威力而疾長大便教書數筭印善知諸物價相貴賤是王薩薄聚落是四方商客聚集處時四方商客來詣聚落問言是中阿誰善好有德可寄可信示我利害諸人示沙門億耳善好有德可寄可信善別利害是諸商客即詣沙門億耳託爲主人沙門億耳問諸商客從何處來答從其方其國來即問彼方國中有何好惡商客具答好惡之事是時復有諸商客海中來者至王薩薄聚落問言是中阿誰善好有德可寄可信示我利害諸人示沙門億耳善好有德可寄可信善別利害是諸商客即託爲主人沙門億耳問諸商客從何處來答言大海中來問大海中有何好惡商客具答海中諸事大海中有波怖龜怖提迷魚怖提迷耆羅魚怖失收摩羅魚怖迴波怖水覆山怖黑風怖惡龍處惡羅剎怖億耳百千人去時一得還若得來還種種珍寶布施作福七世不盡何況已身是諸商客見沙門億耳有大威力如是思惟若作薩薄共多人入海必安隱來出諸人言沙門億耳汝何以不入大海答言我入大海作何等是中多諸恐怖百千人去時一得還是諸商客激厲言何等人仰他活命乃至婬女仰他活命若人求作布施福德是事善好諸商客如是激厲沙門億耳

信受欲去到父母所辭欲入海時父母説諸怖事欲令變悔以制留之人爲財故入大海我家中多諸寶物汝用布施作福七世不盡何爲入海時不隨父母語父母語諸貴人佐我留億耳時諸大官長者居士億財主人大富薩薄如是貴人留之不隨父母知其意正則聽令去於是乘象振鈴遍告聚落令言沙門億耳欲入大海我作薩薄誰欲共去是人福德五百商客皆悉樂從彼國土法作薩薄者要出二十萬金錢十萬辦船十萬辦資粮莊嚴竟已下船著水中以七枚繩繫日日唱言誰能捨父母兄弟姊妹妻子閻浮提種種樂及捨樂壽誰欲得金銀摩尼瑠璃種種寶物七世隨用布施作福者共入大海如是日日唱日斷一繩如是斷六繩殘第七繩待伊

勒風（言隨風好）既得伊勒風斷第七繩船疾勝箭是薩薄福德威力是船疾到寶渚勑諸賈客言取諸寶物載使滿船莫令大重取寶物竟得伊勒風是時船去疾勝于箭還閻浮提向王薩薄聚落有二道水道陸道沙門億耳語諸商人何道去諸人言陸道去時有空澤是中夜住語諸商人我曾聞賊來劫諸賈客若前殺薩薄則諸商客無所成辦若不殺薩薄則以錢物力若自身力若以他力必能得賊我當餘處宿去時當喚我諸人言爾億耳驅驢別處宿是諸賈客夜半發去人人相覺竟不喚億耳後夜大風雨墮億耳覺喚諸賈客賈客無人應者億耳如是思惟奈何諸人棄我去耶即遂去是道多沙土風雨流漫路無遺跡仰驢鼻跡而前億耳飢極前行見有一

城嚴好淨潔如是思惟念想得食立於城門
隨念失聲唱言食食時無數百千萬餓鬼來
出皆言何等食阿誰與億耳言無食我行飢
極念想得食因出此言我無食也如是思惟
我當城邊得食是故唱言食耳諸餓鬼言此
是餓鬼城我百千萬歲今日乃聞唱食聲我
等以不布施慳心多故墮餓鬼中汝欲那去
億耳言欲至王薩薄聚落鬼言從是道去於
是前行復見一城如是復念前城不得食今
或能得水即到門立唱言水水時無數百千
餓鬼來出皆言何等水阿誰與億耳言無水
我渴極念想得水因出是聲我無水也如是
思惟我當城邊得水是故唱言水耳餓鬼言
此是餓鬼城百千萬歲今日乃聞水聲我等
以不布施慳心多故墮餓鬼中汝欲那去億

耳言欲至王薩薄聚落鬼言從是道去前行
不久復見樹名波羅夜於下宿搖樹落葉細
者自食麤者與驢如是日暮至夜是中即有
牀出男出女出顏貌端正著天寶冠共相娛
樂沙門億耳作是思惟我不應爾看他私事
時夜過晝來即時牀滅女滅有羣狗來噉是
男子肉盡骨在億耳念言我悔不問是人先
作何行今得此報夜善晝惡我當住待問之
至夜更有好牀男出女出顏貌端正著珠寶
天冠共相娛樂億耳即往問男汝作何行今
得是報夜善晝惡男言汝用問爲億耳言意
欲知之男言汝識阿濕摩伽阿槃地國中王
薩薄聚落不億耳言識男言我是某甲屠兒
有長老迦旃延常出入我家我常供給飲食
衣被湯藥億耳彼常語我言莫作惡行後得

大苦我時答言先世以來以此爲業今若不作那得自活時迦旃延復語我言汝作此惡晝多夜多我言晝多即語我言汝夜受五戒可獲微善我即從受今得此報夜善晝惡皆由作行悔恨何益男問億耳汝欲那去答言至王薩薄聚落男言從是道去億耳便去前行不久復見一樹名婆羅住下止宿摇樹落葉細者自食麤者與驢時夜過晝來是處復見牀出男女出顔貌端正著珠寶天冠共相娱樂億耳即念我不應住此觀他私事如是至暮牀滅女滅百足蟲出噉是男子肉盡骨在億耳念言我悔不問汝作何行令得此報晝善夜惡當住待問之夜過晝來復有牀出男女出顔貌端正著珠寶天冠共相娱樂億耳往問男子汝作何行令獲此報晝善夜惡男言汝何用問爲億耳言意欲知之男言汝識阿濕摩伽阿槃地國中王薩薄聚落不答言識是中某甲男子婬犯他婦有長老迦旃延出入我家我家常供給飲食衣被湯藥億耳爾時彼教我言莫作惡行後得苦報我答言不能自抑當可如何復語我言汝於此事何時偏多我言夜多時迦旃延即語我言受晝五戒可獲微善我用其言受晝五戒故獲斯報晝善夜惡悔恨先行無所復益男問億耳汝欲那去答言欲至王薩薄聚落男言從是道去前行復見有樹林池水清淨億耳於中洗浴飲驢是池邊有堂衆寶莊嚴億耳仰視見堂即作是念我飢渴欲死當何所在即便上堂誦佛經偈

飢爲第一病　行爲第一苦　如是知法寶

涅槃第一樂
上堂見女人坐象牙牀牀脚繫二餓鬼是女識億耳字問訊沙門億耳道路不極不渴不飢耶億耳自念是女人生不見我乃識我字何以得爾女即喚億耳坐共相問訊語女言貴女乞我食女言相與汝但莫與是二餓鬼億耳言貴女今我飢急何能與鬼女即與水洗手與食是女欲令億耳知此因緣故小出堂外時二餓鬼伸手語沙門億耳乞我一口乞我半口我腹中飢如火燒沙門億耳先好布施憐愍衆生作是思惟我飢急辛苦是餓鬼那得不苦各與一口是二餓鬼著食口中是食變成膿血少多咽還吐出滿堂臭惡女人還入見臭處滿堂女言我語汝莫與何以與之億耳言姊妹我不知是事故與女即除吐掃灑燒香還坐本處億耳語姊妹更與我食女言我不惜食設與汝者恐更與鬼是事不可億耳言姊妹我先不知故與今不復爾是女即以水洗手與億耳食是時更有一女來語貴女與我食女言食汝常食作是語已即有三鏑鑊炭火湯沸是女脱衣著一面入鑊中皮肉爛盡唯有骨璅冷風來吹即得出鑊還活著衣噉其爛肉噉已而去億耳故食更有女來言貴女與我食女言食汝常食作是語竟女變成羖羊噉草沙門億耳如是思惟自疑我或人中死生此餓鬼國耶即語貴女是何等事女言何用問爲億耳言意欲得知女言汝識阿濕摩伽阿槃地國中王薩薄聚落不億耳言識是一鬼繫我頭邊牀脚者是我夫某甲居士繫我脚邊牀脚者是我兒

有長老迦旃延出入我舍受我衣服湯藥供
養是二人瞋我言我作財辛苦而持與他汝
空自疲勞後世當得膿血之報以是慳貪不
喜布施墮餓鬼中是惡口業報故與食變爲
膿血億耳言是女何以自噉肉女言是女我
兒婦以物與舉或自噉若與人我問時如是
言我不噉不與他若自噉若與他者我當自
噉肉是故今自噉肉是第二女復作何等變
作殺羊噉草貴女言是我婢我使舂磨或自
噉或與他若問時言我不自噉不與他若自
噉若與他者我後世當作羊噉草以是因緣
令作羊噉草億耳言汝作何等行女言我有
少罪我是中不久住我此間死當生四天王
天中汝能少爲我不億耳言何等事女言王
薩薄聚落中我有女未知修善汝還至彼爲
我語是女其甲我見汝父母兄兄婦婢唯汝
母獨受福餘者受罪汝母因我語汝莫作惡
事後世多受苦報汝若不信汝母言是處有
藏大有錢財取爲我作福供養僧亦供養長
老迦旃延殘餘可以自活作是語已問億耳
言汝欲去耶答言欲去女言汝眠眠即如其
言便眠眠須臾之頃便於王薩薄聚落不遠
置之是諸賈客先到聚落者諸人問之何以
不見沙門億耳諸賈客言大海中失是時聚
落諸人聞其失億耳舉邑啼哭如喪父母億
耳問之何以如此諸人言沙門億耳大海中
失以其失故啼哭相吊億耳即作是念我死
消息聞是聚落如是憂憒若今見我必復擾
動何須復歸彼貴女囑我語其女當爲至彼
億耳漸到女舍共相問訊語其女言其甲知

不我見汝父母兄兄婦婢盡在餓鬼中唯汝母獨受福餘者受罪汝母語汝莫作惡事後受苦報女言咄男子汝癡人汝狂人我父母布施作福德死必生天何以在餓鬼中億耳即語女言汝母言某處有藏廣大錢物在中爲我作福供養僧及長老迦旃延殘餘自活是女聞已便至藏所發取大得錢財得以生信如其母勑即以供養衆僧是沙門億耳先世供養佛種善根利根近見諦以是因緣力能得今世無漏智是人爲善根力所追便自思惟愁憂我用歸家爲當往大迦旃延所即往到已頭面禮敬一面坐沙門億耳心厭本事怖畏世間長老迦旃延隨順其意而爲說法即於座上得諸法清淨無垢法眼是人見法得法知法淨法度疑悔不信他不隨他立道果中得無所畏從座起頭面禮長老迦旃延足白言大德我歸依佛歸依法歸依僧我作優婆塞憶念我從今盡壽不殺生心信清淨大德我欲善勝法中出家受具足戒作比丘欲善勝法中行道迦旃延言沙門億耳父母聽汝出家不答言大德我父母未聽迦旃延言我曹法父母不聽不得出家受具足戒億耳言大德我自求是事若父母聽當來出家受具足戒迦旃延言汝宜知是時億耳頭面禮長老迦旃延足即便歸家見父母禮拜問訊億耳父母先愁苦故失明聞億耳從大海中安隱還歸悲喜淚出眼還得明億耳住過五六日已白父母言聽我善勝法中出家父母言億耳我唯有汝本至心求願得汝汝不用我語入大海得汝死消息愁憂故眼盲

汝今大海中安隱來還我大歡喜眼得開視汝今便爲更生汝受我語則爲供養我曹我曹壽命不過幾時若能畢我等壽不出家者我死不恨億耳答言諾供養滿十二年終父母壽如偈說

生者有死　高者亦墮　一切皆盡　無有常者

億耳澡浴到長老迦旃延所頭面禮足一面坐大德我今得正法信欲佛法中出家修梵行長老迦旃延即與億耳出家是時阿濕摩伽阿槃地國土少比丘十衆難得是沙彌夏安居過自恣竟長老迦旃延共住弟子近住弟子諸方來見師問訊爾時比丘滿十衆是時與億耳受具足戒時諸比丘欲遊行東方國到佛所見佛供養億耳問諸比丘長老那去諸人言欲至舍衛國見佛世尊親近禮拜億耳言我亦欲去諸人言隨意億耳言小待我辤和尚億耳向長老迦旃延所頭面禮足一面坐如是言大德和尚我今安居竟欲遊行東方國土見佛世尊親近禮拜願聽我去迦旃延言欲往隨意汝當代我頭面禮佛足問訊少病少惱起居輕利安樂住不及餘比丘如是問訊長老摩訶迦旃延是我和尚阿濕摩伽阿槃地國土中舊比丘摩摩帝帝帝陀羅濟度我是長老頭面禮佛足問訊少病少惱起居輕利安樂住不及餘比丘亦如法問訊已從婆伽婆乞請五事一者阿濕摩伽阿槃地國土少比丘受具足十衆難得願佛聽此國少比丘受具足二阿濕摩伽阿槃地國土地堅多碎石土塊願佛聽此國比丘著一重革屣三阿濕摩伽阿槃地國人喜洗浴

以水爲淨願佛聽此國諸比丘常洗浴四如東方國土中用如是褥覆麻褥覆毛褥覆華衣褥覆願佛聽阿濕摩伽阿槃地國比丘皮褥覆羊韋鹿韋羖羊韋五者有比丘遣比丘使與他比丘衣他不取是衣中間失我曹當云何億耳汝若去東方國土見佛世尊親近禮拜代我如是問訊以此五事具白世尊是時億耳受長老迦旃延語誦利從座起去頭面禮長老摩訶迦旃延竟已即向自房付卧具持衣鉢遊行諸國土漸漸到舍衛國見佛頭面禮足一面坐諸佛常法有客比丘來以如是語勞問忍不足不安樂住不乞食不乏道路不疲耶爾時佛以是語勞問億耳忍不足不安樂住不乞食不乏道路不疲耶是比丘答言實忍足安樂住乞食不乏道路不疲

諸佛常法共客比丘一處宿時勑侍者爲客比丘房舍内敷牀卧具是時佛勑阿難爲客比丘房舍内敷牀卧具阿難如是思惟如佛所勑爲客比丘敷牀卧具佛世尊今日必欲與客比丘同一房舍宿即向佛房與客比丘敷牀卧具竟還白言大德與客比丘敷牀卧具竟佛自知時佛從座起向自房到坐處敷尼師壇結跏趺坐億耳向佛房到已頭面禮佛足坐處敷尼師壇結跏趺坐是二人夜多坐禪默然中夜過至後夜佛語億耳汝比丘唄億耳發細聲誦波羅延薩遮陀舍修妬路竟佛讚言善哉比丘汝善讚法汝能以阿槃地語聲讚誦了了清淨盡易解比丘汝好學好誦佛知故問汝何以晚入道億耳言大德我久知欲患有緣事不得出家即說偈言

已見世間過　見法不樂漏　聖人不樂惡
惡人不樂善　決定見法味　法味息煩惱
除熱離衆惡　服法喜法味
億耳如是思惟是我時到當以五事廣問世
尊於是億耳從座起偏袒著衣合掌白佛言
世尊長老大迦旃延是我和尚阿濕摩伽阿
槃地國中舊住摩摩帝帝陀羅濟度我稽
首禮佛足問訊少病少惱起居輕利安樂住
不及餘比丘亦如法問訊以五事廣問世尊
佛語億耳汝且止須我問時當說佛以是因
緣會僧會僧已告億耳汝所問便問是時億
耳白佛言大德長老迦旃延是我和尚阿濕
摩伽阿槃地國土舊住比丘摩摩帝帝陀
羅濟度我是長老頭面禮佛足問訊少病少
惱起居輕利安樂住不餘比丘亦如法問訊
五事廣白世尊何等五一者阿濕摩伽阿槃
地國土比丘少受具足十衆難得願佛聽此
國少比丘受具足二者阿濕摩伽阿槃地國
土地堅碎石多土塊多願佛聽此國土比丘
著一重革屣三者阿濕摩伽阿槃地國土人
喜洗浴以水爲清淨願佛聽此國土諸比丘
常洗浴四者大德若東方國土中用如是麻
褥覆毛褥覆華衣褥覆願佛聽此國土比丘
皮作褥覆羊韋鹿韋羖羊韋五者有比丘遣
比丘使與他比丘衣他不取是衣中間失是
中我曹當云何佛種種因緣讚戒讚持戒讚
戒讚持戒竟佛語諸比丘從今日聽邊國中
持律第五受具足戒是中南方白木聚落白
木聚落外是邊國也西方有住婆羅門聚落
婆羅門聚落外是邊國北方優尸羅山去山

不遠有蒱泉薩羅樹薩羅樹外是邊國東方有波羅聚落字伽郎伽郎外是邊國東北方有竹河竹河外是邊國從今日聽阿濕摩伽阿槃地國土比丘作一重革屣若穿破更補兩頭置中央厚重革屣不應著毛革屣不應著聲革屣不應著纏革屣不應著一切青革屣一切黃一切赤一切白一切黑青皮間赤皮間白皮間黑皮間青韋繡黃韋繡赤韋繡白繡黑韋師子皮虎皮狗皮獺皮貍皮等繡兜羅貯屣毼貯屣刼貝貯羖羊毛貯羖羊毛縷縫屣羖羊角革屣廣前革屣孔雀筋縫孔雀翅雜革屣一切種種雜色莊嚴縷繡革屣不應著若著犯突吉羅罪從今日聽阿濕摩伽阿槃地國中常洗浴如東方麻褥覆毛褥覆華衣褥覆我今聽阿濕摩伽阿槃地國中如是皮作褥覆羊韋鹿韋羖羊韋有比丘遣比丘使與他衣他比丘不取是衣中間失佛言若得衣彼比丘十日應畜若過十日犯捨墮佛婆伽婆在舍婆提國住六羣比丘爾時畜大皮師子皮虎皮豹皮獺皮貍皮佛言五大皮不應畜若畜犯突吉羅罪更有五皮不應畜象皮馬皮狗皮野干皮黑鹿皮若畜犯突吉羅罪

佛在俱睒尼國是時長老闡那有高好牀佛與阿難詣闡那房闡那遥見佛來見已向佛合掌如是語大德來入房看佛見闡那布高好牀見已語阿難言阿難是癡人敷高好牀内爛外流佛種種因縁呵竟語諸比丘從今日高好牀不應畜若畜犯波逸提罪

佛在毗耶離國時有一惡優婆塞與跋難陀

釋子作弟子共語恭敬更相愛念跋難陀釋子晨朝著衣持鉢至其家惡優婆塞與布坐處命跋難陀坐共相問訊其家有犢子雜色斑駁見已即生貪心是好可用作尼師壇跋難陀語言汝犢子雜色斑駁是可用作尼師壇優婆塞言汝須耶答言須即殺犢子剥皮持與便持皮去犢母鳴吼從後逐之是時諸比丘維耶離僧坊門間空地經行遥見跋難陀來諸比丘相語是跋難陀釋子無羞人多有見聞疑惡欲人犉牛吼隨後來必作惡事若欲作若已作漸漸到諸比丘所問言長老此牛何以從汝後鳴吼跋難陀向諸比丘廣說諸比丘種種因緣呵跋難陀何以名比丘故奪畜生命汝無慈愍心如是種種因緣呵已是事白佛佛以是因緣集僧集僧已佛知故問跋難陀汝實爾不答言實爾世尊佛種種因緣呵何以名比丘故奪畜生命無憐愍心佛種種因緣呵已語諸比丘從今白衣舍牛皮不應受不應坐卧比丘家中燥牛皮應受不應坐卧

佛在舍衛國六羣比丘載女乘種種不清淨佛言女乘不應載若載得突吉羅罪六羣比丘共女載種種不清淨佛言不應共女載若共載得突吉羅罪六羣比丘共女有間載種種不清淨佛言不應共女有間載若載得突吉羅罪

長老畢陵伽婆蹉患眼親里遣使兩犍牛駕一車來迎長老乘車來此間治眼答言佛未聽乘兩犍牛車以是事白佛佛言聽載犍牛車當使餘人御不得自御

爾時六羣比丘捉牸牛尾渡河種種不清淨佛言不應捉牸牛尾渡河若捉得突吉羅罪若師子虎象馬牛雄者捉尾渡河無罪六羣比丘捉小女人手渡河種種不清淨佛言不應捉小女人手渡河若捉小女人手渡河得突吉羅罪

有諸居士婦向阿脂羅河洗浴脫衣岸上入水洗浴河水卒長漂去爾時諸比丘在河岸邊空地經行時諸女人語諸比丘大德見救捉我等諸比丘言姊妹佛結戒不應故觸女子身諸女人言大德慈悲憐愍何處沙門釋子中有如是我等今爲水漂是非見捉諸比丘不知云何以是事白佛佛言應救諸比丘如是捉時婬心起還放諸女言大德小時莫放待到彼岸諸比丘不知云何是事白佛佛言雖婬心起但捉一處莫放到岸不應故觸若更觸得罪若繡畫女木女不應故觸觸得突吉羅罪

佛婆伽婆在阿羅毗國阿羅毗諸比丘著木屐時時到和尚阿闍黎所受經學經誦經問經是時精舍内曳屐浪浪作聲有一摩呵盧比丘蹈斷長行蟲佛知故問阿難阿難何以故精舍内曳屐聲阿難言世尊是阿羅毗諸比丘著木屐時時到和尚阿闍黎所受經學經誦經問經是故曳屐作聲佛以是事集僧集僧已知而故問諸比丘汝實爾不答言實爾世尊佛種種因緣呵何以名比丘畜木屐種種因緣呵已語諸比丘從今不得著木屐多羅奢屐竹屐竹葉屐文若屐婆毗屐若畜犯突吉羅罪長老婆提從憍貴中出家是人

本白衣時著欽婆羅衣如本法畜欽婆羅衣諸居士譏嫌呵責沙門釋子自稱善好有德著欽婆羅衣如王如大臣有諸比丘少欲知足行頭陀聞是事心慚愧以是事具白佛佛以是因緣集僧集僧已佛知故問汝實爾不答言實爾世尊佛種種因緣呵何以名比丘著欽婆羅衣種種因緣呵已語諸比丘從今日欽婆羅衣不應著若著犯突吉羅罪

佛在王舍城瞻匐國中有長者子字沙門二十億是人棄二十億金捨瞻匐城五百聚落阿尼目佉出家徒跣空地經行足下血出遍流經行地經行此頭彼頭烏啄血佛與阿難到是處見是事佛知故問阿難誰是處經行地血流漫阿難答言世尊是瞻匐國中長者子字沙門二十億棄二十億金捨瞻匐城五百聚落阿尼目佉出家徒跣經行足下血出流遍經行地經行此頭彼頭烏啄血佛以是事集僧集僧已佛知故問汝實爾不答言實爾世尊佛言沙門汝若能著一重經行革屣不答言不能佛言何以不能答言世尊我黨有同守戒諸比丘當言瞻匐國中長者子字沙門二十億棄二十億金捨瞻匐城五百聚落阿尼目佉出家而著一重革屣若佛聽一切比丘著我當著佛種種因緣讚戒讚持戒讚戒讚持戒已語諸比丘從今聽著一重經行革屣若破補兩頭置中央厚重革屣不應著毛革屣不應著聲革屣不應著纏革屣不應著一切青一切黃一切赤一切白一切黑革屣不應著青皮間黃皮間赤皮間白皮間黑皮間青皮繡黃皮繡赤皮繡白皮繡黑皮

繡師子皮繡虎皮繡豹皮繡獺皮繡狸皮繡兠羅貯縰氀毛貯縰劫貝貯縰羖羊毛貯縰羖羊毛縷縫縰羖羊角縰廣前縰孔雀筋縫縰孔雀翅縫縰一切雜色革縰不應著若著犯突吉羅罪

佛在舍衛國東園摩伽羅母堂上晡時從禪起下堂在露地經行是時諸比丘著革縰隨佛經行佛顧視見諸比丘著革縰隨佛經行語諸比丘有外道出家弟子尊重恭敬師故不著革縰從師經行何況多陀阿伽度阿羅訶三藐三佛陀汝曹著革縰隨佛經行佛種種因緣呵已語諸比丘從今佛前不得著革縰和尚阿闍棃一切上座前佛塔中得道塔中溫室講堂食廚門間禪窟大小便處洗大小便處洗浴處一切多衆行處不應著革縰若著得突吉羅罪

佛在舍衛國長老畢陵伽婆蹉病眼痛徒跣入聚落蹴石傷脚增益眼痛以是事語諸比丘諸比丘是事白佛佛以是因緣集僧集僧已佛知故問畢陵伽婆蹉汝實爾不答言實爾世尊佛種種因緣讚戒讚持戒讚戒讚持戒已語諸比丘從今聽著一重革縰入聚落厚重革縰不應著毛革縰不應著乃至種種雜色縷縫革縰不應著若著犯突吉羅罪

佛在舍衛國諸比丘露地洗脚以脚指行脚跟行或蹬樹葉行若石上跳行入戶牀上坐時或用草若衣若弊納拭脚住處諸草若衣弊納狼藉在地臥具垢臭爾時有一居士請佛及僧明日食佛默然受居士知佛受請從座起頭面禮足遶佛而去到自舍具多美飲

食氣味香潔辦具竟敷坐處遣人白佛時到食具巳辦佛自知時諸比丘至居士舍佛自房住迎食分諸佛常法如是遊觀看諸比丘房持戶鉤處處大房別房徧諸房看開一房戶見草及衣弊納狼藉在地卧具垢臭佛入房安徐舉被褥枕出牀榻棄地草及衣弊納掃房中塗地竟還內被褥枕牀榻門戶下居向自房到坐處敷尼師壇結跏趺坐是時中間居士見僧坐巳自行澡水自手與種種多美飲食氣味香潔僧自恣飽滿巳持獨坐牀是中坐欲聞說法上座說法巳次第而出還到精舍頭面禮佛足一面坐諸佛常法比丘食還歡喜輭語如是問諸比丘美食飽滿不爾時諸比丘還佛以如是語問諸比丘美食飽滿不答言飽滿佛言我今日持戶鉤處處大房別房遍諸房看開一房戶見草及衣弊納狼藉在地卧具垢臭是事不是汝曹云何不愛護僧卧具諸居士婆羅門血肉乾竭布施作福諸比丘是中應少受善愛護佛種種因緣呵巳語諸比丘從今聽一重洗足革屣若穿更補兩頭置中央厚重革屣不應著乃至種種雜色縷縫革屣不應著若著犯突吉羅罪

佛在舍衛國有一比丘失一重洗足革屣比丘到居士所乞言我失一重洗脚革屣汝與我居士約勑皮師汝與是比丘作一重革屣我與汝價是皮師以厚重革屣貴直二三錢不肯與作一重革屣比丘到皮師所索皮師不與作比丘不得還從居士求言居士是皮師竟不與我作一重革屣居士言大德我巳

約勑不肯與我當云何汝能著厚重革屣不比丘如是思惟我當壞厚重革屣作一重革屣著是比丘持縷錐往祇洹門間欲壞厚重革屣作一重革屣佛食後彷徉經行往到是處見是比丘門下坐佛知故問比丘汝作何等答言世尊我失一重洗脚革屣我從居士乞居士約勑皮師令作言與是比丘作一重洗脚革屣我與汝價是皮師以厚重革屣貴直二三錢故不肯與我作一重革屣我到皮師所重索皮師故不與我我不得已還從居士乞語言居士是皮師竟不與我一重革屣居士言我已約勑不肯與汝我當云何便語我言汝能著厚重革屣不我如是思惟當壞作一重洗足革屣佛語比丘莫壞厚重革屣何以故不堅牢故從今聽作破淤著淨若有人施厚重革屣還令主著行下至二三步如是得畜

佛在王舍城六羣比丘以佛聽著破染著淨革屣故求種種雜色革屣畜有時六羣比丘到諸釋子邊乞革屣若主不與一比丘高舉一比丘脫取以是事故釋子恒不敢出恐六羣比丘脫我革屣故諸居士譏嫌呵責沙門釋子自稱善好有德著種種雜色莊嚴革屣如王如大臣有比丘少欲知足行頭陀聞是事心慚愧以是事具白佛佛以是因緣集僧集僧已佛知故問六羣比丘汝實爾不答言實爾世尊佛以種種因緣呵責云何名比丘著種種雜色莊嚴革屣種種因緣呵已語諸比丘若有一重革屣若有破淤著淨厚重革屣聽畜一切雜色莊嚴革屣不應著若著得

突吉羅罪

佛在舍衛國自恣竟夏末月與大比丘衆遊行諸國有一比丘手捉革屣跛行佛見是比丘知而故問比丘何故手捉革屣跛行答言世尊我革屣内鼻堅足指間破痛故跛行佛言應用輭物作 七法中皮革法第五竟

十誦律卷第二十五

音釋

紐 女久切 娠 失人切姙也 姙 汝鴆切懷孕也 娩 靡辯切産子也 濯 直角切洗也 股 公戶切 枚 莫杯切 齅 許救切鼻擥氣也 鏑鑊 錡宜倚切鑊胡郭切並釜也 璅 蘇果切運璅也 羖 公戶切羝羊也 舂 書容切擣也 唄 蒲拜切音誦也 梵 縺 落賢切縷結也 繡 息救切刺文也

獺 他達切水狗也 貯 知呂切積也 毳 充芮切細毛也 縷 力主切綫也 縫 扶封切鉄衣也 睒 失冉切 斑駁 斑布還切駁北角切斑駁毛色不純 燥 蘇到切乾也 蹉 七何切 犍 居言切犗牛也 牸 疾二切牝牛也 屐 奇逆切屩也 跣 息淺切徒足履地也 蹴 七六切蹋也 跟 古痕切足踵也 蹬 都滕切蹬也 跳 徒弔切躍也 彷徉 彷步光切徉與章切彷徉徘徊也

十誦律卷第二十六

姚秦三藏弗若多羅共三藏鳩摩羅什譯

第四誦之六

七法中醫藥法第六

佛在王舍城秋時諸比丘令熱發癖癊患動食不能飽羸瘦少色力佛見諸比丘羸瘦少色力佛知故問佛問阿難諸比丘何以羸瘦少色力阿難白佛言世尊諸比丘秋時冷熱發癖癊患動食不能飽是故羸瘦少色力爾時世尊作是念當以何藥與服令瘥色力還復若食麤飯麨精不能益身當聽服四種含消藥酥油蜜石蜜佛以是因緣故集僧集僧已告諸比丘從今日聽諸病比丘服四種含消藥酥油蜜石蜜爾時諸比丘中前服過中不服猶故羸瘦少色力佛見已復問阿難諸比丘何以故羸瘦答言世尊世尊雖聽病比丘服四種含消藥諸比丘中前服過中不服是以猶故羸瘦佛以是因緣集僧集僧已佛種種因緣讚戒讚持戒讚持戒已告諸比丘從今日聽四種含消藥中前中後自恣服

佛在舍衛國是時長老畢陵伽婆蹉目痛藥師語言以羅散禪塗眼答言佛未聽我曹以羅散禪塗眼諸比丘以是事白佛佛言聽以羅散禪塗眼是長老以羅散禪盛著鉢中半鉢揵鎡小揵鎡絡結懸象牙杙上取藥時流汙壁及臥具房舍中臭穢佛言應用函盛雖盛不覆塵土墮中用時增益眼痛佛言應作蓋蓋直動脫佛言予口合作是時諸比丘用鳥翮鷄翮孔雀尾著眼藥眼痛更增佛言用

籌長老優波離問佛應用何等物作籌佛言若鐵若銅若貝若象牙若角若木若瓦

佛在毗耶離國住是地鹹濕諸比丘病疥膿血流出汙安陀會如水漬佛知故問問諸比丘何以汙安陀會如水漬諸比丘言世尊我曹病疥膿血流出汙安陀會佛言從今日聽諸病疥比丘用苦藥塗長老優波離問佛何等苦藥佛言拘賴闍樹拘波羅樹拘直利他樹師羅樹波伽羅樹波尼無祇倫陀樹諸比丘不曉搗磨佛言聽石磨石磨藥墮地佛言聽石臼杵搗諸比丘手壞佛言聽作木杵木杵不曉作捉處手上下脫佛言中央令細所搗藥麤佛言應篩令細以油塗瘡以藥坌上

佛在舍衛國長老施曰狂病受他語噉生肉飲血狂病當差施曰語諸比丘我狂受他語噉生肉飲血我今當云何諸比丘以是事白佛佛以是因緣集僧集僧已佛知故問問施曰汝實狂受他語噉生肉飲血語諸比丘我今當云何汝實作是事不答言實作世尊佛種種因緣讚戒讚持戒讚戒讚持戒已語諸比丘從今日若有如是病聽噉生肉飲血應屏處噉莫令人見

佛在舍衛國共大衆夏安居是時長老畢陵伽婆蹉王舍城夏安居是時長老多知多識多得酥油蜜石蜜盛著大小鉢大小揵鎡中絡結懸象牙杙上取時流出汙壁臥具房舍臭穢有諸比丘共行弟子近住弟子取酥油蜜石蜜舉殘惡捉不受內宿合置一器中噉諸佛常法兩時大會春末月夏末月春末月諸方國比丘處處來集詣佛所聽佛說法夏

安居樂是初大會夏末月安居竟過三月作衣畢持衣鉢漸漸遊行來詣佛所我久不見佛久不見修伽陀是第二大會諸比丘王舍城安居訖過三月作衣竟與衣鉢俱漸漸遊行來詣佛所頭面禮佛足一面坐諸佛常法有客比丘來如是問忍不足不安樂住不乞食不乏道路不疲耶今佛亦如是語問客比丘忍不足不安樂住不乞食不乏道路不疲耶諸比丘言忍足安樂住乞食不乏道路不疲以是事向佛廣說佛以是因緣集僧集僧已佛種種因緣呵諸比丘我憐愍諸病比丘聽服四種含消藥酥油蜜石蜜而舉殘宿惡捉不從淨人受內宿種種因緣呵已語諸比丘從今日病比丘聽服四種含消藥一受已七日自恣服若過七日犯尼薩耆波逸提

佛在舍衛國長老疑離越見作石蜜若麪若細糠若燋土若臭煤合煎見已語諸比丘諸長老是石蜜若麪若細糠若燋土若臭煤合煎不應過中噉諸比丘以是事白佛佛以是因緣集僧集僧已佛知故問問疑離越汝實見作石蜜若麪若細糠若燋土若臭煤合煎語諸比丘不應過中噉不答曰實見作世尊佛種種因緣讚戒讚持戒讚戒讚持戒已語諸比丘從今日聽作石蜜若麪若細糠若燋土若臭煤合煎若中前應噉若過中不噉

佛在舍衛國時長老舍利弗病風冷藥師言應服蘇提羅漿舍利弗言佛未聽我服蘇提羅漿諸比丘以是事白佛佛言從今日聽服蘇提羅漿長老優波離問佛用何等物作蘇提羅漿佛言以大麥去麤皮不破少煑著一

器中湯浸令酢晝受晝服夜受夜服不應過時分服

佛故在舍衛國時長老舍利弗熱血病藥師言應服首盧漿舍利弗言佛未聽我服首盧漿諸比丘以是事白佛佛言聽服首盧漿長老優波離問佛何等物作首盧漿佛言若蘗若磨若合油等分以水和之令酢時中應服非時不應服

佛在波羅奈國與大衆共夏安居是中有優婆夷字摩訶斯那大富饒錢穀田宅寶物豐足種種福德成就信佛法僧見諦得道請佛及僧夏四月供給病人飲食湯藥自恣所須有一比丘病服下藥須肉語看病人言汝去到摩訶斯那優婆夷所作如是語有一比丘病服下藥須肉看病人即往摩訶斯那優婆夷所語言有一比丘病服下藥須肉優婆夷即持物與婢使買肉與看病人婢持物遍波羅奈城中求肉不能得王波摩達斷殺故還語大家言王斷殺我遍求不能得優婆夷思惟何以辛苦如是我請佛及僧夏四月自恣所須一比丘病服下藥須肉不能得若不得肉或當增病如是思惟已捉利刀入室自割髀肉持與婢汝好熟煮與比丘婢煮竟與看病人看病人持去以水洗病比丘手持肉與病比丘病比丘不知是何肉便食病從是得差摩訶斯那優婆夷極患瘡痛不能坐起其夫有小緣事不在行還不見其婦即問摩訶斯那優婆夷那去家人言病苦痛在一室中臥不能坐起其夫到邊問汝有何苦痛爲風冷熱病耶優婆夷廣說上事其夫聞已大瞋

不忍不信何緣爾沙門釋子不知時不籌量若施者不知量受者應知量乃使我婦苦痛如是不能坐起含瞋詣佛佛是時與大衆圍遶說法遥見優婆塞來漸近佛以大慈力感彼瞋恚漸息清淨心生頭面禮佛足一面坐佛爲說法示教利喜示教利喜已默然便從座起偏袒右肩合掌白佛言世尊受我明日請食并比丘僧佛默然受知佛默然受已頭面作禮遶佛而去夜辦具多美飲食辦竟晨朝布座遣使白佛食具已辦唯聖知時佛著衣持鉢大衆圍遶往到其家在衆中坐優婆塞見大衆坐竟自行澡水行澡水已自手與飲食隨意所須大衆食訖澡手執鉢持一小牀在佛前坐聽佛說法佛知故問優婆塞摩訶斯那優婆夷在何處答言大德摩訶斯那優婆夷病苦痛在一室中卧不能行來佛語優婆塞汝去語摩訶斯那優婆夷佛呼汝優婆塞到優婆夷邊語言佛呼汝是時優婆夷聞喚歡喜瘡即差平復優婆夷言汝看我師有如是大神力汝語我言佛呼汝是時我身患即差平復夫見婦如是蒙佛神力歡喜心生俱詣佛所頭面禮佛足一面坐佛知二人信心歡喜隨意說法優婆夷得斯陀含道優婆塞得須陀洹道佛與二人更說要法善心即生示教利喜已佛從座起而去還到精舍以是因緣集僧集僧已佛知故問問病比丘汝實作是事不答言實作世尊佛種種因緣呵責何以名比丘噉人肉佛種種因緣呵已語諸比丘從今日不應噉人肉人脂人血人筋若噉犯偷蘭遮若噉人骨無罪從今日小

因緣不應索肉若食時得肉應問是何等肉若不問得突吉羅罪

佛故在波羅奈國是時饑餓乞求難得象大疫死有諸貧賤人象子馬子牛子客燒死人人除屎人皆噉象肉諸比丘時至到其家乞食諸人言大德我此無飯無麨糒止有象肉汝能噉不答言汝等自噉我何以不能噉即與象肉諸比丘持去餘比丘問此何肉答言象肉諸比丘種種因緣呵何以名比丘佛未聽噉象肉而噉呵已以是事具白佛佛以是因緣集僧集僧已佛知故問問諸比丘汝實作是事不諸比丘言實作世尊佛種種因緣呵諸比丘何以名比丘噉象肉若梵摩達王聞沙門釋子噉象肉心不喜何以故象是官物故佛種種因緣呵已告諸比丘從今日不應噉象肉象脂象血象筋若噉得突吉羅罪若噉象骨無罪

佛故在波羅奈國是時饑餓乞求難得馬大疫死有諸貧賤人象子馬子牛子客燒死人人除糞人皆噉馬肉諸比丘時至到其家乞食諸人言大德此無飯無麨糒止有馬肉汝等能噉不諸比丘言汝等能噉我何以不噉即與馬肉諸比丘持去餘比丘問此是何肉答言馬肉諸比丘種種因緣呵責何以名比丘佛未聽噉馬肉而噉呵已以是事白佛佛以是因緣集僧集僧已佛知故問問諸比丘實作是事不答言實作世尊佛種種因緣呵諸比丘何以名比丘噉馬肉若梵摩達王聞沙門釋子噉馬肉心不喜何以故馬是官物故佛種種因緣呵已告諸比丘從今日馬肉

不應噉馬脂馬血馬筋馬骨若噉得突吉羅罪佛故在波羅奈國是時饑餓乞求難得諸貧賤人象子馬子牛子客燒死人人及除糞人皆殺狗噉諸比丘時至到其家乞食諸人言大德此無飯無麨糒止有狗肉汝等能噉不諸比丘言汝等能噉我何以不能噉即與狗肉諸比丘持去餘比丘問此是何肉答言狗肉諸比丘種種因緣呵何以名比丘佛未聽噉狗肉而噉呵已以是事白佛佛以是因緣集僧集僧已佛知故問問諸比丘汝實作是事不答言實作世尊佛種種因緣呵諸比丘何以名比丘噉狗肉汝等若至貴人邊若貴人來看汝若聞沙門釋子噉狗肉則棄捨汝去汝如旃陀羅佛種種因緣呵已語諸比丘從今日不應噉狗肉狗脂狗血狗筋狗骨若噉得突吉羅罪

佛故在波羅奈國時世饑餓乞求難得有諸貧賤人象子馬子牛子客燒死人人除糞人皆殺蛇噉諸比丘時至到其家乞食諸人言大德此無飯無麨糒止有蛇肉汝能噉不諸比丘言汝等尚能噉我何以不能噉即與蛇肉諸比丘持去餘比丘問此是何肉答言蛇肉諸比丘種種因緣訶責云何名比丘佛未聽噉蛇肉而噉呵已以是事具白佛佛以是因緣集僧集僧已佛知故問問諸比丘汝實作是事不答言實作世尊佛種種因緣呵責云何名比丘噉蛇肉若諸龍聞沙門釋子噉蛇肉心不喜何以故蛇龍類故佛種種因緣呵已語諸比丘從今日不應噉蛇肉蛇脂蛇血蛇筋若噉得突吉羅罪若噉蛇骨無罪

佛在舍衛國佛身中冷氣起藥師言應服三辛粥佛告阿難辦三辛粥阿難受勑即入舍衛城乞胡麻秔米摩沙豆小豆合煑和三辛粥以上佛佛知故問問阿難誰煑此粥答言我煑佛告阿難汝持此粥棄著無草地無蟲水中何以故若外道梵志見如是事必作是語諸沙門釋子師在時漏處流出阿難受勑即持粥棄著無草地無蟲水中佛以是因緣集僧集僧已告諸比丘從今曰大比丘煑食不應噉若噉得突吉羅罪内宿内煑内宿外煑外宿内煑自煑不應噉若噉得突吉羅罪

佛在舍衛國有一居士請佛及僧明日食佛默然受居士知佛受已從座起頭面禮佛足遶佛而去還家辦種種餚饍多美飲食敷牀坐褥遣使白佛食具已辦唯聖知時僧到其舍佛自房住迎食分居士見僧坐訖自行澡水手自下食阿難先食迎佛食分佛患差未久飯不大熟阿難思惟世尊若食儻發冷患即持薪火於祇洹門間煑熟時佛彷徉經行見知故問問阿難汝作何等答言飯不大熟世尊若食恐動先患我今更煑佛言善哉善哉阿難是飯如是更煑應法從今日食生聽更煑若生食聽火淨已得煑云何名火淨乃至火一觸

佛故在舍衛國有一比丘痔病藥師名阿帝利瞿妬路以刀割大行處時近祇洹門間露現處治苦痛切身時佛欲入祇洹藥師遥見佛來合掌請佛看是處佛言惡口人中阿帝利瞿妬路此最第一乃請如來示如是處從今日不應示語大行處若示語犯罪從今日

大行處不應聽刀治若刀治犯偷蘭遮罪佛故在舍衛國毗羅然國有婆羅門王字阿耆達是王有小緣事來到舍衛國宿一居士舍問居士言是中頗有高德沙門若婆羅門爲大衆師人所宗重者不若有我當時時往問訊我心或得清淨居士言有沙門瞿曇釋子出家信淨除鬚髮著袈裟得阿耨多羅三藐三佛陀汝若時時能往問訊汝心或得清淨婆羅門言沙門瞿曇今在何處我欲往見答言今在祇洹林給孤獨園欲見便往即如其言往見世尊在林樹間大衆圍遶說上妙法諸根靜默容貌端正如紫金山既到問訊退坐一面佛爲說法示教利喜已默然無言即從座起偏袒著衣合掌白佛願受我請夏坐一時并比丘僧佛念本行因緣必應受報以是事故默然受之既蒙許可即起遶佛三匝而去還歸本國爲佛及僧辦諸供具種種餚饍以俟三月勑守門人我今一夏安樂自娱外事好醜一不得白守門受勑一如其教佛已安居時到集僧集僧已告諸比丘今往詣毗羅然國諸比丘言敬如佛教佛與五百大衆俱入其國其國信邪先無精舍城北有林號曰勝葉波其林鬱茂其地平博世尊大衆止頓其中此邑狹隘邊鄙最陋民窮少信乞食難得佛便集僧集僧已勑諸比丘汝等當知此邑窮隘又多不信乞食難得若欲於此安居者住不者隨意衆中是時舍利弗獨往阿牟迦末迦山安居受天王釋及其后阿須羅女請夏四月天食供養時佛與五百少一比丘於毗羅然國安居彼國諸居士及婆

羅門以少信心供佛及僧滿五六日便止諸比丘乞食極苦難得時長老大目揵連白佛有樹名閻浮提閻浮提因以爲名我欲取此樹果供養大衆有呵梨勒林阿摩勒林鬱單越有自然秔米忉利天食修陀味普皆欲取以供大衆有甘美地味我以一手擎諸衆生一手反地令諸比丘自取而噉願見聽許佛言汝雖有大神力諸比丘惡行報熟不可移轉一皆不聽是國清涼水草豐美有波羅奈國人逐水草放馬欲令肥丁來到此處馬子信佛心淨見諸比丘乞食極苦難得言諸長老汝等辛苦耶諸比丘言極辛苦彼言我等知汝極飢餓我等粮食盡止有馬麥汝能噉不諸比丘言佛未聽我等食馬麥諸比丘不知云何以是事白佛佛言馬屬看馬人若是諸牧馬人能以好草鹽水食馬此麥自在應受是馬有五百匹比丘五百少一一馬食麥二升一比丘給一升一升與馬中有良馬給麥四升二升供佛二升與良馬阿難取佛分并自取分持入聚落於一女前讚佛言姊妹佛有如是念定智慧解脫知見大慈大悲一切智人身有三十二相八十種好紫磨金色項有圓光大梵音聲視無猒足若不出家當作轉輪聖王猶如日出當有七寶及千子我與汝等無不屬者今出家得阿耨多羅三藐三佛陀未度者度未解者解未滅度者滅度除生老病死憂悲苦惱有小因緣在此安居汝能持此麥爲佛作飯不女言大德阿難我家中多務多事不得爲作傍有一女聞佛功德即生敬心如是人者世所希有白阿難言

可持麥來我爲作飯從今日汝分我亦當作更有輭善智慧持戒比丘我亦與作女即作飯持與阿難阿難敬佛情深如是思惟佛爲王種常食餚饍此飯麤惡安能益身念已行水授飯見佛食之悲哽交懷佛知其意欲解釋之汝能噉此飯不阿難言能受以食之滋味非常實是諸天以味加之欣悅無量悲哽即除佛食訖阿難行澡水洗手攝鉢白佛言今日有一女人我倩作飯不肯傍有一女不倩而作佛言阿難是女不肯作飯所應得者不得若即作者此功德報應作轉輪王第一夫人不倩而作者此福無量不假餘福此德已大是時世尊宿行未除一時之中無有知佛共僧毗羅然國噉馬麥者魔王化作諸比丘飯食充滿盈長齋行出向諸國路相逢者問所從來答言從毗羅然國來諸居士言佛於彼住有四供養不答言彼常大會有餚饍盈長我所持者即是彼之遺餘爾時世尊宿行已畢十六大國咸聞世尊與五百比丘毗羅然國三月食馬麥爾時諸國貴人長者居士大富薩薄備衆供具種種餚饍車馱盈溢填道而來奉餉世尊自恣垂至七日未訖佛知故問阿難自恣有幾日在阿難言餘有七日佛告阿難汝行入城告阿耆達佛語汝我於汝國夏安居竟欲餘國遊行諸比丘言世尊是人於佛衆僧有何恩德在此安居窮困理極而與之别佛言此婆羅門雖無恩分賓主之宜理應與别阿難受勑與一比丘俱到其門下告守門者可白汝阿耆達婆羅門今知阿難在外守門者思惟阿難名吉清旦聞

之云何不白時阿耆達早起沐浴著白淨衣獨坐中堂守門者入白王言阿難在外婆羅門相法名吉則吉信名求淨即語令前阿難前已入即喚令坐時間小黙而問阿難阿難以何事來答言佛遣我來語汝夏三月住汝國界安居安居已竟欲餘國遊行婆羅門驚問阿難瞿曇沙門毗羅然國夏住耶阿難言然婆羅門言云何得住阿誰供給阿難言窮苦理極佛與衆僧三月食馬麥是時婆羅門始自覺悟念前請佛并及衆僧夏四月供具充備如何令佛及僧三月食馬麥惡聲醜名流布諸國當言阿耆達長夜惡耶憎嫉佛法惱佛及僧乃令困極即語阿難今沙門瞿曇可得懺悔留不阿難言不得是婆羅門憂慙愁惱熱悶躃地時諸宗親以水灑面扶起乃穌親里覦言汝莫愁憂我當與汝懺謝瞿曇當請留住若不肯住當齋飯食隨後逐去乏少時供養婆羅門及諸宗親共往詣佛懺悔請留佛便思惟我若不受彼當吐熱血死佛憐愍故受請七日婆羅門思惟此供具俟夏四月云何七日能盡佛自恣竟欲往越祇國二月遊行越祇國人聞佛當來各設供具一日二日一施兩施令畢二月次第作竟佛自恣竟二月越祇國遊行阿耆達齋諸供具追隨佛後若乏少時當設供養越祇諸人聞已相率集會共作要令若有請佛皆當日日備具前食後食怛鉢那無令乏少莫使異人間錯其中阿耆達知佛宿處輒齋食具器物先往施設言我當今日施若明日若後日諸越祇人不聽語言汝長夜惡邪是佛怨家故惱

佛及僧今欲悦他意故作如是語我當今日施若明日若後日汝有何事爾許時令佛及僧毗羅然國三月噉馬麥而今急急欲求施日婆羅門聞是語慚愧交懷在一面立看衆僧少何等我當與之值時無粥即辦種種粥酥粥油粥胡麻粥乳粥小豆粥摩沙豆粥麻子粥清粥辦已奉佛佛告婆羅門與僧作分即與比丘比丘不受言佛未聽我食八種粥以是事白佛佛言從今日聽食八種粥粥有五事利身一者除飢二者除渴三者下氣四者却齋下冷五者消宿食婆羅門思惟我四月安樂自娛二月逐沙門瞿曇以我一人廢諸國事今此供具多不可盡且當布地令佛及僧以足蹈上即是受用具以所懷白佛願佛受用佛告婆羅門不得如汝所言此是食物應以口受用佛欲遣婆羅門即爲說偈

若在天祠中　供養火爲最　婆羅門書中
薩鞞帝爲最　一切諸人中　轉輪王爲最
一切諸江河　大海深爲最　於諸星宿中
月爲第一最　一切照明中　日光曜爲最
十方天人中　佛福田爲最

佛說偈竟從座起去

佛在越祇國中遊行向阿那伽賓頭國中有外道弟子舊象師名毗羅吒大富多財穀帛充溢田宅寶物悉皆豐足無量福德成就此一國人盡皆邪見聞佛當來相率集會至象師所向城中人種種毀佛及僧沙門瞿曇難滿難養多欲無猒將千二百五十比丘千優婆塞五百乞殘食人從聚落至聚落從城至城如霜雹蝗蟲殘賊人穀所經過處破人家

業次第復欲不利我等象師及城中人惡心轉生共作要令沙門瞿曇來至不聽往看佛到其國國無精舍城北有林號勝華婆其樹鬱茂其地平博世尊大衆頓止其中象師聞佛已到其人先世供養佛種善根近正見利根宿因力故能得今世無漏智爲善根力所追便自思惟我於此國人所宗敬尊貴第一若不看佛人當謂我惜費即告諸人諸人先作要令我自思惟此要不全諸人白言以何事故答言我於此國人所宗敬尊貴第一若不看佛人當謂我惜費諸人言今見瞿曇何以供給答言石蜜諸人言沙門瞿曇難滿難養多欲無猒若以千二百五十瓶滿中石蜜盡受不讓象師大富不計重費即將千二百五十人負千二百五十瓶石蜜奉佛佛告聚落主分與衆僧此人思惟果如人語多受不讓即以一瓶與一比丘諸比丘不受言是蜜太多我不應受其人白佛比丘不受願佛有勑佛與鉢及刀令割分之千二百五十比丘皆得滿鉢一瓶石蜜猶故未盡白佛佛言重與猶故不盡佛言與千優婆塞及五百乞殘食人故尚不盡佛言重與仍不可盡一切皆足瓶蜜如故象師白佛衆以飽足此諸瓶蜜用作何等佛言聚落主我不見有人若天若魔若梵天若世間衆生及沙門婆羅門食是石蜜能消助身者除佛及僧汝擔石蜜棄著無草地無蟲水中象師言爾即如佛教擔諸瓶蜜棄著無蟲水中是石蜜火煙出水沸聲震譬如竟日火燒大熱鐵投著水中煙出水沸聲震象師見此二種神力向佛意喜心信

清淨知重佛德其心輭伏佛知其心隨意說法得遠塵離垢諸法眼生見法得法知法淨法度疑不信他不隨他除疑悔住初果法中得無畏從座起頭面禮佛足白佛言世尊我今歸依佛歸依法歸依僧我是優婆塞憶持從今日盡形壽歸依願受我中後住處請佛默然受知佛受已頭面禮佛足繞佛三帀而去還家併當大堂重閣四合舍廳舍小房舍除去種種所有灑掃清淨懸雜色繒旛燒衆名香布種種華敷金銀玻瓈紺瑠璃牀各千二百五十如是思惟此四寶牀若不受一當受一辦千二百五十金瓶盛湯水千二百五十使人一比丘給一人一切房舍地布輭氎拘執欽婆羅雜色綾羅處處寶瓶盛水諸香酥燈一切辦已遣使白佛衆具已辦唯聖知

時佛食後著衣與比丘僧俱到其舍一比丘給一人於門外洗浴象師自浴佛身如一比丘洗浴頃千二百五十人一時皆竟佛及僧俱入其舍象師以千二百五十金牀奉佛佛不受次奉銀牀玻瓈牀紺瑠璃牀盡皆不受却四寶牀更布淨牀以細氎拘執欽婆羅雜色綾綺布淨牀上佛及衆僧坐訖自行澡水奉非時漿及含消藥即於夜具種種餚饍又辦金鉢銀鉢玻瓈鉢紺瑠璃鉢各千二百五十如是思惟若不受一當受一又辦金盤銀盤玻瓈盤紺瑠璃盤各千二百五十如是思惟若不受一當受一供具已辦白佛唯聖知時佛及僧坐訖自行澡水以千二百五十金盤奉佛佛不受次奉銀盤玻瓈紺瑠璃盤盡皆不受即却四寶盤更奉木盤銅盤佛即受

之次以千二百五十金鉢奉佛佛不受次以銀鉢玻瓈鉢紺瑠璃鉢各千二百五十奉佛佛不受佛告諸比丘我先已聽二種鉢若鐵若瓦八種鉢不應畜象師見佛及僧食訖自行澡水攝鉢已持一小牀在佛前坐欲聽佛說法復白佛言願佛受我阿那伽賓頭國中盡形壽住我爲佛作千二百五十房舍千二百五十牀榻被褥拘執卧具如是秔米飯隨飯羹王所食者以供養佛及僧佛言聚落主汝心信淨於我已足如汝等諸善男子應度者衆不得獨受汝請是時佛說偈言

若在天祠中　供養火爲最　婆羅門書中
薩鞞帝爲最　一切諸人中　轉輪王爲最
一切諸江河　大海深爲最　於諸星宿中
月爲第一最　一切照明中　日光曜爲最
十方天人中　㳿福田爲最

佛說偈竟從座起去

佛在阿那伽賓頭國中夏住已持衣鉢向毗耶離城時諸梨昌輩聞佛越祇遊行欲來是毗耶離城衆人爲佛及僧故具種種餚饍佛到不久非時雲起諸飲食在露地天雨諸梨昌語阿難我諸梨昌爲佛及僧設種種飯食在露地天雨我當云何時阿難與諸梨昌俱詣佛所頭面禮佛足一面立阿難白佛是諸梨昌爲佛及僧故具種種飲食在露地天雨諸梨昌不知當云何佛告阿難於一房舍應作淨地羯磨云何應作僧一心和合一比丘唱大德僧聽某甲房舍作淨地若僧時到僧忍聽僧某甲房舍作淨地如是白白二羯磨僧某甲房舍作淨地竟僧忍默然故是事如

是持房中作淨地竟著飲食具舍内煑飯作羮作餅煑肉諸外道妬嫉譏嫌言是禿居士舍内作飯食諸居士内有庫藏倉篅食厨諸沙門釋子自言善好有德而舍内亦有庫藏倉篅與白衣何異諸比丘少欲知足行頭陀聞是事心慚愧以是事白佛佛以是因緣集僧集僧已告諸比丘從今日僧坊外作飲食僧坊外作飲食煙火起露地多人見來索飲食比丘各各分與使僧食少以是事白佛佛言從今日不聽作淨地羯磨若作犯突吉羅罪先作者應捨

佛在毗耶離城中有一大將字師子大富多錢穀帛田宅寶物豐足種種福德成就其人本是外道弟子於佛法中始得信心以好肥肉時時施僧外道以妬嫉心嫌譏訶責沙門釋子正應爾耳人故爲殺而噉何以故師子殺肥衆生以肉時時施僧諸比丘少欲知足行頭陀聞是事心慚愧以是事白佛佛以是因緣集僧集僧已告諸比丘三種不淨肉不應噉何等三若見若聞若疑云何見自見是生爲我奪命如是見云何聞可信人邊聞是生故爲汝殺如是聞云何疑有因緣故生疑是處無屠兒無自死是五人惡能故爲我奪命如是疑是三種不淨肉不應噉三種淨肉聽噉何等三若眼不見耳不聞心不疑云何不見自眼不見是生故爲我奪命如是不見云何不聞可信優婆塞人邊不聞是生故爲我奪命如是不聞云何不疑心中無有緣生疑是中有屠兒家有自死者是主人善不故爲我奪命如是不疑是三種淨肉聽噉復次

有諸天祀象走所極馬走所極鳥飛所極閃摩裟羅薩祀尼羅伽羅祀天祠中非天祠中分陀利華以彼中祠天祠肉不淨沙門釋子不應噉何以故是諸天祠爲客作故

佛故在毗耶離國是時饑餓乞食難得有一居士請佛及僧明日食佛默然受知佛受已從座起頭面禮佛足而歸具種種多美飲食時國吉日清晨衆僧大得猪肉乾飯諸比丘受思惟欲噉居士供具已辦敷牀座遣人白佛時到是時僧入其舍佛自房住迎食分僧坐訖自行澡水下食食已澡漱攝鉢持一小牀坐僧前聽說法上座說法已次第而出諸比丘食訖不受殘食法諸比丘小食先受在精舍內不知云何以是事白佛佛言從今日聽如是饑餓時比丘若食竟小食先受不受殘食法聽噉何等受小食諸比丘早起受而不食是也

佛故在毗耶離是時饑餓乞食難得有一居士請佛及僧明日食佛默然受知佛受已從座起頭面禮佛足還家具種種餚饍辦已敷牀褥遣人白佛時到爾時僧入其舍佛自房住迎食分居士白衆僧大德是施早辦僧等飽食殘可持去須臾更食諸比丘食飽如居士言持殘食去諸比丘食竟不受殘食法所持殘食諸比丘不知當云何是事白佛佛言從今日聽饑餓時食竟持殘食去若不受殘食法而食何等是持食去諸比丘食竟持殘食去是名持食去食有仙人字雞泥耶取木果奉佛佛言雞泥耶與僧作分彼即與諸比丘諸比丘言我曹食竟不受殘食法諸比丘

不知云何是事白佛佛言從今日饑餓時諸比丘若食竟不受殘食法聽食木果若胡桃栗棃枇杷更有如是種種木果是一切聽食長老舍利弗熱血病藥師言應食池物舍利弗言佛未聽我食池物白佛佛言從今日聽食池物長老大目揵連至漫陀耆泥池中取藕大如人髀極美如淳淨白蜜其汁如乳以授舍利弗舍利弗問何處得來目連言至漫陀耆泥池中得來舍利弗言是池非人處阿誰授與汝目連言非人授我舍利弗言佛未聽我非人授食噉白佛佛言諸比丘從今日非人授聽食是池物多得來食殘與諸比丘諸比丘不受諸比丘言我食竟不受殘食法諸比丘不知云何白佛佛言從今日饑餓時聽諸比丘食竟不受殘食法聽噉池物何等池物若蓮根蓮子菱芡雞頭子如是種種池物聽食

佛故在毗耶離先饑餓時憐愍諸比丘聽小食受已後食食已持出木果池物諸比丘豐時乞食易得如本饑餓時淨食戒比丘違是時諸比丘少欲知足行頭陀呵責何以名比丘佛饑餓時憐愍諸比丘聽小食時受已後食食已持出木果池物諸比丘豐時乞食易得如本饑餓時淨食戒比丘違是時諸比丘種種因緣呵已以是事白佛佛以是因緣集僧集僧已佛知故問諸比丘汝實作是事不諸比丘言實作世尊佛種種因緣呵諸比丘云何名比丘佛饑餓時憐愍諸比丘聽小食受已後食食已持出木果池物諸比丘豐時乞食易得如本饑餓時淨食戒比丘違是時

佛種種因緣呵已告諸比丘從今日如本饑餓時爲憐愍諸比丘聽小食受已後食食已持出木果池物如饑餓時淨不應食若食犯波逸提

佛在毗耶離隨所住竟著衣持鉢向蘇摩國遊行此國有二城一名婆提城二名蜜城婆提城中有六大福德人何等六一居士名民大二民大婦三民大兒四民大兒婦五民大奴六民大婢何等民大居士大福德民大持少金銀瑠璃珠寶坐市肆中若諸宗族五親知識朋友一切閻浮提人爲金銀瑠璃珠寶來者是居士不起坐處能令求者自恣所須寶物如故不盡是爲民大居士大福德民大居士婦有何等大福德若民大居士婦食時若一切閻浮提人來爲飲食故一切諸人自恣飽滿食故不盡是民大居士婦大福德民大居士兒有何等大福德其兒入倉庫寶藏中看上向觀見有孔譬如車轂錢財寶物從上流下寶藏即滿是民大居士兒大福德民大居士兒婦有何等大福德其兒婦持華香瓔珞諸雜塗香好衣上服至中庭牀上坐欲奉舅姑及夫坐處未起若一切閻浮提人來爲華香瓔珞諸雜塗香好衣上服來者一切自恣給與如故不盡是民大兒婦大福德民大居士奴有何等大福德民大居士奴若持犂一出耕時七壠成就是爲民大居士奴大福德民大居士婢有何等大福德民大居士婢一切穀麥舂磨還輸倉一切閻浮提人爲米麵故來一切自恣給與米麵如故不盡是爲民大居士婢大福德是時民大居士憍慢

心生一切閻浮提福德無人勝我是民大居士及婆提城中人皆是外道弟子是諸外道聞沙門瞿曇蘇摩國土遊行來向婆提城是外道輩相率集會入城至民大居士前毀佛及僧是人難滿難養多欲無猒是沙門瞿曇與千二百五十比丘俱千優婆塞五百乞殘食人從一聚落至一聚落從一城至一城譬如霜雹蝗蟲殘害人民穀麥其所至處破人家業今來復欲殘毀我輩時民大居士即生惡心共作要令不聽一人往見瞿曇若往見者輸城中人五百金錢是時民大居士問諸人言是沙門瞿曇人不欲與不强索不諸人言不强索又問王勑與不答言不又問不與是人作傷害不諸人言不是居士言云何與答言自信自欲自愛自心清淨故與是居士言若沙門瞿曇人不欲與不强奪不王勑若不與不作傷害法應與是人福德力故令爾許衆人得樂如是人福德必勝我是時民大居士未見佛便憍慢心除佛從是諸國遊行到婆提城無有精舍城北有林號曰勝葉其樹欝茂其地平博世尊大衆於中止頓民大居士聞佛已到其人先世供養佛僧曾種善根近正見宿因力故能得今世無漏智爲善根力所追便自思惟我於此國人所宗敬富樂第一若我不看佛者人當謂我慳貪惜費即告諸人諸人先作要令我自思惟此要不全我寧輸五百金錢諸人言以何事故答言我於此國富樂第一若不看佛人當謂我慳貪惜費諸人宗重民大居士有負其債者有蒙供給者雖欲輸錢無敢取者諸人言何須

破要皆當共去一切俱行到已頭面禮佛足一面坐佛爲居士隨意說法得遠塵離垢諸法眼生見法得法知法信淨度疑不信他不隨他除疑悔住初果中得無所畏從座起頭面禮佛足言大德我歸依佛歸依法歸依比丘僧證知我是佛弟子從今日盡形壽歸依三寶居士即遣使喚五福德人語言佛大師在此宜速時來使到具告情事此五人亦先世供養佛種善根近正見利根宿因力故能得今世無漏智善根力所追即到佛所頭面禮佛足一面坐佛爲五人隨意說法亦得遠塵離垢諸法眼生見法得法知法信淨度疑不信他不隨他除疑悔住初果中得無所畏從座起頭面禮佛足言我歸依佛歸依法歸依僧證知我是佛弟子從今日盡形壽歸依三寶民大居士從座起叉手合掌白佛言世尊願佛及僧受我舍宿佛默然許之既蒙許可即禮佛足還家併當房舍除去所有灑掃清淨懸繒旛蓋雜色綾羅燒衆名香布種種華辦金牀銀牀玻瓈牀紺瑠璃牀各千二百五十如是思惟此四寶牀若不受一當受一又辦千二百五十金瓶盛湯水千二百五十使人一比丘給一人一切辦已遣使白佛唯聖知時佛晡時著衣持鉢與大衆俱向居士舍千二百五十沙門居士給千二百五十使人一比丘給一人在門外洗浴居士自洗浴佛一時浴訖而入其舍居士以千二百五十金牀奉佛佛不受次以銀牀玻瓈紺瑠璃牀各千二百五十奉佛佛盡不受居士更布淨牀以細氎拘執欽婆羅雜色綾羅布淨牀上

大衆坐訖自行澡水奉進非時漿及含消藥即起辦具種種餚饍飲食又辦金鉢銀鉢玻瓈鉢紺瑠璃鉢各千二百五十如是思惟若不受一當受一又復辦金盤銀玻瓈紺瑠璃盤各千二百五十如是思惟若不受一當受一辦訖白佛時到佛及僧坐定自行澡水奉佛千二百五十金盤佛不受次奉銀盤玻瓈盤紺瑠璃盤各千二百五十佛盡不受更奉木盤銅盤即爲受之復以千二百五十金鉢奉佛佛不受次以銀玻瓈紺瑠璃鉢各千二百五十奉佛佛不受告諸比丘我先聽兩種鉢鐵瓦八種鉢不應畜居士供施已訖自行澡水食畢攝鉢持一小牀在佛前坐欲聽佛說法復白佛言願受我是蘇摩國中盡形壽供養我當爲佛作千二百五十房舍千二百五十牀榻被褥拘執以好秔米王所食者供養世尊及諸比丘僧佛告聚落主汝心信淨於我已足諸有如是善男子依信法中住我憐愍應度不得長受汝請佛爲居士說偈呪願

若在天祠中　供養火爲最　婆羅門書中
薩鞞帝爲最　一切諸人中　轉輪王爲最
一切諸江河　大海深爲最　於諸星宿中
月爲第一最　一切照明中　日光曜爲最
十方天人中　佛福田爲最

佛呪願已從座起去勑諸弟子次第而出從婆提城持衣鉢向頻闍山遊行民大居士爲佛故遣五百人以五百乳牛五百乘車載秔米及隨飯羹王所食者語使人言若佛在無聚落空處宿時汝搆五百乳牛作秔米酥乳

糜和以黑白石蜜上佛五百人受民大居士語佛在無聚落處宿五百人即犂乳作糜上佛佛言與僧作分即與僧僧不受如是思惟是食具以我曹故送來已與宿不淨以是事白佛佛言比丘有二種請食一者即日食二者冷食若即日得二請應自受一請一請與人若得冷請隨所施隨受有淨隨受有不淨隨受淨隨受者謂五種佉陀尼五種蒲闍尼食五似食不淨隨受者謂五寶五似寶彼淨隨受受已作淨不淨隨受者言此不淨得淨當受佛漸漸遊行到頻闍山彼頻闍山中有一夜叉鬼字優躭摩舊在彼山中住此鬼信佛心淨思惟我當何物上佛比中唯有蒲萄即取上佛佛言與僧作分彼即與比丘比丘不受言佛未聽我曹噉蒲萄以是事白佛佛言從今日聽噉蒲萄時大有蒲萄食飽多殘諸比丘不知當云何白佛佛言壓汁飲若蒲萄不作淨若汁中不以水作淨不應飲若蒲萄作淨汁中不作淨若汁作淨蒲萄不作淨不應飲蒲萄淨汁亦淨應飲爾時佛遊行集人轉多有千二百五十比丘有千優婆塞五百乞殘食人五百作人五百乳牛五百乘車佛欲散此衆即入定譬如士夫屈伸臂頃從頻闍山沒至漫陀耆尼池岸上現池岸上有結髮仙人字雞尼耶先在此住見佛不起又不問訊亦不讓坐佛亦不與仙人語言問訊佛即於漫陀耆尼池中洗足已即於岸上在一樹下布尼師壇結跏趺坐爾時微雨灑地輕風來掃風吹種種華彌漫布地雞尼耶思惟微雨灑地輕風吹雜華布地皆是我力非

是沙門瞿曇力也是夜多過爾時四大天王與無數百千眷屬俱欲來向佛時有四青衣鬼神來向仙人在四邊住仙人開眼見之問汝何人諸鬼神言我青衣鬼神言何以來言相守護問言何以守護鬼神言今夜多過四大天王當與無數百千萬眷屬來至佛所此中儻有鬼神來相觸擾仙人言不守護沙門瞿曇耶答言不仙人思惟此微雨輕風雜華布地乃是沙門瞿曇力非我力也即時四大天王與無數百千眷屬後夜來見佛頭面禮佛足一面立佛以聖語說四諦法苦集盡道二天王解得道二天王不解佛更爲二天王以馱婆羅語說法

伊寗(苦諦)彌寗(集諦)多吔陀辟(盡諦)陀羅辟支(道諦)佛(一切)闍陀(知也)薩婆休(一切)蠰舍摩遮(滅求)薩婆多羅(一切離)毗樓利多吔欲(遠離)薩婆休(一切)鞞羅地(不作)波跋(惡也)頭吃想妬(苦盡也)涅樓遮(邊)諦(如是說也)

是二天王一解一不解佛復作彌梨車語摩舍兜舍那舍婆薩婆多羅毗比帝伊數安兜頭却婆阿地婆陀四天王盡解示教利喜已禮佛足而去佛於漫陀耆尼池岸上持衣鉢遊行向阿摩那國是結髮仙人舊住此國深敬信佛而作是念當以何物奉上於佛復作是念如古昔仙人所受水淨八種漿當以奉佛即辦此衆多漿持來上佛佛告雞尼耶與僧作分即與比丘比丘言佛未聽我飲八種漿以是事白佛佛言從今日聽飲八種漿何等八一周梨漿二茂梨漿三拘樓漿四舍樓漿五說波多漿六頗留沙漿七梨漿八蒲萄漿以水作淨應飲佛從阿摩那國隨所住竟

持衣鉢向阿頭佉國遊行此國中有子父比丘本作剃毛鬚髮師其父摩訶羅聞佛從阿摩那國遊行到阿頭佉國此中無檀越供給僧亦無供養誰當供養佛便語兒言我聞佛從阿摩那國土遊行欲來至此此中無檀越供給僧亦無供養汝可持鉢入城求胡麻秔米小豆摩沙豆供養世尊其子巧能其事即持鉢入城大得胡麻秔米小豆摩沙豆世尊既到父子選擇房舍布好坐具即爲辦種種粥酥胡麻油粥乳粥二種豆粥清粥辦已上佛及僧諸粥太多餘殘棄一房舍内地佛食後經行摩訶羅從佛彷徉到是處見地粥狼藉佛知故問摩訶羅摩訶羅何許得是多粥有檀越與耶答言無佛言是衆僧物耶答言非佛言何處得摩訶羅以是事具白佛佛以是因緣故集僧集僧已佛種種因緣呵摩訶羅何以名比丘教子作不淨事佛種種因緣呵已告諸比丘從今日五衆不得相教作不淨事若教作得突吉羅罪從今日前工師持種種作具不應畜若畜得罪若先縫衣人畜鍼筒不犯先能書人畜筆筒不犯先銅作人畜鑽不犯佛從阿頭佉國持衣鉢向波婆國遊行此國中諸豪族先作要佛來入國一切應一由延迎佛若不迎者罰五百金錢既聞佛至出迎中有一豪族字盧芝第一力士是阿難舊知識其人於佛無信阿難遥見其來語言盧芝汝來迎佛甚善盧芝言我非信佛而迎我順親族法故阿難言有何法答言我親族先作要法若佛來者應一切一由延迎若不迎者罰五百金錢阿難我不惜五百金

錢恐親族不穆以是故來阿難執手牽至佛所到以頭面禮佛足一面立阿難白佛言是盧芝我舊知識特相親善於佛不信願佛說法令其開解爾時世尊以慈心感覆彼即信悟尋爲說法示教利喜示教利喜已禮佛而去還坐本處諸人去不久時佛從座起向自房盧芝從佛如犢隨母佛入房坐盧芝禮佛足一面坐佛爲說法示教利喜即從坐起禮佛而去思惟我持何等物上佛即以諸餅奉佛佛言與僧作分彼即與比丘比丘不受語言佛未聽我噉餅以是事白佛佛言從今日聽噉餅何等餅若麵若大小麥餅若豆餅䴵漏餅重華餅有如是種種淨餅一切聽噉佛從波婆國隨所住竟持衣鉢遊行到舍衛國諸比丘乞食得甘美餚饍乳酪酥油魚肉脯諸比丘不受思惟乞美飲食或墮罪以是事白佛佛言若不自乞檀越施應受從今日聽僧服四種藥何等四種藥一時藥二時分藥三七日藥四盡形藥時藥者五種佉陀尼五種蒲闍尼五似食何等五種佉陀尼一根食二莖食三葉食四磨食五果食何等根食芋根䓈根藕根蘆菔根蕪菁根如是等種種根可食何等莖食蘆菔莖穀梨莖羅勒莖柯藍莖如是等種種是莖佉陀尼何等葉食蘆菔穀梨羅勒柯藍如是等種種葉可食是葉佉陀尼何等磨食稻大麥小麥如是等種種是磨佉陀尼食何等果食菴羅果閻浮果波那薩果鎮頭佉果那梨耆羅果如是等種種是果佉陀尼何等五種蒲闍尼食一飯二麨三麵四魚五肉如是五種蒲闍尼食何等五種

似食糜粟麷麥莠子迦師錯麥如是等種種是名似食未漉漿汁是名時藥時分藥者淨漉漿淨漉汁是名時分藥七日藥者若酥油蜜石蜜是名七日藥盡形藥者五種根藥何等五種一舍利二薑三附子四波提毗沙五菖蒲根是藥盡形壽共房宿無罪五種果藥呵梨勒鞞醯勒阿摩勒胡椒蓽茇羅盡形受共房宿有五種鹽黑鹽紫鹽赤鹽鹵土鹽白鹽盡形受共房宿有五種膠藥興渠薩闍羅蔡帝夜帝夜波提帝夜槃那盡形受共房宿五種湯根湯莖湯葉湯華湯果湯盡形受共房宿是四種藥時藥時分藥七日藥盡形藥若即日受時藥時分藥七日藥盡形藥若和合一處此藥時應服非時不應服時藥力故若即日受時分藥七日藥盡形藥是藥和合一處是藥應時分服過時分不應服時分藥力故若即日受七日藥盡形藥是藥和合一處七日應服過七日不應服七日藥力故盡形藥隨意服若即日受時藥不淨受時分藥七日藥盡形藥和合一處不應服即日受時分藥不淨受七日藥盡形藥和合一處不應服即日受七日藥不淨受盡形藥和合一處不應服長老憂波離問佛是三種藥時分藥七日藥盡形藥是三種藥舉宿得口受不佛言不得是三種藥惡捉得口受不佛言不得是三種藥手受口受不病得服不佛言不得是三種藥手受口受病得服不佛言得七法中醫藥法第六竟

十誦律卷第二十六

音釋

麨精（麨尺沼切乾粮也）　犍鎡（梵語也比云爲鑽子犍居偃切乾𥞊也）　翢（下華切鳥之𠢕羽也）　擣（都皓切舂也）　燋（切鎡即移切即消切火傷也）　臭煤（臭徒哀切煤莫杯切臭煤火煙所生也）　酢（倉故切酸也）　蘖（博陌切黄蘖也）　儻（他朗切或然也）　倩（七政切借也）　餉（式亮切饋也）　躃地（躃必益切躃地謂足不能行而仆于地也）　秔（古行切稻屬）　篅（市緣切竹器也）　芡（渠歛切鷄頭也）　㲉（古候切取牛乳也）　吔（音陁）　蠰（乃郎切）　莈（羊捶切芡也）　麷（古猛切麥也）　莠（與久切似苗草也）

十誦律卷第二十七

姚秦三藏弗若多羅共三藏鳩摩羅什譯

第四誦之七

七法中衣法第七

佛在王舍城五比丘白佛應著何等衣佛言應著般藪衣

佛在王舍城佛身冷濕須服下藥佛告阿難我身冷濕是事汝自知阿難受教往耆婆藥師所語耆婆言佛身冷濕須服下藥是事汝自知耆婆言長老還去我隨後往耆婆思惟佛德尊重不宜進木藥苦藥如餘人法當取青蓮華以下藥草熏之持用上佛即取青蓮華以下藥熏之已持詣佛所頭面禮足白佛言是優鉢羅華熏以下藥可以治身願佛受之此藥一齅十下二齅二十下三齅三十下佛受已默然耆婆欲還具教阿難侍病節度而去佛一齅其藥十下二齅二十下第三齅二十九下耆婆明識時數復來瞻佛問訊世尊不審下不佛言向齅汝藥二十九下耆婆知佛身病未盡白佛言須飲少煖水飲已更一下如是隨順滿三十下耆婆還家辦隨藥飲食輭飯粥羹嘗伽羅藥奉進所須起居輕利無復患苦佛得贍力還復本色耆婆持深摩根衣價直百千欲奉上佛頭面禮足一面立白佛言我治王大臣皆與我願今日治佛願世尊賜我一願佛告耆婆多陀阿伽度阿羅訶三藐三佛陀已過諸願白佛言可得願與我佛告耆婆汝索何等願耆婆言大德是深摩根衣價直百千願佛受著憐愍故佛默然受知佛默然受即以深摩根衣價直百千

上佛頭面禮佛足而去佛以是事集僧集僧已告諸比丘今日耆婆與我價直百千深摩根衣從今日聽若有施比丘如是衣者得隨意取著從今日若比丘欲著般藪衣聽著若欲著居士施衣亦聽著

佛在王舍城是時萍沙王乘象輿清旦出王舍城欲見佛王信佛恭敬時有外道梵志從道而來王望遥見謂是沙門便勑御者住象欲下禮拜大臣問王欲作何等王言敬禮來比丘大臣言大王是非佛弟子外道梵志耳王羞愧王問御者令往見佛去此幾許可乘何處可下御者具答到已頭面禮佛足一面坐白佛言世尊願令僧衣與外道衣異使可分别佛告大王何以故欲令衣異王以是事具白佛佛爲王說法示教利喜禮佛而去時阿難侍佛後執扇扇佛佛顧語阿難我欲南山國土遊行阿難受勑尋從既到南山國土時至乞食食訖到一樹下敷尼師壇結跏趺坐是時近山有好稻田畦畔齊整佛告阿難汝見彼稻田畦畔齊整不答言見佛告阿難此深摩根衣能法此田作衣不阿難言能即以衣與阿難阿難受已小却即割截簪縫中脊衣葉兩向收襞張展還奉佛佛讃善哉善哉此衣割截如是作應法佛從南山國土持衣鉢向王舍城到已以是因緣集僧集僧已告諸比丘從今日聽著割截衣不著割截衣不得入聚落若入得突吉羅罪

佛聽諸比丘著居士施衣諸居士婆羅門有信施者多施僧衣欽婆羅拘攝雜色氎諸比丘畜多衣佛知諸比丘畜多衣多衣妨行道

欲作齊限告阿難言吾欲向毗耶離國遊行阿難受勑尋從既到會值冬節入夜寒霜風破竹佛時著一割截衣初夜空地經行初夜過中夜來佛身寒告阿難持第二割截衣來阿難即取衣授佛佛取衣著中夜空地經行中夜過後夜來佛身寒告阿難持第三割截衣來阿難即取衣授佛佛取衣著空地經行佛思惟諸比丘爾所衣足夜已過佛以是因緣集僧集僧已告諸比丘從今日聽三衣不應少不應多若少畜得突吉羅罪若多畜得尼薩耆波夜提罪

有一比丘有糞掃衣比丘聞佛結戒不應著不割截衣入聚落思惟我有糞掃衣破裂我當補貼作鉤蘭施緣即持鍼縷近祇桓門間補貼糞掃衣用當割截衣佛將侍者阿難食後經行至彼處見之佛知故問汝欲作何等答言世尊與我等結戒不應著不割截衣入聚落我有糞掃衣破裂欲補貼施緣當割截衣佛言比丘善哉善哉糞掃衣補貼應用當割截衣從今日聽畜糞掃衣四種何等四種一塚間衣二出來衣三無主衣四土衣何等塚間衣有衣裹死人棄塚間是爲塚間衣何等出來衣裹死人衣持來施比丘是爲出來衣何等無主衣若聚落中若空地衣不屬他若男子若女人若黄門若二根是爲無主衣何等爲土衣有巷陌中若塚間若糞掃衣有棄弊物是爲土衣若比丘受糞掃衣法得塚間新衣應兩重作僧伽棃一重鬱多羅僧一重安陀會二重作尼師壇復次欲作三重僧伽棃三重尼師壇若比丘得塚間故衣應四

重作僧伽梨二重鬱多羅僧二重安陀會四重作尼師壇出來衣無主衣亦如是土衣聽隨意作重

佛在舍衛國有摩伽羅母名毗舍佉詣佛所頭面禮足却坐一面佛以種種因緣說法示教利喜已默然知佛說法示教利喜默然已從座起偏袒著衣合掌白佛言世尊願佛及僧受我明日請佛默然受之知佛默然受已頭面禮佛足右遶而去還自舍通夜辦種種多美飲食佛是初夜共阿難露地經行佛看星宿相語阿難言若今有人問知星宿相者何時當雨彼必言七歲當雨佛語阿難初夜過已中夜至是星相滅更有異星相出若爾時有人問知相者何時當雨彼必言過七月當雨又語阿難中夜過已至後夜是星相滅更有異星相出若爾時問知相者何時當雨彼必言七日當雨是夜過地了時東方有雲出形如圓椀遍滿空中是雲能作大雨滿諸坑坎爾時佛告阿難語諸比丘是椀雲雨有功德能除病若諸比丘欲洗浴者露地立洗阿難受教語諸比丘是椀雲雨有功德能除病諸比丘欲洗浴者露地立洗時諸比丘隨意露地立洗爾時毗舍佉鹿子母辦飲食已早起敷坐處遣婢白佛時到食具已辦佛自知時婢即受教往詣祇陀林覔諸比丘不見於門孔中看見裸形露洗見已心不喜作是念是中都無比丘盡是裸形外道無慚愧人作是念已即還語大家言祇陁林中無一比丘盡是裸形外道是毗舍佉母智慧利根知今日雨墮諸比丘必當露地裸形洗浴是婢

癡無所知故作是言祇陀林中無一比丘盡是裸形外道即更喚餘婢往詣祇陀林打門作聲白佛言時到食具已辦即受教去往詣祇陀林打門作聲時到食具已辦佛自知時爾時佛與大衆著衣持鉢衆僧圍遶俱詣其舍佛在僧中坐毗舍佉母自行澡水自手與多美飲食食訖行水知攝鉢已持小牀坐佛前欲聽說法白佛言世尊請與我願佛言諸多陀阿伽度阿羅訶三藐三佛陀已過諸願毗舍佉言與我可得願佛言與汝可得願欲得何願毗舍佉言欲與比丘僧雨浴衣與比丘尼僧雨浴衣客比丘來我與食遠行比丘我與食病比丘我與食看病比丘我與食我常與比丘僧粥多知識少知識比丘我與病因緣湯藥及所須物佛言汝見何因緣故欲與比丘僧雨浴衣答言大德我今日早起敷座已遣使詣祇陀林白佛時到門間見諸比丘露地雨中裸形洗浴婢還言祇陀林中無一比丘但諸外道大德比丘裸形在佛前和尚阿闍梨一切上座前則爲無羞是故與比丘僧雨浴衣著自在露地雨中洗浴毗舍佉汝見何因緣故欲與比丘尼僧雨浴衣答言大德我一時與諸居士婦共至阿耆羅河中洗浴時諸比丘尼亦入河中裸形洗浴諸居士婦見心不喜呵責言是輩薄福德不吉麤身大腹垂乳用作比丘尼爲大德女人裸形醜惡是故我欲與尼僧雨浴衣毗舍佉汝見何因緣故欲與客來比丘飲食答言大德客來比丘不知何處可去不可去道路疲極未得休息是故我欲與飲食後隨知可去不可

去處毗舍佉汝見何因緣故欲與遠行比丘食答言大德遠行比丘若待食時若行乞食則伴捨去或夜中入險道或獨行曠野我與食故不失伴不入險道是故我與飲食毗舍佉汝見何因緣故欲與諸病比丘飲食答言大德病比丘不得隨病飲食則病難差是故我與隨病飲食則病易差毗舍佉汝見何因緣故欲與看病比丘飲食答言大德看病比丘若待僧中食後食若行乞食去是病比丘瞻養事闕若煑飲作粥作羮煑肉煑藥湯出入大小便器若棄唾器以是故我與看病比丘飲食瞻養不闕便得煑飯作粥作羮煑肉及煑藥出入大小便器棄唾器毗舍佉汝見何因緣故欲常與比丘僧粥答言大德若比丘不食粥有飢渴惱或時腹内風起我常與粥故則無衆惱毗舍佉汝見何因緣故欲與多知識少知識比丘與病緣湯藥及所須物答言大德病比丘必欲得湯藥所須諸物以是故我與復次大德我若聞某甲比丘彼住處死佛記彼比丘三結斷得須陀洹不墮惡道必得涅槃極至七生天上人中往反得盡衆苦大德我當問是長老曾來舍衞國不若聞是比丘曾來舍衞國我思惟是長老或受我雨浴衣或受客比丘飲食或遠行飲食或隨病飲食或看病飲食或常與粥或病緣比丘湯藥諸物大德我以是因緣故覺意滿大德我若聞某比丘彼住處死佛記彼比丘三結盡三毒薄得斯陀含一來是世得盡苦際我當問是長老曾來舍衞國不若我聞是比丘曾來舍衞國大德我如是思惟是長老或

受我雨浴衣或受客比丘飲食或受遠行飲食或隨病飲食或看病飲食或常與粥或病比丘湯藥諸物大德我以是因緣故覺意滿大德我若聞其比丘彼住處死佛記彼比丘得阿那含五下結盡便於天上般涅槃不還是問大德我當問是長老曾來舍衛國不若我聞是比丘曾來我思惟是長老或受我雨浴衣或客比丘飲食或遠行飲食或隨病飲食或看病飲食或常與粥或病比丘湯藥諸物大德我以是因緣故覺意滿大德我若聞某比丘彼住處死佛記彼比丘得阿羅漢是生已盡梵行已立所作已辦自知作證我當問是長老曾來舍衛國不若聞是比丘曾來我思惟是長老或受我雨浴衣或客比丘飲食遠行飲食隨病飲食看病飲食或常與粥病比丘湯藥諸物我以是因緣故覺意滿大德如是我則福德成就以是因緣攝法福德佛言善哉善哉毗舍佉我聽汝是諸願聽汝與比丘僧雨浴衣比丘尼僧雨浴衣客比丘飲食遠行比丘飲食隨病比丘飲食看病比丘飲食比丘僧常與粥多知識少知識比丘與病緣湯藥諸物毗舍佉是則福德成就以是因緣攝法福德佛爲毗舍佉說種種法示教利喜已從座起去佛以是事集僧集僧已告諸比丘從今日聽諸比丘畜雨浴衣隨意露地浴是諸比丘知佛聽畜雨浴衣便廣長大作畜是中有比丘少欲知足行頭陀聞是事種種因緣呵責云何名比丘佛聽畜雨浴衣便廣長大作畜種種因緣呵已向佛廣說佛以是事集僧集僧已知而故問諸比丘汝

實作是事不答言實作世尊佛種種因緣呵責云何名比丘知我聽畜雨浴衣便廣長大作畜呵已告諸比丘從今日欲作雨浴衣應量作是中量者長佛六搩手廣二搩手半若過量作犯波夜提罪

佛在毗耶離國土地鹵濕諸比丘病癰瘡有一比丘瘡中膿血流出汙安陀會如水漬佛遥見之知而故問是比丘汝身何以膿血流出汙安陀會如水漬比丘答言世尊我癰瘡中膿血流出汙安陀會佛以是事集僧集僧已告諸比丘從今日聽諸病癰瘡比丘著覆瘡衣乃至瘡差後十日若過犯波夜提罪諸比丘知佛聽畜覆瘡衣便廣長大作畜有諸比丘少欲知足行頭陀聞是事心不喜呵責言云何名比丘知佛聽畜覆瘡衣便廣長大作畜諸比丘種種因緣呵已具白佛佛以是事集僧集僧已佛知故問諸比丘汝實作是事不答言實爾世尊佛種種因緣呵云何名比丘知佛聽畜覆瘡衣便廣長大作畜佛種種因緣呵已告諸比丘從今日欲作覆瘡衣先應量作是量長佛四搩手廣二搩手若過作犯波夜提罪

佛在毗耶離國諸比丘不淨汙卧具浣早起近精舍門間懸曬食時佛著衣持鉢入城乞食見不淨汙卧具浣早起精舍門間懸曬食後佛以是事集比丘僧集比丘僧已告諸比丘我今日食時著衣持鉢入城乞食見諸比丘不淨汙卧具晨朝浣精舍門間懸曬汝等諸比丘此事不是不應爾衆僧卧具多用不籌量諸婆羅門居士身心疲苦血肉枯竭布

施作福是中應籌量少用亂念比丘不一心眠睡眠時有五過失何等五一者難睡苦二者難覺苦三者見惡夢四者睡眠時善神不護五者覺時心難入諸善覺觀法不亂念比丘一心睡眠有五善事何等五一者無難睡苦二者睡易覺三者睡無惡夢四者睡時善神來護五者睡覺心易入善覺觀法比丘有婬怒癡未離欲不亂念一心眠尚不失精何況離欲人佛種種因緣呵已告諸比丘從今日聽畜尼師壇覆護僧卧具故不應不敷尼師壇僧卧具上卧諸比丘知佛聽畜尼師壇便廣長大作畜有諸比丘少欲知足行頭陀聞是事心不喜呵責言云何名比丘知佛聽畜尼師壇便廣長大作畜種種因緣呵已具白佛佛以是因緣集比丘僧集比丘僧已知而故問諸比丘汝實作是事不答言實作世尊佛種種因緣呵諸比丘何以名比丘知佛聽畜尼師壇便廣長大作畜呵已告諸比丘從今日作尼師壇應量作是量長佛二搩手廣一搩手半若過作犯波夜提罪

佛在舍衛國食時著衣持鉢入城乞食食已還向安陀林中在一樹下敷尼師壇結跏趺坐長老迦留陀夷亦復入安陀林去佛不遠在一樹下敷尼師壇坐是長老身大兩膝到地兩手捉衣頋言佛何時當聽我縷邊一搩手作尼師壇我願滿足佛晡時從禪起以是因緣集比丘僧集比丘僧已告諸比丘我今日食時著衣持鉢入城乞食食已還入安陀林中一樹下敷尼師壇坐迦留陀夷乞食還亦坐樹下作是思惟佛今日何處行道我亦

彼問行道我入安陀林中一樹下布尼師壇坐迦留陀夷亦爾是善男子身大兩膝到地兩手捉衣作是願言佛何時當聽我縷邊一搩手作尼師壇如是滿足佛告諸比丘從今日聽尼師壇縷邊一搩手作是戒應如是說若比丘欲作尼師壇應量作是量長佛二搩手廣一搩手半益縷邊一搩手若過作得波夜提罪

佛在迦毗羅婆國長老難陀是佛弟姨母所生與佛身相似三十相短四指不及佛難陀作衣與佛衣等量諸比丘若食時集若中後集遥見來起迎思惟我等大師佛來漸近知是難陀上座比丘羞思惟是我等下座而起迎難陀亦慚愧言乃令諸上座起迎我諸比丘具白佛佛以是事集比丘僧集比丘僧已佛知故問難陀汝實作是事不答言實作世尊佛言從今日汝衣應減作壞色染淨佛告諸比丘汝等與難陀衣作怖筵若更有如是人僧亦當如是同心作怖筵從今日若比丘作衣與佛衣等若過得波夜提罪佛衣量長九搩手廣六搩手

佛在舍衛國有一比丘到佛所禮佛足一面立白佛聽我著芻麻衣佛言聽汝著芻麻衣何以故芻麻衣不妨得道及知足少欲知時知量勤學少取節用頭陀靜處隨涅槃有一比丘白佛聽我著憍施耶衣佛言聽汝著憍施耶衣何以故憍施耶衣不妨得道知足少欲乃至隨涅槃有一比丘白佛言聽我著沙尼衣佛言聽汝著沙尼衣沙尼衣不妨得道少欲知足乃至隨涅槃有一比丘白佛聽我

著野麻衣佛言聽汝著野麻衣野麻衣不妨得道少欲知足覊由羅欽婆羅亦如是有一賈客有翅彌樓欽婆羅賣不得價聞布施長老須菩提得今世報即持衣施須菩提須菩提不取言佛未聽我受此衣諸居士瞋恨言諸沙門釋子恒讚布施今與不肯受諸比丘以是事白佛佛言從今日聽畜欽婆羅衣欽婆羅衣不妨得道少欲知足乃至隨涅槃有一比丘白佛聽我受裸形法佛言裸形法不應受若裸形犯偷蘭遮罪何以故受裸形法是外道相故有一比丘白佛言聽我著髮欽婆羅佛言髮欽婆羅不應著若得著偷蘭遮罪何以故是外道相故有一比丘白佛聽我著角鵄翅衣佛言角鵄翅衣不應著若著得偷蘭遮罪何以故是外道相故有一比丘白佛聽我著麤縷衣佛言麤縷衣不應著若著得突吉羅罪有一比丘白佛聽我著皮衣佛言不聽著皮衣若著得突吉羅罪有一比丘白佛聽我著一衣佛言不聽著一衣若著得突吉羅罪有一比丘白佛聽我著上下衣佛言我先以聽三衣不應少不應多若比丘少畜得突吉羅罪若多畜墮尼薩耆波夜提罪若持上下衣得突吉羅罪有一比丘白佛聽我著打木衣佛言不聽著打木衣若著得突吉羅罪有一比丘白佛聽我著阿拘草衣跋拘草衣拘賖草衣文若草衣婆婆草衣槀草衣佛言一切不聽著若著得突吉羅罪六羣比丘白佛聽我除身毛佛言不應除身毛除身毛得突吉羅罪六羣比丘白佛聽我著眞青衣佛言六羣比丘索二種先索除身毛令

索真青衣佛言真青衣及真黃真赤真白一切毛皮衣偏袖衣複衣一切氍衣一切貫頭衣兩袖衣一切繞衣一切衫衣一切袴一切貯袴一切褌一切波羅彌利衣一切舍勒衣一切白衣衣比丘不應著若著得突吉羅罪有一比丘白佛聽我著樹生衣佛言不聽著樹生衣若著得突吉羅罪有一比丘白佛聽我著麤毛欽婆羅佛言不聽著麤毛欽婆羅若著得突吉羅罪麤毛縷欽婆羅有五種不可事何等五寒時大寒熱時大熱麤澀堅鞕令人皮麤

佛在舍衛國長老比丘喜陀於安陀林中留僧伽梨著上下衣入舍衛城乞食失僧伽梨食後覓不得語諸比丘諸長老我安陀林中留僧伽梨著上下衣入城乞食失僧伽梨我當云何諸比丘以是事白佛佛以是因緣集比丘僧集比丘僧已佛知故問比丘喜陀汝實作是事不答言實作世尊佛種種因緣讚持一切物去若比丘少欲住衣趣蓋形食趣充軀是比丘所行處共衣鉢俱無所顧戀譬如鳥飛與毛羽俱飛在空中比丘亦如是少欲知足衣趣蓋形食趣充軀是比丘所行處共衣鉢俱無所顧戀亦如鳥飛佛種種因緣讚持一切物去已告諸比丘從今日不持三衣不應入俗人家若入得突吉羅罪

佛在舍衛國長老阿難天雨時祇陀林中留僧伽梨著上下衣入舍衛城乞食諸比丘以是事白佛佛以是事集比丘僧集比丘僧已佛知故問阿難汝實天雨時祇陀林中留僧伽梨著上下衣入城乞食不阿難言實爾世

尊佛言何以故阿難言天雨故佛種種因緣讚戒讚持戒讚戒讚持戒已告諸比丘有五因緣聽留僧伽棃何等五一有比丘住處二若受迦絺那衣三若天雨四若欲雨五若聚落外有施會是爲五因緣復有五因緣留僧伽棃衣何等五一有比丘住處二若受迦絺那衣三若店肆施會四市肆施會五四衢道頭是爲五因緣

佛在王舍城是時諸外道出家夏安居竟自恣時諸外道居家弟子布施衣物諸優婆塞佛法中信心清淨思惟言是諸邪法惡師夏安居竟自恣時尚知布施衣我等聖僧夏安居竟自恣時云何不布施諸衣耶即持衣襆詣竹園施僧諸比丘不受言佛未聽我等受夏安居竟自恣時布施安居衣以是事白佛佛言聽安居竟自恣時受安居衣諸沙彌來索衣分諸比丘言佛未聽我等與沙彌安居起衣分以是事白佛佛言聽與諸比丘如是思惟佛言聽與不知與幾許白佛佛言沙彌若立若坐若次第諸檀越手與布施多少應屬沙彌若檀越不分別具作四分第四分與沙彌

佛在王舍城是時諸外道出家夏安居竟自恣時諸居家弟子以諸物施澡罐繩纓樓遮迦火鑪蓋扇革屣曲杖諸優婆塞佛法中信心清淨思惟是諸邪法惡師夏安居自恣時尚知布施諸物我等聖僧夏安居竟自恣時云何不布施諸物即隨比丘法布施種種諸物若鉢若拘鉢多羅若半拘鉢多羅鍵鎡半鍵鎡帶鏁禪鎮衣鞊鉢枝澡罐鉢囊蓋扇革

屣如是等種種比丘所須物持詣竹園布施僧諸比丘不受言佛未聽我等夏安居竟自恣時受隨比丘所須物以是事白佛佛言聽安居起自恣時受隨比丘所須物時諸沙彌來索隨比丘所須物分諸比丘不與語沙彌言佛聽夏安居起自恣時施衣與沙彌分未聽隨比丘所須物與沙彌分以是事白佛佛言應與諸比丘如是思惟佛言應與不知與幾許白佛佛言諸沙彌若立若坐若次第諸檀越手自布施多少屬沙彌若諸檀越不分別與作四分第四分與沙彌

佛在舍衛國跋難陀釋子兩處安居為布施故諸比丘不知何處與衣分白佛佛言安居處與諸比丘言兩處安居佛言何處住日多答言兩處日等佛言何處自恣答言兩處自恣佛言何處先自恣是處與衣分

佛在舍衛國跋難陀釋子夏後月案行諸精舍欲知何處安居比丘多得衣物布施多處即往諸比丘遥見起迎與布坐處令坐共相問訊樂不樂小默然語諸比丘長老是中住處僧得布施衣不諸比丘言得分未答言未分言持來是間分諸比丘持來著跋難陀前分分已上座取分欲去跋難陀言大德小待問言有何等事答言但小待跋難陀能說法雜語好語無盡語如是好説法上座聞法大歡喜愛法故語跋難陀我衣分屬汝如是第二第三上座亦如是一切僧衣分盡與跋難陀如是一處兩處三處多得衣大襆持入祇洹諸比丘祇洹門間空地經行遥見來自共相語跋難陀釋子來耐羞人多作見聞疑惡

多取衣樸來漸近諸比丘問是諸衣何處得答言與諸比丘廣説法故得諸比丘少欲知足行頭陀呵責何以名比丘餘處安居餘處安居受衣分諸比丘種種因緣呵已具白佛佛以是事集僧集僧已佛知故問跋難陀汝實爾不答言實爾佛種種因緣呵何以名比丘餘處安居餘處安居受衣分爾時佛但呵未爲比丘結戒

佛在憍薩羅國一住處與大比丘僧安居是國中諸居士見僧多家家與比丘僧衣若別房衣亦後安居衣佛後歲祇洹中夏安居是中住處有兩老比丘安居諸居士思惟我等施僧如舊令事不廢諸比丘得布施我等得福諸居士送多衣物如本法與住處僧是二老比丘思惟是諸衣多我等人少若分知當得何等罪心疑不分是時跋難陀夏後月案行諸精舍欲知何處安居比丘多得衣物布施跋難陀思惟佛往年安居處是中必有多衣施即往彼住處二老比丘遥見來起迎與坐處共相問訊樂不樂小默然問言是中住處僧得布施衣物不答言得分未答言未問言何故不分答言是諸衣多我等人少若分知當得何等罪心疑不分跋難陀言汝不分好若分知汝得何罪二老比丘問汝能分不答言能是中應作羯磨即持諸衣物來置前跋難陀分作三聚是二比丘聞著一聚自二聚間立言汝聽作羯磨

汝二人一聚　如是汝有三　兩聚并及我
如是我有三

問是羯磨好不答言善跋難陀大擔衣法彼

言大德上座我等諸衣物未分跋難陀言我爲汝分知法人應與一好衣彼言當與跋難陀是聚中取大價衣著一處餘與分作二分已自擔多衣襆入祇洹諸比丘門間空地經行遥見來自共相語是跋難陀無畜人多作見聞疑惡多取諸衣襆遂近來至諸比丘言跋難陀是諸衣何處得跋難陀具說向諸比丘有比丘少欲知足行頭陀聞是事心慚愧呵責何以名比丘故奪老比丘物諸比丘種種因緣呵已具白佛佛以是事集僧集僧已佛知故問跋難陀汝實爾不答言實爾佛種種因緣呵何以名比丘故奪老比丘物佛種種因緣呵已告諸比丘是跋難陀非但今世奪前世亦奪是事聽乃過去世一河曲中有二獺河中得大鯉魚不能分是二獺一面住守之有野干來欲飲水見言外甥在中作何等獺言阿舅是河曲中得此鯉魚不能分汝能分不野干言能是中應說偈野干分作三分問獺汝誰喜入淺答言是獺誰能入深答言是獺野干言聽我說偈

入淺應與尾　入深應與頭　中間身肉分
應與知法者

野干銜魚身雌者來說偈

汝何處銜來　滿口河中得　如是無頭尾
鯉魚好肉食

雄野干說偈答

人有相言擊　不知分別法　能知分別者
如官藏所得　無頭尾鯉魚　是故我得食

佛語諸比丘時二獺者二老比丘是野干者跋難陀是是跋難陀前世曾奪今世復奪佛

種種因緣呵跋難陀已告諸比丘從今日是處安居不應餘處受衣分若受得突吉羅罪有一住處一比丘夏安居是中諸人爲夏安居僧故布施諸衣應分物雖諸人爲夏安居僧故布施諸衣物一比丘獨夏安居應得受二比丘三比丘四比丘亦如是有住處無住處亦如是無聚落阿練若處亦如是有一住處一比丘夏安居是中諸人爲客比丘故多布施僧諸衣應分物雖諸人爲客故多布施僧諸衣現前僧應分物是一比丘夏安居是衣應獨受如是二比丘三比丘四比丘亦爾有住處無住處亦如是無聚落阿練若處亦如是若自恣竟僧破應與夏安居衣分不佛言應與自恣竟被擧比丘應與衣分不佛言不應與自恣竟有比丘至彼朋黨應與安居衣分不佛言若至如法衆中應與自恣竟有比丘自言我白衣應與夏安居衣分不佛言不應與自恣竟有比丘自言我是沙彌應與夏安居衣分不佛言應與沙彌分自恣竟有比丘自言我非比丘應與夏安居衣分不佛言不應與若言我外道不見擯不作擯惡邪不除擯不共住種種不共住自言犯邊罪本白衣不能男汙比丘尼越濟人殺父母殺阿羅漢破僧惡心出佛身血如是人等應與夏安居衣分不佛言不應與自恣竟有比丘遊行至他國應與夏安居衣分不佛言有應與有不應與與者知當還不與者知不還若屬人取者一切衣分應與不屬人取者不應與受屬者一切僧作分應代作

十誦律卷第二十七

音釋

藪蘇后切　篸祖含切縫綴器也　襞必益切摺疊也　揲防葉切手度物　簁踈士山奇二切　䩭居宜切　鵄赤脂切　稾古老切禾稈也　複方六切重衣也　縗倉回切衣也上曰縗下曰裳　袴苦故切　褌古渾切　澀所立切不滑也　鞕魚孟切堅牢也　絺丑知切　鑵古玩切瓦器也　鐶胡關切　襆逢玉切帕也

十誦律卷第二十八

姚秦三藏弗若多羅共三藏鳩摩羅什譯

第四誦之八

七法中衣法第七之餘

佛語比丘布施有八種何等八一者界布施二者依止布施三制限布施四給得布施五僧得布施六現前得布施七夏安居布施八指示布施云何名界布施有一人言是衣布施是中住處僧夏後月受迦絺那衣是衣誰應受佛言雖夏後月受迦絺那衣若比丘入是界内者應受是名界得布施云何名依止布施如多比丘多住處作内界夏安居自恣竟捨本界結僧坊垣壁作内界是中諸人爲夏安居衆僧故布施諸衣應分物是衣誰應受佛言雖捨本界是諸比丘本多住處作内界夏安居是衣物諸比丘盡應分是爲依止得布施云何制限布施有一住處有二部比丘僧夏安居有受法衆有不受法衆是衆僧夏安居竟作如是制限此族布施我等受彼族布施汝等受此家布施我等受彼家布施汝等受是間行處布施我等受彼間行處布施汝等受是間聚落布施我等受彼間聚落布施汝等受是間去處聚落布施我等受彼間去處聚落布施汝等受是間街巷多人處布施我等受彼間街巷多人處布施汝等受是中諸人爲夏安居僧故捉上座手布施與僧諸衣應分物白佛言是衣物誰應受佛言隨何部作上座是物應屬一部若檀越捉第一上座第二上座手言是物施僧是物應屬誰答言二上座是一部上座應屬一部若二

上座各是一部應屬二部云何應分答言次第等分四分第四分應與沙彌是名制限得布施云何給得布施若爲人作布施爲因緣作布施月八日二十三日十四日二十九日十五日三十日十六日月一日乃至布薩時一錢給其處是諸物給處與是爲給得布施云何僧得布施是住處有檀越言是衣與是住處僧是時夏後月是住處不受迦絺那衣白佛是衣誰應受佛言夏從月是住處雖不受迦絺那衣諸比丘是中住處住是衣應屬是爲僧得布施云何現前得布施檀越言是住處與現前僧是時夏後月是住處受迦絺那衣白佛言是衣誰應受佛言雖夏後月是住處受迦絺那衣諸比丘是中住處現在是衣是輩應屬是爲現前得布施云何夏安居得布施有檀越言是衣與是住處夏安居僧是時非夏後月此住處迦絺那衣不受白佛言是衣誰應受佛言若非夏後月此住處迦絺那衣不受諸比丘是中住處夏安居竟是衣是輩應受是爲夏安居得布施云何指示得布施有檀越言是衣與耆闍崛山中若毗婆羅跋首山中若薩波燒持迦波婆利山中若薩多般那舊河山中白佛是衣誰應受佛言是衣何處示示處應受是爲示得布施

佛在舍衛國是時長老意師夏後月與大比丘僧五百人遊行諸國以長老意師故僧大得供養時食怛鉢那種種粥多諸衣布施是時諸比丘如是思惟以是長老意師故僧大得供養時食怛鉢那多諸衣布施諸比丘往詣意師所問言爲大德大得供養時食怛鉢

那多諸衣物布施長老是衣物誰應受長老意師言諸長老如佛毗尼中諸有一住處一比丘夏安居諸人雖爲客比丘故布施僧諸衣應分物是一比丘獨此夏安居是衣應獨受二比丘三比丘四比丘亦如是有住處無住處無聚落阿練若處亦爾諸長老汝等如是比丘衣應受如長老意師多亦如是如長老耶舍長老耶首陀亦如是又一時衆多大上座比丘大迦葉爲首波羅利弗城癰國中住是時摩竭國一住處獨一比丘住是中諸人爲夏安居僧故布施諸衣應分物是比丘如是思惟是住處諸人爲僧故布施諸衣應分物我一人非僧我當往問長老迦葉等諸上座比丘是衣物誰應受即具以是事問諸長老諸長老言如佛毗尼中說有一比丘一住處夏安居是諸人爲夏安居僧故布施諸衣應分物是一比丘獨夏安居是衣應受二比丘三比丘四比丘亦如是有住處無住處無聚落阿練若處亦爾如是比丘衣應受

佛在舍衛國爾時給孤獨兒字僧迦羅叉頂結髮故詣祇林中多設食供養僧諸比丘大會千二百五十人諸居士見大衆集是中爲僧故布施諸衣現前僧應分物舊比丘言是夏末月是中受一日成衣是時布施夏安居應分諸比丘不知當云何以是白佛佛言雖夏末月受迦絺那衣是名因緣衣現前僧應分

佛在舍衛國有阿羅漢比丘般涅槃爲是比丘故詣祇林中多設食供養僧諸比丘多會千二百五十人諸居士見大衆集是中爲僧

故布施諸衣應現前僧分物舊比丘言夏末月是中受迦絺那衣是時衣施夏安居僧應分諸比丘不知當云何以是事白佛佛言雖夏末月住處受迦絺那衣是因緣衣現前僧應分沙彌來索衣分諸比丘不與諸比丘言佛說夏安居衣分應與沙彌隨比丘法衣物應與沙彌佛不語因緣衣分應與以是事白佛佛言聽與諸比丘不知與幾許以是事白佛佛言諸檀越布施沙彌若立若坐若次第自手布施應屬沙彌若檀越不分別與作次第分竟四分與沙彌一分

佛在舍衛國是時給孤獨居士死故祇林破諸比丘不知當云何白佛佛言比丘若可治便如法治諸比丘治不能辦轉破壞白佛佛言給孤獨居士有子字僧迦羅叉應語是祇林汝父作而今傾損汝能治不諸比丘到語言僧迦羅叉是祇林汝父所作今日傾損汝何以不治答言諸大德我先知我父十八億金買空地與佛及僧今日破此非我事僧若持祇林與我我當治諸比丘不知當云何以是事白佛佛言應與有二人大得福德一人新起一人補故二人俱得無量福德云何應與僧迦羅叉著內界中一比丘應僧中如是唱大德僧聽是祇林無主僧迦羅叉欲治若僧時到僧忍聽僧祇林無主當與僧迦羅叉治故如是白大德僧聽是祇林無主僧迦羅叉能治是祇林無主當與僧迦羅叉治故誰諸長老忍祇林與僧迦羅叉治者是長老默然誰不忍便說僧與竟祇林無主僧迦羅叉治僧忍默然故是事如是持

憍薩羅國中一住處一比丘住春月迦絺那衣訖是中僧得布施現前應分物是比丘如是思惟是中住處僧得諸衣物現前應分物我一人非僧我何以不到佛所問是衣物誰應受是比丘即到佛所頭面禮足却坐一面須臾具以是事白佛佛言春月迦絺那衣訖憍薩羅國中一住處一比丘住是中僧得布施現前僧應分物我一人非僧是衣物應云何受佛言有一比丘一住處住諸人爲僧故布施諸衣現前僧應分物是比丘得此衣應心生口言是衣物僧所得應分物應屬我我護我受我用如是作是名得羯磨若餘比丘來不得强與若不如是作是比丘此衣不應受若受得突吉羅罪亦應共餘比丘分若如是不作者出界得突吉羅罪亦應共異比丘分若有二比丘一住處當云何分應展轉分自受分云何展轉分一比丘應如是言是衣諸人爲僧故布施諸衣僧應分物是邊爾許爲我分即此分與汝長老是分屬長老汝護汝受汝用第二比丘亦如是是名展轉分云何名自受分一比丘應如是言是衣諸人爲僧故布施諸衣僧現前應分物是衣物中爾許汝應得應屬汝汝護汝受汝用第二比丘亦如是是名自受分若如是作名得羯磨若餘比丘來不得强與若不如是作是比丘此衣不應受若受得突吉羅罪亦應共異比丘分如是不作出界得突吉羅罪亦應共異比丘分若有三比丘一住處云何分三比丘應展轉分若自受分若隨籌分云何展轉分如上說自受分亦爾云何隨籌分是衣作兩分

應如是言是分屬上座是分屬下座復次是分屬下座是分屬上座如是作竟應隨一籌異比丘見不應更隨籌若隨者諸比丘得突吉羅罪亦應異比丘共分若如是不作者出界得突吉羅罪應異比丘共分若有四比丘一住處當云何四比丘應展轉分若受自分若隨籌分若僧羯磨分展轉分自受分隨籌分亦如上說云何僧羯磨分是衣僧應羯磨與一比丘一心會僧僧中一比丘應唱大德僧聽是衣是中住處僧得現前應分物若僧時到僧忍聽僧是衣僧作羯磨與某甲比丘如是白白二羯磨僧是衣僧羯磨與某甲比丘竟僧忍默然故是事如是持若是比丘得僧羯磨與衣取不肯還如是言實布施善與善取法善斷事皆出僧中何以還索佛言是比丘應如是教是布施爲清淨故施還善若不還應强奪教突吉羅罪懺悔爾時諸沙彌來索衣分諸比丘不與如是言佛說安居起衣與沙彌分隨比丘所須物與沙彌分因緣衣與沙彌分未說非時衣與沙彌分諸比丘不知云何以是事白佛佛言應與諸比丘不知與幾許白佛佛言沙彌若坐若立若次第檀越自手布施應屬沙彌若不如是與第四分與沙彌

佛在舍衛國憍薩羅土地有一住處一比丘死諸比丘不知衣鉢當云何以是事白佛佛言應羯磨與一比丘羯磨法者和合僧僧中一比丘唱大德僧聽某甲比丘死是比丘所有資生輕物若衣若非衣現前僧應分物僧羯磨與某甲比丘若僧時到僧忍聽某甲比

丘死是比丘所有資生輕物若衣若非衣現
前僧應分物僧羯磨與某甲比丘如是白大
德僧聽某甲比丘死是比丘所有資生輕物
若衣若非衣現前僧應分物僧某甲比丘死
是比丘所有資生輕物若衣若非衣僧羯磨
與某甲比丘誰諸長老忍某甲比丘死是比
丘資生輕物若衣若非衣現前僧應分物僧
羯磨與某甲比丘是長老默然若不忍便說
僧某甲比丘死所有資生輕物若衣若非衣
現前僧應分物僧羯磨與某甲比丘竟僧忍
默然故是事如是持
憍薩羅國一住處一比丘死是比丘衣鉢僧
分竟問諸比丘誰看是病比丘有比丘言我
僧言擔是死人去比丘言大德我非旃陀羅
非白癩病衣鉢物僧分我何以擔死人去是
人活時恭敬愛念我我已報竟是死人誰欲
得者便擔去是諸比丘不知云何以是事白
佛佛言應先與看病比丘六物餘輕物僧應
分重物不應分看病人六物云何與一心會
僧僧中一比丘應唱大德僧聽某甲比丘死
是比丘所有六物現前僧應分物僧羯磨與
看病人若僧時到僧忍聽僧某甲比丘死是
比丘所有六物現前僧應分僧羯磨與看病
人如是白大德僧聽某甲比丘死是比丘所
有六物現前僧應分僧某甲比丘死是比丘
所有六物現前僧應分僧羯磨與看病人誰
諸長老忍某甲比丘死是比丘所有六物現
前僧應分僧羯磨與看病人者是長老默然
誰不忍是長老便說僧已忍某甲比丘死是
比丘所有六物現前僧應分僧羯磨與看病

人竟僧忍默然故是事如是持憍薩羅國一住處一比丘死是比丘衣物處處寄是比丘衣物現前僧分竟僧問是看病比丘誰供養瞻視答我等僧言汝等彼處處所寄處衣索取諸瞻病人往索不得便共鬭諍相言以是事白佛佛言現前六物先與瞻病人餘輕物僧應分重物不應分憍薩羅國一住處一比丘死是比丘多衣多鉢多財物不知是比丘受何等僧伽梨何等鬱多羅僧何等安陀會何等鉢何等漉水囊何等尼師壇以是事白佛佛言誰是根本看病人看病人先應問病者受何等僧伽梨何等鬱多羅僧何等安陀會何等鉢何等漉水囊何等尼師壇若如是問已資生六物與看病人餘輕物僧應分重物不應分若如是不問若不知不信與不大好不大惡六物餘輕物僧應分重物不應分憍薩羅國一住處一比丘死僧在死比丘屍前分衣鉢物是死屍動起語諸比丘諸大德上座莫分我衣鉢物諸比丘不知云何以是事白佛佛言莫即於死屍前分若死屍已去若僧在異處應分憍薩羅國土地與學沙彌死是衣鉢物諸比丘不知云何以是事白佛佛言當死時現前僧應分衣鉢物憍薩羅國一住處有沙彌死諸比丘不知衣鉢當云何以是事白佛佛言所著內外衣應與看病人餘輕物僧應分重物不應分云何應與一心會僧僧中一比丘應唱大德僧聽某甲沙彌死是沙彌所有內外衣若僧時到僧忍聽僧其甲沙彌死內外衣現前僧應分僧羯磨與看病人如是白大德僧聽其甲沙彌死是沙

彌所有內外衣現前僧應分物僧羯磨與看病人誰諸長老忍其甲沙彌死內外衣現前僧應分物僧羯磨與看病人誰諸長老忍者默然不忍者便說僧與某甲比丘某甲沙彌死是沙彌所有內外衣現前僧應分物僧羯磨與看病人竟僧忍默然故是事如是持

佛在舍衞國長老優波離問佛言可分物不可分物何等可分物何等不可分物佛言一切田地一切房舍一切牀榻臥具一切細車一切麤車半莊車步輿車不應分一切鐵物不應分除釜瓶受二升以下應分除鉢小鉢半鉢鍵鎡小鍵鎡剃頭刀鉗鑷截爪刀針刀子戶排曲戶鉤剃刀匣刮汙篦灌鼻筒熨斗香鑪熏鉢鉤衣鉤壁上鉤匕鉢枝禪鎮除上爾所物餘一切鐵物不應分一切銅物不應分除釜瓶受二升以下應分除水瓶水盆瓮蓋刀匣刮汙篦灌鼻筒熨斗香鑪熏鉢鉤衣鉤壁上鉤禪鎮匕鉢枝除上爾所物餘一切銅物不應分一切石物不應分除釜瓶受二升以下應分除水瓶水盆蓋水物刮汙篦灌鼻筒熨斗香鑪熏鉢鉤禪鎮除上爾所物餘一切石物不應分一切牛驢等不應分一切水精物不應分除釜熏鉢鉤香鑪熨斗餘如上說一切瓦物不應分除盆瓶受二升以下應分除水瓶水盆蓋水物鉢小鉢半鉢鍵鎡小鍵鎡刀匣刮汙篦灌鼻筒熨斗香鑪禪鎮除上爾所物餘一切瓦器不應分一切貝物不應分除刀匣刮汙篦灌鼻筒熨斗禪鎮香鑪熏鉢鉤衣鉤盛藥函匕鉢枝是一切貝物應分餘一切不應分一切牙齒物亦如是一

切角物不應分除受半升以下應分除刀匣衣鉤壁上鉤刮汗篦灌鼻筒禪鎮盛藥函匕鉢枝如是一切角物可分餘不應分一切皮物不應分除盛酥油囊受半升以下靴革屣繫草屣韋繫靴韋生鹿韋熟韋裹脚跟指韋應分一切木物不應分除盂受二升以下應分除水瓶水盆瓮蓋刀匣刮汗篦衣鉤壁上鉤匕鉢枝禪鎮如是一切木物可分餘一切不應分一切竹物不應分除蓋扇箱篋坐席杖等應分一切赭土不應分一切染色若煮若不煮不應分

佛在舍衛國是時語諸比丘有住處一守戒比丘一被擯比丘共住若守戒比丘死衣物屬被擯比丘若被擯比丘死衣物屬守戒比丘若餘擯比丘來不應與一住處一守戒比丘二被擯比丘共住若守戒比丘死衣物屬被擯比丘若被擯比丘死衣物屬守戒比丘餘擯比丘來不應與一住處一守戒比丘三被擯比丘共住若守戒比丘死衣物屬被擯比丘若被擯比丘死衣物屬守戒比丘若餘擯比丘來不應與一住處一守戒比丘四被擯比丘共住若守戒比丘死衣物屬被擯比丘若被擯比丘死衣物屬守戒比丘若餘擯比丘來不應與一住處二守戒比丘一被擯比丘二守戒比丘二被擯比丘二守戒比丘三被擯比丘二守戒比丘四被擯比丘亦如是一住處三守戒比丘一被擯比丘三守戒比丘二被擯比丘三守戒比丘三被擯比丘三守戒比丘四被擯比丘亦如是一住處四守戒比丘一被擯比丘四守戒比丘二被擯

比丘四守戒比丘三被擯比丘四守戒比丘四被擯比丘亦如是一住處一擯比丘一守戒比丘共住若擯比丘死衣物屬守戒比丘若守戒比丘死衣物屬擯比丘若餘守戒比丘來應與一擯比丘二守戒比丘一擯比丘三守戒比丘一擯比丘四守戒比丘亦如是一住處二擯比丘一守戒比丘二擯比丘二守戒比丘二擯比丘三守戒比丘二擯比丘四守戒比丘亦如是一住處三擯比丘一守戒比丘三擯比丘二守戒比丘三擯比丘三守戒比丘三擯比丘四守戒比丘亦如是一住處四擯比丘一守戒比丘四擯比丘二守戒比丘四擯比丘三守戒比丘四擯比丘四守戒比丘亦如是

憍薩羅國一住處二比丘住一比丘死是一比丘如是思惟佛毗尼中說若比丘死時現前僧中衣鉢物應分我一人非僧我當往佛所問是衣鉢物應分應屬誰即詣佛所頭面禮佛足一面坐須臾退坐白佛言大德我等二比丘憍薩羅國住一比丘死我如是思惟佛毗尼中說若比丘死時衣鉢物現前僧應分我一人非僧我今問世尊是衣鉢應屬誰佛言有二比丘共一處住一比丘死即死時餘一比丘應心念口言某甲比丘死是比丘有爾許現前資生輕物若衣若非衣現前僧可分物是物屬我我護我受我用如是作竟若異比丘來不得强與若如是不作是比丘衣鉢物不應受若受犯突吉羅罪亦共餘比丘分如是不作出界犯突吉羅罪亦應共異比丘分若有三比丘一住處一比丘死二比

丘是衣鉢物若展轉分若自受分云何展轉分一比丘應如是言憶念長老某甲比丘死是比丘有爾所現前資生輕物若衣若非衣現前僧應分物是邊爾許分物屬我是分與汝長老是分汝自護自受自用第二比丘亦如是言憶念長老某甲比丘死是比丘有爾許資生輕物若衣若非衣現前僧應分是邊爾許分物屬我是分與汝長老是分汝自護自受自用是爲展轉分云何名自受分一比丘應如是言憶念長老某甲比丘死是比丘有爾許資生輕物若衣若非衣現前僧應分是邊爾許分物屬汝是分長老自護自受自用第二比丘亦如是言憶念長老某甲比丘死是比丘有爾許資生輕物若衣若非衣現前僧應分物是邊爾許分物屬汝是分汝長老自護自受自用是爲自受分如是作羯磨竟若異比丘來不得強與若不如是作是比丘是衣不應受若受犯突吉羅罪亦應共異比丘分如是不作者出界犯突吉羅罪亦應異比丘分若四比丘一住處一比丘死三比丘若展轉分若自受分若隨籌分展轉分自受分如上說云何隨籌分是衣鉢物作二分應如是言是分屬上座是分屬下座若是分屬下座是分屬上座如是竟一籌應隨異比丘見不應隨若隨第二籌諸比丘犯突吉羅罪亦應異比丘共分若如是不作者出界犯突吉羅罪亦應異比丘分若五比丘一住處一比丘死餘四比丘是衣鉢物若展轉分若自受分若隨籌分若羯磨分展轉分自受分隨籌分如上說云何羯磨分是衣鉢物僧應

羯磨與一比丘一心會僧僧中一比丘應唱大德僧聽某甲比丘死有爾許資生輕物若衣若非衣現前僧應分物若僧時到僧忍聽僧某甲比丘有爾許資生輕物若衣若非衣現前僧應分物僧當羯磨與某甲比丘如是白作白二羯磨僧已與某甲比丘羯磨某甲比丘死是比丘所有資生輕物若衣若非衣現前僧應分物僧羯磨與某甲比丘竟僧忍黙然故是事如是持僧羯磨與比丘衣鉢物是比丘自受不肯還言一切僧如法與如法取如法誓如法語竟今何以還索佛言應如是語比丘清淨故施汝應還僧若還善若不還應强奪教突吉羅罪懺悔諸沙彌來索是衣分諸比丘不與佛言自恣衣分應與隨比丘法物應與因緣衣分應與非時衣分應與佛未語死比丘衣分應與以是事白佛佛言聽與諸比丘不知與幾許佛言作四分第四分應與沙彌

佛言諸比丘有受法比丘不受法比丘中住是受法比丘死不受法諸比丘遣使至受法比丘所言汝等一比丘是間死衣鉢物持去受法諸比丘若取去善若不取應用治四方僧房卧具若不受法比丘受法比丘中住若不受法比丘死受法比丘遣使至不受法比丘所言汝等一比丘是間死衣鉢物取去諸不受法比丘若取去善若不持去應用治四方僧房卧具有受法諸比丘擯一比丘到不受法比丘所言諸大德除我罪作清淨我當作不受法若未除罪而死受法諸比丘應還攝衣鉢若除罪而死衣鉢物屬不受法諸比

丘有不受法諸比丘擯一比丘是比丘往受法諸比丘所言大德除我罪作清淨我當作受法若未除罪而死衣鉢物屬不受法諸比丘若除罪而死衣鉢物應屬受法諸比丘有一比丘有衣應捨是比丘與六羣諸比丘六羣比丘取自用不肯還歸爾時有異諸比丘苦惱不能得清淨可信比丘佛夏後月遊行諸國諸比丘著新染衣是比丘著弊故衣佛見是比丘知而故問是比丘汝何以著故弊衣答言我有衣應捨與六羣比丘六羣比丘取自用不肯還我亦有異諸比丘苦惱不能得清淨可信比丘與佛言是清淨故布施是時比丘即應還取若取得善若不還應強奪教突吉羅罪懺悔

佛在舍衛國有一居士請佛及僧明日食佛默然受知佛受已從座起頭面禮佛足遶佛而還其夜多辦淨妙種種飲食清旦布坐處遣人白佛食具已辦唯聖知時佛自房住迎食分一切僧入居士舍阿難送佛食分有五因緣佛住精舍迎食分何等五一若欲入定二欲爲諸天說法三欲諸房遊看四看病比丘五若未結戒欲結佛知諸比丘入居士舍捉戶鉤遍看諸房見一住處開門扇一病比丘苦痛無侶自卧大小便中佛知故問病比丘汝何所患苦獨無人瞻視自卧大小便上是比丘忠直相實相白佛大德我性懶他有事我不助我今病他人亦復不看我佛如是思惟是忠實善男子我當以手摩其身是時佛即以手摩之當手摩時比丘苦痛即除愈身心安樂佛安徐扶起與著衣將出房安徐

扶坐洗之授淨衣令著不淨者爲浣捩曬還入安除却不淨涕唾除草蓐灑掃塗地更布草蓐已安徐扶起著衣將入房扶令草蓐中坐告病比丘汝若不勤求未得事爲得故未到事爲到故未識事爲識故汝隨爾許時受是苦痛方當復劇是比丘亦自思惟今佛威神力以手摩我身當下手時我身苦痛即除愈身心安樂是比丘念佛大恩善心生焉得清淨信立種種願佛功德尊重於佛檢意一心佛隨比丘意善爲說法是比丘在草座上一切諸法不受得阿羅漢佛安是比丘第一漏盡中已從是房出閉門下居還本房布尼師壇結跏趺坐居士是時見衆僧坐已從座起自行澡水下種種飲食自恣所須食畢澡手執鉢持一卑座在僧前坐欲聽說法時上座比丘說法還到佛所頭面禮佛足一面坐諸佛常法諸比丘中食還如是問汝等得施食美不僧得滿足不諸比丘食還爾時世尊以如是問汝等得施食美不僧飽滿不諸比丘言大德食美飽滿佛告諸比丘今日我捉戶鉤諸房遍看見一病比丘苦痛病急獨無一人看卧大小便中汝諸比丘是事不是何以不相看不相供給入我法中汝無父母兄弟若不相看誰當看汝佛種種因緣訶諸比丘已告諸比丘從今應看病人長老優波離問佛誰應供給瞻視病人佛言和尚阿闍梨同和尚同阿闍梨若無四種人僧應供給若僧不與僧得突吉羅罪若僧差人不肯去者得突吉羅罪從今日結看病比丘法看病人法者當隨病人所須應作隨時到病人邊問

病起因縁問病起因縁已若問藥師若問知病比丘見病比丘如是以何藥差若藥師教應服是藥明日到廚中看僧作何食若有隨病應食看病人則往若無應病食應取僧所供給供給是病比丘是事無是住處若善好有德比丘從是比丘索供給病人若無是事應從多知識大德比丘索若無是事應留病比丘六物餘物應貿所須供給病人若無是事以所受重物貿輕物受持得錢求所須供給病人若無是事所受鐵鉢爲貿瓦鉢受持得錢帀所須供給病人若無是事看病人應自與若自無應從他乞供給病人若無知識乞不能得乞食美者供給病人看病比丘應隨時到病人邊爲說深法是道非道發其智慧是病比丘如是隨意說法若是阿練若病應現前讚阿練若法若學修妬路經現前讚學修妬路若學毗尼現前讚毗尼若作法師現前讚阿毗曇若佐助衆事應讚佐助衆事若有大德多人所識應問初地相第二第三第四地相須陀洹果乃至阿羅漢果若死隨其功德供養供養竟諸衣若應浣者浣揬曬乾捲襞徐徐擔入僧中應如是唱某甲比丘死是比丘僧伽梨是鬱多羅僧安陀會是鉢是漉水囊是尼師壇是餘資生物自得如是勝趣

佛言有三種病人有病人若得隨病飲食若不得若得隨病藥若不得若得隨意看病人若不得不能差有病人若得隨病飲食若不得若得應病藥若不得若得隨意看病人若不得能差有病人若得隨病飲食差若不得

死若得應病藥差若不得死若得隨意看病人差若不得死以是病故聽看病人若上三種病人爲供養供給亦善

病人有五事難看何等五一惡性不可共語二看病人教不信不受三應病飲食不應病飲食不知自節量四不肯服藥五不肯自忍節量有是五法病人難看病人有五事易看何等五一不惡性二看病人教能信受三別隨病應食不應食四能自服藥五能自忍節量有是五法病人易看

有五法看病人不能看病何等五一者惡性不可共語二者病人教不隨語三者不別知隨病應食不應食四者不能爲病人他邊索藥五者不能忍有是五法不能看病人有五法能看病人一者不惡性可共語二者病人教即隨語三者能知應病飲食是應食是不應食四者能爲病人他邊索藥五者能忍有是五法能看病人

有五法病人難看何等五一惡性不可共語二不知諸病起滅無常三身中起病辛苦不樂奪命性不能忍四一切喜從他索小自能作而不作五受陰中起滅不觀是色陰是色陰習是色陰盡是痛陰是想陰是行陰是識陰是識陰習是識陰盡有是五法病人難看

有五法病人易看何等五一者不惡性可共語二知諸病起滅觀無常三身中起病辛苦痛急不樂奪命性能忍四一切不喜從他索少自能作自作五受陰中起滅能觀是色陰是色陰習是色陰盡是痛陰是想陰是行陰是識陰是識陰習是識陰盡有是五法病人

易看
復有五法看病人不能看病何等五一者惡性不可共語二者若多惡病人屎溺𡱁甌唾壺出入時若棄唾時不喜三爲財物飲食不爲法故四五受陰中起滅不能觀是色陰是色陰習是色陰盡是痛陰是想陰是行陰是識陰是識陰習是識陰盡五不能隨時到病人邊爲説深妙法示是道非道不能生其智慧是爲五法不能看病
佛告諸比丘有比丘遣比丘使與他比丘衣所與比丘衣者死彼死比丘邊同意取是惡取死者衣受是惡受若本主活在與彼同意取是好取長衣受是好受有比丘遣比丘使與他比丘衣本主死與是同意取是惡取死者衣受是惡受所與比丘活在與彼同意取是好取長衣受是好受（七法中衣法第七竟）

十誦律卷第二十八

音釋
鉗（巨塩切鑷也）鑷（尼輒切鉗也）刮（古滑切削也）篦（邊迷切竹掠器）熨斗（熨於物切持火展繒之器也）匕（卑履切匙也）釜（奉甫切鍑屬）靴（許戈切）赭（章也切赤土也）捩（良傑切拗也）劇（竒逆切甚也）

十誦律卷第二十九

姚秦三藏弗若多羅共三藏鳩摩羅什譯

第五誦之一

八法中迦絺那衣法第一

佛在舍衛國爾時諸比丘於桑祇陀國安居過三月自恣竟作衣畢持衣鉢向舍衛國道路多雨泥水是諸比丘以多雨泥水故甚大疲極熱風所惱往詣佛所頭面禮足却坐一面諸佛常法有客比丘來以如是語勞問忍不足不安居樂不乞食不乏道路不疲耶佛以如是語勞問諸比丘忍不足不安居樂不乞食不乏道路不疲耶諸比丘答言世尊忍足安居樂乞食不乏但道路疲極佛問諸比丘汝等云何忍足安居樂乞食不乏道路疲極諸比丘答言我等於桑祇陀國安居過三月自恣竟作衣已持衣鉢遊行向舍衛國道中值雨多泥水故熱風所惱甚大疲極佛言汝等比丘實忍足安居樂乞食不乏道路疲極從今聽諸比丘安居自恣竟和合一處受迦絺那衣受迦絺那衣者先衣尚不失何況新衣受迦絺那衣法者一心和合僧隨得衣日受云何隨得衣日若月一日得衣即日受若二日若三日乃至八月十五日亦如是一比丘應僧中唱言大德僧聽今日僧和合受迦絺那衣若僧時到僧忍聽受迦絺那衣如是白應先立受迦絺那衣人應問誰能與僧作受迦絺那衣人是中若一比丘言能佛言若有五法不應立作受迦絺那衣人何等五隨愛隨瞋隨怖隨癡不知受不受若成就五法應立作受迦絺那衣人不隨愛不隨瞋不

隨怖不隨癡知受不受是中一比丘應僧中唱言大德僧聽比丘某甲能爲僧作受迦絺那衣人若僧時到僧忍聽僧立某甲比丘作受迦絺那衣人如是白大德僧聽比丘某甲能爲僧作受迦絺那衣人僧今立某甲爲僧作受迦絺那衣人誰諸長老忍某甲比丘爲僧作受迦絺那衣人者默然不忍者說僧立某甲比丘爲僧作受迦絺那衣人竟僧忍默然故是事如是持

爾時若僧初得施衣安居僧應分物應以是衣羯磨與受迦絺那衣人與法者一心和合僧一比丘僧中唱言大德僧聽此住處僧得是施衣安居僧應分若僧時到僧忍聽僧羯磨與某比丘以是衣作迦絺那衣不離是住處受持如是白大德僧聽是住處僧得是施衣安居僧應分僧羯磨與某比丘以此衣作迦絺那衣不離是住處受持誰諸長老忍僧羯磨此衣與某甲比丘作迦絺那衣不離是住處受持者默然不忍者說僧羯磨此衣與某比丘作迦絺那衣不離是住處受持竟僧忍默然故是事如是持

爾時與了了能作四比丘浣染裁割簪刺安隱量度浣時應生心以此衣我作迦絺那衣受染裁割簪刺安隱量度時作是念我以此衣作迦絺那衣受若生此六心名善作迦絺那衣若無此六心不名善作迦絺那衣復有三心作是念我以是衣當作迦絺那衣受以此衣今作迦絺那衣受以此衣作迦絺那衣受竟若生此三心是名善作迦絺那衣若無此三心不名善作迦絺那衣復有二心作是

念我以是衣作迦絺那衣受以此衣作迦絺那衣受竟若生此二心名善作迦絺那衣若無此二心作迦絺那衣人得突吉羅罪爾時長老優波離偏袒右肩合掌問佛言世尊云何名受迦絺那衣法佛言與僧作受迦絺那衣人應一心浣一心染一心割截一心簪一心刺一心安隱量度作迦絺那衣人浣是衣時應作是念以是衣我作迦絺那衣受染時割截時簪時刺時安隱量度時皆作是念以是衣我作迦絺那衣受是比丘若生是六心名善作迦絺那衣若無是六心不名善作迦絺那衣復有三心作是念我以此衣當作迦絺那衣受以是衣今作迦絺那衣受以是衣作迦絺那衣受竟是比丘若生此三心者名善作迦絺那衣若無是三心不名善作迦絺那衣復次應生二心作是念我以是衣作迦絺那衣受以是衣作迦絺那衣受竟是比丘生此二心者名善作迦絺那衣若無是二心作迦絺那衣者得突吉羅罪佛語優波離不但量度名受迦絺那衣不但浣不但染不但貼四角不但出葉不但簪故名受迦絺那衣若用故爛衣作迦絺那衣者不名爲受先已受作迦絺那衣今更受者不名爲受若用非時衣作迦絺那衣者不名爲受若以鬱金色染作迦絺那衣者不名爲受若以經宿衣作迦絺那衣者不名爲受若不以決定心受迦絺那衣者不名爲受若以不淨衣作迦絺那衣者不名爲受若減量作迦絺那衣者不名爲受若以減量作僧伽梨若鬱多羅僧若安陀會作迦絺那衣者不名爲受若以不割截

衣作迦絺那衣者不名爲受若以不割截僧伽棃欝多羅僧安陀會作迦絺那衣者不名爲受若作迦絺那衣未竟不名爲受若以異比丘比丘尼式叉摩尼沙彌沙彌尼衣作迦絺那衣者不名爲受佛語優波離僧如法受迦絺那衣日有一安居比丘出還聞已受迦絺那衣不隨喜者是人不得受迦絺那衣佛語優波離如是名爲受迦絺那衣若得急施衣用作迦絺那衣者名爲善受用時衣作迦絺那衣者名爲善受用新衣作迦絺那衣者名爲善受用般宿衣作迦絺那衣者名爲善受若用淨衣作迦絺那衣者名爲善受若用作淨衣作迦絺那衣者名爲善受若用割截僧伽棃欝多羅僧安陀會作迦絺那衣者名爲善受若以貼衣作迦絺那衣者名爲善受若用比丘比丘尼式叉摩尼沙彌沙彌尼衣作迦絺那衣者名爲善受佛語優波離僧如法受迦絺那衣日有一安居比丘出界行即日還聞已受迦絺那衣歡喜隨順者是人名善受

長老優波離問佛言世尊云何名捨迦絺那衣佛言有八事名捨迦絺那衣何等八一者衣成時二者衣垂成時三者去時四者聞時五者失時六者發心時七者過齊限時八者捨時初六者有人受迦絺那衣持所有衣出界去作是念我不還此處作衣去時即名捨迦絺那衣有人受迦絺那衣持所有衣出界去作是念我不還此處作衣是比丘出界已又作是念我不還彼處亦不作衣去時即名捨迦絺那衣有人受迦絺那衣持所有衣出

界去作是念我不還此處作衣於界外作衣
作是念我不還彼處衣成時即名捨迦絺那
衣有人受迦絺那衣持所有衣出界去作是
念我不還此處作衣是人於界外作衣作衣
已不好守護故失更無物作是人失衣時即
名捨迦絺那衣有人受迦絺那衣持所有衣
出界去作是念我還此處作衣是人即出界
去彼於界外作衣若作若未作作是念我還
本處徐徐作久久不成是人過齊限時即名
捨迦絺那衣有人受迦絺那衣持所有衣出
界去作是念我還此處作衣彼於界外聞僧
已捨迦絺那衣即作是念迦絺那衣已捨我
不復還是比丘聞時即名捨迦絺那衣有人
受迦絺那衣持所有衣出界去作是念我還
此處作衣即於界外作衣彼衣若成若未成
作是念我還本處未捨迦絺那衣到已共僧
捨迦絺那衣即名爲捨是名初六
第二六者若比丘受迦絺那衣已作爾所毗
波羅衣持所有衣出界去作是念我不還此
住處作衣是比丘去時即名捨迦絺那衣若
比丘受迦絺那衣已作爾所毗波羅衣持衣
出界去作是念我不還此處作衣是比丘出
界已又作是念我不還彼處亦不作衣是比
丘出界已即名捨迦絺那衣若比丘受迦絺
那衣已作爾所毗波羅衣持所有衣出界去
作是念我不還此住處竹衣於界外作衣作
是念我不還彼處衣成時即名捨迦絺那衣
若比丘受迦絺那衣已作爾所毗波羅衣持
所有衣出界去作是念我不還此處作衣是
人於界外作衣衣不好守護故失更無物作

是人失衣時即名捨迦絺那衣若比丘受迦絺那衣已作爾所毗波羅衣持所有衣出界去作是念我還此處作衣是人即出界去彼於界外作衣若作若未作作是念我還本處徐徐作久久不成是人過齊限時即名捨迦絺那衣若比丘受迦絺那衣已作爾所毗波羅衣持所有衣出界去作是念我當還此處作衣彼於界外聞僧已捨迦絺那衣即作是念迦絺那衣已捨我不還本處是比丘聞時即名捨迦絺那衣若比丘受迦絺那衣已作爾所毗波羅衣持所有衣出界去作是念我當還此處作衣即於界外作衣若作若未作作是念我還本處未捨迦絺那衣到已共僧捨迦絺那衣即名爲捨是名第二六竟

復有二十捨迦絺那衣一者若比丘受迦絺那衣持所有衣出界外去作是念我不還此住處作衣是比丘出界已又作是念我不還本住處亦不作衣是比丘去時即名捨迦絺那衣二者若比丘受迦絺那衣持所有衣出界去作是念我不還此住處作衣是比丘出界作衣時作是念我不還本住處是衣成時即名捨迦絺那衣三者若比丘受迦絺那衣持所有衣出界作是念我不還此住處作衣是比丘界外作衣作衣已不好守護故失更無物作是人失衣時即名捨迦絺那衣四者若比丘受迦絺那衣持所有衣出界去作是念我不還此住處作衣是比丘界外作衣已作爾所爾所未作徐徐作久久不成又作是念我當還本處是比丘過齊限時即名爲捨迦絺那衣是名初四

第二四者若比丘受迦絺那衣持所有衣出界去不經理亦不言還亦不言不還出界去時作是念我不還此住處作衣是比丘去時即名捨迦絺那衣二者若比丘受迦絺那衣持所有衣出界去不經理亦不言還亦不言不還出界作衣作是念我不還本處作衣衣成時即名捨迦絺那衣三者若比丘受迦絺那衣持所有衣出界去不經理亦不言還亦不言不還是比丘界外作衣作衣已不好守護故失更無物作失衣時即名捨迦絺那衣四者若比丘受迦絺那衣持所有衣出界去不經理亦不言還亦不言不還出界外作是念我不還本處即於彼處作衣若成若不成徐徐作久久不成是比丘過齊限時即名捨迦絺那衣是名第二四

第三四者若比丘受迦絺那衣持衣出界作是念我當還此處作衣是比丘界外又作是念我不還本處亦不作衣是比丘去時即名捨迦絺那衣二者若比丘受迦絺那衣持衣出界作是念我當還此處作衣是比丘界外作衣又作是念我不還本處作衣衣成時即名捨迦絺那衣三者若比丘受迦絺那衣持衣出界作是念我當還此處作衣是比丘於界外作衣作衣已不好守護故失更無物作失衣時即名捨迦絺那衣四者若比丘受迦絺那衣持衣出界作是念我當還此處作衣是比丘界外作衣已作爾所爾所未作徐徐作久久不成又作是念我當還本處是比丘過齊限時即名捨迦絺那衣是名第三四

第四四者若比丘受迦絺那衣持衣出界去

作是念我當還此處作衣是比丘界外聞已捨迦絺那衣作是念我不還本處亦不作衣是比丘去時即名捨迦絺那衣二者若比丘受迦絺那衣持衣出界作是念我當還此處作衣界外聞已捨迦絺那衣是比丘便界外作衣又作是念我不還本處作衣衣成時即名捨迦絺那衣三者若比丘受迦絺那衣持衣出界去作是念我當還此處作衣是人於界外聞僧已捨迦絺那衣即於界外作衣作衣已不好守護故失更無物作失時即名捨迦絺那衣四者若比丘受迦絺那衣持衣出界作是念我當還此處作衣是比丘界外聞已捨迦絺那衣界外作衣已作爾所爾所未作徐徐作久久不成作是念我不還本處是比丘過齊限時即名捨迦絺那衣是名第四四

第五四者若比丘受迦絺那衣持衣出界作是念我當還此住處作衣是比丘界外作衣又作是念我不還本處是比丘作衣成時即名捨迦絺那衣二者若比丘受迦絺那衣持所有衣出界去作是念我當還此處作衣是人於界外作衣作衣已毗波羅衣垂成留置是人作是念此毗波羅衣不還彼處作衣衣成時即名捨迦絺那衣三者若比丘受迦絺那衣持衣出界作是念我當還此處作衣是比丘界外聞已捨迦絺那衣是比丘作是念若僧已捨迦絺那衣不還本處亦不作衣以聞故即名捨迦絺那衣四者若比丘受迦絺那衣持衣出界作是念我當還此住處作衣是比丘界外作衣已作爾所爾所未作徐徐

作未捨迦絺那衣還此住處共僧捨迦絺那衣即名爲捨是名第五四捨迦絺那衣

復有二十捨迦絺那衣一者若比丘受迦絺那衣持所有衣出界望得衣故作是念我不還此住處作衣是比丘界外作是念我不還本住處亦不作衣是比丘去時即名捨迦絺那衣二者若比丘受迦絺那衣持衣出界望得衣故作是念我不還此住處作衣出界外作衣時作是念我不還本住處是衣成時即名捨迦絺那衣三者若比丘受迦絺那衣持衣出界望得衣故作是念我不還此住處作衣是比丘界外作衣作衣已不好守護故失更無物作衣失時即名捨迦絺那衣四者若比丘受迦絺那衣持衣出界望得衣故作是念我不還此住處作衣是比丘界外作衣已作爾所爾所未作徐徐作久久不成又作是念我當還本處是比丘過齊限時即名捨迦絺那衣是名初四餘三四不經理當來還聞已捨亦如上說

第五四者若比丘受迦絺那衣持所有衣出界望得衣故作是念我當還此住處作衣是比丘界外作衣又作是念我不還本處是比丘作衣成時即名捨迦絺那衣二者若比丘受迦絺那衣持所有衣出界望得衣故作是念我當還此處作衣是人於界外作衣作衣已毗波羅衣垂成留置作是念此毗波羅衣不還彼處衣成時即名捨迦絺那衣三者若比丘受迦絺那衣持所有衣出界望得衣故作是念我當還此處作衣是比丘界外聞已捨迦絺那衣是比丘作是念若僧已捨迦絺

那衣我不還本處亦不作衣以聞故即名捨迦絺那衣四者若比丘受迦絺那衣持所有衣出界望得衣故作是念我當還此處作衣是比丘界外作衣已作爾所爾所未作徐徐作未捨迦絺那衣還此處共僧捨迦絺那衣即名爲捨是名第五四捨迦絺那衣是名第二五四捨迦絺那衣

復有二十捨迦絺那衣一者若比丘受迦絺那衣持所有衣出界望得衣故作是念我不還此處作衣不得所望非望而得是比丘界外作是念我不還本處亦不作衣是比丘去時即名捨迦絺那衣二者若比丘受迦絺那衣持衣出界望得衣故作是念我不還此處作衣不得所望非望而得是比丘出界外作衣時作是念我不還本處是衣成時即名捨迦絺那衣三者若比丘受迦絺那衣持衣出界望得衣故作是念我不還此處作衣不得所望非望而得是比丘界外作衣作衣已不好守護故失更無物作衣失時即名捨迦絺那衣四者若比丘受迦絺那衣持衣出界望得衣故作是念我不還此住處作衣不得所望非望而得是比丘界外作衣已作爾所爾所未作徐徐作久久不成又作是念我當還本處是比丘過齊限時即名捨迦絺那衣餘三四不經理當來還聞已捨亦如是

第五四者若比丘受迦絺那衣持衣出界望得衣故作是念我當還此住處作衣不得所望非望而得是比丘界外作衣又作是念我不還本處是比丘作衣成時即名捨迦絺那衣二者若比丘受迦絺那衣持所有衣出界

望得衣故作是念我當還此處作衣不得所望非望而得是人於界外作衣作衣已毗波羅衣垂成留置作是念此毗波羅衣不還本處衣成時即名捨迦絺那衣三者若比丘受迦絺那衣持所有衣出界望得衣故作是念我當還此處作衣不得所望非望而得是比丘界外聞已捨迦絺那衣是比丘作是念若僧已捨迦絺那衣我不還本處亦不作衣以聞故即名捨迦絺那衣四者若比丘受迦絺那衣持衣出界望得衣故作是念我當還此處作衣不得所望非望而得是比丘界外作衣已作爾所爾所未作徐徐作未捨迦絺那衣還此處共僧捨迦絺那衣即名爲捨是名第五四捨迦絺那衣是名第三五四

復有二十捨迦絺那衣一者若比丘受迦絺那衣持所有衣出界望得衣故作是念我不還此處作衣斷所望得非望而得出界已作是念我不還本住處亦不作衣是比丘去時即名捨迦絺那衣二者若比丘受迦絺那衣持所有衣出界望得衣故作是念我不還此處作衣斷所望得非望而得是比丘出界外作衣時作是念我不還本處是衣成時即名捨迦絺那衣三者若比丘受迦絺那衣持衣出界望得衣故作是念我不還此處作衣斷所望得非望而得是比丘界外作衣作衣已不好守護故失更無物作衣失衣時即名捨迦絺那衣四者若比丘受迦絺那衣持衣出界望得衣故作是念我不還此處作衣斷所望得非望而得是比丘界外作衣已作爾所爾所未作徐徐作久久不成又作是念我當

還本處是比丘過齊限時即名捨迦絺那衣餘三四不經理當來還聞已捨亦如是第五四者若比丘受迦絺那衣持衣出界望得衣故作是念我當還此住處作衣斷所望得非望而得是比丘界外作衣又作是念我不還本處是比丘作衣成時即名捨迦絺那衣二者若比丘受迦絺那衣持所有衣出界去望得衣故作是念我當還此處作衣斷所望得非望而得是人於界外作衣作衣已毗波羅衣垂成留置作是念此毗波羅衣不還彼處衣成時即名捨迦絺那衣三者若比丘受迦絺那衣持衣出界望得衣故作是念我當還此處作衣斷所望得非望而得是比丘界外聞已捨迦絺那衣是比丘作是念若僧已捨迦絺那衣不還本處亦不作衣以聞故即名捨迦絺那衣四者若比丘受迦絺那衣持衣出界望得衣故作是念我當還此處作衣斷所望得非望而得是比丘界外作衣已作爾所爾所未作徐徐作未捨迦絺那衣還此處共僧捨迦絺那衣即名爲捨是名第五四捨迦絺那衣是名第四五四

復有二十捨迦絺那衣一者若比丘受迦絺那衣持所有衣出界望得衣故作是念我不還此住處作衣不得所望不斷所望非望而得是比丘出界外已又作是念我不還本處亦不作衣是比丘去時即名捨迦絺那衣二者若比丘受迦絺那衣持所有衣出界望得多衣故作是念我不還此處作衣不得所望不斷所望非望而得是比丘出界外作衣時作是念我不還本處是衣成時即名捨迦絺

那衣三者若比丘受迦絺那衣持衣出界望得衣故作是念我不還此住處作衣不得所望不斷所望非望而得是比丘出界外作衣作衣已不好守護故失更無物作衣失衣時即名捨迦絺那衣四者若比丘受迦絺那衣持衣出界望得衣故作是念我不還此住處作衣不得所望不斷所望非望而得是比丘界外作衣已作爾所爾所未作徐徐作久久不成又作是念我當還本處是比丘過齊限時即名捨迦絺那衣餘三四不經理當來還聞已捨亦如是

第五四者若比丘受迦絺那衣持所有衣出界望得衣故作是念我當還此處作衣不得所望不斷所望非望而得是比丘界外作衣又作是念我不還本處是比丘衣成時即名捨迦絺那衣二者若比丘受迦絺那衣持所有衣出界望得衣故作是念我當還此處作衣不得所望不斷所望非望而得是人於界外作衣作衣已毗波羅衣垂成留置作是念此毗波羅衣不還彼處作衣衣成時即名捨迦絺那衣三者若比丘受迦絺那衣持所有衣出界望得衣故作是念我當還此處作衣不得所望不斷所望非望而得是比丘界外聞已捨迦絺那衣是比丘作是念若僧已捨迦絺那衣我不還本處亦不作衣以聞故即名捨迦絺那衣四者若比丘受迦絺那衣持所有衣出界望得衣故作是念我當還此處作衣不得所望不斷所望非望而得是比丘界外作衣已作爾所爾所未作徐徐作未捨迦絺那衣還此處共僧捨迦絺那衣即名爲

捨是名第五四捨迦絺那衣是名第五五四

復有二十捨迦絺那衣一者若比丘受迦絺那衣持衣出界望得多衣故作是念我不還此處作衣不得所望不斷所望非望而得復勤求所望是望亦斷非望而得是比丘出界已又作是念我不還本處亦不作衣是比丘去時即名捨迦絺那衣二者若比丘受迦絺那衣持衣出界望得多衣故作是念我不還此處作衣不得所望不斷所望非望而得復勤求所望是望亦斷非望而得是比丘出界外作衣時作是念我不還本處衣成時即名捨迦絺那衣三者若比丘受迦絺那衣持衣出界望得多衣故作是念我不還此處作衣不得所望不斷所望非望而得復勤求所望是望亦斷非望而得是比丘界外作衣作衣已不好守護故失更無物作衣失衣時即名捨迦絺那衣四者若比丘受迦絺那衣持所有衣出界望得多衣故作是念我不還此住處作衣不得所望不斷所望非望而得復勤求所望是望亦斷非望而得是比丘界外作衣已作爾所爾所未作徐徐作久久不成又作是念我當還本處是比丘過齊限時即名捨迦絺那衣餘三四不經理當來還聞已捨亦如是

第五四者若比丘受迦絺那衣持所有衣出界望得多衣故作是念我當還此住處作衣不得所望不斷所望非望而得復勤求所望是望亦斷非望而得是比丘界外作衣又作是念我不還本住處是比丘作衣成時即名捨迦絺那衣二者若比丘受迦絺那衣持所

有衣出界望得多衣故作是念我當還此處作衣不得所望不斷所望非望而得復勤求所望是望亦斷非望而得是人於界外作衣作衣已毗波羅衣垂成留置作是念此毗波羅衣不還波處衣成時即名捨迦絺那衣三者若比丘受迦絺那衣持所有衣出界望得多衣故作是念我當還此處作衣不得所望不斷所望非望而得復勤求所望是望亦斷非望而得是比丘界外聞已捨迦絺那衣是比丘作是念若僧已捨迦絺那衣我不還本處亦不作衣以聞故即名捨迦絺那衣四者若比丘受迦絺那衣持所有衣出界望得多衣故作是念我當還此處作衣不得所望不斷所望非望而得復勤求所望是望亦斷非望而得是比丘界外作衣已作爾所爾所未作徐徐作未捨迦絺那衣還此處共僧捨迦絺那衣即名爲捨是名第五四捨迦絺那衣是名第六五四

復有十二捨迦絺那衣一者若比丘受迦絺那衣持衣出界衣裁不足故作是念我當還此處作衣是比丘界外他語言持衣來當爲汝作是比丘界外作是念我不還本處亦不作衣是比丘去時即名捨迦絺那衣二者若比丘受迦絺那衣持衣出界衣裁不足故作是念我當還此住處作衣是比丘界外他語言持衣來當爲汝作是人界外令他作衣作是念我不還本處界外作衣衣成時即名捨迦絺那衣三者若比丘受迦絺那衣持衣出界衣裁不足故作是念我當還此住處作衣是比丘界外他語言持衣來我爲汝作是比

丘界外作衣作衣已不好守護故失更無物作是比丘失衣時即名捨迦絺那衣四者若比丘受迦絺那衣持衣出界衣裁不足故作是念我當還此住處作衣界外他語言持衣來我爲汝作是比丘界外令他作衣已作爾所爾所未作徐徐作久久不成又作是念我當還本處是比丘過齊限時即名捨迦絺那衣五者若比丘受迦絺那衣持衣出界衣裁不足故作是念我當還此住處作衣界外他語言持衣來我爲汝作是比丘界外聞已捨迦絺那衣作是念我不還本處亦不作衣是比丘去時即名捨迦絺那衣六者若比丘受迦絺那衣持衣出界衣裁不足故作是念我當還此住處作衣界外他語言持衣來我爲汝作是比丘界外聞已捨迦絺那衣又作是念我不還本處是比丘界外作衣衣成時即名捨迦絺那衣七者若比丘受迦絺那衣持衣出界衣裁不足故作是念我當還此住處作衣界外他語言持衣來我爲汝作是比丘界外聞已捨迦絺那衣是比丘界外作衣作衣已不好守護故失更無物作衣失衣時即名捨迦絺那衣八者若比丘受迦絺那衣持衣出界衣裁不足故作是念我當還此住處作衣界外他語言持衣來我爲汝作是比丘界外聞僧已捨迦絺那衣界外作衣已作爾所爾所未作徐徐作衣久久不成過齊限時即名捨迦絺那衣九者若比丘受迦絺那衣出界衣裁不足故作是念我當還此住處作衣界外他語言持衣來我爲汝作衣是比丘界外作是念我不還本處是比丘界外作衣

成時即名捨迦絺那衣十者若比丘受迦絺那衣持衣出界衣裁不足故作是念我當還此住處作衣界外他語言持衣來我爲汝作是比丘界外令他作衣作衣已毗波羅衣垂成留置是人作是念此毗波羅衣不還本處作衣成時即名捨迦絺那衣十一者若比丘受迦絺那衣持衣出界衣裁不足作是念我當還此住處作衣界外他語言持衣來我爲汝作是比丘界外聞僧已捨迦絺那衣作是念若僧已捨迦絺那衣我不還本處亦不作衣是比丘聞時即名捨迦絺那衣十二者若比丘受迦絺那衣持衣出界衣裁不足故作是念我當還此住處作衣界外他語言持衣來我爲汝作是比丘界外作衣已作爾所爾所未作還此住處僧未捨迦絺那衣共僧捨

時即名爲捨迦絺那衣

復有十二捨迦絺那衣一者若比丘受迦絺那衣毗波羅衣持衣出界衣裁不具足故作是念我當還此住處作衣是比丘界外他語言持衣來我爲汝作是比丘界外作是念我不還本處亦不作衣是比丘去時即名捨迦絺那衣二者若比丘受迦絺那衣毗波羅衣持衣出界衣裁不足故作是念我當還此住處作衣是比丘界外他語言持衣來我爲汝作是比丘界外令他作衣作是念我不還本處界外作衣作衣成時即名捨迦絺那衣三者若比丘受迦絺那衣毗波羅衣持衣出界衣裁不足故作是念我當還此住處作衣界外他語言持衣來我爲汝作是比丘界外作衣作衣已不好守護故失更無物作是比丘

失衣時即名捨迦絺那衣四者若比丘受迦絺那衣毗波羅衣持衣出界衣裁不足故作是念我當還此住處作衣界外他語言持衣來我爲汝作是比丘界外令他作衣已作爾所爾所未作徐徐作久久不成又作是念我當還本處是比丘過齊限時即名捨迦絺那衣五者若比丘受迦絺那衣毗波羅衣持衣出界衣裁不足故作是念我當還此住處作衣界外他語言持衣來我爲汝作是比丘界外聞已捨迦絺那衣作是念我不還本處亦不作衣是比丘去時即名捨迦絺那衣六者若比丘受迦絺那衣毗波羅衣持衣出界衣裁不足故作是念我當還此住處作衣界外他語言持衣來我爲汝作是比丘界外聞已捨迦絺那衣又作是念我不還本處是比丘界外作衣成時名捨迦絺那衣七者若比丘受迦絺那衣毗波羅衣持衣出界衣裁不足故作是念我當還此住處作衣界外他語言持衣來我爲汝作是比丘界外聞已捨迦絺那衣界外作衣作衣已不好守護故失更無物作失衣時即名捨迦絺那衣八者若比丘受迦絺那衣毗波羅衣持衣出界衣裁不足故作是念我當還此住處作衣界外他語言持衣來我爲汝作是比丘界外聞僧已捨迦絺那衣界外作衣已作爾所爾所未作徐徐作久久不成過齊限時即名捨迦絺那衣九者若比丘受迦絺那衣毗波羅衣持衣出界衣裁不足故作是念我當還此住處作衣界外他語言持衣來我爲汝作是比丘界外作是念我不還本處是比丘界外作衣成時即

名捨迦絺那衣十者若比丘受迦絺那衣毗波羅衣持衣出界衣裁不足故作是念我當還此住處作衣界外他語言持衣來我爲汝作是比丘界外令他作衣作衣已毗波羅衣垂成留置是人作是念此毗波羅衣不還本處作衣成時即名捨迦絺那衣十一者若比丘受迦絺那衣毗波羅衣持衣出界衣裁不足故作是念我當還此住處作衣界外他語言持衣來我爲汝作是比丘界外聞僧已捨迦絺那衣作是念若僧已捨迦絺那衣我不還本處亦不作衣是比丘聞時即名捨迦絺那衣十二者若比丘受迦絺那衣毗波羅衣持衣出界衣裁不足故作是念我當還此住處作衣界外他語言持衣來我爲汝作是比丘界外作衣已作爾所爾所未作還此住處僧未捨迦絺那衣共僧捨時即名捨迦絺那衣是爲十二

復有二五捨迦絺那衣初五者若比丘受迦絺那衣作衣竟持衣出界以安隱心作是念我當往其住處其住處去若彼處可樂者當住不可樂者便還是比丘出界已又作是念我不還本處是比丘去時即名捨迦絺那衣二者若比丘受迦絺那衣作衣竟持衣出界以安隱心作是念我當往其住處其住處去若彼可樂者當住不可樂者便還是比丘出界已又作是念我不往其處亦不還本處是比丘去時即名捨迦絺那衣三者若比丘受迦絺那衣作衣竟持衣出界以安隱心作是念我當往其住處其住處若彼可樂者當住不可樂者便還是比丘界外不至彼住處亦

不還本住處久久住在界外是比丘過齊限故即名捨迦絺那衣四者若比丘受迦絺那衣作衣竟持衣出界以安隱心作是念我當往其住處其住處若彼可樂者便住不可樂者便還是比丘界外聞僧已捨迦絺那衣是比丘作是念若僧已捨迦絺那衣我不還本住處亦不至其處是比丘聞時即名捨迦絺那衣五者若比丘受迦絺那衣作衣竟持衣出界以安隱心作是念我當往其住處其住處若彼可樂者便住不可樂者當還是比丘界外若往彼住處若不往未捨迦絺那衣便還此住處共僧捨迦絺那衣即名捨是名初五捨迦絺那衣

從五者若比丘受迦絺那衣作衣竟持衣出界作是念我得伴者當往其方其方若不得者當還是比丘出界作是念我不還本住處是比丘去時即名捨迦絺那衣二者若比丘受迦絺那衣作衣竟持衣出界作是念我得伴者當往其方其方若不得者當還是比丘出界已又作是念我不往其方其方亦不還本處是比丘去時即名捨迦絺那衣三者若比丘受迦絺那衣作衣竟持衣出界作是念我得伴者當往其方其方若不得者當還此住處是比丘出界外不至彼方亦不還本處久久住在界外是比丘過齊限時即名捨迦絺那衣四者若比丘受迦絺那衣作衣竟持衣出界作是念我得伴者當往其方其方若不得者當還是比丘界外聞僧已捨迦絺那衣是比丘作是念僧已捨迦絺那衣我不還本處亦不至其方是比丘以聞故即名捨迦

絺那衣五者若比丘受迦絺那衣作衣竟持衣出界作是念我得伴者當往其方其方若不得者當還是比丘界外若往彼方若不往未捨迦絺那衣便還此處共僧捨迦絺那衣即名爲捨是名第二五捨迦絺那衣竟八法中一法竟

二六　六二十　雙十二　二五

合百六十六

十誦律卷第二十九

十誦律卷第三十

姚秦三藏弗若多羅共三藏鳩摩羅什譯

第五誦之二

八法中俱舍彌法第二

佛在俱舍彌爾時有一比丘犯可悔過罪諸比丘憐愍欲利益安樂故語其過罪教令如法悔過是比丘言我不知所犯既不知當見何罪云何懺悔諸比丘作是念此比丘不肯正爾便首當與作不見擯作是念已即與作不見擯是比丘樂持戒有慚愧多知多識多有力勢佐助所住處四邊多諸比丘共相狎習是人遣使語言我無罪而諸比丘不如法羯磨擯我是擯可破汝等來集四邊諸比丘即時俱集欲滅是事故是比丘具向諸比丘說我以如是因緣故無罪諸比丘不如法强與我作不見擯此事可破諸比丘聞已不忍轉謂是比丘實無罪僧不如法强與作不見擯是事可破如是決定隨順擯人與諸作擯比丘共相違逆以是故相言鬭諍事起僧破僧諍僧別僧異作破僧因緣分作兩部一部言此比丘有罪一部言此比丘無罪一部言如法擯一部言不如法擯一部言不如法擯可破一部言如法擯不可破如是相言鬭諍不息僧遂破破作二部諸比丘以是事向佛廣說佛即時却隨順比丘及擯比丘令小遠去語諸作擯比丘汝等若事無因緣相本彼不自首不應作擯何以故有比丘犯可悔過罪諸比丘憐愍欲利益安樂故語其過罪教令如法悔過是比丘樂持戒有慚愧多知多識有大力勢多人佐助有如是人僧先應思

惟有五法不應作擯何等五若我等與是比丘作不見擯不共說戒及僧羯磨不共帶鉢那不共中食不隨上座起禮迎送以是因緣故鬭諍相言僧破僧諍僧別僧異諸比丘亦應思惟有是五法故不應作擯又比丘犯可悔過罪諸比丘憐愍欲利益安樂故語其過罪教令如法悔過是比丘樂持戒有慚愧少知識無大勢力無多相助四邊住處少知識共語共事者佛言僧應先思惟有五法應擯何等五若我等與是比丘作不見擯不共說戒及僧羯磨不共帶鉢那不共中食不隨上座起禮迎送以是因緣故不起鬭諍相言僧和合無諍無別無異思惟是五法已應作擯佛如是語已又却作擯諸比丘令小遠去喚隨順擯諸比丘來語言汝等比丘莫爲犯罪不自見罪人何以故若比丘犯可悔過罪諸比丘憐愍欲利益安樂故語其過罪教令如法悔過是犯罪比丘能思惟五法如法見罪何等五若我是罪不如法見僧或與我作不見擯不得共說戒及僧羯磨不得共帶鉢那不得共中食不得隨上座受他起禮迎送何以故諸比丘樂持戒有慚愧不能爲我故隨愛隨瞋隨怖隨癡行是犯罪人思惟是五法故能如法見罪

佛在俱舍彌爾時俱舍彌諸作擯比丘在界内說戒作僧羯磨隨佛所聽羯磨皆如是作諸隨順比丘及擯比丘亦出界外說戒作僧羯磨隨佛所聽羯磨皆如是作諸比丘以是事向佛廣說佛爾時即却隨順助擯比丘及擯比丘令小遠去問諸作擯比丘汝等實於

界內共住處說戒作僧羯磨隨我所聽羯磨皆如是作耶答言實爾世尊又問彼隨順比丘及擯比丘出界外說戒作僧羯磨隨我所聽羯磨皆如是作耶答言實爾世尊佛言善哉善哉比丘若汝等與隨順比丘及擯比丘界內共說戒作僧羯磨隨我所聽羯磨共作者是諸羯磨皆名非法何以故汝等與彼別異故彼不與汝共住汝等不與彼共住汝等不與彼共事彼不與汝等共事彼若共汝等界內說戒作僧羯磨隨我所聽羯磨共作者皆名非法何以故彼與汝等別異故彼不與汝等共住汝等不與彼共住汝等不與彼共事彼亦不與汝等共事彼所作羯磨亦皆如法何以故彼與汝等別異不應共住共事故有二種不共住何等二一者比丘身自作不共住二者僧和合如法與作不共住羯磨有二種共住一者身自作共住二者僧和合如法與作共住羯磨若苦切擯比丘捨彼部衆入此部衆即應共住若依止羯磨驅出羯磨下意羯磨比丘捨彼部衆入此部衆即應共住若擯人折伏下意出界外與解擯者即得與所解擯衆共住佛爾時遣作擯諸比丘令小遠去告諸隨順擯比丘及擯比丘言汝等實出界外說戒作僧羯磨隨我所聽羯磨皆如是作耶答言實作世尊又問彼諸比丘實在界內說戒作僧羯磨隨我所聽羯磨皆如是作耶答實爾世尊佛言善哉善哉比丘若汝等與作擯諸比丘界外共說戒作僧羯磨隨我所聽羯磨共作者是諸羯磨皆名非法何以故汝等與彼別異故彼不共汝等住汝

等不共彼住汝等不與彼共事彼不與汝等共事彼若共汝等界外說戒作僧羯磨隨我所聽羯磨共作者皆名非法何以故彼等與汝別異故彼不與汝等共住汝等不與彼共住汝等不與彼共事彼亦不與汝等共事彼所作羯磨亦皆如法何以故彼與汝等別異不應共住共事故有二種不共住一者身自作不共住二者僧和合如法與作不共住羯磨有二種共住一者身自作共住二者僧和合如法與作共住羯磨若苦切擯比丘捨彼部衆入此部衆即應共住若依止羯磨驅出羯磨下意羯磨得如是羯磨比丘捨彼部衆入此部衆即應共住若擯比丘折伏下意出界外與解擯者即得與所解擯衆共住

佛在俱舍彌時有一居士請佛及僧明日食佛默然受請居士知佛默然受已頭面禮佛足右遶而去還舍通夜辦種種多美飲食早起敷坐處遣使白佛時到佛自知時諸比丘往居士舍佛自房住迎食分諸比丘入居士舍鬬諍事起相言相罵起身惡業出家人所不應作是居士語諸比丘言大德小住皆令就座自手行水自與多美飲食自恣飽滿已行澡水畢取小牀坐欲聽說法上座說法已從座起去諸比丘食後還房舉衣鉢往詣佛所頭面禮佛足却坐一面諸佛常法諸比丘食來以是語勞問訊飲食多美衆僧滿足不佛即以是語勞問諸比丘飲食多美僧飽滿不諸比丘答言世尊飲食多美衆僧飽滿以上事向佛廣說佛以是事集比丘僧種種因緣呵責言云何名比丘入白衣舍起鬬諍事

相言相罵起身惡業出家人所不應作佛言從今別部異衆不應共相近坐令起身惡業如是異衆集時聽知法比丘令相遠敷座中間留一牀處然後說戒作諸羯磨及教化比丘尼

佛在俱舍彌爾時俱舍彌比丘喜鬭諍相言佛爾時教化是諸比丘汝等莫鬭諍相言何以故用瞋恨者不滅瞋恨唯忍辱力乃能滅之是中有比丘白佛言世尊法王且置彼人惱我云何不報爾時世尊小却不遠作是念我今得離常喜鬭諍相言相罵俱舍彌比丘所行威儀法則廣說長壽王經已即從座起往支提國漸漸遊行到舍衛國爾時俱舍彌諸賢者聞佛不喜俱舍彌比丘鬭諍言語所行威儀法則故捨詣他國作是念我等應輕賤是諸比丘少起敬心作是念已即便相語咸共輕賤不復尊重供養讚歎敬心轉少爾時諸比丘作是念諸居士輕賤我等不復尊重供養讚歎敬心轉少我等何不往舍衛國詣佛所作是念已隨意作竟持衣鉢往舍衛國詣佛所長老舍利弗聞俱舍彌諸比丘喜鬭諍相言彼諸賢者不復尊重供養讚歎起慢心故來向舍衛國聞已往詣佛所頭面禮佛足却坐一面白佛言世尊俱舍彌比丘喜鬭諍相言彼諸賢者不復尊重供養讚歎起慢心故便來向此世尊我等於此比丘當應何所作佛語舍利弗是中有說非法者不應尊重供養讚歎有說法者應尊重供養讚歎舍利弗白佛言世尊我等云何知說非法者說法者佛語舍利弗若比丘非法說法法說

非法非律說律律說非律犯說非犯非犯說犯輕說重重說輕無殘說有殘有殘說無殘常所行法說非常所行法非常所行法說是常所行法說言非說非說言說是名說非法者不應尊重供養讚歎不應教讀誦經法答所問疑不應從受讀誦經法不應從問所疑不應與衣鉢戶鉤時藥時分藥七日藥盡形藥亦不應從受衣鉢戶鉤時藥時分藥七日藥盡形藥舍利弗若比丘非法說非法法說法非律說非律律說律犯說犯非犯說非犯輕說輕重說重無殘說無殘有殘說有殘常所行法說是常所行法非常所行法說非常所行法說言是說非說言非說是名說法者應尊重供養讚歎應教讀誦經法答所問疑亦應從受讀誦經法從問所疑應與衣鉢戶鉤時藥時分藥七日藥盡形藥亦應從受衣鉢戶鉤時藥時分藥七日藥盡形藥一切盡應與牀臥具等長老目連阿那律難提金毗羅亦如是問爾時摩訶波闍波提比丘尼聞俱舍彌比丘喜鬬諍相言彼諸賢者不尊重供養起慢心故來向舍衛國聞已往詣佛所頭面禮足在一面立白佛言世尊俱舍彌比丘喜鬬諍相言彼諸賢者不尊重供養讚歎起慢心故便來向此世尊我等於此比丘當應何所作佛言瞿曇彌是中有說非法者不應敬重供養讚歎有說法者應敬重供養讚歎瞿曇彌言云何知說法者說非法者佛告瞿曇彌善聽若比丘非法說法法說非法非律說律律說非律犯說非犯非犯說犯重說輕輕說重無殘說殘殘說無殘常所行法說

非常所行法非常所行法説是常所行法説言非説非説言説是名説非法者不應敬重供養讃歎不應教讀誦經法答所問疑不應從受讀誦經法從問所疑不應與衣鉢戶鉤時藥時分藥七日藥盡形藥不應從受衣鉢戶鉤時藥時分藥七日藥盡形藥不應從是人受半月教誡法瞿曇彌若比丘非法説非法法説法非律説非律律説律犯説犯非犯説非犯輕説輕重説重無殘説無殘有殘説有殘常所行法説是常所行法非常所行法説非常所行法説言是説非説言非説是名説法者應敬重供養讃歎教讀誦經法答所問疑亦應從受讀誦經法從問所疑應與衣鉢戶鉤時藥時分藥七日藥盡形藥亦應從是人受衣鉢戶鉤時藥時分藥七日藥盡形藥應從是人受半月教誡法翅舍瞿曇彌比丘尼優鉢羅華色比丘尼周那難陀比丘尼頻頭比丘尼脂梨沙彌尼亦如是問憍薩羅王波斯匿聞俱舍彌比丘喜鬭諍相言彼諸賢者不尊重供養故來向此國聞已往詣佛所頭面禮足却坐一面白佛言世尊我等當應何所作佛言大王是中有説非法者不應敬重供養有説法者應敬重供養世尊云何知説法者説非法者佛言大王應聽兩人語若比丘非法説法法説非法是名説非法者不應敬重供養讃歎不應教讀誦經法答所問疑不應從受讀誦經法從問所疑不應與衣鉢戶鉤時藥時分藥七日藥盡形藥大王若有比丘非法説非法法説是法應恭敬供養讃歎教讀誦經法答所問疑亦應從受讀

誦經法從問所疑應與衣鉢戶鉤時藥時分
藥七日藥盡形藥大王應與一切部僧飲食
大居士修達多阿難邠坻黎師達多富羅那
亦如是問末利夫人聞俱舍彌比丘喜鬬諍
相言彼諸賢者不尊重供養讚歎故來向此
國聞已往詣佛所頭面禮佛足却坐一面白
佛言世尊我等於此比丘當應何所作佛言
末利夫人是中有說非法者不應尊重供養
讚歎有說法者應尊重供養讚歎世尊我云
何知說法者說非法者佛言末利夫人應聽
兩人語若比丘非法說法法說非法是名說
非法者不應尊重供養讚歎不應教讀誦經
法答所問疑不應從受讀誦經法從問所疑
不應與衣鉢戶鉤時藥時分藥七日藥盡形
藥末利夫人若比丘非法說非法法說是法
是名說法者應尊重供養讚歎教讀誦經法
答所問疑亦應從受讀誦經法從問所疑應
與衣鉢戶鉤時藥時分藥七日藥盡形藥應
與一切夫人飲食毗舍佉鹿子母布薩多居
士婦修闍多居士婦亦如是問

爾時長老舍利弗聞俱舍彌比丘喜鬬諍相
言故已來入界聞已往詣佛所頭面禮佛足
却坐一面白佛言世尊俱舍彌比丘喜鬬諍
相言來入此界我等云何與卧具分佛言我
先說應與卧具隨彼部上座先與卧具舍利
弗受佛教已隨彼上座先與卧具

佛在俱舍彌爾時得擯比丘獨行獨住作是
思惟爲我故衆僧鬬諍相言僧破僧諍僧別
僧異是中有比丘言是人有罪有言是人無
罪有言如法擯有言不如法擯有言如法擯

不可破有言不如法擯可破皆爲我故我實犯罪如法擯不可破今當云何作是思惟即到隨順比丘所言我獨行獨住作是思惟爲我故僧鬬諍相言僧破僧諍僧別僧異是中有比丘言是人有罪有言是人無罪有言如法擯有言不如法擯有言如法擯不可破有言不如法擯可破皆爲我故我實犯罪如法擯不可破我今云何隨順諸比丘即將擯比丘至作擯諸比丘所言是擯比丘到我所言我獨行獨住作是思惟爲我故僧鬬諍相言僧破僧諍僧別僧異是中有比丘言是人有罪有言是人無罪有言如法擯有言不如法擯有言如法擯不可破有言不如法擯可破皆爲我故我實犯罪如法擯不可破我今云何作擯諸比丘即將擯比丘及隨順諸比丘往詣佛所頭面禮佛足却坐一面白佛言世尊是隨順比丘將擯比丘至我等所言是擯比丘言我獨行獨住作是思惟爲我故僧鬬諍相言僧破僧諍僧別僧異是中有比丘言是人有罪有言是人無罪有言如法擯有言不如法擯有言如法擯不可破有言不如法擯可破皆爲我故我實犯罪如法擯不可破我今云何佛言是比丘實犯罪如法擯不可破若是比丘心悔折伏自首者應與解擯解擯法者一心和合僧是擯比丘應從座起偏袒右肩脫革屣胡跪合掌作是言大德僧憶念爲我故僧鬬諍相言僧破僧諍僧別僧異是中有比丘言是人犯罪有言是人無罪有言如法擯有言不如法擯有言如法擯不可破有言不如法擯可破皆爲我故我其甲比

丘實犯罪如法擯不可破我今心悔折伏自首從僧乞解擯我比丘某甲心悔折伏自首僧當與我解擯憐愍故第二第三亦如是乞即時一比丘僧中唱言大德僧聽是擯比丘某甲言爲我故僧鬭諍相言僧破僧諍僧别僧異是中有比丘言是人有罪有言是人無罪有言如法擯有言不如法擯有言如法擯不可破有言不如法擯可破皆爲我故我實犯罪如法擯不可破是擯比丘某甲心悔折伏自首今從僧乞解擯若僧時到僧忍聽與某甲比丘解擯是名白大德僧聽是擯比丘某甲言爲我故僧鬭諍相言僧破僧諍僧别僧異是中有比丘言是人有罪有言是人無罪有言如法擯有言不如法擯有言如法擯不可破有言不如法擯可破皆爲我故我實犯罪如法擯不可破是擯比丘某甲心悔折伏自首僧今與某甲比丘解擯誰諸長老忍聽與某甲比丘解擯者默然不忍者説如是白四羯磨僧與某甲比丘解擯竟僧忍默然故是事如是持

佛在俱舍彌爾時彼比丘獨行獨住作是思惟爲我故僧鬭諍相言僧破僧諍僧别僧異是中有比丘言是人有罪有言是人無罪有言如法擯有言不如法擯有言如法擯不可破有言不如法擯可破皆爲我故我實犯罪如法擯不可破我心悔折伏自首僧已與我解擯我今應入僧中共作和合作是思惟已往隨順諸比丘所言我獨行獨住作是思惟爲我故僧鬭諍相言僧破僧諍僧别僧異是中有比丘言是人有罪有言是人無罪有言

如法擯有言不如法擯有言如法擯不可破有言不如法擯可破皆爲我故我實犯罪如法擯不可破我心悔折伏自首僧已與我解擯我今應入僧中共作和合隨順諸比丘即將是比丘往詣作擯比丘所言是比丘言我獨行獨住作是思惟爲我故僧鬬諍相言僧破僧諍僧別僧異是中有比丘言是人有罪有言是人無罪有言如法擯有言不如法擯有言如法擯不可破有言不如法擯可破皆爲我故我實犯罪如法擯不可破我心悔折伏自首故僧已與我解擯我今應入僧中共作和合作擯諸比丘即將是比丘及隨順諸比丘往詣佛所頭面禮足却坐一面白佛言世尊是隨順諸比丘將是比丘到我所言是比丘說我獨行獨住作是思惟爲我故僧鬬諍相言僧破僧諍僧別僧異是中有比丘言是人有罪有言是人無罪有言如法擯有言不如法擯有言如法擯不可破有言不如法擯可破皆爲我故我實有罪如法擯不可破我心悔折伏自首故僧已與我解擯我今應入僧中作和合佛言善哉善哉諸比丘汝爲和合因緣故細求是事如破一毛爲百分莫爲破僧因緣細求是事佛言應共作和合若布薩時未到應僧中唱言大德僧聽今僧爲和合故若僧時到僧忍聽今非布薩時作布薩說波羅提木叉衆僧和合故是名白即時作布薩說波羅提木叉（俱舍彌法竟）

八法中瞻波法第三

佛在瞻波國爾時六羣比丘處處作非法羯磨一人擯一人一人擯二人三人四人二人

擯二人二人擯三人四人一人三人擯三人三人擯四人一人二人四人擯四人是中有比丘少欲知足行頭陀聞是事心不喜呵責言云何名比丘處處作非法羯磨一人擯一人二人三人四人二人擯二人三人四人一人三人擯三人四人一人二人四人擯四人如是呵已向佛廣說佛以是事集比丘僧知而故問六羣比丘汝實作是事不答言實作世尊佛呵責言云何名比丘處處作非法羯磨一人擯一人二人三人四人二人擯二人三人四人一人三人擯三人四人一人二人四人擯四人佛但呵責而未結戒

佛在瞻波國爾時阿葉摩伽國聚落名王薩薄是中有舊比丘名共金作摩摩帝帝帝陀羅六羣比丘遊行迦尸國向瞻波國到王薩薄聚落是比丘遥見彼來出迎代持衣鉢開房舍示言比房舍牀卧具被枕汝等隨上座安住與辦洗浴具與油渠豆欲揩摩者即與揩摩是摩摩帝夜坐禪晨朝入王薩薄聚落到諸貴人舍讚歎六羣比丘言六羣比丘是佛弟子多聞善巧説法辯才無礙以是故汝等應與僧帶鉢那食中食即時諸婆羅門居士信者與作帶鉢那食中食與僧六羣比丘敢是食巳肥盛得色得力身柔軟共相謂言是好善男子尊重讚歎我等作如是好食數日之中更不復續六羣比丘共相謂言是善男子轉更不好不復尊重供養讚歎我等當喚其來即喚來到六羣問言汝何故不復尊重供養讚歎我等答言此王薩薄聚落婆羅門居士信我語者約勑作供養我力勢正能

齊是更不能得六羣比丘言汝見罪不答言我有何罪六羣言汝看我等不如本尊重供養讚歎彼言我不見罪六羣比丘言此人不肯直首當與作不見擯即與作不見擯是人作是念六羣比丘無因緣我不自首强作不見擯我何不向瞻波國詣佛所如是思惟已隨意住王薩薄聚落已持衣鉢往瞻波國詣佛所頭面禮佛足一面立諸佛常法有客比丘來如是語言問訊可忍不足不安樂住不乞食不難道路不疲極耶佛如是語問訊共金比丘可忍不足不安樂住不乞食不難道路不疲極答言世尊可忍可足安樂住乞食無難道路不疲以是事向佛廣說佛知而故問共金比丘六羣比丘何因緣故擯汝答言世尊無因緣我無罪强與我作不見擯佛言若六羣比丘無因無緣汝無罪强擯汝者汝莫愁憂我與汝作法伴六羣比丘聞與作擯比丘向瞻波國詣佛所我等亦當往詣佛所如是思惟隨意住已持衣鉢遊行向瞻波國詣佛所頭面禮佛足一面立諸佛常法有客比丘來以如是語問訊可忍不足不安樂住不乞食不難道路不疲極耶佛即以是語問訊六羣比丘可忍不足不安樂住不乞食不難道路不疲極耶六羣比丘答言世尊可忍可足安樂住乞食不難道路不疲極佛知而故問六羣比丘汝等於王薩薄聚落有與比丘作不見擯耶答言實有世尊問何因緣故擯答言無因無緣彼無罪强爲作擯佛以是事及先因緣集比丘僧種種因緣呵責六羣比丘言云何名比丘無因無緣彼無罪强爲

作擯云何名比丘處處作非法羯磨一人擯一人二人三人四人二人擯二人三人四人一人三人擯三人四人一人二人四人擯四人若比丘一人擯一人犯一突吉羅一人擯二人犯二突吉羅一人擯三人犯三突吉羅一人擯四人四突吉羅二人擯二人二突吉羅二人擯三人三突吉羅二人擯四人犯四突吉羅二人擯一人一突吉羅三人擯三人三突吉羅三人擯四人四突吉羅三人擯一人一突吉羅三人擯二人二突吉羅四人擯四人偷蘭遮作破僧因緣故一人擯一人是非法羯磨不應作一人擯二人三人四人是非法羯磨不應作二人擯二人三人四人一人是非法羯磨不應作三人擯三人四人一人二人是非法羯磨不應作四人擯四人是非法羯磨不應作若一人擯一人不成羯磨一人擯二人三人四人不成羯磨二人擯二人三人四人一人不成羯磨三人擯三人四人一人二人不成羯磨四人擯四人不成羯磨可四衆作羯磨是中四比丘成可五衆作羯磨是中五比丘成可十衆作羯磨是中十比丘成可二十衆作羯磨是中二十比丘成若四衆可作羯磨是中減四比丘作是非法羯磨不應作若白衣作第四人是非法羯磨不應作若沙彌若非比丘若外道若不見擯人不作擯人惡邪不除擯人不共住人種種不共住人自言犯重罪人本白衣汙比丘尼不能男人越濟人殺父母人殺阿羅漢破僧惡心出佛身血如是人作第四人是非法羯磨不應作可五衆作羯磨減五比丘作者是

非法羯磨不應作若白衣作第五人是非法羯磨不應作若沙彌若非比丘若外道若不見擯人不作擯人惡邪不除擯人不共住人種種不共住人自言犯重罪人本白衣汙比丘尼不能男人越濟人殺父殺母殺阿羅漢破僧惡心出佛身血如是人作第五人是非法羯磨不應作可十衆作羯磨滅十衆作者是非法羯磨不應作若白衣作第十人是非法羯磨不應作若沙彌若非比丘若外道若不見擯人不作擯人惡邪不除擯人不共住人種種不共住人自言犯重罪人本白衣汙比丘尼人不能男人越濟人殺父殺母殺阿羅漢破僧惡心出佛身血如是人作第十人是非法羯磨不應作可二十衆作羯磨滅二十衆作者是非法羯磨不應作若白衣作第二十人是非法羯磨不應作若沙彌非比丘若外道不見擯不作擯惡邪不除擯不共住人種種不共住人自言犯重罪本白衣汙比丘尼不能男越濟人殺父殺母殺阿羅漢破僧惡心出佛身血如是人作第二十人是非法羯磨不應作若可四衆作羯磨滅四比丘作者不成羯磨若可四衆作羯磨若白衣作第四人是非法羯磨不成羯磨不應作若沙彌乃至惡心出佛身血人作第四人是非法羯磨不成羯磨不應作若五衆可作羯磨滅五比丘作者不成羯磨若可五衆作羯磨若白衣作第五人是非法不成羯磨不應作若沙彌非比丘若外道不見擯不作擯惡邪不除擯不共住種種不共住自言犯重罪本白衣汙比丘尼不能男越濟人殺父殺母殺阿

羅漢破僧惡心出佛身血如是等人作第五
人是非法不成羯磨不應作若可十衆作羯
磨減十衆作者不成羯磨不應作若可十衆
作羯磨若白衣作第十人是非法不成羯磨
不應作若沙彌非比丘若外道不見擯不作
擯惡邪不除擯不共住種種不共住自言犯
重罪本白衣汗比丘尼不能男越濟人殺父
殺母殺阿羅漢破僧惡心出佛身血如是等
人作第十人是非法不成羯磨不應作若可
二十衆作羯磨者減二十比丘作羯磨不成
羯磨不應作若可二十僧作羯磨若白衣作
第二十人是非法不成羯磨不應作若沙彌
非比丘若外道不見擯不作擯惡邪不除擯
不共住種種不共住自言犯重罪本白衣汗
比丘尼不能男越濟人殺父殺母殺阿羅漢

破僧惡心出佛身血如是等人作第二十人
是非法羯磨不成不應作佛言從今別住人
作第四人不應作別住羯磨若別住竟人作
第四人不應作別住羯磨行摩那埵人作第
四人不應作別住羯磨行摩那埵竟人作第
四人不應作別住羯磨若不共住人作第四
人不應作別住羯磨極少四清淨同見比丘
得作別住羯磨從今若別住人作第四人不
應作摩那埵羯磨若別住竟人作第四人不
應作摩那埵羯磨行摩那埵人行摩那埵竟
人作第四人不應作摩那埵羯磨不共住人
作第四人不應作摩那埵羯磨極少四清淨
同見比丘得作摩那埵羯磨從今若別住人
作第四人不應作本日治羯磨別住竟人作
第四人不應作本日治羯磨若行摩那埵人

作第四人不應作本日治羯磨行摩那埵竟人作第四人不應作本日治羯磨不共住人作第四人不應作本日治羯磨極少四清淨同見比丘得作本日治羯磨從今若別住人作第二十人不應作出罪羯磨若別住竟人若行摩那埵人若行摩那埵竟人作第二十人不應作出罪羯磨若不共住人作第二十人不應作出罪羯磨極少二十清淨同見比丘得作出罪羯磨佛語諸比丘清淨同見四比丘是名衆僧若五比丘清淨同見是名衆僧若十比丘清淨同見是名衆僧若二十比丘清淨同見是名衆僧是中四比丘清淨同見僧中可如法作諸羯磨除自恣羯磨除受大戒羯磨除出罪羯磨是中五比丘清淨同見僧中可如法作羯磨除中國受大戒羯磨除出罪羯磨是中十比丘清淨同見僧中可如法作諸羯磨除出罪羯磨是中二十比丘清淨同見僧中可如法作一切羯磨

爾時長老優波離問佛言世尊頗有僧不如法作羯磨耶佛語優波離有五種僧一者無慚愧僧二者羺羊僧三者別衆僧四者清淨僧五者眞實僧無慚愧僧者破戒諸比丘是名無慚愧僧羺羊僧者若比丘凡夫鈍根無智慧如諸羺羊聚在一處無所知是諸比丘不知布薩不知布薩羯磨不知說戒不知法會是名羺羊僧別衆僧者若諸比丘一界内處處別作諸羯磨清淨僧者凡夫持戒人及凡夫勝者是名清淨僧眞實僧者學無學人是名眞實僧是中前三種僧能作非法羯磨後二種不能作非法羯磨

佛告優波離復有四種羯磨非法羯磨如法羯磨別衆羯磨和合羯磨非法羯磨者若白羯磨離白作是名非法羯磨若白二羯磨離白作者是亦非法復有作白不唱說羯磨是亦非法若唱說羯磨不作白是亦非法若白四羯磨離白作者是亦非法若白已不三唱說羯磨是亦非法若三唱說羯磨不作白是非法羯磨若應與現前毗尼與憶念毗尼是非法羯磨應與憶念毗尼與現前毗尼是非法羯磨應與憶念毗尼與不癡毗尼是非法羯磨應與不癡毗尼與現前毗尼是非法羯磨應與不癡毗尼與自言毗尼是非法羯磨應與自言毗尼與不癡毗尼是非法羯磨應與自言毗尼與實覓毗尼是非法羯磨應與實覓毗尼與自言毗尼是非法羯磨應與實覓毗尼與苦切羯磨是非法羯磨應與苦切羯磨與實覓毗尼是非法羯磨應與苦切羯磨與依止羯磨是非法羯磨應與依止羯磨與苦切羯磨是非法羯磨應與依止羯磨與驅出羯磨是非法羯磨應與驅出羯磨與依止羯磨是非法羯磨應與驅出羯磨與下意羯磨是非法羯磨應與下意羯磨與驅出羯磨是非法羯磨應與下意羯磨與別住羯磨是非法羯磨應與別住羯磨與下意羯磨是非法羯磨應與別住羯磨與摩那埵羯磨是非法羯磨應與摩那埵羯磨與本日治羯磨是非法羯磨應與出罪羯磨與本日治羯磨是非法羯磨應與出罪羯磨與摩那埵羯磨是非法羯磨若僧種種事起不如法不如毗尼不如佛教斷皆非法是名非法羯磨如法

羯磨者若白羯磨用白作是如法羯磨若白二羯磨白已一唱是如法羯磨若白四羯磨白已三唱是如法羯磨若應與現前毗尼與現前毗尼是如法羯磨若應與憶念與憶念應與不癡與不癡應與自言治與自言治應與實覓毗尼與實覓毗尼應與苦切羯磨與苦切應與依止羯磨與依止應與下意羯磨與下意應與驅出羯磨與驅出應與別住羯磨與別住應與摩那埵與摩那埵應與本日治與本日治應與出罪與出罪是比丘如法羯磨若僧中種種事起如法如毗尼如佛教斷是名如法羯磨別衆羯磨者是羯磨中所須比丘不和合一處可與欲者不與欲現前比丘遮成遮是名別衆羯磨復有別衆羯磨是羯磨中所須比丘和合一處可與欲者不與欲現前比丘遮成遮是名別衆羯磨復有別衆羯磨是羯磨中所須比丘和合一處可與欲者不與欲現前比丘遮成遮是名別衆羯磨和合羯磨者所須比丘和合一處可與欲者與欲現前比丘能遮不遮是名和合羯磨長老優波離問佛何比丘遮可受何比丘遮不可受佛言若僧如法作羯磨是中有比丘遮不應受若白衣遮若沙彌若非比丘若外道不見擯不作擯惡邪不除擯不共住種種不共住自言犯重罪本白衣汙比丘尼不能男人越濟人殺父母人殺阿羅漢破僧惡心出佛身血如是等人遮不應受若界內人遮界外作羯磨不應受若界外人遮界內作羯磨不應受若在下人遮高處作羯磨不應受若在高處人遮下處作羯磨不應受若遮

人不到作羯磨僧所若到不乞聽若破戒人遮皆不應受若破戒人心遮亦不應受是名不應受應受遮者若僧作非法羯磨是中有比丘遮應受若僧界內作非法羯磨界內比丘遮應受若遮比丘到僧所乞聽已遮應受若持戒比丘遮應受是名應受有諸比丘非法別衆擯比丘有比丘僧來解非法別衆非法和合衆似法別衆似法和合衆如法別衆如法和合衆復有諸比丘非法和合衆擯比丘有比丘僧來解非法別衆非法和合衆似法別衆似法和合衆如法別衆如法和合衆復有諸比丘似法別衆擯比丘有比丘僧來解非法別衆非法和合衆似法別衆似法和合衆如法別衆如法和合衆擯比丘有比丘僧來解非法別衆非法和合衆似法別衆似法和合衆如法別衆如法和合衆復有諸比丘如法別衆擯比丘有比丘來解非法別衆非法和合衆似法別衆似法和合衆如法別衆如法和合衆復有比丘如法和合衆擯比丘有比丘僧來解非法別衆非法和合衆似法別衆似法和合衆如法別衆如法和合衆佛語優波離是中一衆名真實作擯所謂如法和合衆一衆名真實解擯所謂如法和合衆解

十誦律卷第三十

音釋

邠坻（邠彼貧切坻直尼切）　指摩（指苦皆切摩莫戈切）　擯（比刃切）　聽（他定切）

（瞻波法竟）

十誦律卷第三十一

姚秦三藏弗若多羅共三藏鳩摩羅什譯

第五誦之三

八法中那般茶盧伽法第四亦云苦切羯磨

佛在舍衛國爾時舍衛國有二比丘一名般茶二名盧伽喜鬬諍相言共諸比丘鬬諍相言已知是鬬諍比丘便到其所言汝等決定堅持是事莫爲他擊汝等取勝我當相助復語第二部言汝等決定堅持是事莫爲他擊汝等取勝我當相助以是因緣故未破比丘便破已破者不可和合僧中未起事便起已起事不可滅是中有比丘少欲知足行頭陀聞是事心不喜訶責言云何名比丘喜鬬諍相言知是鬬諍比丘便到其所言汝等決定堅持是事莫爲他擊汝等取勝我當相助復語第二部言汝等決定堅持是事莫爲他擊汝等取勝我當相助以是因緣故未破比丘便破已破者不可和合未起事便起已起事不可滅如是訶已向佛廣説佛以是事集比丘僧知而故問般茶盧伽比丘汝等實作是事不答言實作世尊佛以種種因緣訶責言云何名比丘喜鬬諍相言知是鬬諍相言便到其所言汝等決定堅持是事莫爲他擊汝等取勝我當相助復語第二部言汝等決定堅持是事莫爲他擊汝等取勝我當相助以是因緣故未破比丘便破已破者不可和合僧中未起事便起已起事不可滅如是訶已語諸比丘汝等與般茶盧伽比丘作苦切羯磨若更有如是人者亦應與作苦切羯磨若比丘於三事中有犯應與作苦切羯磨若破

戒若破正見若破威儀復有三事應與作苦切羯磨喜鬬喜諍喜相言有三種作苦切羯磨非法非毗尼可破人不現前作不先說其事作不令憶念作有三種如法不可破人現前作先說其事作令憶念作有三種可破非法作別衆作人不現前作有三種不可破如法作和合僧作人現前作有三種可破非法作別衆作不先說其事作有三種不可破如法作和合僧作先說其事作有三種可破非法作別衆作不令憶念作有三種不可破如法作和合僧作令憶念作復有三種非法非毗尼可破與不犯罪人作與犯不可悔過作與已悔過作有三種如法不可破爲犯罪人作爲犯可悔過作與未悔過作有三種可破不如法作別衆作與不犯罪作有三種不可破如法作和合僧作爲犯罪作有三種可破非法作別衆作不爲可悔過作有三種不可破如法作和合僧作爲犯可悔過作有三種可破非法作別衆作與已悔過作有三種不可破如法作和合僧作與未悔過作苦切羯磨法者一心和合僧一比丘僧中唱言大德僧聽是般荼盧伽比丘喜鬬諍相言知是鬬諍比丘便到其所言汝等堅持是事莫爲他擊汝等取勝我當相助後語第二部比丘言汝等堅持是事莫爲他擊汝等取勝我當相助以是因緣故未破比丘便破已破者不可和合僧中未起事便起已起事不可滅若僧時到僧忍聽僧與般荼盧伽比丘作苦切羯磨隨汝般荼盧伽比丘幾時作不清淨行惡口不止隨爾所時僧與汝等作苦切羯磨是

名白如是白四羯磨僧與般荼盧伽比丘作苦切羯磨竟僧忍默然故是事如是持得苦切羯磨比丘行法者是比丘不應與他受大戒不應受他依止不得畜沙彌不得受教化比丘尼羯磨若先受不應教化不應重犯若切羯磨罪不應作相似罪不應作過是罪不應訶諸羯磨不應訶作羯磨人不應出清淨比丘過罪不應從他乞聽不應言我當出汝罪不應遮布薩自恣不應違逆清淨比丘應折伏心如法恭敬若不如是法行者盡形不得離是苦切羯磨即時諸比丘受佛教小却一面與般荼盧伽比丘作苦切羯磨般荼盧伽比丘得苦切羯磨已心悔折伏恭敬柔輭從僧乞解苦切羯磨諸比丘以是事白佛佛語諸比丘若般荼盧伽心悔折伏僧應與解若更有如是人者亦應與解若比丘不如法行僧不應與解苦切羯磨若與他受大戒與他作依止畜沙彌若受教化比丘尼羯磨若教化比丘尼若重犯罪若作相似罪若作過是罪若訶羯磨若訶羯磨人若從他乞聽出清淨比丘罪若言我當出汝罪若遮說布薩自恣違逆清淨比丘不心悔折伏不柔輭不應與解若如法行僧應與解苦切羯磨不與他受大戒不與他作依止不畜沙彌不受教化比丘尼若已羯磨不教化比丘尼不重犯罪不作相似罪不作過是罪不訶羯磨不訶羯磨人不從他乞聽不出清淨比丘罪不言我當出汝罪不遮說戒受歲不違逆清淨比丘若心悔折伏柔輭應與解苦切羯磨解苦切羯磨法者一心和合僧般荼盧伽比丘從

坐起偏袒右肩脱革屣胡跪合掌作是言大德僧憶念我般荼盧伽比丘喜鬬諍相言知是鬬諍相言比丘便到其所言汝等堅持是事莫爲他擊汝等取勝我當相助復語第二部比丘言汝等堅持是事莫爲他擊汝等取勝我當相助以是因緣故未破比丘便破已破者不可和合僧中未起事便起已起事不可滅故僧與我等作苦切羯磨我等得苦切羯磨心悔折伏今從僧乞解苦切羯磨我等般荼盧伽比丘今心悔折伏僧憐愍故與我等解第二第三亦如是乞即時一比丘僧中唱言大德僧聽是般荼盧伽比丘喜鬬諍相言知是鬬諍比丘便到其所言汝等堅持是事莫爲他擊汝等取勝我當相助復語第二部比丘言汝等堅持是事莫爲他擊汝等取勝我當相助以是因縁故未破比丘便破已破不可和合僧中未起事便起已起事不可滅故僧與作苦切羯磨是般荼盧伽比丘得苦切羯磨故心悔折伏今從僧乞解苦切羯磨若僧時到僧忍聽僧般荼盧伽比丘解苦切羯磨是名白如是白四羯磨僧與般荼盧伽比丘解苦切羯磨竟僧忍默然故是事如是持

佛在舍衛國爾時施越比丘數數犯罪數數悔過無有齊限諸比丘以是事白佛佛語諸比丘汝等與施越比丘作依止羯磨若更有如是比丘亦應與作依止羯磨佛言比丘三事中有犯應與作依止羯磨若破戒若破見若破威儀復有三種喜鬬喜諍喜相言有三種作依止羯磨非法非毗尼可破人不現前

作不先説其罪作不令憶念作有三種作依止羯磨如法如毗尼不可破人現前作先説其罪作令憶念作有三種可破非法作別衆作人不現前作有三種不可破如法作和合衆作人現前作有三種可破非法作別衆作不先説其罪作有三種不可破如法作和合僧作先説其罪作有三種可破非法作別衆作不令憶念作有三種不可破如法作和合僧作令憶念作有三種可破與不犯罪作爲不可悔過作與已悔過作有三種不可破爲犯作爲可悔過作與未悔過作有三種可破非法作別衆作與不犯作有三種不可破如法作和合僧作爲犯作有三種可破非法作別衆作爲不可悔過作有三種不可破如法作和合僧作爲可悔過作有三種可破非法

作別衆作爲已悔過作有三種不可破如法作和合僧作與未悔過作作依止羯磨有二種一應教汝依止某甲住二者應説依止羯磨法依止羯磨法者一心和合僧一比丘衆中唱言大德僧聽是施越比丘數數犯罪數數懺悔無有齊限若僧時到僧忍聽僧與施越比丘作依止羯磨隨汝施越幾時作不清淨行不隨順道隨爾所時僧與汝作依止羯磨是名白如是白四羯磨僧與施越比丘作依止羯磨竟僧忍默然故是事如是持得依止羯磨比丘行法者不應與他受大戒不應受他依止不應畜沙彌不得受教化比丘尼羯磨若先受不應教化不應重犯罪不應作相似罪不應作過是罪不應訶羯磨不應訶作羯磨人不應出清淨比丘過罪不應從他

乞聽不應言我當出汝罪不應遮說戒受歲不應違逆清淨比丘即時諸比丘受佛教小却一面與施越比丘作依止羯磨施越得羯磨故心悔折伏柔輭從僧乞解依止羯磨諸比丘以是事白佛佛語諸比丘若施越比丘心悔折伏僧應與解若更有如是人者亦應與解若比丘不如法行僧不應與解依止羯磨若與他受大戒與他作依止畜沙彌若受教化比丘尼羯磨若先受不應教化比丘尼若重犯罪若作相似罪若作過是罪若訶羯磨若訶羯磨人若從他乞聽若出清淨比丘罪若言我當出汝罪若遮布薩自恣違逆清淨比丘若不心悔折伏柔輭不應與解若如法行僧應與解依止羯磨不與他受大戒不與他依止不畜沙彌不受教化比丘尼羯磨

不教化比丘尼不重犯罪不作相似罪不作過是罪不訶羯磨不訶羯磨人不從他乞聽不出清淨比丘罪不言我當出汝罪不遮布薩自恣不違逆清淨比丘若心悔折伏柔輭應與解依止羯磨解依止羯磨法者一心和合僧施越比丘從坐起偏袒右肩脫革屣胡跪合掌作是言大德僧憶念我施越比丘數數犯罪數數悔過無有齊限故僧與我作依止羯磨我得依止羯磨故心悔折伏今從僧乞解依止羯磨僧憐愍故與我解第二第三亦如是乞即時一比丘僧中唱言大德僧聽是施越比丘數數犯罪數數悔過無有齊限僧與作依止羯磨是施越比丘得依止羯磨故心悔折伏今從僧乞解依止羯磨若僧時到僧忍聽僧與施越比丘解依止羯磨是名

白如是白四羯磨僧與施越比丘解依止羯磨竟僧忍默然故是事如是持

佛在舍衛國爾時黒山國土有馬宿滿宿二比丘汙他家行惡行汙他家皆見皆聞皆知行惡行亦見亦聞亦知是比丘共女人一牀坐共一槃食共器飲酒中後食共食宿噉宿食不受而食不受殘食法彈鼓簧捻脣作音樂聲齒作妓樂彈銅盂彈多羅樹葉作餘種種妓樂歌舞著鬘瓔珞以香塗身著香熏衣以水相灑自手採華亦使人採自貫華鬘亦使人貫自頭上著華亦使人著自著耳環亦使人著自將他婦女去若使人將去若令象鬬馬鬬車鬬步鬬羊鬬水牛鬬狗鬬雞鬬男鬬女鬬亦自共鬬手打脚蹋四向馳走變易服飾驅行跳躑水中浮沒破截樹木打臂拍髀啼哭大喚或嘯謬語諸異國語躑絶反行如魚宛轉擲物空中還自接取與女人共大船上載令作妓樂乘象馬車輿與多人衆吹貝導道入園林中作如是種種惡不淨事諸比丘以是事白佛佛語諸比丘汝等與馬宿滿宿比丘作驅出羯磨若更有如是比丘亦應與作驅出羯磨佛言比丘於三事中有犯僧應與作驅出羯磨若破戒破見破威儀有三種應作驅出羯磨喜鬬喜諍喜相言有三種非法非毗尼作驅出羯磨可破人不現前作不先說其罪作不令憶念作有三種如法如毗尼作驅出羯磨不可破人現前作先說其罪作令憶念作有三種可破非法作別衆作人不現前作有三種不可破如法作和合僧作人現前作有三種可破非法作別衆作

不先說其罪作有三種不可破如法作和合僧作先說其罪作有三種可破非法作別衆作不令憶念作有三種不可破如法作和合僧作令憶念作有三種作驅出羯磨可破與不犯罪作爲不可悔過作與已悔過作有三種作驅出羯磨不可破爲犯罪作爲可悔過作與未悔過作有三種可破非法作別衆作與不犯罪作有三種不可破如法作和合僧作爲犯罪作有三種可破非法作別衆作爲不可悔過作有三種不可破如法作和合僧作爲可悔過作有三種可破非法作別衆作與已悔過作有三種不可破如法作和合僧作與未悔過作驅出羯磨驅出羯磨法者一心和合僧一比丘應僧中唱言大德僧聽是馬宿滿宿比丘汙他家行惡行汙他家皆見皆聞皆知行惡行亦見亦聞亦知僧當與其甲作驅出羯磨若僧時到僧忍聽僧與馬宿滿宿比丘作驅出羯磨隨汝馬宿滿宿幾時不捨是不清淨行隨爾所時與汝作驅出羯磨是名白如是白四羯磨僧與馬宿滿宿比丘作驅出羯磨竟僧忍默然故是事如是持得驅出羯磨比丘行法者不應與他受大戒不得受他依止不得畜沙彌不得受教化比丘尼羯磨若先受不應教化不應重犯得驅出羯磨罪不應作相似罪不得作過是罪不應訶羯磨不應訶作羯磨人不應出清淨比丘過罪不應從他乞聽不應言我當出汝罪不應遮布薩自恣不應違逆清淨比丘應折伏心如法恭敬若不如是法行者盡形壽不得離驅出羯磨即時諸比丘受佛教小却一

面與馬宿滿宿作驅出羯磨馬宿滿宿得驅出羯磨故心悔折伏柔輭從僧乞解驅出羯磨諸比丘以是事白佛佛語諸比丘若馬宿滿宿比丘心悔折伏者僧應與解若更有如是人僧亦應與解若比丘不如法行僧不應與解驅出羯磨若與他受大戒與他作依止畜沙彌若受教化比丘尼羯磨若教化比丘尼若重犯罪若作相似罪若作過是罪若訶羯磨若訶羯磨人若從他乞聽若出清淨比丘罪若言我當出汝罪若遮布薩自恣違逆清淨比丘不心悔折伏柔輭不應與解若如法行僧應與解驅出羯磨不與他受大戒不與他作依止不畜沙彌不受教化比丘尼羯磨不教化比丘尼不重犯罪不作相似罪不作過是罪不訶羯磨不訶羯磨人不從他乞聽不出清淨比丘罪不言我出汝罪不遮布薩自恣不違逆清淨比丘若心悔折伏柔輭應與解驅出羯磨解驅出羯磨法者一心和合僧馬宿滿宿比丘從坐起偏袒右肩脫革屣胡跪合掌作是言大德僧憶念我馬宿滿宿比丘汙他家行惡行汙他家皆見皆聞皆知行惡行亦見亦聞亦知故僧與我作驅出羯磨我等得驅出羯磨故心悔折伏今從僧乞解驅出羯磨僧憐愍故與我等解第二第三亦如是乞即時一比丘僧中唱言大德僧聽是馬宿滿宿比丘汙他家行惡行汙他家皆見皆聞皆知行惡行亦見亦聞亦知僧與作驅出羯磨是馬宿滿宿比丘得驅出羯磨故心悔折伏今從僧乞解驅出羯磨若僧時到僧忍聽僧與馬宿滿宿比丘解驅出羯磨

是名白如是白四羯磨僧與馬宿滿宿比丘作解驅出羯磨竟僧忍默然故是事如是持

佛在舍衛國爾時迦尸國有聚落名磨叉止陀是中有豪貴居士名曰質多羅饒財寶田宅人民奴婢眷屬是人歸依佛法僧不疑佛法僧不疑苦集盡道見諦得道於磨叉止陀聚落菴羅林中起僧房請比丘僧願諸大德於此菴羅林中僧房中住我當供養衣鉢戶鉤時藥夜分藥七日藥盡形藥亦能教讀誦經法答所問疑唯除毗尼時有比丘名鬱多羅於質多羅居士菴羅林中作僧房摩摩帝帝帝陀羅爾時有優波斯那比丘和檀提子與大比丘衆五百人俱皆阿練若納衣乞食樂處空地來去坐立飲食衣鉢威儀清淨起人敬心遊行迦尸國到磨叉止陀聚落質多居士見是客比丘來去坐立飲食衣鉢威儀清淨即起敬心清淨因是客比丘故請僧明日到自舍食時僧房主聞質多居士不先語我因客比丘故請僧舍食我是質多居士菴羅林中摩摩帝帝帝陀羅僧房主質多居士不問我因客比丘故請僧舍食過是夜已我當共是居士語是鬱多羅比丘作是思惟至地了著衣持鉢到是居士舍見辦種種多美飲食數種種雜色坐具問言何以無胡麻歡喜丸居士答言我今樂說一喻若聽者當說之大德鬱多羅北方有賈客衆擔雞東方市易有烏來下與雞共合生子鳴時亦不能作鷄聲復不能作烏聲設欲鳴時作鷄烏聲鬱多羅汝亦復如是雖種種說佛法善語又說惡語鬱多羅比丘言汝訶罵我此是汝菴羅

僧房還以相付我當往東方諸佛所供養親侍居士言大德住我僧房中我當盡形供給衣鉢戸鉤時藥夜分藥七日藥盡形藥又當教讀誦經法答所問疑唯除毘尼是比丘再三語居士言汝訶罵我此是汝菴羅僧房還以相付我至東方諸佛所供養親侍是居士又第二第三請言鬱多羅住我僧房中當盡形供養衣鉢戸鉤時藥夜分藥七日藥盡形藥又當教讀誦經法答所問疑唯除毗尼爾時鬱多羅比丘欲往東方諸佛所時居士語言汝所說事及我所說具向佛說莫得增減汝今不受我請後必還來鬱多羅比丘即持衣鉢遊行向舍衛國詣佛所頭面禮佛足在一面立諸佛常法有客比丘來以是語言問訊可忍可足安樂住乞食不難道路不疲極

耶佛以是語問訊鬱多羅比丘可忍可足安樂住乞食不難道路不疲極耶答言世尊可忍可足安樂住乞食不難道路不疲極以是事向佛廣說佛聞已語諸比丘汝等與鬱多羅比丘作下意羯磨令向質多羅居士下意懺悔若更有如是人僧亦應與作下意羯磨若比丘三事中有犯應與作下意羯磨破戒破見破威儀又三種應與作下意羯磨喜鬬喜諍喜相言若比丘有五法僧應與下意羯磨若比丘訶責佛若訶法若訶僧若破戒若破威儀又有五法僧應與下意羯磨若惡口向白衣若罵白衣若毀呰白衣家若別離白衣家若方便求驅白衣出欲令得衰惱復有五法僧應與作下意羯磨惡口向比丘罵比丘毀呰比丘破比丘利養求方便驅比丘出

令得衰惱復有五法僧應與作下意羯磨教白衣共白衣鬬教白衣共比丘鬬教比丘共比丘鬬教比丘共白衣鬬説白衣所不喜事僧作下意羯磨作下意羯磨時先應思惟三事是居士所説爲實不實此比丘能作是事不是比丘可令下意不如是思惟已然後作下意羯磨作下意羯磨法者一心和合僧一比丘唱言大德僧聽質多居士供給僧如事大家是欝多羅比丘現前惡口訶罵若僧時到僧忍聽僧與欝多羅比丘作下意羯磨令向質多居士懺悔是名白如是白四羯磨僧與欝多羅比丘作下意羯磨令向質多居士懺悔竟僧忍默然故是事如是持爾時僧應遣一堪能比丘將欝多羅比丘到質多居士所語居士言是比丘現前惡口訶罵汝僧已如法治汝令聽是比丘懺悔若受懺悔者即時令是居士離聞處著可見處欝多羅比丘應向是比丘作突吉羅懺悔若是居士不受者僧爾時應更與二堪能比丘語居士言欝多羅比丘現前惡口訶罵汝僧已如法治汝當受懺悔若受者即令居士離聞處住可見處欝多羅比丘應向二比丘作突吉羅懺悔若復不受者爾時僧即更與若三若四堪能比丘語居士是比丘現前惡口訶罵汝僧已如法治汝當受悔過若受者即令居士離聞處住可見處欝多羅比丘應向是諸比丘作突吉羅懺悔若復不受者若是居士多知多識有大力勢有官力賊力能自作惡事惱亂衆僧若令人作僧應語是比丘言是居士多知多識有官力有賊力能自作惡事亦能令

人作汝當離是住處去若是比丘强住者衆
僧無罪
佛在俱舍彌爾時車匿比丘犯可悔過罪諸比丘憐愍欲利益安樂故語其罪教令如法見罪悔過莫覆藏車匿言我不見罪云何悔過諸比丘以是事向佛廣說佛語諸比丘汝等與車匿作不見擯若更有如是比丘亦應與作若比丘三事中有犯應與作不見擯破戒破見破威儀復有三事僧應與作不見擯喜鬬喜諍喜相言僧欲作不見擯時先應思惟五事若我等與是比丘作不見擯不共布薩說戒自恣不共作諸羯磨不共中食不共怛鉢那不隨上座起禮迎送以是因緣故鬬諍事起相言相罵僧破僧諍僧別僧異思惟是五法已不應作擯若我等與是比丘作不見擯不共布薩說戒自恣不共作諸羯磨不共中食不共怛鉢那不隨上座起禮迎送以是因緣故不起鬬諍相言相罵僧和合無諍無別無異思惟是五事已應與作不見擯犯罪比丘亦應思惟五事若諸比丘與我作不見擯不得共我布薩說戒自恣不共作諸羯磨不共中食不共怛鉢那不得隨上座起禮迎送何以故諸比丘樂持戒有慚愧不能爲我故隨愛隨瞋隨怖隨癡行思惟是法已應受不見擯作不見擯羯磨法者一心和合僧一比丘僧中唱言大德僧聽是車匿比丘犯罪不如法見若僧時到僧忍聽僧與車匿比丘作不見擯隨汝車匿幾時犯罪不如法見僧隨爾所時與汝作不見擯諸比丘不共汝作羯磨不共汝住於僧事中若白羯磨白二

羯磨白四羯磨布薩自恣不得入十四人數不與汝共事共住猒惡汝如旃陀羅是名白如是白四羯磨僧與車匿比丘作不見擯羯磨竟僧忍默然故是事如是持得不見擯比丘行法者不應與他受大戒不應受他依止不應畜沙彌不應受教化比丘尼羯磨若先受不應教化不應重犯罪不應作相似罪不應作過是罪不應訶羯磨不應訶羯磨人不應受清淨比丘起禮迎送供養衣鉢卧具洗脚拭脚脚机若無病不應受他按摩心悔折伏柔輭佛言若不如是法行者盡形不得離是羯磨即時諸比丘受佛教已小遠一面與車匿比丘作不見擯羯磨已車匿比丘心不折伏作是言我何預汝等事我不數汝作是語已便持衣鉢向央伽國摩竭國迦尸國憍薩羅國鳩留國般闍羅國阿葉摩伽阿般提國從一住處至一住處諸國土比丘聞車匿被擯不共住羯磨若白羯磨白二羯磨白四羯磨布薩自恣不入十四人數不得共事猒惡如旃陀羅皆不共住不共事還來俱舍國心悔折伏從僧乞解不見擯諸比丘以是事白佛佛語諸比丘汝等與車匿比丘解不見擯若更有如是人亦應與解若比丘不如法行者僧不應與解不見擯若與他受大戒與他作依止若畜沙彌若受教比丘尼羯磨若教化比丘尼若重犯罪若作相似罪若作過是罪若訶羯磨若訶羯磨人若受清淨比丘起禮迎送衣鉢卧具洗脚拭脚脚机若不病受他按摩若作白衣相若作外道相若與外道共事不應作便作不學比丘戒訶罵比

丘惡口向比丘毀呰比丘作方便令僧失住處失供養欲折伏界内界外比丘喜鬬諍相言心不折伏不恭敬柔輭若如是行者不應與解不見擯若得不見擯比丘不與他受大戒不與作依止不畜沙彌不受教化比丘尼羯磨不教化比丘尼不重犯罪不作相似罪不作過提罪不訶羯磨不訶羯磨人不受清淨比丘起禮迎送供養衣鉢卧具不受洗脚拭脚脚机不病不應受他按摩不作白衣相外道相不與外道共事作所應作學比丘戒不訶罵比丘不惡口向比丘不毀呰比丘不作方便令僧失住處失供養不欲折伏界内界外比丘不喜鬬諍相言心悔折伏恭敬柔輭若如是行者應與解不見擯解不見擯法者一心和合僧車匿比丘應從坐起偏袒右肩脱革屣胡跪合掌作是言我車匿犯可悔過罪不如法見故僧與我作不見擯諸比丘不與我共事共住作白羯磨白二羯磨白四羯磨布薩自恣及諸羯磨不得入十四人數猒惡我如旃陀羅今我車匿已心悔折伏柔輭從僧乞解不見擯羯磨僧憐愍故與我解第二第三亦如是乞即時一比丘僧中唱言大德僧聽是車匿比丘犯罪不如法見僧與作不見擯羯磨諸比丘不與共事作白羯磨白二羯磨白四羯磨布薩自恣不得入十四人數猒惡如旃陀羅車匿比丘今心悔折伏從僧乞解不見擯羯磨若僧時到僧忍聽與車匿比丘解不見擯羯磨是名白如是白四羯磨僧與車匿比丘解不見擯羯磨竟僧忍默然故是事如是持

佛在俱舍彌國爾時長老車匿犯可悔過罪諸比丘憐愍欲利益安樂故語其過罪教令如法悔過答言我見是罪不能如法悔過諸比丘以是事白佛佛語諸比丘汝等與車匿作不作擯羯磨若更有如是人亦應與作佛言若比丘三事中隨犯應與作不作擯羯磨若破戒若破見若破威儀應與不作擯復有三事僧應與不作擯喜鬪喜諍喜相言僧欲作不作擯時先應思惟五事若我等與是比丘作不作擯不共布薩作諸羯磨不共中食不共怛鉢那不隨上座起禮迎送以是因緣故鬪諍事起僧破僧諍僧別僧異思惟是五法已不應作擯若我等與是比丘作不作擯不共布薩作諸羯磨不共中食怛鉢那不隨上座起禮迎送以是因緣故不起鬪諍僧和

合無諍無別無異思惟是五法已應與作擯犯罪比丘亦應思惟五法是諸比丘與我作不作擯不得共我布薩自恣作諸羯磨不共中食怛鉢那不隨上座起迎禮拜何以故諸比丘樂持戒有慚愧不能爲我故隨愛隨瞋隨怖隨癡行思惟是五法已應受不作擯羯磨不作擯羯磨法者一心和合僧一比丘僧中唱言大德僧聽是車匿比丘犯罪見罪不能如法悔過若僧時到僧忍聽僧與車匿比丘作不作擯隨汝車匿幾時犯罪見罪不能如法悔過僧隨爾所時與汝作不作擯諸比丘不共汝作諸羯磨若白羯磨白二羯磨白四羯磨布薩自恣不得入十四人數不與汝共事共住猷惡汝如旃陀羅是名白如是白四羯磨僧與車匿比丘作不作擯羯磨竟僧

忍默然故是事如是持得不作擯比丘行法者不應與他受具戒不應與他作依止不應畜沙彌不應受教化比丘尼羯磨若先受不應教化不應重犯罪不應作相似罪不應作過是罪不應訶羯磨不應訶羯磨人不應出清淨比丘過不應受清淨比丘起禮迎送供養衣鉢卧具不應受洗脚拭脚脚机供養除病不應受他按摩應心悔折伏柔輭佛言若不如是法行者盡形不得離是羯磨即時諸比丘受佛教小却一面與車匿比丘作不作擯羯磨已車匿比丘心不折伏作是言我何預汝等事我不數汝等作是語已便持衣鉢向鴦伽國摩竭國迦尸國憍薩羅國鳩留國阿葉摩伽阿般提國從一住處至一住處諸國土比丘聞車匿比丘被擯諸比丘不共作羯磨不共住於衆事中若白羯磨白二羯磨白四羯磨布薩自恣不得入十四人數不得共事共住猒惡我如旃陀羅皆不共住共事車匿比丘還俱舍彌國心悔折伏從僧乞解作不作擯羯磨諸比丘以是事白佛佛語諸比丘汝等與車匿比丘解不作擯若更有如是人亦應與解若擯比丘不如行法者僧不應與解若與他受具戒與他作依止若畜沙彌若受教化比丘尼羯磨若教化比丘尼若重犯罪若作相似罪若作過是罪若事不應作訶羯磨人若受清淨比丘起禮迎送供養衣鉢卧具洗脚拭脚脚机若不病受他按摩若作白衣相作外道相若與外道共事不應作便作不學比丘戒訶罵比丘惡口向比丘毀呰比丘作方便令僧失住處失供養欲折

伏界内界外比丘喜鬭諍相言心不悔折伏恭敬柔輭若如是行者不應與解不作擯若得不作擯比丘不與他受具戒不與他作依止不畜沙彌不受教化比丘尼羯磨不教化比丘尼不重犯罪不作相似罪不作過是罪不訶羯磨不訶羯磨人不受清淨比丘起禮迎送供養衣鉢卧具洗脚拭脚脚机不病不受按摩不作白衣相不作外道相不與外道共事作所應作學比丘戒不訶罵比丘不惡口向比丘不毀呰比丘不作方便令僧失住處失供養不欲折伏界内界外比丘不喜鬭諍相言心悔折伏恭敬柔輭若如是行者應與解不作擯解不作擯法者一心和合僧車匿比丘應從坐起偏袒右肩脱革屣胡跪合掌作是言大德僧憶念我車匿比丘犯罪見罪不能如法悔故僧與我作不作擯諸比丘不與我共事共住作白羯磨白二羯磨白四羯磨布薩自恣不得入十四人數猒惡我如旃陀羅我車匿今心悔折伏柔輭從僧乞解不作擯羯磨僧憐愍故與我解第二第三亦如是乞即時一比丘僧中唱言大德僧聽是車匿比丘犯罪見罪不能如法悔過僧與作不作擯羯磨諸比丘不與共事共住作白羯磨白二羯磨白四羯磨布薩自恣不得入十四人數猒惡如旃陀羅車匿比丘得是羯磨故心悔折伏柔輭從僧乞解不作擯羯磨若僧時到僧忍聽與車匿比丘解不作擯羯磨是名白如是白四羯磨僧與車匿比丘解不作擯羯磨竟僧忍默然故是事如是持

佛在舍衛國爾時阿利吒比丘生惡邪見言

我如是知佛法義佛所說障法行是障法不能障道諸比丘以是事白佛佛語諸比丘汝等與阿利吒比丘作不捨惡邪見擯若更有如是人亦應與作佛言若比丘三事中有犯應與作惡邪不除擯若破戒若破見若破威儀復有三事喜鬬喜諍喜相言僧與作惡邪不除擯爾時先應思惟五法若我等與是比丘作惡邪不除擯不共布薩自恣作諸羯磨不共中食怛鉢那不隨上座起禮迎送以是因緣故鬬諍事起相言相罵僧破僧諍僧別僧異思惟是事已不應作擯若我與是比丘作惡邪不除擯不共布薩作諸羯磨不共中食怛鉢那不隨上座起禮迎送以是因緣故不起鬬諍相言相罵僧和合無諍無別無異思惟是事已應與作擯犯罪比丘亦應思惟五事是諸比丘與我作惡邪不除擯不得共我布薩作諸羯磨不得共我中食怛鉢那不隨上座起禮迎送何以故諸比丘有慚愧樂持戒不能爲我故隨愛隨瞋隨怖隨癡行思惟是事已應受惡邪不除擯惡邪不除擯法者一心和合僧一比丘僧中唱言大德僧聽是阿利吒比丘生惡邪見言我如是知佛法義佛所說障法行是障法不能障道若僧時到僧忍聽僧與阿利吒比丘作惡邪不除擯汝阿利吒隨汝幾時生惡邪見不如法悔過僧隨爾所時與汝作惡邪不除擯諸比丘不共汝作羯磨不共汝住於僧事中若白羯磨白二羯磨白四羯磨布薩自恣不復入十四人數不與汝共事共住猒惡汝如旃陀羅是名白如是白四羯磨僧與阿利吒比丘作惡

邪不除擯羯磨竟僧忍默然故是事如是持惡邪不除擯比丘行法者不應與他受具戒不應與他作依止不應畜沙彌不應受教化比丘尼羯磨若先受者不應教化不應重作罪不應作相似罪不應作過是罪不應訶羯磨不應訶羯磨人不應受清淨比丘起禮迎送供養衣鉢卧具洗脚拭脚脚机若不病不應受他按摩應心悔折伏柔輭佛言若得擯比丘不如是行者盡形不得離是羯磨即時諸比丘受佛教已小却一面與阿利吒比丘作惡邪不除擯心悔折伏柔輭從僧乞解諸比丘以是事白佛佛語諸比丘汝等與阿利吒比丘解惡邪不除擯若更有如是人亦應與解若擯比丘不如惡邪不除擯行法者僧不應與解若與他受具戒與他作依止若畜沙彌若受教化比丘尼羯磨若教化比丘尼若重犯罪若作相似罪若作過是罪若訶羯磨若訶羯磨人若受清淨比丘起禮迎送供養衣鉢卧具洗脚拭脚脚机若不病不應受他按摩若作白衣相作外道相若與外道共事不應作便作不學比丘戒訶罵比丘惡口向比丘毀呰比丘作方便令僧失住處失利養欲折伏界内界外比丘喜鬬諍相言心不折伏恭敬柔輭若如是行者不應與解若擯比丘不與他受具戒不與他作依止不畜沙彌不受教化比丘尼羯磨不教化比丘尼不重犯罪不作相似罪不作過是罪不訶羯磨不訶羯磨人不受清淨比丘起禮迎送供養衣鉢卧具洗脚拭脚脚机不病不應受他按摩不作白衣相外道相不與外道共事作所

應作學比丘戒不訶罵比丘不惡口向比丘不毀呰比丘不作方便令僧失住處失利養不欲折伏界內界外比丘不喜鬬諍相言心悔折伏恭敬柔軟若如是行者應與解惡邪不除擯解惡邪不除擯法者一心和合僧阿利吒比丘應從坐起偏袒右肩脱革屣胡跪合掌作是言大德僧憶念我阿利吒生惡邪見作如是言我知佛法義佛所說障法行是障法不能障道故僧與我作惡邪不除擯諸比丘不與我共事共住作白羯磨白二羯磨白四羯磨布薩自恣不得入十四人數猒惡我如旃陀羅我阿利吒今心悔折伏柔軟從僧乞解惡邪不除擯羯磨僧憐愍故與我解第二第三亦如是乞即時一比丘僧中唱言大德僧聽是阿利吒比丘生惡邪見作如是言我知佛法義佛所說障法行是障法不能障道僧與作惡邪不除擯羯磨諸比丘不與共事共住作白羯磨白二羯磨白四羯磨布薩自恣不得入十四人數猒惡如旃陀羅阿利吒比丘得是羯磨故心悔折伏柔軟從僧乞解惡邪不除擯羯磨若僧時到僧忍聽與阿利吒比丘解惡邪不除擯羯磨是名白如是白四羯磨僧與阿利吒比丘解惡邪不除擯羯磨竟僧忍默然故是事如是持八法中苦切羯磨法第四竟

十誦律卷第三十一

音釋

羯磨（梵語也此云作法羯居謁切磨莫卧切）屣（所爾切履屬）數（色角切頻也）簧（胡光切笙簧也）捻（奴協切指捻也）嫚（莫班切）跳躑（跳他弔切跳躍也躑值隻切躑躅也）擯（必刃切斥也）

十誦律卷第三十二

姚秦三藏弗若多羅共三藏鳩摩羅什譯

第五誦之四

八法中僧殘悔法第五

佛在舍衛國爾時迦留陀夷比丘故出精犯一僧伽婆尸沙罪不覆藏語諸比丘言大德我故出精犯一僧伽婆尸沙罪不覆藏我當云何諸比丘以是事白佛佛語諸比丘迦留陀夷比丘故出精犯一僧伽婆尸沙罪不覆藏應與作六夜摩那埵羯磨若更有如是比丘僧亦應與作作法者一心和合僧是迦留陀夷比丘從坐起偏袒右肩脫革屣胡跪合掌作是言

大德僧憶念我迦留陀夷比丘故出精犯此僧伽婆尸沙罪一罪不覆藏我迦留陀夷比丘故出精犯此僧伽婆尸沙罪一罪不覆藏我今從衆僧乞六夜摩那埵僧與我迦留陀夷比丘故出精犯此僧伽婆尸沙罪一罪不覆藏與我六夜摩那埵憐愍故第二更說大德僧憶念我迦留陀夷比丘故出精犯此僧伽婆尸沙罪一罪不覆藏我迦留陀夷比丘故出精犯此僧伽婆尸沙罪一罪不覆藏我今從衆僧乞六夜摩那埵僧與我迦留陀夷比丘故出精犯此僧伽婆尸沙罪一罪不覆藏與我六夜摩那埵憐愍故第三更說大德僧憶念我迦留陀夷比丘故出精犯僧伽婆尸沙罪一罪不覆藏我迦留陀夷比丘故出精犯此僧伽婆尸沙罪一罪不覆藏我今從衆僧乞六夜摩那埵僧與我迦留陀夷比丘故出精犯此僧伽婆尸沙罪一罪不覆藏與

我六夜摩那埵憐愍故即時一比丘僧中唱言大德僧聽是迦留陀夷比丘故出精犯此僧伽婆尸沙罪一罪不覆藏是迦留陀夷比丘故出精犯此僧伽婆尸沙罪一罪不覆藏從僧乞六夜摩那埵若僧時到僧忍聽是迦留陀夷比丘故出精犯此僧伽婆尸沙罪一罪不覆藏與六夜摩那埵是名白

第一大德僧聽是迦留陀夷比丘故出精犯此僧伽婆尸沙罪一罪不覆藏是迦留陀夷比丘故出精犯此僧伽婆尸沙罪一罪不覆藏從僧乞六夜摩那埵僧迦留陀夷比丘故出精犯此僧伽婆尸沙罪一罪不覆藏當與六夜摩那埵誰諸長老忍迦留陀夷比丘故出精犯此僧伽婆尸沙罪一罪不覆藏當與六夜摩那埵者默然若不忍便說是初羯磨

第二我更說大德僧聽是迦留陀夷比丘故出精犯此僧伽婆尸沙罪一罪不覆藏是迦留陀夷比丘故出精犯此僧伽婆尸沙罪一罪不覆藏從僧乞六夜摩那埵僧是迦留陀夷比丘故出精犯此僧伽婆尸沙罪一罪不覆藏當與六夜摩那埵誰諸長老忍迦留陀夷比丘故出精犯此僧伽婆尸沙罪一罪不覆藏當與六夜摩那埵者默然若不忍便說是第二羯磨

第三我更說大德僧聽是迦留陀夷比丘故出精犯此僧伽婆尸沙罪一罪不覆藏是迦留陀夷比丘故出精犯此僧伽婆尸沙罪一罪不覆藏從僧乞六夜摩那埵僧迦留陀夷比丘故出精犯此僧伽婆尸沙罪一罪不覆

藏當與六夜摩那埵誰諸長老忍迦留陀夷比丘故出精犯此僧伽婆尸沙罪一罪不覆藏當與六夜摩那埵者默然若不忍説（是第三羯磨）

僧已忍與迦留陀夷比丘犯此僧伽婆尸沙罪故出精一罪不覆藏六夜摩那埵竟僧忍默然故是事如是持行六夜摩那埵竟語諸迦留陀夷比丘僧中行六夜摩那埵竟語諸比丘言諸大德我當云何諸比丘以是事白佛佛語諸比丘汝等當與迦留陀夷比丘出罪犯此僧伽婆尸沙罪故出精一罪不覆藏已僧中行六夜摩那埵當與出罪若更有如是人亦應與出罪出罪法者一心和合僧是迦留陀夷比丘應從坐起偏袒右肩脱革屣胡跪合掌作是言

大德僧憶念我迦留陀夷比丘故出精犯此僧伽婆尸沙罪一罪不覆藏我先已僧中乞六夜摩那埵僧已與我六夜摩那埵我已僧中行六夜摩那埵我迦留陀夷比丘犯此僧伽婆尸沙罪故出精一罪不覆藏僧中行六夜摩那埵竟今從僧乞出罪我迦留陀夷比丘犯僧伽婆尸沙罪故出精一罪不覆藏已僧中行六夜摩那埵竟僧當與我出罪憐愍故

第二我更説大德僧憶念我迦留陀夷比丘故出精犯此僧伽婆尸沙罪一罪不覆藏我先已僧中乞六夜摩那埵僧已與我六夜摩那埵我已僧中行六夜摩那埵我迦留陀夷比丘犯此僧伽婆尸沙罪故出精一罪不覆藏僧中行六夜摩那埵竟今從僧乞出罪僧

我迦留陀夷比丘犯此僧伽婆尸沙罪一罪不覆藏已僧中行六夜摩那埵竟僧當與我出罪憐愍故

第三我更說大德僧憶念我迦留陀夷比丘故出精犯此僧伽婆尸沙罪一罪不覆藏我先已僧中乞六夜摩那埵僧已與我六夜摩那埵我已僧中行六夜摩那埵我迦留陀夷比丘犯此僧伽婆尸沙罪故出精一罪不覆藏僧中行六夜摩那埵竟今從僧乞出罪僧我迦留陀夷比丘犯此僧伽婆尸沙罪一罪不覆藏已僧中行六夜摩那埵竟僧當與我出罪憐愍故即時一比丘僧中唱言

大德僧聽是迦留陀夷比丘犯此僧伽婆尸沙罪故出精一罪不覆藏先已從僧乞六夜摩那埵僧與六夜摩那埵已僧中行六夜摩那埵竟是迦留陀夷比丘犯此僧伽婆尸沙罪故出精一罪不覆藏僧中已行六夜摩那埵竟從僧乞出罪若僧時到僧忍聽僧是迦留陀夷比丘犯此僧伽婆尸沙罪故出精一罪不覆藏已僧中行六夜摩那埵竟僧今當與出罪如是白

第一大德僧聽是迦留陀夷比丘犯此僧伽婆尸沙罪故出精一罪不覆藏先已從僧乞六夜摩那埵僧與六夜摩那埵已僧中行六夜摩那埵竟是迦留陀夷比丘犯此僧伽婆尸沙罪故出精一罪不覆藏僧中已行六夜摩那埵竟今從僧乞出罪僧迦留陀夷比丘犯此僧伽婆尸沙罪故出精一罪不覆藏已行六夜摩那埵竟僧當與出罪誰諸長老忍是迦留陀夷比丘犯此僧伽婆尸沙罪故出

精一罪不覆藏已行六夜摩那埵竟僧今當與出罪者默然若不忍便說是初羯磨第二我更說大德僧聽是迦留陀夷比丘犯此僧伽婆尸沙罪故出精一罪不覆藏先已從僧乞六夜摩那埵僧與六夜摩那埵已僧中行六夜摩那埵竟迦留陀夷比丘犯此僧伽婆尸沙罪故出精一罪不覆藏僧中已行六夜摩那埵竟今從僧乞出罪僧迦留陀夷比丘犯此僧伽婆尸沙罪故出精一罪不覆藏已行六夜摩那埵竟僧當與出罪誰諸長老忍是迦留陀夷比丘犯此僧伽婆尸沙罪故出精一罪不覆藏已行六夜摩那埵竟僧今當與出罪者默然若不忍便說是第二羯磨第三我更說大德僧聽是迦留陀夷比丘犯此僧伽婆尸沙罪故出精一罪不覆藏先已從僧乞六夜摩那埵僧與六夜摩那埵竟僧中行六夜摩那埵竟是迦留陀夷比丘犯此僧伽婆尸沙罪故出精一罪不覆藏僧中已行六夜摩那埵竟今從僧乞出罪僧迦留陀夷比丘犯此僧伽婆尸沙罪故出精一罪不覆藏已行六夜摩那埵竟僧當與出罪誰諸長老忍是迦留陀夷比丘犯此僧伽婆尸沙罪故出精一罪不覆藏已行六夜摩那埵竟僧今當與出罪者默然若不忍便說是第三羯磨僧已與迦留陀夷比丘出罪竟犯此僧伽婆尸沙罪故出精一罪不覆藏已僧中行六夜摩那埵竟僧忍默然故是事如是持

佛在舍衞國爾時迦留陀夷比丘故出精犯一僧伽婆尸沙罪不覆藏語諸比丘我故出精犯一僧伽婆尸沙罪不覆藏我今云何諸

比丘以是事白佛佛語諸比丘汝等與迦留陀夷比丘六夜摩那埵若更有如是人亦應作作法者一心和合僧迦留陀夷從坐起偏袒右肩脫革屣胡跪合掌作是言

大德僧憶念我迦留陀夷比丘故出精犯此僧伽婆尸沙罪一罪不覆藏我迦留陀夷比丘故出精犯此僧伽婆尸沙罪一罪不覆藏我今從僧乞六夜摩那埵僧與迦留陀夷比丘故出精犯此僧伽婆尸沙罪一罪不覆藏與我六夜摩那埵憐愍故

第二更說大德僧憶念我迦留陀夷比丘故出精犯此僧伽婆尸沙罪一罪不覆藏我迦留陀夷比丘故出精犯僧伽婆尸沙罪一罪不覆藏我今從僧乞六夜摩那埵僧與迦留陀夷比丘故出精犯此僧伽婆尸沙罪一罪不覆藏與我六夜摩那埵憐愍故

第三更說大德僧憶念我迦留陀夷比丘故出精犯僧伽婆尸沙罪一罪不覆藏我迦留陀夷比丘故出精犯此僧伽婆尸沙罪一罪不覆藏我今從僧乞六夜摩那埵僧與我迦留陀夷比丘故出精犯此僧伽婆尸沙罪一罪不覆藏與我六夜摩那埵憐愍故即時一比丘僧中唱言

大德僧聽是迦留陀夷比丘故出精犯比僧伽婆尸沙罪一罪不覆藏是迦留陀夷比丘故出精犯此僧伽婆尸沙罪一罪不覆藏從僧乞六夜摩那埵若僧時到僧忍聽是迦留陀夷比丘故出精犯此僧伽婆尸沙罪一罪不覆藏與六夜摩那埵是名白

大德僧聽是迦留陀夷比丘故出精犯此僧

伽婆尸沙罪一罪不覆藏是迦留陀夷比丘
故出精犯此僧伽婆尸沙罪一罪不覆藏從
僧乞六夜摩那埵僧迦留陀夷比丘故出精
犯此僧伽婆尸沙罪一罪不覆藏當與六夜
摩那埵誰諸長老忍與迦留陀夷比丘故出
精犯此僧迦婆尸沙罪一罪不覆藏當與六
夜摩那埵者黙然若不忍便說是初羯磨
第二大德僧聽是迦留陀夷比丘故出精犯
此僧伽婆尸沙罪一罪不覆藏是迦留陀夷
比丘故出精犯此僧伽婆尸沙罪一罪不覆
藏從僧乞六夜摩那埵僧是迦留陀夷比丘
故出精犯此僧伽婆尸沙罪一罪不覆藏當
與六夜摩那埵誰諸長老忍迦留陀夷比丘
故出精犯此僧伽婆尸沙罪一罪不覆藏當
與六夜摩那埵者黙然不忍者說是第二羯磨

第三更說大德僧聽是迦留陀夷比丘故出
精犯此僧伽婆尸沙罪一罪不覆藏是迦留
陀夷比丘故出精犯此僧伽婆尸沙罪一罪
不覆藏從僧乞六夜摩那埵僧迦留陀夷比
丘故出精犯此僧伽婆尸沙罪一罪不覆藏
當與六夜摩那埵誰諸長老忍迦留陀夷比
丘故出精犯此僧伽婆尸沙罪一罪不覆藏
當與迦留陀夷比丘六夜摩那埵者黙然不
忍者說是第三羯磨
僧已忍與迦留陀夷比丘犯此僧伽婆尸沙
罪故出精一罪不覆藏六夜摩那埵竟僧忍
黙然故是事如是持
是迦留陀夷比丘行六夜摩那埵時已過爾
所日爾所日未過是中故出精更犯一僧伽
婆尸沙罪不覆藏迦留陀夷語諸比丘大德

我故出精犯一僧伽婆尸沙罪不覆藏故從僧乞六夜摩那埵僧與我六夜摩那埵我行六夜摩那埵時已爾所日爾所日未過是中故出精更犯一僧伽婆尸沙罪不覆藏今當云何諸比丘以是事白佛佛語諸比丘汝等與迦留陀夷比丘行摩那埵時故出精犯一僧伽婆尸沙罪不覆藏故與作本日治若更有如是人亦應與作作法者一心和合僧迦留陀夷比丘從坐起偏袒右肩脫革屣胡跪合掌作是言

大德僧憶念我迦留陀夷比丘故出精犯此僧伽婆尸沙罪一罪不覆藏從僧乞六夜摩那埵僧與我六夜摩那埵我行六夜摩那埵已爾所日爾所日未過更犯一僧伽婆尸沙罪故出精一罪不覆藏今從僧乞本日治僧與我迦留陀夷比丘犯此僧伽婆尸沙罪故出精一罪不覆藏僧當與我本日治憐愍故

第二更說大德僧憶念我迦留陀夷比丘故出精犯此僧伽婆尸沙罪一罪不覆藏從僧乞六夜摩那埵僧與我六夜摩那埵我行六夜摩那埵已爾所日爾所日未過更犯一僧伽婆尸沙罪故出精一罪不覆藏今從僧乞本日治僧我迦留陀夷比丘犯此僧伽婆尸沙罪故出精一罪不覆藏僧當與我本日治憐愍故

第三更說大德僧憶念我迦留陀夷比丘故出精犯此僧伽婆尸沙罪不覆藏從僧乞六夜摩那埵僧與我六夜摩那埵我行六夜摩那埵已爾所日爾所日未過更犯一僧伽婆尸沙罪故出精一罪不覆藏今從僧乞本日

治僧我迦留陀夷比丘犯此僧伽婆尸沙罪故出精一罪不覆藏僧當與我本日治憐愍故即時一比丘僧中唱言

大德僧聽是迦留陀夷比丘犯此僧伽婆尸沙罪故出精一罪不覆藏先已從僧乞六夜摩那埵僧與我六夜摩那埵行六夜摩那埵已爾所日爾所日未過是中更犯此僧伽婆尸沙罪故出精一罪不覆藏僧是迦留陀夷比丘犯此僧伽婆尸沙罪故出精一罪不覆藏從僧乞本日治若僧時到僧忍聽是迦留陀夷比丘犯此僧伽婆尸沙罪故出精一罪不覆藏僧今當與本日治如是白

大德僧聽是迦留陀夷比丘犯此僧伽婆尸沙罪故出精一罪不覆藏先已從僧乞六夜摩那埵僧與六夜摩那埵行六夜摩那埵已爾所日爾所日未過是中更犯此僧伽婆尸沙罪故出精一罪不覆藏僧是迦留陀夷比丘犯此僧伽婆尸沙罪故出精一罪不覆藏從僧乞本日治僧迦留陀夷比丘犯僧伽婆尸沙罪故出精一罪不覆藏僧今當與本日治誰諸長老忍是迦留陀夷比丘犯此僧伽婆尸沙罪故出精一罪不覆藏當與本日治者默然若不忍便說（是初羯磨）

第二更說大德僧聽是迦留陀夷比丘犯此僧伽婆尸沙罪故出精一罪不覆藏先已從僧乞六夜摩那埵僧與六夜摩那埵行六夜摩那埵已爾所日爾所日未過是中更犯此僧伽婆尸沙罪故出精一罪不覆藏僧是迦留陀夷比丘犯此僧伽婆尸沙罪故出精一罪不覆藏從僧乞本日治僧迦留陀夷比丘

犯僧伽婆尸沙罪故出精一罪不覆藏僧今
當與本日治誰諸長老忍是迦留陀夷比丘
犯此僧伽婆尸沙罪故出精一罪不覆藏當
與本日治者默然若不忍便說是第二羯磨
第三更說大德僧聽是迦留陀夷比丘犯此
僧伽婆尸沙罪故出精一罪不覆藏先已從
僧乞六夜摩那埵僧與六夜摩那埵行六夜
摩那埵已爾所日爾所日未過是中更犯此
僧伽婆尸沙罪故出精一罪不覆藏僧是迦
留陀夷比丘犯此僧伽婆尸沙罪故出精一
罪不覆藏從僧乞本日治僧迦留陀夷比丘
犯僧伽婆尸沙罪故出精一罪不覆藏僧今
當與本日治誰諸長老忍是迦留陀夷比丘
犯此僧伽婆尸沙罪故出精一罪不覆藏當
與本日治者默然若不忍便說是第三羯磨
僧已忍與本日治竟迦留陀夷比丘犯此僧
伽婆尸沙罪故出精一罪不覆藏僧忍默然
故是事如是持
迦留陀夷比丘中間犯一罪行本日治六夜
摩那埵竟語諸比丘我當云何諸比丘以是
事白佛佛語諸比丘汝等當與迦留陀夷比
丘出罪中間犯一罪行本日治行六夜摩那
埵竟若更有如是人亦應與出罪出罪法者
一心和合僧是迦留陀夷比丘從坐起偏袒
右肩脫革屣胡跪合掌作是言
大德僧憶念我迦留陀夷比丘故出精犯一
僧伽婆尸沙一罪不覆藏從僧乞六夜摩那
埵僧與我六夜摩那埵我行六夜摩那埵時
已爾所日爾所日未過中間更犯一罪我先
從僧乞本日治僧與我本日治迦留陀夷比

丘中間犯一罪得本日治行六夜摩那埵竟今從僧乞出罪僧我迦留陀夷比丘中間犯一罪行本日治行六夜摩那埵竟當與我出罪憐愍故

第二更説大德僧憶念我迦留陀夷比丘故出精犯僧伽婆尸沙罪一罪不覆藏從僧乞六夜摩那埵僧與我六夜摩那埵我行六夜摩那埵時已爾所日爾所日未過中間犯一罪我先從僧乞本日治僧與我本日治我迦留陀夷比丘中間犯一罪本日治行六夜摩那埵竟今從僧乞出罪僧我迦留陀夷比丘中間一罪本日治行六夜摩那埵竟僧當與我出罪憐愍故

第三更説大德僧憶念我迦留陀夷比丘故出精犯一僧伽婆尸沙罪不覆藏從僧乞六夜摩那埵僧與我六夜摩那埵我行六夜摩那埵時已爾所日爾所日未過中間犯一罪我先從僧乞本日治僧與我本日治我迦留陀夷比丘中間犯一罪行本日治行六夜摩那埵竟今從僧乞出罪僧我迦留陀夷比丘中間犯一罪本日治行六夜摩那埵竟僧當與我出罪憐愍故即時一比丘僧中唱言

大德僧聽是迦留陀夷比丘故出精犯一僧伽婆尸沙罪不覆藏從僧乞六夜摩那埵僧與六夜摩那埵行六夜摩那埵已爾所日爾所日未過是中更犯一罪故出精犯一僧伽婆尸沙罪一罪不覆藏從僧乞本日治僧已與本日治是迦留陀夷比丘中間犯一罪已行本日治已僧中行六夜摩那埵竟今從僧

乞出罪若僧時到僧忍聽僧是迦留陀夷比丘中間犯一罪已行本日治已僧中行六夜摩那埵竟僧今當與出罪如是白

大德僧聽是迦留陀夷比丘犯僧伽婆尸沙罪故出精不覆藏先已從僧乞六夜摩那埵僧與六夜摩那埵僧中行六夜摩那埵時已爾所日爾所日未過是中間犯一僧伽婆尸沙罪故出精不覆藏先已從僧乞本日治僧與本日治是迦留陀夷比丘是中更犯一罪行本日治僧中行六夜摩那埵竟從僧乞出罪僧迦留陀夷比丘是中犯一罪行本日治竟已行六夜摩那埵竟當與出罪誰諸長老忍是迦留陀夷比丘是中犯一罪行本日治行六夜摩那埵竟當與出罪者默然若不忍便說（是初羯磨）

第二更說大德僧聽是迦留陀夷比丘犯僧伽婆尸沙罪故出精不覆藏先已從僧乞六夜摩那埵僧與六夜摩那埵僧中行六夜摩那埵時已爾所日爾所日未過是中間犯一僧伽婆尸沙罪故出精不覆藏先已從僧乞本日治僧與本日治是迦留陀夷比丘是中更犯一罪行本日治僧中行六夜摩那埵竟從僧乞出罪僧迦留陀夷比丘是中間犯一罪行本日治已行六夜摩那埵竟當與出罪誰諸長老忍是迦留陀夷比丘是中犯一罪行本日治行六夜摩那埵竟當與出罪者默然若不忍便說（是第二羯磨）

第三更說大德僧聽是迦留陀夷比丘犯僧伽婆尸沙罪故出精不覆藏先已從僧乞六夜摩那埵僧與六夜摩那埵僧中行六夜摩

那埵時已爾所日爾所日未過是中間犯一僧伽婆尸沙罪故出精不覆藏先已從僧乞本日治僧與本日治是迦留陀夷比丘是中更犯一罪行本日治僧中行六夜摩那埵竟從僧乞出罪僧迦留陀夷比丘是中犯一罪行本日治竟已行六夜摩那埵竟當與出罪誰諸長老忍是迦留陀夷比丘是中犯一罪行本日治行六夜摩那埵竟當與出罪者默然若不忍便說是第三羯磨

僧已忍與迦留陀夷比丘出罪中間犯一罪行本日治竟行六夜摩那埵竟僧忍默然故是事如是持

佛在舍衛國爾時迦留陀夷比丘故出精犯一僧伽婆尸沙罪覆藏語諸比丘諸長老我迦留陀夷比丘故出精犯一僧伽婆尸沙罪覆藏今當云何諸比丘以是事白佛佛語諸比丘汝等當與迦留陀夷比丘故出精犯一僧伽婆尸沙罪若干日覆藏隨覆藏日與作別住若更有如是比丘僧亦應和合與作別住如是應作一心和合僧迦留陀夷比丘從坐起偏袒右肩脫革屣胡跪合掌作是言大德僧憶念我迦留陀夷比丘故出精犯一僧伽婆尸沙罪覆藏我迦留陀夷比丘故出精犯僧伽婆尸沙罪若干日覆藏隨覆藏日從僧乞別住僧我迦留陀夷比丘故出精犯僧伽婆尸沙罪隨覆藏日與我別住憐愍故第二更說大德僧憶念我迦留陀夷比丘故出精犯一僧伽婆尸沙罪覆藏我迦留陀夷比丘故出精犯僧伽婆尸沙罪若干日覆藏隨覆藏日從僧乞別住僧我迦留陀夷比丘

故出精犯僧伽婆尸沙罪隨覆藏日與我別住憐愍故

第三更說大德僧憶念我迦留陀夷比丘故出精犯一僧伽婆尸沙罪覆藏我迦留陀夷比丘故出精犯僧伽婆尸沙罪若干日覆藏隨覆藏日從僧乞別住僧我迦留陀夷比丘故出精犯僧伽婆尸沙罪隨覆藏日與我別住憐愍故即時一比丘應僧中唱言

大德僧聽是迦留陀夷比丘故出精犯此僧伽婆尸沙罪一罪覆藏是迦留陀夷比丘故出精犯此僧伽婆尸沙罪一罪若干日覆藏從僧乞別住法若僧時到僧忍聽是迦留陀夷比丘故出精犯此僧伽婆尸沙罪一罪若干日覆藏與別住法如是白

大德僧聽是迦留陀夷比丘故出精犯此僧伽婆尸沙罪一罪覆藏是迦留陀夷比丘故出精犯此僧伽婆尸沙罪一罪若干日覆藏從僧乞別住法僧迦留陀夷比丘故出精犯此僧伽婆尸沙罪一罪若干日覆藏當與別住誰諸長老忍迦留陀夷比丘故出精犯此僧伽婆尸沙罪一罪若干日覆藏今與別住者默然若不忍便說是初羯磨

第二更說大德僧聽是迦留陀夷比丘故出精犯此僧伽婆尸沙罪一罪覆藏是迦留陀夷比丘故出精犯此僧伽婆尸沙罪一罪若干日覆藏從僧乞別住僧迦留陀夷比丘故出精犯此僧伽婆尸沙罪一罪若干日覆藏當與別住誰諸長老忍迦留陀夷比丘故出精犯此僧伽婆尸沙罪一罪若干日覆藏今與別住者默然若不忍者便說是第二羯磨

第三更說大德僧聽是迦留陀夷比丘故出精犯此僧伽婆尸沙罪一罪覆藏是迦留陀夷比丘故出精犯此僧伽婆尸沙罪一罪若干日覆藏從僧乞別住僧迦留陀夷比丘故出精犯此僧伽婆尸沙罪一罪若干日覆藏當與別住誰諸長老忍迦留陀夷比丘故出精犯此僧伽婆尸沙罪一罪若干日覆藏今與別住者默然若不忍便說（是第三羯磨）

僧與迦留陀夷比丘犯此僧伽婆尸沙罪一罪若干日覆藏與別住竟僧忍默然故是事如是持

是迦留陀夷比丘行若干日覆藏別住竟語諸比丘言諸長老我當云何諸比丘以是事白佛佛語諸比丘汝等當與迦留陀夷比丘六夜摩那埵犯此僧伽婆尸沙罪故出精一罪若干日覆藏已僧中行別住當與六夜摩那埵若更有如是人亦應與作六夜摩那埵作法者一心和合僧是迦留陀夷比丘從坐起偏袒右肩脫革屣胡跪合掌作是言

大德僧憶念我迦留陀夷比丘故出精犯此僧伽婆尸沙罪一罪若干日覆藏我先以僧中乞別住僧已與我別住我已僧中行別住我迦留陀夷比丘犯此僧伽婆尸沙罪故出精一罪若干日覆藏僧中行別住竟今從僧乞六夜摩那埵僧我迦留陀夷比丘犯此僧伽婆尸沙罪故出精一罪若干日覆藏已僧中行別住竟僧當與我六夜摩那埵憐愍故（如是三說）即時一比丘僧中唱言

大德僧聽是迦留陀夷比丘犯此僧伽婆尸沙罪故出精一罪若干日覆藏先已從僧乞

別住僧與別住已僧中行別住今從僧乞六夜摩那埵是迦留陀夷比丘犯此僧伽婆尸沙罪故出精一罪若干日覆藏已僧中行別住竟從僧乞六夜摩那埵若僧時到僧忍聽僧是迦留陀夷比丘犯此僧伽婆尸沙罪故出精一罪若干日覆藏已僧中行別住僧今當與六夜摩那埵如是白

大德僧聽是迦留陀夷比丘犯此僧伽婆尸沙罪故出精一罪若干日覆藏先已從僧乞若干日別住僧與若干日別住已僧中行若干日別住竟是迦留陀夷比丘犯此僧伽婆尸沙罪故出精一罪若干日覆藏僧中行別住竟今從僧乞六夜摩那埵僧迦留陀夷比丘犯此僧伽婆尸沙罪故出精一罪若干日覆藏已僧中行若干日別住竟僧當與六夜摩那埵誰諸長老忍是迦留陀夷比丘犯此僧伽婆尸沙罪故出精一罪若干日覆藏已行若干日別住竟僧今當與六夜摩那埵者默然不忍便說（是初羯磨 如是應三說）

僧已與迦留陀夷比丘犯此僧伽婆尸沙罪故出精一罪若干日覆藏與別住竟與六夜摩那埵僧忍默然故是事如是持

是迦留陀夷比丘僧中行若干日覆藏別住六夜摩那埵竟語諸比丘言諸長老我當云何諸比丘以是事白佛佛語諸比丘汝等當與迦留陀夷比丘出罪若干日覆藏別住竟僧與六夜摩那埵竟若更有如是比丘亦應與作作法者一心和合僧是迦留陀夷比丘從坐起偏袒右肩脫革屣胡跪合掌作是言大德僧憶念我迦留陀夷比丘故出精犯此

僧伽婆尸沙罪一罪若干日覆藏我先已僧
中乞若干日覆藏別住僧與我若干日覆藏
別住我僧中行若干日覆藏別住我僧中行
若干日覆藏別住竟從僧乞六夜摩那埵僧
與我六夜摩那埵我僧中行六夜摩那埵我
迦留陀夷比丘故出精犯此僧伽婆尸沙罪
一罪若干日覆藏僧中行若干日別住竟僧
中行六夜摩那埵竟今從僧乞出罪僧我迦
留陀夷比丘故出精犯此僧伽婆尸沙罪一
罪若干日覆藏已行若干日別住竟僧中行
六夜摩那埵竟僧當與我出罪憐愍故如是
三說即時一比丘僧中唱言
大德僧聽是迦留陀夷比丘故出精犯此僧
伽婆尸沙罪一罪覆藏先已從僧乞若干日
覆藏別住僧與若干日覆藏別住已僧中行
若干日覆藏別住已僧中行若干日覆藏別
住竟僧中乞六夜摩那埵僧與六夜摩那埵
已僧中行六夜摩那埵竟是迦留陀夷比丘
故出精犯此僧伽婆尸沙罪一罪覆藏已僧
中行若干日覆藏別住竟僧中行六夜摩那
埵竟從僧乞出罪若僧時到僧忍聽僧是迦
留陀夷比丘故出精犯此僧伽婆尸沙罪一
罪覆藏已僧中行若干日覆藏別住竟已僧
中行六夜摩那埵竟僧今與出罪如是白
大德僧聽是迦留陀夷比丘故出精犯此僧
伽婆尸沙罪一罪覆藏先已從僧乞若干日
覆藏別住僧與若干日覆藏別住已僧中行
若干日覆藏別住已僧中行若干日覆藏別
住竟僧中乞六夜摩那埵僧與六夜摩那埵
已行六夜摩那埵竟是迦留陀夷比丘故出

精犯此僧伽婆尸沙罪一罪覆藏已僧中行若干日覆藏別住竟僧中行六夜摩那埵竟今從僧乞出罪僧迦留陀夷比丘故出精犯此僧伽婆尸沙罪一罪覆藏已行若干日覆藏別住竟已僧中六夜摩那埵竟僧當與出罪誰諸長老忍是迦留陀夷比丘故出精犯此僧伽婆尸沙罪一罪覆藏已行若干日覆藏別住竟僧中行六夜摩那埵竟僧今當與出罪者默然若不忍便說是初羯磨如是三說僧已與迦留陀夷比丘出罪犯此僧伽婆尸沙罪一罪覆藏已行若干日覆藏別住竟僧中行六夜摩那埵竟僧忍默然故是事如是持

佛在舍衛國爾時迦留陀夷比丘故出精犯此僧伽婆尸沙罪一罪覆藏語諸比丘我迦留陀夷故出精犯僧伽婆尸沙罪一罪覆藏我當云何諸比丘以是事白佛佛語諸比丘汝等與迦留陀夷比丘故出精犯僧伽婆尸沙罪一罪覆藏隨覆藏日與別住若更有如是人亦應與作作法者一心和合僧迦留陀夷比丘從坐起偏袒右肩脫革屣胡跪合掌作是言

大德僧憶念我迦留陀夷比丘故出精犯此僧伽婆尸沙罪一罪覆藏是我迦留陀夷故出精犯此僧伽婆尸沙罪一罪覆藏隨覆藏日從僧乞別住僧與我迦留陀夷比丘故出精犯此僧伽婆尸沙罪一罪覆藏隨覆藏日與我別住憐愍故如是三乞即時一比丘僧中唱言

大德僧聽是迦留陀夷比丘故出精犯此僧

伽婆尸沙罪一罪覆藏是迦留陀夷比丘故出精犯此僧伽婆尸沙罪一罪覆藏隨覆藏日從僧乞別住若僧時到僧忍聽僧是迦留陀夷比丘故出精犯此僧伽婆尸沙罪一罪覆藏隨覆藏日僧當與別住如是白

大德僧聽是迦留陀夷比丘故出精犯此僧伽婆尸沙罪一罪覆藏是迦留陀夷比丘故出精犯僧伽婆尸沙罪一罪覆藏隨覆藏日從僧乞別住僧迦留陀夷比丘故出精犯此僧伽婆尸沙罪一罪覆藏隨覆藏日當與別住誰諸長老忍是迦留陀夷比丘故出精犯此僧伽婆尸沙罪一罪覆藏隨覆藏日與別住者默然若不忍便說是初羯磨如是三說

僧已與迦留陀夷比丘故出精犯此僧伽婆尸沙罪一罪覆藏隨覆藏日與別住僧忍默然故是事如是持

迦留陀夷比丘隨覆藏日行別住竟語諸比丘我當云何諸比丘以是事白佛佛語諸比丘汝等與迦留陀夷比丘故出精犯僧伽婆尸沙罪一罪覆藏隨覆藏日行別住竟與作六夜摩那埵若更有如是比丘亦應與六夜摩那埵作法者一心和合僧迦留陀夷比丘從坐起偏袒右肩脫革屣胡跪合掌作是言

大德僧憶念我迦留陀夷比丘故出精犯此僧伽婆尸沙罪一罪覆藏隨覆藏日從僧乞別住僧隨覆藏日與我別住我已僧中隨覆藏日行別住我迦留陀夷比丘故出精犯此僧伽婆尸沙罪一罪覆藏隨覆藏日行別住竟今從僧乞六夜摩那埵僧我迦留陀夷比丘故出精犯此僧伽婆尸沙罪一罪覆藏隨

覆藏日行別住竟僧當與六夜摩那埵憐愍故如是應三乞即時一比丘僧中唱言

大德僧聽是迦留陀夷比丘故出精犯此僧伽婆尸沙罪一罪覆藏隨覆藏日從僧乞別住僧隨覆藏日與別住已僧中隨覆藏日行別住竟是迦留陀夷比丘故出精犯此僧伽婆尸沙罪一罪覆藏隨覆藏日行別住竟今從僧乞六夜摩那埵若僧時到僧忍聽僧是迦留陀夷比丘故出精犯僧伽婆尸沙罪一罪覆藏隨覆藏日行別住竟當與六夜摩那埵如是白

大德僧聽是迦留陀夷比丘故出精犯此僧伽婆尸沙罪一罪覆藏隨覆藏日從僧乞別住僧隨覆藏日與別住已僧中隨覆藏日行別住是迦留陀夷比丘故出精犯此僧伽婆尸沙罪一罪覆藏隨覆藏日行別住竟從僧乞六夜摩那埵僧是迦留陀夷比丘故出精犯此僧伽婆尸沙罪一罪覆藏隨覆藏日行別住竟僧當與六夜摩那埵誰諸長老忍是迦留陀夷比丘故出精犯此僧伽婆尸沙罪一罪覆藏隨覆藏日行別住竟今僧當與六夜摩那埵者默然若不忍便說是初羯磨如是三說僧已與是迦留陀夷比丘故出精犯此僧伽婆尸沙罪一罪覆藏隨覆藏日行別住竟與六夜摩那埵僧忍默然故是事如是持

迦留陀夷比丘僧中行六夜摩那埵時已爾所日爾所日未過更故出精犯僧伽婆尸沙罪一罪不覆藏語諸比丘諸長老我迦留陀夷比丘故出精犯此僧伽婆尸沙罪一罪不覆藏行六夜摩那埵時已爾所日爾所日未

過更故出精犯此僧伽婆尸沙罪一罪不覆藏我當云何諸比丘以是事白佛佛語諸比丘汝等當與迦留陀夷比丘故出精犯此僧伽婆尸沙罪一罪不覆藏當與本日治若更有如是比丘亦應作本日治作法者一心和合僧是迦留陀夷比丘從坐起偏袒右肩脫革屣胡跪合掌作是言

大德僧憶念我迦留陀夷比丘故出精犯此僧伽婆尸沙罪一罪覆藏隨覆藏日從僧乞別住僧隨覆藏日與我別住我隨覆藏日僧中行別住隨覆藏日僧中行別住竟從僧乞六夜摩那埵僧已與六夜摩那埵我僧中行六夜摩那埵時已爾所日爾所日未過更故出精犯此僧伽婆尸沙罪一罪不覆藏僧我迦留陀夷比丘故出精犯此僧伽婆尸沙罪一罪不覆藏今從僧乞本日治僧我迦留陀夷比丘故出精犯此僧伽婆尸沙罪一罪不覆藏僧當與我本日治憐愍故如是三說即時一比丘僧中唱言

大德僧聽是迦留陀夷比丘故出精犯此僧伽婆尸沙罪一罪覆藏隨覆藏日從僧乞別住僧隨覆藏日與我別住已僧中隨覆藏日行別住僧中隨覆藏日行別住竟從僧乞六夜摩那埵僧與六夜摩那埵僧中行六夜摩那埵時已爾所日爾所日未過更故出精犯此僧伽婆尸沙罪一罪不覆藏是迦留陀夷比丘故出精犯此僧伽婆尸沙罪一罪不覆藏從僧乞本日治若僧時到僧忍聽僧是迦留陀夷比丘故出精犯此僧伽婆尸沙罪當與本日治如是白

大德僧聽是迦留陀夷比丘故出精犯此僧伽婆尸沙罪一罪覆藏先已隨覆藏日從僧乞別住僧隨覆藏日與別住已僧中隨覆藏日行別住僧中隨覆藏日行別住竟從僧乞六夜摩那埵僧與六夜摩那埵僧中行六夜摩那埵僧中行六夜摩那埵時已爾所日爾所日未過更故出精犯此僧伽婆尸沙罪一罪不覆藏是迦留陀夷比丘故出精犯此僧伽婆尸沙罪一罪不覆藏從僧乞本日治僧是迦留陀夷比丘故出精犯此僧伽婆尸沙罪一罪不覆藏從僧乞本日治僧是迦留陀夷比丘故出精犯僧伽婆尸沙罪一罪不覆藏僧與本日治誰諸長老忍是迦留陀夷比丘故出精犯此僧伽婆尸沙罪一罪不覆藏從僧乞本日治迦留陀夷比丘故出精犯此僧伽婆尸沙罪一罪不覆藏與本日治者默然若不忍便說是初羯磨如是三說僧已與本日治迦留陀夷比丘故出精犯僧伽婆尸沙罪一罪不覆藏與本日治竟僧忍默然故是事如是持

是迦留陀夷比丘中間犯罪得本日治先罪行別住竟僧中行六夜摩那埵竟語諸比丘長老我當云何諸比丘以是事白佛佛語諸比丘汝等與迦留陀夷比丘出罪中間犯罪得本日治先罪行別住竟僧中行六夜摩那埵竟與出罪若更有如是比丘亦應作出罪出罪法者一心和合僧是迦留陀夷比丘從坐起偏袒右肩脫革屣胡跪合掌作是言大德僧憶念我迦留陀夷比丘故出精犯僧伽婆尸沙罪一罪覆藏隨覆藏日從僧乞別

住僧隨覆藏日與我別住我隨覆藏日僧中行別住隨覆藏日僧中行別住竟從僧乞六夜摩那埵僧已與我六夜摩那埵我僧中行六夜摩那埵時已爾所日爾所日未過中間故出精犯此僧伽婆尸沙罪一罪不覆藏從僧乞本日治僧與我本日治我迦留陀夷比丘中間犯罪行本日治先罪行別住竟行六夜摩那埵竟今從僧乞出罪僧我迦留陀夷比丘中間犯罪行本日治先罪行別住行六夜摩那埵竟與我出罪憐愍故如是三說即時一比丘僧中唱言

大德僧聽是迦留陀夷比丘故出精犯僧伽婆尸沙罪一罪覆藏隨覆藏日從僧乞別住僧隨覆藏日與別住已僧中隨覆藏日行別住僧中隨覆藏日行別住竟從僧乞六夜摩那埵僧與六夜摩那埵僧中行六夜摩那埵時已爾所日爾所日未過故出精犯僧伽婆尸沙罪一罪不覆藏從僧乞本日治僧與本日治迦留陀夷比丘中間犯罪行本日治先罪行別住竟行六夜摩那埵竟從僧乞出罪若僧時到僧忍聽迦留陀夷比丘中間犯罪行本日治先罪行別住竟行六夜摩那埵竟僧當與出罪如是白

大德僧聽是迦留陀夷比丘故出精犯僧伽婆尸沙罪一罪覆藏隨覆藏日從僧乞別住僧隨覆藏日與別住已僧中隨覆藏日行別住僧中隨覆藏日行別住竟從僧乞六夜摩那埵僧與六夜摩那埵僧中行六夜摩那埵已爾所日爾所日未過更故出精犯僧伽婆尸沙罪一罪不覆藏從僧乞本日治僧中行

本日治是迦留陀夷比丘中間犯罪行本日治先罪行別住竟僧中行六夜摩那埵竟從僧乞出罪僧迦留陀夷比丘中間犯罪行本日治先罪行別住竟僧中行六夜摩那埵竟當與出罪誰諸長老忍迦留陀夷比丘中間犯罪行本日治先罪行別住竟僧中行六夜摩那埵竟出罪者黙然若不忍便説（是初羯磨如是三説）

僧已忍與迦留陀夷比丘出罪中間犯罪行本日治先罪行別住竟僧中行六夜摩那埵竟僧忍黙然故是事如是持

佛在舍衛國爾時迦留陀夷比丘犯種種僧伽婆尸沙罪第一犯故出精一夜覆藏第二犯觸女人身二夜覆藏第三與女麤惡語三夜覆藏第四讃歎己身供養四夜覆藏第五犯媒嫁五夜覆藏語諸比丘我當云何諸比丘以是事白佛佛語諸比丘應與是人五夜別住羯磨行別住竟與六夜摩那埵行摩那埵竟應與出罪羯磨

佛在舍衛國爾時有一比丘犯種種僧伽婆尸沙罪覆藏第一犯故出精犯一僧伽婆尸沙罪一夜覆藏第二犯觸女人二夜覆藏第三犯與女人麤惡語三夜覆藏第四犯讃歎已身供養四夜覆藏第五犯行媒嫁五夜覆藏第六犯無主自爲身作房六夜覆藏第七犯有主自爲身作大房舍七夜覆藏第八無根波羅夷法謗餘比丘八夜覆藏第九犯取小片事作波羅夷法謗餘比丘九夜覆藏第十破和合僧勤求方便十夜覆藏第十一犯助破和合僧十一夜覆藏第十二犯汙他家

行惡行十二夜覆藏第十三犯戾語十三夜覆藏以上事語諸比丘我當云何諸比丘以是事白佛佛語諸比丘汝等應與是人十三日別住別住竟與六夜摩那埵六夜摩那埵竟與出罪羯磨八法中僧殘悔法第五竟

十誦律卷第三十二

音釋

摩那埵梵語也此云意喜埵都果切　羯磨梵語也此云作法羯居謁切　屣所尒切革履也　媒嫁媒謨杯切嫁居訝切　謗補曠切毀也

十誦律卷第三十三

姚秦三藏弗若多羅共三藏鳩摩羅什譯

第五誦之五

八法中順行法第六

佛在王舍城爾時六羣比丘犯罪同相似同未淨同未脫同未起同出界外與餘比丘作別住摩那埵本日治出罪犯罪同相似同未淨同未脫同未起同入界內受清淨比丘隨上座起迎禮拜合掌供養是中有比丘少欲知足行頭陀聞是事心不喜作是言云何名比丘犯罪同相似同未淨同未脫同未起同出界外與餘比丘作別住六夜摩那埵本日治出罪犯罪同相似同未淨同未脫同未起同入界內受清淨比丘隨上座起迎禮拜合掌供養如是呵已向佛廣說佛以是事集比丘僧已知而故問六羣比丘汝等實作是事不答言實作世尊佛種種因緣訶責云何名比丘犯罪同相似同未淨同未脫同未起同出界外與餘比丘作別住六夜摩那埵本日治出罪犯罪同相似同未淨同未脫同未起同入界內受住戒比丘隨上座起迎禮拜合掌供養種種訶已語諸比丘從今行別住人作第四人不應作別住羯磨若行別住竟人作第四人亦不應作別住羯磨若行摩那埵人作第四人不應作別住羯磨若行摩那埵竟人作第四人不應作別住羯磨不共住人作第四人不應作別住羯磨極少清淨同見四比丘得作別住羯磨從今行別住人作第四人不應作摩那埵羯磨若行別住竟人行摩那埵人行摩那埵竟人不共住人作第四

人皆不應作摩那埵羯磨極少清淨同見四比丘得作摩那埵羯磨從今行別住人作第四人不應作本日治羯磨若行別住竟人行摩那埵人行摩那埵竟人不共住人作第四人皆不應作本日治羯磨極少清淨同見四比丘得作本日治羯磨從今行別住人作第二十人不應作出罪羯磨若行別住竟人行摩那埵人行摩那埵竟人不共住人作第二十人不應作出罪羯磨極少清淨同見二十比丘得作出罪羯磨若比丘自有罪不得受他除罪從今說別住人行法是別住人應當學別住人法不應受住戒比丘隨上座迎送禮拜合掌恭敬供養衣鉢卧具洗手洗脚洗手洗脚水拭脚脚机若不病不應受他按摩供養行別住人不得共住戒比丘同一牀坐不得好牀上坐若住戒比丘行別住人不應坐若二別住人不得共同一牀坐何況多不得在住戒比丘經行處行不得與住戒比丘共一經行處行不得好經行處行不得在清淨比丘前經行二別住人不得共同一經行處行何況多別住人有客比丘來應向說已所犯罪布薩時應入僧中三自說罪若病應遣使到僧中白言某別住人病不得來僧當知別住人不得受他懺悔不應與他受具戒不應與他作依止不應畜沙彌不應受教戒比丘尼羯磨若先受不應教化不應重犯罪不應作相似罪不應作過是罪不應訶羯磨不應訶羯磨人不應從清淨比丘乞聽不應言我當出汝罪不應違逆清淨比丘不聽遮布薩自恣及諸羯磨不應出清淨比丘罪不

應令他憶念罪不應相言應心悔折伏柔輭恭敬應在清淨比丘後行在下行坐若僧次第差會應隨上座次第受應隨上座次第滿鉢水應隨上座次第受雨浴衣應隨上座次第坐自恣不應以是心語清淨比丘與我迎食分恐人知我見我罪故諸別住人共飲食時隨上座次第坐應與諸別住人最下房舍下卧具卑下座處諸別住人若多隨上座次第與房舍卧具坐處行別住人不應作前行比丘入他舍作後行者隨意二別住人有比丘住處無比丘不應住無比丘無住處不應住若行別住人與行別住竟人若行別住人與行摩那埵人若行別住人與行摩那埵竟人若行別住人與不共住人有比丘住處無比丘不應住無比丘無住處亦不應住行別住人不應共清淨比丘一覆住處住不應共一覆非住處住若行別住人與別住竟人若別住人與行摩那埵人若別住人與行摩那埵竟人若別住人與不共住人不應共一覆住處住不應共一覆非住處住若別住人欲行時先思惟我今日行當到前比丘住處不若知能到便去若不去者即失是一夜若不及行是法者應作是念我不及行是事應作是言我應行別住摩那埵法小停我不及作長老優波離問佛行別住人行摩那埵人若有因緣不及行是事應聽停幾夜佛言應聽二十五夜從今行別住人作第四人不應作別住羯磨若二別住人二清淨人亦不得作別住羯磨若三別住人一清淨人一切別住人不得作別住羯磨極少四清淨共住同見

比丘得作別住羯磨從今行別住竟人作第四人不得作別住羯磨若二別住竟人二清淨人若三別住竟人一清淨人若一切別住竟人皆不得作別住羯磨極少四清淨共住同見比丘得作別住羯磨從今若行摩那埵人作第四人不得作別住羯磨二行摩那埵人二清淨人若三行摩那埵人一清淨人若一切行摩那埵人皆不得作別住羯磨極少四清淨共住同見比丘得作別住羯磨從今若行摩那埵竟人作第四人不應作別住羯磨若二行摩那埵竟人二清淨人若三行摩那埵竟人一清淨人若一切摩那埵竟人皆不得作別住羯磨極少四清淨共住同見比丘得作別住羯磨不共住人作第四人不應作別住羯磨若二不共住人二清淨人若三不共住人一清淨人若一切不共住人皆不應作極少清淨同見四比丘應作別住羯磨從今若別住人作第四人不應作摩那埵羯磨若二別住人二清淨人若三別住人一清淨人若一切別住人皆不應作摩那埵羯磨極少四清淨共住同見四比丘得作摩那埵羯磨從今若別住竟人作第四人不應作摩那埵羯磨若二別住竟人二清淨人若三別住竟人一清淨人若一切別住竟人皆不應作摩那埵羯磨極少四清淨共住同見比丘得作摩那埵羯磨從今行摩那埵人作第四人不應作摩那埵羯磨若二摩那埵人二清淨人若三摩那埵人一清淨人若一切摩那埵人皆不應作摩那埵羯磨極少四清淨共住同見比丘得作摩那埵羯磨從今若行摩

那埵竟人作第四人不應作摩那埵羯磨若二行摩那埵竟人二清淨人若三行摩那埵竟人一清淨人若一切行摩那埵竟人皆不應作摩那埵羯磨極少四清淨共住同見比丘得作摩那埵羯磨從今不共住人作第四人不應作摩那埵羯磨若二不共住人一清淨人若三不共住人一清淨人若一切不共住人皆不應作摩那埵羯磨極少四清淨同見比丘應作摩那埵羯磨從今別住人作第四人不應作本日治羯磨若二別住人二清淨人若三別住人一清淨人若一切別住人皆不應作本日治羯磨從今別住竟人作第四人不應作本日治羯磨若二別住竟人二清淨人若三別住竟人一清淨人若一切別住竟人皆不應作本日治羯磨從今行摩那埵人作第四人不應作本日治羯磨若二摩那埵人二清淨人若三行摩那埵人一清淨人若一切摩那埵人皆不應作本日治羯磨極少四清淨共住同見比丘得作本日治羯磨從今行摩那埵竟人作第四人不應作本日治羯磨若一摩那埵竟人二清淨人若三摩那埵竟人一清淨人若一切摩那埵竟人皆不應作本日治羯磨從今不共住人作第四人不應作本日治羯磨若二不共住人二清淨人若三不共住人一清淨人若一切不共住人皆不應作本日治羯磨極少四清淨同見比丘應作本日治羯磨從今別住人作第四人不得是衆中行別住若二別住人二清淨人若三別住人一清淨人若一切別住人皆不應是衆中行別住極少四清淨同見

比丘應是中行別住從今行別住竟人作第四人是衆中不得行別住若二別住竟人二清淨人若三別住竟人一清淨人若一切別住竟人皆不得是衆中行別住極少四清淨同見比丘是中得行別住從今行摩那埵人作第四人不應是衆中行別住若二摩那埵人二清淨人若三摩那埵人一清淨人若一切摩那埵人不應是衆中行別住從今若摩那埵竟人作第四人不應是衆中行別住若二摩那埵竟人二清淨人若三摩那埵竟人一清淨人若一切摩那埵竟人皆不應是衆中行別住極少四清淨同見比丘應是衆中行別住從今不共住人作第四人不應是衆中行別住若二不共住人二清淨人若三不共住人一清淨人若一切不共住人皆不應是衆中行別住極少四清淨同見比丘應是衆中行別住從今行別住人作第四人不應是衆中行摩那埵若二別住人二清淨人若三別住人一清淨人若一切別住人皆不應是衆中行摩那埵極少四清淨同見比丘應是衆中行摩那埵從今別住竟人作第四人不應是衆中行摩那埵若二別住竟人二清淨人若三別住竟人一清淨人若一切別住竟人皆不應是衆中行摩那埵極少四清淨同見比丘應是衆中行摩那埵從今行摩那埵人作第四人不應是衆中行摩那埵若二摩那埵人二清淨人若三摩那埵人一清淨人若一切摩那埵人皆不應是衆中行摩那埵從今行摩那埵竟人作第四人不應是衆中行摩那埵若二摩那埵竟人二清淨人若

三摩那埵竟人一清淨人若一切摩那埵竟人皆不應是衆中行摩那埵極少四清淨同見比丘應是衆中行摩那埵從今不共住人作第四人不應是衆中行摩那埵若二不共住人二清淨人若三不共住人一清淨人若一切不共住人皆不應是衆中行摩那埵極少四清淨同見比丘應是衆中行摩那埵從今行別住人作第四人不應是衆中行本日治若二別住人二清淨人若三別住人一清淨人若一切別住人皆不應是衆中行本日治從今行別住竟人作第四人不應是衆中行本日治若二別住竟人二清淨人若別三住竟人一清淨人若一切別住竟人不應是衆中行本日治極少四清淨同見比丘應是衆中行本日治從今行摩那埵人作第四人不應是衆中行本日治若二摩那埵人二清淨人若三摩那埵人一清淨人若一切摩那埵人皆不應是衆中行本日治從今行摩那埵竟人作第四人不應是衆中行本日治若二摩那埵竟人二清淨人若三摩那埵竟人一清淨人若一切摩那埵竟人皆不應是衆中行本日治極少四清淨同見比丘應是衆中行本日治從今不共住人作第四人不應是衆中行本日治若二不共住人二清淨人若三不共住人一清淨人若一切不共住人皆不應是衆中行本日治極少四清淨同見比丘應是衆中行本日治從今別住人作第二十人不應作出罪羯磨若二別住人十八清淨人若三別住人十七清淨人若四別住人十六清淨人若五別住人十五清淨人六

別住人十四清淨人七別住人十三清淨人八別住人十二清淨人九別住人十一清淨人若十別住人十清淨人十一別住人九清淨人若十二別住人八清淨人若十三別住人七清淨人若十四別住人六清淨人若十五別住人五清淨人十六別住人四清淨人十七別住人三清淨人十八別住人二清淨人十九別住人一清淨人若一切別住人皆不應作出罪羯磨極少二十清淨同見比丘得作出罪羯磨從今別住竟人作第二十人行摩那埵人作第二十人若行摩那埵竟人作第二十人若不共住人作第二十人皆不應作出罪羯磨從今二別住竟人十八清淨人乃至一切不共住人亦如是極少二十清淨同見比丘應作出罪羯磨八法中順行法第六竟

八法中遮法第七

佛在瞻波國爾時世尊十五日布薩時在衆僧前敷座處坐觀諸比丘心觀諸比丘心已初夜默然入定爾時有一比丘從坐起偏袒右肩右膝著地合掌白佛言世尊初夜分過佛及僧坐久願世尊說波羅提木叉佛時默然至中夜分是比丘第二從坐起偏袒右肩合掌白佛言世尊初夜已過中夜又過佛及僧坐久願世尊說波羅提木叉佛故默然至後夜是比丘第三從坐起偏袒右肩合掌白佛言世尊初夜分過中夜亦過後夜分多過東方欲動佛及僧坐久願世尊說波羅提木叉爾時佛語是比丘我衆不清淨時長老目連在衆中坐便作是念佛爲誰故作是言我衆不清淨我當入定觀之佛爲誰故乃說是

語即便入定觀一切衆心如是觀時見佛所爲不清淨比丘尋從定起詣是比丘所捉臂拽出語言癡人汝遠去滅去永離比丘法汝今僧中末後共住時目連驅比丘出已閉門下居往詣佛所頭面禮佛足却坐一面白佛言世尊佛所説衆不清淨比丘我已驅出語言癡人遠去滅去永離比丘法汝今僧中末後共住世尊初夜已過中夜亦過後夜多過東方欲動佛及僧坐久願世尊說波羅提木叉佛語目連是癡人得大重罪惱佛及僧故目連若佛於不淨衆中說波羅提木叉者是不清淨人頭破七分目連從今汝等當自說波羅提木叉佛不復爲汝等説目連譬如大海漸漸深佛法亦如是次第結戒次第立制次第教學目連若我法中次第結戒次第立制次第教學是我法中希有目連譬如大海不越常限我法亦如是若比丘比丘尼優婆塞優婆夷乃至失命因緣護戒不虧目連若我法中所可制戒若比丘比丘尼優婆塞優婆夷乃至失命因緣不越戒是我法中希有目連譬如大海深廣深廣無量佛法亦如是深義無量目連若佛法義深廣深廣無量是我法中希有目連譬如大海淳一鹹味佛法亦如是淳一解脱味目連若佛法淳一解脱味者是我法中希有目連譬如大海大衆生住處摩竭魚黿鼉婆留耆魚提麑魚提麑耆羅魚此等在海中未足爲奇有百由旬身者二百三百乃至七百由延身此等衆生處海中亦未爲奇目連佛法海中大人住處亦如是大人者若阿羅漢向阿羅漢若阿那含向

阿那含若斯陀含向斯陀含若須陀洹向須陀洹目連佛大法海中大人所住若阿羅漢乃至向須陀洹是我法中希有目連譬如大海多寶無量寶種種積滿諸寶者金銀真珠硨磲碼碯瑠璃摩尼珠貝珊瑚樓枝等目連佛法海亦如是多寶無量寶種種積滿所謂四念處四正勤四如意足五根五力七覺八道目連若佛法中多寶無量寶種種積滿四念處四正勤四如意足五根五力七覺八道是我法中希有目連譬如大海清淨不宿臭屍若有臭屍風吹上岸目連如來法海清淨亦如是不宿臭屍臭屍者所謂破戒人也心樂惡法內爛外流非梵行自說梵行非沙門自言沙門是名臭屍如是等人雖常隨衆而實遠離佛法清淨不宿臭屍如是我法中希有目連譬如大海閻浮提界四大河流入所謂恒河流夜摩那河婆羅河阿醯羅婆提摩馱河流入大海有龍力出水及注洪雨如車軸下受如是水海不增不減佛法中亦如是刹利種以信出家剃除鬚髮服三法衣得證不壞心解脫不增不減如是若婆羅門種韋舍種首陀羅種以信出家剃除鬚髮服三法衣得不壞證心解脫無增無減目連若佛法中有刹利種乃至首陀羅種以信出家得不壞心解脫不增不減是我法中希有佛說是已語諸比丘從今汝等自共說戒如來不復爲汝等說

爾時佛不復說戒故諸比丘說戒時有來者有不來者座中比丘有犯罪者諸比丘以是事白佛佛言布薩說波羅提木叉時一切比

丘應來若有因緣者應當與欲清淨中有犯戒者應遮時諸比丘有欲遮者有不欲遮者佛言欲遮者應遮不欲者不應强遮諸比丘聞欲遮者應遮不知當云何遮佛言若眼見事應遮爾時有比丘得天眼者見諸比丘犯罪如雨駃下見已便遮以是因緣故鬬諍事起不得布薩說波羅提木叉是事白佛佛語諸比丘莫用天眼隨以肉眼所見應遮諸比丘以肉眼遮時有鬬諍事起不得布薩說波羅提木叉佛言應以所聞事遮用聞遮時多有所聞聞某比丘犯波羅夷某犯僧伽婆尸沙某犯波逸提某犯波羅提提舍尼某犯突吉羅聞已皆遮以是因緣故鬬諍事起不得布薩說戒佛言應以疑遮諸比丘多有所疑若疑身犯口犯若疑犯有殘犯無殘犯若聚落中若阿練若處以是疑故遮鬬諍事起不得布薩說戒佛言應以自言遮清淨者默然有一非法遮說戒有一如法遮說戒若比丘於五種犯中無根遮說戒是名非法如法者若比丘於五種犯中有根本遮說戒是名如法有二種非法遮說戒二種如法遮說戒二非法者於五種犯中無根若作若不作遮說戒是名二非法二如法者於五種犯中有根作不作是名二如法遮復有三種非法遮說戒三種如法遮說戒三非法者若比丘無根破戒無根破見無根破威儀是名三非法遮說戒三如法者有根破戒破見破威儀是名三如法遮說戒復有四種非法遮說戒四如法遮說戒四非法遮者無根破戒破正見破正命破威儀是名四非法遮說戒四如法者

有根破戒破正見破正命破威儀是名四如法遮說戒復有五非法遮說戒五如法遮說戒五非法遮者無根波羅夷遮說戒是名非法遮無根僧伽婆尸沙波逸提波羅提提舍尼突吉羅遮說戒是名五非法遮五如法者有根波羅夷遮說戒是名如法遮有根僧伽婆尸沙波逸提波羅提提舍尼突吉羅遮說戒是名五如法遮復有六非法遮說戒六如法遮說戒六非法遮者無根破戒作不作無根破見作不作無根破命作不作是名六非法遮六如法者有根破戒作不作有根破見作不作有根破命作不作是名六如法遮說戒復有七非法遮說戒七如法遮說戒七非法者無根波羅夷遮說戒無根僧伽婆尸沙波逸提波羅提提舍尼突吉羅從惡口起突吉羅從偷蘭遮起突吉羅是名七非法遮七如法者有根波羅夷僧伽婆尸沙波逸提波羅提提舍尼突吉羅從惡口起突吉羅從偷蘭遮起突吉羅遮說戒是名七如法遮復有八非法遮說戒八如法遮說戒八非法者無根破戒作不作無根破見作不作無根破命作不作無根破威儀作不作遮說戒是名八非法遮說戒八如法者有根破戒作不作有根破見作不作有根破命作不作有根破威儀作不作遮說戒是名八如法遮說戒復有九非法遮說戒九如法遮說戒九非法者無根有殘作遮說戒若無根有殘不作若無根有殘作不作若無根無殘作若無根無殘不作若無根無殘作不作若無根有殘無殘作若無根有殘無殘不作若無根有殘無殘作

不作遮說戒是名九非法遮九如法者有根有殘作有根有殘不作有根有殘作不作有根無殘作有根無殘不作有根無殘作不作有根有殘無殘作有根有殘無殘不作有根有殘無殘作不作遮說戒是名九如法遮說戒復有十非法遮說戒十如法遮說戒十非法者若比丘不犯波羅夷若比丘犯波羅夷僧未出是罪若不輕訶僧若比丘輕訶僧僧未欲出罪若未捨戒若僧未欲出捨戒事若不隨順如法僧事若破戒破見破威儀不見不聞不疑遮說戒是名十非法遮十如法遮者若比丘犯波羅夷若僧欲出波羅夷事若輕訶僧若僧欲出輕訶僧事若捨戒若僧欲出捨戒事若比丘不隨順如法僧事若破戒若破見若破威儀若見若聞若疑遮說戒是名十如法遮說戒若比丘犯波羅夷者有比丘見餘比丘犯波羅夷相貌若從他聞其比丘犯波羅夷若彼自說我犯波羅夷若比丘雖不現前眼見展轉聞信聞疑其比丘犯波羅夷諸比丘若用見若用聞若用疑欲此住處彼住處遮是比丘說戒應作是言我遮某比丘說戒其比丘在衆中僧不得布薩說戒是名比丘犯波羅夷僧欲出波羅夷事者如比丘犯波羅夷事僧欲檢校是比丘事時是難起及餘難若八難中一一難起事未決斷僧從坐起去即時一比丘僧中唱言大德僧聽今僧欲檢校某比丘犯波羅夷事有是難起及餘難起若八難中一一難起是事未斷僧從坐起去若僧時到僧忍聽僧後布薩時當先斷某比丘事是名白若諸比丘後布薩

時能先斷是比丘事者善若不能斷諸比丘若欲此住處彼住處遮是比丘說戒應作是言遮其比丘說戒其比丘在衆中僧不得布薩說戒是名僧欲出比丘犯波羅夷事輕訶僧者若比丘見餘比丘輕訶僧相貌以是相貌輕訶僧若從他聞其比丘輕訶僧若彼比丘自說我輕訶僧若比丘雖不現前眼見展轉聞信聞疑其比丘輕訶僧諸比丘若用見若用聞若用疑若欲此住處彼住處遮是比丘說戒應作是言遮某比丘說戒其比丘在衆中僧不得說戒是名輕訶僧僧欲出輕訶僧事者如比丘輕訶僧僧欲檢校是比丘事時有是難起及餘因緣若八難中一一難起是事未斷僧從坐起去即時一比丘僧中唱言大德僧聽今僧欲檢校某比丘輕訶僧事以是難起若餘因緣若八難中一一難起是事未斷僧從坐起去若僧時到僧忍聽僧後布薩時當先斷其比丘是事是名白若諸比丘後布薩時能先斷是比丘事者善若不能斷諸比丘若欲此住處彼住處遮是比丘說戒應作是言遮某比丘說戒其比丘在此衆中僧不應布薩說戒是名欲出輕訶僧事捨戒者若比丘見餘比丘捨戒相貌以是相貌捨戒若從他聞其比丘捨戒若彼比丘自說我捨戒若比丘雖不現前眼見展轉聞信聞疑其比丘捨戒諸比丘若用見若用聞若用疑若欲此住處彼住處遮是比丘說戒應作是言遮其比丘說遮其比丘在衆中僧不得說戒是名捨戒欲出捨戒事者如比丘捨戒僧欲檢校是比丘事時有是難起及餘難起

若八難中一一難起僧從坐起去即時一比丘僧中唱言大德僧聽今僧欲檢校其比丘捨戒事爲是難起及餘因緣若八難中一一難起是事未斷僧從坐起去若僧時到僧忍聽僧後布薩時當先斷其比丘是事是名白若諸比丘後布薩時能先斷是比丘事者善若不能斷諸比丘若欲此住處彼住處遮是比丘說戒應作是言遮其比丘說戒其比丘在衆中僧不應布薩說戒是名欲出捨戒事不隨順如法僧事者隨僧所作事若白一羯磨白二羯磨白四羯磨布薩自恣立十四人羯磨若比丘見餘比丘不隨順如法僧事相貌若從他聞其比丘不隨順如法僧事若彼比丘自說我不隨順如法僧事若比丘雖不現前眼見展轉聞信聞疑其比丘不隨順如法僧事諸比丘若用見若用聞若用疑若此住處彼住處遮是比丘說戒應作是言遮其比丘說戒其比丘在衆中僧不應布薩說戒是名不隨順如法僧事破戒者有比丘犯波羅夷犯僧伽婆尸沙波逸提波羅提提舍尼突吉羅若諸比丘見比丘破戒相貌若從他聞其比丘破戒若彼自說若比丘雖不現前眼見展轉聞信聞疑其比丘破戒諸比丘若用見若用聞若用疑若欲此住處彼住處遮是比丘說戒應作是言遮其比丘說戒其比丘在衆中不得說戒是名破戒破見者除身見爲本六十二見若起餘見謂無罪無福無施無善無惡無善惡果報無今世後世無父毋無世間阿羅漢得正行今世後世自身作證我生已盡所作已辦梵行已立從是身更

不受後有若彼比丘見是比丘破見相貌若從他聞若彼比丘自說若比丘雖不現前眼見展轉聞信聞疑其比丘破見諸比丘若用見若用聞若用疑若此住處彼住處欲遮是比丘說戒應作是言遮某比丘說戒某比丘在衆中不得說戒是名破見破威儀者有比丘於和尚阿闍棃一切上座所作惡破威儀行若諸比丘見是比丘破威儀相貌若從他聞某比丘破威儀若彼自說若比丘雖不現前眼見展轉聞信聞疑其比丘破威儀諸比丘若用見若用聞若用疑若此住處彼住處欲遮是比丘說戒者應作是言遮某比丘說戒某比丘在衆中不得說戒是名破威儀 八法中遮法第七竟

十誦律卷第三十三

音釋

抴 羊結切拖也　㞐 徒點切户牡也　虧 驅爲切缺也　醎 胡喦切鹽味也　黿鼉 黿愚袁切鼉唐何切　麑 吾兮切　駛 爽士切疾也

十誦律卷第三十四

姚秦三藏弗若多羅共三藏鳩摩羅什譯

第五誦之六

八法中卧具法第八

佛在王舍城爾時諸比丘互相輕慢無恭敬行佛見諸比丘互相輕慢無恭敬行以是因緣故集比丘僧問諸比丘於汝等意云何誰比丘應作上座先受水先受飲食有比丘答言世尊若比丘刹利種以信出家剃除鬚髮服法衣是人應先坐先受水先受飲食復有比丘言世尊若比丘是婆羅門種以信出家剃除鬚髮服法衣是人應先坐先受水先受飲食復有比丘言世尊若比丘毗舍種以信出家剃除鬚髮服法衣是人應先受水先坐先受飲食復有比丘言世尊若比丘得阿羅漢漏盡所作已辦捨離重擔盡諸有結能具正智心得解脫如是比丘應先坐先受水先受飲食復有比丘言世尊若比丘得阿那含斷五下分結不還生此世界如是比丘應先坐先受水先受飲食復有比丘言世尊若比丘得斯陀含斷三結三毒薄一來生此世間得盡苦際如是比丘應先坐先受水先受飲食復有比丘言世尊若比丘得須陀洹斷三結不墮三惡道必至淨智往來人天七死七生得盡苦際如是比丘應先坐先受水先受飲食諸比丘雖種種説不合佛意佛語諸比丘汝等當一心聽誰比丘應先坐先受水先受飲食爾時世尊説本生因緣語諸比丘過去世時近雪山下有三禽獸共住一鵽二獼猴三象是三禽獸互相輕慢無恭敬行是三

禽獸同作是念我等何不共相恭敬若前生者應供養尊重教化我等爾時鵽與獼猴問象言汝憶念過去何事時是處有大蓽茇樹象言我小時行此此樹在我腹下過象鵽問獼猴言汝憶念過去何事答言我憶小時坐地捉此樹頭按令到地象語獼猴汝年大我我當恭敬尊重汝汝當爲我說法獼猴問鵽言汝憶念過去何事答言彼處有大蓽茇樹我時噉其子於此大便乃生斯樹長大如是是我所憶獼猴語鵽汝年大我我當供養尊重汝汝當爲我說法爾時象恭敬獼猴從聽受法爲餘象說獼猴恭敬鵽從聽受法爲餘獼猴說鵽爲餘鵽說法此三禽獸先喜殺生偷奪他物邪婬妄語斯諸禽獸咸作是念我等何不捨殺生偷奪邪婬妄語惡業作是念已即捨殺盜邪婬妄語畜生中無酒具足行是四法命終皆生天上佛言爾時鵽法廣行流布顯現諸天世人畜生等何故行善不復侵食人穀又作是念畜生尚能恭敬何況我等爾時世人皆相敬重廣修鵽法奉行五戒命終生天佛語諸比丘爾時鵽者豈異人乎則我身是獼猴者舍利弗是象者目連是佛言畜生無知尚相恭敬行尊重法自得大利亦利益他何況汝等以信出家剃除鬚髮服法衣應相尊敬有三人不如何等三一切未受大戒人不如受大戒人一切下座不如上座一切受事說妄法人雖作上座不如下座不受事人說如法者一切受大戒人勝不受戒人一切上座勝下座佛勝衆聖爾時世尊即說偈言

若人不敬佛　及佛弟子衆　現世人訶罵
後世墮惡道　若人知敬佛　及佛弟子衆
現世人讃歎　後世生天上
佛種種因緣讃歎恭敬法已語諸比丘從今
先受大戒乃至大須臾時是人應先坐先受
水先受飲食
佛在舍衛國爾時有一居士請佛及僧明日
食佛默然許居士知佛受請還家通夜辦種
種多美飲食早起敷坐處遣使白佛時到唯
聖知時時佛及僧往居士舍跋難陀釋子常
出入他家時跋難陀釋子早起著衣持鉢入
出他家時次跋難陀釋子下座比丘問跋難
陀弟子達磨言汝師來不答言我和尚多事
多緣喜入出他家今旦早起入出他家或來
或不來是比丘不留跋難陀坐處便坐時居
士見佛及僧坐竟自手行水下食未遍跋難
陀釋子來就次第坐令下座比丘起是比丘
又令次下比丘起如是三四諸下座皆起以
是因緣僧坐散亂諸居士訶責跋難陀言飲
食甚多一切等施何須次坐若汝急欲次坐
者何不早來我今不知誰得不得誰重得不
重得佛聞居士訶責見諸比丘散亂已默然
食後以是因緣集比丘僧種種因緣訶責跋
難陀釋子云何名比丘下飲食時以上座故
令下座起如是訶已語諸比丘從今下飲食
時若下已訖不應令下座起若令起者得突
吉羅若比丘有和尚阿闍黎因緣以恭敬心
故起不應令第二下座起若令起得突吉羅
佛言從今聽比丘三歲中間得共一牀坐聽
三比丘共一麤陛牀上坐聽細陛牀二人共

坐獨坐牀上一人坐佛在波羅柰國爾時五比丘白言世尊我等當何處住佛言汝等應山巖竹林樹下住諸比丘於山巖竹林樹下宿早起到和尚阿闍棃所受讀經誦經問疑受法故爾時跋提居士早起出王舍城欲詣竹園禮覲世尊時居士見諸比丘從山巖竹林樹下來問言大德從何處來答言從山巖竹林樹下來居士言何故在此山巖竹林樹下耶諸比丘言更無住處居士言我當為汝等起諸房舍答言佛未聽我等房舍中住諸比丘以是事白佛佛言從今聽諸比丘房舍中住時居士即為諸比丘作房舍高廣嚴好雜色彩畫無卧覆處物諸比丘不得卧是事白佛佛言聽敷草樹葉卧別作覆身衣別作覆處物是國土多熱草葉生蟲佛言聽作薦席蘧篨雖受教猶故生蟲佛言聽作牀榻諸比丘取輭木作牀枕牀簀故隱身苦惱是事白佛佛言聽作蓐長老優波離問佛以何物作蓐佛言聽用甘蔗滓鬱蔓瓜蔓毳芻摩劫貝文闍草婆婆闍草麻皮乃至水衣貯蓐時諸比丘卧無枕頭垂是事白佛佛言聽作草枕諸比丘頭輭草枕刺頭佛言聽用納若毳諸房舍無戶扇狗牛馬麞鹿獼猴來入是事白佛佛言聽作戶扇戶扇不作關鑰故賊入偷衣鉢是事白佛佛言聽繩繫諸比丘不知云何繫佛言聽下居諸比丘不知云何作佛言應作孔用繩穿牽閉閉已不能開佛言應作開戶鉤長老優波離問佛用何等作佛言應用鐵若銅若木作作已不知云何開佛言戶扇中作孔內鉤却居諸比丘閉戶時無所

捉佛言戶扇上應作孔施紐長老優波離問佛以何物作紐佛言應用鐵若銅若木毛㲜摩劫貝文闍草婆婆闍草麻皮時諸房舍無向故闇佛言應作向作向已有鵝鴈孔雀鸚鵡舍利鳥鳩耆羅鳥命命鸗雀從向中入作聲故妨諸比丘坐禪讀誦經是事白佛佛言應施櫺子施櫺子已鳥故得入佛言應施網長老優波離問佛何等物作網佛言應用毛㲜摩劫貝文闍婆婆闍麻皮作作已朽壞佛言應遮長老優波離問佛以何物遮佛言應用木作施轆轤作已室中闇佛言應作雀目作已亦闇佛言應作向闍爾時熱過寒到向中無扇寒入佛言應作扇作扇已小動便脫佛言應上下作樞作已兩扇開不合佛言應廣作令樞作已動搖佛言施關向高不知云何閉佛言應以繩牽閉閉已不能開佛言應作孔施兩繩一繩牽閉一繩挽開爾時諸房舍不埿故壍間有蛇蜈蚣毒蟲生齧諸比丘佛言應埿埿已壁麤澀破衣佛言應細埿塗爾時諸房舍用泥覆故久雨便漏佛言應用草覆覆已當脊上漏佛言脊上厚覆覆已爲風所發佛言應繫兩邊繫已兩頭故漏佛言應多著草泥以橛釘木上雨時泥爛墮落佛言應用盆覆盆又墮地破壞佛言應穿盆以橛釘之雨從孔入佛言應作覆釜蓋蓋孔上

佛在王舍城爾時舍衛國給孤獨氏有少因緣至王舍城宿一居士舍是居士請佛及僧明日食故後夜起喚兒息奴婢內外作人汝等速起破薪取水安施釜鑊煮飯作羹是居士自莊嚴堂舍敷衆坐處時給孤獨作是念

是居士爲欲嫁娶爲請國王及大臣耶爲作大施會耶作是念已問居士言汝欲嫁娶爲欲請王大臣爲作大施會耶居士答言我不嫁娶又不請王及大臣也請佛及僧明日食故作大施會給孤獨氏初聞佛名心喜毛竪問言何人是佛居士答言有釋王太子以信出家得無上道故號爲佛又問何名爲僧答言有種種人種種雜姓種種異人出家剃除鬚髮服法衣隨佛出家是名爲僧又問佛今所在答言近在寒林欲見隨意給孤獨氏至心欲見夜現明相即從舍出至大勢神門門自然開此門常法初夜吹貝爲客入故後夜吹貝爲人出故爾時給孤獨氏見此門開念必地了出門不遠明相不現闇無所覩即時驚怖毛竪將無非人嬈固我耶尋欲退還時大勢門神爲現光明徹照寒林語言汝去勿復恐懼我前世時是汝善知識賓肩婆羅門同心相敬居士我昔因到王舍城見舍利弗目連我頭面作禮現前坐即爲我說法示教利喜示教利喜已我受三歸五戒以是因緣故生四王天上頓止斯門是故語汝去得大利直進勿疑是時天神即說偈言

若人得百馬　百瓔珞嚴具　草馬車一百
不如前一步　若百雪山象　脩廣大身牙
又以純金飾　嚴身最殊異　不如前一步
十六分之一　北方百美女　瓔珞環金印
以是莊嚴具　年少端正妙　比汝前一步
十六不及一　乃至轉輪王　第一玉女寶
比汝前一步　十六不及一　是故汝直前
勿復疑悔還

時給孤獨氏念佛法僧必大不小乃令天神殷勤致教即從光中進到寒林于時地了佛在露地經行住待居士爾時居士以白衣法問訊佛世尊卧安隱不佛說偈言

我除諸欲漏　解脫離世間　已斷一切漏
心滅諸熱惱　得寂滅處故　我卧常安隱

爾時世尊即於經行處坐是居士頭面禮佛足却坐一面佛爲說法示教利喜爲說初法布施持戒生天果報說五欲過世間苦惱出家安樂分别垢淨佛知是人心調柔輭堪受上法爲說四諦苦集盡道如白淨衣易受染色是人亦爾聞法開悟即於座上見法得法知法通達法斷疑不隨他於佛法中得無所畏從坐起頭面禮佛足作是言世尊我心樂佛法知我盡壽作優婆塞願世尊及僧受我夏請住舍衛國佛知故問居士汝字何等答言我字須達供給孤獨故國人稱我爲給孤獨氏佛問須達舍衛國有僧坊不答言未有世尊佛言若有僧坊住處諸比丘可得來往若無有者諸比丘不得來往止頓又言願世尊但受我請我能爲辦僧坊令諸比丘得來往止頓願世尊遣舍利弗爲我作僧坊師佛勅舍利弗汝與居士作僧坊師是居士即往詣竹園看講堂溫室食堂作食處洗浴處門屋坐禪處厠處取相貌已是居士於王舍城因緣事訖還向舍衛國行路知佛所當宿處語諸知親相識諸負債人言汝等知不今佛出世我當爲佛於此作如是講堂溫室食堂食厨洗浴處門屋禪坊大小便處爾時給孤獨氏限半由旬起僧坊約勅左右供給所須

如是次第約勅至舍衛國到已不入城内不還自舍遶城推求立僧坊處路行思惟誰有好園來往穩便樹林豐茂流水清潔無諸毒螫蚊虻之類無大風熱晝夜少聲我於斯處當起僧坊施佛及僧如是行時見祇陀王子有園來往穩便樹林豐茂有好流水無諸毒蟲蚊虻之類無大風大熱晝夜閑靜少諸音聲即便生念我於斯處當起僧坊奉佛及僧時給孤獨氏還舍衛城不自入舍即詣祇陀王子所言請買君園願以與我王子答言我此園非可賣者乃至側布金錢滿中亦不賣也居士言園價已斷王子答言我不斷價以是因緣遂相共諍即便俱詣斷事大臣富貴人所具說是事時大臣能斷事者語王子言汝園已賣宜時納價汝何故言側布金錢給孤獨氏尋便還歸遣象馬車乘負載金錢到祇陀園側布其地餘少未足居士思惟出何藏金令滿此地而不多不少王子祇陀見其靜默語居士言欲悔隨意以金相付園地還我報言王子吾心不悔但自思惟開何藏金不多不少而得滿足王子聞已便作是念佛法僧衆必大不小能令居士捨爾所寶物作是念已語居士言莫復布錢吾於此中當起門屋施佛及僧居士便聽以憐愍故王子於中起立門屋施佛衆僧爾時居士以舍利弗爲師於此園中起十六大重閣作六十窟屋佛知舍衛國僧坊已辦集比丘僧而告之言吾將遊行至舍衛國汝等俱去比丘受教願皆隨從爾時世尊與大比丘衆五百人俱向舍衛國時六羣比丘知佛及僧暮所宿處告

其弟子汝往宿處好房留佛餘有好者爲我占取弟子受教先往宿處好房留佛次有好者爲師占取爾時舍利弗目連從佛後至除佛房舍次欲取房有比丘言他已先取如是第二第三第四皆言先取舍利弗目連取邊房住佛知故問阿難舍利弗目連今何處住答言世尊邊房中住佛言喚來即時來至問舍利弗汝等何故邊房中住答言世尊六羣比丘知佛暮所宿處先遣弟子汝往宿處好房留佛餘有好者爲我占取弟子受教先來到此好房留佛次占好者我等從佛後至除佛房舍次欲取房有比丘言他已先取如是第二第三第四皆言先取是故我等邊房中住佛言從今聽隨上座次第取房舍住即時六羣比丘遣病比丘出房時看病比丘持病比丘大小便器涕唾器草席從一房至一房受諸疲苦病者增劇是事白佛佛言從今不應隨上座驅病比丘出房驅出者突吉羅六羣比丘聞佛不聽隨上座驅病比丘出房即時託病有時客比丘日没來打戸索住六羣比丘在内應聲客比丘問汝幾歲六羣比丘言我是病人何須問歲問汝何病答言我患口懸癰痛兼患脚指間劈諸比丘以是事白佛佛言是人若託病應次第驅出僧中作使一切應作諸病比丘聞佛語已皆住好房是事白佛佛言雖實病人不應好上房舍中住知卧具人應籌量房舍及諸病人與中房舍中房舍者容受病人看病人及知卧具令得坐卧

爾時佛次第到舍衛國諸比丘欲安居先作

本事垽塗壁孔及土墮急牀榻繩抖擻被褥枕六羣比丘性懶立住遥看作是念待彼作竟受牀榻已我等當往隨上座次第驅出諸比丘作本事竟敷牀榻卧具坐已六羣比丘打戸房内比丘應聲六羣比丘言汝等幾歲答言若干歲六羣比丘言汝起出去我是上座諸比丘言汝等共我來不答言共來作本事不答言不作諸比丘言汝等與我俱來不作本事我不能去六羣比丘言佛不説不作本事不與次第住但説隨上座次第受房舍卧具我等是上座汝云何不去六羣比丘勦健多力不念護戒即便入舍强捉拽出諸比丘身輙頭目傷壞衣鉢破裂是事白佛佛言從今應立知分卧具人立知分卧具人法者一心和合僧應作是言誰能爲僧作分卧具人是中若有比丘言我能佛言若有五法不應立作知分卧具人何等爲五隨愛隨瞋隨怖隨癡不知得不得若成就五法應立作分卧具人何等五不隨愛不隨瞋不隨怖不隨癡知得不得即時一比丘應僧中唱言大德僧聽比丘某甲能爲衆僧作知分卧具人若僧時到僧忍聽僧立比丘某甲作知分卧具人如是白如是白二羯磨僧立某甲比丘作知分卧具人竟僧忍默然故是事如是持作知分卧具人應問舊比丘善好不妄語能分别卧具者問此别房中有何等供養彼别房中此重閣上悉有何等供養彼重閣上悉有何等供養舊比丘應以實答知分卧具人應籌量卧具多少及諸比丘多少如是籌量卧具諸比丘多少若一比丘應得一房便與别

房應先隨上座自恣取作是言大德上座某別房中有如是供養某甲別房復有如是供養上座欲取何者隨所欲取取已次應語第二上座隨意取已又語第三上座若初上座言我欲取第三上座房佛言不應與應教作突吉羅悔過如是次第一切應與若比丘房舍足者與房舍如是次第若重足者重與如是次第若牀卧具足者與牀卧具與法者知卧具人應先語上座自恣隨意取應言某牀上有如是供養某牀上有如是供養上座欲取何者初上座隨意取已次語第二上座第二上座取已次語第三上座第三上座取已若初上座言我欲取第三上座牀卧具佛言不應與應教作突吉羅悔過有一時跋難陀釋子於祇洹中取卧具分餘處復取諸比丘言汝於此處取分何故復餘處取答言我不復取諸比丘不知云何是事白佛佛言若比丘更於彼取卧具者此處已名爲捨若言我不復取亦名捨彼卧具如守牧婆羅門婦本生經廣説佛言昔者有守牧婆羅門婦敎賊殺夫持財物去中道值水賊語婦言汝住此岸我先渡物還當渡汝賊尋持衣物渡彼岸婦便喚言汝渡我來賊言弊婦汝自夫不愛何能愛我即便捨去婦裸形住跋難陀亦如是捨此卧具更彼處取此處已失復言我不復取彼處復失復有徃昔野干銜肉到水岸上見魚水中反腹即便捨肉欲徃取魚時有飛鳥持此肉去跋難陀釋子亦如是佛如是訶已語諸比丘從今若比丘取一分卧具已不應復取若更取者突吉羅

佛在憍薩羅國與大比丘衆俱一處安居爾時祇洹中安居比丘少而卧具多諸比丘各各分已有餘不盡隨居士所造房者來問言我所作卧具有比丘住不答言無有人住何以故今祇洹比丘少卧具多佛聽受一卧具不聽取二卧具故無有人住諸居士言我房中先有敷具被枕前食時食我當與房舍衣住中食用者善諸比丘不知云何是事白佛佛言應先人與一若有長者與應更與爲盡藏物故若復不盡應第三更與爲經行故若復不盡應次與令盡爲護治故爾時憍薩羅國荒亂以怖畏故諸比丘多集一處安居結夏坐已有客比丘來在洗脚處講堂門屋經行處經行頭持衣鉢著是諸處住待卧具佛見諸比丘在洗脚處講堂門屋經行處經行頭持衣鉢著是諸處住待卧具佛知故問阿難諸比丘何以故持衣鉢著講堂門屋經行處經行頭住何所待答言是憍薩羅國荒亂諸比丘怖畏故多集一處安居是客比丘來在洗脚處講堂門屋經行處經行頭持衣鉢著是諸處待卧具分佛言從今聽二種安居一先安居二後安居當與後安居比丘房舍卧具彼聞佛聽與後安居比丘房舍卧具即欲從前安居上座比丘取房舍卧具以是因緣故鬬諍事起佛言後安居上座比丘不應從前安居上座比丘取房舍卧具若前上座有二分卧具者應與後一分憍薩羅國又復荒亂有諸比丘多集一處安居分房舍卧具竟有餘處諸比丘來在洗脚處講堂門屋經行處經行頭持衣鉢著是諸處待卧具分佛

見諸比丘持衣鉢著是諸處待卧具分佛知而故問阿難諸比丘何故在洗脚處講堂門屋經行處經行頭持衣鉢著是諸處住何所待答言世尊憍薩羅國荒亂怖畏諸比丘安居分卧具竟是諸比丘從餘處來在洗脚處講堂門屋經行處經行頭持衣鉢著是諸處待卧具分佛言若有未分卧具者應與分已分者應共住又時憍薩羅國荒亂有臣處處鬪戰諸比丘已結後安居多有客比丘來在洗脚處講堂門屋經行處經行頭持衣鉢著是諸處待卧具分佛見客比丘持衣鉢著是諸處待卧具分佛知故問阿難諸客比丘何故在洗脚處講堂門屋經行處經行頭持衣鉢著是諸處住何所待答言世尊憍薩羅國荒亂有臣處處鬪戰諸比丘持結坐竟是客比丘來至洗脚處講堂門屋經行處經行頭持衣鉢著是諸處待卧具分佛言若有空房者應與若無者應共住與温室令安衣鉢當應隨僧食若是中有舊比丘善好樂福德者應爲客比丘求索衣物莫令是比丘無所得去時有阿練若比丘從舊比丘求索舉衣鉢屋諸比丘言佛未聽我等與阿練若舉衣鉢屋是事白佛佛言從今聽與阿練若比丘舉衣鉢屋爾時有諸客比丘暫來無住處疲極苦惱是事白佛佛言應暫與房舍卧具有時一比丘來宿已早起便去是房中所有供養前食時食乃至房舍衣舊比丘生疑客比丘來是房中宿早起便去有是供養分不知云何是事白佛佛言客比丘雖在中宿住者房舍應受

十誦律卷第三十四

音釋

鷃知滑切黃雀也　陛部禮切　蘧篨蘧求於切篨陳如切蘧篨竹席也

桄音光横也　簀側革切牀棧也　蓐而欲切薦也　毳充芮切細毛也　櫺盧經切窻隔也　轆轤轆音鹿轤龍都切轆轤汲水機也　闠徒盍切户也

墼古歷切燒塼也　橛其月切杙也　螫施隻切蟲毒也　劈普擊切破也

抖擻抖當口切擻蘇后切抖擻振舉也　勦鋤交切輕捷也　裸郎果切赤體也　銜乎監切口含物也

十誦律卷第三十五

姚秦三藏弗若多羅共三藏鳩摩羅什譯

第五誦之六

八法中卧具法第八之餘

佛在舍衛國爾時諸比丘廢學毗尼讀誦修多羅阿毗曇遠離毗尼佛見諸比丘不學毗尼讀誦修多羅阿毗曇遠離毗尼故見已讚歎毗尼通利毗尼者面前讚歎長老優波離諸持毗尼中最勝第一諸比丘等是念佛讚歎毗尼通利毗尼者面前讚歎長老優波離諸持毗尼中最爲第一我等何不讀誦毗尼諸上座長老比丘從長老優波離受誦毗尼長老優波離不爲高處坐教恭敬上座故亦不下處坐教爲尊法故若經行時若立時教爾時長老優波離行立久故患脚痛腨膝䏶腰脇脊痛是事白佛佛以是事集比丘僧知而故問長老優波離實有上座比丘從汝受毗尼汝不高處坐教恭敬上座故又不下處坐教爲尊法故汝經行時若立時教行立久故患脚痛腨膝䏶腰脇脊痛汝實爾不答言實爾世尊佛種種因緣讚戒讚持戒讚戒讚持戒已語諸比丘從今聽下座比丘欲教上座法者應在高處坐教爲尊法故若上座欲從下座受法者應在下處坐受法爲尊法故從今聽下座比丘教上座法者得共等牀坐爲上座故

佛與大比丘衆俱遊行憍薩羅國諸長老舍利弗目連阿那律難提金毗羅皆隨從佛是諸長老所言眞實能苦切語折伏衆人爲諸比丘作種種羯磨苦切羯磨依止羯磨下意

羯磨驅出羯磨時憍薩羅國有一住處多諸比丘住是諸比丘聞佛與大比丘僧舍利弗目連阿那律難提金毗羅等俱來遊行憍薩羅國是諸長老所言眞實能苦切語折伏衆人爲諸比丘作諸羯磨苦切羯磨依止羯磨下意羯磨驅出羯磨今當至此必爲我等作諸羯磨我等何不以此住處羯磨付一比丘作是念已即作羯磨付一比丘佛來到是處是比丘爲佛敷好坐具置好房中然後小遠避藏作是念若我住者佛必令我爲諸客比丘敷坐卧具佛受是房已餘客比丘在洗脚處講堂門屋經行處經行頭持衣鉢著是諸處待卧具分佛見諸比丘持衣鉢著是諸處待卧具分佛知故問阿難諸比丘何以故洗脚處講堂門屋經行處經行頭以衣鉢著是諸處住何所待答言世尊待舊比丘與卧具分佛告阿難汝往語舊比丘開房與客比丘卧具阿難受教語舊比丘開房與客比丘卧具舊比丘言汝知不此非僧房我等以羯磨付一比丘是中有比丘少欲知足行頭陀聞是事心不喜訶責言云何名比丘以僧房羯磨與一比丘訶已向佛廣說佛以是事集比丘僧種種因緣訶責舊比丘云何名比丘以僧房羯磨與一比丘訶已語諸比丘從今不聽以僧房羯磨與一比丘若與者得突吉羅是僧房雖與不成與

佛復與大比丘僧遊行諸國土或無僧房處投林中宿爾時六羣比丘告其弟子汝先往宿處好樹留佛次有好者與我占取弟子先去好樹留佛占次好者舍利弗目連隨佛後

至次欲取樹有比丘言他已占取如是第二第三第四皆言已取乃至外行樹下宿佛知故問阿難舍利弗目連今在何處答言在外行樹下佛言喚來阿難受教即往喚來佛知故問舍利弗目連汝等何故外行樹下答言世尊六羣比丘知佛宿處告其弟子汝先往宿處好樹留佛次有好者爲我占取我等隨佛後到次欲取樹有比丘言他以占取如是第二第三第四皆言已取是故我等外行樹下佛言從今聽諸比丘隨上座次住樹下諸下座比丘聞已好樹下所有草敷葉敷盡取持去上座比丘從索不與以是故鬬諍事起佛言不應持去諸上座比丘聞不聽持去樹下先有草敷葉敷及下座比丘自所敷者皆不與去佛言先者應留餘者聽持去

佛與大比丘衆迦尸國中遊行諸大弟子舍利弗目連阿那律難提金毗羅等皆悉隨從是諸長老所言眞實能苦切語折伏衆人與諸比丘作諸羯磨苦切羯磨依止羯磨下意羯磨驅出羯磨爾時迦羅山上有諸比丘不念護戒聞佛與大比丘衆舍利弗目連阿那律難提金毗羅等迦尸國遊行是諸長老所言眞實能苦切語折伏衆人與諸比丘作苦切羯磨依止羯磨下意羯磨驅出羯磨是等今來將無爲我等作諸羯磨佛毗尼中說不得以僧房羯磨與一比丘我等今以此僧房作四分隨僧地房舍園林根莖枝葉華果皆作四分作是念已即分僧坊僧地房舍園林根莖枝葉華果皆分作四分羯磨與四比丘佛與諸比丘遊行次到是處是中舊比丘敷

一好房與佛小遠避藏作是念恐佛約勑爲諸客比丘開房與卧具分諸客比丘來洗脚處講堂門屋經行處經行頭持衣鉢著是諸處立待卧具分佛見諸比丘以衣鉢著是諸處待卧具分佛知而故問阿難諸比丘何故以衣鉢著洗脚處講堂門屋經行處經行頭住何所待答言世尊是諸比丘待舊比丘與卧具分佛告阿難汝往約勑舊比丘開房與客比丘卧具阿難受教即往語舊比丘開房與客比丘房舍卧具舊比丘言此處僧坊房舍園林根莖枝葉華果比丘分作四分羯磨與四比丘非是僧物是中有比丘少欲知足行頭陀聞是事心不喜訶責言云何名比丘以僧坊分作四分羯磨與四比丘訶已向佛廣説佛言從今不聽以僧房舍分作四分若分者突吉羅此分不成爲分

佛在阿羅毗國爾時阿羅毗國僧坊崩壞佛知故問阿難是僧坊重閣何故崩壞答言世尊修治是僧坊人有死者病者反戒者餘國去者佛言死者反戒者所應作事僧更應羯磨立知是事人若有病者應問汝故能治是壞房舍不若言我能應待若言不能應更立餘人他國去者若疑當還應待若知不還者應更立餘人令知是人所作事佛作是語已諸比丘便立知事人是知事人有掃少地者有塞小孔者或以少草覆舍者佛言如是作小小事者不應立作知事人若能辦大事應羯磨立作知事人諸比丘有能多致財物能成辦事者諸比丘便盡形立作知事人佛言不應爾若房舍故壞應六年立作若新房舍

應十二年立作佛言從今知房舍人應三事自恣冬房春房夏房僧問言汝須何房冬房春房夏房也若言我須冬房以春房夏房隨上座次與若言我須夏房以冬房春房隨上座次與

佛在王舍城爾時跋提居士起僧房重閣高大莊嚴多諸男女觀看諸人生念此必佛塔若阿羅漢塔是僧坊中多人禮拜圍遶多象聲馬聲男女聲妨坐禪讀經爾時長老上座捨是重閣住小房中時有客比丘來者皆作是念重閣中必有上座我等何不至邊小房住即往打戸房內應聲客比丘問汝幾歲答言我爾所歲客比丘念若小房中比丘爾所歲者何況大房有詣洗脚處講堂中門屋下宿晨起至重閣前立欲禮敬上座有年少比丘及沙彌從重閣上來下問客比丘汝作何等答言欲禮敬上座語言此無上座問言誰是中宿答言我等客比丘言我等知者應是中宿問客比丘汝何處宿有洗脚處宿者答言洗脚處宿講堂中者答言講堂中宿乃至門屋下者答言門屋中宿諸比丘以是事白佛佛言應立知敷卧具人知敷卧具人應隨上座次第與應作是言此是上座房舍卧具次第住

佛在迦尸國與大比丘衆一處安居諸居士見佛及衆僧故共相約令今日汝辦種種飲食明日次某如是展轉辦種種飲食相食故作食十五日食三十日食立如是制已有早辦者有晚辦者有近者有遠者有美者有不美者是中無知食比丘約勑令至其家有早

辦者有晚辦者有近者是食美好爾時六羣比丘數數從是處取居士問言汝等何以數來諸大長老何故不來答言無知食人約勑我等汝舍近早辦飲食美好是故我等數來居士言我等施食爲諸長老不但爲汝等何故數來諸比丘不知云何是事白佛佛言應立知食人立知食人法者一心和合僧應問言誰能爲僧作知食人是中若有一比丘言我能若有五法不應立作知食人何等五隨愛隨瞋隨怖隨癡不知得不得若成就五法應立作知食人何等五不隨愛不隨瞋不隨怖不隨癡知得不得即時一比丘應僧中唱言大德僧聽比丘某甲能爲衆僧作差食人若僧時到僧忍聽某甲比丘作差食人是名白如是白二羯磨僧立某甲比丘作差食人竟僧忍默然故是事如是持差食人法者應次第差若汝某甲至某處所差比丘有早得者有晚得者近得者遠得者有得美者得不美者有晚得者作是言故與我是處得遠處者亦言故與我遠處得不美者言故與我如是中間更作餘語佛言應條名有比丘得惡處者便拭名改易好處佛言應書板作字集置一處和合從上座隨次第取有晚得者有得遠處者早至主人門外在巷頭立待食久住心悶吐逆不樂諸居士出見語言我等門內自恣聽汝入坐比丘言佛未聽我等入白衣門內坐待食是事白佛佛言聽是比丘入白衣門內坐待食時有象聲馬聲男女聲妨讀經坐禪佛言若妨者出門外門外待時諸人來遠四邊看見已皆笑是事白佛佛言應

作土基爲風雨所惱佛言應作屠蘇覆薄故雨漏佛言應厚覆厚覆已脊上漏佛言更覆又無坐處佛言應覓板木坐上有人偷板去佛言應陷著地中又復失去佛言應作土埵不泥故中有毒蛇蜈蚣蠚諸比丘佛言應泥泥已麤澀破衣佛言應以細泥諸比丘須水佛言應作井作井已即以鉢揵瓷取水甚難佛言應作瓶取水取水時不及佛言應以繩繫諸比丘手輭牽繩手痛佛言應作轆轤有人墮井佛言應作欄長老優波離問佛以何物作井欄佛言應以木石磚作作已有婦女大小詣井取水時兩手相觸佛言井上作隔障應各在一邊汲水有居士從舍内出語比丘言我某僧坊作食汝爾所人往彼僧坊中食去時道中師子虎狼熊羆諸難是事白佛佛言應語檀越是中有如是怖畏此間與我食佛在王舍城爾時諸居士作種種粥酥粥胡麻粥乳粥油粥小豆粥磨沙豆粥麻子粥薄粥辦是粥已持詣竹園時六羣比丘在僧坊門邊立遥見已問言持何等物答言是粥又問何等粥答言酥粥胡麻粥油粥乳粥小豆粥磨沙豆粥麻子粥薄粥爾時六羣比丘言我等行去先與我等酥粥胡麻粥油粥乳粥小豆粥磨沙豆粥麻子粥汝持薄粥入僧坊與上座諸比丘聞不知云何是事白佛佛言從今應羯磨立分粥人所持盛粥器即用是器分粥是中酥粥胡麻粥油粥乳粥小豆粥磨沙豆粥麻子粥上座得上肥膩者下座得底滓若分薄粥時上座得汁下座得滓是事白佛佛言從今聽畜大瓮大盆以粥集著

器中和合以大鉢大揵瓷分與分與時不便佛言應作杓用分用分已有殘者有不足者佛言應更作小杓用分

佛在王舍城竹園中諸居士辦種種帶鉢那胡麻歡喜丸石蜜歡喜丸蜜歡喜丸舍俱梨餅波波羅餅曼提羅餅象耳餅餫飩餅閻浮利餅持是餅向僧坊六羣比丘早起在門邊立見已問言持何等物答言種種帶鉢那餅所謂胡麻歡喜丸石蜜歡喜丸蜜歡喜丸舍俱利餅波波羅餅曼提羅餅象耳餅餫飩餅閻浮利餅六羣比丘言我欲行去先與我等胡麻歡喜丸石蜜歡喜丸蜜歡喜丸舍俱利餅波波羅餅曼提羅餅汝持象耳餫飩餅閻浮利餅入與上座諸比丘不知云何是事白佛佛言應羯磨立分帶鉢那人分帶鉢那人應和合等分若更有美者來亦應次第與若今日不遍者明日更有應續次與

佛在王舍城爾時諸居士辦種種藥所謂酥油蜜石蜜薑椒蓽茇黑鹽訶梨勒鞞醯勒阿摩勒波罏路毗呪曼陀多耶摩那伽頭罏醯時詣竹園爾時六羣比丘早起門邊立見已問言持何等物答言種種藥所謂酥油蜜石蜜薑椒蓽茇黑鹽訶梨勒鞞醯勒阿摩勒波罏路毗呪曼陀多那摩那伽頭罏醯六羣比丘言我欲行去與我酥油蜜石蜜薑椒蓽茇黑鹽汝持訶梨勒鞞醯勒阿摩勒波罏路毗呪曼陀多那摩那伽頭罏醯入僧坊與上座諸比丘不知云何是事白佛佛言從今應立分藥人分藥人和合平等分與若有貴價藥來者應別舉置若病比丘索者應與兩錢半

價藥若索多者應從索直

佛在阿羅毗國爾時阿羅毗國諸比丘常從居士索作器諸居士言我等云何能常供給汝等何不自畜作器答言佛未聽我等畜作器是事白佛佛言從今聽畜作器阿羅毗國僧坊中有客作木師有半月客作者有一月一歲客作者是木師晝日作暮去留作器便失佛言應立知作器比丘立知作器比丘立作竟持作器聚在一處有復失盡是事白佛佛言應羯磨一房舍舉作器立作器房法者一心和合僧一比丘唱言大德僧聽某房舍僧立作舉作器房若僧時到僧忍聽某房作舉作器處是名白如是白二羯磨僧立某房作舉作器房竟僧忍默然故是事如是持立是房已知作器比丘便持作器著上下二房中佛言不應置兩處若著上房者下房應與僧若著下房應與僧上房又一時諸比丘從憍薩羅國向舍衛國道中過一空僧坊中宿諸比丘明日入村乞食諸居士問汝何處宿答言僧坊中宿是何房舍中宿答言某房中居士言此是我房何不遣使語我等當供養湯藥油燈燭卧具種種所須諸居士隨所房中宿者各自將歸與敷坐處坐自手行水自與多美飲食自恣飽滿以水澡漱取小牀坐聽説法語諸比丘我僧房中有卧具前食後食何不住此復當供養衣被願令是僧坊有用諸比丘不知云何是事白佛佛言從今聽若先空僧坊中諸比丘欲去應羯磨立一比丘令常住知僧坊立法者一心和合僧問言誰能作常住比丘知某甲空僧坊若有比丘

言我能有五法不應立作常住比丘何等五隨愛隨瞋隨怖隨癡行不知分別應作不應作若成就五法應立作常住比丘不隨愛不隨瞋不隨怖不隨癡知分別應作不應作即時一比丘僧中唱言大德僧聽某甲比丘能作常住知某甲空僧坊人若僧時到僧忍聽立某甲比丘常住知某甲空僧坊人是名白如是白二羯磨僧立某甲比丘常住知某甲空僧坊竟僧忍默然故是事如是持知空僧坊常住比丘應巡行僧坊先修治塔次作四方僧事次知料理飲食事次知應可分物次知上座中座下座比丘事隨有大德高明比丘不應使作知僧坊比丘應作是願諸比丘未來者當來已來者供給衣食卧具湯藥不令有乏能作是願者僧隨彼意與若須食應自恣與好食若須房舍卧具皆應自恣與有衆多王臣數數詣竹園房舍觀看若來時索食薪火燈燭若與畏犯不與懼作患不知云何以是事白佛佛言應立分處人立分處人已不白衆僧得用十九錢供給客若更須應白僧竟與憍薩羅國有阿練若住處爾時有賊到阿練若處乞食作食人言食不由我不得與汝汝自從沙彌索諸賊即從沙彌索沙彌言我不得與汝汝自從知食比丘索即從知食比丘索知食比丘言爲僧故辦是食不爲汝等賊相謂言是比丘何肯正爾與我食便捉一比丘手脚截腰斷諸比丘不知云何是事白佛佛言若有如是怖畏處若少乞與少若乞半與半若都索都與莫以是因緣故得大衰惱

佛在王舍城爾時衆僧得衣無人守護佛言應立守護衣人立守護衣人法者一心和合僧應問言誰能爲僧守護諸衣若比丘言我能若有五法不應立何等五不知是衣所從得不知衣價若得衣不知云何受不知頭數忘著衣處若成就五法應立何等五知衣所從得知是衣價知應受知頭數不忘著衣處爲僧作守護衣人若僧時到僧忍聽僧立某甲比丘作守護衣人是名白如是白二羯磨僧立某甲比丘作守護衣人竟僧忍默然故是事如是持立守衣人已未有分衣人佛言應立分衣人立法者一心和合僧應問言誰能爲僧作分衣人若有比丘言我能若有五法不應立何等五不知衣財不知衣色不知衣價不知衣頭數不知與未與復有五法不應立作分衣人何等五隨愛隨瞋隨怖隨癡不知與未與若比丘成就五法應立作分衣人知衣財知衣色知衣價知衣頭數知與未與又有五法不隨愛不隨瞋不隨怖不隨癡知與未與即時一比丘僧中唱言大德僧聽某甲比丘能爲僧作分衣人若僧時到僧忍聽僧立某甲比丘作分衣人是名白如是白二羯磨僧立某甲比丘作分衣人竟僧忍默然故是事如是持

佛在舍衛國無分浴衣人是事白佛佛言應立分浴衣人是知分浴衣人應隨上座次與

佛在舍衛國爾時祇陀林中僧坊中無比丘知時限唱時無人打揵椎無人掃灑塗治講堂食處無人次第相續敷牀榻無人教淨果

菜無人看苦酒中蟲飲食時無人行水衆散亂語時無人彈指是事白佛佛言應立維那立維那法者一心和合僧應問誰爲僧作維那是中若比丘言我能若有五法不應立作維那何等五隨愛隨瞋隨怖隨癡不知淨不淨若成就五法應立作維那五法者不隨愛不隨瞋不隨怖不隨癡知淨不淨即時一比丘僧中唱言大德僧聽是某甲比丘能爲僧作維那若僧時到僧忍聽僧立某甲比丘作維那是名白如是白二羯磨僧立某甲比丘作維那竟僧忍默然故是事如是持作維那比丘應知時限知唱時知打揵椎知掃灑塗治講堂食處知次第相續敷牀榻知教淨果菜知看苦酒中蟲知飲食時行水衆散亂語時彈指爾時諸沙彌隨與和尚阿闍黎作隨同和尚同阿闍黎隨相識共語共事隨同國上同城邑同聚落諸比丘無沙彌者有諸惱亂是事白佛佛言應立一人爲主使沙彌作先修治塔事次作四方僧事次作飲食事次作可分物次教與上座中座下座如是周遍一切僧作應立分處沙彌人立分處沙彌人竟應教先修治塔事四方僧事作飲食事次作可分物次第與上座中座下座如是周遍一切僧作

佛在王舍城爾時瓶沙王往詣竹園觀看王問長老摩訶迦葉今何所在比丘答言大王長老大迦葉今於耆闍崛山上蹋泥王即往見問言大德何故自作答言大王誰當爲我作王言我當與作人語已便還第二瓶沙王又時往到竹園觀看王問長老大迦葉今何

所在比丘答於耆闍崛山上蹹泥王即往見
問言大德何故自作答言大王誰當爲我作
王言我當與作人大迦葉答言大王數數語
而不與時王慚愧小却一面問諸大臣我先
有是言不大臣答言王先有是言王言何時
答言某時日月即計先語已來經五百日王
即下山時人捕得五百羣賊與王王問此是
何人答言是賊王問應與何罪大臣答言罪
應至死王問賊言汝能隨我意行不賊言大
王欲何所作王言汝等能供給善人以不賊
言若我等受王大恩不隨行者當隨阿誰大
臣言此賊必當偷奪諸比丘物王言我能作
方便令不偷奪時王多給田宅人民倍與廩
食去竹園不遠立作淨人聚落時諸淨人隨
相識共語共事隨同國城邑隨怖畏隨有因
緣者供給餘者不供給是事白佛佛言應立
使淨人主應教先作塔事次作四方僧事次
作飲食事次作可分物事次教與上座中座
下座作如是周遍一切僧作聽立使淨人主
者還立白衣中勤修能處分者（八法中卧具法第八竟）

十誦律卷第三十五

音釋

腨（市兗切腓腸也） 髀（傍禮切股也） 鍕鈍（鍕戶昆切鈍徒昆切鍕鈍餅也）
櫨（龍都切）

十誦律卷第三十六

姚秦三藏弗若多羅共三藏鳩摩羅什譯

第五誦之七

八法中諍事法第九

佛在王舍城爾時諸比丘共比丘諍惡口相言諸比丘尼共比丘尼諍諸式叉摩尼共式叉摩尼諍諸沙彌共沙彌諍諸沙彌尼共沙彌尼諍惡口相言迦留陀夷比丘共諸比丘諍惡口相言已隨順佐助諸比丘尼是中有比丘少欲知足行頭陀聞是事心不喜訶責言云何名比丘共比丘諍已强佐助比丘尼如是訶已向佛廣説佛以是事集比丘僧知而故問迦留陀夷比丘汝實作是事不答言實作世尊佛種種因緣訶責迦留陀夷比丘云何名比丘共諸比丘諍惡口相言已强佐助諸比丘尼如是訶已語諸比丘從今有四種諍事出一者鬬諍事二者無根事三者犯罪事四者常所行事鬬諍事者如諸比丘共比丘諍惡口相言是法是非法是善是不善是中共諍故相助別異是名鬬諍事無根事者如諸比丘共比丘諍惡口相言已出餘比丘犯罪若有殘作有殘不作有殘作不作若無殘作無殘不作無殘作不作若有殘無殘作有殘無殘不作有殘無殘作不作是中出犯罪無根故共相纒著是名無根事犯罪事者有五種犯犯波羅夷僧伽婆尸沙波逸提波羅提提舍尼突吉羅若犯若汙若不悔是名犯罪事常所行事者衆僧所作事若白一羯磨白二羯磨白四羯磨布薩自恣立十四人羯磨是名常所行事鬬諍事者以何爲本

有十四破僧因緣及六鬬諍本是名鬬諍事本無根事以何爲本有三根本見根聞根疑根若比丘與比丘鬬諍相言巳身作罪令他人說有殘作若有殘不作有殘作不作若無殘作無殘不作無殘作不作若有殘無殘作有殘無殘不作有殘無殘作不作若口若意作罪令他人說有殘作有殘不作有殘作不作無殘作無殘不作無殘作不作有殘無殘作有殘無殘不作有殘無殘作不作從是中出他罪異是名無根事根本犯罪事以何爲本從何事起從五種犯起以五種犯爲本有犯身作非口非心作有犯口作非身非心作有犯身作心作非口作有犯口作心作非身作有犯身作口作心作無但心犯從是犯起是名犯罪根本常所行事以何爲本從何事起所作事從僧起僧爲根本是名常所行事根本所有鬬諍皆名諍事耶有諍事亦名鬬諍耶有鬬諍非諍事有諍事非鬬諍有鬬諍亦是諍事有非鬬諍非諍事有鬬諍非諍事者若比丘但相道說未成鬬事有諍事非鬬諍者三種諍事有鬬諍亦是諍事者若比丘相道說亦成鬬諍事有非鬬諍非諍事者除上三句所有無事諍皆名爲諍事耶有諍事亦名無事諍耶有無事諍非諍事有諍事非無事諍有無事諍亦諍事有非無事諍非諍事有無事諍非諍事者但說他罪未起諍事有諍事非無事諍者三種諍事是有無事諍亦諍事者有比丘無事諍亦起諍事非無事諍非諍事者除上三句所有犯罪皆名諍事耶有諍事亦名犯罪耶有犯罪非諍事有諍

事非犯罪有犯罪亦諍事有非犯罪非諍事有犯罪非諍事者所名犯罪有諍事非犯罪者三種諍事有犯罪亦諍事者所名犯罪亦諍非犯罪非諍事者除上三句所有常所行事皆名諍事耶有諍事亦名常所行事耶有常所行事非諍事有諍事非常所行事有常所行事亦諍事有非常所行事非諍事有常所行事非諍事者所名作法有諍事非常所行者三種諍事有常所行作法亦諍事者常所行亦諍非常所行事非諍事者除上三句鬬諍事爲善爲不善爲無記或善或不善或無記云何名善有諸比丘善心共諍所謂是法是非法是律是非律是名善云何不善有比丘不善心共諍是法是非法是律是非律是名不善云何名無記諸比丘不以善心不

善心共諍是法是非法是律是非律是名無記無根事諍爲善爲不善爲無記或善或不善或無記善者若諸比丘善心共諍出他比丘罪有殘作有殘不作有殘作不作無殘作無殘不作無殘作不作有殘無殘作有殘無殘不作有殘無殘作不作是名爲善不善者若諸比丘不善心共諍出他罪有殘作有殘不作有殘作不作無殘作無殘不作無殘作不作有殘無殘作有殘無殘不作有殘無殘作不作是名不善無記者若諸比丘不以善心不善心共諍出他罪有殘作有殘不作有殘作不作無殘作無殘不作無殘作不作有殘無殘作有殘無殘不作有殘無殘作不作是名無記犯罪事爲善爲不善爲無記耶犯罪事或不善或無記不善者若諸比丘知佛

結戒故犯是名不善無記者不故犯佛所結戒是名無記常所作事爲善爲不善爲無記或善或不善或無記善者若諸比丘善心作白羯磨白二羯磨白四羯磨布薩自恣立十四人羯磨是名善不善者若諸比丘以不善心作白羯磨白二羯磨白四羯磨布薩自恣立十四人羯磨是名不善無記者若諸比丘不以善心不善心作白羯磨白二羯磨白四羯磨布薩自恣立十四人羯磨是名無記長老優波離問佛鬬諍事以幾滅諍事滅佛言以二滅諍事滅何等二以現前毗尼滅及多覓毗尼滅又問世尊無根事以幾滅諍事滅佛言以四滅諍事滅以現前毗尼及憶念毗尼滅現前毗尼及不癡毗尼滅現前毗尼及實覓毗尼滅又問世尊犯罪事以幾滅諍事滅佛言以三滅諍事滅現前毗尼及自言毗尼滅現前毗尼及布草毗尼滅又問世尊常所行事用幾滅諍事滅佛言以一滅諍事滅現前毗尼滅鬬諍事云何以二滅諍事滅隨以何住處有諍相言比丘是事付闥賴吒闥賴吒比丘應受此事如法如毗尼如佛教滅若闥賴吒比丘能如法如毗尼如佛教滅者是事名滅以一滅諍事滅謂現前毗尼現前者人現前毗尼現前人現前者是中能說教授人隨助舉事人有事人共集一處是名人現前毗尼現前者如法如毗尼如佛教滅是事是名毗尼現前若是闥賴吒不能如法如毗尼如佛教斷是事者應捨付僧僧應受是事如法如毗尼如佛教斷是事若僧能如法如毗尼如佛教斷是事者是名爲斷用一毗

尼所謂現前毗尼現前毗尼者僧現前人現前毗尼現前僧現前者是中所有可中共作羯磨比丘共同心和合一處可受欲者持欲來現在比丘能遮者不遮是名僧現前人現前者有隨助舉事人有事人共集一處是名人現前毗尼現前如法如毗尼如佛教斷是事是名爲斷若僧不能如法如毗尼如佛教斷是事者爾時應僧中立二烏迴鳩羅應羯磨此人令斷是事羯磨者一心和合僧一比丘僧中問言誰能作烏迴鳩羅如法如毗尼如佛教斷是事僧中若言我能若有五法不應立作烏迴鳩羅何等五隨愛行隨瞋行隨怖行隨癡行不知斷不斷成就五法應立作烏迴鳩羅不隨愛行不隨瞋行不隨怖行不隨癡行知斷不斷即時一比丘應僧中唱言

大德僧聽某甲某甲比丘能作烏迴鳩羅如法如毗尼如佛教斷隨僧中事若僧時到僧忍聽立某甲某甲比丘作烏迴鳩羅能如法斷隨僧中事是名白如是白二羯磨僧立某甲某甲比丘作烏迴鳩羅斷隨僧中事竟僧忍默然故是事如是持是二烏迴鳩羅比丘若是上座諸下座比丘應與此二人欲已遠去若此二烏迴鳩羅是下座應從諸上座取欲已小遠去當如法如毗尼如佛教斷是事若二烏迴鳩羅能如法如毗尼如佛教斷是事者是名爲斷用一毗尼所謂現前毗尼現前毗尼者僧現前人現前毗尼現前僧現前如上說人現前毗尼現前亦如上說若二烏迴鳩羅不能如法如毗尼如佛教斷是事者是二烏迴鳩羅更立二烏迴鳩羅立法者一

心和合僧一比丘僧中問言誰能作烏迴鳩羅斷隨僧中事若言我能一比丘僧中唱言大德僧聽某甲某甲比丘能作烏迴鳩羅如法如毗尼如佛教斷隨僧中事若僧時到僧忍聽僧立某甲某甲比丘作烏迴鳩羅能如法斷隨僧中事是名白如是白二羯磨僧立某甲某甲比丘作烏迴鳩羅斷隨僧中事竟僧忍默然故是事如是持是二烏迴鳩羅若是上座諸下座比丘應與欲已小遠去若二烏迴鳩羅是下座應從諸上座比丘取欲已小遠去當如法如毗尼如佛教斷是事若二烏迴鳩羅能如法如毗尼如佛教斷是事者是名爲斷用一毗尼所謂現前毗尼現前毗尼者僧現前人現前毗尼現前僧現前者如上說人現前毗尼現前亦如上說若是二烏

迴鳩羅不能如法斷者還付先二烏迴鳩羅先二烏迴鳩羅應如法如毗尼如佛教斷若能如法斷是事者是名爲斷用一毗尼謂現前毗尼現前毗尼者僧現前人現前毗尼現前僧現前者如上說人現前毗尼現前亦如上說若是先二烏迴鳩羅復不能如法如毗尼如佛教斷是事者應捨付僧僧應受是事如法如毗尼如佛教斷若僧取是事能如法如毗尼如佛教斷者是名爲斷用一毗尼謂現前毗尼現前毗尼者僧現前人現前毗尼現前僧現前如上說人現前毗尼現前亦如上說僧不能如法如毗尼如佛教斷是事者僧應遣使往近住處僧所作是言此事如是如是因緣起闥賴吒不能斷衆僧不能斷二烏迴鳩羅不能斷後二烏迴鳩羅復不能斷

還先二烏迴鳩羅復不能斷還僧復不能斷汝等大德和合爲斷是事故即時彼衆應和合若僧先安居應受七日去若七日盡應受三十九夜去若三十九夜盡應破安居來集一處受是事應斷近處僧應受是事如法如毗尼如佛教斷是事若近處僧能如法如毗尼如佛教斷者是名爲斷用一滅諍事滅所謂現前毗尼現前毗尼者僧現前人現前毗尼現前僧現前如上說人現前毗尼現前亦如上說若近處僧不能如法如毗尼如佛教斷是事者爾時應僧中應立二烏迴鳩羅羯磨烏迴鳩羅令斷羯磨法者一心和合僧一比丘僧中問言誰能作烏迴鳩羅如法如毗尼如佛教斷此隨僧中事是中若言我能若有五法不應立作何等五隨愛隨瞋隨怖隨癡不知斷不斷若成就五法應立作烏迴鳩羅不隨愛不隨瞋不隨怖不隨癡知斷不斷即時一比丘僧中唱言大德僧聽某甲某甲比丘能作烏迴鳩羅能如法斷隨僧中事若僧時到僧忍聽某甲比丘某甲比丘作烏迴鳩羅如法斷隨僧中事是名白如是白二羯磨僧立某甲某甲比丘作烏迴鳩羅斷隨僧事竟僧忍默然故是事如是持是二烏迴鳩羅比丘若是上座諸下座比丘應來與此二烏迴鳩羅比丘欲已小遠去若此二烏迴鳩羅比丘是下座應從上座比丘取欲已小遠去當如法如毗尼如佛教斷是事是二烏迴鳩羅若能如法如毗尼如佛教斷是事者是名爲斷用一毗尼謂現前毗尼現前毗尼者僧現前人現前毗尼現前僧現前者如上說

人現前毗尼現前亦如上說若二烏迴鳩羅不能如法如毗尼如佛教斷是事者應更立二烏迴鳩羅立法者一心和合僧中問言誰能作烏迴鳩羅如法斷隨僧中事若言我能一比丘僧中唱言大德僧聽某甲某甲比丘能作烏迴鳩羅如法斷隨僧中事若僧時到僧忍聽某甲某甲比丘作烏迴鳩羅斷隨僧中事是名白如是白二羯磨僧立某甲某甲比丘作烏迴鳩羅斷隨僧中事竟僧忍默然故是事如是持是二烏迴鳩羅若是上座諸下座比丘應與欲已小遠去若二烏迴鳩羅是下座應從諸上座取欲已小遠去應如法如毗尼如佛教斷是事若烏迴鳩羅能如法如毗尼如佛教斷是事者是名爲斷用一毗尼謂現前毗尼現前毗尼者僧現前人現前

毗尼現前僧現前如上說人現前毗尼現前亦如上說若是烏迴鳩羅不能如法斷是事者應還付先烏迴鳩羅先烏迴鳩羅應受是事如法如毗尼如佛教斷是事是烏迴鳩羅若能如法如毗尼如佛教斷是事者是名爲斷用一毗尼謂現前毗尼現前毗尼者僧現前人現前毗尼現前僧現前者如上說人現前毗尼現前亦如上說若是先烏迴鳩羅復不能如法如毗尼如佛教斷者應捨付僧僧應受是事如法如毗尼如佛教斷用一毗尼謂現前毗尼現前毗尼者僧現前人現前毗尼現前僧現前如上說人現前毗尼現前亦如上說若是近住處僧不能如法如毗尼如佛教斷是事者近處僧若聞其處有衆僧好上座知說波羅提木叉法是僧多有比丘持

修多羅者持律者持摩達伽者是近住處僧應以是事遣使至其處大僧中應先立傳事人若界外令滿衆僧數立法者一心和合僧應問誰能作傳事人從是處持是事至某處若道中能斷是事是中若有人言我能若有五法不應立作傳事人隨愛隨瞋隨怖隨癡不知滅不滅若成就五法應立作傳事人不隨愛不隨瞋不隨怖不隨癡知滅不滅爾時傳事人應持是事去若道中能如法如毗尼如佛教斷是事者是名爲斷用一毗尼謂現前毗尼現前毗尼者僧現前人現前毗尼現前僧現前如上說人現前毗尼現前亦如上說若傳事人不能道中如法如毗尼如佛教斷者應持至彼住處至彼住處已是中若有上座多知多識長老比丘應語是人言是事是諍事如是如是因緣起闥賴吒不能斷衆僧不能斷先二烏迴鳩羅不能斷後二烏迴鳩羅不能斷還付先二烏迴鳩羅復不能斷還付僧僧復不能斷近住處僧亦不能斷近住處二烏迴鳩羅不能斷後二烏迴鳩羅亦不能斷還付先二烏迴鳩羅復不能斷還付近住處僧復不能斷傳事人道中不能斷是事來至此間汝長老能受是事斷不若言能斷應與作期若不作期不得與汝期者乃至九月事有五種難斷一者堅二者强三者很戾四者徃來五者疑畏堅者執是事强者舉事人有事人勦健强力很戾者舉事人有事人惡性很戾徃來者此事從一住處至一住處疑畏者諸比丘畏斷事時彼一心和合僧作兩叚故先應立行籌人如是應立一心和

合僧應問誰能作行籌人是中有人言我能有五法不應立作行籌人隨愛隨瞋隨怖隨癡不知行籌不行籌若成就五法應立作行籌人不隨愛不隨瞋不隨怖不隨癡知行籌不行籌是中一比丘唱言大德僧聽某比丘能爲僧作行籌人若僧時到僧忍聽僧立某甲比丘作行籌人是名白如是白二羯磨僧立某比丘作行籌人竟僧忍默然故是事如是持若比丘已作行籌人隨僧多少應作二種籌一分長一分短一分白一分黑說如法者爲作長籌說非法者爲作短籌說如法者爲作白籌說非法者爲作黑籌說如法籌以右手捉說非法籌以左手捉說如法籌緩捉說非法籌急捉先行說如法籌後行說非法籌行籌人應作是言此是說如法者籌此是說非法者籌若行籌竟說如法者籌乃至多一是事名斷用二毗尼謂現前毗尼多覓毗尼現前毗尼者是中若有隨助舉事人有事人共和合一處現前如法如毗尼如佛教現前除斷是名現前毗尼是中多覓毗尼者是中應求覓往來問如法除斷若說非法者籌乃至多一是事亦名爲斷用二毗尼現前毗尼多覓毗尼現前毗尼者是中若有隨助舉事人及有事人共和合一處現前如法如毗尼如佛教除斷是名現前毗尼是中多覓毗尼者是中應求覓往來問非法除斷行籌人有四種一者藏行籌二者顛倒行籌三者期行籌四者一切行籌藏行籌者若有人闇中行籌若有壁障處行籌是名覆藏行籌顛倒行籌者若顛倒行籌以說如法人籌與說非

法人以說非法人籌與說如法人是名顚倒期者若諸比丘隨和尚阿闍黎作期隨同和尚同阿闍黎隨相識隨共語隨善知識隨同心隨國土隨聚落隨處共作期我等取如是如是籌汝等莫遠我邊莫別莫異莫不共語共同一事是名期一切僧取籌者爾時一切僧應和合一處不得取欲何以故或多比丘說非法故是名一切僧取籌若是衆僧及大上座大長老能如法如毗尼如佛教斷是事者即名爲斷用一毗尼謂現前毗尼是中現前毗尼者僧現前人現前毗尼現前僧現前如上說人現前毗尼現前亦如上說若是衆僧及上座說波羅提木义不能斷是事者應還付傳事人傳事人應取是事於道中斷如法如毗尼如佛教斷若是傳事人於道中能如法如毗尼如佛教斷是事者是名爲斷用一毗尼謂現前毗尼現前毗尼有如上說若是傳事人不能如法如毗尼如佛教斷者是比丘道中若聞彼處僧坊中若有三比丘若二若一比丘能持修多羅持律持摩得勒伽四部衆所恭敬尊重是傳事人應到彼住處應語一比丘言大德是事如是如是因緣起闘頼吒不能斷僧不能斷先烏迴鳩羅不能斷後烏迴鳩羅不能斷還先烏迴鳩羅復不能斷還僧復不能斷近住處僧亦不能斷先烏迴鳩羅不能斷後烏迴鳩羅不能斷還先烏迴鳩羅復不能斷還近住處僧復不能斷傳事人道中亦不能斷有大德僧及上座知說波羅提木义不能斷傳事人於道中不能斷三比丘二比丘能持修多羅者持律者持

摩得勒伽者四衆所恭敬者皆不能斷大德取是事如法如毗尼如佛教斷是事是一比丘四衆所恭敬尊重者應作是言不可二人相言俱得勝是中必一勝一負若作如是語者是名說如法者若不作如是語者是名說非法者若比丘如法滅事已還更發起者波逸提若但訶責突吉羅有十種如法行籌有十非法行籌十非法行籌者不以小事行籌已過事行籌不問長老行籌非法行籌別衆行籌非法別衆行籌用是行籌欲令多有非法者用是行籌當多有非法者用是行籌欲破和合僧用是行籌當破和合僧問言云何名不以小事行籌答不爲可懺悔事行籌已過事行籌者是事從此住處到彼住處不問長老行籌者有比丘持修多羅毗尼摩得勒伽者不數往諮問何善何不善何者有罪何者無罪何者白何者黑何者今世利何者後世利何者道利人行是好非惡非法行籌者不如法行籌別衆行籌者同一界內別處行籌非法別衆行籌者不如法同一界中別處行籌用是行籌欲令多有非法者是比丘先作意用是行籌令多有說非法者用是行籌當多有比丘非法者是比丘先立意用是行籌當多有說非法者用是行籌欲破和合僧者是比丘先作意用是行籌令破和合僧用是行籌當破和合僧者是比丘先作意我行是籌當破和合僧是名十種非法行籌十如法行籌者以小事行籌未過事行籌問長老行籌如法行籌和合衆行籌如法和合衆行籌用是行籌欲令多有如法者用是行籌當

多有如法者用是行籌欲令僧和合用是行籌當和合僧問云何名以小事行籌答為可懺悔事行籌未過事行籌若是事在此住處未到彼住處問長老行籌若有比丘持修多羅毗尼摩得勒伽者數往諮問何善何不善何者有罪何者無罪何者白何者黑何者令世利何者後世利何者道利人行是者好非惡如法行籌者不違法行籌和合眾行籌者同界內僧和合一處行籌如法和合眾行籌者如法同界內眾一處集行籌用是行籌者如法同界內眾一處集行籌用是行籌欲令多有如法者是比丘先作意以此行籌令多有說如法者用是行籌當多有比丘如法者是比丘先作意用是行籌當多有比丘說如法者用是行籌欲和合僧者是比丘先作意

用是行籌欲令僧和合用是行籌當和合僧若是比丘先作意用是行籌當和合僧是名十如法行籌若僧事可付僧可付三人二人一人僧事若僧應受僧事三人二人一人應受僧事僧應滅僧事三人二人一人應滅是名諍事用二毗尼滅云何無根事諍用四毗尼滅所謂現前及憶念滅若現前及不癡滅若現前及實覓罪滅云何現前及憶念滅如陀驃力士子比丘彌多羅比丘尼以無根波羅夷法謗以是事故或僧或三人二人一人數數說是事令憶念是陀驃比丘從僧乞憶念毗尼僧與憶念毗尼如法如毗尼如佛教現前毗尼者所與憶念毗尼人得憶念毗尼若和合一處如法如毗尼如佛教是名現前及憶念毗尼滅云何現前及不癡滅如施越

沙比丘狂心顛倒作種種惡不清淨事不隨順道出家人所不應作是人還得本心以是事故或僧或三人二人一人數數說令憶念是施越沙比丘從僧乞不癡毗尼僧與不癡毗尼如法如毗尼如佛教是中何等是現前毗尼與不癡毗尼人得不癡毗尼者和合一處如法如毗尼如佛教是名現前及不癡毗尼滅云何現前及實覔毗尼如象首比丘釋子無慚無愧犯見聞疑罪先自言犯後言不作僧與是人實覔毗尼如法如毗尼如佛教是中何等是現前毗尼與實覔毗尼人得實覔毗尼者和合一處如法如毗尼如佛教是名現前毗尼及實覔毗尼如是名無根事用四毗尼滅所謂現前及憶念現前及不癡現前及實覔問犯罪事云何以三滅諍事滅答所謂現前及自言現前及布草云何現前及自言如毗尼若他比丘說罪若不說罪若令憶念若不令憶念自言我犯僧伽婆尸沙是比丘從僧乞別住僧如法如毗尼如佛教與別住是中云何名現前與別住人及得別住者和合一處如法如毗尼如佛教作作者與彼人作別住是中云何復名如法自言如毗尼若他比丘說若不說罪若令憶念若不令憶念自言我犯僧伽婆尸沙是應與摩那埵本日治應與出罪是比丘從僧乞摩那埵本日治出罪羯磨僧如法如毗尼如佛教作出罪羯磨是事何等現前與出罪人得出罪者和合一處如法如毗尼如佛教作作者與是比丘作出罪是中云何復名如法自言如毗尼若他說罪若不說罪若令憶念若不令憶

念自言我犯可悔過罪是中現前者與悔過人作悔過人和合一處如法如毗尼如佛教作作者作與可悔過是名現前毗尼及自言毗尼滅又問云何現前毗尼及布草如一住處諸比丘喜鬬諍惡口相言是諸比丘和合一處作是念言我等大衰失利我等於佛法中以信出家而今作惡口相言我等若求覓是事根本者未起事便起已起事不可滅是中一比丘應唱言大德僧聽若僧時到僧忍聽是事以布草毗尼滅是名白即時是諸比丘應分作兩部是中若有上座若似上座若波羅提木叉通義若波羅提木叉語此一部言我等大失非得大衰非利大惡不善我等信故佛法中出家求道然今喜鬬諍相言若我等求是事根本者僧中有未起事便起已起不可滅今汝等當自屈意我等所作罪除偷蘭罪除白衣相應罪是事汝等現前發露悔過不覆藏是中若無一比丘語者應到第二部眾所是中有長老上座應語言我等大失非得大衰非利大惡不善我等信故於佛法中出家求道今喜鬬諍相言若我等求是事根本者僧中未起事便起已起事不可滅今汝等當自屈意我等所作罪除偷蘭遮除白衣相應罪今自爲及爲彼故當現前發露悔過不覆藏諸比丘言汝自見罪不答言見罪如法悔過莫復更起第二部眾亦應如是說是名布草毗尼是中云何名現前與布草人及得布草者和合一處如法如毗尼如佛教作作者與作布草羯磨是名現前及布草滅是名犯罪事用三毗尼滅所謂現前自言

布草問常所作事云何以一現前毗尼滅與作白人得作白者和合一處如法如毗尼如佛教作白一羯磨白二羯磨白四羯磨布薩說戒自恣受歲立十四人羯磨與羯磨人得羯磨者和合一處如法如毗尼如佛教作者是名常所行事用一毗尼滅所謂現前毗尼

八法中諍事法第九竟

十誦律卷第三十六

音釋

很戾　很胡墾切戾郎計切很戾不聽從也　驃　毗召切

十誦律卷第三十七

姚秦三藏弗若多羅共三藏鳩摩羅什譯

第六誦之一

雜誦調達事上

佛在王舍城爾時調達於佛法中信敬心清淨著三十萬金錢直莊嚴具出家乘調善象直十萬金錢是象以金網等莊嚴亦直十萬金錢調達所著衣服復直十萬金錢是調達出家作比丘十二年中善心修行讀經誦經問疑受法坐禪爾時佛所說法皆悉讀誦時諸比丘有大神通勢力以閻浮樹故名閻浮提斯諸比丘從是閻浮樹取果還噉去閻浮樹不遠有訶梨勒林阿摩勒林鞞醯勒林取是諸果還所住噉從鬱單越取自然粳米還噉從忉利天取須陀天食還噉東西南北現種種神力調達見已即生貪心作是念我何時當能有大神通勢力以閻浮樹故名閻浮提從是閻浮樹取果還噉去閻浮樹不遠有訶梨勒林阿摩勒林鞞醯勒林取是諸果還所住噉從鬱單越取自然粳米還噉從忉利天取須陀食還噉東西南北現種種神力我今何不往詣佛所問神通道作是念已即詣佛所頭面禮佛問神通道佛先知是人於此法中當作惡事是故不說語言調達汝止何用是神通道為當觀無常苦空無我調達聞是語不忍不樂但一心向神通力作是念舍利弗於佛第一經中說諸智慧弟子中最上第一我當往詣舍利弗所問神通道當為我說念已即往問神通道舍利弗亦先知是人於此法中當作惡事是故不說語言調達汝

止何用神通道爲當觀無常苦空無我調達聞是語不忍不樂但一心向神通道作是念目連於佛第一經中說諸神通道弟子中最勝第一我當往詣問神通道當爲我說念已即往問神通道目連先知是人於此法中當作惡事是故不說語言調達汝止何用神通道爲當觀無常苦空無我調達聞已不忍不樂但一心向神通道如是展轉至最少一不滿五百大弟子所皆不爲說爾時調達作是念阿難是我弟佛第一經中說諸多聞弟子中阿難最勝第一我何不往詣其所問神通道當爲我說念已即往問神通道阿難未離欲故不知過去未來事便以多聞慧爲說神通道調達受神通法已於山林曠野坑谷中勤修習勤修習故得世俗四禪因是四禪起神通力起神通力已以閻浮樹故名閻浮提從是閻浮林取果還𡚒去閻浮林不遠有大訶梨勒林阿摩勒林鞞醯勒林取是諸果還所住𡚒從鬱單越取自然粳米還𡚒從忉利天上取須陀天食還𡚒東西南北現種種神力是調達先來惡心於佛作是念是沙門瞿曇種姓不勝我彼姓瞿曇生釋家我亦姓瞿曇生釋家諸人以清淨心多有供養者皆爲神通力故我於何家以神通力攝取令多人隨順我作是念缾沙王於國中最大是佛不退轉弟子我正使神通力牽終不可得調達素知種種外書星宿相人吉凶天地怪相見缾沙王太子阿闍世王相明了我當以神通力攝取決定是我檀越以是因緣多人隨從作是念已變身作象寶於阿闍世太子家不

從門入從門中出或從門入不從門出現如
是相欲令知是調達復變身作馬寶或從非
門入門中出或從門入非門出現如是相欲
令知是調達復現作寶鬘從太子膝上出時
太子捉鬘以繫額上現如是相欲令知是調
達復現作端正小兒著金寶瓔珞在太子膝
上東西宛轉太子嗚抱共戲唾其口中現如
是相欲令知是調達以是神通力牽阿闍世
太子心令生惡邪見謂調達神通力勝佛生
愛敬心供養衣服卧具湯藥乃至日日送五
百釜飲食五百乘車圍遶來至調達所自手
下食爾時諸比丘中前著衣持鉢入王舍城
乞食聞阿闍世太子如是供養調達衣服卧
具湯藥日日送五百釜飲食五百乘車圍遶
自至調達所自手下飲食調達與五百弟子
受是供養聞已食後往詣佛所頭面禮足却
坐一面白佛言世尊我今日著衣持鉢入城
乞食聞阿闍世太子如是供養調達衣服卧
具湯藥日日送五百釜飲食五百乘車圍遶
自至調達所自手下食調達與五百比丘受
是供養佛語諸比丘汝等莫貪調達供養何
以故是調達得供養自損減故如竹以實死
芭蕉實亦然如騾懷妊死調達得供養亦如
是爲自損減故譬如竹蘆以實死爾時世尊
欲明了此事而說偈言

芭蕉以實死　竹蘆實亦然　騾懷妊故死
小人得養壞　此亦復如是

調達癡人隨幾時得如是利養隨爾所時長
夜受諸苦惱生惡處故語諸比丘譬如健夫
打破惡狗鼻於汝等意云何是狗寧更惡不

答言實惡世尊佛言調達癡人亦如是隨幾時得是供養隨爾所時長夜受苦惱生惡處故爾時調達供養轉增貪著供養覆心生如是惡心佛今捨僧者我當將導衆僧生如是心時退失神通爾時目連在支提國迦陵伽盧谷中時有迦扶陀比丘俱羅子是長老目連弟子是比丘捨離五欲修四梵行命終生梵世伽扶陀梵天見調達退失神通見已如壯士屈伸臂頃於梵世没目連前現從禪定起語目連言汝知不調達退失神通汝向佛所說者善以是事白佛目連作是念我何不入定觀調達心即時入定觀調達心見已失神通即從定起默然受迦扶陀梵天語爾時梵天知目連默然受已頭面禮足右遶即没目連受梵天請已即入禪定於支提國迦陵伽盧谷中没於王舍城現離佛不遠爾時目連即從定起往詣佛所頭面禮佛足却坐一面白佛言世尊如迦扶陀梵天所說調達實退神通佛言汝先不知調達心如迦扶陀梵天語耶佛共目連作如是語時調達即時與四弟子俱來佛遥見調達來語目連言汝莫有所說是癡人來自現其事目連作是念我何不入定於此座上令調達不見即尋入定於此座而調達不見調達前詣佛所頭面禮佛足及四弟子却坐一面白佛言世尊年已老耄可以衆僧付我佛但獨受現法樂令僧屬我我當將導佛言舍利弗目揵連有大智慧神通佛尚不以衆僧付之況汝噉唾癡人死人而當付屬爾時調達聞佛說噉唾癡人死人如是名字即便大瞋欲毀世尊兩眉垂

下憂慼低頭默然無説作是思惟已即便起去作是念言佛但讚歎舍利弗目連令大而毀呰我等使令卑小是調達初向佛所生瞋恨心及舍利弗目連等諸大弟子爾時阿難在佛後立以扇扇佛佛顧語阿難諸比丘依止王舍城住者令集講堂集已白我阿難受教即令諸比丘依王舍城住者皆集講堂集已往白佛言世尊依王舍城諸比丘已集講堂佛自知時佛即將侍者阿難往詣講堂於衆僧中敷座處坐敎化諸比丘世有五師何謂爲五一師者不清淨持戒自言持戒清淨是弟子共住故知師持戒不清淨自言持戒清淨若我等説師實者或當不喜若師不喜當云何説我等蒙師故得衣服卧具湯藥飲食師好看我等者自當覺知如是師爲弟子覆護持戒是師亦從弟子求覆護持戒是世間初師第二師者不淨命自言淨命弟子共住故知師不淨命自言淨命若我等説師實者或當不喜若師不喜當云何説我等蒙師故得衣服卧具湯藥飲食師好看我等者自當覺知如是師者爲弟子覆護淨命是師亦從弟子求覆護淨命是名世間第二師第三師者知見不清淨自言知見清淨弟子共住故知師知見不清淨自言知見清淨若我等説師實者或當不喜若師不喜當云何説我等蒙師故得衣服卧具湯藥飲食師好看我等者自當覺知如是師者爲弟子覆護知見是師亦從弟子求覆護知見是名世間第三師第四師者不善記事自言善記事弟子共住故知師不善記事自言善記事若我説師

實者或當不喜若師不喜當云何說我等蒙師故得衣服卧具湯藥飲食師好看我等者自當覺知如是師者爲弟子覆護善記事是師亦從弟子求覆護善記事是名世間第四師第五師者非說清淨法自言說清淨法弟子共住故知師非說清淨法自言說清淨法若我等說師實者或當不喜若師不喜當云何說我等蒙師故得衣服湯藥卧具飲食師好看我等者自當覺知如是師者爲弟子覆護說清淨法是師亦從弟子求覆護說清淨法是名世間第五師佛言如來清淨持戒亦自言我清淨持戒諸弟子不覆護如來清淨持戒如來亦不求諸弟子覆護清淨持戒如來是淨命自言我淨命弟子不覆護如來淨命如來亦不求諸弟子覆護淨命如來是知見清淨自言我知見清淨諸弟子不覆護如來知見清淨如來亦不求諸弟子覆護知見清淨如來是善記事自言我善記事諸弟子不覆護如來善記事如來亦不求諸弟子覆護善記事如來是說清淨法自言我說清淨法諸弟子不覆護如來說清淨法如來亦不求諸弟子覆護說清淨法佛言如來實有是法何不如實說佛非隨順他又非弱語人譬如陶師持坏瓶時不敢疾捉如來是眞實語了了語折伏語若堅固者住不堅固者去汝等於如來法語中宜應忍受

佛在王舍城爾時調達欲破和合僧受持破僧事妬心方便故作是念我獨不能得破沙門瞿曇和合僧壞轉法輪是調達有四同黨弟子一名俱伽梨二名乾陀驃三名迦留羅

提舍四名三聞達多調達到是四人所作是言我與汝等當共破沙門瞿曇和合僧壞轉法輪我等當得如是名聲破沙門瞿曇和合僧轉法輪我等能破彼四人語調達言沙門瞿曇諸弟子有大智慧大神通力得天眼知他心是人知見我等欲破沙門瞿曇和合僧壞轉法輪我等云何能破調達語四人言沙門瞿曇有年少弟子新入彼法出家不久我等到是邊用五法誘取語諸比丘言汝盡形壽受著納衣盡形壽受乞食法盡形壽受一食法盡形壽受露地坐法盡形壽受斷肉法若比丘受是五法疾得泥洹若有長老上座比丘多知多識久修梵行得佛法味當語之言佛已老耄年在衰末自樂閑靜受現法樂汝所須事我當相與我等以如是方便能破沙門瞿曇和合僧壞轉法輪四比丘言如是調達調達後時到諸年少比丘所以五法誘之語諸比丘言汝盡形壽受著納衣法盡形壽受乞食法盡形壽受一食法盡形壽受露地坐法盡形壽受斷肉法汝等行是五法疾得泥洹復語諸長老上座比丘佛已老耄年在衰末自樂閑靜受現法樂汝所須事我當相與爾時調達非法說法法說非法非律說律律說非律非犯說犯犯說非犯輕說重重說輕有殘說無殘無殘說有殘常所行法說非常所行法非常所行法說常所行法非教說教教說非教時諸比丘見調達欲破和合僧壞轉法輪已往詣佛所頭面禮佛足却坐一面白佛言世尊是調達今欲破和合僧受持破僧因緣事是人非法說法法說非法非

律說律律說非律非犯說犯犯說非犯輕說重重說輕有殘說無殘無殘說有殘常所行法說非常所行法非常所行法說常所行法非教說教教說非教佛語諸比丘汝等當訶調達令捨是破僧因緣事是諸比丘受佛語已到調達所言汝莫求破和合僧莫受持破僧事當與僧和合與僧和合者歡喜不諍一心一學如水乳合得安樂住汝當捨是破僧因緣事時調達不捨是事爾時調達四伴黨訶諸比丘言汝等莫說調達是事何以故是人說法說律是人所說是我等意是知說非不知說是人所說皆是我等所欲樂忍如是諸比丘再三諫調達不能令捨惡邪便從座起往詣佛所頭面禮足一面坐已白佛言世尊我等已約勑調達不捨惡邪有四伴黨復作是言汝等莫說調達是事何以故是人說法說律是人所說皆我等意是知說非不知說是人所說皆是我等所欲樂忍諸比丘再三約勑不捨是事爾時佛作是念如調達癡人及四伴黨或能破我和合僧壞轉法輪我當自約勑調達令捨是事佛作是念已即自約勑調達汝莫求破和合僧莫受持破僧因緣事汝當與僧和合與僧和合者歡喜不諍一心一學如水乳合得安樂住汝莫非法說法法說非法非律說律律說非律非犯說犯犯說非犯輕說重重說輕有殘說無殘無殘說有殘常所行法說非常所行法非常所行法說常所行法非教說教教說非教汝當捨是破僧因緣事爾時調達聞佛口教暫捨是事

佛在王舍城爾時阿闍世太子所有大臣將帥信敬調達是諸人民爲助調達比丘作供養前食後食怛鉢那諸有年少比丘出家不久者調達以大鉢小鉢大小揵鎡衣鉤禪鎮繩帶匙匕鉢支扇蓋革屣隨比丘所須物皆用誑誘調達自共百比丘或二百三百四百五百比丘恭敬圍遶入王舍城別受好供養前食後食怛鉢那諸有上座長老比丘得佛法味久修梵行是諸比丘入城乞食得宿冷飯或不得或得臭麨或不得如是麤食或飽不飽是中有比丘少欲知足行頭陀聞是事心不喜種種因縁訶責云何名比丘自共百人二百三百四百五百比丘恭敬圍遶別受供養前食後食怛鉢那諸有上座長老比丘得佛法味久修梵行是諸比丘入城乞食得宿冷飯或不得或得臭麨或不得如是麤食或飽不飽種種因縁訶已向佛廣説佛以是事集比丘僧知而故問汝實作是事不答言實作世尊佛以種種因縁訶責云何名比丘自共百人二百三百四百五百比丘恭敬圍遶別受供養前食後食怛鉢那諸上座長老比丘得佛法味久修梵行是諸比丘入城乞食得宿冷飯或不得或得臭麨或不得如是麤食或飽不飽種種因縁訶已語諸比丘從今以二利因縁故遮別衆食聽三人共食一利者守護檀越以憐愍故二利者破諸惡欲比丘力勢故莫令惡欲人別作衆別作法與僧共諍

佛在王舍城耆闍崛山上欽婆羅夜叉石窟中住早起著衣持鉢入王舍城乞食食後還

耆闍崛山入欽婆羅夜叉石窟中坐禪爾時調達勤作方便欲害佛即顧四惡健人往上耆闍崛山共持大石到欽婆羅夜叉石窟上待佛經行時佛晡時從石窟出在石窟前蔭中經行時四惡人共調達推石欲擲佛上爾時欽婆羅夜叉深敬念佛見已以兩手接石擲著餘處有碎石迸來向佛佛欲令衆生生猒畏心及示諸業不失果報以是因緣故入定於經行頭沒現於東方碎石隨去南西北方亦復如是佛爾時沒大海水中碎石亦隨佛後入須彌山中石亦隨逐到四天王上石亦隨逐佛從四天王上至忉利天燄摩天兜率陀天化樂天他化自在天復至梵衆天梵輔天大梵天少光天無量光天光耀天少淨天無量淨天遍淨天阿那婆訶天福德天廣果天不熱天喜見天樂見天阿迦尼吒天石亦隨逐爾時世尊攝神足力還經行頭立石墮佛足上傷足上血出深生苦惱佛以精進力遮是苦已而說偈言

非空非海中　非入山石間　非天上地中
可遮業報處　非空非海中　非入山石間
非天上地中　得免宿惡殃

爾時調達及四惡健人初作逆罪佛即仰看四人怖走似如人捕佛喚四人來爲汝說法尋還佛所頭面禮足在一面坐佛種種說法示教利喜示教利喜已語言汝去莫從來道調達即瞋更顧八人教往殺是四人佛見八人語言汝來爲汝說法八人即詣佛所頭面禮足於一面坐佛種種說法示教利喜示教利喜已語言童子汝去莫從來道爾時調達

復遣十六人欲殺八人語言汝往殺是八人斷口舌故佛遥見十六人語言年少汝來爲汝說法即詣佛所頭面禮足却坐一面佛種種因緣說法示教利喜示教利喜已語言汝去莫從來道調達復遣三十二人語言汝往殺是十六人轉滅口舌故佛遥見三十二人語言年少汝來爲汝說法尋詣佛所頭面禮足却坐一面佛種種因緣說法示教利喜示教利喜已語言隨汝意去爾時諸比丘遶石窟四邊有立者坐者恐調達害佛佛見諸比丘知而故問阿難諸比丘何故石窟四邊立坐住何所待答言世尊調達欲害佛是故諸比丘遶石窟四邊立坐住待願令調達不得害佛佛語阿難若調達能害佛命無有是處若佛爲他因緣死亦無是處爾時佛語阿難

汝將從行比丘入王舍城巷陌市肆多人住處唱言調達所作事若身作口作莫謂是佛事法事僧事此是調達及弟子所作事阿難受教即將從行比丘詣王舍城巷陌市肆多人住處唱言調達身作口作事莫謂是佛事法事僧事此調達及弟子所作事如是唱已阿闍世太子內官大官聞是語作是念沙門瞿曇妬瞋調達故令作是唱是上人調達身口可作惡耶調達亦聞沙門瞿曇遣人入王舍城巷陌市肆多人住處唱言調達身作口作事莫謂是佛事法事僧事此是調達及弟子事聞已倍增瞋恨向佛即往阿闍世太子所言汝殺父我殺佛汝於摩竭國作王我亦作佛此摩竭國便有新王新佛不亦快乎阿闍世太子聞是語喜深入其心受調達語是

時缾沙王駕駃馬車入林園中遊戲爾時太子持利劒於巷頭待爾時王晝日於園中妓樂自娛向暮還宮王來轉近即以頻遲羅劒遥用擲王馬車速疾故得免斯難太子以不害王故即便走逃衆官尋時圍遶收捕將至王所王問太子言汝欲作何等答言欲奪王命問言用誰語耶答用上人調達語爾時大臣有言一切沙門釋子皆應打殺有言一切沙門釋子有何等罪應殺調達及其伴有言調達伴有何等罪但殺調達有言何以殺諸沙門釋子何以殺調達伴何以殺調達大王善好賢柔應死者放云何殺諸沙門出家人也我等何不以此事白王隨王教治事亦成斷何須我等自用力耶王還宮已因此事故於治處坐大臣官屬皆來朝覲於一面立王言昨等起事當云何斷答言大臣有言一切沙門釋子皆應打殺又言一切沙門釋子有何等罪應殺調達及其伴有言調達伴有何等罪但殺調達有言何以殺諸沙門釋子何以殺調達伴何以殺調達大王善好賢柔應死者放云何殺諸沙門出家人也我等何不以此事白王隨王教治事亦成斷何須我等自用力耶王言諸沙門釋子先時遣人唱言調達身口所作事莫謂是佛事法事僧事此是調達及伴所作事此事先已唱說王聞大臣有言一切沙門釋子皆應打殺王不可是語有言諸沙門釋子有何等罪應殺調達及弟子王亦不可是語有言調達伴有何等罪應殺調達王亦不可是語有言何以殺一切沙門釋子何以殺調達伴何以殺調達大王

善好賢柔應死者放隨王教治事亦成斷何須我等自用力耶王即可之賞賜聚落田宅財物時王自問太子言汝欲作何等即除慚愧答言我欲奪王命何以故王有王鼓王妓樂王持蓋王行時金澡瓶導前我無王鼓王妓樂王持蓋王行時金澡瓶導前王便與太子王鼓王妓樂王持蓋王行時持金澡瓶導在前爾時二王打鼓二王唱導二王持蓋二王持金澡瓶在前治國土法不可隨一切人意瓶沙王先未得道時所可作惡不隨人意是諸人民心懷瞋恨而作是念時到當報是諸惡人親近阿闍世白言何國土中有二主者王言云何二主答言二王打鼓二王作王妓樂二王持蓋二王行時持金澡瓶在前二王唱導汝父王後若須國時當奪汝命獨自作王汝應方便治王阿闍世王聞已心喜忍受即勑大臣官人捕取父王令著獄中大臣受教尋便收捕繫在牢獄大王善好賢柔百千萬人持諸餚饍徃問訊王王噉以自活過數日已阿闍世王問大王活不答言活云何得活答言問訊人與飲食活王即勑獄官自今已後莫聽人入後王夫人盜持食入王噉得活過數日已王復問言大王活耶答言活云何得活答言有王夫人來與飲食故即勑獄官莫聽夫人入有大夫人深敬念大王以食塗衣裹更著上衣徃到獄中脫衣與王令食得活過數日已王復問言父王活耶答言活云何得活答言大夫人來緣得食活王言莫聽大夫人入父王在獄中遥見耆闍崛山大王見佛及僧舍利弗目連阿那律難提金

鞞羅上山下山大王得遥見佛及僧歡喜故活過數日已阿闍世復問父王活耶答言活云何得活大臣姤心答言遥見佛及僧故活王即勑令障隔莫令得見諸佛常法有大因縁入城時現如是神通力象深鳴馬悲鳴諸牛吼鵝鴈孔雀鸚鵡舍利鳥俱耆羅鳥鴻鵠諸鳥出和雅音大鼓小鼓箜篌箏笛琵琶簫瑟箄築鐃鈸不鼓自鳴諸貴人舍所有金銀寶器内外莊嚴具若在箱篋中自然作聲盲者得視聾者得聽瘂者得言痀癖者得伸跛蹇者得手足睞眼者得正瘻者得除苦痛者得樂毒者消歇狂者得志殺者離殺偷者離偷邪婬者不邪婬妄語者不妄語兩舌惡口綺語者不綺語貪者不貪瞋者不瞋邪見者離邪見牢獄閉繫枷鎖杻械悉得解脱急閙處者皆得空閑未種善根者種已種者增長已增長者得解脱諸伏藏寶物自然發出現如是希有事諸衆生得利益爾時佛入王舍城以右足蹈門閫上悉現如是種種瑞應瓶沙王曽見此相知佛當入王從樓閣向孔間立看佛入城王得聖道見佛及僧歡喜故活過數日已阿闍世復問王今活耶答言活云何得活諸大臣姤心答言佛入城現神通力父王從向孔中見佛故活阿闍世王言以利刀削大王脚底皮却急繫莫令東西即受教削大王脚底急繫不得東西王以是故卧日就羸篤有一時阿闍世王共母俱食王有一子字優陀耶跋陀於道頭與狗子共戲王問優陀耶跋陀今何所在答言道中與狗子共戲王言喚來我與共食即抱狗子隨信俱至

王子不食王言何故王子言王聽我與狗子食者爾乃食耳王言隨意王子自食隨持與狗王語毋言我作難事何以故我澆頂刹利王以愛念兒故與狗共食毋言此非作難事何以故人有噉狗肉者與食何怪曾知汝父作難事不王言作何難事毋言汝年少時手指生癰受篤苦痛晝夜不寐汝父抱汝膝上口含癰指大王體輭汝得安睡由口暖故癰熟膿潰大王心念却指唾膿復增子苦即隨咽膿汝父作是難事願汝時放王聞默然毋謂已放宮中聲出已放大王巷陌諸處聞大王得出王賢善故百千種人皆稱善哉咸到獄所各作是言大王得出大王聞已作是念我兒惡逆無慈愍心不知當復何事治我作是念已自投牀下遂便命終爾時阿闍世王奪父王命得大逆罪

佛在王舍城耆闍崛山中與大比丘衆五百人俱爾時世尊中前著衣持鉢入王舍城乞食食已還上耆闍崛山七日之中結跏趺坐受禪定樂過七日已中前著衣持鉢入城爲乞食故爾時調達聞瞿曇沙門在王舍城耆闍崛山中與大比丘衆五百人俱瞿曇中前著衣持鉢入王舍城乞食食已還上耆闍崛山七日之中結跏趺坐受禪定樂過七日已中前著衣持鉢入城爲乞食故爾時阿闍世王有象名守財凶惡多力四方無雙于時調達持五百金錢與象師言汝知不耶王敬待我我今於人能有損益此五百金錢今並與汝若事果成厚相供給田宅人民問言何事答言沙門瞿曇與大比丘衆五百人俱在耆

闍崛山中沙門瞿曇中前著衣持鉢入王舍城乞食食已還上耆闍崛山七日之中結跏趺坐受禪定樂過七日已中前著衣持鉢入城爲乞食故汝能以酒與象令醉解鎖却絆令奪瞿曇沙門命不象師答言爾此是小事斯象屬我想不忘報調達語言我聞沙門瞿曇却後七日當來入城即屈指度籌到七日時與象酒醉繫住待佛諸佛常法有大因緣入城時現如是瑞應象深鳴馬悲鳴諸牛王吼鵝鴈孔雀鸚鵡舍利鳥俱耆羅鳥鴻鵠諸鳥出和雅音大鼓小鼓箜篌箏笛琵琶簫瑟箄篥鐃鈸不鼓自鳴諸貴人舍所有金器銀器内外莊嚴具若在箱篋中自然作聲盲者得視聾者得聽瘂者能言痾躄者得伸跛蹇者得手足睞眼得正瘻者得除苦痛得樂毒者消歇狂者得志殺者離殺偷者離偷邪婬者不邪婬妄語者不妄語兩舌惡口綺語者不綺語貪者不貪瞋者不瞋邪見者離邪見牢獄閉繫枷鎖杻械悉得解脫急鬧處者皆得空閑未種善根者種已種者增長已增長得解脫諸伏藏寶物自然發出現如是諸希有事一切衆生皆得利益佛到城已右足著門閫上即現如是種種瑞應象師曽見是相知佛入城即解象絆放去欲令害佛無能遮者是象面有三瘤醉狂蹴蹋百千萬衆皆大怖畏有入舍者在屏覆處者巷陌皆空除佛及弟子有賢者遥見守財象來向佛所白佛言世尊是象飲能醉酒已離羇絆遣來害佛無能遮者願佛入舍若還出城勿令此象害世尊命佛言若守財象奪佛命者無有是處

若佛爲他因緣死亦無是處是賢者心大歡喜言若守財象能奪佛命無有是處若佛爲他因緣死者亦無是處爾時衆人於屋上樓閣上向中立作高大聲時有不信者言是守財象或能殺佛有信者言是守財象能殺佛者無有是處象遥見佛即便豁齒舉鼻豎尾弭耳努力走向佛所諸比丘遥見象來皆大驚怖捨佛走逃唯除一阿難象來逼佛佛即以慈三昧力象醉即醒頭面禮佛以鼻拭佛足佛以右手摩其頭即說偈言

世尊以長臂　柔輭相輪手　摩拭象頭教
如父教其子
佛言大象　莫起惡業　起惡業者　不生善處
伊羅轅象　跋陁和象　提羅遮象　醯摩和象
有凶行象　有牛王象
天象等禮佛　不放逸調戲　放逸調戲者
不得生善處　若汝不放逸　當得生天上

佛說偈已爲守財象說法示教利喜示教利喜已默然時守財象從佛聞法故心悔淚出頭面禮佛足右遶而去爾時衆人聞佛摧伏惡象希有事故無量衆集佛見無量衆集已告阿難言汝爲我敷座辦水阿難受教即於是處敷座辦水合掌白佛言世尊已敷座辦水佛自知時佛即洗足就所敷座坐已便入禪定於此處没出於東方虚空中現四威儀行立坐卧入火光三昧現種種色光青黄赤白紅縹紫碧身下出火身上出水復從身上出火身下出水南西北方亦復如是現如是種種神通力已還坐本處時座衆人先懷獸惡怖畏心者見佛神變及調伏醉象即於佛

所深生信敬佛知衆生深信柔輭隨其所應爲說道法是衆中有人得暖法者頂法者順道忍法者三毒薄者離欲者世間第一法者有得須陀洹果斯陀含果阿那含果者有種聲聞乘因緣者有種辟支佛乘因緣者有種佛乘因緣者如是利益無量衆生佛於是日無所食噉捉阿難臂便從虛空還耆闍崛山中諸比丘聞世尊還皆詣佛所頭面禮佛足却住一面白佛言希有世尊如是急怖畏時阿難不捨離佛佛語諸比丘阿難不但今急怖時不捨離佛乃過去急怖時亦不捨離佛今當說之有過去世近雪山下有鹿王名威德作五百鹿主時有獵師安穀施羂鹿主前行右脚墮毛羂中鹿主心念若我現相則諸鹿不敢食穀須噉穀盡爾乃現相現脚相時諸鹿皆去唯一女鹿住說偈言

大王當知　是羂師來　願勤方便　出是羂去

爾時鹿王以偈答曰

我勤方便　力勢已盡　毛羂轉急　不能得出

爾時女鹿見獵師轉近重說偈言

大王當知　羂師轉近　願勤方便　求出是羂

鹿王答言

我勤方便　力勢已盡　毛羂轉急　不能得脫

女鹿見獵師到已向說偈言

汝以利刀　先殺我身　然後願放　鹿王命去

獵師聞之生憐愍希有心畜生深愛他故乃能與命以偈答言

我終不殺汝　亦不殺鹿王　放汝及鹿王　隨意所樂去

獵師即時解放鹿王佛語諸比丘昔鹿王者

豈異人乎莫作異觀則我身是五百鹿者則汝等五百比丘是汝等過去世急怖時捨離我今急怖時亦捨離我去時獵師者則守財象是過去世不惱害我今世亦不害我時女鹿者阿難是過去世急怖時不捨我去今世急怖時亦不捨我去佛即以是因緣故説第二本生佛言過去世時有波羅柰城城邊有池池名雨成是池中有多水多魚多龜多鵝鴈鴨中有鴈王名治國作五百鴈主爾時有獵師先施毛羂近穀是鴈王前行右脚著羂中作是念若我出是羂脚者餘鴈不敢噉穀須噉穀盡然後當現噉穀盡已即便現脚相衆鴈捨王飛去唯有一大臣名蘇摩不捨王去治國鴈王語大臣言我與汝職作王在諸鴈前行答言不能問言何故爾時大臣以偈答言

我願隨王　死生不變　寧共王死　勝相離生
大王當知　是羂師來　但勤方便　求脱此羂

爾時鴈王以偈答言

我勤方便　力勢已盡　毛羂轉急　不能得脱

爾時大臣見羂師轉近復説偈言

大王當知　羂師欲至　願勤方便　求脱此羂

爾時鴈王以偈答言

我勤方便　力勢已盡　毛羂轉急　不可得脱

蘇摩大臣見羂師到已向説偈言

大王毛脂肉　我與等無異　汝以刀殺我
放王不損汝

爾時羂師作是念畜生深愛他故乃能與命甚爲希有作是念已語大臣言我不相殺放汝及王隨意樂去獵師即解鴈王放去是二

鴈小遠共相謂言是獵師作希有事與我等命若先殺一後殺一誰能遮者我等資生之具當以厚報獵師聞已問言汝等何說不能去耶二鴈答言我等能去但具說汝作希有事與我等命若汝先殺一後殺一誰能遮者我等資生之具當以厚報獵師問言汝是畜生有何生具以用報我二鴈答言波羅柰王名梵德汝持我與時獵師言彼或害汝云何當與鴈言汝莫繫縛我但散持去爾時獵師持二鴈著兩肩上到城巷陌中行是鴈端正衆人樂見多人愛念衆中有言我與汝五錢有與十錢二十者皆言小待莫殺是人比至王宮大得財物獵師到王宮門已置鴈于地鴈王語守門者汝白梵德王治國鴈王今在門外便往白王王即聽入與設金牀蘇摩大臣隨所應與共相問訊然後就座以偈問於梵德王言

王體安隱不　國土豐足不　如法化民不
等心治國不

爾時梵德王以偈答言

我常自安隱　國土恒豐寧　以法化國人
等心無偏私

如是酬對說五百偈梵德王聞其所說而作是念鴈王乃爾明達蘇摩大臣時默然住梵德王言汝何故默然大臣答言汝得人王國主此鴈王陂澤國主二王共語何敢閒錯王作是念此是賢臣語言蘇摩我有好園汝能於中住不當更集諸鴈爲汝等作池與汝等作隨所樂食答言不能王問何故鴈王言王或睡覺忘不囑我勑作鴈肉食若宰人不能

得餘鴈或殺我等以充王厨治國鴈王入王宫中諸鴈從雨成池出於王宫上徘徊悲鳴翅濕有水灑汙宫殿王仰看見水汙宫殿恠而問曰此是何等鴈王答言是我眷屬王言汝欲去耶答言欲去王言汝何所須答言我爲獵師所得於我等作希有事與我等壽若先殺一後殺一誰能遮者王言當何以報之二鴈答言與金銀硨磲瑪瑙衣服飲食作是語已飛昇虚空佛語諸比丘爾時治國鴈王豈異人乎則我身是五百鴈者則五百比丘是過去急怖時捨我去今世急怖時亦捨我去獵師者守財象是過去世時不惱害我今亦不惱害我梵德王者即淨飯王是蘇摩大臣者阿難是過去急怖畏時不捨我今急怖畏時亦不捨我佛即時以是因緣故説第三

本生有過去世近雪山下有師子獸王住作五百師子主是師子王後時老病瘦眼闇在諸師子前行墮空井中五百師子皆捨離去爾時去空井不遠有一野干見師子王作是念我所以得此林住安樂飽滿肉者由師子王故師子今墮急處云何當報時此井邊有渠流水野干即以口脚通水入井隨水滿井師子浮出時此林神而説偈言

身雖自雄健　應以弱爲友　小野干能救

師子王井難

佛語諸比丘爾時師子王者豈異人乎則我身是五百師子者諸比丘是過去世急怖時捨離我去今急怖時亦捨離我去野干者阿難是過去世時愛念我今亦愛念我佛即以是因緣故如是廣説五百本生

十誦律卷第三十七

音釋

揵鎡（梵語也此云淺鐵鉢今呼為鐼子揵音虔鎡音咨鐼音訓）箄篥（箄壁吉切篥力質切箄篥絲管也）痀癖（痀舉朱切曲脊也癖疋擘切腹病也）睞（勅代切瞳子不正也）癭（於井切頸瘤也）杻械（杻音丑梏也械胡介切桎也）羸（倫為切瘦也）躄（必益切足不能行也）絆（博漫切縶足也）瘤（力求切疣也）羈（居宜切絡首也）弭（毋婢切）縹（匹沼切青白色也）絹（扃縣切網也）駃（古穴切駃騠馬也生七日超其母）

十誦律卷第三十八

姚秦三藏弗若多羅共三藏鳩摩羅什譯

第六誦之二

雜誦中調達事下

佛在王舍城方黑石聖山與大比丘衆七百人俱爾時世尊中前著衣持鉢阿難隨後入王舍城乞食食後往詣講堂於衆僧前敷座處坐調達亦如是中前著衣持鉢迦留羅提舍隨後入王舍城乞食食後詣講堂隨次第坐坐已調達僧中唱言比丘應盡形壽著納衣應盡形壽乞食應盡形壽一食應盡形壽露地住應盡形壽斷肉魚是五法隨順少欲知足易養易滿知時知量精進持戒清淨一心遠離向泥洹門若比丘行是五法疾得泥洹調達爾時非法說法法說非法善說非善非善說善犯說非犯非犯說犯輕說重重說輕有殘說無殘無殘說有殘常所行法說非常所行法非常所行法說常所行法言說非言非言說言佛爾時自約勑調達汝莫作方便破和合僧莫受持破僧因緣事汝與僧共和合和合者歡喜無諍一心一學如水乳合安樂行汝莫非法說法法說非法非善說善善說非善非犯說犯犯說非犯輕說重重說輕有殘說無殘無殘說有殘常所行法說非常所行法非常所行法說常所行法言說非言非言說言調達聞佛如是約勑不捨破僧因緣事當佛約勑調達不捨是事爾時迦留羅提舍比丘在調達後以扇扇調達迦留羅提舍比丘即時偏袒右肩合掌白佛言如佛讚歎頭陀功德上人調達亦讚歎頭陀功德

佛何以生妬心佛言癡人我有何妬心過去諸佛讚歎納衣聽著納衣我今亦讚歎納衣聽著納衣亦聽著居士衣癡人過去諸佛讚歎乞食聽乞食我今亦讚歎乞食聽乞食亦聽請食癡人過去諸佛讚歎一食聽一食我今讚歎一食聽一食亦聽再食癡人過去諸佛讚歎露地住聽露地住我今讚歎露地住聽露地住亦聽房舍住癡人我不聽噉三種不淨肉若見若聞若疑見者自眼見是畜生爲我故殺聞者從可信人聞爲汝故殺是畜生疑者是中無屠賣家又無自死者是人兇惡能故奪畜生命癡人如是三種肉我不聽噉癡人我聽噉三種淨肉何等三不見不聞不疑不見者不自眼見爲我故殺是畜生不聞者不從可信人聞爲汝故殺是畜生不疑者是中有屠兒是人慈心不能奪畜生命我聽噉如是三種淨肉癡人若大祠所謂象祠馬祠人祠和闍毗耶祠三若波陀祠隨意祠若諸世會殺生處華祠如是大祠世會中不聽沙門釋子噉肉何以故是大祠世會皆爲客故佛說是已即從座起入室坐禪爾時調達作是言我調達僧中唱言比丘應盡形著納衣應盡形乞食應盡形一食應盡形露地住應盡形不噉肉魚隨何比丘喜樂是五法者便起捉籌唱已調達及四伴即起捉籌調達第二復作是言我調達僧中唱言比丘應盡形著納衣應盡形乞食應盡形一食應盡形露地住應盡形不噉肉魚隨何比丘喜樂是五法者便起捉籌唱第二語已有二百五十比丘從座起捉籌調達第三復作是言我

調達僧中唱言比丘應盡形著納衣應盡形乞食應盡形一食應盡形露地住應盡形不噉肉魚隨何比丘喜樂是五法者便起捉籌第三唱已復有二百五十比丘從座起捉籌爾時調達即將是衆還自住處更立法制調達作是言應盡形著納衣應盡形乞食應盡形一食應盡形露地住應盡形不噉肉魚隨何比丘不喜樂不忍受是五法者是人去我等遠與我別異不共語世尊晡時從禪室起於僧中坐告諸比丘調達以八邪法覆心不覺破僧何等八利衰毀譽稱譏苦樂惡知識惡伴黨調達聞佛說其破僧壞轉法輪歡喜作是念瞿曇沙門有大神通力勢我能破和合僧我好名聲流布四方瞿曇沙門有大神通力勢調達能破彼和合僧便如佛在僧中坐時右舍利弗目連在左調達亦如是右俱伽梨左迦留羅提舍爾時舍利弗目連白佛言世尊我等今往調達衆中有可化者開導令還佛言隨意舍利弗目連即詣調達講堂有一比丘見舍利弗目連往調達衆所宛轉啼哭如似木段轉作是念如是惡世舍利弗目連捨離世尊反就調達佛見比丘知而故問汝今何以宛轉啼哭如似木段答言世尊如是惡世舍利弗目連捨離如來反就調達佛言比丘若舍利弗目連捨我去更求智慧者無有是處比丘聞佛語心大歡喜稱言舍利弗目連捨如來去更求智慧者無有是處爾時調達遥見舍利弗目連來心大歡喜作是念瞿曇沙門第一好大弟子二人今轉屬我如佛見舍利弗目連來時舉右手言善來

舍利弗目連調達亦爾見舍利弗目連來舉右手言善來舍利弗目連即遣右俱伽梨安舍利弗遣左迦留羅提舍安目連如佛在衆中語舍利弗目連汝等爲衆說法我脊痛小息調達亦爾在衆中語舍利弗目連汝等爲諸比丘說法我脊痛小息如佛四𦁊鬱多羅僧敷以僧伽梨作枕右脅卧調達亦爾四𦁊鬱多羅僧敷以僧伽梨作枕右脅卧時有天神深愛佛法故令調達睡轉左脅卧鼾眠㝀語頻伸振攞齘齒作聲時舍利弗爲諸比丘說法種種因緣讚歎佛法僧戒種種訶責說調達過罪惡道分當墮阿鼻地獄一劫壽不可救目連即入如是禪定以是定力於是處没出於東方虛空中現四威儀行立坐卧入火光三昧現種種色光青黃赤白紫碧縹緑身上出水身下出火或身上出火身下出水南西北方亦復如是現神變已還坐本處時是衆中五百比丘見神通聞說法已作是念我等或墮邪道中第二舍利弗復爲諸比丘說法種種因緣讚歎佛法僧戒種種訶責說調達過罪惡道分當墮阿鼻地獄一劫壽不可救目連即時入如是禪定以是定力於是處没出於東方虛空中現四威儀行立坐卧入火光三昧現種種色光青黃赤白紫碧縹緑身上出水身下出火或身上出火身下出水南西北方亦復如是現神變已還坐本處第二諸比丘生疑作是念我等在邪道耶第三舍利弗復爲說法種種因緣讚歎佛法僧戒種種訶責說調達過罪惡道分當墮阿鼻地獄一劫壽不可救目連即入如是禪定以

是定力於是處没出於東方虚空中現四威儀行立坐卧入火光三昧現種種色光青黄赤白紫碧縹緑身上出水身下出火或身上出火身下出水南西北方亦復如是現神變已還坐本處第三諸比丘作是念我等實錯定墮邪道舍利弗目連即從座起去五百比丘亦從座起去時舍利弗目連及五百比丘俱詣佛所頭面禮佛足却坐一面時調達講堂空無大衆唯有四伴在迦留羅提舍先在調達左調達見目連來驅迦留羅提舍安目連爾時迦留羅提舍以是因緣故以右脚蹴調達令覺語言樂衆調達舍利弗目連奪汝衆去調達覺已見講堂空迷悶墮牀時四伴以冷水灑還得醒悟作是念我是釋種姓瞿曇大人不可屈下從他語諸比丘先有外道

法隱没不了我今當發起明了住是法中汝等當知我從今不復屬沙門瞿曇作是語時即名捨戒諸比丘白佛言希有世尊舍利弗目連求調達便疾得其便佛言不但今世得調達便過去世時亦得其便汝今善聽佛即廣說本生因緣語諸比丘過去世時有一射師多諸弟子師作是念諸弟子中第一巧者以女妻之及四馬車附轂千箭千金錢其後知一弟子最上巧射即嫁女與及四馬車附轂千箭及千金錢弟子與女同載一車還所住處道中有千賊餘人見賊語弟子言是中有千賊莫從此道爲賊所惱是弟子發憍慢心自恃技能從是道去時千賊下道側食是弟子停車道中遣婦語賊主與我食分婦即詣彼語其賊主言某射師弟子故遣我來索

食分賊主作是念如是道中遣如是使必是無畏當與食分諸賊憂愁咸作是念我等用是活爲何不殺是人取是女作婦取四馬車千箭千金錢用語女言還去不與食分是女還言不肯與我等食分又更遣往語言若汝等不肯與我食分各起莊嚴共汝等鬭即復往語時彼賊中百人莊嚴來共鬭戰弟子以百箭殺百人如是二百三百乃至九百九十九人唯留一箭以擬賊主賊主作是念我用是活爲一人殺滅千人即起著杖捉弓注箭是二人皆善知射俱相求便弟子作是念我云何當得其便即語婦言汝小遠於彼歌舞動身令莊嚴具作聲舉衣現身是婦即於一面歌舞動身令莊嚴具作聲舉衣現身賊主見聞已心動弟子得便放一箭殺之佛言爾時射師者豈異人乎則我身是弟子者舍利弗是女人者目連是爾時賊主調達是爾時二人求便得便今亦求便得便爾時世尊廣說如是本生

佛在舍衛國爾時長老優波離問佛言世尊所言破僧者云何名破僧齊幾所名破僧佛語優波離用十四破僧事若從是中隨所用事十四者非法說法法說非法非善說善善說非善犯說非犯非犯說犯輕說重重說輕有殘說無殘無殘說有殘常所行法說非常所行法非常所行法說常所行法非說言說言非說於是中非法說法偷蘭遮法說非法偷蘭遮非善說善偷蘭遮善說非善偷蘭遮非犯說犯偷蘭遮犯說非犯偷蘭遮有殘說無殘偷蘭遮無殘說有殘偷蘭遮輕說重

偷蘭遮重說輕偷蘭遮常所行法說非常所行法偷蘭遮非常所行法說常所行法偷蘭遮非說言說偷蘭遮說言非說偷蘭遮若是比丘非法說法以是非法教衆折伏衆破和合僧破和合僧已得大罪得大罪已一劫壽墮阿鼻地獄中若比丘非法說法法說非法非善說善善說非善犯說非犯非犯說犯有殘說無殘無殘說有殘輕說重重說輕常所行法說非常所行法非常所行法說常所行法說言非說非說言說若比丘以是十四非法教衆折伏衆破和合僧破和合僧已得大罪得大罪已一劫壽墮阿鼻地獄中優波離是十四事名破僧若十四事中隨用何事亦名破僧若比丘非法中生非法想於破僧中生非法見知破僧是非法以是心破僧得逆罪若比丘非法中生非法想破僧中生疑以是心破僧得逆罪若比丘非法中生非法想於破僧中生如非法見是人不得逆罪若比丘非法中生法想破僧中生法見是比丘不得逆罪若比丘非法中生法想破僧因緣中生疑是比丘不得逆罪優波離又問佛言世尊云何名和合僧佛語優波離有十四事名破僧若滅此事名和合僧十四者非法說非法法說法善說善非善說非善犯說犯非犯說非犯有殘說有殘無殘說無殘輕說輕重說重常所行法說常所行法非常所行法說非常所行法是說言是說非說言非說若比丘非法說非法以是教衆折伏衆和合破衆永受天上樂若比丘如法說如法以是教衆折伏衆和合破衆永受天上樂若比丘善說

善非善說非善犯說犯非犯說非犯有殘說有殘無殘說無殘輕說輕重說重常所行法說常所行法非常所行法說非常所行法說言說非說言非說若以是十四法教衆折伏衆和合破衆求受天上樂是名十四事和合僧若比丘從十四事中隨所用事和合僧求受天上樂佛語優波離一比丘不能破和合僧若二若三四五六七八亦不能破和合比丘僧極少乃至九清淨同見比丘能破和合比丘僧優波離一比丘尼不能破和合僧若二若三四五六七八九清淨同見比丘尼亦不能破和合僧優波離非一式叉摩尼非一沙彌沙彌尼非一出家出家尼能破和合僧若二若三四五六七八九清淨同見亦不能破和合僧優波離有二因緣名破僧一唱說二取籌唱說者如調達於僧中乃至第二第三唱言我調達作是語取籌者如調達初唱竟共四伴取籌長老優波離問佛言世尊擯比丘能破僧不及隨順擯比丘助隨順擯比丘若作擯比丘及隨順作擯比丘助隨順作擯比丘若大長老及隨順大長老比丘助隨順大長老比丘皆能破僧不佛言一切比丘皆能破僧唯除擯人不能破僧

次明雜法

佛在王舍城爾時六羣比丘以木棒自打治身諸居士訶責言諸沙門釋子自言善好有德以木棒自治身如王如大臣是事白佛佛言從今不應以木棒治身治者突吉羅諸比丘以木丸自治身佛言從今不聽以木丸治身治者突吉羅

佛在舍衛國六羣比丘洗浴則以鉋刮身毛脫諸居士訶責言諸沙門釋子自言善好有德洗浴以鉋刮身毛脫如王如大臣是事白佛佛言從今洗浴不聽以鉋刮身毛脫刮者突吉羅爾時有比丘名强耆羅多毛洗浴已毛中水濕衣爛壞身體臭穢是事白佛願聽洗浴時以鉋刮去水佛言聽爾時六羣比丘以香塗身諸居士訶責言諸比丘自言善好有德以香塗身如王如大臣是事白佛佛言從今不聽以香塗身塗者突吉羅六羣比丘以掌治身諸居士訶責言諸比丘自言善好有德以掌治身如王如大臣是事白佛佛言從今不聽以掌治身治身者突吉羅掌有二種手掌脚掌手掌治者突吉羅脚掌治亦突吉羅除手掌脚掌以餘身分治者亦突吉羅爾時六羣比丘就柱治身是事白佛佛言從今不聽就柱治身就治者突吉羅爾時六羣比丘就壁治身就石治身佛言從今不應就壁石治身就治者突吉羅

佛在迦維羅衛國爾時釋摩男請佛及僧明日食佛默然受釋摩男知佛默然受請已頭面禮佛足右遶而去還舍通夜辦種種多美飲食早起敷坐處遣使白佛時到唯聖知時爾時諸比丘以油塗足上是國多塵土著比丘脚諸居士婦以兩手接比丘足作禮然後洗手捉鉢下食有比丘語居士婦言先洗手已捉鉢答言已洗若汝不油塗脚上來者當有何過佛見居士婦訶責比丘作如是事佛食後還僧坊以是事集比丘僧語諸比丘從今不應以油塗足上入白衣家塗足上入白

衣舍者突吉羅若有泥有瘡塗入者不犯六羣比丘油塗頭諸居士訶責言諸沙門釋子自言善好有德以油塗頭如白衣佛言從今不聽比丘以油塗頭塗者突吉羅若新剃頭若頭痛若房舍內塗者不犯六羣比丘莊嚴面目諸居士訶責言諸比丘自言善好有德莊嚴面目如王如大臣是事白佛佛言從今不應莊嚴面目莊嚴者突吉羅六羣比丘以莊嚴故畫眼諸居士訶責言諸比丘自言善好有德畫眼如王如大臣是事白佛佛言從今不聽比丘爲莊嚴故畫眼畫者突吉羅畫眼有五種一者黒畫二者空青畫三者雜畫四者華畫五者樹汁畫若爲治病故畫眼不犯六羣比丘髈上繫縷諸居士訶責言諸比丘自言善好有德以雜色縷繫髈上如王如大臣是事白佛佛言從今不聽以雜色縷繫髈上繫者突吉羅六羣比丘縷絡腋諸居士訶責言諸比丘自言善好有德以縷絡腋如婆羅門是事白佛佛言從今不聽比丘以縷絡腋絡腋者突吉羅六羣比丘畜莊嚴身具諸居士訶責言諸沙門釋子自言善好有德畜莊嚴身具自莊嚴身如王如大臣是事白佛佛言從今不聽比丘畜莊嚴身具畜者突吉羅六羣比丘以臂釧自莊嚴佛言不應畜臂釧自莊嚴畜者突吉羅六羣比丘著指環如王如大臣佛言不應著指環著者突吉羅六羣比丘著瓔珞佛言比丘不應著瓔珞著者突吉羅六羣比丘著縷臂釧佛言比丘不應著縷臂釧著者突吉羅六羣比丘以金銀鎖鑷穿耳佛言不得以鎖鑷穿耳穿者突吉

羅長老拔提本白衣時著蒲萄葉鑷作比丘已本習氣故猶故著之諸居士訶責言是比丘著蒲萄葉鑷如王如大臣是事白佛佛言從今不應著著者突吉羅佛遮一切莊嚴具故六羣比丘便以幣帛繩樹葉樹皮木白鑞鉛錫作耳圈著諸居士言汝等不著金銀葉鑷何用圈耳爲佛言從今不聽比丘以幣帛繩樹葉樹皮木白鑞鉛錫作耳圈著著者突吉羅乃至以草簪穿耳孔中者突吉羅爾時六羣比丘著耳環佛言不應著耳環著者突吉羅又六羣比丘畜約髮寶物諸居士訶責言諸沙門釋子自言善好有德畜約髮寶物如王如大臣是事白佛佛言從今不應畜約髮寶物畜者突吉羅又六羣比丘著金鬘諸居士訶責言沙門釋子自言善好有德著金鬘如王如大臣佛言比丘不應著金鬘著者突吉羅又六羣比丘治爪使白佛言不應治爪使白使白者突吉羅

佛在王舍城爾時諸比丘入王舍城乞食得菴羅果菴羅果羹諸比丘言佛不聽我等受菴羅果菴羅果羹是事白佛佛言從今聽比丘受菴羅果菴羅果羹

佛在王舍城爾時瓶沙王有菴羅樹常生果王信敬佛法故問諸比丘食菴羅果不答言食王言食我此菴羅樹果是守果人不信敬佛法有黄熟好果留作王分及夫人王子大臣大官分此是中有生者青者瘀者蟲鳥所落者持與比丘六羣比丘到是處取黄熟好果已語守果人授與我來是人答言汝等已取何須更授是中有比丘少欲知足行頭陀

聞是事心不喜向佛廣說佛以是緣集比丘僧集比丘僧已問六羣比丘汝實作是不答言實作世尊佛以種種因緣訶責六羣比丘云何名比丘先自觸菴羅果然後從淨人受噉從今比丘若自手觸菴羅果後從淨人受者不應食食者突吉羅如菴羅果餘一切果亦如是

佛在舍衛國爾時憍薩羅國波斯匿王遣使至瓶沙王所讚歎波斯匿王言我王善好有福德四瓶自然有乳滿以供王飲自然秔米日滿八升器以供王食瓶沙王亦自讚歎已國我此土有菴羅果常生樹提居士樹果常生妙衣瓶沙王即遣信勑守園人送菴羅果守園人作是念以此沙門取果因緣故世尊必遮比丘噉菴羅果守園人即語王使言此園無有菴羅果所有果沙門釋子先已噉盡使還白王守園人言所有菴羅果沙門釋子先已噉盡王言我亦自知此非果時若少多有者可示彼使令知相貌守園人得少多果已往送奉王有比丘少欲知足行頭陀聞是事心不喜訶責言云何名比丘噉菴羅常主果今灌頂王遣使索不得訶責已以是事白佛佛以是因緣集比丘僧集比丘僧已佛種種因緣訶責云何名比丘噉菴羅常生果令灌頂王自遣使索不得種種因緣訶責已語諸比丘從今菴羅常生果不應噉噉者突吉羅

佛在舍衛國爾時諸比丘入舍衛城乞食得菴羅羹諸比丘疑不受作是念我等將不墮乞美食耶是事白佛佛言若不索他自與得

取憍薩羅國一住處僧得施果諸比丘不知云何是事白佛佛言應以五種作淨噉何謂爲五火淨刀淨爪淨鵙啄淨子不生淨佛在舍衛國爾時阿那律共行弟子口乾病醫師教含阿摩勒口可得差弟子答言佛未聽我含阿摩勒是事白佛佛言聽比丘口病含阿摩勒何以故口乾病相宜故有憍薩羅國一住處僧得施果從淨人受未作淨諸比丘不知云何是事白佛佛言應食外膚莫食子

佛在王舍城爾時樹提居士舉物客從海中還持一栴檀段餉樹提居士居士大富多金銀珍寶硨磲碼碯珊瑚等無量得是栴檀不以在意即使作栴檀鉢著絡囊中懸高象牙杙上作是言若沙門婆羅門不以梯杖能得者便取爾時富樓那迦葉聞樹提居士爲我故作栴檀鉢即往問言汝爲我作栴檀鉢耶居士答言我作栴檀鉢懸高象牙杙上沙門婆羅門不以梯杖能得者與富樓那作是念居士欲見神通力即挑頭已去摩伽梨俱賒子珊闍耶毗羅茶子尼犍陀若提子迦求陀迦栴延阿耆陀翅舍欽婆羅聞樹提居士爲我作栴檀鉢往詣其所問言汝爲我作栴檀鉢耶居士言我作栴檀鉢懸高象牙杙上沙門婆羅門不以梯杖能得者與非不與皆作是念是居士欲見神通力故挑頭已去爾時長老賓頭盧頗羅墮聞樹提居士作栴檀鉢絡囊盛懸高象牙杙上沙門婆羅門不以梯杖能得者與非不與聞已詣目連所言長老目連汝知不樹提居士作栴檀鉢絡囊盛懸高象牙杙上作是言諸沙門婆羅門不以梯

杖能取者與非不與目連言汝師子吼中第一便可往取爾時長老賓頭盧頗羅墮過夜中前著衣持鉢以好威儀行住坐立往詣樹提居士舍樹提居士遥見賓頭盧行住坐立威儀清淨著衣持鉢作是念如是比丘行住坐立威儀清淨著衣持鉢必能取鉢居士即從座起偏袒右肩合掌向賓頭盧言善來頗羅墮久不來此命就座坐樹提居士頭面禮頗羅墮足賓頭盧坐已問居士言汝實作栴檀鉢盛絡囊中懸高象牙杙上近作是言諸沙門婆羅門不以梯杖能取者與非不與答言實爾賓頭盧即入如是禪定便於座上伸手取鉢以示居士居士語言如我先語即便屬汝居士又言暫與我來即取鉢入盛滿秔米飯授與賓頭盧賓頭盧食已便持是鉢示諸比丘言汝等看是鉢香好可愛諸比丘言實爾從何處得賓頭盧廣說上事是中有比丘少欲知足行頭陀聞是事心不喜種種因緣訶責言云何名比丘爲赤裸外道物故未受大戒人前現過人聖法訶已向佛廣說佛以是事集比丘僧知而故問賓頭盧頗羅墮汝實作是事不答言實作世尊佛種種因緣訶責賓頭盧云何名比丘爲赤裸外道物木鉢故於未受大戒人前現過人聖法訶責已語頗羅墮盡形壽擯汝不應此閻浮提住賓頭盧受佛教已頭面禮佛足右遶還自房所受僧臥具牀榻盡以還僧持衣鉢入如是定於閻浮提沒瞿耶尼現到已多教化優婆塞優婆夷多畜弟子起僧坊房舍畜共行弟子近行弟子廣宣佛法佛爾時遣賓頭盧去不

夊集比丘僧集僧已語諸比丘從今不聽畜八種鉢何等八金鉢銀鉢瑠璃鉢摩尼珠鉢銅鉢白鑞鉢木鉢石鉢畜者突吉羅聽汝等畜二種鉢鐵鉢瓦鉢瓦鉢喜破佛言綴用優波離問佛以何物綴佛言應用毛芻摩劫摩文闍草婆婆草彼國多熱故綴中生蟲佛言應解綴曬已還綴諸比丘日日解曬還綴疲極有一比丘能鍛銅是比丘白佛言願聽以二種物綴鉢若鐵若銅佛言聽用若鐵若銅

佛在舍衛國爾時有比丘起欲心故自截男根苦惱垂死諸比丘以是事白佛佛言汝等看是癡人應斷異所斷異應斷者貪欲瞋恚愚癡如是訶已語諸比丘從今不應斷男根斷者偷蘭遮復有比丘爲作浴室破薪故毒蚝從腐木中出嚙比丘指比丘作是念此毒必入身即自斷指由是指橛諸居士入寺中見橛指作是言沙門釋子亦有指橛是中有比丘少欲知足行頭陀聞是事心不喜是事白佛種種因緣訶責云何名比丘自斷指如是訶已語諸比丘從今不應自斷指自斷指者突吉羅佛言從今有如是因緣聽以繩纏指以刀刺出毒有六羣比丘往觀妓樂歌舞諸居士訶責言諸沙門釋子自言善好有德往觀聽妓樂歌舞如王如大臣是中有比丘少欲知足行頭陀聞是事心不喜是事白佛佛知故問六羣比丘汝實作是事不荅言實作世尊佛以種種因緣訶責言云何名比丘自往觀聽妓樂歌舞如是訶已語諸比丘從今比丘不應往觀聽妓樂歌舞往觀者突吉

羅又六羣比丘自作妓樂歌舞諸居士訶責言諸沙門釋子自言善好有德歌舞如白衣是中有比丘少欲知足行頭陀聞是事心不喜是事白佛佛語諸比丘從今不應歌歌者突吉羅歌有五過失自心貪著令他貪著獨處多起覺觀常爲貪欲覆心諸居士聞作是言諸沙門釋子亦歌如我等無異復有五過失自心貪著令他起貪著獨處多起覺觀常爲貪欲覆心諸年少比丘聞亦隨學隨學已常起貪欲心便反戒有比丘名跋提於唄中第一是比丘聲好白佛言世尊願聽我作聲唄佛言聽汝作聲唄唄有五利益身體不疲不忘所憶心不疲勞聲音不壞語言易解復有五利身不疲極不忘所憶心不懈倦聲音不壞諸天聞唄聲心則歡喜

佛在舍衛國爾時諸比丘鐵鉢中食已置鉢在地濕氣生壞佛言從今聽用弊納著鉢下是國中多熱納中生蟲佛言應作安鉢物長老優波離問佛以何物作安鉢物佛言應以白鑞鉛錫作作已故生蟲佛言應作安鉢棧作已瓦鉢棧上墮地破壞佛言應著箱中露鉢著箱中相觸作聲佛言聽以弊納裹鉢著箱中長老疑離越比丘洗瓦鉢置日中日炙津出語諸比丘瓦鉢不淨有膩比丘不應用食諸比丘不知云何是事白佛佛知故問疑離越汝實洗瓦鉢置日中日炙津出語諸比丘瓦鉢津膩不淨比丘不應用食答言實爾世尊佛言從今洗瓦鉢已不應著日中炙著日中者突吉羅爾時比丘有貴價衣水中浣淨欲裁作衣以齒齧邊若共挽裂此衣處處

縱横破裂佛言從今聽畜月頭刀子用裁衣
爾時以鷄毛鳥毛縫衣縫已易壞褰縮佛言
聽用二種針鐵針銅針尖鼻圓鼻方鼻時諸
比丘以衣著膝上縫縫時皺佛言敷地縫諸
比丘敷地縫時土著佛言當以牛屎塗地時
或有不正佛言聽繩綴四邊綴已或有不直
佛言處處絣絣時或有不均佛言刻木爲准
縫時針難得前指頭傷破佛言聽著指沓爾
時針刀指沓木准各著異處求覓難得佛言
聽以物盛著一處綴衣綖時喜壞衣緣佛言
聽著僞緣此衣舒在外邊喜失佛言聽卷疊
卷時喜舒佛言以繩繫或時風雨汙衣佛言
聽著覆處在覆處著地有蟲囓佛言聽打橛
著壁上時橛頭滑衣墮地佛言聽作曲頭橛
諸比丘身有長短有短比丘截縫衣牀就身
有長比丘更處處求覓長牀佛言聽鑿作孔
盈兩頭出令得共用

佛在王舍城爾時六羣比丘以鏡照面佛言
不聽照面照者突吉羅爾時六羣比丘或以
鉢照面或水中照面佛言若鉢中水中照面
者突吉羅若照看面瘡者不犯

佛在王舍城爾時六羣比丘以梳梳頭佛言
比丘不得以梳梳頭若梳梳頭者突吉羅爾
時六羣比丘又以刷刷頭佛言若刷者突吉
羅

佛在王舍城爾時六羣比丘頂上留少髮佛
言不聽留若留者突吉羅爾時六羣比丘留
髮令捲佛言不應留髮令捲若留者突吉羅
爾時六羣比丘留髮令長佛言不應留髮令
長若留者突吉羅若阿練若比丘長至二寸

無罪
佛在舍衛國爾時比丘有癩病疥瘙語藥師耆域治我病耆域言入浴室洗可瘥比丘言佛未聽入浴室洗諸比丘以是事白佛佛言聽入浴室洗洗有五功德一者除垢二者身清淨三者除去身中寒冷病四者除風五者得安隱爾時浴室中無有坐物諸比丘無坐處可洗佛言浴室中聽安坐物長老優波離問佛用何等作坐物佛言當用木石甎作爾時浴室地泥出諸比丘以泥水洗佛言聽浴室安凳優波離問佛用何等作凳佛言當以木石甎作爾時當浴室中著火爐諸比丘浴時不安隱佛言應著壁安爾時不作竈火燄直上至屋間佛言聽安竈竈中一時著薪後比丘來洗時火勢巳盡佛言籌量著爾時著長薪喜墮落若以手舉便燒手佛言以义舉當舉义時比丘頭上無髮熱痛佛言以濕物覆頭爾時須土塗身佛言應畜盛土物爾時須水佛言應畜盛水器爾時水器小佛言聽畜瓨瓨中盛滿水爾時瓨水著竈埵上有木薪墮上破瓨佛言鑿壁安木著水瓨爾時瓨高有比丘取水不及佛言不應高安爾時安著下處有比丘棖觸佛言不得太下太高齊肩齊頭安時浴室無戶風入佛言應安戶扇時比丘入浴室時不得閉戶佛言令一比丘看戶時浴室無窻故闇佛言安窻時浴室無出烟處故熏黑佛言施出烟處時比丘或有用澡豆或有用土以濕熱故浴室蟲生佛言應蕩除令淨爾時浴室中大有水佛言應出水出水時諸比丘吐悶或得病佛言應安伏

竇伏竇中有蛇蝎蜈蚣來入聲諸比丘佛言應織物遮水竇口爾時浴竟棄浴室去後火燒浴室佛言最後比丘應收諸物事却甕却瓨滅火閉戶下居乃去

佛在維耶離有一長者名大名梨昌大富多饒財寶大有田宅力勢有一比丘名迦留羅提舍與是長者相識知舊出入往反時迦留羅提舍食時著衣持鉢持坐具往大名梨昌所是梨昌遥見比丘來讚言善來在此處坐即敷坐具時大名梨昌頭面禮足在一面坐比丘語大名梨昌今可往世尊所向世尊作如是說云何名比丘作非梵行是陀驃力士子共我婦作非梵行大名梨昌語迦留羅提舍云何以無根謗清淨比丘迦留羅提舍比丘語大名梨昌言若不向佛說此語者不復與汝言語來往不入汝舍大名梨昌與此比丘深相愛敬故即作是念若我不作是語者迦留羅提舍比丘必不共我語不入我舍便語比丘我當向佛作是語是時大名梨昌往詣佛所白佛言世尊云何比丘作非梵行是陀驃力士子共我婦作非梵行佛爾時語諸比丘汝等皆覆鉢莫至是大名梨昌家諸比丘比丘尼式叉摩尼沙彌沙彌尼不得到大名梨昌家手受食更有如是人亦應與作覆鉢與作覆鉢法者一心和合僧一比丘唱言大德僧聽此大名梨昌誹謗比丘是陀驃力士子清淨梵行無根波羅夷謗若僧時到僧忍聽僧和合與是大名梨昌作覆鉢諸比丘比丘尼式叉摩尼沙彌沙彌尼不得至是家手受食如是白白二羯磨僧作覆鉢竟僧忍

默然故是事如是持爾時諸比丘作如是念僧已爲是大名梨昌覆鉢諸比丘比丘尼式叉摩尼沙彌沙彌尼不得至大名梨昌家手受食諸比丘復作是念誰能往長者家作如是言僧已覆鉢一切比丘比丘尼式叉摩尼沙彌沙彌尼不得至汝家手受食復作是念長老阿難是佛侍者於諸比丘中讚歎清淨梵行阿難能至是大名梨昌家作如是言僧已作覆鉢一切比丘比丘尼式叉摩尼沙彌沙彌尼不復得至汝家手受食諸比丘共相謂言我等往至阿難所作是言僧已爲大名梨昌作覆鉢一切比丘比丘尼式叉摩尼沙彌沙彌尼不得至大名梨昌家手受食諸比丘作是語已往至阿難所頭面禮足在一面坐已白阿難言長老阿難僧已爲大名梨昌作覆鉢一切五衆不得往大名梨昌家手受食我等心念誰能往長者家作是語衆僧爲汝作覆鉢一切五衆不得至汝家手受食諸比丘復作是念唯長老阿難是佛侍者佛常於比丘衆中讚歎梵行清淨堪任能往作是言僧今已爲長者作覆鉢一切五衆不得至汝家手受食長老阿難今可往大名梨昌家作是言僧已爲汝覆鉢一切五衆不復至汝家手受食爾時阿難默然受諸比丘見阿難受已從座起作禮右遶而去爾時阿難過夜已中前著衣持鉢至大名梨昌家大名梨昌遥見阿難來即從座起著衣在一處立叉手言善來阿難就此處坐阿難答言我不得坐大名梨昌問言何故不得阿難言僧已爲大名梨昌作覆鉢一切五衆不得至汝家手受

食大名梨昌語阿難我今便爲自損功德不生阿難答言汝實自損功德不生問阿難言我今可得往佛所仰鉢不阿難言不得大名梨昌聞是語已心愁迷悶躃地大名梨昌婦扶頭起以水灑面久乃得醒婦語大名梨昌止有是苦更有過是苦耶自言我無過罪而面向佛說我過於清淨比丘衆中謗我作非梵行爾時大名梨昌往詣佛所白佛言世尊願爲我仰鉢佛語諸比丘爲是大名梨昌仰鉢仰鉢法者一心和合僧是大名梨昌偏袒右肩合掌胡跪言衆僧憶念我大名梨昌罵詈道說比丘陀驃力士子清淨梵行人我以無根非梵行故謗僧作覆鉢一切五衆不得至我家手受食我今願衆僧還仰鉢一切五衆如本往來我舍手受食憐愍故如是三乞一比丘應僧中唱言大德僧聽是大名梨昌罵詈道說比丘陀驃力士子清淨梵行人以無根波羅夷謗故僧爲作覆鉢一切五衆不得往至大名梨昌家手受食若僧時到僧忍聽爲大名梨昌仰鉢如本往來自受食如是白白四羯磨僧已仰鉢竟僧忍默然故是事如是持

十誦律卷第三十八

音釋

鼾許干切臥氣激聲也　寱倪祭切睡中有語也　齘胡戒切齒相切也　靫初加切箭室也　鉋蒲交切刮鉋　刮古滑切　胯苦化切兩股間也　釧尺絹切臂鐶也　瘀於御切血積也　棧士限切棚也　絣百耕切以繩直物也　瘙蘇到切皮上小痒瘡也　瓨戶江切罌也　棖直耕切揬也

十誦律卷第三十九

姚秦三藏弗若多羅共三藏鳩摩羅什譯

第六誦之三

雜誦初二十法（初中後各二十法）

佛遊婆伽國人間教化有一處名失守羅毗師藍蜜伽藍是失守羅處菩伽王子家有新堂成名鳩摩羅未有沙門婆羅門入中坐者爾時王子聞佛遊婆伽國人間教化在失守羅處毗師藍蜜伽藍教化我今有新堂名鳩摩羅成來未久修飾畫治訖亦未久未有沙門婆羅門入中坐者若世尊與衆僧先入我舍者我大得利何以故佛入我舍故佛入已我當後入菩伽王子即喚薩若瞿妬路摩牢向作是語我聞世尊遊婆伽國人間教化在失守羅處毗師藍蜜伽藍教化遊行我今有新堂名鳩摩羅新成未有沙門婆羅門入中坐者若佛先入者我得大利佛入已我當後入薩若瞿妬路摩牢汝往世尊所以我語白佛言世尊菩伽王子頭面禮佛足問訊世尊作是言菩伽王子有新成堂名鳩摩羅未有沙門婆羅門入者菩伽王子請佛及僧時薩若瞿妬路摩牢受王子語已往世尊所作如是言世尊菩伽王子頭面禮足問訊世尊少病少惱安樂住不我有新成堂名鳩摩羅成來未久修飾畫治訖亦未久請佛及僧明日食佛言使是王子常得安樂佛語薩若瞿妬路摩牢天人常求樂諸龍夜叉乾闥婆阿脩羅迦樓羅緊那羅摩睺羅伽及餘衆生亦皆求樂佛說已默然時薩若瞿妬路摩牢見佛默然右遶而去到菩伽王子所作如是言瞿

曇沙門已受王子請隨王子意爾時菩伽王子竟夜辦具種種多美飲食辦已晨朝敷坐處以衣布地莊嚴鳩摩羅堂及階陛莊嚴竟即語薩若瞿㚻路摩牢往世尊所白言時到薩若瞿㚻路摩牢受語已即往世尊所白言時到爾時世尊中前著衣持鉢大衆圍遶到菩伽王子舍爾時王子約勑家内一切大小皆出門外時王子遥見世尊來即從座起义手在一面立作如是言善來世尊王子前詣佛所頭面禮足迎世尊到鳩摩羅堂王子在階道邊立佛及僧往至階頭立住爾時菩伽王子义手立白佛言世尊願前堂上從敷疊處上令我等長夜安隱時長老阿難在佛後以扇扇佛佛語阿難隨法約勑王子爾時阿難語菩伽王子却地所敷衣被牀上者置王子不肯阿難語王子佛憐愍後來衆生故且却時菩伽王子即却地所敷衣被爾時王子义手白佛言已却地敷願佛上堂令我等常得安隱佛即上堂敷坐具在諸比丘前坐爾時王子自行水行水已下種種飲食僧得飽滿食已攝鉢行水行水時王子執澡槃承水竟聽佛說法佛爲說種種法示教利喜示教利喜已從座起去佛時食後集比丘僧語諸比丘若地敷衣不應在上行在上行者突吉羅

佛在舍衛國有一婆羅門大富多饒財寶田宅牛羊唯少一事無有兒息求一切天神所謂水神樹神爲求兒故窮極不能得有一比丘尼常出入其舍後日來時婆羅門婦有不淨出時比丘尼語婦人言汝不清淨我曾聞取阿羅漢行跡處物浣取汁洗浴便得有兒

此中除佛及弟子衆餘處更無世尊若來入汝舍者可得生兒時婆羅門婦聞已云何方便令佛入舍便以方便語婆羅門我曾聞取阿羅漢行跡處物浣取汁洗浴便得有兒除佛及弟子衆餘處更無若佛入舍者可得生兒時婆羅門不信是語以求兒故答言隨意婦言汝往請佛時婆羅門往世尊所一面坐問訊世尊佛爲種種說法示教利喜已默然婆羅門言願佛及僧明日受我請佛默然受知佛受已從座起右遶而去到自舍通夜辦種種多美飲食辦已晨朝敷坐處以種種物布地乃至外門往白佛言時到食具已辦佛自知時諸比丘往婆羅門舍佛自住房迎食分爾時諸比丘自却地敷前入其舍時婆羅門心念入時不行地敷上出時當在上行諸比丘坐已自行澡水下食僧飽滿食已攝衣鉢洗手呪願呪願已從上座次第却地敷而出時婆羅門心重不樂是沙門斷種人破我婆羅門行我有所爲作是供養而常不果諸比丘食後到佛所頭面禮足在一面坐諸佛常法食後比丘來以是語勞問諸比丘飲食多美僧飽滿不佛即以是語勞問諸比丘飲食多美僧飽滿不諸比丘言飲食多美衆僧飽滿以上因緣向佛廣說佛以是事集僧集僧已種種因緣讚戒讚持戒讚戒讚持戒已語諸比丘從今憐愍衆生故聽汝等地敷上行時比丘尼聞佛聽地敷上行以婆羅門因緣故先往婆羅門家比丘尼便往語婆羅門婦言佛先結戒不聽比丘地敷上行以是因緣故聽汝可更請令蹈上過時婆羅門婦以

方便語夫佛先結戒不聽比丘行地敷上以是因緣故聽今可更請婆羅門心亦不喜以爲兒故答言隨意婦語夫言可往請佛婆羅門往到世尊所一面坐問訊世尊佛爲婆羅門說種種法示教利喜示教利喜已默然婆羅門白佛言願受我明日請佛默然受婆羅門知佛受已從座起去竟夜辦種種多美飲食晨朝以種種物布地乃至外門往白佛時到食具已辦爾時世尊著衣持鉢諸比丘僧前後圍遶到舍就座坐已自行澡水下食食已攝鉢行水婆羅門在佛前聽說法聽說法已白佛言世尊我家當生兒不佛言生生已當出家第二生者亦當出家第三生者亦當出家次後生者當在家

佛自恣後遊行教化有一比丘手捉鉢藥草革屣遊行佛見此比丘知而故問汝何以捉鉢藥草革屣遊行答言我更無著處佛言從今聽畜三種囊鉢囊藥草囊革屣囊

佛在王舍城爾時六羣比丘所受持坐具置一處已餘處宿佛言從今日所受坐具不應離宿犯者突吉羅

佛在舍衛國憍薩羅國有阿練若處有二比丘在彼住一人犯戒一人淨持戒此二比丘未曾見佛欲共往見佛道中值有蟲水破戒者語持戒者言可共飲是水持戒者言水中有蟲云何可飲犯戒者言我若不飲便死不得見佛聞法及僧持戒者言至死不飲時犯戒者便飲持戒者不飲便死即生三十三天上得天身具足先到佛所頭面禮足在一面立在一面立已佛爲種種說法得法眼淨即

時禮佛足言歸依佛歸依法歸依僧我盡形壽爲優婆塞佛更爲說法已默然時天禮佛已忽然不現時飲水者後到佛所佛爲無量衆圍遶說法佛見此比丘來到佛所佛時發優多羅僧示金色身汝癡人欲見我肉身爲不如持戒者先見我身佛說偈言

心不善觀察　見則不審諦　愚如蛾投火
而貪觀我身　色身但不淨　汝欲見何爲
內有脂血肉　外爲薄皮覆　彼爲渴所燒
猶行恭敬戒　至死護我教　彼見我非汝

佛說是偈已告諸比丘從今不持漉水囊不聽行若不持行者犯突吉羅不犯者有清流水或大河或泉水從此寺至彼寺二十里內不犯爾時比丘聚落中有緣事無漉水囊故不去若不去者此事不成以是事白佛佛言若一比丘有漉水囊便得共去爾時六羣比丘聚落中有緣事往語知識比丘我有緣事可共至聚落是比丘言我無漉水囊六羣比丘言我有可共俱往答言可爾行時道中共諍值有蟲水六羣比丘以漉水囊自漉水飲彼比丘索不與是比丘極渴急至死以是因緣白佛佛言若比丘先不共諍無嫌心者應共行有嫌心者不應共去

佛在王舍城爾時六羣比丘木上食佛言從今不得木上食若用食者突吉羅爾時六羣比丘自畜木橙食或畜牀子食或畜盤食佛言不聽畜木橙木牀木盤食若用食者突吉羅

時佛在王舍城爾時六羣比丘二人共一鉢食佛言不得共鉢食若共鉢食者突吉羅不

犯者食休已過與不犯

佛在王舍城六羣比丘不著袈裟食佛言不聽不著袈裟食不著食者突吉羅

佛在王舍城爾時六羣比丘露身揩佛言不得露身揩犯者突吉羅又六羣比丘揩露身者佛言不聽揩露身者犯者突吉羅有二比丘俱露身相揩佛言若露身相揩者俱突吉羅

佛在舍衛國有比丘名疑離越小豆羹中得生小豆便出著地此豆可生牙葉華實是比丘語諸比丘此羹不淨不應食諸比丘以是事白佛佛知故問疑離越汝實羹中得生小豆出著地可生牙葉華實語諸比丘此羹不淨不應食耶答言實爾世尊佛種種因緣讃戒讃持戒讃成讃持戒已語諸比丘此羹若未熟者應更煑若先生應作淨已煑

佛在舍衛國諸比丘作淨地羯磨佛言從今不聽作淨地若作者突吉羅

佛在舍衛國有比丘名牛呞食已更呞諸比丘見非時嚼食各相謂言是比丘過中食聞已心愁不樂是事白佛佛以是因緣集比丘僧語諸比丘莫謂是比丘過中食何以故是比丘先五百世時常生牛中是比丘雖得人身餘習故在佛言若更有如是呞病者應在屛覆處不應衆人前呞

佛在婆伽國爾時菩伽王子請佛及僧明日食佛默然受王子知佛受已從座起去還家竟夜辦種種多美飲食晨朝敷坐處徃白佛時到食具已辦唯聖知時爾時佛與諸比丘前後圍遶至菩伽王子家就座而坐其家大

小多不信佛或是婆羅門或邊地人行食不如法半著鉢中半棄在地是諸比丘不知云何得食是事白佛佛言食墮所受草葉上者應食若有土著吹土却而食或有多土著者水洗得食

佛在王舍城爾時六羣比丘銅盂中食諸居士訶責言諸沙門釋子自言善好有德銅盂中食如婆羅門佛言不聽銅盂中食犯者突吉羅

佛在王舍城爾時六羣比丘洗脚處洗脚洗脚時並共人語餘比丘見吐悶佛言從今不得洗脚時共他語犯者突吉羅

佛自恣後遊行教化有比丘手捉革屣行佛見是比丘知而故問汝何以手捉革屣行答言革屣齧脚脚中瘡悶無指脚物佛言聽畜指脚木用除脚瘡故

佛在王舍城爾時有檀越施僧扇諸比丘不受佛未聽我等畜扇是事白佛佛言聽畜僧得畜一人亦得畜復有人施僧拂諸比丘不受佛未聽我等畜拂是事白佛佛言聽畜僧得畜一人亦得畜時有人施僧犛牛尾拂諸比丘不受不知何所用是事白佛佛言聽受用拂佛塔及諸阿羅漢塔爾時有人以摩尼珠作拂柄施比丘諸比丘不受不知云何用是事白佛佛言聽受用拂佛塔及阿羅漢塔

爾時有檀越施僧多羅樹葉諸比丘言佛未聽我等畜多羅樹葉是事白佛佛言僧得受一人亦得受

佛在王舍城爾時六羣比丘自持蓋入他舍諸居士訶責言云何名比丘持蓋入他舍如

王如大臣是事白佛佛言不聽持蓋入他舍犯者突吉羅不犯者若解若置門外

佛在舍衛國有二婆羅門一名瞿波二名夜波於佛法中得信出家本誦外道四圍陀書出家已以是音聲誦佛經法時一人死一人獨在所誦佛經忘不通利更求伴不得心愁不樂是事白佛佛言從今以外書音聲誦佛經者突吉羅

佛在舍衛國有比丘捨修多羅阿毗曇捨毗尼誦外書文章兵法遠離佛經佛言從今諸比丘若有學誦外書文章兵法者突吉羅佛未制是戒時長老舍利弗目連處高座上爲諸新比丘沙彌說教學誦外書爲破外道論故制是戒已長老舍利弗目連便不處高座爲新比丘沙彌說法教學外書爾時諸外道聞沙門瞿曇不聽弟子學誦外書是婆羅門便往語諸信佛優婆塞言可共往到諸比丘所答言隨意外道到已與新比丘沙彌共論議諸新比丘沙彌皆不能答以二事故一者新入道二者佛制不聽學故時諸外道輕弄諸優婆塞言汝之大師汝所供養汝所尊重上座先食者正如是耶諸優婆塞聞是事心愁不樂以是事白佛佛言從今聽爲破外道故誦讀外道書

佛在舍衛國爾時長老迦留陀夷放火燒諸草木以放燒故多殺種種蟲佛言從今比丘不得放火燒若放火燒者隨所殺得罪

佛在舍衛國有看病人未滿五臘爲病人出行離依止入聚落求藥不得爾時心念佛制戒不得離依止一夜別宿即於彼處便求依

止依止師復病是人心念彼依止師病此依止師病我今當作何等是事白佛佛言從今聽若五夜若六夜無依止不犯結此戒已六羣比丘聞佛聽故便五夜不求依止何以故若得依止者須我供給諸比丘以是事白佛佛言從今有好依止師者乃至一夜不依止突吉羅若比丘無依止乃至不得取僧洗脚水用

佛在舍衛國爾時長老迦留陀夷反著俱執諸比丘見已怖畏是事白佛佛言從今不得反著俱執犯者突吉羅自舍内覆身不犯佛在舍衛國爾時有人持表裹䩫俱執施長老須菩提須菩提言佛未聽受表裹䩫俱執是事白佛佛言從今聽畜表裹䩫俱執衆得畜一人亦得畜復有人施長老須菩提俱執半成色半不成色時須菩提不受作是言佛未聽我等受半成色半不成色俱執是事白佛佛言從今聽畜半成色半不成色俱執衆僧得受一人亦得受

佛在舍衛國有五比丘得長五肘廣三肘衣著是衣入聚落乞食衣長曳地土所汙脚蹋頭墮地著不周正是事白佛佛言聽長衣施鞁紐施近緣故衣曳地土汙脚蹋墮地著不周正佛言從今聽反襵上著爾時佛自施鞁紐前去緣四指施鉤後八指施紐語諸比丘應如是作

佛在舍衛國有比丘不繫泥洹僧入聚落於聚落中墮地是比丘大慚愧是事白佛佛言從今不繫泥洹僧入聚落者突吉羅有比丘一帀繫泥洹僧入聚落時嚏故帶斷墮地是

事白佛佛言從今不聽一帀繫泥洹僧入聚落犯者突吉羅爾時有人施長老須菩提細縷繫腰帶須菩提不受作是言佛未聽我細縷繫腰帶是事白佛佛言聽畜三種帶一者細縷帶二者索繩帶三者辮帶帶時泥洹僧喜破佛言應施環六羣比丘如兩耳著泥洹僧細襵著泥洹僧釿頭著泥洹僧參差著泥洹僧著細生踈泥洹僧佛言不得如兩耳著泥洹僧細襵著泥洹僧釿頭著泥洹僧參差著泥洹僧著細生踈泥洹僧著著者突吉羅

佛在王舍城爾時六羣比丘手摩鬚髮如牛舌舐是事白佛佛言從今不聽手摩鬚髮犯者突吉羅

佛在王舍城爾時六羣比丘二人共牀卧是事白佛佛言從今不聽二人共一牀卧犯者突吉羅若一人坐一人卧不犯爾時六羣比丘二人共一敷卧佛言從今不聽二人共一敷卧犯者突吉羅若自別有敷具不犯爾時六羣比丘二人共一覆衣中卧佛言從今不得共一覆衣中卧犯者突吉羅不犯者各有別襯身衣

佛在王舍城爾時六羣比丘著俗人衣諸居士訶責言沙門釋子自言善好有德著俗人衣與白衣何異是事白佛佛言從今不得著俗衣犯者突吉羅

佛在王舍城爾時六羣比丘抄襞泥洹僧如相撲人又似作人是事白佛佛言從今不得抄襞衣著犯者突吉羅不犯者登梯覆屋泥屋

佛在王舍城爾時六羣比丘負擔行如似驢

牛負馱是事白佛佛言從今不聽負擔行犯者突吉羅

佛在舍衛國爾時憍薩羅國有邊聚落是中常畏賊聚落人民畏賊故捨此處去爾時有比丘從憍薩國向舍衛國是比丘捉瓦鉢漆杖所捨聚落中人遥見來作是念此是賊來捉稍捉楯見已怖畏入樓閣比丘漸漸來近知是沙門問言汝是何沙門答言釋子沙門汝失沙門法壞沙門法令我等怖畏比丘不知云何是事白佛佛言從今行時不聽捉杖絡囊犯者突吉羅佛自恣後人間遊行有一羸瘦比丘手捉鉢行佛知故問汝何以手捉鉢行答言無物可盛佛言從今羸瘦老病比丘僧羯磨聽捉杖絡囊盛鉢行應如是作一心和合僧是老病比丘從座起偏袒右肩脫革屣胡跪合掌作是言大德僧聽我某甲老病比丘從僧乞捉杖絡囊盛鉢行僧憐愍故聽我老病比丘捉杖絡囊盛鉢行如是三乞僧應聽實是比丘若言老病實不老病不應聽若言老病實老病應聽一比丘僧中唱言大德僧聽某甲比丘老病從僧乞捉杖絡囊盛鉢行若僧時到僧忍聽與是老病比丘捉杖絡囊盛鉢行如是白白二羯磨僧與是老病比丘捉杖絡囊盛鉢行竟僧忍默然故是事如是持

佛在舍衛國佛與大衆前後圍遶說法爾時憍薩羅王波斯匿在會中坐有比丘噉蒜遠大衆行是比丘作是念莫使佛及王聞臭佛遥見是比丘佛爲王說種種法示教利喜王聞法已心大歡喜佛說法已默然王右遶佛

而去爾時長老阿難佛後以扇扇佛王去不久佛知故問阿難此比丘何以遠大衆行答言此比丘噉蒜恐佛及王聞臭不敢近佛佛知故問阿難比丘噉如是此食耶答言噉若噉如是此食失法利佛言此比丘若入衆中聞我法應得正見語諸比丘是事不應作佛告諸比丘比丘不得噉蒜若噉者突吉羅

佛在舍衛國爾時長老舍利弗得風病藥師教言乳中煑蒜噉舍利弗言佛未聽我乳中煑蒜噉是事白佛佛言聽乳煑蒜噉隨噉蒜法行云何隨法行噉蒜者不應近佛及和尚阿闍梨一切上座佛塔聲聞塔温室講堂僧食廚下不得近僧坊外門立不得入僧厠大小便不得入僧浴室不得入衆人坐處當於屏房住若急大小便者應使人掘地作處若無淨人應就遠屏處大小便若病瘥已應掃灑所住處塗地卧具牀席更抖擻故有臭者應洗浣是比丘從房出門戶下居下居已去

佛在王舍城爾時六羣比丘自取訶梨勒果與淨人已從受噉是事白佛佛語諸比丘不應自手取訶梨勒果與淨人更從受噉犯者突吉羅餘一切果亦如是

佛在舍衛國有比丘名難提是比丘作與學沙彌如先所說

佛在舍衛國爾時長老畢陵伽婆蹉眼痛時藥師教言和藥作丸著火上燒服烟優波離問佛用何物作藥佛言但除青木香藥和合餘一切香著火手接取烟而咽時以手接烟難得佛言作筒時筒太長不大得烟佛言莫長作又復短作便燒手佛言莫太短又時見

藥在一處筒在一處取時難得佛言應畜囊盛盛時筒破藥丸佛言中應施隔施隔已不繫頭筒墮地佛言應繫頭

佛在舍衛國有病比丘酥油塗身不洗痒悶是事白佛佛言應用澡豆洗優波離問佛用何物作澡豆佛言以大豆小豆摩沙豆豌豆迦提婆羅草梨頻陀子作

佛在舍衛國長老舍利弗患熱血病時藥師教言以娑摩尼水洗優波離問佛用何物作娑摩尼佛言除毒樹取餘一切樹華葉作

佛在舍衛國長老畢陵伽婆蹉患眼痛時藥師教言應灌鼻時比丘以脂灌鼻中或以毛取而滴滴時不便流入眼更增痛劇是事白佛佛言作筒灌作筒大鼻不受復小作溢失不中用是事白佛佛言莫大莫小作得受一波羅若一波羅半欲唾以手承取以手承取故便欲吐佛言聽用弊納承取

佛在舍衛國爾時長老畢陵伽婆蹉患眼痛時親里遣乘來喚答言佛未聽乘乘是事白佛佛言病者聽乘車轝爾時佛不聽乘輦是事白佛佛言聽乘輦是比丘乘輦時垂脚佛言應攝脚在板上攝脚已身不安佛言聽捉木格爾時有少樂比丘捉木格手痛佛言以物纏木坐時日照面佛言應施軒若一切乘上所須莊嚴物皆聽作

佛在舍衛國爾時諸比丘祇洹中處處大便蜜跡執金剛神諸非人皆瞋訶責言此中應作不淨耶佛語比丘不應處處大便當在一處作一處作已大聚糞佛言除却除却時諸比丘吐悶佛言掘地作坑作坑已坑邊有大

便汙比丘脚佛言應施安脚處優波離問佛用何物作安脚處佛言以木石瓶作大便時露地無障人見佛言應作障時雨相見佛言應施籬施籬已出入時故相見佛言應施戶時有老比丘上厠時喜倒欲起時便却偃佛言應施格令得企起時須水洗大便處佛言應留水器又無土洗手佛言應安土土或少佛言大器盛是時平地著器或畜生牛馬麞鹿獮猴來蹹壞佛言應鑿地安器又不覆上有毒蛇蚿蝲蜈蚣百足入中齧比丘佛言應覆上又洗手時地大作泥汙脚佛言應作安脚處長老優波離問佛用何物作安脚處佛言用木石瓶作諸比丘洗時露現佛言應施障或二三人俱洗相見佛言應施籬又出入時相見佛言應別施戶

佛在舍衛國祇洹中諸比丘處處小便金剛神諸非人皆瞋訶責此中應作不淨耶是事白佛佛言不得處處小便應在一處一處作已如渠流佛言應安瓮瓮滿佛言應棄棄時比丘吐悶佛言瓮下作孔令出瓮久便臭佛言應蓋上比丘却蓋時小便時臭劇佛言蓋上上開小孔令臭氣出時瓮四邊小便流汙脚佛言應作安脚處優波離問佛用何物作佛言應用木石瓶作諸比丘小便時露現佛言應施障小便時雨相見佛言應施隔施隔已出入時故相見佛言應施戶

佛在舍衛國爾時有人施僧瓦瓨諸比丘不受不知何所用是事白佛佛言應受用盛水取水浴室中用

佛在芻摩國與大比丘僧說五陰法所謂色

受想行識爾時佛唾遍五百比丘一時同聲言老壽佛語諸比丘以汝等言老壽故便得老壽耶不也世尊佛言從今不得稱老壽稱老壽者得突吉羅

佛在舍衛國諸比丘入舍衛城乞食時檀越施種種好食乳酪生酥熟酥油蜜魚肉脯諸比丘不取將無是乞美食耶是事白佛佛言不乞而得應受初二十法竟

雜誦中二十法上

佛在王舍城爾時跋提長者作大僧坊種種莊嚴不覆上房舍漏是事白佛佛言應覆覆已脊上漏佛言更厚覆厚覆已風發佛言應釘橛釘橛已橛孔頭漏佛言應施瓫覆覆已瓫喜墮地佛言應穿底作孔釘釘已水入佛言應釘上安覆瓫安覆瓫已風吹橛動搖作聲佛言應以草葉樹皮泥纏頭纏頭已安覆瓫

佛在舍衛國爾時比丘畜貴價火浣衣時諸比丘二三人共抖擻抖擻時衣褰縮不正佛言應細杖打塵土打時土入長條中佛言更以小杖打打時土入短條中佛言更以小杖打

佛在舍衛國爾時比丘新成染衣以掃篲掃却染滓是衣色壞牀上成道是事白佛佛言應以新手巾却滓

佛在王舍城爾時跋提長者作僧坊極廣大種種莊嚴多人來看無地覆故多塵土出坌僧房內諸比丘心念若佛聽地覆者善是事白佛佛言應安地覆

佛在舍衛國諸比丘無擣藥物是事白佛佛

言應石上磨
佛在王舍城爾時瓶沙王於竹園中起五百僧坊有成者有未成者時王命終王阿闍世到竹園中看見房舍即問此爲誰作比丘答言大王是父王所作有成者有未成者王便命終王問比丘何不成竟答言無直王言我當與直時房舍成竟無梯道故無人在上住王問諸比丘是房中有人不答言無何以故答言以無蹬道故王言我當作比丘答言佛未聽作是事白佛佛言聽作時長老優波離問佛用何物作蹬道佛言用木石瓶作
佛在王舍城時僧坊極大一切時多有客比丘來初夜中夜後夜來者有持大牀去有持繩牀去者有持大褥去者有持坐褥去者夜即彼間宿明日棄去爾時陀驃摩羅子典僧臥具後日處處持牀褥來時極苦作是念佛聽以針綴牀褥者善是事白佛佛言聽綴時牀褥中央不綴持牀東西時毳并聚一處即作是念佛聽我綴中央者善是事白佛佛言聽以針綴長老優波離問佛用何物作針佛言以鐵作銅作木作
佛在舍衛國爾時長老舍利弗熱血病藥師教言燒石著乳中飲答言佛未聽我燒石著乳中飲是事白佛佛言聽燒石著乳中飲燒石時諸比丘或以草木葉破瓦捻著乳中灰土汙乳是事白佛佛言從今聽以銅鐵作支安鎖以石著中燒舉鎖抖擻去灰著乳中
佛在舍衛國有人持火爐施長老須菩提須菩提言佛未聽受是事白佛佛言得受時然薪火燋墮地比丘以手舉燒手佛言聽作抄

火物
佛在舍衛國爾時長老舍利弗風病藥師教言以煖水洗答言佛未聽煖水洗是事白佛佛言聽煖水洗洗時或用鉢揵瓷煖水水少不足是事白佛佛言聽釜中煖諸比丘盛滿釜水著露地四邊著薪然時釜破是事白佛佛言應施三碣時碣上安釜下然火薪難然是事白佛佛言應以斧破薪然
佛在阿羅毗國時寺門楣破佛見已知而故問阿難是寺門楣何以破耶答言木師忙遽不得作佛語阿難求木作具來阿難受佛教取木作具來與佛佛取以自手治塔門楣治已語諸比丘從今聽一切木作具應畜隨比丘得治者治
佛在阿羅毗國時覆僧坊比丘在地立授草不及佛言應施橙施橙已故不及佛言應施梯施梯已不遍佛言應施棚施棚已不知云何施佛言伏上應釘橛以繩繫橛隨意移棚
佛在舍衛國有比丘患男根腫膿血汙衣是事白佛佛言應以物纏裹
佛在舍衛國有比丘病看病人歲小立抱病比丘久立迷悶躃地垂死是事白佛佛言年小看病比丘得共病人坐病人憐愍故
佛在舍衛國諸比丘著新染色衣入舍衛國乞食值雨時比丘襞衣著一處濕故色異是事白佛佛言應曬曬時敷地曬曬已土著佛言應以牛屎塗地曬曬已衣不得乾佛言繩上曬故不時乾佛言應施曲橛施曲橛已故不時乾佛言應牀上曬曬已故不時乾佛言應施架施架時妨行處佛言應弃一處弃一

處已近壁上汙佛言應離壁離壁已故不時乾佛言應高懸曬

佛在阿羅毗國時諸比丘辦浴具有比丘浴時脫衣著空地入浴室洗有毒蛇蚰蜒百足入衣中比丘著衣時爲蟲所螫佛言施衣架安衣已入浴室洗

佛在舍衛國爾時末利夫人入祇洹聽法諸比丘闇中說法末利夫人語諸比丘何不然燈答言無燈夫人言我與燈答言佛未聽我等然燈是事白佛佛言聽

佛在舍衛國爾時末利夫人施僧高座諸比丘言佛未聽我等受是事白佛佛言聽受末利夫人心念佛聽我畫此高座者善佛言除男女交會像餘者聽畫

佛在舍衛城爾時六羣比丘嚼長楊枝時諸居士見已訶責言諸沙門釋子自言善好有德云何嚼長楊枝有比丘少欲知足行頭陀聞是事心不喜是事白佛佛以是事集比丘僧知而故問六羣比丘汝實作是事不答言實作世尊佛種種訶責六羣比丘云何名比丘嚼長楊枝佛言從今不得嚼長楊枝犯者突吉羅時諸比丘嚼短楊枝佛是處經行諸比丘遥見佛來恭敬故即咽是楊枝塞咽不下垂死是事白佛佛以是事集比丘僧語諸比丘從今聽用三種楊枝上中下上者長十二指下者長六指此二中間名中

佛在舍衛國時有比丘度兒作共行弟子弟子不如法餘比丘言此弟子不如法何不驅去答言此是我弟子云何驅去是比丘不知云何是事白佛佛言若兒若弟子不如法者

應驅去

佛在舍衛國爾時沙彌羅睺羅違逆師迦留陀夷時迦留陀夷驅出寺時沙彌羅睺羅在祇洹門外啼泣佛從外來入祇洹時見羅睺羅啼泣佛知故問何故啼也羅睺羅向佛廣說是事佛語諸比丘從今不得驅沙彌出僧伽藍應驅出房舍

佛在舍衛國時諸比丘唾淨地地發壞是事白佛佛言從今不得唾淨地犯者突吉羅時諸比丘不知唾何處是事白佛佛言應以手承唾承唾故心中吐悶佛言應畜唾器時器滿佛言應棄棄時復欲吐佛言唾器中著灰著沙著燋物令消唾

佛在王舍城時長老迦葉從耆闍崛山出上下時日炙面汗入眼眼痛是事白佛佛言聽畜手巾拭

佛在舍衛國長老跋提行頭陀入浴室洗時不聽他人揩摩作是念若佛聽我編繩自揩身者善是事白佛佛言聽用編繩長老優波離問佛以何物作佛言以毼㲲摩劫貝文闍草麻婆婆草舍利弗病患脊痛作是念佛聽我著禪帶坐者善是事白佛佛言聽著禪帶坐優波離問佛以何物作禪帶佛言用毼㲲摩劫貝文闍草及婆婆草皮作

佛在舍衛國爾時世尊患風脊痛時藥師教言酥油塗身塗身已槽盛煖水入中卧佛語阿難煖水著槽中持來阿難受教槽盛煖水來時佛酥油塗身入中卧卧已病得除愈佛以是事集比丘僧語諸比丘從今聽若有風病以油酥塗身煖水中卧

佛在阿羅毗國諸比丘辦臥具時暮多有客比丘來僧數具少諸比丘不知云何是事白佛佛言從今應上座次第與不得數具者與草與葉各令自敷臥具臥

佛在舍衛國憍薩羅國阿練若處有一比丘住是比丘以玻瓈珠出火時賊主彼處見比丘珠中出火作是念必是毗瑠璃珠賊即語比丘與我此瑠璃珠比丘答言善人我無瑠璃珠時賊心念是比丘不肯正爾與我我當殺此比丘即殺比丘已覓珠於針綖囊中乃得玻瓈珠是賊相語言乃以此玻瓈珠故殺此比丘時賊仰臥死比丘還以玻瓈珠著其齋中便去時諸比丘食後經行見是死比丘各相謂言以此珠故為人所殺諸比丘不知云何是事白佛佛以是事集比丘僧集比丘僧已語諸比丘從今不得畜月珠日珠畜者突吉羅

佛在王舍城時諸比丘以大價火浣衣石上浣浣已破壞佛言應平板上手拍浣

佛在舍衛國時末利夫人作一講堂種種莊嚴施僧諸比丘言佛未聽受種種莊嚴講堂在中出入諸比丘不知云何是事白佛佛言此堂清淨可受在中出入時有鵝鴛鴦孔雀俱舍羅鳥鳥耆羅命命飛鸞諸鳥入出作聲妨諸比丘坐禪誦經是事白佛佛言應施欄楯施已故來入佛言應施網時優波離問佛以何物作網佛言以毛以芻摩劫貝文闍草麻龍鬚皮等作作已喜爛壞佛言應施雀目諸鳥故得來佛言應懸簾懸簾時闇佛言應施繩牽上

佛在阿羅毗國新作僧伽藍無掃地物諸比丘不知云何是事白佛佛言應作掃箒
佛在舍衛國爾時長老畢陵伽婆蹉眼痛心念若聽我高處坐者善是事白佛佛言聽高處坐在高處時畏隨地作是念若佛聽我高處作欄楯者善是事白佛佛言聽高處作欄楯
佛在舍衛國時僧坊無門牛馬獼猴狗等來入是事白佛佛言應作門
佛在舍衛國時諸比丘不知何處著針佛言應作針筒
佛在舍衛國諸比丘不知何處著藥草是事白佛佛言應畜盛藥物諸比丘無曬藥物是事白佛佛言應作曬藥物
佛在舍衛國給孤獨居士施僧褥諸比丘言佛未聽受褥是事白佛佛言聽僧畜私亦得畜時諸比丘不自畜褥覆壞僧卧具露身坐上起時毛著身是事白佛佛言應自畜褥覆著僧褥上若不自敷者突吉羅
佛在阿羅毗國比丘露地翹一脚洗便倒地垂死是事白佛佛言應畜洗脚物長老優波離問佛用何物作洗脚物佛言用木石甎作
佛在阿羅毗國作新僧伽藍時天久旱地乾燋後大雨地皆發壞諸比丘行出入時脚蹈地壞佛言應施脚蹈處長老優波離問佛用何物作蹈處佛言應用木石甎作彼僧伽藍多房舍時諸比丘各自房前作安脚蹈處佛言應周帀行行作蹈處者好
佛在舍衛國諸比丘從憍薩羅國向舍衛國中道有流水渠諸比丘到渠岸邊住脫革屣

已兩屐相拍相拍時塵出諸天神皆瞋訶責是比丘此中不應作是諸比丘不知云何是事白佛佛言從今不得道中拍華屐犯者突吉羅若道中行華屐有土時應用軟羊皮拭

佛在舍衛國爾時龍子信樂佛法來入祇洹爲聽法故有比丘以繩繫咽棄無人處時龍子向母啼泣母言汝何以啼泣荅言我爲聽法入祇洹中有一比丘以繩罥我頸棄無人處龍母大瞋往詣佛所向佛言諸比丘時佛爲大衆圍遶說法佛遥見龍母來佛以慈心三昧力滅彼毒心龍母到佛所在一面立白佛言是諸比丘弊惡不善我子信心故來入祇洹聽法諸比丘以繩罥咽遠著無人處龍子在彼被繩罥者是大不好如被擯棄爾時佛種種因緣爲龍母說法示教利喜已默然時龍母聞法已禮佛右遶而去龍母去不久佛以是事集比丘僧語諸比丘從今不得罥蛇棄犯者突吉羅聽以器盛覆頭遠著無人處不得畜壓蛇罥犯者突吉羅

佛在舍衛國時放馬人有緣事來至舍衛城爲僧作種種麨盛滿器施僧諸比丘言佛未聽我受恒鉢那是事白佛佛言是淨食應受

佛在舍衛國諸比丘無物浸衣是事白佛佛言應畜槽盂盆浸衣

佛在舍衛國諸比丘無物浣衣是事白佛佛言應畜槽盂盆浣衣

佛在舍衛國時跋提長者作大僧坊種種莊嚴施僧作是念若佛聽我以青赤白黑色莊嚴房施僧者善是事白佛佛言聽汝以青赤白黑色莊嚴房施僧

佛在舍衛國優伽長者持牛頭栴檀器直十萬兩金及閻浮敷具持到佛所白佛言世尊此中牛頭栴檀器直十萬兩金及閻浮提敷具願佛受之若佛得風病以此栴檀器盛油塗身佛默然受時長者見佛默然受已即持牛頭栴檀器與佛已頭面作禮右遶而去是長者去不久佛以是事集比丘僧語諸比丘今優伽長者施牛頭栴檀器直十萬兩金及閻浮敷具從今若有如是病比丘不求自與應受用

佛在舍衛國有人施僧種種和香諸比丘不受不知云何所用是事白佛佛言應受用塗房舍時諸比丘塗舍外多有衆人來看塔寺衆人見此香塗舍外謂是佛塔聲聞塔時多有人衆象馬牛車男女音聲妨諸比丘坐禪讀經諸比丘心不喜是事白佛佛言從今若得和香應塗舍内塗牀陛牀脚牀板牀當衣橛衣架塗地四壁如是塗者房舍得香施者得福

十誦律卷第三十九

音釋

漉力木切濾也 橙丁鄧切几凳 呞抽之切食巳復出爵也 犛莫包切長髦牛也 鞾而容切毳飾也 襵陟葉切襞也 鞑紐鞑胡犬切紐女九切 啑音帝嚏同 辮婢典切交也 釿宜引切齊也 襞必益切疊衣也 矟色角切矛屬 楯食尹切櫓之屬 豌烏官切豆名 䈇古核切竹篇子也 蟽蝲蟽他達切蝲郎葛切蟽蝲蟲名 瓮烏貢切與甕同 篲旋芮切掃帚也 坌蒲悶切塵埲也 蹬都鄧切與隥同階級也 褥如欲切裍褥也 楣音眉門上横梁也 棚蒲庚切棧也 䴵必郢切麰餈也

十誦律卷第四十

姚秦三藏弗若多羅共三藏鳩摩羅什譯

第六誦之四

雜誦中二十法上之餘

佛在緲摩國與五百大衆共會爾時世尊與五百比丘說五陰法所謂色受想行識時諸比丘持鉢著露地天魔變作大牛身來向鉢有一比丘遥見牛來向鉢語比座比丘言看此大牛來向我鉢不破我鉢耶佛語諸比丘此非牛是魔所作欲壞汝等心佛言從今房舍中應作安鉢處

佛在舍衛國有比丘從憍薩羅國共賈客遊行來向舍衛國時賈客載滿車油在道行險難處有一賈客車破牛脚跛是人語諸伴言隨力多少爲我取油莫棄於此諸賈客言我等車各自滿重若取者共汝俱失諸伴捨去是一賈客獨守此油心愁不樂諸比丘從後來諸比丘以二事故在後一者恐塵坌二者惡聞車聲守油人見比丘來大歡喜作是念此油非是我有今當施僧諸比丘來至便語諸比丘集在一處我施僧油時諸比丘各分取油盛鉢中半鉢中揵瓷中盛已持去道經市中前去賈客見是諸比丘持油來即生妬心語諸比丘言汝此油何處買來何處賣去何處下馱何處取利諸比丘聞是語心不喜是事白佛佛言從今不得道中擔油行犯者突吉羅佛自恣後遊行教化有比丘手執華屣行佛見已知而故問何以手執華屣行答言我脚指間破無物可塗佛言從今聽畜盛酥油囊受一升若半升又更應畜覆囊物

佛從迦羅衛國與諸比丘行向舍衛國諸天
神隨比丘行作是念若諸比丘或能說法我
等當聽得大利益諸比丘行時作戲調言語
諸天神皆瞋訶責比丘言沙門釋子道路遊
行何不說法呪願諸天神得歡喜利益諸比
丘不知云何是事白佛佛言從今諸比丘道
路行時應說法呪願供養天神歡喜利益若
比丘園中住樹下住或水邊住或泉邊住或
多人處住時諸天神多有來集皆作是念諸
比丘或能說法我等聽受得大利益諸比丘
在園中住樹下住水邊住泉邊住多人處住
時說法呪願供養諸天神得歡喜利益諸比
丘不知云何是事白佛佛言從今園中住樹
下住水邊住泉邊住多人處住時當說法呪
願供養天神歡喜利益

佛在舍衛國比丘向暮有賊處行見賊已是
比丘畏賊故失衣諸比丘不知云何是事白
佛佛言從今比丘不得向暮賊處行若有事
緣向暮行時以衣分著兩肩上以繩繫腰疾
過賊道

佛在阿羅毗國時阿羅毗無水諸比丘是事
白佛佛言應作井

佛在阿羅毗國是國中有新成僧坊比丘掃
地無棄糞物是事白佛佛言應畜糞箕

佛在舍衛國有比丘患下數數起故大疲極
是事白佛佛言應牀上穿孔牀下安器

佛在舍衛國長老優波離問佛世尊如弗迦
羅沙王婆羅門從佛乞三種禮敬若沙門瞿
曇見我乘象時若手持轡若著華屣若飲脚
時若㧞頭上襆見是已當知我已禮敬沙門

瞿曇我在道行時或豎脚或却天冠或却蓋見是已當知我已禮敬世尊若沙門瞿曇見我在大衆中高聲語時喜笑時或挑衣角時見是已當知我已敬禮世尊比丘應作是三種禮不佛言不得佛語優波離稱和南者是口語若曲身者是名心淨優波離若比丘禮時從座起偏袒右肩脱革屣右膝著地以兩手接上座足

佛在舍衛國諸比丘於祇洹中處處剃髮時諸天神金剛神皆瞋訶責此處不應作是諸比丘不知云何是事白佛佛言從今不得處處剃髮時多積髮佛言應除棄除棄時比丘吐逆佛言應一處作坑

佛在舍衛國有人施僧華鬘諸比丘不受不知用華鬘作何物是事白佛佛言聽受應以針釘著壁上房舍得香施者得福

佛在舍衛國時衆僧髮長時剃髮人大懅時有一剃髮人作比丘是比丘作是念若佛聽我畜剃髮刀剃僧髮者善是事白佛佛言聽畜剃刀與僧剃髮

佛在舍衛國時僧指爪長剃髮人懅時有剃髮人作比丘是比丘作是念若佛聽我畜截爪刀與僧截爪者善是事白佛佛言聽畜刀與僧截爪

佛在舍衛國爾時僧鼻毛長時剃髮人懅時有剃髮人作比丘是比丘作是念若佛聽我畜鑷拔僧鼻中毛者善是事白佛佛言聽畜鑷拔僧鼻中毛

佛在舍衛國諸比丘露地敷繩牀結跏趺坐禪天熱睡時頭動有一毒蛇繩牀前行見比

丘頭動蛇作是念或欲惱我即跳螫比丘額是比丘故睡不覺第二螫額亦復不覺第三螫額比丘即死諸比丘食後彼處經行見是死比丘不知云何是事白佛佛以是事集比丘僧集比丘僧已語諸比丘從今繩牀脚下施支令八指跂

佛在舍衛國爾時長老畢陵伽婆蹉眼痛入浴室洗時汗入眼中便增痛佛言應以泥塗額上時泥氣入眼眼復增痛是事白佛佛言應以香和泥塗額上

佛在舍衛國長老優波離問佛如佛說汝目連從今僧自說戒我不入僧中諸比丘不知誰應說戒佛言應上座說若上座不利次第二上座如是次第能者說時有說戒人處處忘忘時默然住佛言應授諸比丘便次第授

佛言不應次第授應授忘處

佛在舍衛國優波離問佛阿耆達婆羅門施佛八種漿周羅漿牟羅漿具羅漿樓伽漿說槃提漿玻瓈沙漿桃漿蒲萄漿等今日受明日得飲不佛言無滓病者得飲有滓不聽飲

佛在王舍城有大僧坊是中有客比丘初夜中夜後夜一一時來見下座比丘脫衣坐遣令起下座答言上座不知時諸比丘不知云何是事白佛佛言從今若唱時若打揵椎時分取卧具時然後敷私卧具然燈星宿出時禪鎮著頭上自是已後不應遣下座起遣者突吉羅

佛在阿羅毗國阿羅毗上座初夜坐禪中夜還房還房時道中畏師子虎狼熊羆是事白佛佛言房舍四邊應作墻若作籬繞四邊豎

栅
佛在阿羅毗國有新房舍天旱久不雨後卒雨大水漬墻壁爛壞是事白佛佛言應作水竇繞四邊應作壍
佛在舍衛國爾時比丘尼僧髮長時剃髮人㦗不得剃有一比丘尼名提舍先是剃髮人作是念若佛聽我畜剃刀與比丘尼剃髮者善是事白佛佛言聽畜剃刀剃比丘尼髮
佛在舍衛國時比丘尼僧爪長剃髮人㦗比丘尼名提舍先是剃髮人作是念若佛聽我畜剪爪刀與諸比丘尼剪爪者善是事白佛佛言聽畜剪爪刀與比丘尼僧剪爪
佛在舍衛國時諸比丘尼僧鼻毛長剃髮人㦗有一比丘尼名提舍先是剃髮人作是念若佛聽我畜鑷與比丘尼拔鼻中毛者善是事白佛佛言聽畜鑷拔諸比丘尼鼻中毛
佛在王舍城爾時六羣比丘以貝珠揩衣著諸居士訶責言諸沙門釋子自言善好有德以貝珠揩衣著如王如大臣是中有比丘少欲知足行頭陀聞是事心不喜向佛廣説佛以是因縁集比丘僧知而故問六羣比丘實作是事不答言實作世尊佛以種種因縁訶責六羣比丘云何名比丘以貝珠揩衣著種種因縁訶已語諸比丘從今不得貝珠揩衣著著者突吉羅
佛在舍衛國阿耆達婆羅門持衣施佛佛語阿耆達是衣分與僧時分與僧諸比丘不受作是言我三衣具足何用是衣爲是婆羅門還到佛所作是言世尊諸比丘不受我衣時佛持刀與阿耆達教言以刀割一張疊作衣

緣人人與一段

佛在舍衛國時長老跋提著納衣段段裂壞佛見是跋提知而故問跋提汝納衣何以破壞答言我糞掃衣故世尊是以裂壞佛語跋提若著糞掃衣若居士衣好割截治縫令周正別施緣佛自恣後人間遊行教化有一比丘手執華屣行佛見是比丘手執華屣行知而故問何以故手執華屣行答言華屣敗斷爾時華屣師𢥞不得治佛言從今聽畜錐刀畜皮若能縫者隨意縫治

佛在舍衛國爾時比丘尼僧誦戒不利瞿曇彌比丘尼往到佛所頭面作禮在一面立已白佛言比丘尼僧誦戒不利願世尊教令誦利佛言不得何以故若比丘尼能一聞我語能受持者將來瞿曇彌還所住處諸比丘尼問瞿曇彌得教誦戒不答言不得何以故不得佛言若比丘尼能一聞我語能受持者將來時修目佉比丘尼是婆羅門種出家有大念力白瞿曇彌言我能受持時瞿曇彌將修目佉比丘尼往到佛所爾時世尊欲二月遊行教化是時多有諸天龍夜叉乾闥婆阿脩羅迦樓羅緊那羅摩睺羅伽人與非人皆詣佛所時二比丘尼不得聞戒即還住處諸比丘尼問言得教誦戒不答言不得何以故不得答言佛欲二月遊行多有天龍夜叉乾闥婆阿脩羅迦樓羅緊那羅摩睺羅伽人與非人皆詣佛所不得聞戒爾時世尊二月遊行竟還舍衛國即時瞿曇彌將修目佉比丘尼往到佛所頭面作禮在一面立已白佛言世尊諸比丘尼誦戒不利願世尊教諸比丘尼

佛言不得何以故若有比丘尼一聞我語能受持者將來瞿曇彌言願世尊說是修目佉比丘尼能受持佛即爲說修目佉比丘尼即時受持

爾時世尊更爲瞿曇彌修目佉比丘尼種種說法示教利喜時佛爲瞿曇彌修目佉比丘尼說法示教利喜已黙然即從座起頭面作禮右遶而去時佛見瞿曇彌修目佉比丘尼右遶去不久以是事集比丘僧集比丘僧已語諸比丘從今比丘應誦比丘尼戒莫令忘失何以故諸女人喜忘智慧散亂我般泥洹後諸比丘尼當從大僧問戒法

佛在舍衛國爾時長老阿難與大衆圍繞說法時有上座比丘後來起第二下座第二下座復起第三如是上座來時次第起故衆亂妨聽說法諸長者作是念言此中亦無有前食後食何用次第坐爲妨聽說法爾時世尊見諸長者訶責比丘佛以是事集比丘僧語諸比丘從今聽法時上座來不應遣下座起起者突吉羅若和尚阿闍黎來恭敬故自起不得起他若起他者突吉羅佛言從今三比丘中間隔三歲得共大牀坐二人得共一繩牀坐不得三人獨坐牀上應一人坐不應二人

佛在舍衛國有一長者請佛及僧明日食佛黙然受知佛受已從座起頭面禮佛右遶而去還家竟夜辦種種多美飲食爾時六羣比丘與十七羣比丘先共諍時十七羣次應守僧坊六羣比丘次與迎食不時來還如上樹因緣說

佛在舍衛國有二比丘一名旃陀二名蘇陀是二比丘共作知識是二比丘試著他衣如善誦中說

佛在舍衛國有一放豬人失豬有弊惡人祇洹塹邊便殺割肉各分持去爾時諸比丘中前著衣持鉢入舍衛城乞食見地豬腸各相謂言汝取是煑我入城乞食有煑者有乞食者時食豬人入祇洹求豬見烟起至比丘邊問言大德此中何所作答言煑豬腸是人言我今失豬汝等煑腸必殺我豬答言不殺問言何處得答言塹邊地得共相謂言此比丘不肯直首將詣官斷即將詣官時斷事人言大德實殺豬不答言不殺我等祇洹塹邊地得是腸時斷事人多信佛法能正斷事作是言比丘必不殺豬語比丘去從今莫復取露地豬腸是比丘向諸比丘說諸比丘以是事向佛廣說佛言從今露地豬腸不得取取者突吉羅及園中甘蔗多羅果亦如是爾時有一人親里死是人即以白氎纏死人棄阿難從道行見是死人上有氎欲往取時死人動肩言莫取我氎阿難即捨氎而去至祇洹中向諸比丘說我道中行見死人上有白氎時有比丘名黑阿難身體强壯問死人在何處阿難言在某處是比丘即到死人上取白氎死人動肩語長老黑阿難莫取我白氎爾時黑阿難唾是死人作是言餓鬼汝從何處來貪著此衣汝前世慳貪故墮餓鬼中黑阿難即擔衣前去鬼隨後啼逐黑阿難持此白氎入祇洹中爾時守祇洹門大力善神不聽此鬼入即墮塹中時黑阿難以氎示諸比丘言

我從彼死人邊取是氎來諸比丘問言死人在何處答言今墮祇洹塹中諸比丘不知云何是事白佛佛言從今死屍未壞不得取物取者偷蘭遮爾時六羣比丘以針畫死屍身令壞取衣有人見訶責言沙門釋子自言善好有功德云何如旃陀羅以針破死屍取衣是中有比丘少欲知足行頭陀聞是事心不喜是事白佛佛言從今不得以針破死屍畫者突吉羅爾時佛語黑阿難還送死屍著本處還以白氎覆上當在餓鬼後行莫在前行當在左邊莫在右邊當近頭莫近脚莫爲鬼所打

佛在舍衛國有人施比丘尼僧木桶諸比丘尼不受不知何所用是事白佛佛言應取用盛澡豆

佛在舍衛國有比丘尼名周那難提面貌端正顏色清淨以麤繫腰繩并襧兩邊著泥洹僧令髈麤大而腰細有賈客見已語諸伴言看是比丘尼髈比丘尼聞已心不喜是事白佛佛語諸比丘從今比丘尼不得并襧兩髈上著泥洹僧犯者突吉羅

佛在舍衛國有一比丘不著襯身衣倚新畫壁立綵畫剥落是事白佛佛言從今比丘不著襯身衣倚畫壁者突吉羅

佛在舍衛國諸比丘於祇洹中處處然火如似鍛作處諸金剛神皆瞋訶責言云何名比丘汙此地諸比丘不知云何是事白佛佛言從今不得處處然火犯者突吉羅應一處然

佛在舍衛國諸比丘於祇洹中處處洗浴或用澡豆或用土以濕熱故生蟲諸金剛神皆

瞋訶責言云何名比丘汙此地諸比丘不知云何是事白佛佛言從今不得處處洗浴應一處就水竇洗

佛在釋迦國釋摩訶男請佛及僧明日食佛默然受知佛受已頭面作禮右遶而去到舍通夜辦種種多美飲食晨朝敷坐處已往到佛所白言時到佛自知時佛與諸比丘僧入其舍是會有肉佛及僧次第坐竟釋摩訶男自手行飯下肉爾時六羣比丘畜狗疾食竟拾滿鉢骨置前舉眼高視時釋摩訶男循行看僧食誰得誰不得誰重得見是鉢中盛滿物語諸比丘大德此鉢是恒沙諸佛標幟何以輕賤此鉢汝自賤鉢我亦不愁但恐汝後持此不淨鉢與我食爾時佛見釋摩訶男訶責已時佛訶責六羣比丘云何以鉢盛不淨物從今不得以鉢盛不淨物盛者突吉羅

佛在王舍城爾時六羣比丘以脚扶鉢受食是事白佛佛言從今不得以脚扶鉢受食犯者突吉羅爾時六羣比丘以革屣頭扶鉢受食是事白佛佛言從今不得革屣頭扶鉢受食犯者突吉羅

佛在王舍城六羣比丘與無鉢人受具戒爾時六羣比丘與十七羣比丘喜共諍時六羣比丘次守僧坊十七羣次與迎食時十七羣比丘從守僧房比丘索鉢來問作何等答言與汝請食彼比丘言無鉢問言汝無鉢出家耶答言如是時十七羣比丘作是言汝是大智德人無鉢便得受具戒是比丘聞是語心不喜是事白佛佛言從今無鉢人不得與出家受具足若與具戒者突吉羅

佛在王舍城爾時跋難陀釋子度一賊主出家作比丘後入王舍城乞食所可到處諸婦女見是比丘來便藏衣物作是言此人詐作乞食看我衣物必欲來取是比丘聞是語心不喜向諸比丘說諸比丘以是事向佛廣說佛以是事集比丘僧已知而故問跋難陀汝實作是事不荅言實作世尊佛以種種因緣訶責跋難陀云何名比丘度賊主出家種種因緣訶已語諸比丘從今不得度賊主出家若度者突吉羅若因緣欲度者度已應令離本處去五六由旬若知善好有德還可將來

佛在舍衛國爾時饑餓乞食有一比丘未滿五臘應受依止往到親里家四五日住已辭別欲去親里問言何以故去荅言我須依止故親里言大德今饑餓世或當餓死何用依止諸比丘不知云何是事白佛佛言從今饑餓時可得日日見和尚處聽住可日日來若日日不得來者可至五日若五日不得來者布薩時應來若布薩時不得來乃至二由旬半至自恣時應來見和尚

佛在舍衛國憍薩羅國有邊聚落爾時波斯匿王稅是邊聚落邊聚落人即皆捨去彼處有比丘住不得衣食故捨房舍去王後有敕不復稅奪諸人聞已即還本處諸比丘未還爾時諸外道從憍薩羅國來向舍衛國逕入僧坊見是僧坊清淨莊嚴瓮鑊甕器瓮物坐具臥具滿僧坊中語諸居士汝此僧坊空聽我等住者善荅言隨意諸外道便住有諸比丘從憍薩羅國遊行向舍衛國到是僧坊乃見是坊中清淨莊嚴瓮鑊甕器瓮物坐具臥

具滿是坊中諸比丘共相謂言此裸形外道無田宅民戶何由能辦如是供養必是先比丘住處諸比丘語言汝去答言何以故語言此先是我等住處外道答言大德此不從汝等得汝亦不安我在此我從居士邊得居士遣者我等當去諸比丘往語居士此本是我等沙門住處還使我等此中住者善諸居士問比丘言捨此僧坊去幾歲答言十歲諸居士問外道汝等此中住來幾歲答言十歲諸居士作是言此不可得何以故比丘捨去已經十歲外道住來亦經十歲不得遣去諸比丘默然以此事白王王言誰言十歲捨去十歲住中不得遣去時王即遣人往以拳打外道齒折遣去諸比丘不知云何是事白佛佛言從今兩寺相近者應共作羯磨一處受施兩處布薩如是應作作法者一心和合僧一比丘唱言大德僧聽是某處某處應一處受施兩處布薩若僧時到僧忍聽某處某處一處受施兩處布薩如是白大德僧聽是某處某處一處受施兩處布薩誰諸長老忍某處某處一處受施兩處布薩者默然誰不忍者說僧作某處某處一處受施兩處布薩竟僧忍默然故是事如是持是二處中或有一處空是中所有衣被卧具諸物應并著一處後有僧來則還分取

佛在王舍城爾時六羣比丘或頭上戴物或腰間帶物諸比丘以是事白佛佛言從今不得頭上戴物腰間帶物行犯者突吉羅

佛在王舍城爾時跋難陀釋子度王軍將爾時邊國人叛時王檢校此將有人答言出家

何處出家答言沙門何等沙門答言釋子沙門王瞋言是比丘必當度我一切將是中有比丘少欲知足行頭陀聞是事心不喜是事白佛佛以是事集比丘僧知而故問跋難陀汝實作是事不答言實作世尊佛以種種因緣訶責云何名比丘輒度王所識將佛言從今不得度王所識將犯者突吉羅

佛在舍衛國跋難陀釋子共一賈客兒諍賈客兒瞋以拳打跋難陀時跋難陀往到斷事所言此賈客兒打我問何以諍即答以上事時斷事人即喚賈客兒來已問言打比丘不答言實打時斷事人便問法制打比丘得何罪答言依制隨以何身分打應斷此分即問賈客兒言以何身分打答言右手時斷事人截其右手時城中人聞沙門釋子言人截手一人語二人二人語三人如是惡名流布滿舍衛城是中有比丘少欲知足行頭陀聞是事心不喜向佛廣說佛以是事集比丘僧知而故問跋難陀汝實作是事不答言實作世尊佛種種因緣訶責跋難陀釋子云何名比丘言人截手佛言從今不得言人截手犯者偷蘭遮

佛在舍衛國有一外道有信樂心欲得出家往語諸比丘我欲出家出家法中有何難事比丘答言有四依法一者依著糞掃衣得出家受具足戒答言我不能著死人弊衣問言除是更有何難比丘言常依乞食得出家受具足戒言我法乞食更有何難答言依樹下住得出家受具足戒答言我法樹下住更有何難答言依塵棄藥得出家受具足戒答言

我不能服是藥聞是事不肯出家受具足戒諸比丘不知云何是事白佛佛言諸比丘不應先說四依應先與受具足戒竟乃說四依

佛在舍衛國有比丘失衣鉢有一知識比丘餘處見是衣鉢即捉是衣言此是其衣鉢今從汝手中得彼言我買得問言買時誰見諸比丘不知云何是事白佛佛言買得者非賊若偷取者是賊佛語諸比丘此衣買用幾許實買得者應還本直取

佛在舍衛國爾時諸比丘二月遊行時六羣比丘有知識比丘以衣寄六羣比丘去亦如先說

佛在王舍城爾時有五比丘問佛用何物染衣佛言應以根染莖染葉染華染果染新生犢屎染

佛在阿羅毗國作新僧伽藍諸比丘無經行處是事白佛佛言應作經行處彼土熱經行時汗流佛言應經行處種樹法上竟中二十

雜誦中二十法下

佛初成阿耨多羅三藐三菩提時賈客施酥乳糜佛食已腹內風發時釋提桓因見佛患風因閻浮樹故名閻浮提去是樹不遠有訶梨勒林爾時釋提桓因取好訶梨勒來奉上佛作是言世尊去閻浮樹不遠有訶梨勒林我取色好訶梨勒來願佛受食可除風病得遊步進止佛默然受爾時釋提桓因見佛受已頭面作禮右遶而去釋去不久佛即服此訶梨勒風病即除以子擲地即生訶梨勒樹長大生訶梨勒熟黃色墮地遍滿佛見已知而故問阿難諸比丘何故不噉此訶梨勒阿

難言世尊制此不得噉宿受食故佛語阿難先受訶梨勒已滅此令噉無罪

佛在舍衛國諸比丘無盛衣物佛言應作箱彼土熱故生蟲佛言應以青木香那毗羅草根著衣箱中以香故蟲不生

佛在舍衛國給孤獨居士施衆僧被諸比丘不受佛未聽我受被是事白佛佛言僧得受一人亦得受

佛在王舍城爾時六羣比丘著留縷頭衣結縷頭衣交結縷頭衣刷縷頭衣不作淨衣是事白佛佛言不得著留縷頭衣結縷頭衣交結縷頭衣刷縷頭衣著者突吉羅若著不作淨衣者波逸提

佛在舍衛國爾時諸比丘不著僧及居士留縷頭衣結縷頭衣交結縷頭衣刷縷頭衣不作淨衣是事白佛佛言若僧及居士有留縷頭衣結縷頭衣交結縷頭衣刷縷頭衣不作淨衣得著

佛在舍衛國有阿羅漢般涅槃諸比丘心念如佛所說身中有八萬戶蟲若燒身者當殺是蟲諸比丘不知云何是事白佛佛言人死時諸蟲亦死諸比丘心念佛聽我燒阿羅漢身者善是事白佛佛言聽燒阿羅漢身諸比丘心念佛聽我等與阿羅漢起塔者善是事白佛佛言聽起阿羅漢塔諸比丘心念佛聽我等供養阿羅漢塔者善是事白佛佛言聽供養阿羅漢塔

佛在舍衛國長老迦旃延有一賈客弟子從海中還以貝作鉋身物施迦旃延迦旃延不受佛未聽我受貝鉋身物是事白佛佛言得

受

佛在舍衛國有一病比丘語看病人汝能好看我愛念我我若命終所有物盡當與汝語已便終打揵椎集僧僧語看病人死比丘所有物盡持來現前僧應分看病人言非僧物何以故我看病人病人語我言汝能好看我愛念我我若命終所有諸物盡當與汝是事故非僧物諸比丘不知云何是事白佛佛言無如是死當與汝若比丘命終物現前僧分

佛在舍衛國有比丘淨施一比丘已物主命終即打揵椎集僧僧遣人取死比丘衣物來時受淨施比丘答言非僧物何以故死比丘先淨施我諸比丘不知云何是事白佛佛言此爲淨故施彼命終已現前僧應分

佛在舍衛國有比丘淨施一比丘物受施者死時打揵椎集僧彼比丘自持衣來與僧作是言此是僧物僧問何故答言我先淨施死比丘諸比丘不知云何是事白佛佛言若彼受淨施人死更應淨施餘人

佛在舍衛國有比丘淨施一比丘受施者反戒諸比丘不知云何是事白佛佛言若反戒更淨施餘人

佛在舍衛國有比丘淨施共行弟子弟子有不如法事師責語言莫我邊住是弟子往到六羣比丘邊住弟子先欲悔過以近六羣比丘故無有悔心師往語弟子言汝何不悔過於我答言不能師言我先淨施汝衣弟子言今當與佛諸比丘不知云何是事白佛佛言若弟子被師責不聽教作應更淨施餘人

佛在毗舍離國爾時地濕諸比丘作衣帳住

諸比丘作是念此中將不犯彼過十夜長衣宿耶諸比丘不知云何是事白佛佛言此衣作舍用不犯

佛在阿羅毗國時井水有蟲諸比丘不知云何是事白佛佛言應漉漉時三二人共捉捉時不正佛言應作捲漉水已寫蟲著井中井中蟲轉多佛言一器盛水漉水已以蟲寫中寫中已持寫流水中長老優波離問佛頗有比丘在僧中受功德衣時有不得者耶答言有若比丘餘處安居此處受功德衣是名不得長老優波離問佛頗有比丘不受功德衣得名受耶答言有若比丘是處安居自恣已出界行還來入界聞僧今日受功德衣聞已隨喜者得名爲受長老優波離問佛頗有比丘捨功德衣時有不捨者耶佛言有若比丘餘處受功德衣此處僧捨衣彼比丘雖在中不名爲捨長老優波離問佛頗有比丘僧捨功德衣彼比丘不在得名捨耶答言有若比丘受功德衣出界行聞捨功德衣隨喜是名得捨

佛在舍衛國憍薩羅國住處有人施僧物打揵椎集僧和合分物已起爾時六羣比丘從界外來語諸比丘此衆僧所有物我當共分諸比丘還更共分諸比丘不知云何是事白佛佛言若打揵椎僧和合分物已起界外有比丘來欲與者與不得强分

佛在舍衛國憍薩羅國有人施僧衣爾時有六羣比丘到僧坊中兩兩共語看諸比丘欲分衣時在屏處住彼分物已我等當出到邊使更共分爾時六羣比丘看彼比丘已在屏

處住爾時打揵椎集僧諸比丘共相謂言喚是六羣比丘來求覓所在處不得有人言是比丘多緣事必當出行即和合分物已起六羣比丘便界内來言此應共我等分時六羣比丘作是言若不信我在界内者此中有比丘見諸比丘更與共分諸比丘不知云何是事白佛佛言若打揵椎僧分物已起若有界内比丘來欲與者與不得强分

佛在舍衛國爾時比丘貴價火浣衣及深摩根衣敷牀上坐起時欲破壞諸比丘不知云何是事白佛佛言應敷者敷應著者著隨所宜作

佛在舍衛國諸比丘爲布薩故打揵椎說戒者言若不來囑授者說有一比丘作是言某比丘清淨與欲問言彼比丘那去答言出界去諸比丘不知云何是事白佛佛言從今日與欲者不得出界犯者突吉羅

佛在舍衛國諸比丘爲布薩故打揵椎說戒者言與欲者說有一比丘唱言某甲比丘清淨與欲問言是比丘在何處答言在界外諸比丘不知云何是事白佛佛言從今不得受界外比丘欲犯者突吉羅

佛在舍衛國爲布薩故打揵椎集僧說戒者言誰受教誡比丘尼答言迦留陀夷問言在何處答言出界行諸比丘不知云何是事白佛佛言從今受教誡比丘尼者不得出界行犯者突吉羅

佛在王舍城爾時六羣比丘展轉與清淨與欲與自恣與除罪諸比丘不知云何是事白佛佛言從今不得展轉與清淨與欲與自恣

與除罪犯者突吉羅
佛在舍衛國憍薩羅國去僧坊不遠有阿練若處布薩時天雨坊中僧心念阿練若比丘當來阿練若處僧復作是念僧坊中比丘當來爾時兩不相就不得布薩諸比丘不知云何是事白佛佛言應羯磨一處布薩應如是作作法者一心和合僧一比丘僧中唱言大德僧聽此某堂舍應作布薩處若僧時到僧忍聽某堂舍作布薩處如是白白二羯磨僧聽某堂舍作布薩處竟僧忍默然故是事如是持
佛在舍衛國爾時末利夫人爲聽法故到祇洹中問諸比丘言此處有幾僧答言不知諸比丘不知云何是事白佛佛言應數爾時諸比丘喚名字數喚名字數時參錯失數佛言應行籌夫人又問有幾沙彌答言不知諸比丘不知云何是事白佛佛言沙彌亦應行籌
佛在舍衛國僧布薩時末利夫人施僧錢諸比丘不受佛未聽受布薩錢諸比丘不知云何是事白佛佛言聽受時諸比丘未到布薩二日三日便說戒布薩比丘爲布薩故來不得布施諸比丘不知云何是事白佛佛言不得先前二日三日說戒犯者突吉羅佛言布薩時應布薩爲布薩比丘來令得布施故爾時諸沙彌索分答言汝不布薩不作羯磨不說戒不入布薩故不與分諸比丘不知云何是事白佛佛言沙彌受籌故應與分佛雖聽與不知與幾許佛言若沙彌在行次檀越自手與者應等與若但施僧大比丘得三分沙彌得一分

佛在王舍城爾時六羣比丘共白衣一牀坐諸比丘不知云何是事白佛佛言從今不得與白衣共一牀坐犯者突吉羅爾時六羣比丘共沙彌一牀坐諸比丘不知云何是事白佛佛言從今不得與沙彌共牀坐犯者突吉羅

佛在舍衛國爾時比丘共沙彌二夜宿第三夜遣出出時沙彌先以油塗脚蹈地敷上油汙地敷諸比丘不知云何是事白佛佛言從今油塗脚不得地敷上行犯者突吉羅

佛在王舍城爾時六羣比丘互相誘弟子時上座訶責言諸比丘云何得畜弟子教化如法如是六羣比丘誘我弟子諸比丘不知云何是事白佛佛言從今不得誘他弟子犯者突吉羅爾時六羣比丘各呪誓言我若誘汝弟子者作佛呪法呪僧呪諸比丘不知云何是事白佛佛言從今比丘不得自呪不得呪他若自呪若呪他者突吉羅爾時六羣比丘以物作誓我若誘汝弟子者便沒是物諸比丘不知云何是事白佛佛言從今不得以物自誓誓他若以物自誓誓他者突吉羅

佛在王舍城爾時六羣比丘失衣鉢語諸比丘言我失衣鉢當共作投竈時諸比丘各各思惟不知云何是事白佛佛言從今比丘法不得自投竈亦不得令他投竈若自作令他作者突吉羅何以故呪與投竈一種故

佛在王舍城爾時六羣比丘貸白衣物語取物者言至時不得者當倍責汝取物者怖畏諸比丘不知云何是事白佛佛言從今不得要他索倍犯者突吉羅

佛在舍衛國爾時虎狼殺鹿選擇好肉噉有比丘過中從此道行見是死鹿各相謂言當持歸明日食即持殘鹿歸時虎飢起求覓殘鹿遶祇洹吼聲時佛見虎吼佛知而故問阿難是虎何故吼答言世尊比丘持虎殘肉來故佛言從今不得取虎殘犯者突吉羅何以故虎不斷望故若取師子殘者不犯何以故師子斷望故

佛在舍衛國有比丘先不從比丘求聽出罪便出他罪是比丘聞是事心不喜是事白佛佛言從今他不聽不得說他罪不得令他憶罪不得遮他說戒自恣不得遮他教誡比丘尼遮者突吉羅

佛在舍衛國爾時有下座比丘不恭敬喚上座上座聞已心不喜諸比丘不知云何是事白佛佛言從今不得不恭敬喚上座若不恭敬喚上座者突吉羅爾時諸比丘不知云何喚上座是事白佛佛言從今下座比丘喚上座言長老爾時但喚長老不便佛言從今喚長老其甲如喚長老舍利弗長老目揵連長老阿難長老難提長老金毗羅

佛在舍衛國有那羅比丘有施羅比丘尼二人共戲笑言語惱亂諸比丘是事白佛佛言是那羅比丘施羅比丘尼所作不善所噉食如偷盜佛以是事集比丘僧語諸比丘應與是一人作不清淨羯磨一心和合僧一比丘唱言大德僧聽是那羅比丘施羅比丘尼共戲笑言語惱亂諸比丘若僧時到僧忍是那羅比丘施羅比丘尼共戲笑言語惱亂諸比丘是所噉食如偷盜如是白白二羯磨僧與

那羅比丘施羅比丘尼作不清淨羯磨竟僧忍默然故是事如是持僧與二人作不清淨羯磨竟是二人心生悔自見過罪四布懺悔作是言我先惱亂衆僧今生清淨心乞捨不清淨羯磨諸比丘不知云何是事白佛佛言是那羅比丘施羅比丘尼悔過生清淨心應與捨不清淨羯磨應如是作一心和合僧是那羅比丘施羅比丘尼從座起偏袒右肩脱革屣右膝著地合掌作是言大德僧聽我那羅比丘施羅比丘尼共戲笑言語惱亂僧故僧與我等作不清淨羯磨所噉食如偷盜我等今悔過生清淨心乞捨不清淨羯磨我那羅比丘施羅比丘尼所受食莫如偷盜憐愍故第二第三亦如是乞僧中一比丘唱言大德僧聽是那羅比丘施羅比丘尼共戲笑言語惱亂僧故與不清淨羯磨所噉食如偷盜是二人今自悔過生清淨心從僧乞捨不清淨羯磨所噉食莫如偷盜若僧時到僧忍聽僧與是那羅比丘施羅比丘尼捨不清淨羯磨所噉食莫如偷盜如是白白四羯磨僧與那羅比丘施羅比丘尼捨不清淨羯磨竟僧忍默然故是事如是持

爾時比丘問佛用何等皮作革屣佛言除五種皮師子皮虎皮豹皮獺皮猫皮更除五種皮象皮馬皮狗皮野干皮黑鹿皮餘者聽作

佛在舍衛國爾時有人施僧鱣魚皮革屣諸比丘不受佛未聽我著鱣魚皮革屣是事白佛佛言應受鱣魚皮革屣爲麤故以牛皮覆上

佛在舍衛國爾時有人施僧鮨魚皮革屣諸

比丘不受佛未聽我受鯌魚皮革屣是事白
佛佛言聽受鯌魚皮革屣以眼痛故以牛皮
覆上
佛在舍衛國有人施僧筋諸比丘不受不知
何所用是事白佛佛言聽受用作閉戶紐開
戶繩
佛在舍衛國有人施僧熊皮諸比丘不受不
知何所用是事白佛佛言應受應著僧房戶
用拭脚入房佛自恣後遊行教化有一比丘
手捉革屣行佛見已知而故問何以故手捉
革屣行白佛言世尊革屣壞我脚故佛言應
以輭皮遮遮已行時撥地佛言應後施綱佛
在阿羅毗國國有營理比丘日日爲材木爲
竹入山入山時道中畏師子虎狼熊羆多羅
叉畏不依道行行時棘刺皂莢刺刺脚是比
丘以龍鬚草作屩道中多受泥水壞脚佛言
應作鞾通泥水出
佛在舍衛國祇梨園有佛親里聞同姓中有
出家得佛即白父母我欲往見佛父母作是
念若往佛所或當出家爾時父母爲說諸難
言道中有師子怖虎狼熊羆等怖又白父母
我必當去父母知必欲去作是言我今與汝
別若出家者當來至此答言爾即往佛所到
已頭面作禮在一面立佛與出家受戒後辟
白佛言世尊我欲還見父母親里佛言去莫
久住即便還家諸親里多人人留一日如是
經久時龍雨雪墮爾時是比丘與親里別欲
還佛所答言龍雨雪云何得去汝能著白衣
鞾不答言佛未聽我著白衣鞾即時還道中
手冷脚疼眼痛來到佛所頭面作禮在一面

立諸佛常法客比丘來以如是語勞問忍不足不安樂住不乞食不乏道路不疲耶佛即以是語勞問是比丘忍不足不安樂住不乞食不乏道路不疲耶比丘言忍足安樂住乞食不乏道路不疲即以如是事向佛廣說佛知而故問彼土何如答言多雪佛言從今多雪國土聽著白衣韡為遮雪故

佛在舍衛國爾時給孤獨居士以赤朱塗五百繩牀脚施祇桓僧諸比丘不受言佛未聽我朱塗繩牀脚是事白佛佛言是牀清淨應受

佛在王舍城爾時跋提長者種種莊嚴僧坊施僧諸比丘不受佛未聽我受種種莊嚴僧坊是事白佛佛言是坊清淨應受

佛在舍衛國郁伽蘇跋那長者往到佛所頭面作禮在一面坐已佛以種種說法示教利喜示教利喜已默然爾時郁伽長者見佛種種說法默然已白佛言世尊請佛及僧明日食佛默然受知佛默然受已還家竟夜辦種種多美飲食又莊嚴五百金牀銀牀瑠璃牀玻瓈牀作是念不受一當受一又辦五百金槃銀槃瑠璃槃玻瓈槃作是念不受一當受一又辦五百金鉢銀鉢瑠璃鉢玻瓈鉢作是念不受一當受一明朝往白佛時到佛著衣持鉢與比丘僧俱入其舍以五百金牀奉佛時佛不受又奉銀牀瑠璃牀玻瓈牀佛亦不受爾時長者除是寶牀更敷餘牀以褥重敷上佛即就坐爾時長者以五百金槃奉佛佛亦不受又奉銀槃瑠璃槃玻瓈槃施佛佛亦不受爾時長者以五百金鉢奉佛佛亦不受

又奉銀鉢瑠璃鉢玻瓈鉢佛亦不受佛言我先聽二種鉢鐵鉢瓦鉢八種鉢不應畜長者即行水下食種種豐美佛及僧滿足收鉢已持小牀佛前坐欲聽法佛爲種種說法示教利喜竟從座起去

十誦律卷第四十

音釋

轡 彼義切馬轡也　襆 防玉切帊也　懅 其據切懼也　戢 居僞切載物也

塹 七艶切坑也　竄 倉亂切　鱣 知連切大黄魚也　鯌 倉各切魚名

鞾 許遐切有勒履也勒於教切

十誦律卷第四十一

姚秦三藏弗若多羅共三藏鳩摩羅什譯

第六誦之五

雜誦中二十法下之餘

佛在舍衛國有一婆羅門生女面貌端正顏色清淨顏色清淨故名曰妙光此女生時相師占曰是女後當與五百男子共通諸人聞已女年十二無有求者時婆羅門有隣比賈客常入海採寶是賈客於樓上遙見是女即生欲心問餘人言是誰女答言是某甲婆羅門女有取者耶答言無也有求者耶答言未也又問曰何故無人求耶答曰此女有一過有何過答曰此女生時有相師占曰此女後當與五百男子共通諸人聞已女年十二無有求者時賈客作是念除沙門釋子無能强入我舍者沙門釋子亦無是過我當取之即往求取女到舍未久諸賈客結伴欲入海中彼國入海法要得曾入海者若自不肯去要强將去時賈客喚守門者作是言我欲入海莫聽男子强入我舍除沙門釋子沙門釋子亦無是過答言爾作是語已便去後沙門婆羅門於其舍乞食是女見已語言共我行欲諸比丘不知云何是事白佛佛言從今日如是舍未曾往者不應往若往者不應坐何以故此舍必有非梵行過故此女後得病於夜命終其家人以莊嚴具合棄死人處時有五百賊於此處行見是死女即生欲心便就行欲行欲已五百人去是女以先語沙門婆羅門共我行欲因緣故墮惡道在彼國北方生作娙龍名毗達多

佛在王舍城有比丘病癰往語耆婆達治我此病耆婆達答言漚令熟比丘言佛未聽漚諸比丘是事白佛佛言聽漚令熟耆婆又言應破答言佛未聽破癰是事白佛佛言聽破耆婆又言應捺去膿比丘言佛未聽捺是事白佛佛言聽捺耆婆又言應著食膿物比丘言佛未聽著是事白佛佛言聽著種種治癰藥

佛在王舍城爾時王舍城一月大祠耆梨龍爾時諸人於王倉庫中出物辦具種種飲食與一切人時處處多有人來集或有人胷凹或有人胷凸或有人脚似象脚或有如馬脚又似象耳馬耳或耳如箕如是似象馬人衆多男女大小皆滿其中甚大歡樂時客觀中多有四方諸賈客來王作祠時不取稅故亦無禁限度者不稅行不須送此祠有少日在諸賈客作是念此王不一時稅我等耶祠未竟即去於後祠竟諸人各還本處時凹胷凸胷象脚馬脚象耳馬耳如箕耳者悉住後日往多人處天祠處沙門婆羅門處遊行爾時六羣比丘弊惡故好沙彌弟子不在邊住以二事故一者犯戒二者畏令我等犯戒時六羣比丘見如是人已作是念我等若度餘人必捨我去今當度此無教去者六羣比丘往語彼人汝等何不出家答言我等如是誰當度我有能度者我便出家時六羣比丘言汝能爲我守舍與我迎食能擔鉢者我當度汝六羣比丘即度此人若有請佛及僧處先遣持鉢去以二事故一者行遲二者羞共行諸外道見已呵諸檀越言汝等所供養者是汝

等塔者汝等第一者汝等先食者汝等在前行者汝等所供養者正如是耶諸優婆塞聞已心不喜以是事向佛廣說佛以是事集比丘僧已知而故問六羣比丘汝實作是事不答言實作世尊佛種種因緣呵責六羣比丘云何名比丘度凹胷人凸胷人象脚馬脚象耳馬耳箕耳人種種呵已語諸比丘從今不得度凹胷凸胷人象脚馬脚象耳馬耳如箕耳人若度者突吉羅

佛在舍衛國長老優波離有二沙彌一名陁薩二名波羅當受戒時沙彌陁薩語波羅言汝先受戒我供汝所須波羅語陀薩言汝先受戒我供汝所須時長老優波離問佛得二沙彌一時羯磨受具戒不佛言得應如是作一心和合僧是中一比丘唱言大德僧聽是陀薩波羅優波離與受具戒從僧乞受具戒長老優波離作和尚若僧時到僧忍聽僧與陀薩波羅受具戒長老優波離作和尚如是白白四羯磨僧已與陀薩波羅受具戒長老優波離作和尚竟僧忍默然故是事如是持

佛在舍衛國長老優波離問佛世尊我等不知佛在何處說修多羅毗尼阿毗曇我等不知云何佛言在六大城瞻婆國舍衛國毗舍離國王舍城波羅㮈迦維羅衛城何以故我多在彼住種種變化皆在是處

佛在舍衛國爾時長老耶舍與五百比丘從憍薩羅來至舍衛國欲安居時舊比丘客比丘共相問訊代客比丘擔衣鉢擔衣鉢時有大高聲多人聲佛聞是大聲多人聲知而故問阿難此僧坊內何故有是大聲多人聲白

佛言世尊是長老耶舍與五百比丘從憍薩羅國來至舍衛國欲安居時舊比丘客比丘共相問訊代客比丘擔衣鉢是故有是大聲多人聲佛語阿難汝往語耶舍等五百人言汝等作大聲故驅汝等不得舍衛國安居阿難受教往語耶舍言汝等作大聲故世尊驅汝等不得舍衛國安居爾時耶舍等五百人即往婆求摩河邊聚落中安居爾時諸比丘作是念佛遣我等以大聲故我等黙然者善是事白佛佛言聽黙然時諸比丘睡睡已共相謂言佛聽我等獨房住者善是事白佛佛言聽獨房中住住亦睡復相謂言佛聽我等衆住者善是事白佛佛言聽衆住衆住亦睡復相謂言佛聽我等水洗頭者善是事白佛佛言聽水洗頭時諸比丘以手取水澆時不便佛言應作器器大水澆衣濕即便小作小作不得水是事白佛佛言不得大不得小受一鉢羅若一鉢羅半時作器無柄澆時墮他頭上痛惱垂死是事白佛佛言應施柄有比丘坐睡餘比丘以水澆便言我不睡何以水澆我是事白佛佛言睡者不可信澆者可信有五法以水澆他一者憐愍二者不惱他二者睡四者頭倚壁五者舒脚諸比丘故睡共相謂言聽手棖者善是事白佛佛言聽以手棖有比丘坐睡餘比丘以手棖便言我不睡何以故推我諸比丘不知云何是事白佛佛言睡者不可信棖者可信有五法以手棖他一者憐愍二者不惱他三者睡四者頭倚壁五者舒脚諸比丘故睡共相謂言佛聽我等以麴擲者善是事白佛佛言聽以麴擲擲已

後日還歸後日諸比丘不知與誰佛言歸本擲主若擲主不在與然燈者然燈者不在與執作者執作者不在應著堂中央地覆上著堂中央地覆上已還坐坐已見餘比丘睡者取是毱擲彼言不睡何以擲我佛言睡者不可信擲者可信有五法以毱擲他一者憐愍二者不惱他三者睡四者頭倚壁五者舒脚諸比丘故睡共相謂言佛聽我用禪杖者善是事白佛佛言聽用禪杖時禪杖頭尖築時壞安陀會共相謂言佛聽我等以物裹杖頭者善是事白佛佛言應以物裹頭時杖著地作聲佛言下頭亦應裹諸比丘不知云何取禪杖是事白佛佛言取禪杖時應生敬心諸比丘不知云何生敬心是事白佛佛言應以兩手捉杖戴頂上有比丘坐睡一比丘捉禪杖築睡者睡者驚起立看諸比丘默然無聲即時迷悶躃地諸比丘不知云何是事白佛佛言若比丘坐睡應起看餘睡者應以禪杖築築已還坐若無睡者應出户彷徉來入更看若見睡者以禪杖築築已還坐若無睡者還以禪杖著本處已坐有比丘坐睡餘比丘以禪杖築便言不睡何以築我是事白佛佛言睡者不可信築者可信有五法以禪杖築他一者憐愍二者不惱他三者睡四者頭倚壁五者舒脚諸比丘故睡共相謂言佛聽我著禪鎮者善是事白佛佛言聽著禪鎮時禪鎮無孔著時墮地共相謂言佛聽我作孔者善是事白佛佛言聽作孔作孔已以繩貫孔中繩頭施細掛耳上去額前四指著禪鎮諸比丘以繩絡頭後著是事白佛佛言從今不

得以繩絡頭後著禪鎮絡者突吉羅時禪鎮墮故睡是事白佛佛言禪鎮一墮聽一舒脚二墮二舒脚三墮者應起行行時來往故相亂是事白佛佛言應如鵝法次第行行時下座觸上座肩是事白佛佛言下座行時不得觸上座肩下座應在上座後行不得近上座諸比丘故睡共相謂言佛與我等作時節者善是事白佛佛言聽作時節諸比丘共相謂言佛聽作兩時者善是事白佛佛言聽作兩時復相謂言竟夜作時節者善是事白佛佛言聽竟夜作時節復相謂言聽我晝日作時節者善是事白佛佛言聽晝日作時節復相謂言佛聽我等七日坐者善是事白佛佛言聽七日坐復相謂言佛聽我等常坐禪者善是事白佛佛言聽常坐禪爾時聽作時節兩時夜時晝時七日時常坐時不嚼楊枝口中氣臭共相謂言佛聽我等嚼楊枝者善是事白佛佛言聽嚼楊枝有五利益一者口不苦二者口不臭三者除風四者除熱病五者除痰陰復有五利益一者除風二者除熱三者口滋味四者能食五者眼明爾時便作時節兩時夜時晝時七日時常坐禪時不洗浴垢臭諸比丘共相謂言佛聽洗者善是事白佛佛言聽洗爾時渠水流駛入者爲水所漂是事白佛佛言水中應施柱作障閑捉洗爾時聽作時節兩時夜時晝時七日時常坐禪時諸比丘得無量知見證得須陀洹斯陀含阿那含阿羅漢佛知諸比丘已得證以是因緣集僧語諸比丘彼處有光明諸佛在世法歲二時大會春末月夏末月春末月者諸方國

土處處諸比丘來作是念佛所説法我等當安居時修習得安樂住是名初大會夏末月者諸比丘夏三月安居竟作衣畢持衣鉢詣佛所作是念我等久不見世尊是第二大會是時婆求摩河邊諸比丘夏安居三月過作衣竟持衣鉢來到佛所佛遥見婆求摩河比丘來已佛入初禪婆求摩河比丘亦入初禪佛從初禪起入第二第三禪第四禪空無想無作婆求摩比丘亦從初禪起入第二禪第三禪第四禪空無想無作爾時長老阿難遥見婆求摩比丘來即合掌白佛言世尊願世尊共婆求摩比丘語令婆求摩比丘長夜安樂佛語阿難莫作是語阿難如我所知汝能知耶阿難我遥見婆求摩比丘來時我入初禪婆求摩比丘亦入初禪我起初禪入第二第三第四禪空無想無作婆求摩比丘亦起初禪入第二第三第四禪空無想無作

佛在舍衛國爾時黒山土地有比丘名馬宿滿宿在此處住汙他家皆見皆聞皆知是比丘共女人一牀坐共一盤食共器飲酒中後食共食宿噉殘宿食不受而食不受殘食法食彈琴鼓簧捻脣作音樂聲齚齒作妓樂彈銅盂彈多羅樹葉作餘種種伎樂歌儛著鬘瓔珞以香塗身著香熏衣以水相灑自手採華亦使人採自貫華鬘亦使人貫頭上著華亦使人著自著耳環亦使人著自將他婦女去若使人將去若令象鬬車鬬步鬬羊鬬水牛鬬狗鬬雞鬬男子鬬大男鬬大女鬬小男小女鬬亦自共鬬拍手蹋節四向馳走變異服飾馳行跳躑水中浮沒斫截樹木振臂拍

脞啼哭大喚作嘯謬語諸異國語擲絶返行如魚宛轉擲物空中還自接取與女人共船上載令作伎樂或騎象馬乘車輦轝與多人衆吹貝導道入園林中作如是等種種惡不淨事爾時長老阿難從迦尸國來向舍衛城到黒山邑宿晨朝時到著衣持鉢入城乞食阿難持空鉢入城還空鉢出城出城不遠多人衆集阿難到彼問衆人言汝此土地豐樂多諸人衆今我乞食持空鉢入還持空鉢出無有沙門釋子在此多少作惡事耶爾時有賢者名優婁伽在彼衆中從座起偏袒右肩合掌語阿難言大德知不此有馬宿滿宿比丘作諸惡行汙他家皆見皆聞皆知是比丘共女人一牀坐共一盤食共一器飲酒中後食共食宿噉殘宿食不受而食不受殘食法

彈琴鼓簧捻脣作音樂聲齰齒作伎樂彈銅盂彈多羅樹葉作餘種種妓樂歌儛著鬘瓔珞以香塗身著香熏衣以水相灑如上種種諸惡廣說大德阿難是二比丘作此諸惡悉汙諸家皆見聞知時優婁伽賢者即請阿難將入自舍敷座令坐自手與水多美飲食自恣飽滿飽滿已洗手攝鉢賢者取小牀坐欲聽法故阿難以種種因緣說法示教利喜示教利喜已從座起去向自房舍隨所受卧具還付舊比丘持衣鉢遊行向舍衛國漸到佛所頭面禮足在一面立諸佛常法有客比丘來以如是語勞問忍不足不安樂住不乞食不乏道路不疲耶佛以是語勞問阿難忍不足不安樂住不乞食不難道路不疲耶阿難答言世尊忍足安樂住乞食不乏道路不疲

以是因緣向佛廣説佛以是事集比丘僧種
種因緣呵責馬宿滿宿云何名比丘共女人
一牀坐乃至謬語種種因緣呵已語諸比丘
從今不得共女人一牀坐共坐者突吉羅不
得與女人共食共食者突吉羅不得共女人
一器飲一器飲者突吉羅不得非時食食者
波逸提不得噉殘宿食食者波逸提不得惡
捉食食者突吉羅不受食食者波逸提不受
殘食法食者波逸提内宿食噉者突吉羅不
得彈琴鼓簧不得嘯不得齘齒作節不得吹
物作節不得彈銅盂作節不得擊多羅樹葉
作節不得歌不得拍節不得儛犯者皆突吉
羅不得著華瓔珞不得著香瓔珞不得香油
塗身不得著香熏衣犯者皆突吉羅不得以
水相灑犯者隨得罪不得自採華及使人採

若自取若教他者波逸提不得貫華瓔及使
人貫華瓔若自貫若使人貫者突吉羅不得
自作華鬘不得教他作若自作教他作者突
吉羅不得自貫雜華不得教他貫若自貫使
人貫者突吉羅不得自作使到童男童女家
不得教他作使到童男童女家若自到教他
到者隨得罪不得鬪象鬪馬鬪車不得合人
戲不得鬪羊不得鬪水牛不得鬪雞不得鬪
狗不得鬪女人不得鬪男子不得鬪小男小
女不得自鬪不得教他鬪犯者皆突吉羅不
得振臂不得蹋節不得空中擲物不得裝飾
不得走不得跳犯者皆突吉羅不得斬伐草
木犯者波逸提不得作帳行犯者突吉羅不
得哭不得大喚不得嘯犯者皆突吉羅不得
倒立不得擲絶不得如魚宛轉犯者皆突吉

羅不得弄鈴犯者隨得罪不得共女人船上歌作樂犯者皆突吉羅不得乘象馬車不得作虜簿入園觀中犯者皆突吉羅不得祠火不得謬語犯者隨得罪不得乘人犯者突吉羅

佛在舍衛國迦羅梨比丘往看鬬象鬬馬鬬車相撲鬬羊鬬水牛鬬雞鬬狗鬬男女鬬小男小女自往觀看諸比丘以是事白佛佛言從今不得往看鬬象馬乃至小男小女犯者皆突吉羅

雜誦後二十法上

佛在舍衛國爾時長老優波離問佛言世尊摩訶波闍波提瞿曇彌受八重法故即是出家受具足戒成比丘尼法餘比丘尼當云何佛言應現前白四羯磨

佛在王舍城時諸比丘與比丘尼作羯磨諸比丘尼心不喜是事白佛佛言從今諸比丘不應與比丘尼作羯磨比丘尼還比丘尼作羯磨除受具足戒羯磨摩那埵羯磨出罪羯磨

佛在舍衛國爾時諸比丘尼與比丘作羯磨諸比丘心不喜是事白佛佛言諸比丘尼不應與比丘作羯磨比丘還與比丘作羯磨除不禮拜不共語不供養羯磨

佛在王舍城爾時諸婦人爲夫姑舅所苦惱故出家作比丘尼爾時爲和尚尼阿闍梨尼共住比丘尼所苦惱故還作白衣諸居士呵責言是諸不吉弊女輩我等先是其主中間作比丘尼受我尊重今我等還受其尊重無有決定是事白佛佛言若比丘尼一反戒不

復聽出家受具戒
佛在王舍城爾時長老摩訶迦葉中前著衣持鉢從耆闍崛山出入王舍城乞食爾時偷蘭難陀比丘尼在大迦葉前趨行大迦葉言妹汝若疾行若避我道即罵言汝本是外道有何急事而不徐徐行大迦葉言惡女我不責汝我責阿難是事白佛佛言從今不聽比丘尼在比丘前行若在前行突吉羅
佛在舍衛國爾時偷蘭難陀比丘尼中前著衣持鉢行乞食食後以尼師壇著左肩上入安陀林中大坐一樹下時有蛇來入女根中是事白佛佛言從今不聽比丘尼大坐若大坐突吉羅若展一脚坐不犯
佛在舍衛國爾時優波離問佛言世尊不聽比丘尼出比丘見聞疑罪頗有因緣比丘尼出比丘見聞疑罪不犯罪耶佛言無也除語莫近惡知識惡伴黨
佛在舍衛國爾時有比丘教一比丘反戒隨得罪若教比丘尼式叉摩尼沙彌沙彌尼令反戒突吉羅若比丘尼教比丘尼反戒突吉羅若比丘尼教式叉摩尼沙彌沙彌尼比丘反戒突吉羅若式叉摩尼教式叉摩尼反戒突吉羅若教沙彌沙彌尼比丘比丘尼反戒突吉羅若沙彌教沙彌反戒突吉羅若教沙彌尼比丘比丘尼式叉摩尼反戒突吉羅若沙彌尼教沙彌尼反戒突吉羅若教比丘比丘尼式叉摩尼沙彌反戒突吉羅若比丘以種種物誘餘比丘得罪若誘比丘尼式叉摩尼沙彌沙彌尼突吉羅若比丘尼以種種物誘比丘尼犯罪若誘式叉摩尼沙彌沙彌尼

比丘突吉羅若式叉摩尼以種種物誘式叉
摩尼突吉羅若誘沙彌沙彌尼比丘比丘尼
突吉羅若沙彌以種種物誘沙彌突吉羅若
誘沙彌尼比丘比丘尼式叉摩尼突吉羅若
沙彌尼以種種物誘沙彌尼突吉羅若誘比
丘比丘尼式叉摩尼沙彌突吉羅若比丘向
餘比丘喑噫突吉羅若向比丘尼式叉摩尼
沙彌沙彌尼喑噫突吉羅若比丘尼向比丘
尼喑噫突吉羅若向式叉摩尼沙彌沙彌尼
喑噫突吉羅若比丘尼向比丘喑噫波逸提
若式叉摩尼向式叉摩尼喑噫突吉羅若向
沙彌沙彌尼比丘比丘尼喑噫突吉羅若沙
彌向沙彌喑噫突吉羅若沙彌向沙彌尼比
丘比丘尼式叉摩尼喑噫突吉羅若沙彌尼
向沙彌尼喑噫突吉羅若向比丘比丘尼式
叉摩尼沙彌喑噫突吉羅若比丘輕比丘突
吉羅若比丘輕比丘尼式叉摩尼沙彌沙彌
尼突吉羅若比丘尼輕比丘尼突吉羅若比
丘尼輕式叉摩尼沙彌沙彌尼突吉羅若式
叉摩尼輕式叉摩尼突吉羅若輕沙彌沙彌
尼比丘比丘尼突吉羅若沙彌輕沙彌突吉
羅若輕沙彌尼比丘比丘尼式叉摩尼皆突
吉羅若沙彌尼輕沙彌尼突吉羅若輕比丘
比丘尼式叉摩尼沙彌皆突吉羅若比丘惡
語向餘比丘犯罪若惡語向比丘尼式叉摩
尼沙彌沙彌尼突吉羅若比丘尼惡語向比
丘尼犯罪若惡語向式叉摩尼沙彌沙彌尼
比丘突吉羅若式叉摩尼惡語向式叉摩尼
突吉羅若向沙彌沙彌尼比丘比丘尼皆突
吉羅若沙彌惡語向沙彌突吉羅若向沙彌

尼比丘比丘尼式叉摩尼惡語突吉羅若沙彌尼向沙彌尼惡語突吉羅若向比丘比丘尼式叉摩尼沙彌突吉羅

佛在舍衛國爾時諸比丘尼到祇洹聽法諸比丘敷敷具竟多有殘在諸比丘尼求敷具故若惱語比丘言大德已敷敷具餘者借我等坐諸比丘言佛未聽我等敷敷具竟殘與比丘尼諸比丘不知云何是事白佛佛言從今聽諸比丘敷敷具竟殘與比丘尼坐

佛在王舍城爾時長老大迦葉中前著衣持鉢從耆闍崛山入王舍城乞食偷蘭難陀比丘尼隨後來至以肘隱大迦葉背大迦葉言惡女我不責汝我責阿難是事白佛佛言從今不聽比丘尼隱比丘背若隱者突吉羅

佛在舍衛國爾時助提婆達多比丘尼著雜綵服兩襠諸居士呵責言諸比丘尼自言善好有德著雜綵服如王夫人大臣婦是事白佛佛言從今比丘尼不應著雜綵服著者突吉羅

佛在王舍城爾時諸比丘尼以雜色繩豬腸帶雜綵縰繫身是事白佛佛言從今不聽比丘尼以雜色繩豬腸帶雜綵縰繫身若繫身者突吉羅

佛在王舍城爾時助提婆達多比丘尼細襵著衣著毦衣生𣮉著衣著細踈衣是事白佛佛言從今不聽比丘尼著四種衣著者突吉羅

佛在舍衛國爾時偷蘭難陀比丘尼故嚬呻諸比丘尼問言汝作何等答言受觸樂是事白佛佛言比丘尼不應嚬呻若故嚬呻突吉

羅

佛在舍衛國有異比丘乞食一時乞兩分先乞者自食後乞者還房與比丘尼此比丘乞二分食時天雨故比丘尼不來無人食此分棄著僧坊內衆鳥來集作大音聲佛食後將阿難往至其所佛見已知而故問阿難此中何以衆鳥來集作大音聲阿難白佛言世尊有異比丘乞二分食前乞者自食後分與比丘尼乞兩分食時天雨故比丘尼不來無人食此分棄著僧坊中以是因縁故衆鳥大集作大音聲佛知故問阿難諸比丘與非親里比丘尼食耶阿難答言世尊與佛以是因縁集比丘僧集僧已種種因縁呵責諸比丘云何名比丘與非親里比丘尼食佛告諸比丘從今比丘不應與非親里比丘尼食與食者突吉羅

佛在舍衛國時世饑儉乞食難得諸比丘節日得食多有餘殘諸比丘尼求食不得生苦惱語諸比丘言汝等與我殘食諸比丘言佛未聽我等與諸比丘尼殘食是事白佛佛言如是饑儉時聽與比丘尼殘食饑儉世過至豐樂時諸比丘如饑餓時與比丘尼殘食諸比丘尼不受作是言汝等殘宿於我亦殘宿汝等不淨於我亦不淨諸比丘不知云何是事白佛佛言從今比丘殘宿比丘尼淨比丘尼殘宿比丘淨

佛在舍衛國諸比丘問比丘尼遮道法諸比丘尼羞不喜是事白佛佛言從今不聽比丘問比丘尼遮道法比丘尼應問比丘尼遮道法

佛在舍衛國爾時諸比丘尼問比丘遮道法比丘羞不喜是事白佛佛言從今不聽比丘尼問比丘遮道法比丘應問比丘遮道法
佛在舍衛國爾時諸比丘尼與不能正語式叉摩尼受具戒是式叉摩尼白僧言度我語不正故便言塗我諸年少比丘尼笑之是式叉摩尼羞故起去以是事故遂不復受具戒是事白佛佛言從今有語不正式叉摩尼餘比丘尼應代乞代乞法者一心和合比丘尼僧代乞比丘尼應從座起偏袒右肩胡跪合掌作是言大德僧聽是某甲式叉摩尼語不正從僧乞受具戒和尚尼某甲僧當濟度與某甲式叉摩尼受具足戒憐愍故第二亦應言大德僧聽是某甲式叉摩尼語不正從僧乞受具足戒和尚尼其甲僧當濟度與某甲式叉摩尼受具足戒和尚尼某甲憐愍故第三亦應言大德僧聽是某甲式叉摩尼語不正從僧乞受具足戒和尚尼某甲僧當濟度與某甲式叉摩尼受具足戒憐愍故
佛在王舍城爾時長老摩訶迦葉雨時中前著衣持鉢入王舍城乞食偷蘭難陀比丘尼隨後來至鼽大迦葉大迦葉言妹若在前行莫鼽我比丘尼言大德先去復鼽不已大迦葉言惡女我不責汝我責阿難是事白佛佛言從今不聽比丘尼鼽比丘若鼽突吉羅
佛在舍衛國爾時城中有一賈客婦夫行不在與他男子私通腹漸漸大是婦怖畏夫故即自墮胎作是念無同心人持死兒去者愁守是見有一比丘尼常出入是家中前著衣持鉢到是家見婦愁憂問言何故答言我夫

不在與他私通有娠畏夫瞋故即自墮胎無同心人與我棄者汝能與我持去不答言我能若我持去誰有知者即以死兒著一瓮中一瓮蓋上持去棄屏處時有年少戲笑人見比丘尼棄瓮共相謂言是所棄瓮中有何物即便往看見死小兒作是言諸沙門釋子作婬欲令比丘尼生兒殺棄一人語二人二人語三人如是展轉惡名流布滿舍衛國有諸比丘少欲知足行頭陀聞是事心不喜是事白佛佛言從今比丘尼不應爲他棄死胎若棄犯罪

佛在舍衛國爾時崛多生男兒作是念佛結戒不聽觸男子我生男兒不知云何是事白佛佛言從今聽母自觸小兒乃至未能離母餘比丘尼不應觸若觸者犯罪若能離母母觸者突吉羅

佛在舍衛國爾時崛多生男兒作是念佛結戒乃至一夜不應共男子宿我生此男今當云何是事白佛佛言從今聽乃至未能離乳得共宿若能離乳共宿者母得突吉羅餘比丘尼共宿波逸提

佛在舍衛國爾時崛多生男兒作是念佛說比丘尼不得獨房宿乃至一夜須一比丘尼共房宿我今云何是事白佛佛以是事集僧語諸比丘尼汝等與崛多比丘尼作獨房羯磨若更有如是比丘尼者亦應與作獨房羯磨獨房羯磨法者一心和合僧崛多比丘尼從座起脫革屣偏袒右肩右膝著地作是言大德比丘尼僧聽我崛多生男兒從僧乞獨房羯磨僧與我作獨房羯磨憐愍故第二第

三亦如是乞是中一比丘尼應僧中唱言大德僧聽是崛多生男兒從僧乞獨房羯磨若僧時到僧忍聽僧與崛多比丘尼作獨房羯磨是名白白二羯磨僧與崛多比丘尼作獨房羯磨竟僧忍默然故是事如是持

佛在舍衛國爾時諸比丘入出他家共作知識諸居士婦語比丘言汝度我女令作優婆夷比丘答言我等手不觸女人云何得度諸比丘不知云何是事白佛佛言慈愍心故應度令作優婆夷

佛在舍衛國爾時諸比丘尼出入他家共作知識諸居士言度我兒作優婆塞比丘尼言我等手不觸男兒云何得度是事白佛佛言慈愍心故應度爲優婆塞

佛在舍衛國爾時諸比丘尼入出他家共作知識諸居士婦語比丘尼言汝等與我少許弊壞衣守護小兒故比丘尼言汝等倒語汝白衣應供養我等云何反索諸比丘尼不知云何是事白佛佛言慈愍心故應與

佛在舍衛國爾時多有諸貴釋種女出家作比丘尼露胷行乞食諸居士呵責言諸比丘尼自言善好有德露胷行乞如王夫人大臣婦諸比丘尼不知云何是事白佛佛言從今聽諸比丘尼用覆膊衣覆胷行乞食

佛在舍衛國爾時有比丘尼獨入樂善園中值賊剝脫裸形諸比丘尼不知云何是事白佛佛言從今不聽諸比丘尼入樂善園中餘一切園中亦不得入犯者突吉羅

佛在王舍城助提婆達多比丘尼男子前入池浴諸居士呵責言諸比丘尼自言善好有

德在男子前浴如婬女無異有比丘尼少欲知足行頭陀聞是事心不喜以是事白佛佛以是事集僧集僧已種種因緣呵責言云何名比丘尼男子前浴從今比丘尼不應男子前浴浴者波逸提

佛在舍衛國爾時摩訶波闍波提瞿曇彌深護佛法以折伏語爲諸比丘尼作羯磨謂若切羯磨依止羯磨驅出羯磨下意羯磨諸比丘尼輕慢言某是我和尚尼某甲是我阿闍梨尼我從某僧中受具足戒是老弊比丘尼不知誰是其和尚尼阿闍梨尼從何僧中受具戒瞿曇彌聞是事心不喜是事白佛佛以是事集僧語比丘尼汝等莫惱摩訶波闍波提瞿曇彌瞿曇彌隨受八重法時即出家得具足戒成比丘尼

佛在舍衛國爾時華色比丘尼中前著衣持鉢入城乞食食後以尼師壇著肩上入安陀林中敷尼師壇在一樹下半加趺坐爾時有婆羅門見於比丘尼生貪著心到比丘尼所言共行不淨事來華色比丘尼念言我若逆者或強捉我語言小住問言何故但當小住是比丘尼即以神力變内身爲外身婆羅門見瞋言爲我猒惡即以拳打頭兩目脫出餘比丘尼即以水器承眼往詣佛所佛語諸比丘尼當作誠實語華色比丘尼於佛法中深心信樂於佛法僧無有淨物於佛法僧而不施者以此實故令其兩眼還復如故諸比丘尼作是實語已眼復如故佛語諸比丘從今比丘尼不得住阿練若處若住得突吉羅

佛在舍衛國爾時諸比丘尼依放牧人住以

象聲馬聲男女聲童男童女聲故妨坐禪誦經是諸比丘尼早起著衣持鉢到親里知識檀越家諸居士問言汝安隱不答不安隱何以故我等近放牧人住象聲馬聲男女聲童男童女聲故妨我等坐禪誦經行道諸居士言我爲汝等作房舍比丘尼言佛未聽我等住房舍是事白佛佛言從今聽諸比丘尼起僧坊

佛在王舍城爾時助提婆達多比丘尼共諸善比丘尼住惱諸善比丘尼諸善比丘尼中前著衣持鉢到親里知識檀越家諸居士問言汝等安隱不答言不安隱何以故答言與助提婆達多比丘尼共住惱亂我等居士語言我爲汝等別作房舍比丘尼言佛未聽我等別住房舍是事白佛佛言從今聽諸比丘尼作別房舍

佛在王舍城爾時助提婆達多比丘尼喜在門外高處立看諸居士呵責言諸比丘尼自言善好有德門外高處立看如婬女是事白佛佛言從今不聽諸比丘尼門外高處立看若立看波逸提佛既不聽門外高處立看故便於牕櫺中看諸居士呵責言諸比丘尼自言善好有德在牕櫺中看如王夫人如大臣婦有比丘尼少欲知足聞是事心不喜是事白佛佛種種因緣呵責云何名比丘尼牕櫺中看從今不得牕櫺中看看者突吉羅

佛在舍衛國爾時諸比丘尼與式叉摩尼受具戒問言汝是女耶答言我有二根諸比丘尼不知云何是事白佛佛言是二根人不能女不能女故不聽出家受具戒若已出家受

戒者當作滅擯何以故二根人不能女於我法中不生毗尼善法故

佛在舍衛國爾時諸比丘尼與式叉摩尼受具戒問言汝是女人耶答言我小便時大便出大便時小便出諸比丘尼不知云何是事白佛佛言二道合不能女不應與出家受具戒若已出家受具足戒者應作滅擯何以故二道合人不能女於我法中不生善法毗尼故

佛在舍衛國爾時諸比丘尼與式叉摩尼受具戒問言汝有月忌不答言常有諸比丘尼不知云何是事白佛佛言常有月忌不能女不應與出家受具戒若已出家受具戒者應作滅擯何以故常月忌不能女於我法中不生善法毗尼故

佛在舍衛國爾時諸比丘尼與式叉摩尼受具戒問言汝有月忌止耶答言我常無月忌諸比丘尼不知云何是事白佛佛言常無月忌不能女不聽出家受具戒若已出家受具戒者應作滅擯何以故常無月忌不能女於我法中不生善法毗尼故

佛在舍衛國爾時諸比丘尼與式叉摩尼受具戒問言汝是女人耶答言我少有女相諸比丘尼不知云何是事白佛佛言少有女相不能女不聽出家受具戒若已出家受具戒者應作滅擯何以故少有女相不能女於我法中不生善法毗尼故

佛在舍衛國爾時有偷蘭難陀比丘尼月忌未止市巷中行血墮汙地諸居士呵責言不吉弊女若有此月忌病何以故巷中行諸比

丘尼不知云何是事白佛佛言從今比丘尼
月忌未止出外行者突吉羅有諸比丘尼貧
窮月忌未止從他乞飯羹菜薪草燈燭受諸
苦惱是事白佛佛言應以衣裹出外行乞
佛在王舍城爾時長老大迦葉中前著衣持
鉢從耆闍崛山向王舍城乞食時偷蘭難陀
比丘尼早起城門中立看出入男子誰好誰
醜是大迦葉入即唾言不吉我早起見本外
道大迦葉言惡女我不責汝我責阿難諸比
丘尼以是事白佛佛言諸比丘尼不應唾比
丘若唾突吉羅
佛在舍衛國爾時諸比丘尼在比丘前懺悔
發露麤罪諸比丘尼羞愧不知云何是事白
佛佛言從今比丘尼麤罪不應比丘前發露
應向比丘尼前發露諸比丘尼發露時不知
是何罪攝在何處是事白佛佛言應問比丘
作是言大德作是事犯何罪是罪何名比丘
應答作是事者得如是罪攝在某處是罪名
其
佛在舍衛國爾時比丘尼月忌未止至祇洹
聽法坐比丘敷具上有血汙之陀驃力士子
知衆僧敷具餘日浣時嫌言諸比丘尼有如
是病何故坐衆僧敷具上是事白佛佛言從
今若比丘尼月忌未止不得坐僧敷具上坐
者突吉羅
佛在王舍城爾時助提婆達多比丘尼立酒
酤索價時受諸苦惱諸居士呵責言汝出家
人何以立酒酤諸比丘尼不知云何是事白
佛佛言從今比丘尼不應立酒酤若作突吉
羅

佛在舍衛國爾時偷蘭難陀比丘尼畜婢爲眷屬諸居士呵責言諸比丘尼自言善好有德畜婢爲眷屬如王夫人大臣婦諸比丘尼不知云何是事白佛佛言從今不聽畜婢爲眷屬若畜爲眷屬者突吉羅

佛在舍衛國偷蘭難陀比丘尼度婬女爲弟子晨朝時到著衣持鉢入舍衛城乞食先共作不淨行詣居士語諸居士我先共此比丘尼作不淨彼比丘尼愁惱是事白佛佛言從今不聽度婬女若度者突吉羅

佛在舍衛國爾時長老迦留陀夷中前著衣持鉢入城乞食偷蘭難陀比丘尼隨後來至以手摩觸迦留陀夷迦留陀夷即以手脚熟打臥地語言弊女汝唾摩訶迦葉謂我亦爾耶諸比丘尼不知云何是事白佛佛言從今比丘尼不得摩觸比丘身摩觸者犯罪

佛在俱舍彌國爾時迦留羅提舍比丘命過是人有姊妹比丘尼七人偷蘭難陀周那難陀提舍優波提舍提舍域多提舍和利提舍勒叉多有大力勢祭祀被燒死屍諸居士呵責言汝等出家入道何以與死人飲食諸比丘尼不知云何是事白佛佛言從今諸比丘尼不得祭祀死人若祭祀者突吉羅

佛在舍衛國爾時有比丘失男根成女根諸比丘不知云何是事白佛佛言即以先出家受具戒歲數遣入比丘尼衆中

佛在舍衛國爾時有比丘尼失女根得男根諸比丘尼不知云何是事白佛佛言即以先出家受具戒歲數遣入比丘衆中

十誦律卷第四十一

音釋

隣比 比毗至切聯居也 賈客 賈音古商賈也 癰 於容切腫也 漚 於候切漸責使柔也 捺 乃曷切手按也 膿 奴冬切腫血也 凹凸 凹幺交切不平也凸徙結切高起也 訊 思晉切問也 澆 堅堯切沃也 掁 除庚切觸也 趜擲 趜居六切皮毛丸也擲直炙切投也 躄 毗亦切倒也 紐 女九切系也 嚼 疾雀切咀嚼也 駛 爽士切疾也 漂 匹遥切流也 闑 倪結切門中楸爲閑 簧 胡光切笙簧也 捻 諾協切指捻也 齚 陟格切齧也 鬘 莫班切 蹋 達合切與踏同 跳躑 跳他弔切跳躍也躑直炙切躑躅也 虜簿 虜籠五切簿件姚切虜簿車駕羽儀也 喑噫 喑於金於禁二切噫於其依戒二切 襠 都郎切裲襠衣名 豬 張如切與猪同 綖 私箭切與線同 襵 質涉切猶摺也 毦 而志切羽毛飾也 嚬呻 嚬毗賓切呻升人切嚬呻引氣也 齅 許救切以鼻擥氣也 娠 升人切懷妊也 瓫 蒲奔切與盆同 屣 所綺切皮履也 裸 魯果切赤體也 櫺 郎丁切窻櫺也 濧 足昭切

十誦律卷第四十二

姚秦三藏弗若多羅共三藏鳩摩羅什譯

第六誦之六

雜誦後二十法上之餘

佛在舍衛國爾時有比丘不失男根得女根諸比丘不知云何是事白佛佛言應與滅擯

佛在舍衛國爾時有比丘尼不失女根得男根諸比丘尼不知云何是事白佛佛言應與滅擯

佛在舍衛國爾時迦尸國有婆羅門生一女端正姝好價直半迦尸國此女嫁與婆羅門家不久壻死多有人來求此女所謂大臣大官居士薩薄主是女人心樂出家作是言我欲出家作比丘尼不樂處俗即詣王園作比丘尼諸弊惡人聞半迦尸女出家我等今當劫奪取之復作是念諸比丘尼王所守護若强奪者或得官罪若出家受具戒時我等當道路劫取諸比丘尼聞是事不知云何是事白佛佛言從今聽半迦尸尼遣使受具戒若有如是端正者亦聽遣使受具戒遣使受戒法者一心和合僧是使從坐起偏袒右肩脫革屣胡跪合掌作是言大德僧聽某甲半迦尸尼和尚尼某甲是半迦尸尼遣我從僧乞受具戒僧當濟度與受具戒和尚尼某甲僧憐愍故第二亦言大德僧聽某半迦尸尼和尚尼某甲是半迦尸尼遣我從僧乞受具戒僧當濟度與受具戒和尚尼某甲僧憐愍故第三亦言大德僧聽某甲半迦尸尼和尚尼某甲是半迦尸尼遣我從僧乞受具戒僧當濟度與受具戒和尚尼某甲僧憐愍故爾時

一比丘應僧中唱言大德僧聽其半迦尸尼
和尚尼某甲是半迦尸尼遣使從僧乞受具
戒和尚尼某甲若僧時到僧忍聽我當僧中
問半迦尸尼使六法事是名白應作是言汝
半迦尸尼使聽今是實語時今僧中問汝實
當言實不實當言不實問使言半迦尸尼先
來清淨不二歲學六法不比丘尼爲作本事
不比丘尼僧一心和合作畜衆羯磨不五衣
鉢具不半迦尸尼字何等和尚尼字何等和
尚尼字某甲半迦尸尼字某甲若未問事當
問問竟語言汝默然大德僧聽半迦尸尼某
甲和尚尼某甲是半迦尸尼遣使從僧乞受
具戒和尚尼某甲使說半迦尸尼先來清淨
二歲學六法諸比丘尼已作本事一心和合
比丘尼僧作畜衆羯磨五衣鉢具半迦尸尼
字某甲和尚尼字某甲若僧時到僧忍聽僧
與半迦尸尼使受具戒和尚尼某甲是名白
大德僧聽半迦尸尼某甲和尚尼某甲是半
迦尸尼遣使從僧乞受具戒和尚尼某甲使
說半迦尸尼先來清淨二歲學六法諸比丘
尼已作本事一心和合比丘尼僧作畜衆羯
磨五衣鉢具僧與半迦尸尼某甲受具足戒
和尚尼某甲誰諸長老忍與半迦尸尼受具
戒者默然不忍者說是名初羯磨竟第二更
應說大德僧聽半迦尸尼某甲和尚尼某甲
是半迦尸尼遣使從僧乞受具戒使說半迦
尸尼先來清淨二歲學六法諸比丘尼已作
本事一心和合比丘尼僧作畜衆羯磨五衣
鉢具半迦尸尼某甲和尚尼某甲僧與半迦
尸尼受具戒和尚尼某甲誰諸長老忍僧與

半迦尸尼某甲受具戒和尚尼某甲者默然不忍者說是名第二羯磨竟第三更應說大德僧聽半迦尸尼某甲和尚尼某甲是半迦尸尼遣使從僧乞受具足戒和尚尼某甲使說半迦尸尼先來清淨二歲學六法諸比丘尼已作本事一心和合比丘尼僧作畜衆羯磨五衣鉢具半迦尸尼某甲和尚尼某甲僧與半迦尸尼受具戒和尚尼某甲誰諸長老忍與半迦尸尼某甲受具戒和尚尼某甲者默然不忍者說是第三羯磨竟僧與半迦尸尼使某甲受具戒和尚尼某甲竟僧忍默然故是事如是持是使即應還比丘尼僧坊中向半迦尸尼說羯磨不應多不應少亦應爲說時爲三依止八墮法餘殘戒法和尚阿闍梨當漸漸爲汝廣說

佛在舍衛國爾時有一比丘尼於迦留陀夷所作過失事迦留陀夷遮是比丘尼不聽入寺諸比丘尼語是比丘尼汝何不向迦留陀夷悔過答言遮我不聽入寺云何悔過諸比丘尼不知云何是事白佛佛言比丘不應遮比丘尼入寺應遮自房舍不應入

佛在舍衛國爾時諸比丘尼於比丘所作過失諸比丘心不喜是事白佛佛言若比丘尼於比丘所作過失是比丘應遮是比丘尼說戒自恣受教誡法佛如是約勑已是比丘遮比丘尼說戒自恣受教誡法餘比丘便聽以是事故鬬諍起諸比丘不知云何是事白佛佛言是遮比丘應聽餘人不應聽

佛在舍衛國爾時諸比丘於比丘尼所有過失諸比丘尼心不喜作是言我等比丘尼所

作過失比丘遮我等說戒自恣受教誡法比丘於我等所作過失誰能共語是事白佛佛言若比丘於比丘尼所作過失比丘應還向是比丘尼悔過佛如是約勑已比丘悔過向比丘尼比丘尼不受是事白佛佛言比丘悔過向比丘尼比丘尼應受

佛在舍衛國爾時有比丘尼於迦留陀夷所作過失迦留陀夷遮受教誡法竟出界去諸比丘尼言汝何不悔過向迦留陀夷是比丘尼言遮我教誡法已出界去向誰悔過諸比丘尼不知云何是事白佛佛言從今比丘遮比丘尼不應出界去若出界得突吉羅

佛在舍衛國爾時王園比丘尼精舍有剃髮師與比丘尼剃髮誘誑一式叉摩尼壞出家心如是誘誑第二第三人以是事故尼僧減少諸比丘尼不知云何是事白佛佛言剃髮時應令一善比丘尼在邊立看

佛在王舍城爾時助提婆達多比丘尼賃房舍後賃價時得苦惱諸居士呵責言汝等出家何以賃舍是事白佛佛言從今諸比丘尼不得賃舍若賃得突吉羅

佛在王舍城爾時助提婆達多比丘尼以治身具治身諸居士呵責言諸比丘尼自言善好有德以治身具治身如王夫人大臣婦是事白佛佛言諸比丘尼不應以治身具治身若治突吉羅有比丘尼便以瓦石手拳自治身是事白佛佛言不應以瓦石手拳治身若以是物自治身得突吉羅佛言略說比丘尼不應以一切物治身若治突吉羅

佛在舍衛國爾時自恣時兩部僧和合爾時

驅式叉摩那沙彌沙彌尼出自相謂言汝等知不何故驅我等出今夜是等共集一處各隨所喜共和合故諸比丘聞是事心不喜是事白佛佛言從今比丘尼不應夜來自恣諸比丘尼應早起來從比丘作自恣爾時諸比丘尼多五百餘人一一自恣食時已過是事白佛佛言從今諸比丘尼不應一一從比丘僧自恣應一比丘尼代一切比丘尼僧從大比丘僧自恣代自恣法者代自恣人從坐起脱革屣相跪合掌作是言比丘尼僧和合禮大德僧足問訊少病少惱起居安不問訊已作是言諸大德僧憶念我等三月安居竟我等今求大德説見聞疑罪僧憐愍故大德爲我等説罪者增長善法第二亦應言大德僧憶念和合比丘尼僧稽首禮大德僧足問訊少病少惱起居安不問訊已作是言我等三月安居竟今求僧自恣説見聞疑罪僧憐愍故大德僧爲我等説罪者增長善法第三亦應言大德僧憶念和合比丘尼僧稽首禮大德僧足問訊少病少惱起居安不問訊已作是言我等三月安居竟今求僧自恣説見聞疑罪僧憐愍故大德僧爲我等説罪者增長善法

佛在舍衛國爾時有一居士請佛及二部僧明日食佛默然受居士知佛受已頭面禮足右繞而去還自舍通夜辦種種多美飲食早起敷座遣使白佛時到食具已辦唯聖知時佛及二部僧入其舍諸比丘尼隨智慧多者先坐是居士見佛及二部僧坐已自手行水欲下飲食助提婆達多比丘尼語居士言此

比丘尼是第一上座此是第二上座此是持律此是持阿毗曇居士言我等不知不識誰是第一上座第二上座持律持阿毗曇多有飯食足飽一切莫散亂語汝若不止者汝等起行食我等當坐佛遥見比丘尼作是語聞居士呵責食後以是事故集僧語諸比丘從今聽諸比丘尼隨上座次第坐

佛在舍衛國爾時有居士請佛及二部僧明日食佛黙然受居士知佛受已頭面禮足右繞而去還自舍通夜辦種種多美飲食早起敷座遣使白佛時到食具已辦唯聖知時佛及二部僧入其舍有比丘尼問一比丘尼汝幾歲答言小住當問和尚尼阿闍梨尼共活尼即往問和尚尼阿闍梨尼共活尼言我幾歲和尚尼等答言我等疑忘諸比丘尼不知云何是事白佛佛言上座兩三人應問次第坐餘不憶念者但坐

佛在舍衛國爾時有比丘尼上山至阿練若處欲受教誡故遇賊剥衣裸形諸比丘尼不知云何是事白佛佛言諸比丘尼應住聚落中待比丘比丘尼聚落中待有比丘入聚落乞食從餘道還山阿練若處日已向中諸比丘尼垂當斷食是事白佛佛言應二人共行即二人共行二人不知法所可至處看彩畫舍比丘問言汝等欲受教誡耶答言如是是事白佛佛言應遣二知法了了比丘尼受教誡即遣二知法勦了比丘尼是二比丘尼欲令一切比丘僧和合我等當受教誡是事白佛佛言不須一切僧和合隨所見比丘應受教誡餘時到比丘所有欲教誡者有不欲者

不欲者便捨起去諸比丘尼即便隨去諸居士在僧坊者作是言比丘尼欲行婬欲比丘不欲故捨起去諸比丘不知云何是事白佛佛言比丘不應起去若不欲者應言我不能教誡比丘尼

佛在舍衛國諸比丘尼受教誡法還說戒竟明日詣僧坊不知報誰是事白佛佛言隨受教誡比丘應還報是人時是比丘尼門下立問言此中有是人不答言誰耶比丘尼言如此者是事不應爾諸比丘尼不知云何是事白佛佛言比丘尼應問所教誡比丘名字種姓善好憶持應問言某比丘和尚某比丘阿闍梨某比丘弟子

佛在舍衛國爾時比丘尼僧得帽布施諸比丘尼不受作是言佛未聽我等畜帽是事白佛佛言從今聽比丘尼僧受帽施私亦受

佛在舍衛國爾時有比丘尼乞食時手持鉢食巷中行屋上有毒蛇屎墮食中比丘尼噉是食毒發垂死是事白佛佛言應作蓋覆食器上

佛在王舍城爾時助提婆達多比丘尼背上負物似畜生負馱是事白佛佛言從今諸比丘尼不應背上負物若負物者突吉羅

佛在王舍城爾時助提婆達多比丘尼客作華鬘賃價時受苦惱諸居士呵責言汝等出家何用客作華鬘是事白佛佛言從今不聽比丘尼客作華鬘客作者突吉羅

佛在王舍城爾時助提婆達多比丘尼畜盛大便器銅盤澡盤銅杅諸居士呵責言諸比丘尼自言善好有德畜如是器如王夫人大

臣婦是事白佛佛言從今不聽比丘尼畜銅盔盛大便器銅盤澡盤銅杓若畜突吉羅不犯者畜銅水瓶銅澡灌銅蓋

佛在舍衛國有比丘尼作酒居士言汝等出家人何以作酒有少欲知足比丘尼聞是事心不喜以是事白佛佛言以是事集比丘僧集僧已語諸比丘從今比丘尼不得作酒作酒者突吉羅

佛在舍衛國爾時諸婦人新來不久其夫出行死諸婦人捨舍市肆出家作比丘尼作比丘尼已賃舍與他住後索價時受諸苦惱諸居士呵責言汝等出家何用賃舍是事白佛佛言從今不聽比丘尼賃舍市肆若賃與他者突吉羅

佛在舍衛國爾時偷蘭難陀比丘尼著新踈衣市巷多人中行内身露現諸居士言善女是名何衣答言是名新踈衣諸居士呵責言諸比丘尼自言善好有德云何著新踈衣如王夫人如大臣婦是事白佛佛言從今不聽比丘尼著薄踈衣著者突吉羅

佛在王舍城爾時有助提婆達多比丘尼在女人洗處浴諸居士呵責言諸比丘尼自言善好有德在女人洗處浴如王夫人大臣婦是事白佛佛言從今不聽諸比丘尼女人洗處浴若浴突吉羅

佛在舍衛國爾時偷蘭難陀比丘尼用澡豆浴身入女根中是事白佛佛言從今不聽比丘尼用澡豆浴用者突吉羅

佛在舍衛國爾時偷蘭難陀比丘尼水中逆行諸比丘尼問言汝何以逆水行答言欲受

觸樂是事白佛佛言從今不聽比丘尼水中逆行若逆水行者突吉羅

佛在王舍城爾時助提婆達多比丘尼畜雜色莊嚴鉢支諸居士呵責言諸比丘尼自言善好有德畜雜色鉢支如王夫人如大臣婦是事白佛佛言從今不聽比丘尼畜雜色鉢支若畜者突吉羅

佛在舍衛國爾時比丘尼僧得水精器布施諸比丘尼不受我何用是爲是事白佛佛言從今聽比丘尼受水精器作僧水器用

雜誦後二十法下

佛在舍衛國有乞食比丘中前著衣持鉢入舍衛城乞食到乞食家入外門不記識中門内門亦不記識還時錯入餘門謂是出門入已見一女人仰卧此女人夢中失不淨比丘見已慚愧還出出已此女人夫來見婦露身卧不淨出即作是念是比丘必共我婦作非梵行便往捉比丘言比丘汝好耶共我婦作不淨行比丘答言不作夫言何以入我舍耶答言我謂是可出門即駡比丘云何入我房户謂是可出門是人即以手脚熟打是比丘便放打比丘聲故女人即覺語夫言作何物答言打比丘何以故打以汝故打婦語夫言此比丘於我無過我自夢中失不淨夫即駡婦汝共作不淨事云何不伏耶以手脚打是比丘勞熟已捨去是比丘大受苦痛已還去以是事向諸比丘說諸比丘以是事向佛廣說佛以是事集比丘僧集比丘僧已語諸比丘比丘乞食有二種一者受請二者不受請若受請已欲受僧物分者應捨乞食法已受

僧物分若不捨乞食法受僧物分者得突吉羅若受僧物分已故言乞食者犯妄語波逸提不受請人若欲受請若欲受僧物分者應捨乞食法已受請受僧物分若不捨乞食法受請受僧物分者得突吉羅若受請受僧物分已故言我乞食者犯妄語波夜提佛言從今教汝等乞食法若比丘乞食時應學行是法若欲下牀時應徐下一脚次下第二脚安徐起徐就架上取安陀會莫牽安徐著著已應左右看齊整不若不齊整者更應著若齊整者止徐就架上取泥洹僧莫牽安徐著著已左右看齊整不若不齊整者更應著若齊整者止徐就架上取鬱多羅僧莫牽安徐著著已左右看齊整不若不齊整者更應著若齊整者止徐就架上取僧伽梨莫牽安徐著左肩上徐徐取鉢莫著地徐取錫杖不應曳地向戶時安徐推扂開戶徐出戶出戶時莫以衣觸兩邊出已應左手牽扇右手牽扂若戶扇在右扂在左手者以右手牽扇左手下扂下扂已應排看堅牢不若不堅牢更閉堅牢者止若共佛行應在佛後應白和尚應右繞佛塔聲聞塔已徐徐寫水著鉢中莫使瓶鉢相觸應安徐洗鉢莫使有聲不得掉水洗鉢底若僧坊門閉者應徐却扂開門安徐出門出門時莫以衣觸兩邊應徐以鉢杖著一處已徐著一重革屣應徐取鉢杖應安徐在道行行時莫拕曳革屣近聚落已徐以鉢杖著一處應徐取僧伽梨著著已應看齊整不若不齊整應更著若齊整者止應徐取鉢杖入巷時不得上下看應直前若遥見狂象狂

馬狂牛狂狗狂裸形人者應避道若至乞食家應好識外門中門内門廂入庭中住彈指若無所得應第二彈指若復不得應更三彈指三彈指已若得者應兩手捉鉢曲身受食若更餘處乞食時應看日時節若日故早更乞若日時至便止不應上下看直視前行若遥見狂象狂馬狂牛狂狗狂裸形人者應避出聚落時徐捉鉢杖著一處徐取僧伽梨中牒抖擻著左肩上徐取鉢杖若先到食處應敷坐牀取揩脚物拭脚物安水瓨水瓶應掃灑食處塗地若和尚阿闍棃在食處者若得好食先與和尚阿闍梨與欲時莫令指入器中若在後者應舉牀坐舉揩脚物拭脚物安水瓨水瓶掃灑除糞還入房中入房中時應牽扂閉户就牀坐徐徐攝一脚次攝一脚結加趺坐思惟法行

佛在舍衛國爾時一長者有好蘆葍是長者爲蘆葍故請佛及僧恒鉢那佛默然受知佛受已還家竟夜辦種種多美飲食晨朝敷座往白時到佛自知時佛與比丘僧往入其舍坐已長者自手行水自行蘆葍根諸比丘嚼蘆葍根作聲有一比丘先是妓兒見食作聲即便起舞舞時有比丘笑蘆葍根從口鼻中出諸居士呵責言諸沙門釋子自言善好有德云何使他笑如妓兒佛見是比丘作如是事諸居士呵責食已還去佛以是事集比丘僧知而故問是比丘汝以何心作答言以二事故一者看他二者欲令笑佛言爲看他故無罪爲笑故突吉羅佛語諸比丘從今已去若先未噉熟食不得噉菓果若先噉者得突

吉羅

佛在舍衛國新造祇洹竟諸居士辦供具多諸比丘來千二百五十人諸比丘亂入亂坐亂食亂起亂去諸居士呵責言有餘沙門婆羅門次第入次第坐次第食次第起次第去是沙門釋子自言善好有德亂入亂坐亂食亂起亂去不知誰得誰不得誰重得諸比丘不知云何是事白佛佛言從今日應次第入次第坐次第食次第起次第去時諸比丘次第入次第坐次第食次第起次第去時默然入默然坐默然食默然起默然去諸居士呵責言有餘沙門婆羅門讚唄呪願讚歎沙門釋子自言善好有德默然入默然坐默然食默然起默然去我等不知食好不好諸比丘不知云何是事白佛佛言從今食時應唄呪願讚歎諸比丘不知誰應作佛言上座作爾時偷羅難陀少學寡聞時爲上座佛言若上座不能次第二應作第二不能第三應作如是次第能者應作

佛在舍衛國時諸女人次第請佛及僧辦種種飲食諸比丘食已不唄不呪願而去諸女人作是言我等女人薄福誰當爲我等唄呪願讚歎諸比丘不知云何是事白佛佛言從今亦應爲女人唄呪願讚歎若無淨人者留上座四人住住時諸上座吐悶問佛佛言應語諸女人已去

佛在舍衛國有一比丘名曼頭羅是婆羅門種出家作比丘患下作是念云何數數用水洗佛言應以物拭拭時用一葉拭一葉拭已不淨佛言應用兩重用兩重拭時一重舒汙

手佛言應截屣處時截處傷大便道佛言不應截應用一枚淨拭拭時擲棄著廁中著已廁滿佛言應著一處時淨葉不淨葉共著一處取時汙手佛言右邊安淨葉左邊棄不淨葉著一處時大聚佛言除却除却時吐逆佛言應安器若滿遠棄餘處

佛在王舍城爾時六羣比丘洗脚處嚼楊枝後比丘來見不淨吐逆諸比丘不知云何是事白佛佛以是事集僧知而故問六羣比丘汝實作是事不答言實作世尊佛以種種因緣呵責六羣比丘云何名比丘僧洗脚處嚼楊枝呵已語諸比丘從今佛前不得嚼楊枝和尚阿闍梨前一切上座前佛塔前聲聞塔前温室講堂廚下大門前廁邊安水處小便處浴室中多人行處不得嚼楊枝嚼者皆突吉羅不犯者同歲比丘前不犯

佛在王舍城有裸形外道病疥瘙往語耆婆治我此病答言浴室中洗乃可得差外道作是言我是外道裸形無所衣著何由得浴室洗耶耆婆言頗有親里相識比丘不答言無耆婆言唯得浴室洗可差是外道即往到竹園問新學比丘及沙彌言汝等何時浴室洗耶答言某日時外道屈指數日或擲石數日或作籌數日若干日已過若干日在到浴日來入竹園在一面立看諸比丘云何入浴室洗或有比丘著衣入或有以泥塗身入是外道即以泥塗身入如似老上座諸比丘作是念是上座比丘從何處來共相謂言上座來與上座牀即便與牀盛滿器水著前汗出已諸比丘亦與揩脚揩髀脅背舉身揩已疥瘙

即除身得清淨清淨已喚擔衣來與上座是外道言汝等不好用著衣爲諸比丘言不善將不與外道洗耶諸比丘不知云何是事白佛佛言從今自露身不得揩他亦不得揩露身者兩露身亦不得相揩比丘闇中不得作禮不得禮覆面者不得禮睡者不得禮入三昧者不得禮嚼楊枝者自嚼楊枝亦不得作禮自洗面不得作禮亦不得向洗面者禮自食時不得禮不得禮食者自縫衣時不得禮不得向縫衣者禮自剃髮時不得作禮亦不得禮剃髮者自在高處不得禮下處下處亦不得禮高處佛前不得禮人佛塔前聲聞塔前亦不得禮人大小便處取水處浴室乃至不安隱處皆不得禮在道行時不得禮若至心欲禮者語上座住我欲禮若住者應禮不住者不應禮

佛在舍衛國有客比丘暮來次得空房舍時牀上有槃蛇睡比丘不看便坐蛇上爲蛇所螫與蛇俱死經五六日有青蠅出諸比丘見蠅出入共相謂言此房中有青蠅出當入看來入已便見作是言是比丘必坐此蛇上爲蛇所螫二俱死耳諸比丘不知云何是事白佛佛以是事集比丘僧語諸比丘從今教客比丘儀法若客比丘到僧房中應偏袒著衣著泥洹僧高應下著衣囊右肩上應轉著左肩上若杖油囊革屣針筒在右手中應移左手中若欲大小便應先外却已入僧坊若得水洗足已入若不得水以草樹葉拭足已入若門閉應求開門若開應入若不開僧坊外有牆壍刺棘應在現處立一心淨持威儀作

大人相起他善心若見舊比丘應問此僧坊
中有若干歲比丘房不若言有即語開門已
入又問是房中爲有人不若言空應問用何
水若言井水應索罐及繩掃篲應開房戶彈
指若有毒蛇彈指令去當徐往出枕被蓐牀
榻覆地物出已應掃灑塗地抖擻牀席被蓐
枕覆地物覓蟲已還敷如本洗脚盆常用水
瓶皆著水持革屣至水邊浣拭革屣物捩曬
已捉革屣先拭前頭次拭後中拭帶若水器
在左邊應右手取水左手洗足若在右邊左
手取水右手洗足洗足已著革屣入房閉門
下居却坐繩牀先攝一脚次攝一脚攝已大
坐正觀諸法地了時應問舊比丘此僧坊中
有前食無前食有時食無時食何處有惡狗
惡牛大童女寡婦家何處是僧羯磨學家覆
鉢羯磨家何處可行何處不可行問是事已
應行乞食若是客比丘欲去時以罐繩掃篲
還付本主摒擋卧具閉門下居已去

佛在阿羅毗國時新作僧伽藍有比丘作匠
著僧伽梨簟石簟墼簟草簟泥塗以手泥壁
黒泥穅泥汙灑泥壁赤色泥白色泥泥壁灑
掃僧坊塗地故汙衣著是汙衣入聚落乞食
諸居士呵責有餘沙門婆羅門著淨衣入聚
落乞食是沙門釋子自言善好有德著是汙
衣入聚落乞食如壓油人是中有比丘少欲
知足行頭陀聞是事心不喜以是事白佛佛
以是事集比丘僧語諸比丘從今不得著僧
伽梨簟石簟墼簟草簟泥塗壁以手塗壁穅
泥汙灑塗壁黒色赤白色塗壁掃灑僧坊塗
地不得脚躡僧伽梨不得敷僧伽梨坐不得

卧僧伽梨上不得襯身著僧伽梨如著僧伽梨法著欝多羅僧如著欝多羅僧法著安陀會如著安陀會法以三種壞色作淨不得著五種純色衣除納衣若比丘貧少衣不能得割截衣衣上安緤若五若七若九若十一若十三若十五若過十五若能得應割截作僧伽梨欝多羅僧安陀會是爲衣法

佛在王舍城有大僧坊初夜中夜後夜多有客比丘一切時來宿晨朝便去上座問下座言何以無客比丘答言有何以不來見上座我等不知彼人來去諸比丘不知云何是事白佛佛言若客比丘來應先禮拜上座時彼僧坊有千二百五十比丘客比丘一一禮拜過初夜道行疲極不能得徧諸比丘不知云何是事白佛佛言應問訊四上座有客比丘暮來問第一上座在何處答言在耆闍崛坊又問第二上座復在何處答言在毗伽羅坊又問第三上座在何處答言在貴守陀羅坊又問第四上座在何處答言在薩羅呵求坊往問訊時道中有師子虎狼兕豹熊羆多羅叉等畏諸比丘不知云何是事白佛佛言隨所入房舍中即禮彼四上座禮時在大房舍門外住立久迷悶吐逆不樂諸比丘不知云何是事白佛佛言若時得見上座者應禮不時得見者則止

佛在舍衞國憍薩羅國阿練若處有一比丘在中住時賊來入僧坊見是比丘在閣上即遣人將是比丘來下時彼賊主信敬佛法作是言莫將比丘下當看有火不言無有食不言無有水不言無共相謂言是沙門釋子清

淨看洗脚處有水不言無看淨水瓶常用水瓶有水不言無作是言將是比丘來即將來下問言大德有火不答言無有鑽火具不欲鑽火答言無大德我等飢有食不答言無問有食器不我欲作食答言無大德我等渴有水不答言無有取水器不答言無大德是沙門釋子清淨有洗脚水不有淨水瓶常用水瓶不答言無又問大德我欲至彼聚落示我道處答言不知又問時節早晚答言不知又問今是何日答言不知又言作唄答言不能又言呪願答言不能又言讚法答言不能是賊共相謂言此阿練若比丘無一阿練若法是比丘畏不能自活故出家當熟打之即以手脚打是比丘熟已捨去是比丘大受苦惱以是事語諸比丘諸比丘以是事白佛佛以是事集比丘僧語諸比丘從今當教阿練若比丘儀法應學是法從今阿練若比丘有人來先應共語好正憶念和悅顏色不應垂頭應言善來應畜火及火鑽應畜食食器應畜水水器應畜洗脚水水器淨水瓶常用水瓶盛滿水應知道知日知時知夜知夜分應知星宿應學星宿法應誦修多羅毗尼阿毗曇應解修多羅毗尼阿毗曇應知初禪二禪三禪四禪須陀洹斯陀含阿那含阿羅漢果若未得者應知誦讀不應畜日珠月珠如是法應廣知應畜禪杖如瞿尼沙修多羅中廣說應修行之

佛在舍衛國阿耆達婆羅門擔釋俱梨餅往到佛所與佛佛言分與僧即分與僧已在佛前聽呪願佛爲種種說法諸比丘嚙餅作聲

阿耆達叉手白佛言世尊沙門瞿曇教化一切弟子皆能受耶佛言有受者不受者婆羅門言實爾瞿曇有爲法者有爲食者佛爲阿耆達種種說法示教利喜已默然時阿耆達聞佛說法示教利喜已從坐起禮佛足右繞而去去不久佛以是事集比丘僧語諸比丘從今說法時呪願時讚法時不得食食者突吉羅

佛在波羅柰國佛中前著衣持鉢入波羅柰城欲乞食有一新比丘中前著衣持鉢先入城乞食佛遥見是比丘在他門前是比丘亦見佛見佛已慚愧低頭佛乞食還攝衣鉢竟以是事集比丘僧語諸比丘我今日中前著衣持鉢入城乞食見一新比丘亦著衣持鉢先入城乞食我見是比丘比丘見我故慚愧低頭語諸比丘誰中前著衣持鉢入城乞食是比丘慚愧長跪合掌白佛言我是佛言善哉善哉見我故慚愧攝情若見比丘比丘尼優婆塞優婆夷及諸外道沙門婆羅門亦應攝情低頭長夜得安樂

佛在舍衛國長老鬱提有共行弟子無恭敬心入僧房中亦無恭敬心時長老鬱提往到佛所頭面禮足在一面坐已白佛言世尊我共行弟子無恭敬心入僧坊中亦無恭敬心世尊云何令弟子於和尚有恭敬心佛言小住鬱提我問汝時當說佛以是事集比丘僧已語鬱提言汝欲說者說鬱提言世尊我共行弟子無恭敬心入僧坊中亦無恭敬心云何令弟子於和尚有恭敬心佛語鬱提共行弟子於和尚應生敬心入僧坊亦應生敬心

應與和尚鉢衣戶鉤時藥時分藥七日藥盡
形壽藥若和尚作衣時應代作浣衣時染衣
時割截衣時縫衣時刺衣時舒展時曬應代
作若自不能者應請他作若自不能盡作者
亦應請他若能盡作若應作不得閑住佛語
鬱提若和尚欲浴室中洗時弟子先應辦浴
具著薪著油澡豆若和尚入浴室時弟子應
持浴衣與襵取所著衣與牀應與水瓶授杖
若和尚少力弟子應手扶若大羸劣應負入
浴室應襵衣著一邊應坐著牀上以水瓶著
前若弟子欲洗時應白和尚向壁洗應生病
想生藥想佛言和尚汗出時弟子先應揩脚
次揩腨䏶腰脊胷指若和尚洗竟應授衣與
取牀取水器取杖應以薪著竈中若和尚少
力者應手扶若大羸劣應負還房坐牀上應

取浴衣與藥應授臥衣應安大小便器應安唾
器弟子更欲洗應白和尚已洗若最後浴室
中洗者應與細牀著一處與水瓶水現應以
灰覆火出浴室閉門下居已去若欲誦時至
三問能得者應隨力從和尚受已在一處
憶念思惟若得者誦若不得者更問明日應
攤大小便唾器藥已應問和尚須粥須食不
若言須粥應安釜器辦杓辦匕若言須食應
辦食應辦食器若和尚病者弟子應看若活
若死應覓隨病食隨病藥應取和尚物作供
養若和尚無者自辦若自無者從他求若無
知識不能得者乞食時得好者應與和尚鬱
提若僧與和尚憶念羯磨若與不癡羯磨時
應代和尚去作是言僧與我和尚憶念羯磨
若不癡羯磨僧與和尚苦切羯磨依止羯磨

驅出羯磨下意羯磨時弟子以法佐和尚言
僧莫與我和尚苦切羯磨依止羯磨驅出羯
磨下意羯磨若僧已與和尚作是苦切羯磨
依止羯磨驅出羯磨下意羯磨竟弟子應言
僧與我和尚輕作羯磨莫重作鬱提若僧與
和尚覓罪相羯磨弟子應往言僧如法莫與
我和尚覓罪羯磨若僧與和尚覓罪羯磨竟
弟子應從僧乞輕作莫重作若僧與和尚不
見擯羯磨不作擯羯磨惡邪不除擯羯磨弟
子應往白僧言不見教見不作教作不除敎
除鬱提若和尚犯僧殘罪應與別住摩那埵
本日治出罪羯磨弟子應往言僧如法與我
和尚別住摩那埵本日治出罪羯磨鬱提是
弟子不白和尚不得教他讀經不得誦經令
他憶念不得並誦不白和尚不得從他受法
不得授他法不得從他受憶念不得並誦不
得與他衣鉢户鉤時藥時分藥七日藥盡形
壽藥不得與他作衣不得使他作衣不得與
他剃髮不得使他剃髮不白和尚不得一切
有所作除大小便及嚼楊枝禮佛鬱提若和
尚欲入聚落弟子應授入聚落衣應擈卧衣
舉弟子若隨和尚入聚落應取鉢杖僧伽梨
不應在前行不應太逼近不得並行若師說
非法者應諫止若說法應隨喜若說法時得
施弟子應取若到聚落應授鉢杖僧伽梨弟
子若在前出聚落不應遠住應取和尚鉢杖
僧伽梨若和尚共道行弟子應取杖取盛油
囊革屣鍼線囊鬱提弟子應日日三時至和
尚邊早起食後日沒時早起時應除大小便
器唾器食後時應掃灑塗地日沒時應持大

小便器唾器著邊欝提白佛言世尊弟子於和尚行如是法和尚於弟子當云何佛語欝提弟子作是行者和尚應教誦修多羅毗尼阿毗曇與衣鉢杖戶鉤與時藥時分藥七日藥盡形壽藥若弟子作衣時和尚應佐作若浣衣染衣割截簪刺舒展時皆應佐作若自不能佐作若自不能盡作亦應使他若隨能者盡佐作不得閑住若和尚見弟子病時應看若活若死應與覓隨病食隨病藥應取弟子物作弟子無者和尚與物若自無物從他求與與知識求不能得若乞食時得好食者與若僧與弟子憶念羯磨與不癡羯磨作是言如法與我弟子憶念羯磨不癡羯磨若僧與弟子苦切羯磨依止羯磨驅出羯磨下意羯磨和尚應如法佐言莫與我弟子苦切羯磨依止羯磨驅出羯磨下意羯磨若僧已作苦切羯磨依止羯磨驅出羯磨下意羯磨竟應言輕作莫重作若僧欲與弟子覓罪羯磨應如法佐言莫作若僧與覓罪羯磨竟和尚應佐言輕作莫重作欝提若僧與弟子不見擯羯磨不作擯羯磨惡邪不除擯羯磨和尚應言不見教見不作教作不除教除欝提若弟子犯僧殘罪應與作別住摩那埵本日治出罪羯磨和尚作是言僧與我弟子別住摩那埵本日治出罪羯磨欝提應日日三時教弟子早起食後日沒時早起教言莫近惡知識惡伴弊惡人食後教言莫近惡知識惡伴弊惡人日沒時教言莫近惡知識惡伴弊惡人若作非法應呵止欝提有三種呵止一者不喚作二者不共語三者欲有所作不聽作

十誦律卷第四十二

音釋

姝春朱切美好也　債迦禁切㑣也　屎失指切　馱唐何切載荷也　杓是若切把酌器　扂徒黠切户牡也　拕曳拕湯何切曳也曳以制切　抖擻抖音斗擻音叟抖擻振舉貌　瓨戶江切長頸甖也　蘆蔔蔔蒲墨切蘆蔔菜名　唄步拜切梵誦也　枚謀杯切箇也　廁初吏切溷也　疥瘙疥居拜切瘡疥也瘙先到切痒瘡也　揩髆揩口皆切拭也髆伯各切肩也　螫施隻切蟲行毒也　塹七豔切坑也　捩矖捩力結切猶絞也矖所賣切日乾也　摒擋摒卑正切擋丁浪切　墼古歷切未燒土磚也　穅丘岡切穀皮也　躡尼輒切蹈也　襯初覲切近身衣也　兕序姊切似牛一角獸也　羆波爲切猛獸名　鑽祖官切穿也　嚙倪結切與齧同　倩倉甸切借倩也　腨胜腨市兗切腓腸也胜部禮切股也　揲達協切摺揲也　鍼諸深切與針同　埵丁果切